Le secret d'Aristide de La Vieuville

Chroniques des hommes marsupiaux, tome I

Le secret d'Aristide de La Vieuville

Chroniques des hommes marsupiaux, tome I

Gabriel Philizot

Gabriel Philizot, éditeur
Dépôt légal : septembre 2019

Dépôt legal : septembre 2019.

Tous droits réservés pour tous pays.

ISBN : 978-2-9566145-2-4

Gabriel Philizot (éditeur)
6 rue Lamarck
93600 Aulnay-sous-Bois

Via

Lulu Press, Inc
627 Davis Drive
Suite 300
Morrisville
NC 27650 (Etats-Unis)

Impression à la demande

Dédicace

*A tous les vulgarisateurs des sciences naturelles,
qui m'ont transmis sur l'histoire des animaux les connaissances
à l'origine de ce livre.*

*A tous les rêveurs qui adorent fantasmer
sur le concept d'évolution alternative.*

*A tous les romanciers qui ont porté à la perfection
l'art des récits enchâssés.*

*A mes bêta-lecteurs, dont les conseils m'ont aidé
à améliorer mon style pour la présente édition.*

*Un pied de nez enfin à J.R.R. Tolkien et ses émules :
point n'est besoin de concevoir une terre du Milieu
pour faire vivre à ses héros des aventures extraordinaires.*

Table des matières

Prologue : Duel au bastion n°1

Les moteurs électriques vrombissaient dans le tunnel souterrain, les lourdes roues de fer crissaient sur les rails usés, les larges plaques de tôle claquaient à chaque cahot de la voie et un vacarme épouvantable emplissait la rame qui se dirigeait à toute vitesse vers Créteil, le long de la ligne 8 du métro parisien. Assis sur une banquette jadis éventrée et maladroitement raccommodée avec du gros ruban adhésif brun, Ignace Leclerc réfléchissait, la tête appuyée contre la vitre. En cette sinistre nuit du 27 mai 2002, il avait dû quitter son appartement au numéro 14 de la rue Beaurepaire, où il vivait avec sa famille, pour voler au secours de Josiane, sa plus jeune sœur, âgée seulement de seize ans et qui venait d'être enlevée. Ses parents n'avaient osé contacter la police, car une telle réaction n'eût servi à rien, tant le ravisseur était d'un genre particulier : aurait-il eu, de par le monde, toutes les forces de l'ordre à ses trousses, jamais ces dernières n'auraient réussi à lui mettre le grappin dessus. Lorsqu'il commettait un méfait, la famille de sa victime se retrouvait à sa merci. Or, cette fois-ci, il avait envoyé aux parents d'Ignace Leclerc une lettre dans laquelle il affirmait qu'il acceptait de libérer Josiane en échange d'un duel contre l'un des frères de celle-ci, et que ce frère devait être Ignace. Le duel se déroulerait à 1 heure 30 du matin sur le bastion n°1, une ancienne casemate fortifiée qui avait jadis fait partie de l'enceinte de Thiers et qui continuait encore de monter la garde près de la porte de Bercy, miraculeusement épargnée par la démolition de la muraille en 1919. Le combat serait à mort, et si Ignace triomphait, il ramènerait alors sa sœur saine et sauve à son foyer. En revanche, si ce n'était pas le cas, malheur au vaincu !

En songeant à cette funeste éventualité, Ignace frissonnait. Il avait accepté sans hésitation le rude marché que lui proposait le mystérieux criminel, parce qu'il aimait sa sœur et qu'il refusait absolument qu'elle mourût. Cependant, dans ce métro qui l'emportait en direction de la Porte de Charenton, la station la plus proche du bastion n°1, il sentait l'angoisse ainsi que l'incertitude le gagner. Il distinguait sans peine les traits exacts du voyageur assis en face de lui, un gros homme mal rasé avec une casquette plate, qui ronflait comme un bienheureux. En revanche, chaque fois que le métro marquait un arrêt, s'il lisait sans trop de difficultés le nom de la station, il ne parvenait pas à discerner les fines rainures séparant les carreaux de faïence couvrant les murs, et cela, bien que ses yeux fussent cerclés de grosses lunettes rondes aux verres épais. En effet, Ignace Leclerc était albinos, et comme tous les albinos, il souffrait d'une myopie que les meilleures lunettes du monde ne pouvaient corriger que partiellement. Jamais il ne réussirait à améliorer vraiment sa vision de loin. Toutefois, son albinisme ne constituait pas sa principale originalité. Cette dernière était tout autre, et infiniment plus étrange : Ignace Leclerc était sorcier, et la coïncidence entre cette particularité et sa déficience en mélanine l'avait amené très tôt à se considérer comme un homme profondément différent des autres et qui ne pourrait jamais s'intégrer totalement dans la société.

Dès la petite enfance, l'albinisme l'avait singularisé, quoiqu'il ne se fût point manifesté chez lui de façon très spectaculaire. De fait, Ignace Leclerc ne correspondait pas à la caricature de l'albinos arborant des yeux rougeoyants ainsi qu'une toison immaculée. Sa peau, certes, était presque aussi blanche que du lait et tragiquement sujette aux coups de soleil, mais ses yeux étaient bleu ciel et ses cheveux d'un splendide blond platine qu'agrémentaient plusieurs mèches couleur de neige. A le voir marcher dans la rue, on l'aurait pris pour un Danois ou un Norvégien, d'autant plus que sa taille atteignait bien un mètre quatre-vingt-treize. Cependant, au sein de la famille Leclerc, une telle blondeur n'était pas normale, car les individus y avaient toujours eu les cheveux noirs ou châtain foncé. D'autre part, dès les premiers mois de sa vie, le petit Ignace avait présenté une myopie incorrigible par des moyens classiques, et un ophtalmologiste, après consultation, avait formulé le diagnostic d'albinisme. Les parents Leclerc n'avaient pas été déroutés : depuis plusieurs générations, on signalait déjà dans leurs familles, de temps à autre, la naissance de bébés aux cheveux très blonds. Ils avaient donc appris à Ignace à porter toujours des vêtements à manches longues, afin de se protéger des coups de soleil, et pour corriger sa vision de près, la seule qui pût être traitée, ils lui avaient très tôt acheté de *superbes lunettes à double foyer grâce auxquelles il avait pu suivre la même scolarité que les enfants normaux. De fait, ces verres lui permettaient de lire les textes écrits en petits caractères sans les approcher de son visage, en les gardant simplement sur ses genoux. N'éprouvant donc aucune difficulté pour la lecture, Ignace Leclerc s'était vite passionné pour les romans et les contes et il était devenu, à l'école primaire puis dans l'enseignement secondaire, un excellent élève en français, en histoire et en langues étrangères.*

Cependant, à l'extérieur de sa famille, son apparence physique n'avait laissé personne indifférent. Bien qu'Ignace fût de race blanche, sa blondeur était trop extrême pour un Français et les enfants qui le côtoyaient la trouvaient presque incongrue. D'autre part, aucun d'entre eux ne possédait un teint aussi pâle que le sien et ils ne comprenaient pas pourquoi, au retour des chaleurs, leur camarade gardait une marinière à manches longues alors qu'eux enfilaient des t-shirts. Enfin, à partir de la puberté, son corps s'était spectaculairement développé, devenant immense et longiligne. Par conséquent, il était vite devenu la cible de moqueries. En troisième et en première, quand ses professeurs d'histoire avaient abordé le nazisme et les fantasmes de Hitler sur la race nordique, tous ses camarades l'avaient dévisagé en murmurant sourdement : « Vise un peu Ignace ! C'est vrai qu'il fait aryen. C'est vrai qu'il a une tête de SS. » Assis à sa table près de l'estrade du professeur, afin qu'il pût bien voir le tableau, Ignace en avait souffert, quoiqu'il n'eût point protesté. Son entrée à l'université n'avait pas mis fin à ce genre de railleries. En 2001, au début de son année de licence de lettres classiques, ses condisciples l'avaient affublé du sobriquet de « Drago Malefoy » en référence au personnage imaginé par la romancière Joanne Kathleen Rowling. Ignace Leclerc trouvait un tel surnom parfaitement ridicule et il aurait préféré qu'ils l'appelassent « l'Aryen » comme en première. En effet, Drago Malefoy touchait à son secret le plus intime : sa nature de sorcier, qu'il connaissait depuis sa petite enfance mais qu'il n'avait jamais révélée, afin de ne pas se heurter à une incroyance quasi générale.

Pourtant, depuis plusieurs siècles, la magie était une tradition fermement ancrée chez les Leclerc. Le père d'Ignace, Edouard Leclerc, était un enchanteur fort érudit et il exerçait la fonction de guérisseur auprès de personnes qui admettaient encore la réalité des sortilèges, sans obligatoirement les pratiquer, et qui venaient le consulter. Ses connaissances magiques, il avait voulu les transmettre à ses enfants, mais le frère et la sœur aînés d'Ignace, Clotaire et Elisabeth, ne possédaient pas dans le surnaturel une foi suffisamment ardente pour manier les enchantements. Quant à la sœur cadette d'Ignace, Josiane, elle se trouvait dans la même situation. Ignace étant le seul qui pût reprendre le flambeau, il s'était consacré avec application, dès l'âge de dix ans, à l'apprentissage de la magie sous la houlette de son père, et à vingt-et-un ans, il maîtrisait plusieurs types de sorts tout en détenant une ample masse de connaissances sur l'histoire des sorciers et des sorcières illustres ainsi que sur les principales créatures extraordinaires. Parmi celles-ci, il s'était particulièrement intéressé aux morts-vivants, à savoir les spectres, les squelettes, les zombies et les vampires. Aux dires de son père, ces derniers constituaient encore un grave danger pour la société, d'autant plus qu'ils ne ressemblaient guère à la caricature que véhiculaient les films d'épouvante et qu'ils possédaient fréquemment des pouvoirs magiques leur permettant, contrairement aux tueurs en série ordinaires, d'accomplir leurs forfaits sans laisser de trace. « En règle générale, disait Edouard Leclerc, un vampire connaît plusieurs enchantements, qu'il ait été à l'origine un simple profane ou un mage ayant choisi cette forme perverse d'immortalité. Par conséquent, Ignace, un sorcier bienfaisant doit maîtriser tous les sorts susceptibles d'éliminer de tels revenants, afin de n'être pas égorgé comme un mouton s'il en devient la cible. » Scrupuleusement, Ignace avait suivi ce conseil, et bien avant 2002, il savait déjà que les vampires ne craignaient pas les gousses d'ail et que, pour les tuer, il ne fallait nullement un pieu dans le cœur.

Toutes ces connaissances allaient finalement lui servir, puisque sa famille était vouée à subir à son tour les attaques d'un des assassins d'outre-tombe qui ne comparaissaient plus devant les tribunaux depuis la fin des procès pour sorcellerie. Deux jours avant la date fatidique du 27 mai 2002, le 25, Josiane Leclerc n'avait pas reparu à 17 heures au domicile familial. Pourtant, au lycée Voltaire dans le XIe *arrondissement, où elle étudiait en classe de 1ère L, elle finissait toujours à 16 heures 20. Très vite, ses parents ainsi que sa sœur et ses deux frères avaient soupçonné un enlèvement ; cependant, ils n'avaient pas alerté les forces de l'ordre, car Edouard Leclerc se doutait que cette affaire cachait quelque chose de surnaturel et car il attendait que le ravisseur se manifestât. Ce dernier ne se fit pas prier : dès le lendemain, les Leclerc recevaient une lettre anonyme expédiée sans timbre et qui portait, à la place de la signature, une tête de mort tamponnée avec du sang. Edouard reconnut tout de suite la marque usuelle des vampires. Le contenu de la missive ne le surprit guère : le criminel expliquait qu'il savait tout sur sa famille, qu'il était parfaitement au courant de sa nature de magicien, qu'il avait enlevé sa fille mais qu'il était tout prêt à la rendre ; pour cela, il fallait simplement que son plus jeune fils, Ignace, acceptât de l'affronter dans la nuit du 26 au 27 mai, vers 1 heure 30, au bastion n°1 en un duel de sorcellerie. S'il parvenait à le tuer, il récupérerait Josiane saine et sauve. S'il mourait, Edouard Leclerc aurait perdu deux enfants. La lettre se terminait en précisant qu'il était inutile de contacter la police, non seulement car le message s'effacerait par enchantement après lecture, mais aussi car le ravisseur devinerait l'acte des Leclerc grâce à son don de double vue et ne viendrait pas au bastion n°1. La mort dans l'âme, Edouard avait accepté ce cruel marché, et Ignace s'était aussitôt porté volontaire. En vérité, la crainte du trépas habitait quand même son cœur et il fût plus volontiers resté dans son appartement de la rue Beaurepaire, à réviser pour ses examens d'anglais à la Sorbonne. Cependant, il aimait profondément sa sœur – qui, comme lui, était albinos – et il se fût estimé coupable de sa mort s'il n'avait rien fait pour l'empêcher. Par conséquent, bien que Clotaire et Elisabeth eussent tenté de le retenir, il avait pris à 0 heure 50 le dernier métro de la ligne 8, à la station République, et il était parti sans hésitation vers le sinistre rendez-vous auquel l'avait convié le mystérieux vampire.*

Au fur et à mesure que défilaient les stations, Ignace sentait son assurance diminuer, s'estomper partiellement. Pourtant, il ne pouvait pas reculer, sous peine de devenir complice d'un meurtre. Arrivé à la station Porte de Charenton, il descendit, laissa le métro s'éloigner, puis gravit l'escalier qui conduisait vers la surface. Néanmoins, arrivé à mi-parcours, il s'arrêta et se mit à réfléchir avec anxiété. Avant de quitter les siens, il avait attentivement revu ses connaissances sur les vampires et il n'avait pas oublié d'emporter les ingrédients indispensables pour jeter des sorts de défense adéquats. Dans la poche droite de son veston – qu'il portait accompagné d'un pantalon brun, ainsi que d'un gilet hérité de son père –, il dissimulait deux sachets remplis de soufre et de limaille de fer, afin de lancer des boules de feu, et au majeur ainsi qu'à l'annulaire de sa main droite se trouvaient deux anneaux : l'un, en magnétine, octroyait le don de télékinésie, l'autre, en ambre, permettait à distance d'embraser un objet, une plante, un animal ou une personne. Contre les vampires, les enchantements mortels étaient peu nombreux, et il s'agissait surtout de sortilèges de combustion. De toute façon, pour se débarrasser de ce type de mort-vivant, les deux principales solutions étaient la crémation et la décapitation. Ignace Leclerc pouvant difficilement se promener avec une hache ou une épée, il avait choisi le premier procédé. Toutefois, une vive appréhension l'étreignait. Quand il lâcherait sa boule de feu, atteindrait-il le vampire ou le manquerait-il ? Sa vision d'albinos était mauvaise : au-delà d'une courte distance, tout devenait flou, et jamais des lunettes ne résoudraient ce handicap. Avec un pistolet, il eût été un piètre tireur. Certes, une boule de feu s'enflait toujours après sa formation et produisait des dégâts assez étendus, mais cela compenserait-il suffisamment le manque de précision du tir ? Ignace se sentait sur le point de douter. Cependant, une voix l'arracha à ses hésitations : du haut de l'escalier, un employé du métro lui annonça que la station allait fermer et il le somma de déguerpir. Ignace obtempéra, songeant aussi qu'il fallait quand même risquer le tout pour le tout afin de sauver Josiane, et il sortit rapidement à l'air libre, sur le boulevard Poniatowski.

Le ciel était noir comme de l'encre, sans aucun nuage, et malgré la saison, une brise assez fraîche soufflait. Vers le sud, la large artère bitumée descendait progressivement en direction de la porte de Bercy et du pont National. Ignace Leclerc s'y engagea, traversant l'avenue de la Porte de Charenton et laissant sur sa gauche le cimetière Valmy. C'était la première fois qu'il empruntait le boulevard Poniatowski et bien qu'à cause de son albinisme, il ne distinguât au loin que des formes vagues, il regarda le paysage éclairé par les lampadaires. Ce dernier était sinistre. Sous le grand pont qui portait le boulevard au-delà du cimetière Valmy, un immense troupeau de TGV et de wagons de marchandises sommeillait sur des rails. Quelques centaines de mètres plus loin, sur la gauche, le serpent de béton du périphérique enjambait à son tour le fouillis des voies ferrées ; des automobilistes noctambules y circulaient en trombe comme de grosses lucioles vrombissantes et polluantes, manifestement insensibles à l'horaire extrêmement tardif. Au-delà, l'œil apercevait des tours et des barres de HLM, et lorsqu'on le braquait vers le sud, en direction de la Seine et du bastion n°1, il ne contemplait que le même spectacle désolant de polygones de béton, assortis de panneaux publicitaires ainsi que de deux immenses cheminées d'usine fumant au bord du fleuve, près de quais établis pour des cimenteries. Sur la droite, ce n'était guère plus réjouissant : près du boulevard s'étendait un étroit terrain vague rempli de détritus, où des rails rouillés se frayaient encore un chemin au milieu des herbes folles : les vestiges de la Petite Ceinture. Plus loin, on voyait se dessiner les monotones immeubles de Bercy, et notamment un énorme rectangle gris qui abritait probablement des bureaux derrière ses lignes de vitres noires. Cependant, comme consolation, le regard pouvait repérer à bonne distance le dôme du Panthéon ainsi que la tour Eiffel dont le fanal tournoyait dans la nuit. C'était bien là les seuls détails qui fussent beaux dans cet endroit morne et désolé. Tout ce paysage, Ignace le percevait plongé dans le flou et il ne pouvait en remarquer les détails, mais il en sentait parfaitement la dimension oppressante, ne serait-ce que parce qu'il identifiait les édifices au jugé. Toutefois, il ne recula point et il continua sa marche, désireux plus que jamais de sauver Josiane.

Après dix minutes de marche, il dépassa l'extrémité du pont et atteignit enfin l'échangeur de la porte de Bercy. Là, entre le boulevard Poniatowski et le dédale des bretelles d'autoroute se dressait une sombre masse, profilée comme la proue d'un navire : le bastion n°1. Comme il n'y avait pas de voitures aux alentours, Ignace traversa rapidement la rue Robert Etlin, qui raccordait le boulevard à l'échangeur en ceinturant la ruine, et il s'arrêta derrière la vieille fortification qu'il contempla d'un œil soupçonneux. Elle avait à peu près la forme d'un trapèze au centre duquel se trouvait une casemate recouverte d'une haute butte en terre. A partir d'une cour assez basse aménagée entre les remparts, on pouvait accéder à l'intérieur de ce logement par une porte en chêne massif, qui n'avait manifestement pas changé depuis 1845. De chaque côté de la casemate se dressaient également deux escaliers qui permettaient d'accéder, de la cour, à une large terrasse sur le bord du bastion. Une végétation abondante y croissait, des buissons et des peupliers ; elle se répandait aussi sur la butte, à tel point que la vieille ruine semblait porter un minuscule bosquet. Tout cela ne rassurait pas Ignace, d'autant plus qu'en dépit de la lumière rosâtre des réverbères qui baignait l'édifice, il n'y discernait pas la moindre présence humaine. Toutefois, sa vue basse d'albinos pouvait parfaitement le leurrer. Longtemps, il hésita avant de s'engager, vérifiant compulsivement ses défenses. En plus de ses sachets et de ses deux anneaux, il dissimulait dans la poche gauche de son veston une courte baguette en hêtre, extrêmement fine et pointue. Selon son père, c'était l'un des ultimes moyens de lutte contre les vampires, à n'utiliser qu'en dernier recours. Finalement, Ignace se décida à tout risquer. Franchissant un talus qui bordait le boulevard, il descendit dans la cour en hélant sa sœur de toutes ses forces. « Josiane ! Josiane ! » cria-t-il, mais personne ne lui répondit. Ayant passé la cour au peigne fin, il constata qu'il y était seul. Il voulut pénétrer dans la casemate, mais la porte en était fermée à clé. Il gravit donc l'escalier de droite et aperçut sur la terrasse, au pied d'un peuplier, une frêle silhouette aux cheveux blond platine. Il se rua vers elle. C'était bien Josiane. Ignace reconnaissait son corps mince, sa peau très pâle et ses longs cheveux blonds semblables aux siens. Elle était inconsciente et son ravisseur l'avait étendue sur le côté, afin qu'elle ne s'étouffât point avec sa langue. « Josiane ! Josiane ! dit Ignace en lui secouant les épaules et en lui tapotant les joues, réveille-toi ! C'est moi, c'est ton frère ! » Mais la jeune fille ne se réveilla point. Soudain, les buissons tremblèrent et un homme sortit de l'ombre où il se tenait caché. « Soyez le bienvenu, monsieur Leclerc, dit-il à Ignace en lui tendant la main. Je me présente : Guillaume de Montbrissoy, occultiste et vampire. Je suis heureux que vous ayez accepté ma proposition, et je vous en remercie du fond du cœur. »

Ignace lui rendit froidement son salut, puis il le regarda en silence. L'autre se trouvant à côté du corps du Josiane, il distinguait sans peine le détail de ses traits. Jamais il n'aurait pensé avoir affaire à un vampire. L'homme était de taille moyenne et vêtu d'un élégant costume croisé beige avec une cravate verte et bleu ciel. Son visage rond, que surmontaient des cheveux châtains coiffés sur le côté, était certes pâle, mais beaucoup moins que celui d'Ignace, et sous sa lèvre supérieure qu'ornait une fine moustache, ses canines avaient beau former de légères pointes, elles n'étaient guère plus longues que des dents ordinaires. « Décidément, lâcha le jeune homme, il faut vraiment le savoir que vous êtes un mort-vivant. A bien des égards, vous autres vampires, vous ressemblez aux gens comme Guy Georges ou Michel Fourniret. D'extérieur, vous paraissez normaux, mais dès que l'occasion se présente, vous dévoilez votre véritable nature, sanguinaire et meurtrière.

- Soyez un peu plus respectueux envers moi, répondit le vampire d'un ton irrité, et ne vous livrez point à ces simplifications abusives. Certes, depuis ma mort et ma métamorphose, j'ai tué plusieurs centaines de personnes, et je reconnais que ma vie a été criminelle. Néanmoins, je suis toujours resté plus raffiné que ces personnes-là. Je suis un aristocrate, monsieur Leclerc, et en tant que tel, je ne goûte guère les jouissances grossières. En outre, ajouta-t-il, vous trouverez difficilement un tueur en série qui accepte de libérer sa victime s'il se retrouve vaincu dans un duel à mort. Je doute que Michel Fourniret aurait osé mettre sa vie en jeu dans ses entreprises criminelles.

- Certes, dit Ignace, c'est vrai, vous n'êtes pas comme eux. Mais qu'est-ce que vous avez fait à Josiane ? Vous ne l'avez pas mordue, j'espère ?

- Rassurez-vous, répliqua Guillaume de Montbrissoy avec un fin sourire, votre sœur est juste plongée dans un sommeil hypnotique. Si je meurs, elle se réveillera. Pour le reste, elle n'a aucune blessure compromettante. Je lui ai seulement entaillé légèrement l'index droit pour prélever un peu de sang et imprimer ma marque sur la lettre – vous constaterez qu'elle porte un bandage. Mais, pour le reste, je n'ai pas attenté à sa vie.

- Vous n'auriez pas eu intérêt... »

Malgré cette parole, Ignace avait peur. Derrière ses lunettes, son œil droit tremblotait légèrement. En tant qu'albinos, il avait ce problème depuis sa naissance ; cependant, ces tremblements ne survenaient guère que lorsqu'il était fatigué ou qu'il éprouvait une vive émotion, or l'assurance et le calme de Guillaume de Montbrissoy le troublaient profondément. Pour stabiliser son œil et se raffermir avant le combat, il décida de gagner du temps en faisant parler le vampire. « C'est quand même un étrange endroit pour se battre en duel, fit-il observer avec un feint étonnement. Nous sommes près du périphérique, et bien qu'il soit plus de 1 heure et demie du matin, il y a encore des voitures qui circulent. D'ailleurs, vous pouvez mieux les voir que moi, vous qui n'êtes pas albinos.

- C'est vrai, répondit le vampire en souriant de plus belle. Toutefois, personne ne peut nous surprendre. A tous les coins de ce bastion, j'ai mis des petits cubes magiques qui créent entre eux une sorte de champ d'invisibilité. Quiconque regarde la construction de l'extérieur ne peut y distinguer des hommes : il ne contemple que de la végétation et des détritus laissés par les clochards. Pareillement, nul ne peut nous entendre, et ce grâce au même sortilège. Avouez que j'ai pensé à tout.

- Effectivement, c'est ingénieux. Mais pourquoi cette ruine ? Pourquoi pas plutôt un jardin public, ou une friche SNCF désaffectée ?

- Pourquoi ? Parce que j'y suis sentimentalement attaché. C'est là que je suis mort, en 1871.

- En 1871 ? Vous avez donc participé à la Commune ?

- Exactement, et j'en fus même une victime, c'est-à-dire une de ces personnes que les historiens ont oubliées, parce qu'elles ne tombèrent pas sous les balles des Versaillais.

- Quel âge avez-vous, monsieur de Montbrissoy ? Vous semblez presque jeune.

- Pourtant, j'ai précisément cent soixante-neuf ans. Je suis né en 1833, à Saint-Germain-en-Laye.

- Racontez-moi votre histoire, demanda Ignace subitement titillé par la curiosité. J'aimerais bien en savoir plus sur vous. Ce serait dommage qu'on se batte en duel sans que je sache qui vous étiez.

- Voilà un souhait qui me paraît tout à fait raisonnable, répondit Guillaume de Montbrissoy dont le visage irradiait de gaîté. Je ne vois aucun inconvénient à l'exaucer. Au fond, nous avons tout notre temps. »

D'un geste, il invita le jeune homme à s'asseoir sur une grosse pierre près du corps de Josiane, tandis que lui-même prenait place sur une souche. Un peu rasséréné et sentant son œil droit se calmer, Ignace obéit et tendit l'oreille. « Comme je vous l'ai déjà indiqué, commença Guillaume de Montbrissoy, je suis originaire de Saint-Germain-en-Laye, ville de banlieue dont la région constitue le berceau de ma famille. Dès le début du XIIe siècle, les Montbrissoy figurèrent parmi les nobles les plus influents d'Ile-de-France et leurs vastes domaines se signalaient par leur extrême fertilité. Toutefois, vers la fin du siècle des Lumières, ils se rallièrent aux idées nouvelles et soutinrent énergiquement la Révolution, ce qui n'empêcha pas la Convention, en 1793, de les forcer à l'émigration et de confisquer leurs terres. A leur retour en France, en 1807, leur prestige se trouvait bien diminué. Néanmoins, ils conservèrent leur attachement aux idées libérales et continuèrent de réclamer l'établissement d'une monarchie parlementaire. C'est dans ce milieu que je naquis, en 1833. Malgré les tentatives d'endoctrinement qu'entreprirent sur moi mes parents, je ne m'intéressai jamais à la politique et tout le temps que je fus un homme normal, je vis les régimes se succéder avec la plus totale indifférence. De fait, j'avais très tôt conçu une autre passion. En 1857, à l'âge de vingt-quatre ans, je montai à Paris où j'ouvris près de la place de la Bastille un commerce d'antiquités qui s'avéra bientôt très rentable. Toutefois, ce magasin ne visait qu'à me procurer une confortable aisance ainsi qu'une façade de respectabilité. Je n'ai pas à vous expliquer comment je découvris la magie ni par quel moyen j'acquis mes premières connaissances dans ce domaine. Toujours est-il que la nuit, quand j'avais du temps libre, je m'adonnais à des expériences alchimiques, et dès 1865, je me mis en tête de vaincre la mort. Plus précisément, je voulus retrouver le secret d'une potion magique permettant de se transformer en vampire, secret évoqué dans certains de mes grimoires mais dont seule une poignée d'heureux élus connaissait la teneur.
- Vous avez donc fait des recherches, l'interrompit Ignace, et la guerre de 1870 vous surprit juste au moment où vous veniez de mettre au point la potion.
- C'est un peu ça. De 1865 à 1870, sous prétexte de dénicher de vénérables objets d'art, je voyageai en Europe de l'Est, je

m'emparai de parchemins et de nouveaux grimoires, je collectai des renseignements oraux et je recoupai des informations. Finalement, en août 1870, j'aurais pu entreprendre la fabrication de la potion si la guerre franco-prussienne n'avait point éclaté. D'emblée, je me retrouvai plongé dedans. Pour accroître autour de moi l'impression d'honorabilité, j'étais depuis plusieurs années officier dans la garde nationale et dès le début des hostilités, je fus mobilisé sans possibilité de permission. Lorsque les Prussiens assiégèrent Paris à partir du 27 octobre 1870, la section que je commandais fut chargée de surveiller le tronçon des fortifications entre la porte de Bercy et la porte de Charenton. Tout le temps que dura le siège, je souffris de la faim et des combats comme les autres Parisiens, et je restai souvent des nuits entières sur ce bastion, guettant l'approche de l'ennemi. Cependant, je parvins à exploiter les rares moments où je n'étais pas sur les remparts pour me procurer le seul ingrédient qui me manquait encore - des boules de gui - et pour fondre dans le secret de mon appartement, au-dessus de mon magasin, l'appareil indispensable pour fabriquer la potion.

- Quel était cet appareil ?
- Une cornue de cristal pur et inaltérable, sur laquelle j'avais gravé, en écriture mycénienne : "Saïmatos wis", c'est-à-dire, en grec archaïque : "La force du sang." Dès janvier 1871, elle était réalisée. J'y distillai alors des asphodèles, des tiges et des feuilles de gui ainsi que les corps pilés de trois scorpions auxquels j'avais ôté le dard, et j'obtins mon élixir d'immortalité. Pour être sûr de son efficacité, je le testai d'abord, en février et en mars, sur un chien, puis sur un chat. Je le leur fis boire, puis je prononçai en leur imposant les mains : "O saïmatos wi, phoulasse aéi aoutous thanatôï !" Ensuite, je les abattis d'un coup de revolver. Vingt-quatre heures plus tard, ils ressuscitèrent, et dans quel état ! On les aurait crus enragés. Il fallait les voir essayer de me mordre quand j'approchais la main de la cage où je les avais enfermés, il fallait aussi les voir avaler avec répugnance les morceaux de viande que je leur donnais — sauf lorsqu'ils étaient très frais —, mais laper goulûment le contenu des écuelles que je remplissais de sang de pigeon. Chacun d'eux resta sept jours en l'état de mort-vivant, puis je

m'en débarrassai en les décapitant et en les brûlant dans mon four.

- Bigre ! s'exclama Ignace Leclerc. Plutôt que vampire, vous auriez pu devenir réanimateur. Mais quand vous êtes-vous transformé, et dans quelles circonstances ?
- J'y arrive, répondit Guillaume de Montbrissoy en s'animant de plus en plus. Tandis que je conduisais ces fascinantes expériences, les événements se précipitèrent. A partir du 26 février 1871, le gouvernement de Thiers commença à négocier à paix avec la Prusse, ce qui sema immédiatement la révolte dans Paris, ville qui grouillait de patriotes et de révolutionnaires d'extrême gauche. Dès le mois de mars, la Garde nationale s'allia avec les agitateurs socialistes et anarchistes et l'insurrection éclata. Pour ma sécurité personnelle, je préférai faire acte de soumission aux communards et je pus continuer de garder, avec mon unité, le secteur des remparts entre les portes de Bercy et de Charenton, cette fois-ci contre les Versaillais. Cependant, je n'éprouvais aucune sympathie pour les rouges, d'abord parce que j'étais un aristocrate, ensuite parce que je devinais que leur soulèvement était voué à l'échec.
- Mais est-ce que vous n'auriez pas pu devenir tout de suite un vampire ? Les communards auraient alors été dans l'incapacité de vous exécuter.
- Certes, mais je désirais reporter cela après les combats, afin de ne pas attirer l'attention en paraissant un guerrier immortel. Toutefois, les circonstances me forcèrent la main. Après l'échec de leur attaque du 3 avril 1871 contre le fort du Mont Valérien, les communards ne connurent plus que des défaites face aux Versaillais et le caractère impitoyable de la lutte accrut chez eux le fanatisme. Le 1er mai, au nom des droits sacrés de la raison et du matérialisme scientifique, le gouvernement révolutionnaire décida d'interdire les cultes religieux. L'archevêque de Paris ainsi que plusieurs prêtres furent arrêtés, tandis que l'on ferma les églises. Or à cette persécution se superposa bientôt une autre, et cela sous la pression d'un juge de cour martiale nommé Raymond Laverne. Athée fanatique, scientiste intégriste, ce dernier voulait faire disparaître toute croyance dans le surnaturel et sur sa requête, les dirigeants de la Commune déclarèrent hors la loi, le 6 mai 1871, toute personne qui pratiquait la magie. Aussitôt des spirites, des alchi-

mistes et des occultistes furent emprisonnés ou exécutés. Me sentant menacé, je compris qu'il fallait opérer très vite la métamorphose. Le 14 mai, profitant d'une absence temporaire loin du rempart, je distillai dans mon appartement, grâce à ma cornue, une nouvelle dose de la potion, que je bus. Puis je plaquai mes mains sur mon cœur et je récitai la formule sous cette forme : "O saïmatos wi, phoulasse aéi mé thanatôï !" A peine en avais-je prononcé le dernier mot qu'une troupe de communards pénétra dans mon domicile pour m'appréhender. Un délateur leur avait révélé ma nature de magicien, et ma cornue ainsi que mon matériel alchimique et mes ingrédients magiques ne purent que confirmer la dénonciation. Toutefois, ils ignoraient tout de mes projets vampiriques. Ils me jetèrent en prison, puis je comparus le surlendemain devant Raymond Laverne. Ce dernier m'ordonna d'abjurer ma foi dans le surnaturel, de reconnaître la toute-puissance de la science et de considérer la sorcellerie comme des chimères. Je refusai. Trois fois il recommença, et trois fois je lui opposai la même attitude. Il me condamna donc à mort, et le 18 mai, je fus fusillé sur le bastion n°1, là où j'avais défendu Paris. Quand mes bourreaux épaulèrent leurs armes, je ne tremblai point, car je savais que je ressusciterais. Mon corps s'effondra sur cette terrasse, le cœur percé de cinq balles, puis les communards le jetèrent dans le fossé des fortifications – fossé maintenant comblé. Comme il avait plu les jours précédents, le fond en était bourbeux et mon cadavre ne s'y brisa aucun os.

- Vous ne vous êtes pas ranimé tout de suite. Qu'est-ce que vous avez vu dans l'au-delà, tout le temps que vous avez été mort ?
- Je ne vous le dévoilerai pas, car ce serait trop long et ça nous éloignerait de notre sujet. Je finirai juste en vous relatant ce qui se passa entre mon exécution et ma résurrection, et que j'appris par des sources indirectes. Pendant un jour et une nuit, mon cadavre resta dans le fossé, baignant dans une mare de sang et de boue. Autour de lui gisaient d'autres corps en décomposition, des prisonniers versaillais ou des opposants politiques assassinés par les communards. Des chiens errants ainsi que des corneilles se les disputaient, et ils dégageaient une odeur repoussante. Or non seulement mon corps ne développa aucun signe de putréfaction, mais la faune nécrophage se mit à le fuir avec panique, alors qu'elle aurait dû commencer à

l'entamer. Les soldats en faction sur la muraille remarquèrent ce phénomène et ils en avertirent très vite Raymond Laverne. Intrigué, celui-ci vint le soir du 19 mai et il fit le même constat. Pour tenter de comprendre scientifiquement cette anomalie, il franchit la porte de Bercy, descendit seul dans le fossé et s'agenouilla près de mon corps. C'est alors que je revins parmi les vivants. Ranimé, je rouvris les yeux et je le vis. D'un geste, je lui saisis la gorge et lui enserrai les poignets, puis je l'immobilisai sur le sol. En quelques secondes, je lui retirai son sabre et son pistolet. "Alors, monsieur Laverne, lui dis-je d'un ton narquois, les sortilèges sont toujours des chimères ?" "Ce... ce n'est pas possible ! balbutia-t-il. Vous êtes mort !" "Je l'étais, lui répondis-je, mais l'avantage de la sorcellerie est qu'elle peut ressusciter les défunts. Maintenant, vous admettez que le surnaturel existe malgré tout ?" Il me dit oui d'un ton affolé, signe que sa chère raison avait commencé à vaciller. Alors, ayant pris son sabre, je lui tranchai la gorge et j'avalai avidement le flot sanglant qui jaillit de ses artères. Le goût en était exquis. »

Sur ces mots, Guillaume de Montbrissoy s'interrompit et il demeura en extase, la tête en arrière. Ignace réprima un haut-le-cœur et il contempla de nouveau le corps inerte de Josiane, bien décidé à l'arracher aux griffes de ce monstre. Après quelques minutes de silence, il demanda : « Et qu'est-ce que vous avez fait de 1871 à aujourd'hui ?

- Je ne m'attarderai pas là-dessus, répliqua le vampire, car autrement, nous ne nous battrions jamais. Sachez seulement qu'après avoir tué Laverne, je me réfugiai dans une ferme abandonnée à Saint-Mandé. De là, j'assistai avec joie à la chute de la Commune du 21 au 28 mai 1871, puis je regagnai la capitale où je ne fus pas inquiété, car je me fis passer pour un partisan des Versaillais qui avait réussi, en soudoyant ses gardiens, à fuir Paris avant son exécution. Par la suite, durant la Belle Epoque et pendant tout le XXe siècle, je passai inaperçu en changeant constamment d'identité, et je traversai les joies et les tragédies des dix décennies précédentes en restant perpétuellement jeune. Je saignai beaucoup de personnes, parfois par faim, parfois pour le plaisir, souvent pour les deux à la fois. Je n'engendrai toutefois aucun nouveau vampire, car je souhaitais demeurer seul – vous savez comme moi que la victime d'un vampire ne devient un mort-vivant que si, une fois mordue, elle boit du sang de son agresseur. En distillant des grains d'ambre ensorcelés, j'inventai une potion qui me permit de vivre le jour sans dépérir peu à peu. Je partageai ma vie entre l'étude et les plaisirs qui ne heurtaient pas mes origines nobles, et je pratiquai – reconnaissons-le – le libertinage, mais toujours avec un immense souci d'élégance, de raffinement et de délicatesse. Malheureusement, avec le temps, la chair devint triste, et la lecture des grimoires finit par occuper toute mon existence. Aujourd'hui, cela fait bien trente ans que j'ai embrassé une conduite asexuelle et que je consacre exclusivement les moments où je ne tue pas à mes recherches en magie.

- Et pourquoi voulez-vous risquer votre vie dans un duel, demanda Ignace Leclerc à son tour un peu caustique. Vous commencez à vous lasser de votre immortalité ?
- Pas du tout, répondit Guillaume en le fixant droit dans les yeux. C'est pour une autre raison, une raison très personnelle.
- Laquelle ?
- Si je trépasse, je vous la révèlerai – à condition du moins que l'agonie m'en laisse le temps. De fait, je devrai alors vous confier des choses extrêmement importantes. Maintenant, la discussion est close. »

Il était plus de 2 heures du matin. Le vampire le signala et annonça que le duel pouvait débuter. « Avant que nous nous battions, fit remarquer Ignace, je vous rappelle qu'en tant qu'albinos, je suis myope et que mes lunettes ne corrigent que très partiellement ce problème. J'espère donc que vous ne m'attaquerez pas en traître. »

« Rassurez-vous, déclara Guillaume de Montbrissoy. Je serai un adversaire loyal. » Les deux hommes se mirent dos à dos puis, après avoir fait vingt pas, ils se retournèrent. La silhouette du vampire apparaissait assez floue dans les yeux d'Ignace, toutefois ce dernier avait encore la possibilité de viser et de l'atteindre avec ses projectiles magiques. N'eussent été la rumeur qui s'échappait au loin du périphérique et, parfois, le vrombissement d'une voiture qui parcourait l'échangeur, l'atmosphère aurait été totalement silencieuse, d'un silence oppressant.

« A vous l'honneur, monsieur Leclerc ! » s'écria Guillaume. Ignace saisit dans son poing droit de la limaille mêlée de soufre et il le braqua vers son ennemi. « Jaillis, flamme ardente ! » s'exclama-t-il. Aussitôt s'échappa entre ses doigts, sans le brûler, une spectaculaire boule de feu qui s'enfla et se rua sur le mort-vivant. Cependant, d'un geste de main doublé d'une incantation, ce dernier l'éteignit. « Bien joué, monsieur Leclerc ! railla-t-il. Malheureusement, quoique la plupart des vampires ne sachent pas contrer ce sort, j'appartiens à la minorité qui fait exception. Maintenant, à mon tour ! »

Il leva les bras au ciel et déclama cette invocation : « O vent de l'au-delà, engourdis cette âme ! » Puis il ouvrit les poings. Une bourrasque glaciale en jaillit, nimbée de poussière blanche, et Ignace eut juste le temps de se jeter sur la gauche et de rouler sur le sol avant que le souffle ne l'atteignît. Quand il se redressa, il frissonnait de terreur. Le vent de l'au-delà ! Son père lui avait déjà parlé de cette bise violente issue des enfers, que l'on pouvait amener dans le monde des vivants grâce à de la poudre d'os humains, de la pierre d'alun et du salpêtre récolté dans des catacombes. Quiconque en était frappé sombrait dans le coma, et seul un contre-sort complexe parvenait à lui rendre la conscience. Il y avait échappé de peu ! Pour son malheur, il se trouvait maintenant acculé au sommet de l'escalier du bastion. A pas lents, le vampire s'approcha. Ignace ne possédait plus assez de soufre et de limaille pour lancer une boule de feu qui fût vraiment dangereuse : la première fois, il en avait prélevé une quantité trop importante. Il tenta donc un sort de combustion interne. Pointant contre Guillaume son anneau en ambre, il récita une nouvelle formule. Le vampire stoppa et tomba par terre en gémissant. Dans son ventre, il sentait ses organes se contracter et s'échauffer ; bientôt, tout son corps lui parut brûlant comme de s'il était sur le point de s'embraser. Il se tordit sur l'herbe, hurlant et vociférant, crachant déjà de la fumée. Cependant, sa main droite atteignit, à travers sa chemise, un morceau de mâchoire d'homme qu'il portait en pendentif sous ses vêtements, et elle le plaqua contre son cœur. Il balbutia en même temps une incantation. Bientôt son corps retrouva une température normale et le sortilège de combustion se dissipa. Lorsque Guillaume de Montbrissoy se remit debout, ses prunelles étincelaient de rage. Tirant de son veston un anneau en magnétine identique à celui d'Ignace, il l'enfila et lança sur le jeune homme un sortilège de télékinésie. Ignace ne réussit à l'entraver qu'en s'infligeant lui-même, grâce à sa propre bague, un contre-sort le maintenant plaqué en haut des marches. Malheureusement, le vampire renouvela son offensive, ses décharges d'énergie devenant sans cesse plus puissantes. Ignace sentait très bien où il voulait en venir : il souhaitait le projeter dans les airs et lui fracasser les os contre le bitume de la rue Robert Etlin. Il s'efforça de résister, invoquant encore les pouvoirs magiques de son anneau, mais bientôt ces derniers allaient céder. En désespoir de cause, il s'empara du soufre et de la limaille de fer qui lui restaient, puis il lâcha une nouvelle boule de feu sur le vampire. Pris au dépourvu, celui-ci n'eut que le temps de plonger sur le côté pour éviter le projectile, et il abandonna son enchantement. Par malheur, d'ultimes parcelles de ce dernier déstabilisèrent Ignace, qui avait dû lui aussi délaisser un peu son propre charme afin de produire les flammes, et le jeune homme dégringola du haut des marches pour rouler dans la cour du bastion, le corps couvert d'ecchymoses. Par miracle, il ne se brisa rien, mais la frayeur l'oppressait. Sous ses paupières fermées, ses yeux tremblaient comme mus par des décharges électriques. Reprenant ses esprits, il vérifia discrètement l'état de la baguette de hêtre dans la poche gauche de son veston et il s'aperçut qu'elle était intacte.

Soudain, des pas résonnèrent. Par prudence, Ignace fit le mort, et en entrouvrant légèrement son œil droit, il vit Guillaume de Montbrissoy qui descendait l'escalier. Sa main gauche se crispa sur le morceau de bois. D'abord floue, la silhouette du vampire devint de plus en plus nette. Il s'approcha doucement du corps du jeune homme, le contempla d'un air de triomphe, puis il se pencha vers son cou et s'apprêta à le mordre. Brusquement, le bras d'Ignace se détendit et il lui ficha la baguette en plein dans la mâchoire. « O puissance invincible du hêtre, s'exclama le jeune mage, détruis ce parasite ! » Le vampire hurla de douleur et s'effondra. Ignace se releva, arracha la baguette et la regarda avec une profonde satisfaction. Comme le lui avait enseigné son père, c'était là une arme infaillible contre les morts-vivants ranimés par les génies malfaisants du gui. De fait, au sein des forêts, le hêtre était bien le seul arbre capable de résister en toutes circonstances à cet authentique vampire végétal, et si Ignace tenait à entendre l'histoire de son adversaire, c'était partiellement – outre la curiosité historique – afin de s'assurer que son accessoire *s'avérerait efficace contre lui. Longuement, il embrassa la baguette, puis il la rangea dans son veston, heureux d'être enfin sauvé.*

A ses pieds, Guillaume de Montbrissoy gisait d'une façon lamentable, gémissant et le corps secoué de frissons. Son visage était devenu gris et des sueurs froides l'inondaient. « Vous... vous m'avez vaincu, *articula-t-il faiblement.* Je... je vais... mourir. Je vais mourir. C'est... c'est fini.*

- Eh oui ! *lui répondit Ignace sur un ton où perçait une note de compassion.* C'est dur de trépasser alors qu'on aurait encore pu vivre des siècles.

- Vous... vous vous trompez. J'a... j'avais risqué ma vie... de bonne foi. J'a... j'accepte ma mort. J'étais prêt... prêt à l'accueillir. De toute façon... le destin voulait mon décès.

- Qu'est-ce que vous voulez dire ? » *demanda Ignace.*

Remuant péniblement une main, le vampire lui fit signe de s'approcher. Le jeune mage s'agenouilla près de lui et tendit l'oreille. « Monsieur Leclerc... écoutez-moi bien, *bafouilla Guillaume de Montbrissoy entre deux râles.* Tout le temps que je fus vampire, je me suis passionné pour la divination. Tirésias, la sibylle de Cumes, la pythie de Delphes... toutes les grandes figures de cet art magique me fascinaient. J'étudiai toutes les façons de prédire l'avenir : le marc de café... les boules de cristal... l'astrologie... A force de recherches, je parvins à percer les secrets de la pythie de Delphes, et... comme elle... j'entendis des révélations. J'appris ainsi la destinée de nombreuses personnes puis, un jour... je reçus une prophétie qui me concernait.

- Que disait-elle ?

- Que si je kidnappais la sœur d'un albinos, celui-ci me tuerait. Sur le coup, je ne voulus pas y croire. Ça... ça me semblait absurde. Comment un albinos... un myope inguérissable... aurait-il pu m'abattre, moi, un sorcier vampire ? Néanmoins, je n'arrêtai pas d'y repenser. Au fil des ans, cette prédiction se mit à m'obséder, et je décidai finalement d'en vérifier l'exactitude.

- C'était donc pour ça que vous aviez organisé ce duel ?

- Oui. J'ai repéré votre famille... Je vous ai espionné pendant des mois... J'ai compris très vite que vous étiez albinos : une peau aussi claire, des cheveux aussi blonds... ce n'était pas normal en France, et quand vous receviez vos grands-parents, vos oncles et vos tantes, ils avaient tous les cheveux très sombres, comme vos parents. Enfin... j'ai découvert votre statut de magicien... J'ai donc enlevé votre sœur, et je vous ai fait venir ici. Maintenant... je vois que la prophétie n'avait pas menti.

- Au moins, vous n'êtes pas comme Œdipe, constata Ignace. Vous n'avez pas cherché à échapper à votre destin, alors que vous auriez pu le faire.
- C'est vrai, répondit le vampire avec tristesse. J'ai eu... le courage qui manqua à ce héros. Mais ne partez pas, monsieur Leclerc. Il me reste encore... une révélation... à vous faire. Tout en apprenant mon avenir, j'ai aussi vu le vôtre.
- Ah bon ? Et qu'avez-vous découvert ?
- Monsieur Leclerc... un jour... vous recevrez une proposition... au téléphone. Si vous l'acceptez, vous connaîtrez l'amour de votre vie, celui qui durera éternellement. Seulement, la femme que vous aimerez... ce sera... ce sera... »

Chapitre I : *La Vita mediocrissima*

Ce serait quoi, au juste ? Il n'en savait rien. A vrai dire, cela faisait bientôt huit ans que cette question demeurait sans réponse, figée dans un éternel inachèvement. Ignace Leclerc soupira et détacha ses yeux de la liasse de feuilles étalée sur ses cuisses. Sur sa gauche, un sourd grondement enfla et fit bientôt trembler les murs de la caverne artificielle autour de lui, annonçant l'arrivée imminente d'un métro. Ses doigts se refermèrent immédiatement sur les feuillets, les empêchant de s'envoler au passage du monstre d'acier, mais ce fut plus par instinct que par réel attachement. Quand le train fut parti et que la bourrasque se fut calmée, il jeta de nouveau un regard désabusé sur cette œuvrette qu'il avait rédigée presque dix ans auparavant, vers la fin de ses études. Ah ! Il avait une haute opinion de lui à cette époque ! Il s'imaginait un grand destin, se croyait un héros voué à terrasser les forces du mal, voire à affronter la mort en personne. De fait, ce texte, ainsi que la vingtaine d'autres qu'il avait composée dans sa prime jeunesse, n'étaient pas que de pures fictions. Non seulement il était bel et bien albinos, avec des cheveux blond platine, des yeux bleus, de grosses lunettes et une légère coquetterie à un œil ; non seulement il était aussi immense et dégingandé ; non seulement enfin, il avait réellement eu un frère et deux sœurs, mais il détenait aussi vraiment des pouvoirs magiques. Hélas ! Ceux-ci n'atteignaient pas les formidables capacités décrites dans la nouvelle.

Il n'en restait pas moins qu'en marge de ses études de lettres classiques à la Sorbonne, il avait suivi tout un cycle de cours en sciences occultes à l'Institut libre d'hermétisme et de thaumaturgie de Paris, petit établissement privé dispersé entre quelques vieilles bâtisses des Ve et VIe arrondissements, qui n'était connu que de quelques initiés et dont les tarifs avaient le mérite de n'être point exorbitants. De fait, il s'agissait plus de l'œuvre de quelques passionnés que d'une véritable institution d'enseignement. Qui avait eu l'idée de l'y inscrire ? Sa mère. Cette grande brune au teint mat et aux cheveux de jais, qui se pensait d'origine tzigane et croyait fermement à la sorcellerie – à défaut de la pratiquer –, s'était persuadée que son petit Ignace, de par son albinisme, était voué à devenir un grand enchanteur. Ce qui l'avait confortée dans cette opinion était la surprenante capacité d'intuition dont le petit garçon avait très tôt fait preuve dans certaines circonstances. A plusieurs reprises, pendant son enfance et son adolescence, il avait eu des rêves insolites qui s'étaient avérés prémonitoires. Il n'en avait pas fallu davantage pour tournebouler l'esprit de sa génitrice. Dès ses plus jeunes années, elle lui avait farci la tête de toutes sortes d'histoires sur les esprits, les puissances cachées de la nature et les génies secrets qui se tapissent dans les univers parallèles et avec lesquels l'homme doit pactiser, s'il veut acquérir savoir et pouvoir. Sur cette trame se greffaient toutes sortes de récits héroïques sur les mages et les enchanteresses qui avaient illuminé les siècles : les prophéties de Tirésias ; la sagesse de la pythie de Delphes ; Cassandre l'incomprise et la guerre de Troie ; les exploits et les forfaits de Médée ; la sorcière Pamphilé qui transformait les Grecs et les Romains en ânes ; les hauts gestes de Merlin auprès du roi Arthur, et sa relation ambiguë avec Viviane et Morgane ; les sinistres méfaits de l'enchanteur russe Kastcheï, qui avait acquis une des immortalités les plus atroces qui soient, sous la forme d'un squelette vivant, bougeant et parlant ; le destin tout aussi tragique de son émule roumain Vlad l'Empaleur, devenu un vampire sanguinaire pour mieux lutter contre les Turcs...

Tourneboulé par ce bourrage de crâne, c'était tout naturellement qu'Ignace s'était laissé inscrire à l'Institut libre d'hermétisme et de thaumaturgie, juste après son bac. Ensuite... Il y était resté cinq ans, cinq ans pendant lesquels il n'avait guère brillé. Certes, dans ces vieilles salles au crépi écaillé, auprès de ces enseignants un peu dépenaillés, mais fiers de leur savoir, il avait avalé des pages entières d'encyclopédie sur l'histoire de la magie ; seulement, dans les autres domaines des arts occultes, il s'était avéré un étudiant assez piètre. Indéniablement, il avait considérablement affiné son don de double vue. Grâce aux maîtres de travaux pratiques qui s'étaient occupés de lui, il avait appris à entrer en transe et à localiser finement tous les objets nantis de pouvoirs surnaturels. Mais c'était bien là – avec l'histoire de la magie – la seule matière qui lui eût réussi. Pour ce qui était des autres... Piètre alchimiste, piètre thaumaturge, piètre guérisseur, piètre invocateur : tels étaient les qualificatifs qui lui convenaient le mieux. Lorsqu'il était parti, au terme de son master 2, les responsables de l'institut ne l'avaient guère regretté. Pourtant, cette dernière année d'études avait été marquée par un mémoire particulièrement pénétrant sur l'art de la divination chez les Pictes d'Ecosse au Ier millénaire avant Jésus-Christ, avant que les Celtes ne conquièrent leur pays. Cette étude incluait même une nouvelle traduction très audacieuse de plusieurs formules magiques propres à ce peuple, ainsi que la découverte de nombreux mots de sa langue qui étaient restés jusque-là totalement inconnus. Comme elle lui avait valu une bonne note, Ignace avait quitté son école de magie fier comme un paon. A sa décharge, il fallait reconnaître que, tout au long de sa scolarité, personne parmi ses enseignants comme ses camarades n'avait osé lui faire remarquer sa faiblesse globale. Ç'aurait été cruel d'assombrir ses rêves – d'autant que son albinisme l'empêchait déjà d'y voir clair dans la rue...

De fait, à la Sorbonne comme à l'Institut libre de thaumaturgie, les études supérieures avaient vraiment été, pour Ignace, le temps de l'insouciance, des illusions grandioses et de l'optimisme béat. A la célèbre université parisienne, il avait accumulé les succès en latin et en grec ancien, s'imposant très tôt comme un expert dans les arts délicats de la traduction et de l'accumulation de connaissances érudites. Pendant ses années de master, ses directeurs de recherche avaient été ravis de disposer d'une telle éponge intellectuelle et ils n'avaient jamais cessé de le caresser dans le sens du poil afin de mieux le charger, à son insu, de tâches uniquement destinées à entretenir leur propre gloire. Jamais ils n'avaient tenté de l'introduire sérieusement dans le monde de la recherche universitaire, jamais ils ne l'avaient présenté à leurs confrères comme une jeune pousse intéressante qu'il fallait faire fleurir. Pendant deux ans, sans qu'il s'en aperçût, ils avaient sournoisement pompé la substantifique moelle de ses travaux pour alimenter les leurs, tout en le cajolant afin qu'il « produisît » plus. Le malheureux ! Jamais il n'avait vu qu'on le dupait, jamais il n'avait pris conscience qu'on le conduisait doucement dans un mur. Dans son aveuglement, son séjour au pays de cocagne des grosses têtes semblait voué à ne jamais finir. Bien qu'il ne fût pas d'un naturel orgueilleux, il s'était mis à se vanter de ses performances d'apprenti chercheur, d'autant plus qu'il avait réussi à mener ses recherches pour la Sorbonne en même temps que ses masters pour l'Institut libre d'hermétisme et de thaumaturgie. Cette performance décuplait sa fierté. Effectuer simultanément quatre masters ! Un tel exploit n'était pas à la portée de tous. Quelle belle carrière semblait s'ouvrir devant lui ! Grand devin, érudit en histoire de la magie, expert en langues anciennes et occultes...

Son imagination s'en enflammait. Il fallait que le rêve sortît, qu'il se matérialisât ! Sur le papier, à la faveur de ses vacances, il avait donc couché ses fantasmes, d'un crayon fougueux, noircissant des pages et des pages avec les aventures qu'il pensait vivre un jour. Peu lui importait d'embellir notablement la réalité dans ces récits, ou de brosser de lui-même un portrait nettement plus flatteur que sa véritable personnalité : il s'était persuadé qu'il connaîtrait un matin des expériences héroïques, lorsqu'il serait enfin devenu célèbre. En attendant, à défaut d'être un authentique héros, il se donnait les moyens de devenir un grand écrivain, en plus d'un éminent chercheur et d'un enchanteur talentueux.

Mais, un beau jour, la réalité avait repris ses droits. A la Sorbonne comme à l'Institut libre de thaumaturgie, cinq années s'étaient écoulées. Le temps des études était fini. Continuer en thèse ? « Tu n'y songes pas, lui avaient dit ses parents. Du haut de tes 24 ans, il est grand temps que tu te trouves un boulot. Nous t'aimons bien, mais si tu continues de loger chez nous sans travailler, tu risques de ressembler un peu à un parasite oisif. » A cette raison s'ajoutaient les infortunes du père d'Ignace, qui avait perdu son emploi pendant la dernière année d'études supérieures de son fils, victime malgré lui des problèmes économiques de son employeur. Pour la famille Leclerc, l'heure était venue de se serrer la ceinture. Tout modiques que fussent les frais d'inscription à l'institut, il n'était plus question de les acquitter une nouvelle fois. Quant à ceux de la célèbre université parisienne... Au vu de leur montant, il eût fallu avoir un pois chiche à la place du cerveau pour oser signer encore un chèque. Non, aucune échappatoire n'était possible : travailler s'imposait. Mais que faire ? Vivre de la magie ? « N'y compte pas, avait dit le père d'Ignace. Ta mère aimerait bien que tu vives de tes "talents" – si on peut dire –, mais c'est un leurre. A notre époque de rationalisme exacerbé, il n'y a plus assez de gens qui croient au surnaturel. En tout cas, tu n'en trouveras jamais assez pour remplir ta gamelle tous les jours. Crois-moi : la magie, pour ceux qui savent la pratiquer, ce ne peut être qu'un passe-temps en marge d'un métier "normal". » Il fallait donc se rabattre sur un métier « normal », c'est-à-dire ne requérant pas les compétences qu'on lui avait appris à développer à l'institut. Mais quel métier ? Le seul débouché de ses belles études de lettres classiques était l'enseignement. Bien qu'il ne se sentît guère disposé à officier auprès d'enfants et d'adolescents, Ignace avait quand même passé le CAPES, le réussissant du premier coup.

La suite n'avait été qu'une catastrophe. Dans les collèges où on l'avait catapulté pour qu'il y accomplît ses stages, il s'était avéré incapable de se faire respecter. Englué dans son érudition, jamais il n'était parvenu à transmettre à ses élèves un savoir suffisamment basique et en même temps éclairant pour les intéresser. La plupart avaient décroché dès les premiers cours, incapables de le suivre sur les hauteurs où il prétendait les emmener. Très vite, les cancres s'étaient déchaînés contre lui. A leurs yeux, il n'était qu'un emmerdeur. En outre, comment auraient-ils pu respecter ce grand dadais au teint de spectre et aux cheveux mi-blancs mi-blonds, dont les yeux d'un bleu délavé n'étaient même pas capables de distinguer nettement le fond de la salle de classe, malgré leurs énormes lunettes ? « Sus à monsieur Leclerc ! » : tel avait été leur mot d'ordre au bout de seulement deux semaines de cours. Devant leurs bavardages incessants, devant le tumulte qu'ils avaient vite réussi à semer dans les cours et devant leurs innombrables railleries et insultes qui avaient fini par dégénérer en menaces d'agression, l'infortuné Ignace avait été incapable de résister. Sa haute taille ne lui avait été d'aucun secours : pour imposer le respect quand on est grand, encore faut-il avoir la face hardie et l'allure résolue, or la relative timidité d'Ignace et ses manières embarrassées ne faisaient que le desservir. Ce n'était pas tout : son faible sens de la psychologie et son manque de répartie le rendaient incapable de répondre efficacement aux invectives et aux moqueries. Enfin, sa vue basse d'albinos achevait de l'enfoncer. Mais la magie, dans toute cette affaire ? Ce n'était pas en brillant uniquement dans le don de double vue qu'il se tirerait de ce pétrin. Comment dompter des gamins insolents, quand on ne sait même pas manipuler les esprits, déclencher des métamorphoses ou susciter un prodige assez étonnant pour terroriser tous les railleurs (ou au moins leur rabattre leur caquet) ? Toute la science qu'il avait accumulée à l'Institut libre de thaumaturgie ne lui avait servi à rien pour asseoir une quelconque autorité. Si seulement il avait pu évoquer devant ses élèves rebelles les spectres de quelques grands écrivains du passé ! Mais il n'en était même pas capable, la nécromancie n'étant pas enseignée dans cet établissement, à cause d'un tabou. De toute façon, eût-il quand même suivi des cours dans cette discipline, il n'aurait sans doute pas été capable de reproduire efficacement les sortilèges.

Cette impuissance générale l'avait rapidement plongé dans le désespoir. Finalement, au terme de trois trimestres pendant lesquels il ne s'était pourtant jamais mis en arrêt de maladie, le verdict était tombé : le ministère de l'Education nationale refusait de le titulariser. Il n'acceptait même pas de renouveler son stage un an de plus, histoire de lui laisser une seconde chance. Ne restait plus que le chemin de Pôle Emploi...

Pour le pauvre Ignace, ç'avait été comme un coup de massue. Qu'allait-il faire à présent ? Il n'en savait rien, fichtrement rien – sauf qu'il lui fallait chercher une autre voie. Dans son désespoir, il s'était d'abord tourné vers les enseignants de l'Institut libre d'hermétisme et de thaumaturgie, dans l'espoir que ceux-ci eussent une place d'assistant à lui offrir. Mais il s'était heurté à une fin de non-recevoir. L'institut, lui avait-on répondu, n'était pas assez riche pour embaucher du personnel supplémentaire. En fait, cette excuse était un peu bidon : les finances de cet établissement étaient certes basses, mais la vraie raison était surtout que les professeurs en renouvelaient les effectifs en transmettant leurs charges à leurs propres enfants. Ignace ne tarda pas à s'en apercevoir. Il en fut dégoûté. Cependant, sans perdre courage, il s'adressa à ses anciens directeurs de recherche à la Sorbonne. Là encore, il croyait que ceux-ci pourraient lui confier une tâche subalterne dans le monde universitaire ou, tout au moins, lui trouver un stage chez un nouvel employeur. Mais ses suppliques ne reçurent aucune réponse. Les doctes professeurs de la Sorbonne se fichaient comme d'une guigne de ses malheurs. Au fond, jamais ils ne lui avaient réellement accordé beaucoup d'importance. Leurs successeurs ? Ils les avaient déjà sélectionnés parmi les étudiants qui avaient du bagout, de l'entregent, un dense réseau de relations et dont les familles étaient de préférence riches et influentes. A quoi bon se soucier de ce grand dadais au teint de serpillière javellisée, qui provenait en outre de parents d'une effarante banalité ? Il n'avait été bon qu'à les épauler un temps dans leurs travaux, comme un intérimaire qui prête main-forte à un service commercial surchargé. A présent, qu'il se débrouillât tout seul dans la vie ! Eux avaient d'autres chats à fouetter.

Dix mois étaient ainsi passés, dix mois de chômage, d'incertitude, de candidatures vaines et d'entretiens d'embauches infructueux. Et puis, à force de persévérance, il avait réussi à retrouver un emploi stable, un contrat à durée indéterminée, chez une drôle d'agence nommée PV Express, qui recherchait justement un homme à l'ouïe fine et à l'écriture impeccable. Ignace correspondant parfaitement à ces deux critères, il avait été recruté d'office. Depuis, son nouvel employeur avait été tellement satisfait par ses prestations qu'il l'avait gardé à son service malgré les aléas de son entreprise, refusant obstinément de le licencier. Ses parents avaient été aux anges. Au moins, avec cet heureux dénouement, son avenir était assuré. Seulement...

Seulement, au bout de huit années passées chez PV Express, ce providentiel retour à l'emploi s'était mué en damnation doucereuse. Ce n'était pas à cet avenir-là qu'Ignace rêvait. Il avait imaginé mieux, beaucoup mieux. Seulement, il avait dû se contenter d'un métier somme toute peu gratifiant : professionnel anonyme de la rédaction, chargé d'assister en silence à des réunions, dans un coin, tout en notant les propos échangés et en les enregistrant sur un dictaphone afin de les résumer plus tard sous la forme d'un compte rendu destiné aux organisateurs desdites réunions. Ce travail d'écriture se déroulait toujours chez lui, dans la solitude de son logis, son employeur n'ayant pas les moyens – disait-il – de lui accorder un vrai bureau dans un immeuble dédié à cet usage, avec une machine à café, quelques postes informatiques groupés en *open space* et, surtout, une joyeuse compagnie. Ses collègues, les autres rédacteurs de PV Express ? Il en ignorait tout, pour la simple raison qu'il ne les voyait jamais. Telle était la conséquence de son télétravail, or tout le monde, dans son agence, était dans la même situation que lui. Personne ne se croisait jamais. Les seuls individus qu'il rencontrait dans le cadre de son métier étaient les clients de son patron, lorsqu'il allait couvrir leurs réunions. Encore ceux-ci ne prêtaient-ils guère d'attention à lui. A leurs yeux, il n'était qu'un technicien parmi d'autres, dont on ne retenait que le travail mais dont on oubliait le visage, une fois qu'il était parti. Jamais il n'avait rencontré parmi eux quelqu'un qui pût devenir un ami ou, tout au moins, une relation. Son lot était la solitude.

Ainsi passait sa vie depuis huit ans, une vie de plus en plus terne, de plus en plus morne. Certes, il n'était pas payé avec un lance-pierre : son employeur lui donnait quand même 1900 euros nets chaque mois. Il avait pu quitter le domicile parental pour emménager dans un appartement à Paris. Chaque jour, son assiette était suffisamment pleine pour lui épargner la faim. Il pouvait même faire des économies. Mais ces avantages n'effaçaient pas la tristesse de sa toute petite vie, une vie objectivement médiocre et ennuyeuse, confite dans la monotonie et l'isolement.

Quant à ses rares capacités magiques, elles n'avaient pas changé grand-chose à tout cela. Au début, lorsqu'il s'était retrouvé au chômage, il avait été saisi d'un grand doute envers la valeur de son cursus à l'Institut libre d'hermétisme et de thaumaturgie, au point de vouloir presque envoyer valdinguer tout ce qu'on lui avait appris là-bas. Cependant, comme sa mère lui avait remontré que son don de double vue était réel, qu'il était vraiment devenu capable, grâce à l'institut, de repérer et de localiser à distance les objets magiques, si bien cachés fussent-ils, il s'était ravisé et avait finalement décidé d'employer ce rare talent à arrondir ses fins de mois. Au fond, la magie avait encore des adeptes en ce début de XXIe siècle. Dans certaines villes, leurs rangs s'étaient même accrus grâce à l'immigration. Il était évident qu'avec un peu de publicité, sa route ne manquerait pas de croiser celle d'individus convoitant des objets magiques apparemment disparus de la circulation, qu'il se fût agi de fétiches, d'idoles, de reliques, d'amulettes, de livres maudits ou d'autres babioles nanties de pouvoirs redoutables. Encore fallait-il opérer dans un lieu stratégique. Il s'était donc installé dans le XIXe arrondissement de Paris, là où se concentrait toute une population venue de tous les horizons et encore peu imprégnée de culture occidentale. Dans ce secteur, le rationalisme scientifique avait bien reculé. La crainte des puissances occultes et la confiance dans les individus capables de les maîtriser y étaient largement partagées. Un voyant y avait toutes ses chances.

Ignace les avait saisies. Dès son emménagement, il s'était établi, parallèlement à son métier de rédacteur, comme devin extralucide actif le samedi, le dimanche et les jours de semaine à partir de 18 heures. Par un étrange souci de légalisme, il était allé jusqu'à prendre le statut d'autoentrepreneur pour exercer cette seconde activité et à la déclarer à l'URSSAF en la présentant comme un travail de détective consultant. Au fond, même si cela le soumettait à des taxes, mieux valait ne pas prendre de risques, l'administration française étant parfois si tatillonne. Quant aux dirigeants de PV Express, ils n'avaient émis aucune objection lorsqu'Ignace les avait avertis de cette profession parallèle – toujours par précaution. Du moment qu'elle n'empiétait pas sur les heures de boulot réservées à l'agence, à quoi bon la critiquer ? Sûr de ses arrières, le jeune mage s'était alors employé à se faire connaître, scotchant des papiers avec ses coordonnées dans toutes les boulangeries et tous les cafés de son arrondissement, convainquant des patrons de taxiphones de faire de la publicité pour lui, et multipliant les petites annonces sur une foule de sites Internet, dont l'incontournable Bon Coin. Il n'avait pas hésité non plus à imprimer des prospectus et à les distribuer dans presque toutes les boîtes aux lettres de la capitale. Malheureusement, les fruits de ces efforts s'étaient avérés bien moins juteux qu'il l'espérait. Certes, il avait réussi à attirer des clients – et même des clients originaires de tout Paris ainsi que de banlieue, notamment de Seine-Saint-Denis –, mais ceux-ci n'avaient pas été assez nombreux pour lui permettre de fourrer de vraies mottes de beurre dans ses épinards ou, plus simplement, de s'épanouir réellement en tant que mage. En effet, la concurrence était rude sur le marché de la double vue. Les flux migratoires avaient aussi amené en France toute une foule de devins et d'ensorceleurs originaires d'Afrique, du Maghreb ou d'Inde, et, par un tragique mais logique coup du sort, beaucoup d'adeptes du surnaturel préféraient quémander l'aide de ces enchanteurs dont ils partageaient la culture plutôt que celle d'un pauvre mage gaulois – tout compétent qu'il fût. Certes, dans ses réclames, Ignace ne manquait pas de mettre en avant ses réussites et surtout son albinisme, source de ses dons de divination, mais beaucoup de clients potentiels n'en avaient cure : à leurs yeux, de par ses origines franco-françaises, il paraissait trop exotique. Il dut donc s'habituer à des requêtes assez aléatoires et irrégulières, et à des semaines entières pendant lesquelles personne ne le contactait. Ce n'était pourtant pas faute de se faire connaître ou de pratiquer des tarifs bon marché.

A ce premier désagrément s'ajouta bientôt un autre. Assez souvent, voire trop souvent, les recherches d'objets magiques auxquelles on lui demandait de collaborer n'obéissaient pas à des motifs honnêtes. Pour trois demandes de retrouver des statuettes ou des amulettes nanties de pouvoirs bienfaisants comme la guérison ou la clairvoyance, il en dénombrait bien quatre autres qui portaient sur des fétiches malfaisants, des livres de magie noire ou des pierres précieuses aux influences maléfiques. Ces sinistres clients n'avouaient jamais explicitement ce qu'ils comptaient faire avec ces objets, mais lui le devinait très bien. Un jour, il avait même dû éclairer de ses lumières extralucides des individus barbus d'origine marocaine qui convoitaient un exemplaire très particulier du Coran − un manuscrit du XVe siècle que son copiste, disaient les occultistes, avait revêtu de la puissance d'anéantir à distance « certains ennemis de la vraie foi ». Naturellement, les lugubres commanditaires ne lui avaient pas dévoilé cette dernière caractéristique, mais il en était déjà au courant, puisque un enseignant de l'Institut libre d'hermétisme et de thaumaturgie avait fait allusion ce livre pendant sa scolarité. Cela ne l'avait pas dissuadé pour autant de se soumettre docilement à ces malfaiteurs, d'autant plus que ceux-ci ne lui avaient laissé aucun choix.

D'une façon générale, il avait accepté sans regimber toutes les requêtes autour d'objets malfaisants ou pernicieux, car il se souciait avant tout de sa sécurité personnelle ; or s'il y avait quelque chose susceptible de la menacer, c'était de dévoiler les noirs desseins de criminels. « On reste muet, m'sieur Leclerc, hein ? lui avait-on fait comprendre. On ne cause pas. Sinon, couic ! » A chaque fois, il avait approuvé, comme une loque. Seule la lâcheté l'avait conduit à un tel comportement. En revanche, la cupidité n'y avait joué aucun rôle, car il n'était pas particulièrement avide de richesses. Cela n'empêchait pas ses clients les plus malhonnêtes d'être aussi les plus généreux, dans la mesure où la peur seule − croyaient-ils − n'aurait pas suffi à garantir son obéissance et sa loyauté. Cependant, plus les années passaient, plus cette situation dégoûtait le jeune mage. Il en avait assez de se faire le complice de malfaiteurs et d'assassins, simplement parce qu'il était plus couard qu'un lièvre et qu'il voulait quand même exercer son art magique, histoire de se convaincre que ses études à l'Institut libre d'hermétisme n'avaient pas servi à rien. Plus généralement, il ne voyait plus l'utilité de maintenir une activité de devin dans laquelle il ne s'épanouissait pas et qui lui rapportait somme toute bien peu, sa clientèle n'ayant jamais été nombreuse. Si en plus elle devait se composer majoritairement de malfrats, non, vraiment, ça ne devenait plus tenable ! Sa conscience se révoltait. Il fallait arrêter. Il fallait arrêter tout de suite ! Certes, ce serait dire adieu à la magie, tirer un trait définitif sur plusieurs années d'études en sciences occultes qui lui avaient quand même procuré bien du plaisir. Mais sa « rédemption » était à ce prix – ainsi que l'avantage d'une vie sans risque.

Ignace poussa un nouveau soupir. En cette soirée de septembre 2014, il était là à s'ennuyer sur les bancs du métro, au cœur de la station Ourcq, de retour d'une réunion qui avait duré tout l'après-midi et pendant laquelle il avait dû noter toutes sortes de palabres sans jamais s'interrompre, pendant quatre heures d'affilée. Il lui avait fallu supplier les organisateurs de cette discussion pour que ceux consentent à une pause et le laissent souffler quelques minutes. Le marathon dactylographique avait ensuite repris, pendant deux autres bonnes heures. Ce n'était qu'à 19 heures que les débats avaient cessé et que les clients de son agence l'avaient autorisé à partir. Si les touches de son ordinateur portable avaient pu parler, elles auraient demandé grâce, et à grands cris. C'était un Ignace vanné qui s'était engouffré dans le métro, quelque part à Boulogne-Billancourt, pour regagner au plus vite son logis du XIXe arrondissement. Le programme censé le détendre là-bas était plutôt simple : une petite trotte jusqu'à son appartement, un dîner roboratif, puis une séance devant son ordinateur pour regarder un film (documentaire ou polar ; tout dépendrait de son degré de fatigue).

Seulement, sur le chemin, le blues l'avait envahi. Sans doute l'épuisement consécutif à sa mission l'avait-il attisé. Il n'avait même pas tenté de lutter : depuis plusieurs semaines, il commençait à devenir coutumier de telles crises. Au contraire, arrivé à destination, à la station Ourcq, il avait sorti de la mallette contenant son ordinateur un texte qu'il emportait de plus en plus souvent avec lui, travaillé qu'il était par le cafard et la nostalgie. C'était *Duel au bastion n°1*, une de ses nouvelles de jeunesse, dans laquelle il s'était mis en scène en héros. Plutôt que de rentrer chez lui, il s'était assis sur le banc et il l'avait relue intégralement, insensible aux minutes qui s'écoulaient. Finalement, il la remit dans sa sacoche avec dédain. Comme cette œuvrette lui semblait dérisoire à présent ! Dans la vraie vie, il n'avait jamais affronté de vampire, et il n'avait aucune raison de le regretter. Si sa route avait un jour croisé celle d'un mort-vivant expert en magie noire comme son Guillaume de Montbrissoy, ce dernier l'aurait immédiatement trucidé sans qu'il eût pu esquisser la moindre défense. Quelle bêtise, quelle bêtise que de se figurer accomplissant de tels exploits ! D'un autre côté, là encore, l'existence s'était chargée de lui infliger une bonne claque. Toutes ses tentatives de faire publier sa vingtaine de nouvelles s'étaient soldées par des échecs. Il avait eu beau multiplier les envois de manuscrits, solliciter plus d'une dizaine d'éditeurs, tous lui avaient opposé des refus catégoriques. « Pas assez vendeur » ; « Trop convenu » ; « Style trop complexe » : telles étaient les justifications qu'on lui avait fournies. De guerre lasse, Ignace avait enterré ses rêves artistiques et renoncé à la fiction. Non, vraiment, jamais il ne brillerait au firmament littéraire. En revanche, comme scribouillard, il avait déjà écrit de quoi remplir plus de six gros volumes de comptes rendus de réunion, en moins de dix ans de carrière. C'était une belle performance !

Chapitre II : Rencontre insolite

Un bref coup d'œil sur sa montre lui révéla qu'il était déjà plus de 20 heures 30. Comme le temps était passé vite ! A présent, il n'était plus question de se mitonner quelque chose à la maison. Il fallait se restaurer en vitesse, et à peu de frais. Heureusement, Ignace connaissait un endroit propre à le tirer d'affaire. Empoignant sa mallette, il sortit du métro et s'avança dans les rues où le soir tombait. Autour de lui, dès qu'on dépassait un rayon de deux mètres, tout était flou, malgré ses lunettes. Les immeubles avec leurs enseignes et leurs fenêtres étaient des sortes de falaises indistinctes irradiant de mille feux, tandis que les lampadaires qu'on venait d'allumer ressemblaient parfaitement à de grosses étoiles qu'on aurait accrochées à seulement quelques mètres au-dessus de la tête des passants. Des fantômes aux couleurs et aux senteurs variées, ainsi qu'aux visages méconnaissables, déambulaient dans cette féérie lumineuse tout en se croisant, se dépassant et se saluant, sans jamais le frôler. En effet, bien qu'il ne pût identifier leurs traits, il les voyait arriver et il savait ainsi les éviter avant qu'ils ne le heurtent. D'autres créatures spectrales, rutilantes mais aux formes imprécises, circulaient en vrombissant entre les fantômes à pied, laissant derrière elles une entêtante odeur de gaz carbonique et de caoutchouc usé. Tout ce tableau urbain et crépusculaire composait une étrange symphonie visuelle, dans laquelle les peintres impressionnistes rejoignaient les futuristes italiens, avec un petit souvenir de l'univers nocturne et inquiétant des artistes symbolistes de la fin du XIXe siècle. Toutefois, cette atmosphère mystérieuse et romantique était complètement gâchée par le bruit. Loin d'être silencieux, les spectres du XIXe arrondissement de Paris étaient bavards, voire même criards et grossiers, et le moins qu'on pouvait dire était qu'ils torturaient méchamment la langue française. En tant que professionnel de l'écriture, Ignace en était peiné. Cependant, cela faisait longtemps qu'il avait cessé de s'en affliger. A quoi bon s'indigner de leur manque fondamental d'instruction ? D'un autre côté, cela arrangeait aussi quelque peu ses affaires : tant qu'il y aurait des gens incapables de manier un français correct, il y aurait aussi besoin d'experts en langue tels que lui.

D'un pas confiant, il continuait d'avancer, franchissant sans crainte les passages cloutés, obliquant dans les petites rues parallèles aux grandes artères et multipliant les tours et les détours sans jamais s'égarer. Il savait très bien où il allait. La brume dans laquelle le plongeait sa vue basse d'albinos ne le gênait en rien. Non seulement il avait déjà parcouru ce chemin trente fois, mais il reconnaissait aussi une foule d'indices qu'il avait gravé dans sa mémoire en les observant de près.

Finalement, à l'approche d'un croisement, une vague odeur de mouton rôti titilla ses narines affûtées. Il leva ses yeux bleu pâle. De l'autre côté de la rue, une grande vitrine éblouissante où gambadaient des lucioles orangées faisait fuir la pénombre. Au-dessus s'étalait une longue enseigne, aux lettres rouges inidentifiables pour lui à cette distance. Enfin il était arrivé. Il le savait.

Une minute plus tard, la porte s'ouvrit et il entra dans le boui-boui qu'il avait repéré, la face hardie et l'estomac gargouillant. Au fond de la salle, derrière le comptoir, ses faibles prunelles distinguaient deux silhouettes. La première, longue, brunâtre, chargée d'un lourd parfum de graisse fondue, de marinade et d'herbes de Provence, était celle d'une grande brochette de mouton et de veau tournant sur un barbecue électrique. La seconde, bien plus replète, était celle d'une grosse gargotière enturbannée, manifestement amatrice de tajines et de loukoums. Ignace reconnut aussitôt madame Nedjma. Quelques pas le portèrent vers le comptoir et tout devint net. « Eh ben ! s'exclama soudain la patronne en le voyant apparaître. V'là le fantôme en costard ! Ça f'sait un bail que je t'avais pas vu. Alors, qu'est-ce qui t'amène là ?

- Ce n'est pas dur à deviner, madame Nedjma, répondit Ignace en s'accoudant. J'ai bossé toute la journée, alors j'ai faim. Je veux croûter, quoi ?

- T'inquiète, Guigui, t'inquiète ! Tu veux quoi ? J'vais pas te faire un grec, ça te remplirait pas. Alors ? Tu veux quoi pour te bourrer la panse ?

- Pff... Un couscous brochettes, ça m'ira bien. Mettez-moi beaucoup de légumes, s'il vous plaît, beaucoup de légumes, et 3 petites brochettes. Et n'oubliez pas de piquer sur les brochettes des petites boulettes de chair à merguez.

- OK ! Ça marche ! »

Elle saisit immédiatement les ingrédients du plat dans la vitrine réfrigérée sur laquelle s'appuyait le jeune mage. Cependant, ce dernier n'alla pas tout de suite s'asseoir à une table. Il resta là, immobile et apathique : la mélancolie l'avait repris. La gargotière le remarqua. « Qu'est-ce qu'y a, Guigui ? demanda-t-elle. Tu rêvasses ?

- Non, répondit Ignace soudain ramené à la réalité. Je... Je ne suis pas dans mon assiette. C'est tout.

- Quoi ? T'es malade ?

- Non. Seulement, ce soir... je suis un peu triste. J'ai le spleen, j'ai le blues... »

- Pff... T'en as, de ces mots ! Sors un p'tit peu de ton dico. Trouve-toi plutôt une place pour croûter, que je te serve ! »

En soupirant, Ignace se mit en quête d'une chaise libre. Le restaurant étant relativement peu rempli, il ne tarda pas à trouver une table de quatre places, où il s'installa. Il y était seul. Sept minutes s'écoulèrent, puis madame Nedjma lui apporta une énorme assiette débordante de semoule, de pois chiches et de légumes bouillis, que surmontaient les trois brochettes à l'agneau et à la chair à merguez. Elle ajouta aussi une carafe d'eau et un verre, pour qu'il se désaltérât.

Dès qu'elle fut partie, Ignace porta une bouchée à ses lèvres, mais il la recracha immédiatement : elle était trop chaude. Dépité, contraint d'attendre, il ne résista pas à la tentation de se plonger une nouvelle fois dans le récit glissé dans sa sacoche. Discrètement, il le sortit et le hissa devant son visage, comme s'il se fût agi d'un journal. Quel ramassis de puérilités ! Pourtant, on pouvait vraiment comprendre qu'il eût conçu de tels fantasmes dans sa prime jeunesse. A vingt-trois ans, il était quand même plus exaltant de s'imaginer combattre les vampires dix ans plus tard que de se représenter en train de mâchonner un couscous dans une quelconque gargote parisienne. En outre il y avait quand même une part d'autobiographie dans ce *Duel au bastion n°1*. A l'époque où il l'avait écrit, sa plus jeune sœur, Josiane, avait réellement été mordue par un vampire – mais pas un vétéran de la Commune : une leucémie, une leucémie aussi maligne que tenace, qui lui rongeait lentement mais sûrement la moelle osseuse et dévorait ses globules rouges. Malgré toute la chimiothérapie qu'on lui avait administrée, la pauvre enfant n'avait pas tardé à dépérir, et les médecins avaient bientôt annoncé qu'elle ne s'en tirerait probablement jamais. Rien n'était parvenu à enrayer la progression du mal, et la magie elle-même n'avait pu la soigner. En effet, comme Ignace n'avait jamais réussi à maîtriser le moindre sort de guérison, il ne lui avait été d'aucune utilité. Certes, à défaut d'intervenir lui-même, il avait sollicité l'aide d'un camarade de l'Institut libre d'hermétisme et de thaumaturgie, qui avait développé des talents de guérisseur, mais les manœuvres de cet ami s'étaient avérées inefficaces. De toute évidence, les puissances secrètes qui régissent le monde voulaient que Josiane mourût. Alors, pour illuminer un peu ses dernières semaines, Ignace avait rédigé pour elle ce *Duel au bastion n°1*, dans lequel il triomphait allégoriquement de son assassin incarné par Guillaume de Montbrissoy. Sur son lit d'hôpital, la jeune fille avait beaucoup apprécié les premières pages de la nouvelle, que son frère lui avait transmises. Sa mort avait définitivement interrompu la rédaction de ce récit. En l'apprenant, Ignace avait été si triste qu'il ne s'était pas senti la force de l'achever. Pour cette raison, *Duel au bastion n°1* était la seule de ses œuvres qu'il n'avait jamais proposée à un éditeur.

« Josiane, Josiane ! pensa-t-il. Je me rappelle ta peau d'albâtre, tes longs cheveux d'un blanc jaunâtre, tout comme les miens… Comme nous étions semblables… » Un pianotement de doigts qui provenait du comptoir le ramena soudain à la réalité. Ce ne pouvait être que madame Nedjma qui s'était mise à le contempler et qui ironisait secrètement sur son spleen. Bien qu'il n'eût rien distingué clairement, il le devinait : il la connaissait assez. Il rangea donc rapidement la nouvelle dans son sac et entama son couscous, qui n'était plus que tiède.

Autour de lui, plusieurs spectres flous vidaient leurs assiettes. Certains en étaient déjà au dessert et dégustaient des pâtisseries orientales ou des gâteaux de semoule. D'autres sirotaient doucement des thés à la menthe. L'un avait même commandé à madame Nedjma un café à la mode turque, tout rempli de marc. Pour la plupart, ils étaient d'origine orientale ou nord-africaine. Avec sa tignasse blond platine et son teint de lait, Ignace semblait d'autant plus une caricature de Gaulois qu'il était presque l'unique représentant de son espèce. Toutefois, il n'était pas seul. Près de l'entrée, à une petite table ronde, se tenait un homme de taille moyenne, en survêtement de sport, aux cheveux roux coupés assez court et à la barbe et la moustache rousses. A en juger par son visage et par la pâleur de sa peau, il était manifestement de vieille souche européenne. Ses yeux disparaissaient derrière des lunettes sombres, et l'un de ses trous auditifs s'ornait d'une sorte d'oreillette, sans doute reliée à un baladeur. Arrivé peu après le jeune mage, il avait commandé une assiette grecque et il mangeait à présent ses petits morceaux de viande dans un silence absolu. Cependant, ses gestes semblaient empreints d'une étrange raideur, comme quelque chose de mécanique. On n'y lisait aucune spontanéité, aucune émotion. A intervalles réguliers, il levait la tête vers Ignace, avec une attitude assez proche de celle d'un vieil automate, puis il la rabaissait vers son assiette. Les autres clients ne l'intéressaient pas du tout. Ignace ne s'aperçut pas de son manège : non seulement il lui tournait le dos, mais à la distance à laquelle il se trouvait, jamais il n'aurait pu distinguer ses traits – pas plus que ceux des autres clients.

Soudain, un bruit de pas le fit tressaillir. Une jeune femme entra dans le troquet et s'arrêta à sa table, sans lui prêter la moindre attention. Aussitôt, Ignace cessa de manger. L'inconnue étant juste en face de lui, il pouvait l'observer distinctement. Comme elle était bizarre ! A première vue, il s'agissait d'une jeune femme assez haute, au teint basané comme de l'ambre, et vêtue d'un jean foncé, d'un blouson de cuir brun et d'un t-shirt crème. Seulement, un détail interpellait l'attention : elle n'avait pas de seins. Le relief sous son t-shirt était formel : rien ne se dessinait dessous. Pourtant, elle n'était pas maigre. Au contraire, son jean gainait des cuisses épaisses, galbées et charnues, et son ventre saillait légèrement en avant, tendant l'étoffe de son t-shirt. Quant à ses fesses... A travers le pantalon, on les devinait bien rebondies. Tout en elle reflétait une femme bien nourrie et en parfaite santé. Elle aurait même paru très séduisante, sans cette absence totale de glandes mammaires. Ignace commença à se perdre en hypothèses sur cette anomalie. Opération du cancer ? Inenvisageable ! Une femme si jeune et si jolie eût porté des prothèses. Un androgyne ? La voix de l'inconnue le détrompa très vite. « Un couscous, s'il vous plaît ! lança-t-elle à madame Nedjma.

- Comment, le couscous ? demanda la gargotière depuis son comptoir.
- Aux légumes ! Rien qu'aux légumes ! répondit la cliente. J'ai pas envie de viande ce soir. »

Aucun doute n'était permis. Une voix aussi flûtée, aussi haut perchée ne pouvait appartenir qu'à une femme. Alors quoi ? Une de ces maladies génétiques qui rendent les femmes stériles et les maintiennent toute leur vie au stade d'éternelles petites filles ? Non, impossible ! Les cuisses et les fesses de l'étrangère respiraient la femme adulte, féconde. Décidément, le destin venait de lui poser une colle.

Ignace engloutit deux rondelles de courgette, six pois chiches et trois grosses cuillérées de semoule, pendant que l'inconnue s'asseyait à la même table que lui et commençait à regarder des messages sur son téléphone portable. Bientôt, madame Nedjma lui apporta son propre plat ainsi qu'un verre et une carafe d'eau. L'étrange cliente se borna à la remercier, puis elle se mit à manger en silence, absolument indifférente à l'homme blafard qui se trouvait de l'autre côté de la table, presque en face d'elle. Cela arrangeait bien les affaires d'Ignace, dont la fascination n'avait pas faibli. Maintenant qu'il distinguait nettement son visage, sa surprise allait croissante. A coup sûr, c'était bien un visage de femme, pas de petite fille : bel ovale finement ciselé, nez aimable bien que légèrement camard, lèvres charnues, beaux yeux plissés à l'orientale... Seulement, le menton tendait à fuir. Surtout, les flots de sa chevelure sombre, plus noire que de l'obsidienne, qui lui retombait jusqu'à la nuque, cachaient mal une magnifique paire d'oreilles pointues. Jamais Ignace n'avait vu auparavant de tels appendices : grandes, un peu décollées et vraiment très pointues, ces oreilles n'avaient rien de commun avec des oreilles humaines – ou, plus généralement, avec des oreilles de singe. Pourtant, elles lui évoquaient vaguement quelque chose...

N'y tenant plus, il tira son smartphone de son veston et feignit de consulter des messages. En réalité, il se connecta à Internet pour y chercher où il avait déjà pu entrevoir de telles oreilles. Finalement, il se figea, médusé : les appendices auditifs de l'inconnue ressemblaient énormément aux grandes oreilles pointues d'un petit écureuil marsupial australien, le phalanger renard.

Une nouvelle surprise ne tarda pas à le frapper. Sans prévenir, l'inconnue s'étira et bâilla. Quelle horreur ! Jamais il n'avait aperçu chez une femme une dentition aussi ignoble : sur ses gencives, cette belle étrangère arborait quatre énormes trous. A la mâchoire supérieure, elle avait bien quatre incisives, mais ses canines et ses prémolaires étaient minuscules, ratatinées, comme atrophiées par une maladie. Sur sa mâchoire inférieure, le tableau était encore pire : on n'y distinguait que les deux premières incisives, d'une largeur d'ailleurs anormale ; leurs consœurs ainsi que les canines semblaient avoir été escamotées.

De stupeur et de dégoût, Ignace lâcha son téléphone portable qui s'écrasa dans la semoule avec un bruit mou. Aussitôt, l'inconnue tressaillit et découvrit son manège. « Eh ! Ça va ? lui lança-t-elle avec aigreur. Qu'est-ce que tu as à me reluquer comme ça, hein ? Tu veux ma photo ?

- Euh... Désolé, mademoiselle, désolé..., balbutia Ignace au comble de l'embarras – d'autant plus que la chute de son smartphone avait maculé son veston. Je ne vous regardais pas... Vraiment, je ne vous regardais pas. J'étais juste en train de répondre à des messages...
- C'est ça, c'est ça, continua l'étrangère, prends-moi pour une conne ! Tu étais en train de me mater, hein ? Tu me matais ? Eh ben moi, j'ai horreur des mateurs.
- Hé, Guigui ! intervint soudain la voix goguenarde de madame Nedjma, derrière son comptoir, qu'est-ce qu'il y a ? Tu te chamailles avec mes clientes ?
- Il me reluque, répondit la jeune femme. Moi, j'en ai marre ! Il y a une autre place ? »

La gargotière désigna une petite table vide au fond du restaurant et l'inconnue s'y rabattit aussitôt, en emportant son couscous. Là où elle se situait dorénavant, Ignace ne pouvait plus discerner ses traits. Toutefois, il l'entendit encore vaguement maugréer. « Hé, Guigui ! poursuivit madame Nedjma avec ironie, t'es un sacré coquin. J'pensais pas que les filles, ça te faisait de l'effet comme ça. En fait, sous ton costard, t'es un sacré macaque. »

Ignace se sentit très mal à l'aise. Non seulement ses habits étaient souillés, mais ses oreilles hypersensibles décelaient aussi tout autour de lui une foule de murmures moqueurs et désobligeants. Tous les clients commentaient la dispute, et leurs propos étaient d'autant plus acerbes que la pâleur du jeune mage ainsi que sa blondeur constituaient déjà pour eux des motifs de raillerie. Seul l'homme roux près de l'entrée demeurait impassible. Les traits figés, il continuait de décocher de temps en temps un regard au jeune mage, toujours avec son étrange raideur de vieille marionnette. Le pauvre devin ne le voyait pas et, de toute façon, l'eût-il repéré, il aurait jugé son attitude bien plus louable que celle des autres convives. Les multiples taches rougeâtres et grasses qui parsemaient son veston, sa chemise et sa cravate l'embarrassaient au plus haut point, et une seule idée le tenaillait désormais : filer, filer au plus vite !

Sans égard pour son œsophage, il engloutit à marche forcée le restant de légumes, de semoule et de viande qui subsistait dans son assiette, puis, quand son plateau fut vide et qu'il eut réprimé un borborygme désagréable, il s'accorda un ultime verre pour faire passer le tout et demanda l'addition à madame Nedjma. Aussitôt, cette dernière accourut vers lui avec un plateau chargé de pâtisseries orientales. « Hé, Guigui ! implora-t-elle. Pars pas tout de suite ! Tu goûteras bien un p'tit dessert. Y'a ici des baklavas, des halvas, des cornes de gazelle... J'te jure, c'est délicieux, on s'en ferait péter le bide. »

Mais Ignace ne voulait pas de ces douceurs dégoulinantes de miel. Dans son énervement, il manqua transformer le plateau avec les gâteaux en disque à lancer, mais il se contint. Devant l'insistance de la gargotière, il accepta quand même de rester quelques minutes de plus pour prendre un thé à la menthe qu'il siphonna d'un coup, puis il déposa le prix exact de ses consommations directement sur la table et, sans attendre qu'on le ramassât, il empoigna sa mallette et se précipita vers la sortie. « Guigui ! Guigui ! cria madame Nedjma dans son dos. Reste encore un peu, s'te plaît ! Mon bar est mieux avec toi. T'es mon gros angora blanc aux yeux bleus. »

Pour toute réponse, le devin pressa le pas et claqua presque la porte. Il ne remarqua point que l'homme à la barbe rousse avait encore braqué son regard sur lui et le suivit des yeux jusqu'à ce qu'il disparût au coin de la rue.

Le calme ne tarda pas à revenir dans le troquet. Les clients se moquèrent une dernière fois de ce boloss en costard qui s'était ridiculement donné en spectacle. En soupirant, madame Nedjma empocha les pièces et les billets laissés sur la table, puis elle retourna derrière son comptoir. Cependant, sans que personne ne s'en aperçût, les yeux de l'étrange jeune femme aux oreilles pointues croisèrent brièvement les lunettes de l'homme aux cheveux roux. Cela ne dura que quelques secondes. Mais ce ne fut pas un hasard.

Chapitre III : Une proposition inespérée

Ignace courut dans les rues désertes, jusqu'à ce qu'il atteignît l'immeuble haussmannien un peu délabré qui abritait son logis. Dans le vestibule, il s'empara en un éclair de la liasse de courrier qui patientait dans sa boîte aux lettres, puis il gravit prestement les marches rognées et grinçantes de l'escalier central, jusqu'au cinquième étage. Là, il s'engouffra dans son appartement comme si sa vie en dépendait, puis il claqua la porte et s'affala de tout son long contre le battant. A le voir assis par terre dans une posture aussi lamentable, le dos calé en biais, les jambes étendues et la sacoche d'ordinateur gisant à ses côtés, on l'aurait cru accablé de fatigue ou ivre mort. En fait, il fulminait intérieurement, de lassitude et de colère. « Mon gros angora... murmurait la voix de la gargotière dans sa tête. T'es mon gros angora blanc aux yeux bleus... » Oui, voilà tout ce qu'il était ! Dans ce troquet bondé d'Orientaux, il était le chat, rien que le chat, le chat qu'on papouillait pour s'amuser, auquel on décernait parfois des commentaires affectueux, mais surtout dont on se moquait. Pourquoi ? Parce que la bêtise humaine pousse à la médisance, or, parfois, cette dernière ne trouvait qu'un marginal innocent pour se déchaîner. Ah ! Ils avaient bien ricané sous cape tout à l'heure, tous ces clients dans ce boui-boui ! Tout cela parce qu'il était gaulois, et albinos en plus, teint de plâtre, cheveux de paille et de neige, yeux d'océan et lunettes en hublots. Oui, il avait bien été un chat, un chat angora albinos, égaré au milieu des canidés. Seulement, il en avait marre, marre de ce rôle stupide ! Et cette madame Nedjma qui ne cessait de faire des commentaires désobligeants... Le pire, c'était qu'elle avait agi ainsi en toute innocence. Elle croyait vraiment se montrer aimable et serviable envers son « Guigui ». Si au moins elle avait pu s'apercevoir des conséquences réelles de son attitude...

Au comble de l'irritation, Ignace se redressa, bien décidé à passer à autre chose. Il alluma la lumière, retira sa cravate et passa brièvement dans la salle de bains, où il s'affligea une nouvelle fois de toutes les taches de sauce et de bouillon qui constellaient ses habits ; puis il retourna dans la pièce principale qui lui servait de salon, de bureau, de cuisine et de salle à manger. Après l'humiliation de ce soir-là, il n'aspirait plus qu'à glandouiller pour noyer son chagrin. Dans la perspective de se délasser devant des vidéos, il sortit son ordinateur de sa sacoche et l'alluma. Seulement, un rapide examen du replay des chaînes de télévision lui démontra qu'il n'y avait pas grand-chose d'intéressant à regarder.

Soudain, la mission de prise de notes qu'il avait accomplie dans la journée lui revint en mémoire : il lui fallait encore déposer sur un serveur sécurisé les enregistrements sonores qu'il avait réalisés pendant la réunion, et émonder ses notes de toutes les fautes d'orthographe qui s'y étaient glissées. De fait, ce texte tapé à la cadence d'une mitraillette regorgeait de coquilles. En soupirant, Ignace s'attela à ce nettoyage, tandis qu'un logiciel spécialisé chargeait lentement ses fichiers sonores sur le serveur de son employeur. Quand il eut fini, il contempla avec indifférence le texte désormais purgé de ses fautes, puis il se connecta au site de PV Express et l'y déposa. Un bref coup d'œil sur son planning lui apprit que le compte rendu issu de ces notes n'était attendu que dans plus de sept jours. Cela lui laissait le temps d'oublier un peu cette mission qui avait duré bien trop longtemps.

Soulagé, il examina sa messagerie électronique professionnelle, pour découvrir qu'elle ne recelait rien de nouveau, puis il passa à sa messagerie électronique personnelle. Là encore, ses yeux myopes n'aperçurent aucune missive vraiment digne d'intérêt : c'étaient surtout des courriels publicitaires plus ou moins débiles, voire de véritables pourriels qui avaient quand même réussi à ne pas tomber dans le dossier des spams. Il aurait bien aimé découvrir des messages d'amis, d'anciennes connaissances qu'il avait fréquentées à la Sorbonne et à l'Institut libre de thaumaturgie et qu'il n'avait plus revues depuis de très longs mois, mais il n'y en avait aucun, pas même un petit mail avec un « Coucou ! » et quelques lignes en dessous. C'était rageant, d'autant plus que ces anciennes relations ne lui adressaient déjà presque jamais de coups de fil. Mais quelle mouche piquait donc tous ces camarades d'études, pour qu'ils disparaissent un à un en abandonnant leur vieil ami ? « Vertu, très chère vertu, tu n'es qu'un mot », songea Ignace en grimaçant.

Poussés par une sorte de démon intérieur, ses doigts commencèrent à taper toutes sortes de requêtes dans la barre de recherche de son navigateur. Noyer son ennui en s'égarant sur Internet, telle était l'envie qui l'aiguillonnait. Bientôt, l'historique des sites qu'il avait déjà visités apparut sur son écran. Une adresse très particulière s'y détachait : celle d'un site érotique hors du commun, rempli de vidéos tournées dans des décors paradisiaques, où des couples partageaient des ébats tout aussi tendres et sensuels que graphiquement explicites. Dans le monde de l'Internet rose, c'était une perle rare, un lieu où le romantisme le plus effréné s'alliait au refus de toute dissimulation, où l'exhibition détaillée des jeux charnels plongeait le spectateur dans un véritable rêve dans lequel n'existaient plus que volupté, délices et tendresse. Mais les doigts d'Ignace se bloquèrent. Les trente euros qu'il avait déboursés six mois plus tôt pour télécharger dix vidéos de ce site lui avaient surtout valu de se retrouver avec une messagerie électronique infestée de spams pour d'autres sites de charme, des sites grossiers, vulgaires, dégradants pour l'image de la femme, clairement conçus pour un public de beaufs machistes à la braguette en feu. Il avait eu toutes les peines du monde à se débarrasser de cette pourriture. Ce n'était pas pour que tout cela recommençât !

Lentement, il recula son siège et cessa de regarder l'écran. La saine retenue dont il venait de faire preuve n'adoucissait pas pour autant sa lassitude. Autant sa vie professionnelle était morne, autant sa vie sentimentale s'apparentait, depuis plus d'un an et demi, à un désert aride et sans fin. Cela faisait bien vingt-deux mois qu'aucune femme n'égayait sa vie et qu'il n'avait plus eu la moindre relation sexuelle. Quatre semaines plus tôt, il aurait encore tenté d'agrémenter un soir d'ennui comme celui-ci par une séance de plaisir solitaire, mais, à présent, l'envie lui en était complètement passée. Seuls demeuraient la morosité et le regret. Pourtant, il avait aimé...

Mus par une pulsion à demi consciente, ses doigts farfouillèrent dans son portefeuille, d'où ils extirpèrent une photo coincée sous d'autres petits papiers racornis. On y voyait une métisse magnifique, au teint d'ambre, aux cheveux frisés et charbonneux, et aux yeux d'émeraude. C'était Stéphanie Dubois, la femme qui avait partagé six années de sa vie avec lui et en qui il avait cru reconnaître son grand amour. Où l'avait-il rencontrée ? A la Sorbonne, pendant sa dernière année d'études supérieures, peu avant la soutenance de son master 2. Comme lui, elle était étudiante en lettres. Au départ, ce n'avait été qu'une amie, puis la passion s'était installée entre eux. Elle avait été très étonnée de découvrir que son amant suivait en plus un cursus en sciences occultes et maîtrisait quelques pouvoirs magiques, mais ces bizarreries ne l'avaient finalement pas rebutée. Au contraire, elles l'avaient incitée à s'attacher davantage à lui : jointes à son albinisme, elles lui conféraient quand même une folle originalité. Cet amour avait d'abord été une immense source de joie pour Ignace. Il lui avait permis de ne pas se sentir irrémédiablement nul, lorsqu'il avait échoué à devenir enseignant et que les portes du monde de la recherche s'étaient fermées devant lui à la Sorbonne comme à l'Institut libre d'hermétisme et de thaumaturgie. Il l'avait aussi aidé à surmonter la douleur dans laquelle l'avait plongé la mort précoce et injuste de sa sœur Josiane.

Seulement, avec le temps, il avait peu à peu dégénéré. Entre le mage et sa compagne, un fossé avait fini par apparaître, sans que rien ne pût le combler. En effet, Stéphanie était une femme de caractère. Après ses études, elle avait intégré sans difficulté le monde de l'Education nationale, et elle était parvenue à dompter des classes entières dans des collèges pourtant farcis d'élèves très indisciplinés. Au fil du temps, elle avait affermi son autorité et gagné l'estime des autres enseignants. Deux ans seulement après sa titularisation, elle avait eu l'honneur de devenir professeur principal, et elle passait déjà, auprès de ses collègues, pour une très forte personnalité qu'il était parfaitement impossible de faire tourner en bourrique. Quel contraste avec la faiblesse de son compagnon, enseignant raté, chercheur avorté, minable petit scribouillard qui n'avait même pas le mérite de faire du journalisme ! Tandis qu'elle s'épanouissait dans son métier, lui s'ennuyait dans le sien. Bientôt, elle eut clairement l'impression d'être la forte tête du couple, de porter une culotte qui aurait pourtant dû revenir à Ignace. Lorsqu'elle commença à gagner plus que lui tous les mois, ce sentiment ne fit que s'amplifier. L'attitude d'Ignace n'arrangea pas les choses. Très vite, Stéphanie se lassa de l'entendre trop souvent, lors des repas, récriminer sur son sort et se plaindre de la monotonie de sa vie. Toutefois, ce qui la dérangea le plus fut de le voir fricoter, dans le cadre de son activité annexe de devin consultant, avec des individus louches à la recherche d'objets maléfiques. Dans son âme, elle avait toujours été d'une honnêteté farouche. Toutes les compromissions de son compagnon avec des malfrats – soi-disant au motif d'arrondir ses fins de mois en utilisant quand même ses rares talents magiques – blessaient profondément son sens de l'honneur.

Un beau jour, donc, elle avait résolu de le quitter. Naturellement, le jeune mage était resté atterré en apprenant sa décision. Il avait tenté de l'en détourner, de la convaincre de revenir sur son choix, mais ses arguments s'étaient heurtés à un véritable barrage en béton. Même l'évocation des enfants qu'ils auraient pu avoir, si elle était demeurée auprès de lui, n'avait pu l'amener à changer d'avis. « Fonder une famille avec toi ? lui avait-elle répondu. J'y ai pensé, mais plus maintenant. Franchement, les meilleurs des pères, ce ne sont pas ceux qui ont la sinistrose en permanence, et encore moins les losers magnifiques tels que toi. Désolé, Ignace, mais c'est fini. Au moins, je n'ai pas encore un âge canonique. Je peux encore espérer trouver un homme équilibré et positif, quelqu'un qui saura vraiment amener mes enfants à aimer la vie et à croire en eux. » Sur ce, elle était partie.

Depuis, cela faisait presque deux ans qu'il vivait tout seul dans l'appartement qu'il avait à l'origine loué avec elle, et que ses jours passaient dans l'abstinence sexuelle et la misère affective les plus complètes. Certes, un moment, il avait bien tenté de se sortir de ce fossé en s'inscrivant sur un site de rencontres, mais il avait résilié son abonnement au bout de quelques mois : aucune des femmes qu'il y avait croisées n'avait accepté d'aller au-delà d'un premier rendez-vous. Manifestement, sa situation professionnelle n'attirait guère. Sans doute aussi son teint de plâtre, ses cheveux de blé décoloré et ses yeux chassieux lui donnaient quelque chose d'inquiétant. Le prenaient-elles pour un vampire ? C'eût été un comble pour quelqu'un qui prétendait, dans ses fantasmes, avoir affronté Guillaume de Montbrissoy !

Soupirant de lassitude, Ignace s'affala contre le dossier de sa chaise et se mit à rêvasser. Brusquement, une image lui revint en mémoire : l'étrange jeune femme qu'il avait croisée un peu plus tôt dans le troquet de madame Nedjma. Malgré ses dents affreuses et ses drôles d'oreilles, elle n'était pas vilaine. Sous son jean moulant, elle avait une jolie paire de fesses : potelées, arrondies, le genre qu'on aimerait bien pétrir délicatement entre ses doigts... Et ce ventre délicatement rebondi ! Et ces cuisses fermes et charnues, qui semblaient inviter à passer doucement une main à l'intérieur ! La seule bizarrerie, c'était cette absence totale de seins. Mais pourquoi n'en avait-elle pas ? Pour tuer le désir, il n'y avait pas mieux. Et puis, à entendre sa façon de parler, cette belle inconnue était de toute évidence assez portée sur l'engueulade. Un gros cactus déguisé en tulipe, voilà ce que c'était ! « Arrête de fantasmer, mon pauvre Ignace, pensa-t-il avec philosophie. Les nanas, ce n'est pas pour toi. De toute façon, en amour, tu es poissard et tu le seras sans doute toujours. Passe donc à autre chose. »

Il éteignit son ordinateur et commença à déambuler dans son appartement. Soudain, ses yeux myopes aperçurent, près de l'entrée, une drôle de tache blanchâtre sur le parquet, aux contours irréguliers. Il se pencha. C'était le courrier qu'il avait saisi à la dérobée dans sa boîte aux lettres, en pénétrant dans son immeuble, et qu'il n'avait même pas pris soin de glisser dans sa sacoche. Tous ces plis s'étaient étalés sur le sol, lorsqu'il s'était effondré par terre dans son accès d'exaspération. Il les ramassa et entreprit de les dépouiller. Les nombreux prospectus commerciaux qui y étaient mêlés ne tardèrent pas à rejoindre un petit carton vert où il jetait ses déchets recyclables, en attendant de les porter à la benne adaptée. Seul resta le vrai courrier. Ignace passa rapidement sur trois lettres envoyées par la Sécurité sociale, par la mutuelle que lui imposait son employeur et par son banquier. En revanche, sur les autres lettres, le jeune mage marqua un temps d'arrêt. Il s'agissait de trois cartes postales. La première provenait de son frère, Clotaire, tandis que la deuxième avait été expédiée par Elisabeth, la seule survivante de ses deux sœurs. Tous deux lui adressaient leurs salutations depuis leurs résidences de province, à Bordeaux pour l'un et à Metz pour l'autre. Ils espéraient qu'il allait bien et s'enquéraient de sa situation. D'un coup, Ignace sentit le blues remonter à flots dans sa tête. Clotaire et Elisabeth... Cela fait plus de huit mois qu'il ne les avait plus revus. Ils commençaient à lui manquer. En même temps, leurs dernières retrouvailles lui avaient infligé un irréfrénable malaise. Tous deux étaient mariés. Ils avaient déjà des enfants : un pour Clotaire, deux pour Elisabeth. Ils étaient parfaitement heureux en ménage, tandis que lui... A présent, quand il songeait à eux, il se sentait minable, et sa sinistrose empirait.

Il posa rapidement les deux cartes sur la table qui lui servait tant à écrire qu'à prendre ses repas et il s'empara du dernier message. Cette ultime carte postale, plus belle que les autres, émanait de ses parents. D'un coup, son cœur se pinça. Depuis plus d'un an et demi, ceux-ci avaient quitté la région parisienne pour s'établir dans un petit village du Tarn, non loin d'Albi. Dans une perspective d'économie – le père d'Ignace n'ayant jamais retrouvé du travail que sur des postes bien moins qualifiés et rémunérés que celui qu'il occupait avant son licenciement – et pour jouir quand même d'une retraite sans souci, ils avaient décidé d'acheter une maison et un terrain dans le Tarn rural, avec le produit de la vente de leur logis francilien. Par bonheur, grâce aux différences entre les prix de l'immobilier d'une région à l'autre, ils avaient réalisé une bonne affaire. Depuis, ils vivaient assez tranquilles dans leur petite maison campagnarde, qu'ils avaient transformée en mini-ferme.

Avec un léger frisson, le jeune mage parcourut la carte. Ses parents lui expliquaient qu'ils se portaient bien, qu'ils achevaient de cueillir leurs dernières tomates dans leur grand potager avant la survenue de l'automne, que leur petit élevage de poules rayonnait de santé et qu'ils s'étaient récemment offert, malgré leur vieillesse, une escapade romantique dans la pittoresque ville médiévale de Cordes-sur-Ciel. Naturellement, ils espéraient que lui-même, Ignace, était en forme, que son métier ne le barbait pas trop et que, peut-être, il n'était plus si seul dans la vie. Devant le contraste entre leurs souhaits et sa situation réelle, le devin ne put réfréner un soupir. Tristement, il promena ses yeux myopes et las sur les murs de son appartement. A quoi bon demeurer dans le XIXe arrondissement parisien, s'il ne voulait plus poursuivre son activité de devin consultant ? Mieux valait migrer ailleurs, quelque part en banlieue. Cela le soulagerait de l'agitation propre à Paris, tout en le rapprochant de la campagne. Et puis, tant qu'il resterait rédacteur chez PV Express, cela ne gênerait pas son activité professionnelle : l'essentiel des clients de son employeur se trouvait en Île-de-France. Peut-être même pourrait-il investir dans la pierre, acheter son propre appartement. Mais, pour cela, il fallait des sous, or les économies d'Ignace n'étaient pas très épaisses, la faute revenant à la lourdeur toute parisienne du loyer de son appartement et au départ de Stéphanie Dubois. Que fallait-il faire ? Emprunter à la banque ? Cela signifiait s'endetter sur vingt ans, voire davantage. Ce n'était guère enthousiasmant. Si au moins il avait pu découvrir une mallette garnie de liasses de très grosses coupures ! Combien, au juste ? Cent liasses ? Deux cents ? Cinq cents ?

Soudain, son smartphone vibra et chanta dans la poche de son veston. Sur l'écran, le numéro affiché ne lui disait rien. Cependant, d'instinct, il décrocha. « Allô ! dit une voix inconnue dans l'écouteur. Je suis bien chez monsieur Ignace Leclerc, devin consultant ?

- Euh... oui ! Oui ! C'est moi, répondit le jeune mage sans réfléchir, mû uniquement par un automatisme. Aussitôt, il s'en repentit, mais il était trop tard.

- Ah ! Magnifique ! poursuivit la voix. J'ai découvert votre existence grâce à vos annonces, et aussi grâce au bouche-à-oreille. On raconte que vous seriez quelqu'un de particulièrement compétent. Si c'est vrai, ça tombe bien : je suis en ce moment en quête d'un expert, si vous voyez ce que je veux dire.

- Pas vraiment, répliqua Ignace avec méfiance. Que me voulez-vous, au juste ?

- C'est bien simple. Il paraît que votre spécialité paranormale serait de localiser à distance les objets magiques, par la seule force de votre volonté. En d'autres termes, vous auriez un don de double vue qui percerait les cachettes recelant ce type d'accessoires. Est-ce vrai ? »

Un instant, Ignace hésita à répondre. Derrière cette question, il sentait se faufiler une combine louche. Cependant, il ne pouvait plus faire machine arrière, fût-ce en mentant sur ses pouvoirs ou en prétextant un faux numéro : il était grillé. « Oui, oui, dit-il en frissonnant légèrement. J'ai cette capacité.

- Parfait ! s'exclama son interlocuteur. C'est formidable ! Dans ce cas, nous allons nous entendre : j'ai absolument besoin de votre aide.

- Dans quelle mesure ?

- Voilà ! Je suis à la recherche d'un objet enchanté, un objet d'une très grande valeur, au-delà de tout ce que vous pouvez imaginer. Seulement, il est introuvable, et je n'ai découvert aucun indice qui permettrait de le situer. J'ai donc pensé qu'un mage tel que vous, avec son don surnaturel, serait capable de réussir là où je n'ai fait jusqu'à présent qu'échouer.

- Je vois. Et quel est cet objet magique ?
- En fait, je ne convoite pas seulement un, mais deux objets magiques. Seulement, ils vont de pair.
- Bien ! Et de quoi s'agit-il ?
- D'un phonographe et d'un disque 78 tours. »

Cette nouvelle ne rassura pas Ignace. Dans l'histoire de la magie, les supports pour enregistrer l'image et le son – que ce fussent des disques, des bandes magnétiques, des pellicules de celluloïd ou des puces informatiques – n'avaient pas bonne presse : ils avaient plus souvent servi à jeter des maléfices qu'à soulager les peines du genre humain. Cette mauvaise réputation s'étendait tout naturellement aux appareils utilisant ces accessoires : tourne-disques, baladeurs, magnétoscopes, caméras, projecteurs, télévisions, ordinateurs portables... Pour les sorciers du XXe et du XXIe siècle, ils avaient été des instruments privilégiés pour commettre des forfaits. Le jeune mage eut l'impression que cette affaire sentait le soufre. Néanmoins, il poursuivit la conversation. « A quoi ressemble ce phonographe ? demanda-t-il. Est-ce qu'il s'agit d'un modèle "classique", avec un grand pavillon ?

- Non, répondit la voix d'un ton un peu sentencieux. Je ne m'intéresse pas à une babiole aussi archaïque. Le phonographe que je recherche est beaucoup plus récent. Il date de la fin des années 1920 et a la forme d'une mallette bleue, sans pavillon. En fait, il a une caisse de résonnance.
- Je suppose que cette "mallette", comme vous dites, contient aussi le disque ?
- C'est ça. Normalement, il repose dans un petit compartiment aménagé dans le couvercle.
- Êtes-vous parfaitement sûr qu'il s'y trouve ?
- Je l'espère bien. Les sources dont je dispose affirment que le phonographe et le disque allaient toujours ensemble, comme si l'un ne pouvait pas exister sans l'autre. De toute façon, si un malheureux hasard les a séparés, j'attends de vous et de vos pouvoirs paranormaux que vous me dévoiliez leurs cachettes à tous les deux. Je ne me satisferai pas d'une seule trouvaille. »

Un silence passa, puis Ignace se résolut à poser une question propre à fâcher. « Au juste, demanda-t-il, que permettent ce phonographe et ce disque ? Pourquoi vous sont-ils aussi précieux ?

- Taratata ! répliqua l'énigmatique client. Ne jouez pas au fouineur, monsieur Leclerc. Sur vos annonces, vous présentez la discrétion comme une de vos qualités premières : vous gardez le secret sur vos bons offices et vous ne cherchez jamais à savoir ce que vos clients comptent faire avec les objets que vous leur retrouvez. Dois-je comprendre que vous avez menti ?

- Euh... non, non !

- Alors, trouvez-moi ce phonographe et ce disque au plus vite, et ne posez pas de questions indélicates. Votre rôle est de m'aider, pas de fureter dans mes affaires. C'est tout ce que je vous demande. »

De nouveau, le silence se fit. Ignace se sentit très mal à l'aise. Ses pires soupçons se confirmaient : pour que cet étrange interlocuteur rechignât ainsi à révéler pourquoi il convoitait ce tourne-disque magique, c'était sans doute parce qu'il ne comptait pas l'utiliser à des fins très morales. Quel guignon ! Pourquoi fallait-il qu'un malfrat supplémentaire frappât ainsi à sa porte pour quémander son assistance, le jour même où il avait décidé de rompre avec sa fichue activité de devin consultant ? Que devait-il faire à présent ? L'envoyer promener ? Lui dire que l'évocation d'objets magiques appartenait au passé ? A ce stade, ce n'était plus vraiment envisageable. L'autre l'avait repéré. En cas de refus, il saurait probablement le trouver physiquement et le contraindre à lui dévoiler où se cachaient son disque et son phonographe. En outre, malgré la révolte de sa conscience, une sourde tentation taraudait son esprit : le rêve d'une mallette, une jolie mallette pleine de grosses coupures... « Alors, monsieur Leclerc ? reprit la voix dans le smartphone. Acceptez-vous de m'aider ?

- Ça dépend, répondit le jeune mage d'un ton étouffé. Ça dépend de ce que vous avez à m'offrir.

- Quel est votre prix en temps normal ?

- Deux cents euros par prestation, en moyenne. Ensuite, ça peut grimper, si je rencontre des difficultés inattendues.

- Et si moi, je vous faisais gagner d'un coup trois mille euros ? »

Ignace manqua lâcher le combiné. Trois mille euros ! Plus d'un mois et demi de salaire chez PV Express, en seulement un jour ! « Et encore, continua son interlocuteur, ce ne sera qu'un acompte qui vous sera versé dès que nous nous serons vus, sans préjuger de la réussite ou de l'échec de vos sortilèges. Jamais je ne le reprendrai. Naturellement, si vous parvenez à localiser ce que je désire, je me montrerai encore plus généreux. Vous gagnerez au total douze mille euros, peut-être même quinze mille.

- Autant ? Les objets que vous cherchez sont-ils vraiment si précieux que ça ?
- Oh que oui ! Alors, à présent, avez-vous toujours des réticences ? »

Ignace avoua que celles-ci venaient de fondre comme neige au soleil. « Très bien ! repartit l'inconnu. Marché conclu ?

- Marché conclu, monsieur... monsieur...
- Duprat. Ferdinand Duprat. Je vous attends dès demain.
- Demain ?
- Mais oui ! Nous sommes aujourd'hui vendredi. Demain, nous serons samedi. J'ai cru comprendre, grâce à vos annonces, que le week-end était le moment par excellence pour vos activités magiques. »

Ignace reconnut l'exactitude de cette remarque. De fait, l'interminable mission qu'il avait accomplie dans la journée pour PV Express, jointe à sa crise de spleen, avait un peu brouillé sa notion du temps. « Bon ! dit-il. Où et quand voulez-vous que je vous rencontre ?

- Dans la nuit de samedi à dimanche, à 1 heure 30 du matin exactement.
- C'est une plaisanterie ?
- Pas du tout. Ne m'objectez pas que c'est trop tardif. La quête que je poursuis m'impose un secret absolu. Je ne veux pas que des prunelles indiscrètes nous repèrent.
- Et où dois-je vous retrouver ?
- Dans le XVIIe arrondissement, devant la grille du jardin public qui se trouve à côté de la rue Maurice Long, derrière les magasins de décor de l'Opéra-Comique.
- Je vois, près de la porte d'Asnières. Ce ne sera pas trop dur pour moi de me rendre là-bas.
- Tu-tu, monsieur Leclerc ! Je vous déconseille fortement de prendre le chemin le plus direct en transports en commun. Prenez donc du papier et notez mes instructions. »

Dans l'écouteur, la voix devenait si insistante qu'Ignace préféra ne pas désobéir. Il nota donc sur une vieille enveloppe un ahurissant itinéraire qui le forçait à prendre d'abord la ligne 2 du métro jusqu'à Nation, puis à embrayer sur la ligne 1 jusqu'à Châtelet, à obliquer ensuite sur la ligne 7 jusqu'à Place d'Italie, à emprunter alors la ligne 6 vers l'ouest jusqu'à Kleber, à faire à pied le trajet entre cette station et Charles de Gaulle-Etoile, à reprendre la ligne 2 à cet endroit-là, à changer à Villiers pour la ligne 3, à descendre à Pereire et finalement à finir à pied sa route jusqu'au lieu de rendez-vous. « Mais... mais pourquoi faire autant de zigzags ? demanda-t-il.

- Simple mesure de prudence, expliqua le mystérieux Duprat. Je ne tiens pas à ce qu'on puisse deviner où vous vous rendez en sortant de votre domicile.
- Attendez ! Ça veut dire...
- Plus de questions ! Contentez-vous d'obéir sans chercher à trop en savoir, et votre récompense sera généreuse.
- Mais... ce phonographe... ce disque... Pourriez-vous m'en dire plus sur leur apparence, sur... ?
- Pour l'instant, vous en savez assez. Les renseignements complémentaires viendront en temps voulu. A présent, ai-je l'assurance que vous viendrez bien à 1 heure 30, dans la nuit de samedi à dimanche ?
- Oui.
- Votre parole d'honneur ? »

Ignace la donna. « Au juste, reprit Duprat après une pause, vous ne me demandez pas mon numéro. Pourquoi ?

- Car il s'est affiché sur l'écran de mon portable. Je le connais donc déjà.
- Excellent ! Maintenant, au revoir, monsieur Leclerc. Ah ! Encore un conseil : obéissez docilement, sans chercher à connaître ce qui ne vous concerne pas, et il ne vous arrivera aucun mal. A demain ! »

Sur ce, il raccrocha. Le jeune mage eut l'impression qu'une nouvelle fois, le destin se moquait de lui. Malgré ses bonnes résolutions, il trempait encore dans une affaire de magie noire, et il ne pouvait même plus s'esquiver. D'un autre côté, il y avait quand même quinze mille euros à gagner. Si au moins ils n'avaient pas senti mauvais... « Oh ! Et puis zut ! se dit-il. Ce sera la dernière. Ensuite, je me taillerai d'ici et j'arrêterai tout ça. Alors enfin je trouverai la rédemption. »

Les yeux mornes, il enfila son pyjama et alla se coucher. Toutefois, sa nuit ne fut guère paisible. Il ne cessa de rêver à des billets enduits de glu dont il ne se débarrassait qu'à grand-peine et qui souillaient irrémédiablement ses doigts, l'empêchant de saisir quoi que ce fût.

Chapitre IV : L'enlèvement

Le lendemain, il consacra essentiellement sa journée à se préparer aux sortilèges divinatoires qu'il pratiquerait dans la nuit. Il ne rompit ses méditations que pour s'acheter quelques provisions de bouche, prendre ses repas et consulter le planning que PV Express lui avait mitonné pour la semaine à venir. Par un heureux hasard, il n'avait aucune réunion à couvrir du lundi au jeudi : seulement des travaux de rédaction à accomplir dans son appartement. C'était bien là un cadeau de la providence pour l'énigmatique Ferdinand Duprat : si son fichu phonographe et son fichu disque se révélaient coriaces à localiser, le devin albinos pourrait être à sa disposition dès 17 heures les quatre premiers jours ouvrés, sans être retenu jusqu'à la tombée de la nuit chez un client de son employeur. De fait, rien ne garantissait que ces objets se laisseraient trouver facilement. Peut-être faudrait-il plusieurs séances de divination, étalées sur plusieurs jours, pour découvrir où ils se cachaient. Par le passé, il avait déjà dû dédier à l'occasion un week-end entier à la quête de quelques accessoires magiques plutôt vicieux. Qui savait s'il n'en irait pas encore de même ?

Quand la nuit fut complètement tombée, il s'apprêta enfin à partir pour le rendez-vous. Pour ne pas avoir l'air d'un plouc, il enfila un élégant costume trois pièces brun à carreaux avec une cravate à rayures jaunes et beiges, puis il rassembla dans une mallette en cuir les accessoires dont il avait besoin pour accéder à l'univers suprasensible : des craies aux couleurs variées, pour tracer des motifs sur le sol ; des galets en verre aux teintes tout aussi diverses ; de nombreux bâtonnets d'encens avec leurs supports pour des fumigations ; et surtout plusieurs sachets remplis d'une poudre grisâtre, qu'il contempla longuement avant de les ranger très soigneusement à part du reste, dans une petite pochette intérieure. C'était là son bien le plus précieux, son trésor : de la poudre de champignons, des extraits concentrés d'amanite panthère, avec un peu d'amanite tue-mouche. Quiconque aurait absorbé ce mélange aurait très vite sombré dans un terrible délire hallucinatoire avec des palpitations et des convulsions. Seulement, chez lui, c'était différent. Grâce à sa nature d'albinos et aux rites que lui avait enseignés l'Institut libre d'hermétisme et de thaumaturgie, les incroyables visions qui l'assaillaient quand il avalait cette substance avaient un sens : elles décuplaient son intuition dans des proportions titanesques, en lui dévoilant tout ce qu'une âme engluée dans les soucis triviaux d'une vie ordinaire ne pouvait percevoir. Le revers de la médaille était que cette transe lui faisait perdre toute maîtrise de lui-même. Quand son pouvoir de voyant le saisissait, il criait tout haut tout ce qui lui apparaissait, sans rien taire, sans la moindre capacité de dissimuler quoi que ce fût. Quiconque se tenait près de lui dans ces moments-là apprenait automatiquement tout ce qu'il apercevait, tant la pulsion qui s'emparait de son corps était incontrôlable. C'était une des raisons qui l'avaient toujours empêché d'aiguiller vers de fausses pistes ses nombreux clients malintentionnés – l'autre étant la peur des représailles qu'il n'aurait pas manqué d'encourir, une fois que les malfrats auraient découvert qu'on les avait dupés.

Ignace boucla sa mallette et se dirigea vers une grande armoire dans un coin de son appartement. Elle renfermait surtout des vêtements, mais on y distinguait aussi quelques flacons sur une étagère. Il se saisit d'une petite fiole qu'il approcha tout près de ses lunettes. Dans quelques heures, si tout se passait comme il en avait l'habitude, il en boirait le contenu pour entrer en transe et partir en quête d'un tourne-disque vieux de presque un siècle. L'étrange liquide sombre qui y stagnait était en effet de la poudre de champignons diluée dans de l'eau. Un instant, le jeune mage dorlota la fiole contre son cœur comme s'il se fût agi d'une peluche, puis il la glissa dans une des poches intérieures de son veston. Normalement, cette dose suffirait, si les objets convoités par le sieur Duprat se laissaient repérer sans renâcler. Néanmoins, il préférait quand même se reposer aussi sur les sachets tapis dans sa mallette. Si ce phonographe et ce disque s'avéraient retors, il faudrait renouveler l'expérience et tripler la dose, voire la quadrupler.

Ignace resserra un peu sa cravate, s'empara de sa sacoche et sortit de son appartement. Autour de lui, l'immeuble entier semblait déjà noyé dans un profond sommeil. Il se dépêcha de quitter le bâtiment et de gagner la rue. Là encore, la nuit régnait dans toute sa torpeur majestueuse. Les trottoirs étaient absolument déserts. C'était à peine si, de temps à autre, le claquement de ses semelles croisait celui des souliers d'un inconnu dont la musique monotone se perdait très vite derrière lui – il ne savait où. Sur la chaussée, il en allait de même : rares étaient les véhicules qui s'y aventuraient encore, et eux aussi s'évanouissaient sitôt qu'ils étaient apparus. La clarté des réverbères lui évitait certes de naviguer dans un noir de poix, mais elle plongeait les rues dans une lumière blafarde qui leur conférait un aspect presque glauque. Ignace ne s'en sentait pas rassuré. Ce fut avec un relatif soulagement qu'il atteignit la station Ourcq, où il retrouva le métro et ses galeries correctement éclairées.

Lorsqu'il arriva à la station Pereire au terme du trajet tarabiscoté imposé par le sieur Duprat, il était presque le seul occupant de sa rame. Conformément aux instructions de son commanditaire, il y descendit et regagna l'air libre. Le quartier autour de lui était encore plus vide que les environs de la station Ourcq. On n'y voyait et on n'y entendait absolument personne. Aucune lumière ne brillait aux fenêtres des immeubles, et les rares commerces le long des rues avaient tous le rideau baissé. Quant aux voitures sur la chaussée, on aurait cru qu'un sortilège les avait escamotées. Une nouvelle fois, seule la clarté glaciale des lampadaires illuminait l'asphalte et empêchait de se sentir égaré dans une forêt de pierres. Ignace trouvait l'ambiance franchement sinistre.

Pressé d'en finir, il se dirigea vers l'est et accéléra sa marche, pour rallier au plus vite le lieu exact du rendez-vous. Grâce à ses longues jambes, quelques minutes lui suffirent pour gagner le boulevard Berthier et atteindre le grand carrefour de la porte d'Asnières, sur lequel régnait un silence de tombe. Il le dépassa, n'accorda aucune attention à une énorme tache rougeâtre sur sa gauche qui n'était autre que l'a façade d'un collège, et poursuivit sa progression en direction d'une autre tache, luisante celle-là : la vitrine endormie d'une boulangerie fermée, sur laquelle se reflétait l'éclat de la lune et des réverbères. C'était là le seuil du terrain occupé par les magasins de décors de l'Opéra-Comique. Une voie assez étroite, aménagée dans les années 2000, le bordait et s'enfonçait entre de hauts immeubles en béton, jusqu'au boulevard périphérique : la rue Maurice Long. Ignace s'y engagea, dépassa une voiture silencieuse garée le long du trottoir, qui n'abritait de toute évidence personne, et remarqua bientôt sur sa droite, entre les édifices, une haute grille bien fermée, derrière laquelle s'étendaient de profondes ténèbres. Un parfum entêtant d'humus, de gazon et de feuilles jaunies s'en dégageait. Aucun doute n'était permis : il était arrivé. Un bref coup d'œil sur sa montre lui montra qu'il était 1 heure 20... Encore dix minutes à attendre, et il aurait gagné la première part de ses quinze mille euros.

Autour du jeune mage, tout restait désespérément engourdi et silencieux. Aucun bruit ne signalait l'approche d'un quelconque individu. En soupirant, Ignace tenta de tuer le temps en imaginant à quoi pouvait bien ressembler le mystérieux Ferdinand Duprat. La voix dans l'écouteur paraissait jeune, haut perchée, dynamique et carnassière. De toute évidence, son propriétaire avait moins de quarante ans et sans doute beaucoup d'énergie à revendre. C'était très certainement une sorte de *golden boy* peu scrupuleux et bourré d'ambition, le genre d'homme qui ne manie l'amabilité que pour mieux terrasser ses congénères dans le dos. Mais deviner la couleur de ses yeux ou le teint de ses cheveux... Là, le jeune mage ne pouvait que donner sa langue au chat, tout extralucide qu'il fût.

Soudain, il se figea. Du haut de la rue, là où celle-ci rejoignait le boulevard Berthier, ses oreilles avaient perçu des bruits de pas. Ceux-ci étaient plutôt lents et d'une cadence un peu trop régulière, comme empreinte d'une sorte de raideur mécanique. Il plissa ses yeux myopes. Avec peine, il distingua une silhouette imprécise qui se rapprochait de lui. Peu à peu, celle-ci prit la forme d'un homme de taille moyenne, aux cheveux châtains assez courts, vêtu d'un costume gris uni avec une élégante cravate. Son visage moustachu s'ornait de lunettes carrées, transparentes, auxquelles s'ajoutait, dans l'un de ses pavillons auditifs, une petite oreillette dont le fil se perdait dans le col de sa chemise. L'inconnu s'arrêta devant le jeune mage et se fit aussi immobile qu'une statue. « Bonsoir, articula-t-il après un long silence. Vous êtes bien monsieur Leclerc ? »

Ignace ne répondit pas tout de suite. Quelque chose le gênait dans l'allure de son interlocuteur. Sa voix était parfaitement posée, avec des intonations normales, mais son visage n'exprimait rien : ni la joie, ni la tristesse, ni la fatigue, ni l'énervement, ni même la méchanceté ou la roublardise. On aurait cru le masque sans émotion d'un somnambule. Surtout, derrière ses lunettes, ses yeux étaient complètement hagards, les pupilles dilatées. Ignace esquissa un mouvement de recul, mais un sourd claquement dans son dos le dissuada de se retourner : de l'autre extrémité de la rue, près du boulevard périphérique, d'autres pas venaient à sa rencontre. « Je répète ma question, reprit l'inconnu. Êtes-vous bien monsieur Leclerc ?

- Euh... oui, oui, répondit Ignace. Et vous ? Êtes-vous monsieur Duprat ? »

Pour toute réponse, l'homme moustachu tira de son veston un pistolet automatique qu'il braqua aussitôt sur le cœur du jeune mage. « Suivez-moi, monsieur Leclerc, ordonna-t-il, et sans discuter. Je ne voudrais pas être obligé d'attenter à votre vie.

- Attendez ! s'écria Ignace qui commençait à paniquer. Qu'est-ce que c'est que cette mascarade ? Où est monsieur Duprat ? Qu'est-ce... qu'est-ce que vous me voulez au juste ?

- Monsieur Duprat vous attend chez lui, répliqua l'inconnu, et il aime les gens obéissants qui ne posent pas de questions. A présent, suivez-moi ! Et ayez aussi l'obligeance, au préalable, de vous laisser lier les mains. »

Sans prévenir, un coup violent s'abattit entre les épaules d'Ignace, le laissant à genoux sur le trottoir. Sa mallette lui échappa des mains. Avec brutalité, une poigne herculéenne lui agrippa les bras pour les bloquer derrière le dos avec une paire de menottes, puis elle le souleva de terre en l'attrapant par son col de chemise. Un second canon d'acier commença à lui caresser les côtes. Le jeune mage tourna la tête pour distinguer qui le cajolait ainsi, et il aperçut une espèce de colosse à barbe rousse, la face tuméfiée et violacée, mais elle aussi hagarde et sans expression, avec les mêmes yeux morts et vides, plus affreux que des yeux de poisson. Ce nouvel agresseur était lui aussi équipé de lunettes et d'une oreillette. « C'est bien, monsieur Leclerc, dit-il quand il eut terminé sa besogne. Je vous préfère dans cette posture. Que voulez-vous ? Je suis méfiant. Au juste, ne vous inquiétez pas pour votre sacoche.

- J'ai bien deviné qu'elle vous était précieuse, enchaîna son acolyte au costume gris tout en ramassant la mallette. J'en prendrai bien soin. Maintenant, en voiture ! »

Aussitôt, le géant se mit à traîner Ignace. Le jeune mage était tellement sidéré qu'il ne se sentait même pas capable de hurler au secours. Ce n'était pas seulement la peur qui le retenait : c'était aussi l'ébahissement devant ces deux ravisseurs dont le visage ne collait même pas aux paroles, ces bandits semblables à des automates qui n'auraient fait que relayer une voix étrangère.

Très vite, ils atteignirent la voiture silencieuse qui stationnait à l'entrée de la rue. Elle s'alluma. Contrairement à ce que pensait Ignace, elle abritait du monde : deux individus en complet noir y patientaient, eux aussi munis de lunettes, d'oreillettes et de pistolets d'un fier calibre. Une portière s'ouvrit. « Je…, bafouilla Ignace qui n'osait même pas regimber, terrifié qu'il était par la perspective d'une balle, monsieur Duprat m'avait promis trois mille euros. Est-ce… est-ce que je les toucherai quand même ?

- Je doute que cela ait encore de l'importance au regard de votre destin, répliqua le malfrat moustachu en costume gris. Ne pensez plus à cette vanité. Maintenant, montez ! »

Un frisson secoua le jeune mage : derrière la voix de son ravisseur, il avait cru percevoir une autre voix, beaucoup plus menue, qui sortait de l'oreillette et semblait lui dicter ses paroles. Il n'eut pas le temps de s'attarder là-dessus : le colosse qui lui maintenait le col le poussait déjà dans la voiture.

Soudain, il entendit un autre bruit : un très léger grincement bourdonnant, comme le signe avant-coureur de petites roues qui glissaient très vite sur le sol. Tout à coup, deux trottinettes montées par des silhouettes encagoulées déboulèrent des deux extrémités de la rue et foncèrent vers la voiture. Un coup de feu retentit, à peine assourdi par un silencieux. Le poignet qui braquait le pistolet sur la tempe d'Ignace vola en éclats, laissant tomber l'arme par terre. Le malfrat moustachu tenta de riposter, mais un second tir le désarma à son tout en lui sectionnant littéralement le bras droit. Deux autres détonations sifflèrent dans la nuit et les boîtes crâniennes des deux agresseurs explosèrent comme des cruches. Ils s'effondrèrent, entraînant le jeune mage dans leur chute. Leurs complices dans la voiture armèrent aussitôt leurs pistolets et tentèrent une sortie, mais les deux voltigeurs descendirent de leurs trottinettes et déchaînèrent contre eux une grêle de plomb, pulvérisant les vitres et le pare-brise. En un instant, leurs épaules, leurs visages et leurs crânes furent réduits en charpie. Etendu sur l'asphalte, la face maculée de débris organiques, Ignace écoutait ce massacre. Brusquement, sa terreur monta d'un cran et il faillit hurler pour de bon : à côté de lui, le visage arraché aux trois quarts du colosse roux n'était pas mort. L'unique œil qui y restait bougeait encore, fébrilement. Son expression changeait. De hagarde, elle commençait à devenir affolée et furieuse, d'une fureur inhumaine, totalement bestiale. Les traits des derniers morceaux de ses lèvres se tordaient de la même façon. Surtout, des boursouflures commençaient à apparaître sur les bords de la tête fracassée, comme si les os et la chair repoussaient. Le devin regarda sur sa gauche, où gisait le bandit au costume gris, et ce qu'il aperçut décupla son horreur : sur le visage sans yeux, qui n'était plus que lambeaux au-dessus de la moustache, la bouche s'ouvrait encore comme pour murmurer quelque chose. Toujours fiché dans l'unique oreille qui subsistait, le petit écouteur grésillait. Ignace percevait ce qui en sortait, et le cadavre le répétait. « Ce n'est que partie remise, monsieur Leclerc, susurrait-il avec un calme olympien. Nous nous reverrons. A bientôt, monsieur Leclerc. A bientôt. »

Là aussi, les rebords du crâne déchiqueté se mettaient à bourgeonner, et une drôle de sphère molle se gonflait à l'emplacement des restes du cerveau. Ignace voulut prendre ses jambes à son cou, s'enfuir loin de cette abomination malgré les entraves qui lui liaient toujours les mains, mais il n'en eut pas le temps : les deux silhouettes cagoulées l'empoignèrent et le redressèrent sur ses pieds. « Abby ! cria l'une d'elles d'une voix aiguë. Fais gaffe ! Ils se reconstituent ! »

Aussitôt, sa comparse jeta dans la voiture un cocktail Molotov qui en embrasa les sièges, puis un second flacon enflammé se fracassa juste devant le colosse roux. Les deux sauveteurs tirèrent Ignace loin du brasier, sans oublier de récupérer sa mallette elle aussi tombée par terre, puis ils replièrent leurs trottinettes en bandoulière et le forcèrent à courir en direction du boulevard Berthier, sans même le débarrasser de ses menottes. De temps en temps, ils regardaient furtivement derrière eux. « Grouille, Kahinette, grouille ! cria celui qui ceinturait le jeune mage sur la gauche. Il y en a un qui s'est relevé. Il va nous poursuivre ! »

En catastrophe, ils sortirent de la petite rue obscure et obliquèrent sur la gauche. Le long du trottoir, une DS brune les attendait. Déjà elle vrombissait. Les deux individus précipitèrent Ignace sur la banquette arrière, puis ils s'y engouffrèrent à leur tour. « Démarre, papa ! Démarre ! hurla l'un d'eux à un troisième larron assis au volant, lui aussi couvert d'une cagoule. Fissa ! Mets toute la gomme ! » Dans un rugissement, la vieille voiture s'élança sur la chaussée et disparut au-delà de la porte d'Asnières, à l'instant même où une silhouette fumante, les vêtements partiellement carbonisés, déboulait à son tour sur le vaste boulevard.

Ignace aurait cru qu'on lui libérerait les mains, mais ses énigmatiques sauveteurs n'en firent rien. Au contraire, ils le ficelèrent sur la banquette avec deux ceintures de sécurité spécialement conçues à cet effet. Le jeune mage protesta, se débattit. « Qu'est-ce que vous me voulez ? balbutia-t-il. Ça... ça rime à quoi, tout ça ? Qui êtes-vous ? Où... où est-ce qu'on va ?

- Calmez-vous, dit l'une des cagoules d'un ton conciliant. On vous a sauvé la vie, c'est le plus important. Ça devrait vous soulager.

- Ne vous inquiétez pas pour le reste, ajouta l'autre cagoule. Vous saurez tout ce qu'il faut en temps voulu. »

La face déjà pâlichonne d'Ignace devint plus blême que du talc. Ces voix... C'étaient clairement des voix de femmes. « Eh oui ! déclara la cagoule sur sa droite, comme si elle avait lu dans ses pensées. On est bien des nanas. Enfin, pas notre chauffeur. Lui, c'est mon père. » Les lèvres du devin tremblotèrent, mais la stupeur l'empêcha de dire quoi que ce fût. Il contempla les lambeaux des gangsters abattus qui souillaient encore son veston et sa chemise, et il manqua une nouvelle fois s'exclamer. Les morceaux de cervelle ne ressemblaient pas à de la barbaque, mais à des fragments grisâtres d'éponge de cuisine, plutôt collants, mais pas répugnants. Quant aux projections de sang, elles étaient gluantes et d'un rose assez léger, plus similaires en fait à de la gelée qu'au traditionnel fluide écarlate. « Que... qu'est-ce que ça veut dire ? bredouilla-t-il. C'étaient qui, ces gens, là-bas ? Et où est-ce que vous m'emmenez ? Où çà ?

- Il commence à devenir un peu chiant. Tu ne trouves pas, Abby ? demanda une des cagoules.

- Oh oui ! répondit sa comparse. C'est énervant.

- Il faudrait lui offrir une bonne nuit de sommeil.

- OK, Kahinette ! »

Aussitôt, un torchon puant l'éther enveloppa la tête du jeune mage. Celui-ci vociféra, s'agita comme un beau diable pour ôter ce linge, mais les vapeurs soporifiques eurent finalement raison de sa résistance et il s'effondra sur le dossier, inconscient.

Chapitre V : Kara Shirin

Quand il rouvrit les yeux, sa bouche lui parut très sèche, sa tête vaseuse et ses membres horriblement engourdis. Une intense lumière blanche frappa ses pupilles. Au-dessus de lui, une étrange silhouette sombre semblait le veiller. « Le tunnel de lumière ? pensa-t-il. La porte vers l'au-delà dont les professeurs de l'institut parlaient parfois ? Non ! C'est trop tôt ! »

C'est alors que ses sens le ramenèrent à la réalité. Ses doigts étaient formels : il gisait dans un lit aux draps de coton – très doux d'ailleurs –, avec une couverture jetée dessus, et sa tête reposait sur un oreiller lui-même installé sur un traversin. En matière de vêtements, il ne portait plus qu'un slip : on lui avait ôté tout le reste, y compris sa montre et ses lunettes. Quant à la merveilleuse clarté annonciatrice de béatitude éternelle, ce n'était que l'éclat du soleil qui se reflétait dans un miroir suspendu juste au-dessus du pied du lit. De toute évidence, la matinée était déjà assez avancée. Malgré des bourdonnements dans son crâne et ses oreilles, le jeune mage se redressa à moitié regarda autour de lui, mais il poussa bientôt un cri de stupéfaction en découvrant, à son chevet, un visage féminin aux cheveux noirs, aux grands yeux sombres, aux lèvres charnues, au nez légèrement camard et avec de magnifiques oreilles pointues. « La jeune femme du boui-boui de madame Nedjma ! » pensa-t-il. Un instant, il crut être victime d'une hallucination, mais il ne rêvait pas : c'était bien elle. Assise sur une chaise, elle le contemplait avec attention. Sur ses cuisses, moulées cette fois dans un jean bleu, ses mains tripotaient nonchalamment un revolver à barillet. « Ah ! C'est bien ! s'exclama-t-elle. Vous vous réveillez enfin. On commençait à s'inquiéter. Il est déjà 11 heures 45.

- Euh... je..., articula Ignace avec peine, où... où est-ce que je suis ? Et... qu'est-ce qui s'est passé ?
- Vous êtes dans l'appartement de mon amie Kahina – enfin, de son papa –, répondit la jeune femme, et je crois que vous allez y rester longtemps. Vous avez vraiment eu du bol qu'on vienne vous secourir hier. Sans ça, je crois que vous ne seriez pas dans un bon lit moelleux en ce moment. »

Ignace retomba sur son oreiller, abasourdi. D'un coup, tout le film des événements de la nuit repassa dans sa tête. « On a été un peu brutales hier, Kahina et moi, continua sa sauveteuse, mais on y était bien forcées. Les types qui voulaient vous emmener, près du petit square, ils sont pas très normaux : il faut leur faire sauter la cervelle pour les maîtriser. Alors bon, c'est un peu crade, mais on y est forcées. » Ignace demeura aussi muet qu'une carpe : il ne comprenait plus rien à ce qu'il venait de vivre. Sa gardienne en sourit – sans découvrir toutefois ses dents –, puis elle reprit, imperturbable : « Au juste, désolée de vous avoir sali, mais c'est vrai que ces gars-là, ils crachent des tas de trucs malpropres quand on leur défonce la caboche. Vous étiez vraiment dégueu hier, dans la voiture. C'était presque à vomir. Heureusement que moi et Kahinette, on vous a bien décrassé, quand on est revenues ici. Rassurez-vous : on n'a rien négligé.

- Vous... vous m'avez déshabillé... entièrement ?
- Ben oui ! On vous a foutu à poil, et on vous a complètement dé- barbouillé. On vous a même ôté votre slip. De toute façon, en quoi ça vous gênait ? Vous dormiez comme une souche, une vraie loque ! Et puis, on vous a quand même remis votre petit linge avant de vous glisser dans ce lit. On n'allait pas vous lais- ser roupiller les fesses et la bistouquette à l'air. »

Ignace en rougit comme une betterave blême. S'être retrouvé nu devant des femmes, sans son consentement... La honte le submergea. En revanche, sa geôlière parut se sentir aux anges. Devant sa confusion, elle éclata de rire et exhiba ses affreuses mâchoires aux trous béants et aux canines ratatinées. Soudain, une porte s'ouvrit et une autre jeune femme entra dans la pièce. « Alors, Abby ? demanda-t-elle. Comment va-t-il, notre devin albinos ? Il s'est réveillé ? »

Son amie aux oreilles pointues l'invita à constater la chose par elle-même. Aussitôt, elle s'approcha du lit. Ignace la dévisagea : elle aussi avait les cheveux noirs et le teint basané, et son visage étroit ainsi que son nez légèrement crochu trahissaient une origine nord-africaine. Mais ses oreilles étaient rondes, comme celles de tout être humain normalement constitué. Par ailleurs, sous son mince pull vert à col roulé se gonflaient deux seins particulièrement opulents, très similaires à de grosses oranges. Le contraste était saisissant avec sa camarade, dont la poitrine restait désespérément plate comme une planche à steaks.

Captivé par ce détail, Ignace sursauta en entendant soudain un cliquetis juste à côté de lui. Il tourna la tête sur sa gauche : sur une table de chevet, la seconde jeune femme venait de poser un plateau avec une grande tasse de thé à la menthe, un baklava et une corne de gazelle. « Mangez ça ! lui ordonna-t-elle. Vous en aurez bien besoin. Ça vous remettra de vos émotions. »

Ignace n'en fit rien, tant il était encore terrassé par la stupeur. « Vous..., balbutia-t-il, la seconde cagoule... c'était vous ?
- Ben oui ! répondit la beurette. Ça change quoi de le savoir ?
- Vous... vous m'avez drogué dans la voiture ?
- On était bien forcées. Franchement, vous ne vous laissiez pas faire. Si vous étiez resté tranquille, on n'aurait pas eu à faire ça. Enfin, vous devriez quand même nous être reconnaissant : on vous a évité de vous faire zigouiller et, en plus, on vous a retiré vos menottes. »

Ignace constata la véracité de ce détail, mais il ne sut pas quoi ajouter. La jeune femme nord-africaine attira son amie aux oreilles pointues un peu à part et commença à discuter avec elle, sans quitter le jeune mage des yeux. « Il en a eu une de ces pêches, ce grand dadais, lui dit-elle en désignant Ignace. Un peu plus, et les autres le coffraient. Ce salaud d'Irnerius ! Il a failli réussir son coup.
- Pour sûr ! répondit sa comparse. Sacré Irnerius ! Heureusement qu'on a été plus malines que lui. Quelle bonne idée que de suivre ses gars plutôt que sa victime !
- Ouais ! C'a été une sacrée bonne idée. Surtout qu'ils se sont même pas aperçus qu'on leur collait au cul. Enfin, ils... Tu vois de qui je veux parler ?
- Bien sûr, bien sûr ! Je ne suis pas devenue débile. Hé ! N'oublie pas non plus ce brave Vijay.
- C'est vrai qu'il nous a aussi rendu un fier service en suivant notre oiseau au début de son trajet et en faisant semblant de le perdre dans le métro. Il l'a quand même bien dupé, l'Irnerius !
- Euh... excusez-moi, mesdames ! lança soudain Ignace depuis son lit. De quoi parlez-vous au juste ? Qui est cet Irnerius qui me veut du mal ? Et vous, comment vous appelez-vous ? »

Les deux jeunes femmes le contemplèrent en feignant la consternation. « C'est vrai qu'on a oublié de faire les présentations, dit celle aux oreilles pointues. Mais on va réparer

ça. Moi, c'est Abbigaëlle. Abbigaëlle Susanne Banoun, pour être exacte. Et mon amie, c'est Kahina. Kahina Zeroual.
- Ouais, intervint la beurette, mais, entre nous, on s'appelle Abby et Kahinette. »

Sur ce, elle enlaça sa camarade et toutes deux échangèrent en rigolant d'affectueux baisers sur les joues. Ignace s'en gratta le front, tant ce spectacle et ces propos le laissaient perplexe. « Je ne voudrais pas vous gêner, dit-il, mais il y a là bien des choses que je ne comprends pas. Qui est cet Irnerius dont vous venez de parler ? A-t-il un rapport avec Ferdinand Duprat ?
- Euh... attendez ! répondit Abbigaëlle. Vous avez prononcé quel nom ?
- Eh bien, Duprat ! Ferdinand Duprat ! L'homme qui m'avait donné rendez-vous hier près du square. »

Aussitôt, les deux gardiennes s'esclaffèrent aussi bruyamment que devant un spectacle comique. Abbigaëlle en hurlait presque de rire et exhibait sans complexe ses horribles canines et prémolaires ridiculement minuscules. « C'est trop fort ! articula enfin Kahina, quand elles se furent un peu calmées. Il n'a même pas flairé un pseudo ! Hé ! C'est pas dans la farine qu'il l'a roulé, l'Irnerius : c'est dans une cuve de plâtre.
- Déjà qu'il en a vraiment le teint... », répliqua son amie aux drôles d'oreilles.

Le jeune mage fit un effort pour ne pas s'énerver. « Votre Ferdinand Duprat, lui dit Abbigaëlle sans attendre qu'il parlât, ce n'est ni plus ni moins que notre ennemi, Irnerius de La Vieuville. Ce bonhomme, il veut juste une chose : votre peau.
- Mais... pourquoi ?
- Ça, vous le saurez en temps voulu.
- Mais... C'est une histoire de dingues ! Je ne connais rien de cet individu. Est-ce que... est-ce que je pourrais rentrer chez moi ? »

Les deux geôlières échangèrent un regard moqueur. « Hélas non ! répondit Kahina. A présent, vous allez vivre ici, chez moi, et bosser ici. Question de sécurité ! A moins que vous préfériez vous faire trucider ?
- On n'est pas seules, ajouta Abbigaëlle. On a pas mal d'amis. Hier, pendant qu'on vous lavait, ils sont passés faire un tour chez vous, dans votre appart'. Ils ont pris une grosse partie de vos affaires : des fringues, du matériel pour travailler, et même

de la lecture pour vous distraire. Regardez autour de vous, dans la pièce : tout y est. »

Ignace se rua hors du lit et commença à inspecter fébrilement les bordures de la chambre, entre panique et sidération. Le piètre morceau de tissu qui cachait à peine sa nudité ne le retint même pas. Malgré leur myopie incorrigible, ses yeux repérèrent très vite une commode et une penderie en contreplaqué, qu'il ouvrit : elles étaient toutes garnies de vêtements qui lui appartenaient. On y trouvait à peu près tout, y compris ses élégants vestons et ses belles chemises pour les grandes occasions. Même les cintres avaient été emportés. Sous la stupeur, il tituba et se heurta à une petite table qu'on avait convertie en bureau. Là trônait son ordinateur portable, déjà déplié et branché. Près de la prise, on avait ajouté un petit boîtier qui permettait de se connecter sans fil à Internet. Une pile de dossiers cartonnés farcis de documents s'élevait à côté de la machine. Ignace y reconnut toutes ses archives : diplômes universitaires, fiches de paye, certificats médicaux, attestations d'impôt, etc. Rien n'avait été omis. Médusé, il voulut s'effondrer sur le matelas, mais une voix l'en dissuada. « Hé ! lui lança Abbigaëlle. Vous avez oublié quelque chose, dans le coin à droite du bureau. » Ignace se tourna dans cette direction. Une grossière bibliothèque faite de pièces de métal emboîtées s'y dressait. Il y aperçut plusieurs livres issus de ses collections personnelles : des romans, des livres de vulgarisation scientifique ou culturelle, mais aussi des ouvrages sur l'histoire et la pratique des enchantements et plusieurs exemplaires du *Legs de Merlin*, la revue de l'Institut libre de thaumaturgie, qu'il avait achetés naguère pour parfaire sa culture ésotérique. « Au moins, avec tous ces bouquins, vous n'allez pas vous ennuyer », lui décocha Kahina.

Le jeune mage jeta un regard désemparé sur les deux silhouettes un peu floues. « Hé ! dit la gardienne aux oreilles pointues, ne tirez pas une tronche longue comme un jour sans pain. On va vous chouchouter. Et puis, on ira chercher votre courrier tous les jours, dans votre appart'.

- Je... je vais rester longtemps ici, prisonnier ?
- Tant qu'on n'en aura pas fini avec Irnerius. Désormais, vous êtes sous la protection de notre patronne, Kara Shirin.

- "Notre patronne" ! s'exclama soudain Kahina avec ironie. Mais quel manque de respect ! Enfin, il faut dire "notre reine".
- C'est ça, notre reine..., répondit Abbigaëlle. Reine de quelques porte-flingues un peu paumés dans Paris ! Enfin... Chacun met son orgueil où il peut.
- Euh... Désolé de vous interrompre, demanda Ignace, mais qui est cette Kara Shirin ?
- Vous allez bientôt la rencontrer, répondit Kahina. En attendant, mangez ce que je vous ai apporté. Notre reine a horreur d'entendre des gargouillis quand on se prosterne devant elle. »

Ignace se rassit donc sur le matelas, toujours en slip, et avala le thé ainsi que les deux gâteaux. Quand il eut fini, ses gardiennes le sommèrent de s'habiller au plus vite. Il lui fallait faire preuve d'élégance : la dénommée Kara Shirin, paraissait-il, détestait les individus négligés, surtout s'il s'agissait de devins aussi talentueux que lui. Veston et cravate seraient donc de rigueur. Ignace pria ses geôlières de sortir, le temps qu'il se mît en tenue, mais elles n'en firent rien. « Vous... Vous ne trouvez pas que vous charibotez un petit peu ? leur demanda-t-il.
- Pas du tout ! répondit Abbigaëlle. Nous avons reçu la consigne de veiller sur vous en toutes circonstances. Alors, on l'applique.
- Et puis, en quoi est-ce que ça vous gêne ? ajouta Kahina. Vous n'allez quand même pas tomber le slibard ? De toute façon, si vous le faites, il y a un moyen simple de ne pas nous montrer vos coucougnettes. »

Ignace l'avait deviné. En grommelant, il se retourna et enfila ses habits en prenant bien soin de toujours présenter son dos aux jeunes femmes. Ces dernières l'observaient avec un mélange de dérision et de gourmandise. Abbigaëlle tripotait machinalement son pistolet, qu'elle n'avait jamais lâché depuis le réveil du jeune mage. Kahina sortit de sous son blouson un revolver similaire et toutes deux s'engagèrent bientôt dans le même manège, comme pour jouir de la domination que ces instruments leur conféraient sur un mâle. Finalement, Ignace daigna leur montrer de nouveau son visage : il portait désormais un splendide costume trois pièces marron à rayures ocre, ainsi qu'une cravate où prévalait le jaune. Les gardiennes jugèrent que cela convenait. Elles lui saisirent chacune un bras et l'emmenèrent doucement hors de la chambre.

Après un bref couloir, elles atteignirent un salon inondé de lumière. Le silence y régnait. Pourtant, Ignace sentit tout de suite qu'il grouillait de monde. Devant lui s'étalait un ramassis de silhouettes floues. Il s'avança, ses accompagnatrices l'ayant libéré. Bientôt, les masses imprécises se transformèrent en une femme majestueuse accompagnée de cinq hommes. Son apparence était extraordinaire : assise sur un fauteuil pourpre de style Empire, elle arborait un superbe sari violet tout pailleté de strass, aux bordures brodées de fils d'argent. Ses poignets et ses chevilles ruisselaient de bracelets en or (ou tout au moins d'un métal qui en imitait la couleur), tandis qu'un collier mêlant des tourmalines, des opales et des rubis encerclait plusieurs fois son cou pour retomber sur une brassière chamarrée qui lui couvrait la poitrine. Tirés en arrière, ses cheveux plus noirs que l'ébène retombaient dans son dos en une longue natte, laissant sur son crâne une raie qu'une chaîne en or bien attachée masquait soigneusement. Sur son visage légèrement basané, au nez crochu évoquant un peu un bec de pie, une peinture aux tons criards ornait le front, formant comme un troisième œil entre les deux autres. Plus généralement, toute la face était assez lourdement maquillée. Ignace l'observa attentivement. La femme devait avoir trente-cinq ans tout au plus. Malgré le maquillage, on le devinait sans peine. Toutefois, il dut très vite interrompre cet examen : avec de minces baguettes qu'elles avaient prises à l'entrée du salon, ses gardiennes lui chatouillèrent les mollets. « Prosternez-vous ! murmurèrent-elles. Prosternez-vous, bon sang ! »

Il s'agenouilla donc aux pieds de l'étrange princesse et étendit sa face contre terre. « Maintenant, continuèrent les jeunes femmes, toujours à voix basse, il faut lui baiser les pieds. Ce n'est pas une plaisanterie ! » Un instant, Ignace voulut se rebiffer, mais la nécessité de se garantir les bonnes grâces de cette protectrice inattendue le ramena à la raison. Il accepta donc tristement cette humiliation et embrassa les chaussures de la femme, sans aucun enthousiasme. Celle-ci parut s'en satisfaire. « Comme c'est bien ! s'écria-t-elle. Redressez-vous, monsieur Leclerc, mais sans vous relever. »

Ignace obtempéra et se dressa sur ses genoux. Il espérait toutefois ne pas garder cette position trop longtemps. « Je suis Shirin Arslan Khan, dite Kara Shirin, reine de cette troupe, continua la mystérieuse dame. Dans ma généreuse pitié, j'ai accepté de vous prendre sous ma protection. A présent, levez votre main droite et jurez de me rester éternellement fidèle, comme sauveuse, comme protectrice et comme souveraine. »

Le jeune mage se résigna à cette comédie, bien qu'elle lui parût parfaitement grotesque et fort peu rassurante. Un sourire carnassier illumina les lèvres de Kara Shirin. « Je crois qu'il est maintenant l'heure de procéder aux présentations », dit-elle. Sans oser se remettre sur ses pieds, Ignace dévisagea furtivement les acolytes de l'étrange bégum. Il s'agissait d'un petit homme râblé et moustachu, à la peau couleur chocolat et à l'épaisse chevelure sombre et lisse ; d'un grand noir solidement musclé, à la tête parée de courtes nattes ; d'un vieil homme au teint mat et aux cheveux ondulés tout gris, vraisemblablement d'origine algérienne ou marocaine ; d'un individu barbu au poil très sombre et au regard inquiétant, coiffé d'une kippa et au poignet droit orné d'un court phylactère ; et d'un tout jeune homme de taille moyenne, aux cheveux noirs lui aussi et à la peau couleur d'ambre claire, mais avec de splendides oreilles pointues identiques en tous points à celles d'Abbigaëlle. Elles étaient même encore plus grandes, encore plus décollées, et elles contrastaient violemment avec les oreilles sagement rondes de tous ses comparses. A vrai dire, l'inconnu avait à peu près le même visage qu'Abbigaëlle, mais en version masculine. Seulement, au lieu de brûler de hardiesse, ses yeux semblaient remplis d'une insondable tristesse. « Messieurs, déclara Kara Shirin en se levant de son trône, tout en désignant le jeune mage, vous avez devant vous un infortuné qui attend de nous son salut. Garantir sa survie sera votre mission. Vous savez déjà combien il m'est précieux : plus que le diamant le plus pur. Il serait dommage pour lui de ne rien connaître de vous, surtout au regard du temps qu'il passera chez nous.

- Euh... excusez-moi, madame... madame Arslan Khan, hasarda Ignace, mais... ceci est-il un gang ? »

La bégum ébaucha un rictus irrité, qu'elle dissimula aussitôt. « Un gang ? demanda-t-elle en feignant de prendre cette remarque avec dérision. Quelle vision triviale ! Quelle vision empreinte de roture ! Mais c'est une cour, la cour d'une reine ! Laissez-moi donc vous présenter mes zélés serviteurs, sur lesquels je veille comme une mère sur ses enfants. Voici d'abord Vijay Kumar, allié de la première heure. » Le petit homme moustachu s'inclina, les paupières baissées. « Daniel Kabidy, originaire de l'île de la Réunion, qui me suit et me protège depuis mon passage là-bas. » A son tour, le grand noir aux dreadlocks fit une révérence. « Elias Zeroual, fils de la lointaine Kabylie – accessoirement mon chauffeur. » « Ravi de vous rencontrer, monsieur Leclerc, dit le vieil homme. Je suis le père de Kahina. »

Kara Shirin lui décocha un regard acerbe qui lui reprochait clairement d'avoir pris la parole sans autorisation, puis elle se tourna vers l'homme barbu avec le phylactère. « Joab Banoun, dit-elle, fier israélite, qui a pourtant accepté de dévouer sa vie à la reine païenne que je suis. » Le juif farouche ferma les yeux et baissa la tête, en signe de respect. « Enfin, ajouta la princesse indienne en s'approchant du bizarre jeune homme aux oreilles pointues, voici Salomon Banoun, le petit benjamin de ma cour. Ne vous fiez pas à son air timide : chaque fois qu'il le faut, il sait être combatif. Allons, Salomon ! Tu n'as donc rien à dire à ta reine ?

- Si, articula faiblement le jeune homme. Je... je suis très content de vous servir, Majesté, aux côtés de ma sœur et de mon demi-frère, et je suis prêt... à mourir pour vous. »

L'éclat dans ses prunelles contredisait nettement ses paroles, tant il semblait las et désespéré. Ignace se demanda dans quel repaire de fous il était tombé. A force de rester plaquées contre le parquet, ses rotules commençaient à lui faire mal, mais il n'osait réclamer la permission de se relever, de peur de contrarier la bégum de la pègre. Celle-ci se mit à tournoyer autour de lui, le visage exalté. « Je n'ai point fini cette présentation, dit-elle. Il me reste à vous parler de mes chéries : Kahina et Abbigaëlle. ».

Elle se faufila derrière les deux gardiennes d'Ignace et les enlaça dans une étreinte aussi douce que sournoise. « Ce ne sont pas de simples gardes du corps, ajouta-t-elle. Ce sont mes dames de compagnie, les dignes acolytes que mérite toute reine. Parmi tous mes fidèles ici présents, ce sont elles que je préfère. Elles unissent le raffinement le plus exquis dans leurs manières à une science du combat dont j'ai cruellement besoin, dans la lutte implacable que je mène en ce moment. Envers leurs compagnons, je brûle d'estime, mais, pour elles, c'est d'amour. »

Ce disant, elle leur caressa le visage tout en fermant les yeux de félicité. Néanmoins, les mimiques de Kahina et d'Abbigaëlle montraient que ces attouchements les embarrassaient plus qu'autre chose. Quand elle eut fini son manège, elle demanda à Ignace s'il avait des questions à poser. « Plutôt deux fois qu'une, répondit le jeune mage. Qui est Irnerius de la Vieuville ?

- Mon ennemi mortel, répondit la bégum, et aussi le vôtre, monsieur Leclerc. Quelle chance, quelle chance avez-vous eue de nous trouver sur votre route, pour vous arracher aux griffes de cet épouvantable intrigant ! Ne nous remerciez pas : nous n'avons fait que notre devoir. Surtout, n'imaginez pas pouvoir vous en sortir sans nous. Je doute fort qu'un pauvre albinos tel que vous, aux yeux chassieux, puisse échapper par ses propres moyens à un adversaire dont les sbires sont capables de retourner au combat, même lorsqu'on leur a déchiqueté les entrailles ou fracassé le crâne.

- Que voulez-vous dire par là ? Une nouvelle fois, qui est cet Irnerius ? Qu'a-t-il donc contre vous ? C'est en rapport avec cette histoire de phonographe, n'est-ce pas ?

- Merci d'avoir vous-même mis le doigt là où il faut. A présent, une explication s'impose. Mais, au préalable, nous allons déjeuner. Vous devez avoir rudement faim après votre long sommeil à l'éther. »

Kara Shirin claqua dans ses mains et ordonna qu'on préparât à manger. Aussitôt, Vijay partit en cuisine faire réchauffer un repas. Joab et Daniel assemblèrent une table rectangulaire assez longue pour quatre convives, puis Salomon la recouvrit d'une nappe tandis qu'Elias disposait des chaises tout autour. Quand tout fut fini, les deux « dames de compagnie » mirent le couvert. C'est alors seulement qu'Ignace obtint le droit de remonter sur ses pieds. Il n'en fut pas fâché : à force de garder les genoux pliés, il commençait à ne plus les sentir. Bientôt Vijay revint dans le salon, une marmite fumante dans les bras. Il en versa le contenu dans quatre assiettes, puis la bégum s'assit à une extrémité de la table et pria le jeune mage de choisir l'autre. Pour leur part, Kahina et Abbigaëlle prirent place sur les côtés, tout près de leur maîtresse, de manière à la jouxter. Sur un nouvel ordre de la princesse indienne, les cinq hommes de main se retirèrent pour déjeuner séparément dans la cuisine ou monter la garde dans le couloir, puis un silence de marbre s'abattit sur l'appartement, comme si ce dernier s'était mué en chambre forte.

Chapitre VI : Petites Confidences

Ignace voulut tout de suite demander les éclaircissements qu'il attendait tant, mais la bégum lui commanda de s'alimenter avant de chercher à en savoir plus. Il lui serait difficile, disait-elle, d'apprécier ce repas à sa juste valeur tout en discutant. Le jeune mage se résigna donc à absorber docilement ce qui gisait dans son assiette. A bien y goûter, ce n'était pas mauvais. Il s'agissait d'un ragoût à l'indienne fait d'une généreuse portion de riz, à laquelle s'ajoutaient des fèves, des carottes, des tomates, des petits pois, des brocolis et quelques morceaux de bœuf grillé, ainsi qu'un œuf dur. Le tout était rehaussé d'une grande quantité d'épices, parmi lesquelles dominaient le curry, le safran et le piment rouge. Cela titillait bien le palais, voir l'agaçait fortement, mais n'en demeurait pas moins succulent. Assez vite, Ignace s'en sentit ragaillardi, presque remis d'aplomb après les péripéties éprouvantes de la nuit. Quand il eut vidé son assiette aux trois quarts, il regarda la bégum et ses deux dames de compagnie, qui dégustaient tranquillement leurs parts, et décida de revenir à la charge. « Bon ! dit-il. Maintenant que je suis repu, est-ce que je pourrais enfin savoir pourquoi cet Irnerius de La Vieuville me veut du mal, pourquoi il a tenté de m'enlever hier soir et pourquoi, manifestement, il ne vous aime pas ?

- Ah ! Monsieur Leclerc, répondit Kara Shirin, c'est une longue histoire. Vous avez intérêt à bien ouvrir vos oreilles. Mais plutôt que de vous la raconter par moi-même, laissons la voix mélodieuse d'un ange vous la faire découvrir. Abbigaëlle, narre donc à notre hôte l'étonnante histoire de Kali Mara et d'André Castelet. Et toi, Kahina, prends ton luth, pour orner ce récit d'une musique qui détende nos âmes. »

Aussitôt, Kahina s'empara d'une guitare sur laquelle elle plaqua quelques accords assez peu harmonieux, tandis qu'Abbigaëlle commença à réciter, d'une voix blanche : « Il était une fois au Pendjab, à la fin des années 1920, un sorcier du nom de Kali Mara. Ce sorcier était un des plus redouté de sa région. En vérité, pour être plus exact, tous les habitants du Pendjab le respectaient autant qu'ils le craignaient. On lui prêtait divers pouvoirs : attirer les malédictions ; tuer à distance ; provoquer la stérilité, la gangrène, la lèpre et d'autres terribles maladies ; anéantir les moissons avant leur terme et faire pourrir les récoltes ; mais aussi guérir les maux sans espoir ; faire réussir toutes les entreprises ; procurer richesse et gloire. Mais, surtout, on racontait qu'il pouvait entrer en contact avec les dieux, les faire apparaître sur terre et, mieux encore, visiter leurs demeures surnaturelles pour en rapporter toutes sortes de trésors d'une valeur inestimables. Il pouvait aussi, disait-on, emmener là-bas avec lui ceux qu'il avait choisis. Seulement, rares avaient été les candidats à un tel voyage, tant les pauvres mortels s'en jugeaient indignes, et aucun de ceux qui l'avaient un jour persuadé de leur accorder ce privilège n'était revenu pour témoigner de ce qu'il avait vu. Pour toutes ces raisons, tout le monde s'abaissait devant sa puissance, du pauvre paysan au fils de gentilhomme, et nul n'aurait osé parler de lui en s'en moquant. De son antre au fond de la forêt, dans les ruines d'un ancien temple, on ne s'approchait qu'en tremblant et avec de solides raisons de ne jamais susciter sa colère. Tel était Kali Mara : le personnage le plus inquiétant et le plus mystérieux du Pendjab en ce début du XXe siècle.

- Pardonnez-moi, interrompit Ignace, mais quel est le rapport entre cette vieille histoire de brahmane plus ou moins sorcier et mon affaire ?
- Monsieur Leclerc, répondit Kara Shirin avec énervement, vous a-t-on déjà dit qu'il était très impoli d'interrompre les gens, alors qu'ils n'ont pas fini de parler ? »

Le jeune mage préféra se taire et faire preuve de résignation. D'un bref signe de tête, Kara Shirin intima à Abbigaëlle l'ordre de continuer. « Un jour cependant, reprit-elle, toujours sur les accords maladroits de Kahina, un homme osa l'affronter. Il s'agissait de Feroz Arslan Khan, un puissant nabab local. Il rêvait de contraindre Kali Mara à entrer à son service, afin d'accroître sa propre puissance à l'aide de ses pouvoirs magiques. Au début, il lui envoya des émissaires chargés de lui proposer un marché qu'il croyait irrésistible. Seulement, le sorcier le rejeta : il était trop jaloux de son indépendance, trop fier de sa propre liberté pour se soumettre à qui ce que soit – eût-ce été le plus terrible des souverains. Feroz Arslan Khan se résolut donc à employer la force. Dans un premier temps, le sort tourna en faveur du mage : aucun membre de la cour du nabab ne sentait assez hardi pour le dompter. Tous savaient pertinemment que, s'ils osaient s'attaquer à Kali Mara, leurs tentatives échoueraient lamentablement et qu'ils encourraient d'affreuses malédictions, tant eux que leurs proches. Mais un secours providentiel ne tarda pas à arriver en la personne d'un visiteur venu de France : André Castelet. Lui aussi était un ensorceleur, spécialiste des principales sciences occultes. Les hasards de ses recherches sur les diverses traditions magiques dans le monde l'avaient conduit en Inde, où il avait été reçu à la cour de Feroz Arslan Khan. Très vite, le nabab s'enquit de ses capacités et lui demanda s'il pouvait l'aider à faire de Kali Mara son esclave. Malgré les risques inhérents à l'affaire, le Français se laissa convaincre et il partit à la rencontre de ce sorcier qui, disait-on, allait jusqu'à côtoyer les dieux. Le nabab crut d'abord que le goût des défis, l'amour de la gloire, la quête de l'estime d'un souverain étranger et la perspective d'une coquette récompense en espèces sonnantes et trébuchantes l'avaient persuadé d'agir là où ses propres sbires s'étaient dégonflés. Mais il renonça très vite à ces futiles interrogations quand on lui annonça la mort de Kali Mara et le retour de Castelet, un superbe phonographe et un disque 78 tours sous le bras. Selon l'occultiste français, c'était dans cette modeste galette en plastique que résidait désormais l'âme de Kali Mara, domptée, disciplinée et privée de volonté propre. Très exactement, une partie reposait dans les sillons du disque, tandis que l'autre était pour l'éternité prisonnière de l'aiguille insérée dans la tête de lecture. Seul le contact entre ces deux prisons permettrait de réveiller les pouvoirs du défunt sorcier. Comment Castelet avait-il réussi ce prodige ? Feroz Arslan Khan ne s'en soucia guère : il avait ce qu'il désirait. Il combla donc André Castelet d'or et de pierreries, tandis que ce dernier lui remettait le phonographe merveilleux et son non moins fabuleux disque. Cela fait, il écouta docilement ses instructions sur l'utilisation de ce formidable gadget, puis il le laissa repartir dans son pays. Seulement... »

D'un geste, Kara Shirin fit à signe à Abbigaëlle de se taire. Sagement, la jeune femme aux oreilles pointues suspendit son récit (qu'elle avait de toute évidence appris par cœur), tandis que sa comparse d'outre-Méditerranée cessa de caresser sa guitare – non sans avoir auparavant plaqué un magnifique enchaînement de fausses notes. « Seulement quoi ? » demanda Ignace. Le doigt levé de Kara Shirin retomba. « Seulement, reprit Abbigaëlle pendant que le doucereux massacre musical recommençait, lorsqu'il voulut en invoquer les pouvoirs, conformément aux consignes de l'ensorceleur français, rien ne se produisit. Il réessaya pourtant plusieurs fois, il insista même, mais aucun signe du défunt sorcier ne se manifesta. Finalement, il dut se rendre à l'évidence : le joyau magique qu'on lui avait offert n'était qu'une vulgaire boîte à musique. Sa fureur fut abominable. Elle ne fit que quintupler, lorsqu'on lui annonça qu'André Castelet avait quitté sa principauté avec, dans ses bagages, un autre phonographe et un autre disque, qu'il ne possédait pas avec lui lors de son arrivée. A en croire les témoignages, son comportement extrêmement précautionneux envers ces objets laissait supposer que la machine ne servait pas en premier lieu à écouter des galettes en plastique. Feroz Arslan Khan envoya aussitôt ses sbires à sa poursuite. Ceux-ci le traquèrent sans relâche, jusqu'à Goa où il s'était réfugié, dans l'espoir que l'obligation d'un visa pour accéder à cette enclave portugaise découragerait ses poursuivants et lui laisserait plus de temps pour prendre un bateau. Mais cela n'empêcha pas les hommes de main du nabab de le rattraper. Ils lui mirent la main dessus la veille du jour où il était censé s'embarquer sur un paquebot à destination de Lisbonne. Seulement, là encore... »

De nouveau, la main levée de Kara Shirin interrompit la narration. Il y eut un long moment de silence, puis les doigts gourds de Kahina entamèrent une mélodie aux sons graves et funèbres. « Quand ils entrèrent dans la chambre de l'hôtel où il séjournait, dit Abbigaëlle, ils le découvrirent gisant sur le parquet, égorgé, tordu et déjà verdâtre. On l'avait tué. Qui ? Ils l'ignoraient. Mais il y avait plus grave : le véritable phonographe et le vrai disque avaient disparu. Les hommes de main du nabab eurent beau fouiller de fond en comble toutes les affaires du mage français, ils ne trouvèrent rien. La tragédie était claire : un inconnu avait assassiné André Castelet pour lui dérober le phonographe et le disque magique, puis il s'était enfui. Ça ne servait à rien de le pourchasser : les sbires de Feroz Arslan Khan ne savaient pas qui il était ni où il s'était carapaté. Ils renoncèrent donc très vite à résoudre l'énigme de ce meurtre et à traquer un voleur qui était sans doute déjà reparti en Europe, et ils reprirent tout penauds la route vers le palais de leur maître, pour l'inviter à abandonner toutes ses espérances. Ainsi s'évanouirent le phonographe ensorcelé et le disque où dort l'âme de Kali Mara, le plus terrible sorcier de l'histoire du Pendjab. »

La jeune femme aux oreilles pointues se tut, tandis que son amie se leva pour remballer sa guitare. Pendant quelques minutes, nul ne proféra le moindre mot. Ignace restait pensif. Bien que ce fût la première fois qu'il entendait cette histoire, celle-ci lui évoquait des souvenirs de certains cours prodigués à l'Institut libre d'hermétisme et de thaumaturgie. Selon l'un des professeurs qui y enseignait, il était déjà arrivé à des sorciers d'emprisonner les âmes de confrères assassinés dans des disques. A chaque fois, il s'agissait de réduire ces esprits à une forme d'esclavage en les plongeant dans un état larvaire où ils ne conservaient que quelques-uns de leurs anciens pouvoirs. Un rituel différent selon les cas, mais toujours accompagné de manœuvres d'une grande noirceur, permettait de réveiller provisoirement le pauvre fantôme retenu dans les sillons pour qu'il accomplît encore un miracle à la demande de son évocateur. Par bonheur, ce terrible sortilège d'emprisonnement ne parvenait pas à préserver le don de double vue.

Un léger ricanement arracha Ignace à sa rêverie. Il releva la tête et rencontra aussitôt le sourire narquois de Kara Shirin. « Merci de votre attention, dit-elle. L'affaire vous paraît-elle plus "limpide" à présent ?

- En partie, répondit le jeune mage, bien décidé à ne point passer pour un pauvre candide. Je présume que vous avez un lien de parenté avec ce Feroz Arslan Khan ?
- Ma foi, dans la mesure où je suis son arrière-petite-fille, la réponse me semble positive. A moins que j'aie oublié la définition correcte du concept de "lien de parenté".
- C'est un peu bizarre que vous ayez troqué le somptueux palais de votre aïeul pour ce banal appartement, loin de votre pays d'origine en plus. Votre famille aurait-elle subi un incident de parcours ? »

Kara Shirin posa son menton sur le dos de ses doigts et darda sur le devin un immense sourire tout chargé d'ironie, de cynisme et d'agressivité. En revanche, ses dames de compagnie roulaient plutôt des yeux inquiets. « Quelle verve, monsieur Leclerc ! articula-t-elle calmement. Quelle drôlerie ! Seulement, ceci est une conversation sérieuse. Vous ne connaîtrez pas les causes de mon installation en France, pour la simple raison qu'elles ne vous intéressent pas. Dans l'histoire qui nous lie, une seule chose compte : que vous retrouviez les deux objets qui reviennent légitimement à ma famille et dont ma suivante vient de vous parler.

- Le fameux phonographe hanté et son disque 78 tours, que convoite aussi ce mystérieux Irnerius, *alias* Ferdinand Duprat ? demanda Ignace.
- Exactement.
- Pourrais-je quand même savoir qui est cet Irnerius de La Vieuville ?
- Son identité ne vous intéresse pas, riposta Kara Shirin. Il vous suffit de savoir qu'il n'est pas mon ami et, surtout, que vous auriez grand intérêt à découvrir avant lui où se cachent, depuis maintenant presque un siècle, les deux objets que je convoite. C'est que ce vilain individu ne se contentera pas de son forfait d'hier. A présent qu'il vous a repéré, il ne vous lâchera plus d'une semelle. De fait, il a doublement besoin de vous.
- Pourquoi doublement ? En quoi puis-je lui être utile, à part pour localiser ce phonographe et ce disque ?
- Réfléchissez bien, monsieur Leclerc. Pour réveiller l'âme de Kali Mara dans sa prison, il fallait accomplir certains rites. D'après vous, que pouvaient-ils bien inclure ? »

Le visage déjà blafard d'Ignace médita quelques instants, avant de devenir soudain plus blême que de la chaux détrempée dans de l'eau de Javel. « Un... un sacrifice humain ! balbutia-t-il. Le sacrifice...

- D'un albinos, répondit la bégum avec un nouveau sourire. Ç'aurait pu être celui d'un bossu, d'un boiteux, d'un sourd-muet ou d'un simple d'esprit, mais, par un tragique coup du sort – pour vous –, ç'a été celui d'un albinos. Ne me demandez pas pourquoi. Je n'étais pas dans la tête d'André Castelet, quand il a lancé son sortilège. Quoi qu'il en soit, si son plan avait réussi hier soir, ce brave Irnerius aurait fait une bien jolie touche avec vous. »

Le jeune mage commença à trembloter. Sa vision déjà floue se mit à s'embrumer, tandis qu'un bourdonnement sinistre emplissait ses oreilles. Mais il se reprit. Sans se départir de sa mine rieuse, Kara Shirin agita une petite clochette. Aussitôt, Vijay accourut de la cuisine pour ramasser les assiettes et distribuer aux quatre convives de savoureux gâteaux de semoule ruisselant de sirop, ainsi que quatre verres remplis de yaourt liquide à la mangue. Sur un clin d'œil de sa maîtresse, il poussa l'obligeance jusqu'à offrir en plus à Ignace une énorme tasse de café à l'orientale. Mais le jeune mage ne toucha point à ces desserts. L'horrible perspective d'être immolé lui avait comme coupé les bras. « Mangez, bon sang ! Mangez ! lui chuchotaient Kahina et Abbigaëlle. Sinon vous allez l'irriter. »

Au prix d'un effort qui lui parut éreintant, Ignace s'arracha à sa torpeur et entama sa pâtisserie. Une lueur de soulagement traversa les prunelles de la beurette et de la femme aux oreilles pointues. De son côté, Kara Shirin n'émit qu'un petit ricanement. « Je reconnais que ce n'est pas très rassurant à apprendre, dit-elle enfin en dégustant à son tour son helva. Mais tout n'est pas perdu pour vous. Il existe un moyen très simple de vous soustraire définitivement à ce destin funeste.

- Que je passe à votre service et je vous retrouve ce foutu phono-graphe et ce foutu disque avant votre rival ? demanda Ignace.
- Monsieur Leclerc, vous êtes un amour quand vous déduisez aussi vite ! De fait, même si je ne suis pas une sainte, j'ai quand même un peu plus de moralité que ce cher Irnerius. Quand je recherche un objet magique, je trouve un peu bas de sacrifier la personne qui m'a aidée à le dénicher. Avouez que c'est assez in-grat, comme attitude ! En clair, menez-moi jusqu'aux trésors fa-briqués par André Castelet, et votre vie sera sauve.
- Vous n'y attenterez pas ? Vraiment ?
- Promis, et même juré ! De toute façon, pourquoi tuerais-je le devin qui m'aura assistée dans ma quête, alors qu'il y a dans cette ville, grâce à l'immigration, tant de petits albinos origi-naires de la lointaine Afrique que je peux livrer à l'appétit de Kali Mara ? »

Ignace cessa de manger son gâteau, qu'il n'avait d'ailleurs grignoté qu'à moitié. Cette conversation le dégoûtait. Les trois paires d'yeux qui l'observaient le devinèrent fort bien, mais elles ne lui firent aucune remarque. Paisiblement, elles attendirent qu'il rompît lui-même le silence. « J'en ai marre. J'en ai marre ! finit-il par grincer.

- De quoi ? demanda Kara Shirin avec une joyeuse nuance de fausse naïveté dans la voix.
- De servir des crapules. Pourquoi, pourquoi faut-il que je les at-tire comme les déjections attirent les mouches ? Depuis que j'ai

commencé comme devin consultant, j'ai l'impression de n'avoir connu que des clients de ce genre. Vous êtes... vous êtes... Oh zut ! Je n'arrive même plus à déterminer la quantième vous êtes.

- Si ma morale personnelle heurte votre conscience, dites-vous simplement que je serai la dernière. Ensuite, vous aurez tout le temps de rechercher la rédemption.

- Je la cherche déjà. En toute sincérité, ça me fend le cœur de vous servir.

- Vous préférez donc mourir ? »

La bégum darda fixement ses yeux bruns dans les prunelles myopes d'Ignace. Celui-ci n'osa répondre : son instinct ne lui commandait plus que d'écouter. « Libre à vous de ne pas me servir, poursuivit Kara Shirin. Vous n'avez qu'à quitter cet appartement et à regagner vos pénates. Mais n'oubliez pas Irnerius de La Vieuville. Quand il viendra s'emparer de vous, je ne lèverai même pas le petit doigt pour vous sauver. Adieu, monsieur Leclerc. »

Ignace ne trouva rien à répliquer. Une nouvelle fois, la frayeur le plongea dans le mutisme. Sa ravisseuse continua : « Avouez que ce serait dommage de quitter cette terre si tôt et si jeune. Vos parents en éprouveraient sans doute une violente douleur, d'autant plus que ce ne serait pas la première fois qu'une telle infortune les frapperait. D'après mes renseignements, un membre de votre fratrie serait déjà parti prématurément, sans que personne n'ait pu lui venir en aide. Il ne vaudrait mieux pas que cela recommence. Ah oui ! Ne me demandez pas comment je suis au courant : j'ai le droit de garder mes petits secrets. Sachez juste que, depuis plusieurs semaines que je vous suis, j'ai eu le temps d'apprendre bien des choses sur vous. »

Prostré au-dessus de son assiette, le jeune mage ne balbutia aucune protestation. De fait, toute malhonnête qu'elle fût, cette malfrate indienne avait raison. Ses pauvres parents supporteraient-ils le poids d'un nouveau deuil ? Méditer longtemps là-dessus n'avait pas sens. Dans ses yeux délavés, le visage blafard de Josiane flottait et semblait l'inviter à se résigner. Soudain il s'évanouit, chassé par un brutal éclair d'audace. « Et si je posais mes conditions, madame Arslan Khan ? s'écria Ignace. Vous brandissez le spectre de notre ennemi commun, le dénommé Irnerius, mais, sans moi, vous n'êtes rien.

S'il m'attrape, vous serez vous aussi en danger. Vous devez quand même le redouter, pour tenir tant à récupérer ce phono et ce disque avant lui.
- Où voulez-vous en venir, monsieur Leclerc ? demanda la bégum.
- Et si je n'acceptais de collaborer avec vous qu'à condition d'un peu plus... d'honnêteté ? »

Pour toute réponse, Kara Shirin refit tinter sa petite cloche, mais cette fois sur un rythme différent. Des pas lourds résonnèrent dans le couloir et s'avancèrent dans le salon, jusqu'à la chaise du jeune mage. Celui-ci se retourna. De toute leur hauteur, les silhouettes patibulaires de Joab et de Daniel le surplombaient. Le premier tenait entre ses mains un bâillon et à chat à neuf queues, tandis que le second tripotait entre ses doigts des aiguilles spécialement conçues pour malmener les ongles et les orteils. Les dents d'Ignace s'entrechoquèrent et il manqua régurgiter son déjeuner. « Je préférerais que vous ne fassiez pas le malin, dit doucement Kara Shirin. Cela ne vous mènerait nulle part – à moins que vous ne souhaitiez guérir de votre entêtement par une acupuncture un peu rude. Mes serviteurs sont des experts dans ce genre de traitement de choc. Au-delà, sachez que si vous prétendez me dicter ma conduite, je ne me casserai pas la tête à rechercher une victime pour le phonographe parmi les pauvres immigrés albinos de Paris. Je me servirai sur place. »

Le gosier d'Ignace se serra. Devant lui, un sourire cruel illumina les visages du juif et du cafre. Affolés, les yeux du devin parcoururent le reste de l'assistance, en quête d'un secours qui n'était qu'illusoire. Sur la face de Kara Shirin ne rayonnait que de l'amusement. Cependant, ses deux dames de compagnie ne participaient pas à cette liesse générale : loin de se réjouir, elles paraissaient plutôt affligées. Cela ne changeait toutefois rien à la situation.

La mort dans l'âme, le jeune mage annonça qu'il se soumettait, sans aucune condition. La bégum s'en frotta les mains d'enthousiasme et pria ses deux acolytes de partir, puis elle l'invita à terminer son dessert et à boire son café, qui menaçait dangereusement de refroidir. Quand tout le monde eut vidé son assiette, elle sortit de sous son sari plusieurs papiers pliés en quatre, qu'elle lui tendit. Il s'agissait d'un engagement solennel à servir tous ses intérêts sans discuter, à dédier tous ses talents magiques à la rechercher du phonographe et du mystérieux disque 78 tours, et à vivre dans son entourage jusqu'à ce que ces objets fussent retrouvés et Irnerius de la Vieuville vaincu. Interdiction lui était faite de quitter seul l'appartement où il se trouvait présentement : que ce fût pour des motifs professionnels ou personnels, il ne pouvait sortir qu'escorté d'au moins deux gardes. De même, aucune de ses activités d'intérieur ne se déroulerait sans surveillance : auprès de lui, il y aurait toujours un gardien pour garantir sa sécurité et le dissuader de toute manœuvre imprudente. Même son sommeil imposerait la présence d'un geôlier. Naturellement, tant que la quête du phonographe et du disque ne serait pas terminée, il ne pourrait voir aucun membre de sa famille ni accepter aucune visite – à moins que ce fût celle d'un émissaire de son employeur, lequel serait soigneusement dupé par le gang. En contrepartie, Kara Shirin promettait de ne jamais le sacrifier pour évoquer Kali Mara et de protéger sa vie contre toutes les menaces extérieures, qu'elles émanassent d'Irnerius de La Vieuville ou de n'importe quel autre agresseur. A cette « grâce » (selon le texte) s'ajoutait la perspective d'une rétribution financière pour les généreux services qu'il aurait rendus. Le montant n'en était pas famélique, mais il restait quand même inférieur à la jolie cagnotte qu'avait fait miroiter le mystérieux Irnerius.

Tel était l'essentiel de ce contrat. Le reste n'était que détails accessoires. Tout le temps qu'il assisterait la bégum, il serait logé, blanchi et nourri, et il ne devrait s'inquiéter de rien pour sa subsistance : les acolytes de Kara Shirin pourvoiraient à tout. Les seules tâches qu'il aurait à effectuer seraient de remplir ses missions pour PV Express et d'activer son don de double vue pour découvrir la cachette du phonographe et du disque. Sur le fond, ce système avait le mérite d'être simple et de lui épargner bien des soucis.

La rage au cœur, le jeune mage signa le document. « Merci d'être si coopératif, dit Kara Shirin en remettant les papiers dans son sari. A présent, regagnez votre chambre. Oh ! Une précision : même si tous les membres de ma cour veilleront sur vous à tour de rôle, je vous remets en priorité à mes tendres chéries, mes petites Kahina et Abbigaëlle. »

Elle les invita à se lever et les enlaça de nouveau. « Mes douces tourterelles, leur murmura-t-elle, accompagnez chacun de ses pas, écartez loin de lui toutes les menaces et rendez sa captivité aussi agréable que possible. Il nous est plus précieux que l'or. Vous en qui j'ai mis ma confiance la plus absolue, soyez-en dignes. »

Elle les embrassa, puis les deux femmes prirent Ignace sous le bras pour le ramener. « Au juste, lança-t-il avant de quitter la pièce, quand commenceront les séances d'évocation ?

- Dès ce soir, répondit la bégum. Le futur appartient aux âmes promptes, or une quête telle que la nôtre ne souffre aucun retard. A bientôt, monsieur Leclerc ! »

La porte du salon se referma. Quelques minutes plus tard, le trio était de retour dans la chambre. Le jeune mage s'arracha aussitôt à ses gardiennes pour s'asseoir sur le lit en gémissant, la tête entre les mains. « Le destin se moque de moi, grinçait-il entre ses dents. Le destin se moque de moi ! »

Les geôlières le rejoignirent sur le matelas pour lui prodiguer des paroles réconfortantes, mais il ne les écouta qu'à moitié. Passant à la cadence supérieure, Abbigaëlle sortit de son blouson un paquet de cartes et lui proposa une partie de belote : pendant qu'ils y joueraient à deux, elle et lui, Kahina monterait la garde et les encouragerait. « Si vous croyez que ça m'apaisera..., grogna Ignace. Ne vous faites pas d'illusions : si je marche dans votre combine, c'est seulement parce qu'entre une captivité dorée et une exécution après une probable séance de charcutage, le choix est vite fait.

- Pff..., répondit la jeune femme aux oreilles pointues. Plutôt que de voir le mal partout, dites-vous que vous avez quand même auprès de vous deux filles qui ne seraient sincèrement pas ravies d'assister à votre "charcutage" – comme vous dites. Et maintenant, jouez ! »

Chapitre VII : Evocation nocturne

Malgré son énervement, Ignace dut se résoudre à ramasser les cartes qu'on lui tendait et à réagir aux sommations de sa protectrice. Cependant, il finit par se dérider. Cela faisait si longtemps qu'il n'avait plus joué à la belote... Les réflexes ne tardèrent pas à lui revenir. De toute évidence, Abbigaëlle était une manieuse de cartes assez adroite, mais il arriva bientôt à lui damer le pion de temps à autre. Chaque fois que cela se produisait, elle perdait de bonne grâce, sans jamais récriminer. « Je vais pas faire ma tête de bouledogue, expliquait-elle. Au fond, nous ne sommes pas là pour gagner des paris. On est juste là pour s'amuser. Pas vrai, monsieur Leclerc ? » Ignace acquiesçait et, sans attendre, il engageait une nouvelle partie.

Au bout de deux heures, l'atmosphère s'était considérablement détendue dans la chambre. Certes, le jeune mage songeait encore à la sombre figure de Kara Shirin et à ses menaces, mais il avait retrouvé l'espoir que sa détention se passerait quand même sans accrocs et qu'il se tirerait sans dommage de cette aventure. C'était envisageable, du moment qu'il ne commettait aucune imprudence. Devant lui, le visage basané d'Abbigaëlle rayonnait. Son sourire aux canines ratatinées était toujours aussi ignoble, mais Ignace y percevait maintenant une sorte de fraîcheur et de gaîté innocente qui en transcendait la hideur. Il aurait volontiers prolongé la séance de belote avec elle, si Kahina n'était pas intervenue pour réclamer à son tour le droit de jouer. La jeune femme aux oreilles pointues lui céda son rôle de bon cœur et s'installa sur la chaise auprès du lit, le pistolet à la main. Aussitôt, la beurette demanda au devin s'il connaissait la manille. Ignace ayant répondu que non, elle entreprit de l'y initier. Le jeu s'avéra assez facile à assimiler, tant il ressemblait à la belote. Après quelques tours, Ignace en maîtrisait les principales règles. Les parties commencèrent alors à s'enchaîner. Le plaisir qu'en retirait le jeune mage était un peu moins vif que celui que lui avait procuré la belote, à cause de son manque d'expérience, mais il lui donnait quand même envie de développer ses compétences dans ce jeu dont on ne lui avait jamais parlé auparavant. Il héla Abbigaëlle pour lui demander si elle le connaissait également, et elle lui répondit par l'affirmative. Elle le lui aurait d'ailleurs enseigné elle-même, ajouta-t-elle, si Kahina ne l'avait pas devancée dans ce domaine.

Quatre heures après la fin du menaçant déjeuner, l'ambiance entre le jeune mage et les deux femmes était devenue si badine que personne n'eût cru qu'il s'agissait d'un prisonnier et de ses geôlières. Les parties de cartes semblaient ne plus vouloir s'arrêter. Les plaisanteries fusaient de toutes parts, Kahina et Abbigaëlle étant les plus bavardes. Malgré la persistance d'une légère appréhension, le jeune mage reconnaissait qu'il appréciait leur compagnie et qu'elles ne mentaient pas en affirmant qu'elles n'étaient pas ses ennemies. Dans leur sollicitude à son égard, tout respirait la sincérité – à moins qu'elles n'eussent été d'excellentes comédiennes, ce dont il doutait fort. Certes, il ne serait pas allé jusqu'à déboucher avec elles une bouteille de cidre, mais il se sentait déjà nettement rassuré en leur présence.

Soudain, ce petit moment de paradis s'estompa. La porte de la chambre s'ouvrit, livrant passage à la sombre figure de Joab. D'un ton sec, il ordonna aux jeunes femmes de se rendre au salon, pour prendre leur repas du soir. Pendant ce temps, il les relaierait auprès du prisonnier. En soupirant, Kahina et Abbigaëlle se soumirent, mais avant de quitter la pièce, elles promirent à Ignace de lui faire connaître dans les prochains jours d'autres parties bien plus excitantes que celles qu'il venait de disputer. « En plus des cartes, on a un tas de jeux de société à vous proposer, lui murmura Abbigaëlle. Vous verrez, ça sera sacrément plus fun avec nous qu'avec lui. »

De fait, quand elles eurent refermé la porte, Ignace sentit toute la violence du contraste. Même si son nouveau gardien avait rangé au placard son bâillon et son fouet à neuf lanières, il n'en demeurait pas moins sinistre, taiseux et lourd de menaces. Sans un mot, il s'assit sur la chaise près du lit et il le regarda avec de véritables yeux d'adjudant. De toute évidence, il ne souhaitait nullement engager la conversation : son rôle se bornerait à garantir que l'oiseau devin ne s'envolerait point. Pour ne pas faire de vagues, Ignace alluma son ordinateur et se connecta à Internet pour dépouiller ses courriels et prendre connaissance du planning que lui avait mitonné PV Express pour la semaine à venir, puis il tenta de lire un roman. Seulement, il dut très vite y renoncer : la faim le tenaillait. D'une petite mallette qu'il avait amenée avec lui, son geôlier tira des sandwiches aux crudités et au jambon casher qu'il commença à manger d'une main, sans lâcher de l'autre un pistolet encore plus gros que celui d'Abbigaëlle. Le jeune mage lui demanda s'il y avait quelque chose pour lui dans ce casse-croûte, mais la réponse le déçut profondément : pour la grande évocation de ce soir, il était à la diète. Ses gardiens s'alimenteraient, mais pas lui. En effet, Kara Shirin craignait que l'intense émotion induite par le sortilège ne lui fît régurgiter son dîner, ce qui gâcherait le parquet et les tapis. Ignace en étouffa un grognement et scruta sa montre, dans le vain espoir de hâter la marche du temps. Il tenta de revenir à la charge, de quémander ne fût-ce qu'une petite miette à se mettre sous la dent. Le juif sinistre accepta de lui lancer une tomate à peine plus grosse qu'une balle de ping-pong, qu'il croqua avidement.

Finalement, quand Joab eut totalement dégusté son casse-croûte, il se leva et intima au jeune mage l'ordre de le suivre : Kara Shirin l'attendait. Ignace obtempéra, mais il s'arrêta soudain pour ramasser sur le matelas deux cartes à jouer que ses précédentes geôlières avaient malencontreusement oubliées. Il les tendit à Joab. « Il faut que vous rendiez ça à Abbigaëlle, dit-il. Elles lui appartiennent. Au juste, c'est votre sœur ? Vous avez le même nom de famille : Banoun. »

Le visage déjà renfrogné de Joab se crispa horriblement, comme si on lui eût décoché une insulte. Dans ses yeux torves se mêlaient la colère et l'affliction. « Oui, officiellement..., grinça-t-il, officiellement... c'est ma demi-sœur. On prétend... on prétend que nous aurions le même père. C'est ce que les gens croient. Mais c'est faux, complètement faux ! Je n'ai rien à voir avec elle, rien, pas une goutte de sang ! Les fils d'Israël ne sont pas de la même race que les filles de Lilith. »

Sur ces mots, il embrassa passionnément le phylactère attaché à son poignet, puis il marmonna une courte prière en hébreu, tout en agrippant fermement le bras du jeune mage pour l'empêcher de s'échapper. Quand il eut fini, il soupira, avant de murmurer, en français cette fois : « Seigneur, je t'en supplie, ne rejette jamais mes appels et protège-moi contre la perfidie des héritiers de la diablesse qui précéda Eve. Amen. » Ignace renonça à comprendre à quoi rimait ce manège. Sans doute ce geôlier-ci était-il un peu illuminé. Néanmoins, avant se mettre en marche, il osa lui reparler des cartes à jouer. « Rendez-les-lui vous-même, puisque vous l'aimez bien, lui répondit Joab avec aigreur. Moi, je n'en ai pas envie. »

Lorsqu'ils furent revenus dans le salon, Kara Shirin les y attendait de pied ferme, entourée de toute sa clique. Kahina et Abbigaëlle la ceinturaient, debout à côté de son fauteuil, tandis que les autres étaient postés à différents endroits de la pièce, chacun avec un pistolet dans la main. Sur tous les visages se lisaient l'anxiété et l'impatience. Même la reine du gang, malgré son affectation de stoïcisme, avait du mal à cacher qu'elle rongeait son frein. A l'extérieur, la nuit était tombée, mais on n'apercevait rien des lumières de la rue, les volets ayant tous été tirés. De toute évidence, il fallait que personne ne surprît le rituel qui allait se dérouler dans ce banal appartement. Aux quatre points cardinaux, de petites lampes électriques imitant d'anciennes lanternes à pétrole diffusaient une douce lumière ocre qui semblait noyer toute la scène dans une étrange brume scintillante. Dans les prunelles irréversiblement myopes d'Ignace, cet éclat était encore plus intense, encore plus irréel. Le jeune mage ne s'avança d'abord qu'à pas lents, mais la solide poigne de Joab le força bientôt à accélérer. Lorsqu'il fut arrivé devant la bégum, Kahina s'approcha de lui en lui tendant un objet qu'il reconnut aussitôt : la mallette pleine d'accessoires qu'il avait emportée avec lui le soir de l'enlèvement raté. A mi-voix, il la remercia d'avoir sauvé ce bagage si précieux, mais il n'eut pas le temps de s'épancher, car la princesse indienne le somma de faire la démonstration de ses pouvoirs magiques.

Avec des craies rouge, jaune et bleue prises dans la mallette, il traça sur le parquet un grand pentacle aux extrémités duquel s'enchevêtraient d'autres figures similaires plus réduites, puis il saisit dans le même bagage cinq galets allant du vert au jaune en passant par divers coloris intermédiaires, qu'il posa soigneusement sur les différentes pointes de l'étoile principale. Au centre de la figure ainsi formée, il restait un petit espace où il s'agenouilla. Cependant, avant de commencer l'évocation, il demanda à Kara Shirin si elle possédait une photographie du fameux phonographe. En effet, il ne le débusquerait jamais mieux qu'à condition de savoir à quoi il ressemblait. C'était d'autant plus important que les objets ensorcelés de cet acabit se montraient parfois assez perfides. A sa vive satisfaction, la bégum lui tendit de sous son sari une ancienne photographie en noir et blanc, massicotée comme un petit beurre. On y distinguait un petit homme rondouillard, à moitié chauve, vêtu d'une chemisette blanche et d'un pantalon probablement beige, et le cou orné d'un élégant foulard : feu André Castelet. Assis sur une chaise, le regard fier, il posait à côté d'une table sur laquelle reposait une sorte de valise toute garnie de cuir et hermétiquement fermée. La couleur réelle en était inidentifiable, mais Ignace jugeait vraisemblable que ce fût le bleu. Sur la peau morte et tannée, deux initiales délicatement incisées se dessinaient : « *AC* ». « Le bougre aimait se donner des allures de héros, commenta Kara Shirin. Il s'est immortalisé ainsi en compagnie des dépouilles de Kali Mara, peu avant son assassinat dans son hôtel de Goa. Il était alors sûr de s'embarquer pour l'Europe... Les hommes de main de mon ancêtre ont découvert ce cliché dans un petit appareil photo qui se trouvait dans ses bagages, un appareil avec un trépied amovible et une minuterie. »

Ignace regretta que cette image n'eût pas été en couleurs. Toutefois, elle lui suffirait pour commencer sa quête. « Au juste, demanda-t-il avant de faire le grand saut, pourrais-je savoir dans quel but précis vous comptez utiliser ce phonographe ? Vous voulez visiter les demeures secrètes des dieux du *Mahabharata* et du *Ramayana*, ou est-ce un autre des pouvoirs de ce Kali Mara qui vous intéresse ?

- Monsieur Leclerc, soupira la bégum, j'ai un point commun avec mon adversaire Irnerius : je déteste les fouineurs. En revanche, j'aime les gens obéissants, qui travaillent avec docilité et qui ne se mêlent pas de ce qui ne les regarde pas. Contentez-vous de savoir que, si vous réussissez dans votre mission, vous aurez la vie sauve et un joli paquet de sous en plus. C'est déjà bien assez. »

Le jeune mage se résigna. Abbigaëlle lui ayant indiqué que sa petite fiole de potion avait été déposée dans sa mallette lors de son déshabillage de la nuit précédente, il l'y saisit et la contempla. Derrière le verre, le liquide glauque semblait l'inviter à rechercher un paradis artificiel pour se soustraire un instant à ce guêpier. Il ne fallait pas hésiter. En une fraction de seconde, il déboucha la fiole et goba tout l'élixir. Un frisson le courba. Des gouttes de sueur commencèrent à perler sur son front.

Néanmoins, il rassembla ses forces pour réciter, avec ferveur, l'incantation censée guider son esprit :

« Ô maître du sommeil, du songe et du savoir,
Toi qui de l'apparence ébranles le miroir
Et disperses au vent ses mille et un éclats,
Ô maître tout puissant, écoute donc ma voix.
Sur ton aile divine, emporte mon regard.
Confère-lui puissance et omniscient savoir
Pour qu'il ôte le voile occultant les merveilles
Et projette partout la clarté du réveil.
Que mon esprit aigu transperce toutes caches !
Qu'il traque la magie sans la moindre relâche !
Que nul objet sorcier ne puisse se soustraire,
Et qu'à mon grand appel, tous quittent leurs repaires ! »

Tandis qu'il répétait cette formule encore et encore, un étrange engourdissement gagnait peu à peu ses membres. Il ne sentait plus le lin de sa chemise ni les semelles de ses chaussures. A travers ses lunettes, le paysage déjà nébuleux autour de lui devenait de plus en plus flou, au point qu'il ne distinguait plus ni Kara Shirin ni ses sbires. Au vrai, il n'y avait plus de plancher sous ses genoux, ni de plafond au-dessus de sa tête. Il n'était même plus dans un appartement au cœur de Paris. Il flottait dans une réalité ahurissante, sorte de vide intersidéral noir, mais aussi parsemé de minuscules taches de toutes les couleurs. Elles oscillaient, clignotaient, gambadaient, parfois même virevoltaient ou disparaissaient pour céder la place à d'autres tout aussi folâtres. C'était une véritable féérie. Tel un astéroïde de chair, Ignace s'avançait au milieu d'elles. Tout à coup, une voix résonna à ses oreilles, de très loin : celle de Kara Shirin. « Où est le phonographe ? disait-elle. Où sont le phonographe et le disque ? » « Où est le phonographe ? se mit-il à répéter. Où est le tombeau de Kali Mara ?

- Ignace ! Ignace ! » lança soudain une troisième voix.

Le jeune mage leva la tête. Entre les petites étoiles multicolores, une singulière forme blanche voltigeait et s'approchait de lui. « Josiane ! s'écria-t-il. Josiane ! » La frêle silhouette hâta son vol. Aucun doute n'était permis : c'était bien elle, sa sœur que le destin lui avait ravie depuis presque dix ans. Bien qu'elle se situât encore assez loin de lui, il l'apercevait avec une netteté parfaite, comme si l'albinisme avait cessé d'affecter ses yeux. En vérité rien ne semblait indistinct dans l'univers qui l'entourait. Tout lui apparaissait aussi clairement que s'il avait eu la vue d'une personne normale. Bientôt le diaphane génie surgi de nulle part le rejoignit et lui caressa doucement la joue. Ignace ne répondit rien, tant l'émotion lui oppressait la gorge. Cela faisait si longtemps qu'il ne l'avait plus revue. Pourtant, il la reconnaissait : son visage mince au nez un peu oriental, assez semblable à celui de leur mère commune ; sa peau plus blanche que du lait, presque cireuse ; ses longs cheveux de neige ponctués de quelques reflets blonds ; ses beaux yeux d'un bleu similaire à un ciel d'été... Une marinière blanche avec de fines rayures rouges lui couvrait la poitrine, tandis qu'une jupe bleue lui ceignait les hanches. Ignace se souvenait bien de cette tenue qu'elle affectionnait beaucoup de son vivant. Cependant, il ne le lui fit pas remarquer. Il se taisait, attendant que le spectre parlât. Finalement, Josiane rompit le silence. « Ignace, murmura-t-elle. Ignace, te voilà enfin ! Je savais que nous nous reverrions.

- Josiane, articula faiblement le devin, comment... comment es-tu ici ? Jamais... jamais je ne t'avais aperçue lors de mes précédentes transes.

- Pourtant, je ne suis pas morte. Guillaume de Montbrissoy m'a dépouillée de mon sang, il m'a ravi mon corps, mais il n'a pas eu mon âme. J'ai toujours été auprès de toi, Ignace. Tapie dans l'ombre, je t'ai toujours guetté. J'ai vu ta détresse. Suis-moi ! Suis-moi sans parler : je te protégerai et je t'aiderai. »

Sur ses mots, elle lui prit la main et s'élança dans l'espace. Le jeune mage la suivit, hypnotisé. Tels des faucons portés par les masses d'air chaud, ils planaient entre les étoiles bariolées. Pourtant, ni l'un ni l'autre n'agitaient des ailes : ils n'en avaient point. « Où est le phonographe ? reprit la voix de Kara Shirin dans le lointain. Où est-il ? Le voyez-vous ? » « Où est le phonographe ? répéta machinalement Ignace, comme mû par une volonté étrangère à son esprit. Josiane, où est le phonographe ? »

Aussitôt, le bras du spectre se tendit en avant. Dans un éclair blafard, une apparition surgit : une valisette rectangulaire aux bords rigides, toute garnie de cuir bleuté. Elle aussi flottait et oscillait dans le vide intersidéral, exposant toutes ses faces. Sur son couvercle et sur ses tranches, elle arborait la marque gravée de son propriétaire : « AC ». Tout à coup, elle s'ouvrit : sur un

plateau couvert de velours, un vieux disque en gomme-laque tournoyait, gratté par une énorme tête de lecture identique à celles qui équipaient tous les phonographes anciens. D'un trou aménagé tout près du plateau, une mélodie s'échappait. Sans le moindre signe avant-coureur, Ignace sentit une irrésistible torpeur s'emparer de son âme. Soudain, par-delà l'étrange musique, une voix masculine résonna. Elle était sombre, caverneuse, et une pointe d'accent venu d'on ne savait où l'émaillait. « Approche, disait-elle, approche.
- Ka... Kali Mara ? demanda Ignace.
- Approche, approche, répéta la voix.
- Obéis », ordonna Josiane.

Ignace s'avança docilement vers l'apparition, le spectre de sa sœur toujours à ses côtés. Brusquement, le phonographe s'évanouit, mais uniquement pour laisser place à une abominable odeur fétide, jaillie de nulle part. Les étoiles bigarrées s'enfuirent, les plongeant tous deux dans les ténèbres. Cependant, cela ne dura pas. Une clarté lugubre se répandit en dessous d'eux, révélant le cadavre déjà boursouflé et verdâtre d'un petit homme rondelet qui gisait sur le sol, la gorge tranchée et des filets de sang pourri au coin des lèvres. A peine surgie, cette horrible vision disparut à son tour, remplacée par l'image d'un prince indien barbu et enturbanné, qui hurlait sa colère et se frappait les cuisses de désespoir, comme les anciens souverains d'Orient. Ignace comprit que le phonographe jouait avec lui. « Kali Mara, lança-t-il en rassemblant de nouveau ses forces, où te caches-tu ? Par ma puissance d'évocateur, je te somme de te démasquer. »

Immédiatement, le prince indien furibond rentra dans les ténèbres, mais le jeune mage et sa sœur cessèrent de voler et tombèrent sur le sol. Malgré la brutalité de leur chute, ils se relevèrent assez vite, pour constater qu'ils marchaient à présent sur une sorte de parquet. Autour d'eux, le néant se retirait tel une nappe d'encre, laissant paraître des parois verdâtres, puis bientôt un plafond qui leur barra toute possibilité de fuite par les cieux. Ignace redouta un piège mais, d'un geste, Josiane le rassura et l'invita plutôt à regarder autour de lui. Au début, le jeune mage plissa les paupières, sa vision lui semblant être étrangement redevenue floue. Finalement, il distingua devant lui un meuble bas dont il s'approcha. C'était un bureau, tout couvert de dossiers en vrac. Une lampe au néon les surplombait, montée sur un bras articulé tout tordu qui se cramponnait au bord du plateau. On apercevait aussi plusieurs pots remplis de crayons, de stylos, de porte-plume et de coupe-papier, ainsi qu'un bizarre objet brunâtre qui se dressait dans un coin, tel un obélisque. Sa forme évoquait vaguement un phallus, mais Ignace savait d'instinct que ce n'était pas cela. Renonçant à percer le mystère de cette décoration, il ouvrit un à un les dossiers éparpillés sur le bureau, mais ceux-ci ne renfermaient que des feuilles blanches avec, en gros caractères, l'ordre suivant : « Viens. »

Soudain, une nouvelle odeur nauséabonde titilla ses narines. Cependant, cette fois-ci, elle n'émanait manifestement pas d'un cadavre. Il tourna la tête : sur l'un des murs, de vieux chronomètres à aiguille collés au papier peint se ramollissaient et s'écoulaient lentement sur le sol, comme du camembert ou du brie trop fermenté. D'autres décorations du même acabit agrémentaient la pièce. Le regard d'Ignace distingua bientôt, également accrochés aux murs, une sorte de boudin recourbé muni d'un fanion, un œuf au plat maintenu par une ficelle et menaçant de souiller le sol en se crevant, et un téléphone brisé dont le combiné pleurait doucement dans une écuelle.

« Où êtes-vous, monsieur Leclerc ? lança soudain la voix de Kara Shirin, comme depuis une autre dimension. Où vous trouvez-vous ? » Oui, où se situait donc cette maison de fous ? Entre deux des étranges décorations, on apercevait une fenêtre aux volets fermés. Ignace s'en approcha, dans l'espoir de découvrir le paysage autour de la demeure, mais il ne put l'ouvrir : chaque fois qu'il s'apprêtait à saisir la poignée des battants, ses doigts semblaient se dissoudre et une décharge électrique lui transperçait le bras. C'est alors qu'une autre voix brisa à son tour le silence : celle du phonographe. « Viens, murmura-t-elle avec insistance. Viens. »

Mû de nouveau par une force étrangère à sa volonté, le jeune mage pivota et distingua une porte sur le mur juste derrière lui, une porte qu'il n'avait absolument pas remarquée au premier abord. Où menait-elle ? Il l'ignorait. Il savait seulement qu'il devait l'ouvrir, passer de l'autre côté, même si cela lui répugnait. « Viens, reprit la voix masculine. Viens. » Il s'avança, sans même que ses pieds obéissent à sa tête. Cependant, juste avant d'atteindre le seuil, une parcelle résiduelle de sa volonté le poussa quand même à implorer sa sœur du regard. « Non, Ignace, répondit l'ombre de Josiane. Tu dois y aller seul. Je ne peux plus t'accompagner. Au revoir, mon cher frère. »

Il n'eut pas le temps de s'épancher en regrets. Sa main ayant abaissé malgré lui la poignée, la porte s'ouvrit et une puissance irrésistible l'aspira de l'autre côté. Comme une plume, il voltigea un instant dans un nouvel espace indéfinissable, jusqu'à ce qu'il atterrît doucement sur le ciment grossier d'une cave. Tout en haut, la mince ouverture par laquelle il avait plongé se referma, mais de sinistres flammèches bleutées apparurent aussitôt et commencèrent à virevolter autour de lui, ce qui lui épargna les affres de l'obscurité. « Viens. Viens par ici », appela encore la voix d'outre-tombe.

Malgré la peur qui l'étreignait, il se releva et marcha droit devant lui, escorté par les feux follets. Sous leur clarté blafarde, il discernait les parois salpêtrées d'un long couloir souterrain, au crépi tout craquelé. Des portes se dessinaient sur sa droite et sa gauche, mais il les dédaigna toutes : le magnétisme qui avait pris possession de son corps lui commandait de ne pas s'y intéresser. Néanmoins, sa conscience demeurait assez lucide pour les compter. Il en dénombra huit : quatre de chaque côté. Finalement, une cinquième porte apparut sur le mur de droite. Ses pas s'y arrêtèrent. Elle semblait faite de planches de bois plutôt grossières, tout en étant renforcée d'acier sur les bords. La lumière des flammèches était trop pâle pour qu'on en identifiât la couleur. Néanmoins, le jeune mage savait qu'elle différait en tout de ses consœurs. Il brûlait d'envie de l'ouvrir. Seulement, la même force qui avait mû ses jambes le paralysait à présent. Il ne pouvait même pas tendre la main vers la poignée. S'efforçant pourtant de redevenir maître de lui, il balbutia : « Ici ? » Rien ne lui répondit. « Ici ? répéta-t-il. Ici ? » Alors le couloir qui l'environnait se mit à tourner comme un plateau, lentement d'abord, puis de plus en plus vite. Ignace ne vacillait pas, mais une irréfrénable sensation d'engourdissement gagnait son âme, comme pour couronner sa paralysie. « Toi seul », chuchota soudain la voix mystérieuse. « Comment ? » répondit-il. « Toi seul, répliqua la voix. Toi seul. » Le jeune mage ne put rien demander de plus. Le mouvement du sol s'accéléra encore et il s'évanouit.

Lorsqu'il reprit ses esprits, il gisait tout tordu au milieu de ses pentacles, les lèvres ruisselantes de bave. Armées de gants de toilette trempés dans l'eau glacée, Kahina et Abbigaëlle s'évertuait à le ranimer. Juste à côté d'elles, les yeux exténués du jeune mage repérèrent un dictaphone et une petite caméra numérique : de toute évidence, Kara Shirin avait tenu à ce qu'on immortalisât sa prestation (du moins ce qu'on en apercevait dans le monde réel). Quand il eut suffisamment récupéré pour faire quelques pas, les deux jeunes femmes le redressèrent et le traînèrent jusqu'à sa chambre, en le soutenant tant bien que mal sous les aisselles. Ignace ne jeta aucun regard à Kara Shirin ni aux autres membres du gang, lesquels contemplaient son départ avec impassibilité. Il se sentit soulagé lorsque ses gardiennes le déshabillèrent et le déposèrent sur le lit. Quand elles eurent rabattu les draps sur lui, Kahina s'éclipsa pour revenir aussitôt avec un plein verre de limonade artisanale. « Tenez ! dit-elle. Buvez ça ! Ça vous remontera. » Ignace ne se fit pas prier, d'autant plus que ce serait son seul dîner, le choc qu'il venait de subir le dissuadant d'avaler moindre aliment solide. Soudain, Kara Shirin fit irruption dans la pièce. Son visage semblait empreint d'une relative déception. « Pas mal, monsieur Leclerc, dit-elle. Pas mal. Mais j'aurais aimé que vous identifiiez où se trouve cette maison.

- Désolé, répondit Ignace, mais je ne peux pas toujours tout dévoiler du premier coup, et surtout dans un cas comme celui-ci. A mon avis, ce phonographe est pervers, sacrément pervers.

- Alors, nous verrons si vous vous débrouillerez mieux demain soir. Car nous recommencerons dès demain, et tous les jours, jusqu'à ce que nous ayons mis la main dessus. Irnerius de la Vieuville n'attend pas, lui. Au revoir, monsieur Leclerc. »

Sur ce, elle s'en alla, non sans avoir fait signe à Kahina de la suivre afin d'examiner avec elle les enregistrements de l'évocation. Epuisé, Ignace laissa tomber sa tête sur l'oreiller et s'endormit, veillé par Abbigaëlle assise à son chevet.

Chapitre VIII : Captivité dorée

Quand il s'éveilla le lendemain, vers 7 heures et demie, ce fut pour trouver Kahina à la place de la femme aux oreilles pointues. Elle avait relayé son amie au cœur de la nuit, afin de lui permettre de se reposer. A peine l'eut-elle vu ouvrir les yeux qu'elle déposa sur la table de chevet un plateau avec un énorme bol de café, deux tartines de confiture et tout un assortiment de pâtisseries orientales. Ignace se confondit en remerciements, d'autant plus que le jeûne consécutif à sa démonstration de la veille lui avait laissé une faim dévorante. Il absorba aussitôt une pleine lampée du breuvage amer, avant d'ingérer goulûment les gâteaux au miel et les tranches de pain. Quand il eut vidé le bol, il se sentait ragaillardi et presque aussi dynamique qu'au temps de sa liberté. Malheureusement, la réalité le rattrapa vite. Lorsqu'il demanda à sa geôlière de s'éclipser pour le laisser s'habiller, elle refusa, d'un ton aimable mais ferme. « Enfin, dit-elle, on m'a demandé de ne pas vous laisser vous barrer. »

Le rouge au front, Ignace dut se résoudre à se tourner de nouveau et à montrer ses fesses à sa gardienne – car il lui fallut changer de slip. Quand il se fut rhabillé, il devina à un léger rire dans son dos que le spectacle ne lui avait pas déplu. Toutefois, il ne s'en formalisa point : mieux valait supporter patiemment ces petites humiliations que s'exposer, en se rebellant inutilement, à une captivité plus rude. En outre, sa geôlière n'avait probablement pas mauvais fond.

Au moment d'allumer son ordinateur, il lui demanda si elle continuerait de le surveiller tout au long de la matinée, pendant qu'il rédigerait des comptes rendus pour les clients de son employeur. La jeune femme lui répondit par la négative. « Je dois filer maintenant, expliqua-t-elle. Une petite sieste, et puis je dois bosser dans la boutique de Kara Shirin.
- La boutique ? demanda Ignace.
- Oui. Elle tient une boutique dans la rue du Faubourg Saint-Denis, du côté de la gare de l'Est, une boutique spécialisée dans les films de Bollywood. Officiellement, c'est avec ça qu'elle gagne son fric – même si elle a aussi plein d'argent en réserve, je ne sais pas où (et, de toute façon, il faut pas en parler). Moi, Abby

et les autres, on est ses vendeurs. On sert par roulement : tantôt on bosse là-bas, tantôt on vous garde. »

Soudain, le vieil Elias Zeroual entra dans la chambre : il prenait son tour auprès du prisonnier. Kahina lui recommanda d'en prendre bien soin, puis elle sortit, non sans décocher à distance un baiser au jeune mage. Ignace y supposa une moquerie et se mit au travail sans y prêter beaucoup d'attention, tandis que le vieux Kabyle s'asseyait sur la chaise près de son lit.

La matinée ne fut somme toute guère inquiétante. Bien qu'il manipulât lui aussi un splendide revolver à barillet, le vieil homme était d'une compagnie plus agréable que le juif sinistre au phylactère. Certes, il ne parlait pas beaucoup, mais sa voix était empreinte d'une d'une relative bienveillance qui rassurait le devin. En discutant un peu avec lui pendant les quelques pauses qu'il s'octroyait pour ne pas se griller les yeux devant son écran, il apprit quelques bribes de son histoire. Elias Zeroual faisait partie de ces milliers de paysans algériens qui étaient partis en France dans les années 1960, poussés par la misère et déçus par une indépendance qui semblait avoir surtout profité à une poignée d'heureux brigands. Là, il avait appris le français sur le tas, s'était formé comme il avait pu et avait enchaîné de nombreux métiers souvent peu gratifiants et mal rémunérés. A cause de ses périodes de chômage, il n'avait pas pu réunir les conditions pour bénéficier dès soixante ans d'une retraite à taux plein. Par conséquent, après son licenciement aux alentours de la soixantaine, il avait été heureux d'être embauché par Kara Shirin en qualité de vendeur et de chauffeur. En reconnaissance, il lui vouait une fidélité sans faille, même s'il savait très bien que ce n'était pas une sainte.

Peu intéressé par la bégum, Ignace s'enquit des origines de Kahina. Il lui semblait curieux, en effet, qu'une femme aussi jeune ait eu un père aussi âgé. Elias lui expliqua que sa vie sentimentale et sexuelle avait été passablement chaotique. En tant qu'immigré plutôt en bas de l'échelle sociale, il n'avait longtemps connu l'amour qu'avec des prostituées (si du moins on pouvait appeler cela de l'amour). Puis il s'était marié, à un âge déjà avancé pour les exigences de sa culture d'origine, avec une autre immigrée, originaire pour sa part de Constantine. Leur union n'avait pas été très heureuse. Malgré quatre grossesses, son épouse n'avait vraiment donné naissance qu'à un seul enfant :

Kahina. Tous les autres étaient morts avant terme, victimes d'une maladie qui pourrissait l'utérus de leur mère. Kahina avait donc été une petite fille très protégée et aussi valorisée qu'un garçon, puisque le destin avait voulu qu'elle n'eût jamais de frère. Ignace songea qu'au regard de la culture dont elle provenait, elle avait joui d'une chance inespérée. « Ah ! Je l'adore, ma p'tite Kahina, dit le vieil homme. Vous savez, m'sieur Leclerc, j'suis pas grand-chose. J'sais à peine lire, un peu écrire. Mais Kahina, j'l'ai poussée à êt' bonne. Elle a toujours eu des bonnes notes. Elle a passé son bac. Elle a fait des vraies études. Et puis ê' s'intéresse à des tas de trucs. Elle en connaît des machins, là, en histoire... Moi, ça me dépasse un peu, mais elle... Et puis elle a une de ces niaques ! Faut pas l'emmerder, sinon ê' sort ses griffes. » Ignace n'osa pas lui répondre qu'il l'avait déjà deviné. « C'est surtout avec les gars qu'elle est comme ça, continua Elias. Autrefois, y'en a eu qui lui ont tourné autour, qui ont essayé de lui faire des saletés. Mais elle, ê'se laisse pas faire. Elle riposte toujours. »

Le jeune mage voulut savoir où se trouvait sa mère. En effet, il ne l'avait aperçue nulle part, alors que l'appartement qui lui servait de prison était théoriquement celui de la famille Zeroual. « Hélas, m'sieur, répondit le vieil homme, elle est morte y'a quatre ans, d'un cancer. On n'a rien pu faire. Depuis, ma pauvre Kahina n'a plus que moi et sa copine Abbigaëlle. »

Sur ces mots, il baissa la tête et s'enferma dans le mutisme. Quelques soupirs étouffés s'échappèrent de ses lèvres. Ignace jugea préférable de se remettre au travail et il se plongea de nouveau dans la rédaction du prochain compte rendu attendu par PV Express. Celui-ci ne portait pas sur la réunion qu'il avait couverte le vendredi de l'appel du mystérieux Irnerius, mais sur une précédente mission, auprès d'une banque en ligne dont les dirigeants et les représentants du personnel étaient passablement jargonnants. Devant les notes qu'il avait prises à la volée, le jeune mage frissonnait. A certains moments, il peinait à comprendre le sens des propos qu'il avait consignés, tant le vocabulaire en était abscons.

Finalement, l'agacement l'arracha à son travail. Il avait besoin d'une pause. Seulement, Elias ne semblait plus du tout porté à la discussion : le chagrin l'avait rendu plus taciturne qu'un goujon. Le jeune mage se connecta donc à Internet pour musarder sur la Toile et, surtout, voir si l'on y parlait des traces que sa tentative d'enlèvement n'avait pas manqué de laisser. De fait, la presse en ligne relatait bien la découverte d'une voiture carbonisée dans une rue adjacente au boulevard Berthier. Les vestiges des sièges y étaient criblés d'impacts de balles ; des ossements humains avaient été retrouvés à l'intérieur et à côté du véhicule, ainsi que plusieurs pistolets abîmés par le feu. Mais au-delà de ce constat, la police se perdait en conjectures. La voiture ne portait rien qui aurait pu permettre son identification : ni plaque d'immatriculation ni numéro de série. Les squelettes étaient encore plus troublants. A en juger par les fragments recueillis, il y avait eu trois victimes, mais les séquences génétiques analysées indiquaient qu'elles auraient eu environ cent soixante-dix ans au moment de leur mort. Par ailleurs, il s'agissait de parfaits inconnus : leurs signatures organiques ne figuraient sur aucun fichier des forces de l'ordre. Enfin, les rebords des morceaux d'os semblaient bourgeonner partout où les balles les avaient brisés, comme s'ils avaient commencé à se ressouder juste avant le trépas, par quelque prodigieux miracle. Les armes découvertes sur la scène de crime ne faisaient que parachever cette confusion générale : toutes remontaient à la Seconde Guerre mondiale. Pour l'instant, l'opinion dominante était qu'il ne s'agissait pas d'un meurtre, mais seulement d'une supercherie macabre. Dans quel but ? Le mystère était total.

Ignace soupira et quitta la Toile. Cela ne le rassurait pas du tout d'apprendre qu'un de ses agresseurs de l'avant-veille était encore dans la nature. Qui pouvaient bien être ces hommes aux yeux morts, à la face de somnambules, qui régénéraient leurs plaies aussi vite que des méduses et qui, surtout, obéissaient manifestement à une volonté étrangère à leurs corps ? Indéniablement, ce n'étaient que des marionnettes. Les paroles qu'ils avaient prononcées ne reprenaient que des propos débités par leurs oreillettes. Soudain, une image affreuse traversa l'esprit d'Ignace : l'affreuse tête mutilée sans yeux ni crâne, réduite à une bouche, qui murmurait à ses côtés : « Nous nous reverrons, monsieur Leclerc. Nous nous reverrons. » D'un coup, il lui sembla que cette tête n'était autre que celle de Guillaume de Montbrissoy. L'effroi lui fit presque lâcher un cri. Il ne se retint que d'extrême justesse et se replongea aussitôt dans la rédaction de son procès-verbal.

Vers midi, Elias le pria de quitter son écran pour gagner la cuisine. Depuis presque cinq heures qu'il était éveillé, il devait avoir rudement faim. Le jeune mage obtempéra, mais plus par désir de se dégourdir les jambes et de changer de pièce que mû par un réel appétit. Il changea toutefois d'avis devant le délicieux tajine de bœuf aux pruneaux et aux pois chiches qui l'attendait sur une petite table. Ce plat n'eut pas besoin de l'implorer : une minute seulement après sa présentation, une fourchette l'entamait. Elias s'assit devant son prisonnier, sur la même table, et il commença un autre tajine qui lui était destiné. Quand Ignace demanda qui avait mitonné ces mets succulents, on lui répondit que c'était Salomon, le frère d'Abbigaëlle. Le jeune mage s'étonna de ne pas le voir en train de déjeuner lui aussi, mais Elias lui expliqua qu'il était parti travailler dans la boutique de Kara Shirin, aux côtés de sa sœur et de Kahina. Il avait joué le rôle de cuisinier juste avant son départ. En fait, il n'y avait pas grand monde dans l'appartement à cet instant-ci de la journée, hormis le devin, son vieux geôlier et Vijay, qui surveillait le couloir et ne prendrait son repas qu'une fois que son collègue aurait fini. Ignace demanda si Joab et Daniel se trouvaient eux aussi dans le magasin de la rue du Faubourg Saint-Denis, mais Elias lui répondit par la négative : ce jour-ci, ils montaient la garde dans la propre maison de Kara Shirin, une demeure en pierre avec un tout petit jardin, sur la butte aux Cailles. Ils ne viendraient dans l'appartement que le soir, pour assister à l'évocation. Ignace n'en fut pas mécontent. Le personnage de Joab lui étant assez antipathique, il n'aurait guère aimé travailler sous la surveillance de ce juif revêche. « En fait, dit Elias, d'habitude, on se relaie au fil des jours. Y'en a qui bossent à la boutique, et puis le jour d'après, i' sont dans la maison de la patronne, et puis le jour encore d'après, i' sont ici. La patronne, ê' veut que sa maison soit bien gardée. E' la laisse vide parfois, mais jamais très longtemps. De fait, ê' voudrait pas que les zigs d'Irnerius de La Vieuville, i' flanquent leur nez là-dedans. Enfin, maintenant que vous êtes là, j'crois pas que ma p'tite Kahina et sa copine, ê' vont souvent aller là-bas, puisque la patronne vous a confié à elles. »

Ignace n'osa pas lui confier que cette décision ne lui déplaisait guère, puisque Kahina et Abbigaëlle lui semblaient vraiment les seuls membres un tant soit peu sympathiques de ce gang. Au moment de passer au dessert (un succulent baklava agrémenté d'une grappe de raisin et d'une généreuse tasse de thé), il demanda comment Elias, qui n'était manifestement pas riche, parvenait pourtant à acquitter le loyer d'un appartement aussi grand dans Paris *intra muros*. Le vieil homme lui répondit que Kara Shirin lui versait un salaire assez conséquent pour qu'il pût se payer un logis avec plus de deux chambres. En fait, elle l'avait sciemment amené à louer un appartement assez vaste pour accueillir à l'occasion le gang au complet et, surtout, détenir sur une longue période un prisonnier. Sans rien dire, Ignace le déduisit. Pour sa part, le vieux Kabyle se montra juste satisfait de disposer, grâce à la générosité de sa maîtresse, d'un cocon aussi confortable, lui qui avait longtemps dû se contenter de logements beaucoup plus exigus.

Le déjeuner achevé, on reconduisit le jeune mage dans sa chambre, où il reprit la rédaction de son compte rendu. Pendant les trente premières minutes, il fut encore surveillé par Elias, mais celui-ci fut bientôt remplacé par Vijay, qui avait absorbé à son tour son repas. Ce changement n'enchanta guère le devin. Vijay n'avait pas la bonhomie un peu naïve de son collègue. En apparence, il était plus bavard, mais sa relative affabilité cachait mal un ton un peu faux, un peu sournois. D'instinct, Ignace comprit qu'il lui manquait cette sincérité qu'il avait sentie chez ses deux geôlières. Il préféra donc se dévoiler le moins possible afin de ne pas rendre plus vulnérable face à Kara Shirin, et il s'efforça de se concentrer sur son travail pour réduire au maximum les occasions de causerie. En outre, le comportement de ce nouveau gardien l'énervait. Pour détendre l'atmosphère, celui-ci croyait judicieux de raconter des blagues. Seulement, elles volaient trop souvent au ras des pâquerettes. Bien qu'il feignît d'en rire, Ignace regrettait sincèrement la compagnie du vieux Berbère.

Trois heures et demie s'écoulèrent ainsi, trois heures et demie pendant lesquelles il rêva de s'envoler ailleurs. Heureusement, au terme de cette attente, la porte s'ouvrit et une voix féminine bien connue signifia à l'Indien que son tour était passé. Une mimique de soulagement illumina les lèvres du jeune mage. Il ne se retourna pas, préférant que sa nouvelle protectrice se montrât d'elle-même – ce qu'elle ne manqua pas de faire, une fois que l'homme de main de la bégum fut parti. « Alors ? lança-t-elle. Ça va ? Pas trop ennuyeuse, la journée ? »

Ignace tourna la tête. Derrière son épaule, un ignoble sourire rayonnait, un sourire grotesque aux canines et aux prémolaires ratatinées et avec juste deux incisives sur la mâchoire inférieure. Pourtant, malgré sa hideur, le jeune mage commençait à le trouver attrayant. « Ça va, répondit-il. Je ne suis pas fâché que vous soyez revenue. Vous êtes bien l'un des membres les plus aimables de votre bande. »

Abbigaëlle s'en sentit flattée. Immédiatement, elle se précipita sur son ordinateur pour lui demander quelle merveille il pouvait bien être en train d'écrire. Ignace lui expliqua succinctement en quoi consistait son travail, ce qui excita la curiosité de la jeune femme. Elle actionna les flèches du clavier et se mit à faire défiler le texte, afin de voir exactement ce que cela racontait. « Enfin, mademoiselle Banoun, dit Ignace avec ironie, ces histoires-là ne vous concernent pas. Vous violez le secret professionnel.

- Secret professionnel, c'est ça..., répondit Abbigaëlle. Secret professionnel... C'est vrai que je vais aller les claironner à tout le monde, les histoires de vos clients. A Irnerius de La Vieuville, peut-être ? Et puis, je ne sais pas, mais quand vous parlez de secret professionnel, j'ai l'impression que vous causez un peu comme Kara Shirin. »

Elle lui demanda s'il avait bientôt fini sa journée, car elle souhaitait discuter avec lui et lui montrer des choses susceptibles de l'intéresser. Le jeune mage lui expliqua qu'il n'avait plus que dix lignes à rédiger avant de terminer son rapport et de l'envoyer chez PV Express par voie électronique. Quand toutes ces formalités eurent été accomplies, il éteignit son ordinateur et fit pivoter sa chaise. « Voilà, mademoiselle Banoun ! dit-il. Je suis à votre disposition. Au juste, où est votre amie ?

- Kahina bosse encore à la boutique, répondit Abbigaëlle. Comme j'étais arrivée plus tôt ce matin, je suis sortie plus tôt qu'elle. Il faut dire que la boutique de la patronne, elle fonctionne jusqu'à 19 heures 30. »

Soudain, elle cessa de parler et regarda fixement le devin. « A propos, reprit-elle, on ne pourrait pas se tutoyer ? Ça ferait un peu moins cérémonieux. » Ignace hésita un instant, puis il accepta : mieux valait ne perdre aucune occasion de jouir d'une authentique bienveillance. Il voulut ajouter quelque chose, mais sa langue se colla contre son palais. De nouveau, le physique d'Abbigaëlle le troublait. Elle se tenait debout juste devant lui. Ses yeux ne pouvaient pas se détacher de sa haute taille, de ses oreilles pointues, de son sourire déroutant, de sa poitrine désespérément plate. La jeune femme devina ce qui le tourmentait. « Ça te démange de savoir, hein ? lui dit-elle. Alors relève-toi, tourne-toi et ferme les yeux. »

Ignace obtempéra docilement : il plaqua son visage contre un des murs et baissa les paupières. Aussitôt, ses tympans hypersensibles perçurent le bruit d'étoffes que l'on ôtait. « Tu peux te retourner », chanta une voix. Il rouvrit les paupières et étouffa un cri. Devant lui, toujours souriante, Abbigaëlle s'exhibait torse nu. Non seulement elle n'avait pas de seins, mais son ventre rebondi était couvert d'une incroyable fourrure lisse, aussi noire que ses cheveux, qui s'arrêtait sur les flancs et se perdait en bas dans son pantalon et sa culotte, rejoignant sa toison pubienne. Surtout, à la place du nombril, on distinguait une étrange fente, bien visible au milieu des poils et assez large pour accueillir une main. Ignace se crut presque victime d'une hallucination, mais il n'appela personne à sa rescousse. Lentement, l'insolite jeune femme s'avança vers lui, d'un pas d'autant plus assuré que sa main droite agrippait le pistolet qui n'avait jamais cessé de l'accompagner depuis la tentative d'enlèvement. Quand elle l'eut presque plaqué contre le papier peint, elle lui empoigna la main et la lui fit frôler son ventre. La sensation était bizarre. Les poils, plutôt mi-longs, étaient doux et très soyeux. On aurait cru de la fourrure de lapin ou, plus encore, d'écureuil. Sous la fascination, les doigts d'Ignace se figèrent sur les bords de la fente. « Vas-y, murmura Abbigaëlle. Tu peux visiter. »

Au début, les doigts peinèrent à s'y glisser : de toute évidence, un muscle contractait cette drôle d'ouverture. Cependant, à force de persévérance, ils en écartèrent les rebords et s'y faufilèrent. A peine le jeune mage eut-il touché l'intérieur qu'un nouveau tremblement le secoua : c'était une poche moite, chaude et humide. Mais le plus extraordinaire se cachait au fond : on y sentait distinctement trois mamelles, dont l'une complètement atrophiée. Ignace ôta sa main, au comble de l'affolement. Sur son visage, ses yeux roulaient en tous sens, déboussolés. « Qu'est... qu'est-ce que ça veut dire, tout ça ? balbutia-t-il.

- Tout doux ! répondit Abbigaëlle en lui plaquant une main sur la bouche. Tout ça, ça veut dire simplement que je ne suis pas une femme. Enfin... pas une guenon. Je suis un phalanger. Un écureuil marsupial.
- Mais... mais c'est impossible ! Il... il n'y a pas d'hommes marsupiaux... Je veux dire : pas de marsupiaux humanoïdes. Tu... tu plaisantes ! En fait, tu souffres juste d'une malformation... d'une monstruosité.
- Pas du tout ! Je suis un mammifère tout comme toi, mais un mammifère marsupial. Je suis née comme ça, et ma mère aussi était une marsupiale. Oui, je ressemble tout à fait à une humaine, oui, je pense comme une humaine, et oui, je parle comme une humaine. Mais j'ai rien à voir avec les chimpanzés, les gorilles et les autres macaques. Mes plus proches parents dans le règne animal, ce sont les phalangers, les écureuils marsupiaux d'Australie et de Nouvelle-Guinée. »

Atterré, Ignace manqua défaillir et s'effondrer sur son derrière. Après l'affreux gâteau qu'il avait dû ingérer depuis le coup de fil du mystérieux Irnerius, il se serait bien passé d'une telle cerise. Heureusement, il parvint à se retenir. Rassurée, Abbigaëlle se remit à lui sourire. « C'est vrai que je suis sacrément originale, lança-t-elle. Je réussis ce tour de force d'être une femme marsupiale au milieu des humains placentaires, d'avoir avec moi un petit frère lui aussi marsupial qui ne compte que sur moi, d'avoir un "frère adoptif" placentaire qui me déteste, et en plus, d'être une juive parmi les goïs. Certains considéreraient que j'accumule les tuiles.

- Comment... comment est-ce possible ? demanda Ignace. D'où viens-tu ?
- Je voulais justement t'en parler, car depuis qu'on s'est vus dans le bistrot, j'ai bien compris que ça t'éberluait, mes dents, mes oreilles et ma poitrine sans nénés. Je vais donc te raconter mon histoire, mais je te préviens tout de suite : il y a beaucoup de choses sur lesquelles je ne suis pas plus avancée que toi. »

Chapitre IX : Le Plus Etrange des phalangers

Abbigaëlle passa un bracelet métallique à l'un des poignets du jeune mage et l'attacha à un anneau fiché dans le mur, puis elle se rhabilla et sortit de la chambre, non sans commander à son prisonnier de rester sage. Trois minutes plus tard, elle était de retour, un gros album de photographies sous le bras. Elle libéra le devin et le pria de s'asseoir auprès d'elle sur le lit. Ignace obtempéra. Abbigaëlle commença alors à faire défiler les pages de la main gauche, la droite continuant de manier son indéracinable revolver. « Je ne connais rien des ancêtres de ma mère, dit-elle. Elle était toujours restée très secrète sur ses origines. Je sais seulement qu'elle était une marsupiale, tout comme moi, qu'elle était née quelque part au Maroc – peut-être à Casablanca ou à Meknès –, qu'elle était venue en France alors qu'elle était encore toute petite, et qu'elle était juive. Elle s'appelait Sultana – Sultana Babette Zerbib de son nom complet. Tu veux voir à quoi elle ressemblait ? »

Les doigts d'Abbigaëlle se figèrent sur une photographie au début du recueil. On y apercevait une splendide créature aux cheveux noir corbeau, à la taille élancée et au visage couleur d'ambre presque identique à celui d'Abbigaëlle, sauf dans certains détails comme le menton, un peu moins fin, et surtout les oreilles, encore plus pointues. Naturellement, là encore, le torse de l'inconnue ne présentait aucune trace de seins. « Je suis son portrait craché, reprit la jeune femme. Mon père adoptif m'a toujours dit qu'elle revivait à travers moi. Je dis "mon père adoptif", car je n'ai jamais connu mon père biologique. Qui c'était ? J'en sais rien. Ma mère ne m'en a jamais parlé. La seule chose sûre, c'est que c'était un homme marsupial. Ça peut pas avoir été autrement, car les mammifères placentaires et les mammifères marsupiaux ne peuvent pas se reproduire entre eux. Je sais ça. J'ai quand même des connaissances en biologie.

- Celui que tu appelles ton père adoptif, demanda Ignace, c'était le père de Joab ?
- Oui, tout à fait. Officiellement, Joab est plus que mon frère adoptif : c'est mon demi-frère. Mais en fait, nous n'avons aucun lien de parenté.

- Comment ta mère avait-elle rencontré ton père adoptif ?
- C'est toute une histoire. Comme je te l'ai dit, ma mère était arrivée du Maroc. Elle était juive, et vraiment juive ! Elle mangeait casher, elle observait les fêtes juives – Hanoukka, Kippour et tout le tralala – et elle allait à la synagogue tous les samedis. Mais elle ne portait pas les robes longues et les perruques des juives bigotes. De sensibilité, elle était plutôt libérale. En plus d'être une marsupiale, elle avait une autre particularité : c'était une juive pauvre. J'espère que tu ne baignes pas dans les clichés antisémites ? »

Ignace protesta que non. « Ouf ! soupira Abbigaëlle. Faut dire qu'il y a encore tellement de cons qui y trempent. Ils croient que les juifs, c'est tous des rupins : des médecins, des banquiers, des gros commerçants, des stars du show-biz, et j'en passe. Mais ma mère, elle était juste femme de ménage. Oui, femme de ménage ! Comme les musulmanes qui arrivaient elles aussi du Maroc et d'Algérie. Dans ma famille, on n'a jamais roulé sur l'or. Alors, les andouilles qui vitupèrent contre les juifs pompeurs de fric, moi, je les emmerde.

- Euh..., intervint le jeune mage, ce n'est pas en étant grossière que tu m'apprends comment ta mère a rencontré l'homme qui t'a élevée.
- Merci ! C'est vrai, je m'égarais. En fait, ça s'est fait grâce au rabbin de la synagogue que ma mère fréquentait. C'était un homme assez âgé, lui aussi marocain d'origine, et franchement très sympa. Il était jovial, indulgent, et surtout assez ouvert sur les choses de la religion. C'était d'autant plus remarquable que beaucoup de juifs marocains n'étaient pas très occidentalisés, pas très modernes. Lui, il était pas trop obsédé par le respect à la lettre de tous les points de la loi juive. Il ne demandait pas à ses fidèles de se comporter comme les juifs super bigots, avec la barbe, le manteau noir, la kippa toujours vissée sur le crâne. Surtout, il estimait que tout le monde pouvait devenir juif, du moment qu'il se convertissait. Pour lui, c'était normal qu'il y ait des juifs noirs, des juifs jaunes, des juifs aux cheveux blonds, des juifs aux yeux bridés...
- Et aussi des juifs aux oreilles pointues et avec une poche sur le ventre ?
- Ouais, c'est ça !
- Et ton père adoptif, dans tout ça ?

- J'y viens. Ma mère était pauvre et elle était seule. Elle avait besoin d'un compagnon. Elle s'était donc tournée vers ce rabbin pour qu'il lui en trouve un. Je suis sûre qu'ils se connaissaient très bien tous les deux. Toujours est-il que, parmi les fidèles de sa synagogue, ce rabbin avait un nommé Isaac Banoun. Lui aussi était d'origine marocaine. Il était pas riche non plus : il bossait comme simple employé chez Monoprix. Il n'était pas non plus tout jeune à ce moment-là. Surtout, il était veuf. Sa vie n'avait pas été rose du tout. Vers vingt-cinq ans, il s'était marié avec une femme originaire d'une famille plutôt dévote. Je ne te cache pas que ladite famille était pas non plus très friquée. Bon ! Elle lui avait donné quatre enfants, ils s'étaient efforcés tous deux de les élever de leur mieux, ils avaient économisé pour les rendre heureux, et ils s'étaient acheté une voiture pour leur faire découvrir la France pendant les vacances. Seulement, un jour, badaboum ! Ils avaient eu un accident sur une autoroute, un accident abominable. Il n'y avait eu que deux survivants : Isaac et son fils le plus jeune, Joab – il avait dix-huit ans à cette époque. Tu comprendras sans peine que ce pauvre Isaac en avait ressenti un choc épouvantable. Sa femme chérie était morte, tous ses enfants sauf un avaient été fauchés dans la fleur de l'âge... Il y avait de quoi piquer une dépression. Pendant de longues années, il n'avait plus voulu entendre parler d'amour ou de mariage. Et puis, en vieillissant, il s'était senti seul, très seul, trop seul. C'est sans doute pour ça qu'il a marché facilement dans la combine tendue par le vieux rabbin. D'après ce que je sais, dès qu'on lui a présenté ma mère, il est tombé très vite sous le charme.
- Mais... il a dû découvrir rapidement que ce n'était pas une femme normale. Comment se fait-il que ça ne l'ait pas affolé ?
- A mon avis, le rabbin avait dû le briefer très vite sur la vraie nature de ma mère, or il respectait énormément ses conseils. Surtout, ce rabbin et ma mère étaient de toute évidence des amis très intimes. Je ne sais pas exactement quelle était la nature de leur relation – d'autant plus que le bougre est mort avant que j'aie pu recueillir auprès de lui de vraies infos –, mais je peux te garantir qu'il admirait énormément ma mère. Il y voyait une sorte d'ange, ou une femme qui n'aurait pas été souillée par le péché d'Eve.
- Ah bon ? Pourquoi ?

- Parce que la grossesse marsupiale, c'est pas comme la grossesse placentaire. *"Je rendrai tes grossesses pénibles*, dit le Seigneur, *et tu enfanteras dans la douleur."* Pour une femme marsupiale, ça vaut pas, cette malédiction. Une femme marsupiale, elle met au monde son bébé au bout de seulement trois mois, pas neuf. Quand il sort, il est minuscule. Du coup, elle a pas mal du tout et elle ne risque absolument pas de mourir en couches. Ensuite, le bébé finit de se développer bien au chaud dans la poche. En fait, ma mère échappait totalement à la malédiction d'Eve et de ses descendantes. Ça avait dû frapper le rabbin. Et puis, il y a un autre truc qui avait dû lui plaire.
- Quoi donc ?
- Eh bien, comme moi, ma mère n'avait pas de nénés sur la poitrine. Pour un mâle juif, c'était une bénédiction : elle avait pas ces attributs qui excitent la lubricité des hommes.
- Est-ce que ta mère savait qu'elle était enceinte, quand elle a demandé l'aide de ce rabbin ?
- Oh oui ! Elle l'avait bien deviné, et le rabbin n'avait rien caché à mon père adoptif. C'est d'ailleurs sans doute ce détail qui a achevé d'emporter son adhésion. Isaac Banoun n'avait jamais supporté de perdre presque tous ses enfants. Il voulait se recréer une famille. Du coup, il était prêt à accepter une femme qui lui apporterait aussi des gamins à adopter, même si ceux-ci ne provenaient pas de ses coucougnettes. Il s'est donc épris de ma mère. Tous deux se sont mariés. Trois semaines plus tard, je naissais. Tu veux me voir, une semaine après ma naissance ? »

Abbigaëlle tourna deux pages et attira l'attention d'Ignace sur une photo. Le jeune mage roula des yeux ébahis. Sur l'image, des doigts féminins écartaient les rebords velus d'une poche de chair. Tout au fond, accroché fermement par la bouche à une mamelle, on distinguait une sorte de fœtus rosâtre, tout couvert de vaisseaux sanguins, qui tétait paisiblement. Son apparence était indéfinissable : tout en ressemblant vaguement à un embryon humain, il avait aussi quelque chose qui évoquait un peu un bébé écureuil, même s'il n'arborait aucune ébauche de queue. Ses yeux étaient hermétiquement clos, et seuls ses membres supérieurs étaient réellement formés : les futures jambes n'étaient que de simples bourgeons. Non loin de lui, on apercevait une autre mamelle, inusitée et menue. « C'est mon père adoptif qui a pris ce cliché, commenta Abbigaëlle. Ce qui prouve combien il était heureux de ma naissance, c'est le nom qu'il m'a donné. "Abbigaëlle", ça veut dire "joie de mon père" en hébreu. Avoue que j'étais mignonne à cette époque. Ça change des gros bébés fripés qui piaillent dans les berceaux des maternités. »

Ignace répondit par l'affirmative, sans parvenir néanmoins à réprimer une grimace. La jeune femme feignit de n'avoir rien vu. « En passant, ajouta-t-elle, je précise que ma mère avait accouché de moi toute seule, chez elle, sans médecin et sans sage-femme. Elle n'avait eu qu'à s'asseoir sur son lit. J'étais sortie comme une lettre à la poste, toute minus, puis elle n'avait eu qu'à me déposer sur son ventre pour que je me glisse dans la poche. Mon père adoptif avait assisté à toute la scène. Il en était resté baba. » Elle s'interrompit un instant, puis murmura : « C'est quand même génial d'être marsupial. Pas d'accouchement difficile, pas de perte des eaux, pas de risque de mourir en couches, pas besoin de péridurale, pas de menace de césarienne... C'est vachement mieux que d'être placentaire. Franchement, je préfère avoir ma poche plutôt qu'une paire de nénés et un gros ventre plein d'eau.

- Et... tu es restée combien de temps dans la poche de ta mère, après ta naissance ? demanda le jeune mage.
- Oh ! Douze mois complets. J'y ai poussé peu à peu. En fait, c'est seulement neuf mois après l'accouchement que j'ai vraiment ouvert les yeux. A dix mois, j'ai commencé à sortir de la poche, mais j'y suis encore souvent revenue pour téter et pour dormir. C'est seulement à douze mois que je suis devenue trop grosse pour y tenir. Tu veux les photos ? »

La page de l'album se tourna. De nouveaux clichés de Sultana Zerbib apparurent. Sur l'un d'eux, elle se tenait debout, torse nu. Son ventre était tout déformé, mais pas comme chez les femmes enceintes ordinaires. Loin de se gonfler harmonieusement comme un ballon rempli d'eau ou d'air comprimé, il pendait par-dessus sa ceinture comme une grosse besace disgracieuse. Sa propriétaire n'en resplendissait pas moins de joie, avec un sourire aussi grotesque que celui de sa fille. Le jeune mage s'enquit de l'âge qu'avait Abbigaëlle à ce moment-là, et il apprit que la photo remontait à sept mois après sa naissance. Sur une autre image, on voyait encore Sultana, assise cette fois sur une chaise, toujours torse nu, le ventre encore plus gros et toujours pendouillant comme un sac de patates. Seulement, par l'insolite fente velue à la place du nombril, une petite tête émergeait, une tête toute menue que couronnaient déjà des cheveux noirs comme l'ébène. Furtivement, elle jetait sur le monde extérieur des regards où se mêlaient timidité et étonnement. Du bout des doigts, Sultana caressait délicatement son ébauche de chevelure tout en la contemplant avec infinie tendresse, telle une incroyable Madone marsupiale. Une troisième photo paraissait plus normale, tout en demeurant insolite. Dans un jardinet verdoyant, Sultana entièrement habillée riait aux éclats. Sur son dos, elle portait la petite Abbigaëlle qui avait maintenant l'allure d'un bébé en âge de marcher à quatre pattes. Seulement, celle-ci se cramponnait à son cou avec une attitude qui semblait un peu étrangère aux gestes ordinaires des bébés humains. « Quand j'ai définitivement quitté la poche, expliqua Abbigaëlle, j'ai cherché très souvent à m'agripper au dos de ma mère. Ça m'est venu comme ça, spontanément. En fait, c'était tout naturel : les bébés des phalangers se font transporter comme ça, en Australie et en Nouvelle-Guinée. »

Pour toute réponse, Ignace lui jeta un regard perplexe. Il avait bien du mal à admettre que la superbe créature à côté de lui, avec sa face aux traits fins, sa bouche éloquente et ses mains préhensiles, n'était absolument pas humaine et qu'en dépit de son anatomie globale, elle n'avait rien de commun avec les primates. Il lui semblait même ahurissant que ses plus proches parents dans le règne animal ne fussent pas les nobles grands singes, mais de vulgaires grignotins tout velus avec une poche sur le ventre. Certes, les professeurs de l'Institut libre d'hermétisme et de thaumaturgie lui avaient enseigné que l'évolution était capable de faire des miracles, mais jamais ils n'avaient évoqué la possibilité d'un tel prodige. « Mon père était vraiment fou de joie de m'avoir, poursuivit Abbigaëlle, même si ce n'était pas lui qui m'avait fabriquée. Mais il a été encore plus éberlué quand ma mère a mis au monde mon petit frère, Salomon, trois mois seulement après mon départ de la poche.
- Euh... C'est vrai, ça ? demanda Ignace. Je... je me doutais déjà que vous étiez jumeaux, mais... comment avez-vous pu naître en différé ?

- C'est une capacité des mammifères marsupiaux. En fait, quand ma mère avait fait l'amour avec mon père biologique – cet inconnu dont je n'ai jamais rien su –, ce dernier avait fécondé deux ovules. Le truc, c'est que l'un des deux s'était développé normalement – c'était moi –, tandis que l'autre était resté en hibernation dans l'utérus. Il n'avait commencé à se développer vraiment que lorsque la poche était redevenue vide, après mon départ. En fait, c'est vraiment quelque chose de typique des marsupiaux. J'ai lu que les kangourous, les opossums et les phalangers avaient eux aussi cette faculté. »

Le devin fit un effort pour ne pas tomber en syncope, tant cette découverte l'ahurissait. Néanmoins, il parvint à se ressaisir. En apparence, ce fut avec une simple curiosité qu'il contempla les photos de Salomon à l'état de petite larve marsupiale dans la poche de sa mère – photos qu'Abbigaëlle s'était empressée de lui mettre sous les yeux. « Quand même, dit la jeune femme, mon père adoptif avait eu une chance formidable. Deux enfants pour le prix d'un, et sans aucun effort de sa part ! Crois-moi, il ne cessait jamais de remercier le Seigneur pour le cadeau qu'il lui avait fait : lui avoir rendu une épouse et une famille.

- Je le comprends, répondit Ignace. Mais... ta nature de marsupial... ça ne t'a pas posé problème, lorsque tu es allée à l'école ? »

La figure d'Abbigaëlle s'assombrit. « Oh que si ! lâcha-t-elle. Pas tant que ça à l'école primaire, mais beaucoup au collège et au lycée. Il y en a vraiment beaucoup qui se sont foutus de ma poire. Heureusement, personne a jamais deviné que j'étais pas une placentaire.

- Mais ce n'est pas possible ! Avec les visites médicales obligatoires, tes singularités anatomiques auraient rapidement dû être repérées.

- Que tu crois ! Mais je suis passée au travers du filet, et Salomon aussi.

- Mais comment ?

- Pendant toute mon enfance et mon adolescence, seules quatre personnes ont été au courant de ma vraie nature : ma mère, mon père adoptif, le rabbin qui les avait mariés, et le médecin qui s'occupait de moi, un juif lui aussi, ami du rabbin. Cet homme-là, il a tout fait pour nous cacher, moi et mon frère. Il a jamais cafté à ses confrères que nous étions des marsupiaux. Avec lui, on a eu droit, Salomon et moi, à une brochette de faux certificats. Tant mieux pour nous ! Ma mère ne voulait pas qu'on sache que nous n'étions pas des humains ordinaires. Quand j'ai eu l'âge d'aller à l'école, elle m'a ordonné de ne jamais montrer ma poche à mes camarades ni aux adultes. Elle m'a même fait peur pour que j'obéisse.

- Et alors ?
- J'ai suivi son ordre. Tout le monde n'y a vu que du feu. En fait, à l'école primaire, c'était pas trop dur. Ma poche n'était pas comme maintenant. C'était juste un repli de peau sur mon ventre, un repli qui cachait trois ébauches de mamelles. En plus, il y avait pas de poils. Et puis, tu sais bien que les fillettes placentaires n'ont pas de seins. Alors, ma poitrine... Mais il y avait quand même le reste.
- Le reste ?
- Bah oui ! Les oreilles ! Les quenottes ! Tout le monde a cru que j'avais une malformation. Surtout, on s'est bien fichu de moi à cause de ça. J'entends encore toutes les railleries de mes camarades de classe. "Hé, Abby ! qu'ils disaient, pourquoi est-ce que tu as des oreilles de chat ? Hé, Abby ! Elles ne poussent donc pas, tes dents ?" Se moquer de moi à longueur de journée, voilà tout ce qu'ils savaient faire, les filles comme les garçons. Et moi, j'avais pas d'autre choix que d'encaisser docilement, afin qu'ils ne cherchent pas plus, afin qu'ils ne découvrent rien de compromettant. Je ne te cache pas qu'avec tout ça, j'avais pas vraiment d'amis à l'école. Au moins, j'avais quand même des bonnes notes, et ça, c'était une consolation. Ce n'était pas comme pour ce pauvre Salomon...
- Ton frère n'était pas un bon élève ?
- Disons que ses notes à lui n'étaient pas très reluisantes. Il avait un peu de mal avec les apprentissages complexes. Mais c'était pas du handicap mental. C'était lié à sa nature de marsupial. En fait, j'ai lu que le quotient intellectuel moyen d'un mammifère marsupial est souvent un peu inférieur à celui de son équivalent chez les placentaires.
- Ça voudrait donc dire que ton frère a un niveau d'intelligence normal pour son espèce, alors que toi, tu es très intelligente pour une marsupiale.
- Bingo ! Tu as tout compris. En tout cas, pas de mépris, s'il te plaît, espèce de singe albinos ! Mon frère a toujours été un gar-

çon sage. Il a rarement eu des bonnes notes, mais il n'a jamais semé la pagaille en cours, contrairement à beaucoup de ses camarades placentaires.

- Revenons-en à toi. Au collège et au lycée, comment les choses se sont-elles passées pour toi ?
- A peu près comme à l'école primaire, mais en plus dur. Au niveau scolaire, je continuais de bien me débrouiller. Au vu de mes notes, je n'étais pas du tout une élève en retard. En plus, je me tenais calme pendant les cours. Certains profs m'appréciaient beaucoup. Mais avec mes camarades... ça n'a pas arrêté de se dégrader. Ils devenaient des ados, et moi aussi... Ça creusait le fossé entre eux et moi, ça le creusait même sacrément.
- Est-ce que tu as eu... ?
- Des ennuis qui obligent à protéger sa culotte une fois par mois, pour ne pas la souiller ? Là, j'ai bien rigolé sous cape de mes camarades placentaires.
- Pourquoi ? Tu n'as donc pas de règles ?
- Si ! Mais c'est juste des tout petits saignements, un jour par mois. Pour les essuyer, j'ai qu'à utiliser des petites compresses qu'on trouve couramment en pharmacie pour faire les pansements, et le tour est joué. Ne t'étonne pas de ça. Comme je suis une marsupiale, mes grossesses ne durent que trois mois, et j'ai pas besoin de fabriquer dans mon ventre une grosse muqueuse pleine de sang pour faire un placenta. »

Ignace ne répondit rien, tant la découverte des conséquences de la marsupialité sur la vie intime d'une femme le laissait songeur. Au fond de son âme, une voix étouffée lui susurrait que la nature s'était peut-être fourvoyée en faisant descendre les *homines sapientes* des primates plutôt que des rongeurs à poche. Un léger coup de coude d'Abbigaëlle le ramena toutefois à la réalité. « Franchement, dit-elle, qu'est-ce que j'ai ri à treize ans, lorsque j'ai vu mes camarades de classe s'affoler devant l'arrivée de leurs règles et rechercher partout des conseils pour mettre correctement des tampons ou des serviettes hygiéniques ! Elles s'en perforaient littéralement la cervelle. Et moi avec mes petites compresses... Seulement, j'avais d'autres problèmes de mon côté, des problèmes nettement plus graves.

- Lesquels ? demanda Ignace.
- Tu ne devines pas, toi qui as pourtant le don de double vue ? Pendant qu'elles avaient toutes leurs gros seins qui poussaient,

moi, c'était ma poche qui se creusait, qui se transformait en une vraie besace, et mon ventre qui se couvrait de poils. Elles, elles n'en avaient que sur la foufounette, des poils. Moi, j'en avais non seulement là-bas, mais aussi sur tout l'abdomen ! Ça devenait plus dur à cacher, cette poche qu'il fallait pas montrer. Crois-moi qu'à partir de la puberté, mon t-shirt n'est plus jamais sorti de mon pantalon, plus jamais !

- Tu as dû en souffrir, de cette différence d'apparence. Tes camarades de collège et de lycée t'ont marginalisée ?

- Oh que oui ! Je te décerne un 20/20, cher visionnaire. En fait, à partir de ma puberté, je suis devenue l'oiseau ridicule, la bête curieuse, la fille difforme. Une vraie Quasimodette. Mes camarades, elles passaient presque tout leur temps à se payer ma tête. Je les revois encore, toutes en train de comparer la taille de leurs seins ou de se demander comment on enfilait convenablement un soutif. Et moi qui restais plate comme une crêpe... Ah ! Je les ai collectionnées, les moqueries ! Surtout quand on allait à la piscine et que tout le monde voyait bien que je n'avais rien sous mon maillot une pièce. "Hé, Abby ! qu'elles disaient. Ils sont passés où, tes seins ?" "Hé, Abby ! On te les a coupés ?" J'ai quand même évité le soupçon d'être un trans ou un garçon déguisé en fille : sous mon maillot, on voyait bien que j'avais pas de bistouquette ni de coucougnettes. Mais bon... Tu parles d'une compensation ! Pour avoir des copains et des copines, je pouvais me brosser. Surtout que mon apparence bizarre n'était pas le seul problème.

- Quels étaient les autres ?

- Je devais aussi veiller sur mon frère, ce pauvre Salomon. Jusqu'à mon passage en 2nde et à son départ en lycée professionnel, il a toujours été dans la classe en dessous de la mienne. Non seulement les mauvaises notes lui collaient au cul, mais tous les garnements s'acharnaient sur lui. Ils le molestaient, ils lui faisaient des misères dans la cour de récré. Je devais souvent intervenir pour le défendre. Pourquoi ils lui faisaient ça ? Car il était trop doux de son naturel. Car il avait les oreilles pointues, encore plus que moi. Car il avait de très vilaines dents, tout comme moi. Enfin, car il était juif. Moi aussi, on me reprochait d'être juive. C'étaient les blacks et les rebeus qui nous insultaient sur ce sujet, qui nous traitaient de feujs et j'en passe, tout ça à cause des guerres israélo-arabes. Mais quels cons ! Moi qui n'ai jamais soutenu Israël, qui n'ai aucune sympathie pour ce pays... Mais ils avaient deviné notre religion. Ils avaient repéré qu'on allait à la synagogue le samedi. Les abrutis ! En tout cas, sache que mon adolescence n'a pas été rose, vraiment pas du tout. »

Ignace posa sur la jeune femme un regard empli de tristesse. De fait, celle-ci avait abandonné toute la gaîté dominatrice qu'elle affichait au début de la conversation. A présent, elle semblait plutôt affligée et résignée devant l'insondable mystère de la bêtise humaine. « Comment t'es-tu débrouillée pour résister à tout ça ? demanda le devin.

- J'ai trouvé plusieurs remparts, répondit Abbigaëlle. Le premier, ç'a été les livres. Ce monde-ci était vraiment dur pour les hommes marsupiaux. Ma seule consolation, c'était de m'évader quelques heures par jour dans un monde imaginaire. Je me suis donc mise à bouquiner, et à bouquiner à fond. Mes parents m'y ont encouragée. Eux qui étaient pauvres, ils tenaient beaucoup à ce que je me cultive, histoire que je fasse de meilleures études qu'eux et que j'aie un métier plus gratifiant. Qu'est-ce que j'en ai avalé, des bouquins ! En sortant du collège et du lycée, je m'asseyais parfois sur un banc et je passais bien trente minutes à lire avant de rentrer chez mes parents. La nuit, je pouvais me plonger pendant trois heures dans un roman, à la lueur d'une lampe de poche, avant de m'endormir. Au moins, ça me soulageait.

- Et t'es-tu constitué un petit panthéon d'auteurs préférés ?

- Oh oui ! J'aime surtout les écrivains comme Jane Austen, Charlotte Brontë, George Sand, Anne Rice, les frères Grimm, Alexandre Dumas père, Paul Féval... Mais aussi beaucoup d'autres : Jules Verne, Herbert George Wells, etc. Tu sais, la littérature m'a tellement passionnée que j'ai fait exprès de passer un bac L et de me lancer ensuite dans des études pros sur les métiers du livre.

- Et quel a été ton autre rempart ?

- Une certaine religiosité. Mais attention ! Pas la bigoterie naïve qui rend bête, et encore moins le fanatisme. Mes parents tenaient à ce que je partage la foi de mes ancêtres. Assez tôt, donc, je suis allée à l'équivalent juif du catéchisme. Je me souviens assez bien de mes cours d'éducation religieuse. C'est le rabbin qui avait marié mes parents qui s'en occupait. Comme je te l'ai dit, il avait des idées plutôt ouvertes et ça, pour un juif, c'était très bien. Mais celle qui m'a surtout parlé de religion, c'était ma mère. Sincèrement, c'est d'abord son enseignement que j'ai retenu.

- Et que t'a-t-elle transmis comme idées ?

- Qu'il fallait voir en Dieu un ami qui nous soutient plutôt qu'un juge qui nous surveille. Que la pureté du cœur était plus importante que le respect scrupuleux de la loi. Surtout, que Dieu aime sans distinction tous les enfants d'Abraham et de Moïse, même les enfants adoptifs. Qu'on peut faire pleinement partie de son peuple, même si on a été créé à partir d'un écureuil à poche, et non de la glaise du sol ou des côtes d'Adam. Enfin, que c'est pas parce qu'on est une femme qu'on doit se considérer comme inférieure aux hommes.

- Hum... Je suis bien d'accord avec toi, mais pour un mâle juif, une telle idée doit être un peu dure à assimiler.

- Hé ! Ma mère n'était pas une dégonflée. Quand on échappe à la malédiction d'Eve, quand on n'accouche pas dans la douleur et qu'on n'a pas à supporter, une semaine ou plus chaque mois, des flots de sang qui arrêtent pas de couler entre les cuisses, on ne se laisse pas marcher sur les pieds par les mecs. Ma mère, c'était ça, sa philosophie. Dans la loi juive, il y avait des trucs qu'elle avait envoyés promener, car ils étaient faits uniquement pour des hommes placentaires, genre les bains rituels pour guérir les femmes de leurs règles (pardon ! de leurs "impuretés", pour parler comme mon andouille de frère adoptif). Elle aurait jamais supporté non plus que mon père adoptif la contraigne à porter une perruque ou une robe longue qui tombe jusqu'aux chevilles. D'ailleurs, dès leur mariage, elle lui avait ordonné d'arrêter de remercier Dieu, dans ses prières, de ne pas l'avoir fait naître femme. Et il avait obéi !

- Bigre ! Etait-elle favorable à ce qu'il y ait des femmes rabbins ?

- Oh ! Ça, c'est pour ceux qui veulent frimer. Tu sais, c'était qu'une femme de ménage. Elle ne se souciait pas de ces querelles d'intellos. Ce qu'elle voulait, surtout, c'était que j'aie la même éducation religieuse qu'un garçon. Du coup, elle m'a fait passer ma *bat-mitsva*, à douze ans. Tu veux voir les souvenirs ? »

Abbigaëlle feuilleta de nouveau l'album et figea son doigt sur une grande photo rectangulaire, qui remplissait bien une demi-page. A côté de Sultana vêtue d'un élégant tailleur brun, un foulard noué autour du cou, on apercevait un vieil homme tout ridé en costume trois pièces gris, avec une courte barbe blanche et une calvitie partielle à peine cachée par une kippa. Ses banales oreilles rondes, conformes au seul modèle en vigueur chez les hommes et les singes, contrastaient violemment avec les magnifiques oreilles pointues de sa jeune compagne, qui trahissaient plus que jamais sa nature profonde de phalanger. De sa main droite, presque aussi fripée que son visage, il effleurait l'épaule d'une fillette déjà bien grande, un châle de prière sur son élégante robe de communiante, qui exhibait en souriant ses moignons de prémolaires et de canines tout en dardant vers l'objectif un regard plein de fierté. Comme pour souligner la hardiesse de sa tête, ses propres oreilles pointues se dressaient et perçaient triomphalement son abondante chevelure noire. On la sentait comblée, heureuse d'avoir déchiffré victorieusement les caractères hébraïques du rouleau de la Torah déplié devant elle. Tendrement, ses deux parents la contemplaient en silence, et leurs sourires pourtant si différents renvoyaient la même bénédiction. « *Mazel tov*, ma fille », murmurait sans un mot Sultana la marsupiale, et Isaac le placentaire agréait. « Merci, merci, articula faiblement Abbigaëlle en caressant la photo. Je ne vous oublierai jamais, jamais. » Ignace crut deviner ce que cachait cette phrase, mais il se garda bien de le dire. Il préféra embrayer sur un autre sujet. « Au juste, demanda-t-il, quand tu allais au catéchisme juif, tes camarades te faisaient-ils là aussi des remarques désobligeantes sur ton physique ?

- Oh que oui ! répondit la jeune femme. Comprends quand même que c'est rare, une juive avec des oreilles pointues et des quenottes miniatures (je ne parle pas de ma poche sur le ventre : personne ne la voyait). Franchement, ça déroute. J'en ai eu droit là-bas à des commentaires, et même à des gratinés ! Un jour, un gamin m'a ainsi dit que j'avais pas une tête de juive. Crois-moi, ce jour-là, je lui suis rentrée dans le lard, à ce morveux. Mais par rapport à l'école et au collège, j'avais quand même une satisfaction : le vieux rabbin qui avait marié mes parents interdisait qu'on se moque de moi. Quand il était là, il rabrouait tous ceux qui osaient se ficher de ma poire. Manque de bol, il pouvait pas toujours surveiller tout le monde. Du coup, les autres parvenaient toujours à me décocher des piques dans son dos.

- Mais là-bas, tu devais aussi avoir des amis, entre coreligionnaires ? »

L'expression contrite sur le visage d'Abbigaëlle révéla au jeune mage que ce n'avait pas vraiment été le cas. « Tu sais, lui murmura-t-elle, s'il y a bien un cliché stupide auquel il faut tordre le cou, c'est l'histoire de la solidarité entre juifs. C'est juste un mirage. » Devant le récit de cette existence si morne, Ignace se sentit envahi d'une profonde pitié. « Et maintenant ? dit-il. Tu es toujours une juive pratiquante ? Tu vas tous les samedis à la synagogue ? »

Un soupir s'échappa des lèvres de la jeune femme. « J'y allais, bougonna-t-elle. Autrefois. Quand j'étais enfant et quand j'étais ado. Mais plus maintenant.

- Pourquoi ?

- Pour plusieurs raisons. La première est simple : j'ai perdu mes parents sans l'avoir mérité.

- Tu sais, je l'avais deviné.

- Merci. Au moins, tu n'es pas un crétin. D'abord, ç'a été ma mère. Je m'en souviens très bien. J'avais 18 ans. J'avais passé mon bac et je commençais mon BTS "Métiers du Livre". Un vendredi, je suis rentrée de l'IUT, dans notre petite maison. Mon vieux père adoptif y était, en larmes. Sur le divan du salon, il y avait ma mère. Elle ne bougeait plus. Elle ne respirait plus. Sa peau brun clair semblait presque décolorée. En fait, elle était morte, et elle commençait déjà à se refroidir.

- Qu'est-ce qui s'était passé ?

- Encore aujourd'hui, j'en sais rien, mais fichtrement rien. Mon père adoptif m'a juste expliqué qu'il s'était absenté pendant deux heures au début de l'après-midi, pour faire des courses. Il avait laissé ma mère toute seule. Dans leur vie, ce genre de situation était banal. Ça faisait longtemps qu'Isaac était à la retraite. Du coup, en semaine, il ne sortait de la maison que pour les courses. Quant à ma mère, il y avait des jours comme celui-là où elle passait une grande partie de ses journées à la maison, car elle ne faisait ses ménages que le soir. En tout cas, ce jour-là, quand mon père était revenu, il l'avait trouvée morte, gisant sur le sol. Apparemment, elle avait fait un arrêt cardiaque ou une attaque cérébrale. Elle ne portait aucune trace de violence.

On ne l'avait pas étranglée, et on lui avait pas non plus cassé le cou. Mais...
- Mais ?
- Je suis sûre qu'on l'a assassinée. Elle pouvait pas mourir comme ça, soudain. Je m'en souviens très bien : elle pétait de santé, et elle avait jamais eu de problèmes au cœur. En tout cas, si on l'a vraiment zigouillée, les salopards qui lui ont infligé ça ont rudement bien fait leur coup : mon père adoptif et moi, on n'a retrouvé aucune trace de leur passage dans notre maison.
- Et la police ? Vous l'aviez prévenue ? »

Abbigaëlle toisa Ignace comme s'il avait été le roi des abrutis. « Si on l'avait prévenue, dit-elle, tu ne m'aurais jamais rencontrée, car je serais sans doute en ce moment dans un appartement financé par l'Académie des sciences et exhibé dans des colloques comme un spécimen remarquable de marsupial humanoïde. Mon père adoptif n'a prévenu personne, sauf le vieux rabbin et son ami, le docteur qui s'était occupé de moi et de mon frère. Ce dernier a constaté la mort de ma mère et fait un certificat de décès, puis on a enterré ma mère dans le carré juif du cimetière de Pantin. Les pompes funèbres n'avaient eu qu'à amener le cercueil, y glisser le cadavre tout habillé, le refermer et le mettre en terre. Le reste – toilette mortuaire et tout le tralala –, c'était mon père qui s'en était chargé, pour que personne sache que c'était une marsupiale. Il avait eu raison. Tout le monde n'y a vu que du feu : ni vu ni connu, je t'embrouille ! Au fond, heureusement que ça se soit passé ainsi ! Sans ça, ces salauds de biologistes auraient disséqué ma pauvre mère. Encore aujourd'hui, je me souviens très bien des funérailles. Il n'y avait pas grand monde dans l'assistance : juste quelques amis de mon père – qui ignoraient tout de la vraie nature de sa seconde épouse – et le seul survivant de son premier mariage, l'affreux Joab. Je me rappelle de tout : mon père adoptif qui s'efforçait de ne pas pleurer pour chanter le kaddish, et qui y réussissait à peine ; Salomon qui sanglotait à mes côtés ; ce connard de Joab qui se frottait discrètement les mains ; et moi, moi qui chantais aussi le kaddish, et qui pleurais, pleurais... »

La jeune femme s'interrompit, étranglée par l'émotion. Ignace n'osa pas la relancer : il attendit que son chagrin s'apaisât. Quand elle se fut un peu calmée, elle poursuivit : « Plus tard, j'ai appris de la bouche d'Isaac que ma mère craignait de mourir. Elle n'avait jamais expliqué pourquoi. Mais elle lui avait ordonné, si elle mourait, de ne jamais chercher à savoir comment elle aurait trouvé la mort. De toute évidence, elle ne voulait pas qu'il se mette en danger. Elle ne voulait pas non plus que le monde découvre qu'elle était une marsupiale, pas une primate. Surtout, je pense qu'elle voulait nous protéger totalement, Salomon et moi. A mon avis, le rabbin et le docteur avaient reçu des consignes identiques : ils n'ont jamais tenté de savoir pourquoi elle était décédée et s'il y avait un assassin.

- Et toi ? demanda Ignace. As-tu tenté de clarifier ce mystère ?
- J'aurais bien voulu, mais je me suis heurtée à un mur de silence. Très vite, je me suis persuadé que ma mère avait été empoisonnée. Si ça se trouve, on lui avait injecté un poison mortel. C'est pour ça qu'elle semblait n'avoir rien subi : une petite piqûre, ça se distingue pas facilement. Comme mon père adoptif ne savait rien, j'ai questionné le rabbin, et j'ai aussi questionné le docteur, mais ils n'ont rien voulu me dire. Je suis sûre qu'ils connaissaient des choses, qu'ils avaient au moins une petite idée de pourquoi ma mère était morte, mais ils ne m'ont rien révélé. De toute évidence, ils craignaient de se mettre en danger et surtout que moi aussi, je me retrouve en danger. De toute façon...
- De toute façon... ?
- Le destin les a très vite rendus muets. Pendant ma deuxième année d'études supérieures, le vieux rabbin est mort à son tour, tué par un cancer de l'estomac. Le médecin a disparu à la même époque, écrasé par le métro dans une station, officiellement à cause d'une mauvaise chute (là encore, je ne t'avoue pas ce que je pense). Enfin, ç'a été le tour de mon père adoptif. Il aimait tellement ma mère qu'il ne s'était jamais remis de sa mort. Au fond, elle avait illuminé toute sa vieillesse. Après son décès, il avait basculé dans la dépression, et puis, au bout de trois ans, quand j'eus passé ma licence pro, il s'est suicidé. Il s'est laissé mourir de faim, malgré tous nos efforts, à moi et à Salomon, pour le ramener à la raison. "Pardonnez-moi, mes enfants. Pardonnez-moi." Ce furent ses derniers mots. »

Abbigaëlle fit une nouvelle pause dans son récit, puis elle soupira. « Depuis, reprit-elle, je vis seule, seule avec mon frère. Je n'ai plus de famille. J'ai perdu ma mère. J'ai perdu l'homme qui m'a élevée. Quant à mon père biologique, je ne saurai jamais qui c'était. Je suis une femme marsupiale égarée au milieu de l'humanité placentaire. Je suis sans doute la seule femme marsupiale dans tout Paris. Crois-moi, je peux sentir ce que ça fait que d'être une espèce en voie de disparition. Enfin, je suis juive, mais même mes coreligionnaires me soupçonnent de ne pas être une vraie juive. Mais qu'est-ce que je fous dans ce monde ? Je connais même pas le mystère de mes origines. Je ne sais même pas pourquoi je suis marsupiale ! En tout cas, tout ça a beaucoup ébranlé mes certitudes religieuses. Après la mort de mon père adoptif, j'ai arrêté d'aller à la synagogue. S'il y a un Dieu et s'il aime tous les enfants d'Abraham et de Moïse, alors je ne comprends pas pourquoi il me laisse dans ce malheur. Et puis, il y a d'autres choses qui ont joué.

- Quoi donc ? demanda Ignace.
- Après la mort du vieux rabbin qui avait marié mes parents, la synagogue où nous avions nos habitudes a été reprise par des prêcheurs ultra-orthodoxes – des intégristes, quoi ? En quelques semaines, l'atmosphère y a complètement changé. C'est devenu un repaire de barbus à kippa et à chapeau et de nanas emperruquées, tous vêtus de noir ou de brun. Je me reconnaissais pas dans leur bigoterie étroite et bornée et dans leur respect intransigeant de la loi. De leur côté, ils me regardaient de travers avec mes oreilles pointues, mon vilain sourire et ma poitrine sans seins. J'ai donc déserté leur compagnie. Mais c'est surtout quelqu'un en particulier qui m'a poussée à devenir une vraie juive hérétique.
- Qui ça ?
- L'"immonde Joab. Officiellement mon demi-frère. Le seul survivant du premier mariage de mon père adoptif. Quel connard ! Il me déteste, mais moi, je le lui rends bien.
- Pourquoi t'a-t-il prise en grippe ?
- A l'origine, c'était pas contre moi qu'il en avait, mais contre ma mère. En fait, Monsieur ne s'est jamais remis de la mort précoce de sa propre mère dans l'accident de voiture. Du coup, il ne s'est jamais marié : il voudrait à tout prix la retrouver... Surtout, il ne voulait pas que son propre père prenne une autre femme. Manque de bol pour lui, c'est ce qui s'est produit. Dès qu'il a connu ma mère, il l'a détestée. Il a vu en elle une diablesse envoyée par Belzébuth pour voler le cœur de son père et lui faire oublier sa précédente épouse. Moi, il m'a haïe par rico-

chet. Tout ça parce que j'étais le portrait craché de ma mère ; parce qu'Isaac m'adorait. En plus, ses lubies ont décuplé sa haine.

- Quelles lubies ?
- Après l'accident de la route, monsieur Joab est devenu bigot. Il s'est dit que, s'il avait survécu, c'était parce que Dieu l'avait épargné. Pourquoi ? Car il était plus juste que les autres, quelle blague ! Il a donc viré barbu à kippa et à papillotes. Le respect de la loi religieuse s'est mis à l'obséder. Il a reproché à mon père adoptif de ne pas être assez pieux. Evidemment, comme ma mère était plutôt libérale en matière de religion, ça ne lui a pas plu du tout. Mais c'est surtout quand il a découvert sa nature de marsupiale qu'il est devenu fou de haine.
- Comment ? Il avait éventé le secret de ta mère ?
- Non. C'était Isaac qui l'avait mis au courant. Il croyait pouvoir lui faire confiance. Qu'est-ce que tu veux ? C'était quand même son fils.
- Mais... Joab a tout révélé ?
- Non. Il a tout gardé pour lui. C'est pour ça que tu n'avais jamais entendu parler des femmes à poche. Mais s'il a fait ça, c'était pas par pitié pour la pauvre marsupiale que je suis. Non. C'est car il a vu dans ma mère un monstre surnaturel, un prodige diabolique dont les scientifiques athées ne comprendraient pas la perversité.
- Comment ça ?
- Pour lui, ma défunte mère et moi, nous sommes pires que des fausses juives. Nous sommes des diablesses. Nous ne descendons pas d'Eve, mais de Lilith. Pourquoi ? Car nous n'accouchons pas dans la douleur. Car nous ne risquons jamais de mourir en couches. Car nous n'avons presque pas de règles, donc pas de périodes où nous serions impures. Nous échappons à toutes les malédictions des femmes placentaires. Pour Joab, ça veut forcément dire que nous sommes démoniaques. Nous sommes des créatures maléfiques conçues pour égarer les hommes, et nous nous sommes infiltrés chez les juifs pour mener à bien cette sinistre besogne.
- Mais quelles absurdités !
- Ne dis pas ça à Joab, sinon il te rembarrera. Il croit dur comme fer que son père a été damné. Il accuse ma pauvre mère de l'avoir poussé au suicide en lui inspirant une passion funeste. Et

moi, il me hait. Il s'enferme d'autant plus dans la bigoterie qu'il considère que seule la foi pourrait combattre ma "sale influence" – comme il dit. Et puis, en se changeant en grenouille de synagogue, il croit qu'il rachètera quand même son père. C'est dégueulasse comme comportement, n'est-ce pas ? Toutefois, ça a quand même pour moi un point positif.

- Euh... lequel ?
- Il est tellement extrémiste qu'il a jamais osé révéler ma marsupialité et celle de ma mère aux autres juifs orthodoxes. En effet, il croit qu'ils sont eux aussi infectés par le rationalisme scientifique et qu'ils auraient du mal à admettre l'existence de diablesses avec une poche sur le ventre. En tout cas, avec sa sale attitude, il m'a dégoûtée de la piété.
- Alors, tu ne crois plus en rien ? Tu es devenue totalement irréligieuse ? »

Abbigaëlle se gratta un peu la tête avant de répondre. « En fait, expliqua-t-elle, je respecte encore les fêtes juives – Hanoukka, Kippour et tout le tralala – et je continue de manger casher. Enfin, s'il y a vraiment rien de casher comme viande à mettre sous mes vilaines quenottes, je fais pas chier mon monde et je mange quand même, du moment que c'est pas du cochon. Je me considère toujours comme juive. Mais je trouve insupportable qu'un type confit en bigoterie m'accuse de ne pas être une vraie juive. Ça, ça me dégoûte. Quant à Dieu, je pense que, s'il existe, il doit souffrir autant que tous les gens comme moi qui sont dans le malheur. »

A son tour, Ignace se fit songeur et ne prononça plus aucun mot pendant de longues minutes. A ses côtés, Abbigaëlle silencieuse tripotait lentement son revolver au-dessus de l'album de photographies, comme si cet accessoire meurtrier eût été le seul roc auquel elle pouvait encore s'accrocher dans sa détresse. Finalement, le jeune mage rompit le silence : il voulait savoir si la haine de Joab frappait aussi Salomon. « Oui, mais pas tout à fait sous la même forme, répondit la juive marsupiale. Pour cause : c'est un mec. En tout cas, il est tellement nul en sciences qu'il croit que Salomon et moi, on provient tous les deux des coucougnettes de mon père adoptif. Selon lui, Sultana la succube aurait séduit un honnête mâle juif pour se faire une descendance.

- Mais, s'il te déteste tant que ça, comment se fait-il qu'il accepte de travailler avec toi sous l'autorité de Kara Shirin ?

- Par opportunisme. Il y a plus de deux ans, monsieur Joab a perdu son boulot. C'était vraiment croustillant comme affaire ! Il bossait comme simple employé dans un magasin, tout comme son père. C'était une épicerie qui vendait des produits exotiques. Un jour, ce magasin a été repris par un musulman, un intégriste bien barbu, bien salafiste, très anti-israélien et très antisémite. Eh bien, tu sais ce qu'il a fait ? Il a viré Joab, tout en se débrouillant pour que cette andouille n'obtienne jamais gain de cause auprès des prud'hommes. Au départ, Joab a joué à l'israélite qui reste droit et bourré de fierté malgré les persécutions. Seulement, au bout de deux ans, il s'est bien rendu compte qu'il fallait de l'argent et un boulot stable pour se loger et croûter convenablement. A cette époque, je travaillais déjà pour Kara Shirin, dans sa boutique et comme garde du corps. Salomon aussi était avec moi : je l'avais fait embaucher peu après mon propre recrutement, pour le tirer du chômage qui lui collait à la peau. Joab savait tout ça. Il a donc imploré ma patronne pour qu'elle l'embauche à son tour, et elle l'a fait. Au fond, elle avait déjà moi et mon frangin. Autant avoir toute la smala !
- Mais, entre vous deux, il doit y avoir souvent des étincelles ?
- Non, pas trop. Kara Shirin l'oblige à se tenir tranquille et à remballer sa haine, quand il bosse avec les autres. Du coup, il se soumet. Au fond, c'est pas étonnant : quand tu as connu la dèche pendant deux ans, tu ne vas pas mordre la main qui te nourrit. Et puis, on se côtoie pas beaucoup tous les deux dans le gang : juste le strict nécessaire. Enfin, monsieur Joab considère que la juive hérétique – pire ! la succube ! – que je suis est parfaitement à sa place comme dame de compagnie d'une reine païenne. De son côté, Kara Shirin aime bien sa combativité. Il est vrai que monsieur Joab ne rechigne pas trop à la violence, du moment que c'est contre quelque chose qui n'est pas juif. Et puis, il pardonne son paganisme à la patronne : elle ne lui interdit pas de s'adonner à ses bigoteries. »

A l'écoute de ces paroles, Ignace réprima un léger frisson : l'image sinistre de Joab qui le dévisageait, le chat à neuf queues à la main, venait de ressurgir dans son esprit. Malgré un réel désir d'interroger encore sa gardienne, il ne réussit point à détacher sa langue de ses dents : l'effroi induit par cette vision l'y avait littéralement clouée. Cependant, Abbigaëlle n'attendait rien de sa part. « Ah ! Joab ! marmonna-t-elle entre ses lèvres. Espèce de pharisien de mes fesses ! J'aurais tellement envie de te dire la seule bonne action que tu aies jamais faite : ne jamais avoir révélé au monde que je suis pas une primate.

- Au juste, demanda le jeune mage qui s'était enfin ressaisi, est-ce que je dois garder le silence sur ta vraie nature auprès de tes collègues ?
- Pas besoin, monsieur Leclerc, dit une voix féminine derrière eux, dans un grincement de porte. Tout le monde ici sait qu'Abby et Salomon sont des phalangers et pas des singes. Moi, mon père, Kara Shirin, tout le monde. Et tout le monde garde le secret. »

Abbigaëlle poussa un cri de joie. Sur le seuil de la chambre se tenait Kahina, enfin revenue de sa journée de travail et manifestement ravie de la retrouver. Les deux femmes se précipitèrent l'une vers l'autre et s'enlacèrent passionnément, frottant délicatement la peau de leurs joues. Elles durent toutefois vite s'arrêter, car Ignace leur avoua son embarras : non seulement il craignait de les déranger, mais il voulait aussi savoir ce que Kahina avait entendu de la conversation. Sans la moindre honte, la jeune Kabyle lui répondit qu'elle était déjà rentrée depuis un bon moment et qu'elle avait écouté aux portes. Au grand étonnement du jeune mage, Abbigaëlle ne s'en formalisa point. « Kahina, c'est vraiment une sœur pour moi, expliqua-t-elle. On se connaît depuis la 2nde et on est devenues inséparables. Je ne sais pas si tu as des amis, mais nous deux, on n'a aucun secret l'une pour l'autre.

- Ça, pour sûr ! renchérit la beurette. On est comme le pouce et l'index. Kara Shirin nous appelle même "ses deux mains droites". Hé ! Je vois qu'Abby n'a pas attendu pour vous dévoiler son petit secret. Faut dire que ça devait vous démanger de savoir pourquoi on est si différentes, elle et moi. »

Sur ces mots, Kahina caressa lentement son opulente poitrine, tout en parcourant de la main gauche le torse plus plat qu'une crêpe de son amie. Une étrange sensation s'empara de l'âme d'Ignace. Indéniablement, les belles oranges de chair sous le chandail de la jeune Kabyle éveillaient en lui un sourd désir animal, tout empli des parfums envoûtants de la saison des amours, mais les superbes cuisses bien gainées dans le jean d'Abbigaëlle le captivaient également. A bien des égards, elles étaient plus fascinantes que les fruits pesants de Kahina. S'y ajoutait le souvenir de cette poche étrange à la place du nombril, cette poche aux bords soyeux, si originale... Un instant, le devin sentit son esprit tournoyer. Les ricanements de ses geôlières le ramenèrent à la réalité. « Euh... oui, bafouilla-t-il, oui... C'est... c'est vrai que ça surprend. Surtout que je ne savais pas qu'il existait des femmes marsupiales.

- Ça t'en bouche un coin, hein ? Espèce de singe ! répondit Kahina. C'est drôle de tomber sur une femme qui n'est pas une guenon. En même temps, elle est sacrément jolie, Abby ! Ah oui ! Désolée de te tutoyer, mais ça me brûlait aussi. Ça ne te dérange pas, j'espère ? »

Le jeune mage répondit que non. « Abby, c'est vraiment un cas unique dans cette bande, continua Kahina, et c'est pour ça que tout le monde l'adore ici – sauf cet idiot de Joab, mais ça, tu le sais déjà. On tient beaucoup à la garder parmi nous. C'est pas vrai, ma chérie ? On voudrait pas que l'Académie des sciences te pince. Au moins, avec nous, tu as trouvé des humains placentaires qui te protègent de la méchanceté de leurs semblables »

Le visage déjà basané d'Abbigaëlle rougit encore, tant l'émotion l'étreignait. « Merci, merci, dit-elle. Kahina, tu as beau être une placentaire, tu es presque une sœur de sang pour moi. Je ne l'ai pas dit à Ignace tout à l'heure, mais si j'ai pu supporter autant de malheurs dans ma vie, c'est aussi et en grande partie grâce à ton amour et ton soutien.

- Tu sais, Abby, lui répondit la jeune Kabyle, malgré nos différences, nous avons partagé toutes deux une vie difficile, des tas d'épreuves et beaucoup de galères. Et ça, eh bien, ça crée des liens plus forts que la mort. Mais contrairement à ton andouille de Joab, on a beau s'être endurcies, on est quand même restées des tendres. »

Sur ce, elle l'embrassa longuement sur la joue. Ignace voulut savoir dans quelles circonstances elles s'étaient rencontrées et ce qu'elles avaient traversé ensemble, mais Kahina lui fit comprendre que le temps des bavardages était passé. Après l'heure du dîner, Kara Shirin reviendrait dans l'appartement pour une nouvelle tentative de localisation du phonographe. Naturellement, elle avait encore ordonné que le jeune mage ne mangeât rien au préalable, mais ses geôlières en avaient décidé autrement : une frugale collation faite de poires, de pâtisseries gorgées de miel et d'une grosse carafe de thé l'attendait dans la cuisine. « Vijay est sorti, Daniel aussi, dit Kahina. Il n'y a plus ici que toi, nous deux et mon père. Grouille-toi de gober tout ça, histoire de ne pas avoir le ventre vide. La patronne ne s'apercevra de rien. Nous, on ne caftera pas : on te couvre. »

Les yeux rayonnants de reconnaissance, Ignace s'empressa de suivre ses gardiennes dans la cuisine où il se restaura avec avidité, heureux de prendre une modeste revanche sur la malfrate qui lui avait scandaleusement ôté sa liberté.

Chapitre X : Bavardages de geôlières

Les traces du repas interdit étaient à peine effacées que Kara Shirin pénétra dans l'appartement, toujours ruisselante de bijoux et vêtue d'un sari violet constellé de paillettes resplendissantes. Tous ses autres gardes l'accompagnaient, pistolet au poing. Comme ses dames de compagnie l'avaient prédit, elle ne remarqua rien de suspect. Le devin n'en fut pas moins renvoyé provisoirement dans sa chambre, sous la garde d'Elias, le temps que la bégum scarfacienne et ses sbires prissent leur dîner. Quand tous eurent assouvi leur faim, on convoqua à nouveau le jeune mage dans le salon où il dut accomplir le même rituel que la veille, pour repartir dans le monde astral.

L'évocation s'avéra assez décevante. Dès son entrée dans le royaume des lumières clignotantes, Ignace y retrouva le spectre de Josiane, mais celui-ci se montra cette fois plutôt taiseux. A sa demande, la jeune fille le reconduisit dans l'étrange bureau aux murs ornés de drôle de décorations, mais malgré tous ses efforts, il n'y découvrit aucun indice sur l'emplacement exact du bâtiment qui abritait cette pièce. Toutefois, alors qu'il tentait en vain de forcer la fenêtre pour voir à l'extérieur, une sorte de sphère émergea de nulle part et roula promptement entre ses jambes pour disparaître tout aussi brusquement dans le mur derrière lui. Sa nature exacte était indiscernable : on eût cru une boule de pétanque, mais Ignace savait très bien que ce n'en était pas une. Seulement, il était incapable d'indiquer de quoi il s'agissait au juste. Il n'eut cependant pas le loisir de s'interroger longtemps là-dessus, puisque la voix lugubre de Kali Mara retentit de nouveau et l'entraîna dans la sinistre cave obscure, jusqu'à la mystérieuse porte en bois. Aguerri par sa précédente expérience, Ignace réfréna sa peur et banda sa volonté au maximum, dans l'espoir de faire ployer le fantôme. Malheureusement, cette fois encore, la porte ne s'ouvrit pas. « Toi seul. Toi seul, répétait inlassablement la voix d'outre-tombe. Toi seul. » Soudain, alors que le jeune mage se préparait à lancer une nouvelle sommation, quelque chose de soyeux lui caressa le front, comme une aile invisible qui l'aurait frôlé. Sous la surprise, sa concentration se relâcha. « Toi seul », ricana le spectre.

C'en était trop. De nouveau, le couloir tournoya et il revint dans le monde réel, épuisé et désarticulé. Sa seule satisfaction pour ce soir-là fut de n'avoir pas régurgité son mince dîner, malgré ses émotions.

Kara Shirin fut encore plus désappointée que la première fois. Néanmoins, elle réfréna sa colère en songeant que si ce phonographe et ce disque avaient été faciles à dénicher, ni elle ni son énigmatique adversaire ne seraient à sa recherche en ce début du XXIe siècle : un troisième larron s'en serait emparé bien avant eux. La patience était donc de mise. Pour l'instant, l'essentiel était que son limier albinos affinât son odorat.

Quatre jours s'écoulèrent ainsi, quatre jours qui, pour Ignace, s'avérèrent franchement désagréables. La terrible bégum ne cessait de le contraindre tous les soirs à évoquer le phonographe, à une heure où les honnêtes citoyens savouraient d'ordinaire leur dîner ou se prélassaient devant la télévision. A chaque fois, il en sortait harassé, lessivé comme une serviette éponge qu'on aurait noyée dans un baquet, rossée trente minutes avec un battoir puis essorée dans tous les sens. Le comble était qu'en dépit de son épuisement, il trouvait quand même la force d'écouter les reproches de la chef de gang pendant que Kahina et Abbigaëlle le mettaient au lit. De fait, malgré ses revers, la rage de triompher du défunt sorcier hindou et de sauver ainsi sa vie le soutenait. Il fallait à tout prix empêcher le mystérieux Irnerius de La Vieuville de mettre la main sur ce terrifiant tourne-disque et d'essayer de le sacrifier. A cette nécessité s'ajoutait l'espoir que sa ravisseuse honorerait sa promesse et lui rendra sa liberté, une fois qu'il aurait débusqué ce satané objet. Certes, dans un coin de sa conscience, une toute petite voix lui susurrait qu'il faisait peut-être preuve d'une touchante naïveté, mais il préférait être naïf plutôt que de s'égarer dans une rébellion déraisonnable qui l'aurait fatalement conduit à sa perte.

Malheureusement, il avait beau intensifier ses efforts et doubler sa dose d'extraits de champignon, les maléfiques objets se soustrayaient sans cesse à son extralucidité. Les quatre soirées qui passèrent furent identiques à celle qui avait conclu le premier lundi de sa captivité. Chaque fois, il se retrouva dans le même bureau énigmatique, puis dans le même couloir obscur et enfin devant la même porte sinistre. Chaque fois, cette vilaine porte refusa de s'ouvrir. Chaque fois, il fut absolument incapable de localiser ces bizarres endroits. Et chaque fois, la même sphère jaillie d'on ne savait où se faufilait entre ses jambes pour disparaître dans le néant, tandis que la même sensation duveteuse lui caressait le front lorsqu'il stationnait dans la galerie souterraine. Que cachaient donc ces derniers signes ? Sans doute les égarements d'un cerveau surchauffé. En attendant, il piétinait et, dans son entourage, la déception s'accumulait. Kara Shirin en fulminait intérieurement, mais elle ne craquait pas : son rang de princesse lui imposait quand même un minimum de dignité.

Les journées le soulageaient un peu de ces épuisantes séances d'évocation. Néanmoins, les rigueurs de la captivité s'y faisaient sentir, toute dorée que fût cette dernière. Qu'il travaillât ou qu'il se détendît, Ignace n'avait plus droit à la moindre intimité. Tous les serviteurs de Kara Shirin se succédèrent auprès de lui, dans les moments où ils n'écoulaient pas des DVD dans la fameuse boutique de leur patronne ou qu'ils n'assuraient pas la protection de sa maison sur la butte aux Cailles. A voir comment ils se relayaient, ils obéissaient à des plannings assez rigoureux. Le jeune mage ne tarda point à bien les connaître, et il sélectionna très vite parmi eux ceux dont il préférait se méfier comme de la peste. Sur Joab, son opinion s'était fixée très tôt. Vijay et Daniel le rejoignirent rapidement. Malgré leur apparente bonhomie, Ignace ne pouvait leur accorder la moindre confiance : cette amabilité dont ils se paraient semblait forcée, artificielle, presque cauteleuse. On la sentait dictée par les circonstances. Et puis, il n'avait pas oublié l'attitude de Daniel, le premier jour, à la fin du déjeuner de bienvenue : participer à une cruelle séance d'acupuncture ne lui aurait pas répugné. Mieux valait donc se garder autant que possible de ces trois compères.

Envers, le vieil Elias Zeroual, l'opinion du jeune mage balançait, sans trop savoir quel parti prendre. A première vue, ce dernier paraissait plus doux que ses trois complices, plus prompt à s'apitoyer et surtout beaucoup moins doué pour la dissimulation. On aurait presque cru un simple marginal passablement paumé, qui aurait atterri par hasard dans ce gang, juste car ç'aurait été pour lui le seul moyen de manger et de se loger correctement. Ignace ne l'imaginait guère capable de participer activement à une séance de torture. Toutefois, il ne songeait pas pour autant à le gagner à sa cause. Le vieil homme avait clairement une faible personnalité, et sa soumission à sa patronne semblait totale. A entendre ses propos, il n'était guère enclin à mordre la main qui le nourrissait et le logeait. De toute évidence, s'il avait émis la moindre réserve envers un ordre, il eût suffi à Kara Shirin de hausser le ton pour le faire rentrer dans le rang. Non, à bien y regarder, Elias ne valait guère mieux que les trois autres.

Il en allait sans doute de même pour Salomon, quoiqu'à un degré différent. Le frère d'Abbigaëlle était vraiment un drôle d'oiseau. Contrairement à sa sœur, il était d'un naturel taciturne et son attitude semblait toujours empreinte de tristesse et de morosité. Indéniablement, il ne partageait pas sa vivacité intellectuelle : sa pensée ne se dégageait jamais d'une certaine simplicité et d'une tendance à interpréter beaucoup de choses au premier degré, comme un jeune adolescent. Malgré tous ses efforts, Ignace ne réussissait jamais à entamer avec lui de longues conversations. Néanmoins, il supposa très vite que ce jeune marsupial humanoïde était moins simple qu'il n'y paraissait. D'après les rares confidences qu'il avait recueillies auprès de lui, Salomon avait étudié le graphisme jusqu'au niveau du bac pro, ce qui requérait quand même de véritables capacités intellectuelles. En fait, le malheureux semblait surtout opprimé par le souvenir des innombrables brimades qu'il avait dû subir de la part de ses camarades placentaires pendant sa scolarité et par la mort précoce et injuste de sa mère biologique et de son père adoptif. S'y ajoutait sans doute une autre infortune dont le jeune mage ne devinait pas la nature, son gardien n'en ayant rien confié. Tout trahissait en tout cas chez Salomon une personnalité torturée, craintive et, là encore, franchement faible. Seulement, sa loyauté n'allait pas tant à Kara Shirin qu'à sa sœur, si intelligente, si énergique et si solide. Visiblement, son cœur balançait entre les deux. D'un côté il aimait et admirait profondément Abbigaëlle ; de l'autre, il avait peur de la bégum. Oserait-il tourner casaque ? Rien ne le garantissait.

En fait, il n'y avait qu'auprès de ses geôlières que le jeune mage se sentait à peu près en confiance, à défaut de disposer d'amies qui le tireraient de ce pétrin. Elles seules lui prodiguaient des attentions sincères, et ce n'était qu'avec elles qu'il pouvait nouer des conversations mues par une authentique sympathie. En quatre jours seulement, il acquit ainsi beaucoup de renseignements sur leurs parcours, leurs personnalités et sur le gang de Kara Shirin en général. Les témoignages de Kahina en particulier le marquèrent. Le mercredi qui suivit la deuxième séance d'évocation, alors qu'il entamait sa dernière heure de travail rédactionnel sous la surveillance de Kahina, cette fois rentrée plus tôt que son amie de la boutique de la rue du Faubourg Saint-Denis, il eut la surprise de voir la jeune femme se lever pour lui attacher sans un mot les poignets à des anneaux fichés dans le bureau, à l'aide de menottes. « Simple précaution », expliqua-t-elle en réponse à son regard interloqué.

Sur ce, elle se prosterna sur le parquet et commença à prier à la manière musulmane. Cependant, elle ne se voila pas, ce qui surprit beaucoup Ignace. Son étonnement redoubla lorsqu'il perçut distinctement, parmi les invocations rituelles en arabe, un nom qu'aucun musulman soucieux de rigueur n'aurait osé prononcer : « Ishtar ». Dès la fin de la petite cérémonie, les questions fusèrent. « Tu t'interroges sur ma religion, hein ? demanda la jeune femme en se relevant. Tu ne pourrais plutôt te concentrer sur ton ordinateur ? Je crois que tu n'as pas encore fini de taper ton document pour ton patron.

- Ça n'a pas beaucoup d'importance, répondit le devin. Comme je ne pointe pas, je peux bien en continuer la rédaction après 17 heures. Et si nous discutions plutôt ensemble ? Ça me ferait une pause relaxante. »

Sur ce, il la pria de le débarrasser des bracelets en métal qui le retenaient aux anneaux : non seulement ces entraves n'étaient guère conciliables avec son travail, mais, en outre, elles ne convenaient guère à une conversation amicale. La jeune Kabyle obtempéra de bon cœur. « Bon ! dit-elle en se rasseyant sur sa chaise, le pistolet bien au chaud dans une main, cette brave Abby t'a sans doute parlé de son rapport personnel à la religion. Elle t'a confié qu'elle était une juive complètement hérétique, que son orthodoxe buté de frère adoptif la déteste, et tout le tralala. Eh ben moi, c'est la même chose. Je suis une musulmane complètement hérétique. Oui, je suis née dans l'islam, mais j'ai pris une sacrée distance avec la religion des barbus à chéchia et djellaba et des mégères en tchador ou en niqab.

- Ça, je m'en doutais un peu, répondit Ignace. En l'occurrence, tu ne portes aucun voile.
- Hé ! Pourquoi est-ce que j'en porterais ? A l'origine, chez les Sémites, le voile, c'était pour les femmes mariées. Or moi, je suis

célibataire. De toute façon, je ne sais même pas si je trouverai un jour un homme capable de m'accepter.

- Tu as donc connu de vilaines aventures avec les hommes ?
- Tu devines sacrément vite ! Ça a un rapport avec tes pouvoirs extralucides ? Non, je déconne. Pour parler sérieusement, sache qu'il n'y a pas qu'Abby qui a eu des crasses dans la vie. Moi aussi, j'en ai accumulé un paquet, mais je me suis battue. Faut dire que, dans mon milieu, je partais avec de sacrés handicaps.
- Je l'imagine aisément. Naître fille d'immigrés et être en plus d'origine nord-africaine, ce n'est pas simple à porter dans un pays comme la France.
- Je suis beaucoup mieux placée que toi pour le dire. Grandir dans une famille sans culture et ne pouvoir compter que sur soi pour réussir à l'école ; se défendre contre le machisme de tous les gars de culture musulmane, alors qu'on n'est encore qu'une gamine ; subir le racisme de certains Gaulois avec tout ce que ça implique pour plus tard... Je suis peut-être pas une marsupiale égarée parmi les placentaires, contrairement à Abby, mais rien que le fait d'être une beurette, c'est déjà lourd à porter. Pour les Gaulois, je suis une bougnoule. Pour les musulmans, je suis une nana qui doit se soumettre aux mecs. Eh ben, j'ai décidé de n'être ni l'une ni l'autre.
- Et comment t'y es-tu prise ? »

Le regard de Kahina se remplit d'une ironie mordante. Ignace devina qu'elle allait se lancer à son tour dans de très longues confidences. La suite des événements ne démentit point cette intuition. « Ne plus être une bougnoule et ne pas être non plus une salope à racailles, c'est un truc qui turlupine des tas de filles comme moi, dit la jeune femme. Certaines se lancent dans le trip "je suis à 200 % musulmane". Elles se voilent à fond, de la tête au pied, en permanence, à l'iranienne ou à la saoudienne. Elles virent bigotes, elles se soumettent à tous les barbus à chéchia, à toutes leurs règles machistes et à toutes leurs humiliations. En fait, elles ne vivent plus que pour se faire engrosser, et elles ne mouftent même pas si leurs chers maris les trompent ou deviennent polygames. D'autres vont plus loin : elles virent d'abord dans le même trip, et puis elles deviennent terroristes et elles tuent des roumis et des juifs, tout ça au nom de la gloire d'Allahou Akbar. Mais quelles connes ! C'est pas ça qui leur rendra leur dignité de femmes.

- Serait-ce parce que le Dieu qu'elles prétendent vénérer serait, selon toi, un Dieu intégralement masculin ?
- Hé ! Tu es vachement malin ! En fait, tu n'as pas besoin de siroter ta drogue pour devenir extralucide.
- Que c'est drôle ! Je suis mort de rire. Trève de plaisanteries ! Dans ta prière de tout à l'heure, j'ai juste discerné le nom d'Isthar, l'ancienne déesse Ishtar des Sémites d'avant l'islam. Tu sais, si un musulman bien à cheval sur le Coran t'avait entendue, il t'aurait considérée comme une *kafir* juste bonne à être lapidée. »

Kahina ricana entre ses dents, le visage irradiant d'agressivité. « Une *kafir*, moi ! Une *kafir*..., répéta-t-elle. Mais quels abrutis ! Je crois au Dieu unique. J'y crois ! Seulement, je pense qu'il a des tas d'aspects, qu'il est à la fois masculin et féminin, et surtout qu'il a un nom que les barbus en djellaba, tous les mecs qui oppriment les femmes, refusent qu'on connaisse : Ishtar. Oui, pour moi, Allah est aussi Ishtar, et Ishtar est Allah.

- Eh bien ! Pour connaître Ishtar, c'est que tu es une intellectuelle, remarqua Ignace.
- Ça te choque de voir une intello d'origine algérienne ? Tu aurais préféré que je sois une weshette ignare ?
- Mais non !
- Ouf ! Moi, j'ai toujours refusé d'être une weshette. De même que je refuse les idées rétrogrades des barbus, je déteste les clichés des Gaulois racistes. J'ai jamais voulu y correspondre. Alors, j'ai étudié, je me suis cultivée, j'ai bouffé des bouquins, comme Abby. Et ainsi, j'ai découvert la vraie culture de mes ancêtres, la culture la plus ancienne des Sémites et des Berbères, celle d'avant l'islam.
- Ah ? Et qu'en as-tu retiré ?
- Les barbus en djellaba, les musulmans bien à cheval sur le Coran, comme tu dis, ils nous font croire que tout a été révélé par leur prophète. Mais c'est faux ! Le Coran et la loi coranique, ils ne font que recycler platement des règles qui existaient déjà plus de 2000 avant Jésus-Christ, à une époque où on ne parlait encore ni de l'islam ni du judaïsme. La preuve : je les ai vues sur une vieille stèle mésopotamienne exposée au musée du Louvre. Plus généralement, les idées musulmanes sur la religion et sur l'attitude des croyants, dans leurs grandes lignes, elles ont toujours eu cours chez les Sémites. Seulement...

- Seulement ?
- Les musulmans, ils se sont mis à occulter un aspect essentiel de la foi des anciens Sémites et des anciens Berbères : la dimension féminine de Dieu, la croyance en un Dieu à la fois masculin et féminin. Pourquoi ? Parce que c'étaient des mecs et qu'ils voulaient écraser les femmes, les dépouiller du pouvoir religieux et les réduire à un ventre pour les mioches et à des bras pour la popote. Leur ambition, c'était juste de créer une religion faite par des mecs et pour des mecs. »

Les mains de Kahina se crispèrent sur son pistolet, pendant que son visage se tordait en une mimique des plus farouches. Ignace s'estima chanceux de ne pas être un mâle dominateur : devant une créature aussi remontée, ce type d'individu aurait légitimement pu craindre pour ses génitoires. « Tu sais, poursuivit-elle, je me suis renseignée sur l'Algérie des origines, celle d'avant l'islam, celle d'avant même la période romaine. J'ai ainsi découvert qu'autrefois, l'Algérie était peuplée de Berbères et de Puniques, et que ces gens-là honoraient la déesse Ishtar. Très exactement, les Berbères l'appelaient Tanit. Tous ces Sémites-là, contrairement aux Arabes, ils savaient que Dieu est à la fois mâle et femelle. Ils étaient plus éclairés. Alors, attention à la façon dont me regardes, Gaulois au teint de fantôme ! Pour les Gaulois comme toi, je passe pour une Arabe, une beurette. Mais je ne suis pas une Arabe, et encore moins une bougnoule. Je suis une Punique.
- Euh... Tu ne serais plutôt d'ascendance kabyle, c'est-à-dire berbère ?
- Ne joue pas sur les mots ! Dans l'Antiquité, les Puniques venus du Liban s'étaient fondus harmonieusement avec les Berbères. Ils avaient bâti avec eux une civilisation commune. C'était pas comme les Arabes qui, eux, ont étouffé la culture berbère et qui l'oppriment encore aujourd'hui. Je suis donc punique. D'ailleurs, mon prénom signifie "la prêtresse" dans la langue d'Hannibal et d'Hamilcar Barca. Alors, quand on connaît mon héritage culturel, on ne me marche pas sur les pieds. »

Le jeune mage réfréna un sourire ironique devant cette fille de l'immigration qui se pavanait comme un coq de bruyère. Il n'avait pas tout à fait tort. Dans sa simplicité, le vieil Elias Zeroual n'avait sans doute jamais pensé à rendre hommage aux généraux et aux princesses de Carthage en donnant à son unique enfant un nom qui était juste resté relativement courant dans les traditions kabyles. Toutefois, cette ironie n'avait rien de dénigrant. Au contraire, le profil totalement atypique de Kahina titillait à présent la curiosité d'Ignace. « Qu'est-ce qui t'a poussée à te rebeller à ce point contre la domination masculine ? demanda-t-il. Ce ne doit pourtant pas être ton éducation. J'ai discuté avec ton père : il ne me semble pas baigner dans une mentalité qui prône le mépris des femmes.

- Tu sais, il n'y a pas que la famille dans la vie, grinça Kahina en guise de réponse. C'est vrai, de ce côté-là, j'ai pas eu à me plaindre : mon père a toujours été un homme très ouvert, très gentil envers moi et pas rétrograde pour deux ronds. Mais est-ce que tu crois que c'est facile d'être une femme, quand on vient d'un milieu comme le mien et quand on a mes origines ? Très tôt, dès mon enfance, j'ai dû subir le mépris des garçons, des autres gosses de culture musulmane qui venaient des quartiers miteux. Ah ! Ils étaient vraiment biberonnés au machisme dès leur plus jeune âge. On sentait bien que leurs parents leur pardonnaient toutes leurs mauvaises manières avec les filles, simplement parce qu'ils avaient un zizi. A l'adolescence, ça a empiré. Tu vois mes seins ? Tu les vois ? C'est de vrais ballons de foot, hein ? Eh ben, au collège et au lycée, il y avait des tas de voyous de même origine que moi, des rebeus, qui me tournoyaient autour, qui me lançaient des propos salaces, qui essayaient de me toucher, qui me harcelaient – oui, qui me harcelaient ! Tout ça car je portais pas de voile, car je ne m'habillais pas comme un sac de patates et car on devinait mes gros seins sous mon pull ! Quels abrutis ! Autour de moi, il y avait d'autres filles qui subissaient le même traitement et qui se taisaient, par honte. Leurs parents ne les défendaient même pas. Et tous ces mecs, ils continuaient et ils insistaient. A croire qu'ils avaient le cerveau logé dans la biroute ! Et puis aussi, face aux Gaulois comme toi, ils se la jouaient 100 % Arabica, 100 % *muslim*. Ils adoraient les propos de tous ces imams qui disaient que, quand une femme se fait violer, c'est elle la coupable. La virginité de leurs sœurs, j'en parlerai pas. Il fallait pas qu'elles la perdent ! En revanche, eux, ils pouvaient s'en débarrasser quand ils le voulaient, de leur pucelage. Ça les dérangeait pas ! Crois-moi, j'ai connu des sacrées crasses dans ma vie. Et si j'avais pas eu

Abby pour me soutenir, je ne serais sans doute pas là pour te raconter mon histoire.
- Vraiment ? Au juste, comment vous êtes-vous rencontrées toutes les deux, à part le fait que vous étiez dans le même lycée ? Qu'est-ce qui vous a rapprochées exactement ?
- Je te laisse poser cette question à Abby. Elle saura te renseigner. Moi, je n'ai pas envie : ça m'évoque des souvenirs beaucoup trop sombres. En tout cas, sache qu'Abbigaëlle, c'est vraiment ma sœur, même si ce n'est pas une vraie humaine. On a tout partagé ensemble, tout : les mêmes joies, les mêmes fous rires, les mêmes peines, les mêmes bouquins... On a fait les mêmes études, exactement les mêmes études. Et elle, la juive hérétique, elle comprend très bien que je veuille être une héritière des princesses puniques et pas une beurette en tchador. »

Le jeune mage n'insista point : derrière le non-dit, il croyait avoir deviné l'événement que Kahina préférait maintenir dans l'ombre (quoiqu'il n'en fût pas absolument certain). Il aurait bien aimé prolonger cette conversation sur d'autres sujets, notamment sur l'existence que les deux femmes avaient menée auprès de Kara Shirin et sur les adversaires qu'elles combattaient, mais il dut très vite y renoncer : sans le moindre avertissement, Salomon déboula dans la chambre pour prendre le relais de Kahina. Lui aussi avait fini son service à la boutique, et il prenait maintenant son tour de garde. La jeune Punique lui céda son rôle de bonne grâce, tandis que le devin réprimait difficilement sa déception.

La journée suivante apporta vite le prolongement tant désiré. Le lendemain de ce mercredi, toujours en fin d'après-midi, Ignace eut la chance d'être gardé par Abbigaëlle, alors qu'il achevait son travail. Dès qu'il eut envoyé son dernier procès-verbal à PV Express, il sauta sur l'occasion pour évoquer la conversation de la veille et s'enquérir des circonstances exactes qui avaient scellé la relation des deux amies. Il ne fit pas mystère de la gêne de Kahina et de son silence obstiné. En retour, Abbigaëlle lui décocha un sourire ironique, qui fit resplendir ses quenottes miniatures. « Ça ne m'étonne pas que cette brave Kahinette n'ait pas voulu s'épancher là-dessus, dit-elle. Tu sais, tu ferais de même, si tu étais une femme.
- Elle a été violée, n'est-ce pas ? demanda Ignace.

- Presque. En tout ça, ça a failli. J'ose pas imaginer dans quel état elle serait, si j'avais pas été au bon endroit à ce moment-là.
- Raconte. Que s'est-il passé exactement ?
- Rien de bien croustillant. Juste une scène de machisme ordinaire comme on en voit beaucoup chez certaines populations. Kahina et moi, on était dans le même lycée, un lycée général, mais d'un standing très maigre et fréquenté par une faune pas très reluisante. Il y avait beaucoup de racaille là-dedans, des wesh-weshs d'origine marocaine et algérienne, le genre de gars qui se vantaient volontiers d'être musulmans, histoire de se distinguer des Gaulois comme toi. En fait, pour eux, l'islam, c'étaient surtout trois choses : cracher sur les Gaulois, insulter les juifs et réduire toutes les femmes à un trio de trous pour leur bistouquette. Je peux te jurer qu'ils leur menaient la vie dure, aux pauvres filles... Cette malheureuse Kahina ! Ils se déchaînaient contre elle, ils la harcelaient à un point, je ne te dis pas... Tout ça parce qu'elle avait une grosse poitrine ! Moi, en revanche, ils me foutaient la paix. Comme j'étais plate comme une crêpe, j'attirais pas les garçons ; et puis, mes oreilles pointues et mes quenottes bizarres, ça achevait de les faire débander. En revanche, je subissais de leur part d'autres emmerdes, que tu connais déjà. Bref, un jour, après les cours, alors que j'étais en 2nde, j'étais allée aux toilettes du lycée. Là, j'ai entendu des gémissements dans un des cabinets, des gémissements bien plaintifs. Je me suis précipitée, j'ai ouvert la porte. Tu sais ce que j'ai trouvé autour de la cuvette ? Cette pauvre Kahina avec deux wesh-weshs. Ils l'avaient bâillonnée et attachée à un tuyau. L'un la retenait et lui avait enroulé un foulard autour du cou, histoire de l'étrangler si elle résistait. L'autre... Si tu veux tout savoir, ils lui avaient soulevé son pull, arraché son soutif et baissé son pantalon. En fait, ils voulaient la doigter. Naturellement, ils n'ont pas apprécié que j'interrompe leur petit jeu. Je me souviens très bien de leurs amabilités : "Hé ! Casse-toi, la feuj aux oreilles en pointe !" qu'ils m'ont dit ; "Laisse-nous tranquilles !" ; "Tu veux qu'on te coupe les fesses, toi qu'as déjà pas de seins ?" Moi, mon sang n'a fait qu'un tour. Je me suis déchaînée. Je les ai frappés avec mon cartable, avec mes pieds, avec mes poings... De la vraie rage de berserk ! J'ai même sacrément bien visé : en plein dans les burnes. Ça les a démontés. Ah ! Ils en ont souffert, vachement souffert. L'un, c'est à peine si je l'ai

pas assommé contre la cuvette des chiottes. L'autre, celui qui s'apprêtait à doigter Kahina, je l'ai couché par terre et j'ai plongé ma main dans son slip. Je lui ai agrippé les roubignoles avec une de ces poignes ! C'est à peine si je les lui ai pas tordues. Le pauvre wesh... Il en chialait, il en appelait même sa maman. En tout cas, ils ont déguerpi tous les deux comme des lièvres, comme des lâches, et moi, j'en ai profité pour libérer Kahina et pour la rhabiller. La malheureuse ! Elle en était tellement choquée qu'elle en pleurait à grosses gouttes. Moi, j'étais remuée jusqu'aux tripes. A cette époque, je la connaissais déjà un peu – on était dans la même classe –, mais c'était pas encore une amie. On s'est dépêchées toutes les deux de sortir du lycée, puis, quand on est arrivées dans un endroit sûr, elle m'a remerciée de son mieux et elle m'a raconté son histoire. Les gars qui l'avaient agressée, ils n'en étaient pas à leur coup d'essai : ils l'avaient déjà pelotée de force dans les WC, mais sans aller jusqu'à la pénétration. Là, ils avaient décidé de passer à la vitesse supérieure. J'ai promis à Kahina que jamais ils recommenceraient, jamais ! Depuis ce jour-là, on ne s'est jamais quittées toutes les deux. On a pris l'habitude de tout partager. On est devenues deux sœurs, vraiment deux sœurs, nous qui étions les deux marginales rejetées par les autres. Et ensemble, on est devenues fortes, assez fortes pour résister à ceux qui nous détestaient ou qui nous méprisaient.

- Mais... les voyous que tu avais rossés, n'ont-ils pas cherché à se venger par la suite ? Quand même, ce genre d'individus aurait pu rameuter une dizaine de lascars contre vous deux.

- Oh non ! Ils n'y ont jamais pensé. Ils avaient subi une humiliation trop cuisante. Pour des petites frappes d'origine algérienne, se faire rosser par une femme, et par une juive en plus, c'était trop. Leur honneur était grillé. Ils ont jamais osé se plaindre à leurs potes. Quant à moi... Ce jour-là, j'ai vraiment découvert que j'étais forte et que, si on m'emmerdait ou si on emmerdait mes amis, je savais très bien rabattre les caquets et broyer les coucougnettes. »

Ignace scruta longuement la femme marsupiale, un léger frisson dans l'échine. De fait, avec sa taille relativement haute, elle avait de quoi impressionner. Ses épaules n'étaient certes pas très larges, mais ses cuisses galbées paraissaient solidement musclées sous son pantalon. Elles avaient de quoi donner de robustes coups de tatane. Cela inspirait le respect. Pourtant, à cette pensée peu engageante se mêla bientôt une autre, incongrue mais trop plaisante pour être réfrénée. Les yeux du jeune mage ne parvenaient pas à se détacher des jolies jambes. De nouveau, l'odeur du désir lui embrumait la tête. Le ventre rebondi au-dessus de la ceinture, le souvenir de l'étrange poche aux contours si soyeux ne faisaient qu'attiser ce trouble. Presque inconsciemment, il demanda : « Kahina et toi, avez-vous... avez-vous connu l'amour ?

- Pff..., soupira Abbigaëlle, tu as vraiment le chic pour dire des énormités, toi. Sincèrement, tu crois que Kahina a envie de coucher avec les hommes, alors qu'elle a failli se faire violer ? Elle se méfie du désir masculin presque comme de la peste. Quant à moi, j'ai jamais eu d'aventures amoureuses, pour une raison très simple : le seul mâle marsupial que j'aie jamais croisé, c'est mon frère. De leur côté, les mâles placentaires ne m'ont jamais couru après, car ils réagissent essentiellement à la vue des nénés. Or comme je n'ai pas de seins... Je ne peux pas les attirer ! Mon père adoptif était vraiment une exception. Je sais très bien qu'il a couché avec ma mère. Mais encore aujourd'hui, je me demande un peu comment il a fait pour la désirer autant qu'une femme placentaire, malgré sa poitrine sans seins. En tout cas...

- En tout cas ?
- Je ne suis pas comme Kahina. Ce manque d'amour ne semble pas lui peser beaucoup. Moi, ça me pèse. Ça me pèse franchement.
- Pourrais-tu m'en dire plus ?
- Je voudrais fonder une famille. Seulement, je ne sais pas si je trouverai un jour un homme marsupial qui pourrait me féconder. D'un autre côté...
- D'un autre côté ?
- Je ne sais pas. Ça va paraître idiot sur le fond, mais je préférerais élever mes enfants avec un homme placentaire. C'est vrai, c'est absurde, car les marsupiaux et les placentaires ne peuvent pas se reproduire ensemble, mais... Ça doit être l'influence de mon histoire personnelle, le fait que mon père adoptif était un homme normal. En fait, j'aimerais avoir un compagnon placentaire auprès de qui je pourrais tout partager en toute confiance, y compris ma nature de marsupiale, comme ma mère a pu le faire. C'est tout. Ça doit refléter une idée bizarre que j'ose pas

avouer, peut-être le rêve d'un monde où les deux espèces d'hommes vivraient en harmonie et où les mâles placentaires accepteraient d'élever des petits marsupiaux comme leurs propres gamins. Au fond, moi aussi, j'ai un *dream*. »

Pour toute réponse, Ignace la scruta d'un regard perplexe. « Et avec Kahina... ? finit-il par articuler. Vous n'avez jamais été que des amies, ou est-ce que... ?

- Tu collectionnes vraiment les perles aujourd'hui, répondit la jeune marsupiale en lui décochant une tape sur le dos. Bon ! Je vais tout te dire *cash* : on n'est pas gouines. Alors oui, on a dormi ensemble, oui, on s'est déjà mises toutes nues l'une devant l'autre, oui, on a pris plusieurs fois des douches ensemble – et même des bains –, et oui, on s'est amusées à découvrir tout ce qui nous distinguait. Mais on n'est pas gouines. Il faut que tu comprennes quand même que, pour une femme placentaire, c'est stupéfiant de découvrir qu'il y a aussi des femmes sans seins et avec une poche sur le ventre. Mon anatomie, elle a bien éberlué Kahina. Mais on ne s'est jamais gougnottées. On est juste amies. Alors, s'il te plaît, pas de fantasmes déplacés ! De toute façon, je ne vois pas comment on pourrait s'adonner à ce genre de gaudriole. Depuis qu'on est entrées au service de Kara Shirin, on a bien d'autres chats à fouetter, des chats d'ailleurs sacrément agressifs que je voudrais pas que tu croises à nouveau. »

Le jeune mage se saisit aussitôt de cette allusion pour éclaircir un mystère qui le préoccupait depuis un bon moment : comment Kahina et Abbigaëlle s'étaient retrouvées affectées à la protection de cette étrange bégum apparemment surgie de nulle part. « Oh ! répondit la jeune femme. Ça s'est fait totalement par hasard. Kahina et moi, on avait fait les mêmes études : BTS et licence pro en métiers du livre. Il faut dire que, toutes les deux, on adorait les bouquins. Nous avions donc suivi ce parcours et ça aurait pu nous donner des métiers décents. Manque de bol ! Pendant les premières années de notre vie active, on n'a connu que des CDD et des périodes de chômage.

- Mais pourquoi ? demanda Ignace. Vous n'étiez donc pas assez qualifiées pour obtenir de bons postes ?

- Oh que si ! Seulement, on a été victimes de deux choses. D'abord, la crise de l'industrie du livre, à cause de la télé, des jeux vidéo, d'Internet et de tout le tralala. Ensuite, les discriminations à l'embauche. Qu'est-ce que tu veux ? Les patrons de souche gauloise, ils préfèrent engager des petits Gaulois comme eux plutôt que des filles d'outre-Méditerranée.

- Euh... Au risque d'être indélicat, tes paroles m'étonnent un peu. Que ton amie Kahina ait subi de telles discriminations, ce n'est pas très stupéfiant dans la France contemporaine, mais que toi aussi... Je croyais pourtant que les Gaulois avaient cessé d'être antisémites.

- Mais il ne s'est même pas agi d'antisémitisme ! Tu sais ce qu'on a prétendu pour justifier ma propre discrimination ? Que j'avais pas une tête à m'appeler Abbigaëlle et que je n'étais donc probablement pas une juive, mais qu'en tout cas, je devais sûrement être une parfaite métèque. Ah ! Les connards ! Heureusement que Kara Shirin soit passée par là ! Elle n'est pas angélique pour deux ronds, mais, au moins, elle n'a pas ce genre de préjugés.

- Depuis combien de temps vous emploie-t-elle, Kahina et toi ?

- Un peu plus d'un an. Au départ, elle nous a alpaguées dans un petit café de Pantin où on était allées s'offrir une limonade. Certes, à cette époque-là, on tirait un peu le diable par la queue toutes les deux, mais bon ! Il fallait quand même s'offrir des petits plaisirs de temps en temps. A mon avis, ça faisait déjà un bon moment qu'elle nous avait repérées. Seulement, nous ne nous en étions pas aperçus. Officiellement, elle recherchait deux vendeuses pour sa boutique de DVD dans la rue du Faubourg Saint-Denis. Officieusement, c'était un autre job qu'elle avait à nous proposer. Au moins, elle nous a tout dit *cash*, une fois qu'on a été à l'abri des oreilles indiscrètes. Nous, on a accepté, d'abord parce que le boulot payait bien, ensuite car cette patronne-là ne nous reprochait pas nos origines étrangères, et enfin car on est des teigneuses, Kahina et moi. Jouer les gorillettes, ça ne nous dérangeait pas du tout. On a très vite montré à Kara Shirin qu'il ne fallait pas nous marcher sur les pieds, surtout quand on porte un zizi et une paire de roubignoles. »

Ignace pria la jeune femme de se montrer plus explicite. « Tu veux une anecdote amusante ? répliqua-t-elle. Eh bien, le premier jour de notre engagement comme dames de compagnie, Kara Shirin nous a demandé de nous battre à mains nues contre son duo exotique, les inénarrables Vijay et Daniel. Crois-moi, ils en ont dégusté, malgré leurs biscotos ! C'est vrai, on s'est est tirées toutes deux avec des bleus, mais on leur a aussi fait de sacrés crocs-en-jambe et leur a bien comprimé les balloches. Ils ont eu beau se défendre, ils ont dû abandonner : ils tenaient trop à préserver leur service trois pièces. Kara Shirin en était estomaquée. Au moins, ça l'a convaincue qu'elle pouvait nous accorder une confiance sans limites. La suite... Je n'ai pas besoin de m'y attarder. Tu devineras sans peine que notre formation de vendeuse a essentiellement consisté en une bonne initiation aux arts martiaux et en de multiples séances d'entraînement au tir, dans les caves de la maison de la butte aux Cailles et dans la ville de notre patronne à la campagne. Les cours sur l'art de refiler des DVD bollywoodiens, ça n'a été que la portion congrue.

- Attends ! demanda le jeune mage. Ta maîtresse possède donc une autre propriété en dehors de Paris ?
- Bien sûr ! C'est dans l'Oise, en pleine cambrousse. On y accède par un chemin de terre qui se sépare d'une petite route goudronnée. Crois-moi, on y est bien à l'abri des regards indiscrets. J'ai pu m'y entraîner tout mon soûl au maniement du pistolet, sans aucun permis de port d'arme. Si des promeneurs m'ont entendue, ils ont dû croire que je chassais juste de pauvres lapins. En tout cas, ça m'a permis de devenir une vraie experte du pétard. Loger une balle dans une tête, ça n'a aucun secret pour moi. Mais je le fais que pour me défendre, jamais pour attaquer, et surtout jamais par plaisir. »

La grimace qui tordit les traits du devin montra clairement que cette profession de bonnes intentions ne le convainquait qu'à moitié. Abbigaëlle en prit ombrage. « Hé ! lança-t-elle, tu ne vas pas faire ton non-violent de pacotille, avec les grands principes irréalistes du genre : "Tu ne tueras point, même en cas de légitime défense", et tout le tintouin. Tu sais, si tu n'avais pas croisé deux nanas assez hardies pour faire sauter des cervelles, tu croupirais en ce moment dans un cachot entre les griffes d'Irnerius de La Vieuville. Je pense pas qu'il t'aurait déjà sacrifié au phono, vu que tu n'as pas l'air très doué pour le trouver, mais, à mon avis, il ne t'aurait pas accordé toutes les douceurs qu'on t'offre. Avec lui, tu en aurais sans doute tâté tous les jours, du chat à neuf queues.

- Justement ! s'écria le jeune mage soudain ramené à des soucis plus prosaïques. Qui est Irnerius de La Vieuville ?
- Tu veux vraiment le savoir ? » demanda la femme marsupiale.

Ignace acquiesça. « Alors, je vais te dire tout ce que je sais, moi, commença Abbigaëlle. Mais je te préviens : ça reste limité. D'après ce que m'a raconté Kara Shrin, Irnerius de La Vieuville est un col blanc entre trente et quarante ans, un *golden boy* héritier d'une vieille famille de la noblesse française. Dans le civil, il travaille comme consultant et expert-comptable. Il habite en dehors de Paris, au-delà du périphérique, et il aurait même trois résidences : deux en banlieue et le château de ses ancêtres en province. A cela s'ajoute un repaire secret, dans les ruines du fort d'Aubervilliers. Es-tu déjà allé te promener là-bas ?

- Jamais.

- Eh bien, tu n'as pas intérêt à essayer, car c'est dans ces ruines que crèchent les gaillards qui ont tenté de t'enlever il y a quelques jours.

- Mais... qui sont ces gens ?

- Les serviteurs d'Irnerius, les gars qui le protègent et qui exécutent ses basses besognes. Quand ils ne sont pas de sortie, ils se terrent dans des caves sous le fort d'Aubervilliers. Une partie d'entre eux est aussi employée à dissimuler les activités pas très catholiques de leur maître. En fait, au cœur des ruines du fort, il y a une entreprise qui vend des voitures d'occasion : Ideal Car. C'est une entreprise tout à fait en règle officiellement. Seulement, son patron doit être acoquiné avec Irnérius, car il y a plusieurs mecs comme ceux qui t'ont agressé dans son personnel.

- Dis-moi tout ! Ces individus, est-ce que ce sont des hommes ? J'entends par là des hommes vivants. »

Ignace passa en revue tous les détails ahurissants et irrationnels qu'il avait relevés chez ces mystérieux bandits : leur démarche mécanique, leurs visages sans expression, leur regard vide, leur extraordinaire capacité à ne pas mourir et à se régénérer, même après les plus effroyables mutilations, et aussi le port de ces oreillettes qui semblaient leur dicter leurs propos lorsqu'ils parlaient. Il n'omit pas non plus les renseignements qu'il avait puisés sur la Toile sur l'âge apparemment beaucoup trop avancé de leurs restes. Pour toute réponse, Abbigaëlle lui décocha un sourire empreint d'ironie. « Franchement, ça m'étonne beaucoup que tu sois si perplexe, dit-elle enfin. Toi qui as fait des études de magie, tu aurais dû reconnaître à qui tu avais affaire.

- Ce sont des zombies, n'est-ce pas ? hasarda Ignace.

- Ouais, on va dire ça. Disons que ça devait être des hommes autrefois, mais que, maintenant, ça ressemble plutôt à un mélange entre des cadavres embaumés sur pattes et des robots tueurs en silicone. Quant à savoir comment et quand ils ont viré zombies, alors là, je jette l'éponge ! Tout ce que je sais sur eux, c'est ce sur quoi Kara Shirin m'a briefée et ce que j'ai pu observer, chaque fois que je les ai rencontrés en face.
- Tu les avais déjà affrontés, avant la nuit de mon enlèvement ?
- Oui. Je les avais déjà croisés plus souvent qu'à mon tour, toutes les fois où je t'avais suivi en douce, de loin, pour veiller à ta sécurité et empêcher Irnerius de te mettre déjà le grappin dessus. Lorsque j'accomplissais ces missions sur l'ordre de Kara Shirin, en général, je finissais toujours par repérer un de ces drôles de revenants qui était également là, dans un coin en retrait, à te guetter. Crois-moi, c'était pas la joie. Je devais le surveiller et l'empêcher d'intervenir, au cas où il serait passé à l'attaque. Parfois, il m'apercevait à son tour et alors, ça devenait de la dinguerie : on se contemplait de loin comme des chats qui vont se battre. C'était à celui qui décamperait le premier. Dans ces moments-là, j'avais pas seulement peur pour toi : je craignais aussi pour moi. A deux reprises, j'ai même dû sortir les griffes, et je m'en suis tirée. Franchement, je vais pas rejoindre ceux qui prônent la vente libre des flingues et des pétards, mais, ces jours-là, j'ai été heureuse d'avoir mon joujou sous mon blouson. »

Elle hissa son revolver à hauteur de son visage et l'examina sous toutes les coutures, une chaude lueur de reconnaissance dans le regard. « Ça a été les premières fois que je faisais exploser des cervelles, continua-t-elle. Ces soirs-là, j'ai vérifié en *live* si j'avais bien retenu les leçons chez Kara Shirin. Le comble, c'est que je ne les avais même pas tués, mes agresseurs : quand je me suis barrée, leurs crânes commençaient déjà à repousser.
- Comme ce que j'ai vu la nuit où tu m'as sauvé, intervint le jeune mage. Je m'en rappelle... C'était... dégueulasse ! On aurait cru qu'une méduse rosâtre se gonflait à l'emplacement de leur cerveau.
- Ils sont sacrément coriaces, hein ? Il faut reconnaître qu'ils ont une capacité de cicatrisation hors du commun. Si tu n'en es pas conscient quand tu les affrontes, tu es cuit.

- Mais comment les vaincre ? Surtout, peut-on les tuer ?
- Les tuer ? Alors là, tu vises le jackpot, toi ! A défaut de les zi-gouiller, on peut au moins les mettre provisoirement hors de combat, le temps de se carapater. C'est déjà pas mal. Pour ça, il n'y a pas quatre chemins : il faut tirer dans le crâne, dans la nuque, dans l'échine ou dans les jointures, de façon à leur cou-per les membres ou les nerfs. Ça les paralyse. Le temps que ça repousse, on a un répit. Quant à les mettre définitivement hors d'état de nuire... Il y a quand même un moyen : les brûler. A dé-faut, on peut aussi leur dissoudre le cerveau et la moelle épi-nière à l'acide ou à la soude. En fait, leur pouvoir de régénéra-tion semble vraiment provenir des nerfs... »

Abbigaëlle s'interrompit soudain devant l'expression d'horreur qui torturait la face du jeune mage. Un instant, elle craignit que sa description n'eût excédé les bornes du répugnant. Ignace s'efforça de l'en détromper, par pure politesse, mais il n'y réussit point. La jeune marsupiale tenta d'orienter la conversation sur un sujet plus léger, mais elle y renonça bientôt devant la lueur à la fois perplexe et impatiente qui s'était allumée derrière les grosses lunettes de son interlocuteur. « Qu'est-ce qui te tracasse ? demanda-t-elle. Tu es encore sous le choc ?

- Non, répondit le devin. En fait, ce qui me perturbe, c'est que ces revenants m'ont parlé. Ce n'est pas normal. A l'Institut libre de thaumaturgie, on m'avait enseigné que les zombies sont muets. Votre Irnerius de la Vieuville n'agit pas seul, c'est évident. Qui est avec lui ? Qui peut bien parler par l'intermédiaire de ces créatures ?
- Je ne sais pas, rétorqua Abbigaëlle, pensive à son tour. Sur le fond, tu ne m'apprends rien. A moi aussi, ils ont fait la causette, ces braves zombies. Je m'en souviens très bien. C'était le deuxième soir où je me suis battue. J'en avais descendu deux. Avant de me tailler, je les avais regardés quelques secondes, en train de giser dans leur gelée rosâtre. L'un n'avait presque plus de tête. L'autre avait le crâne en compote, mais il avait encore un œil et son écouteur. Eh bien, il me contemplait, l'animal ! Et il m'a dit : "Pauvre sotte ! Si tu savais... Si tu savais..."
- Savoir quoi ?
- Aucune idée. J'ai déguerpi. Mais il est clair qu'Irnerius n'est pas tout seul. Sur ce point, je pense comme toi. Il doit y avoir un autre zig avec lui, quelqu'un qui parle à travers ces vulgaires

marionnettes de bidoche. Mais deviner qui c'est... Là, c'est vraiment la question à 10 000 euros !

- Kara Shirin ne t'a jamais rien dévoilé là-dessus ?
- Non, rien du tout ! En fait, il y a plein de trucs sur lesquels elle ne veut rien nous dire. Du coup, moi aussi, je lui fais des cachotteries. Par exemple, je ne lui ai jamais parlé de mon petit échange avec les larbins du sieur de La Vieuville.
- Mais sais-tu au moins pourquoi ce mystérieux *golden boy* convoite ce phonographe et ce disque magiques ?
- Eh bien non ! Et je ne sais pas non plus pourquoi ma chère patronne en a besoin. En fait, tout comme toi, j'ignore les prodiges exacts qu'on peut faire avec ces objets.
- Mais ce n'est pas sérieux ! Elle ne peut pas vous employer sans vous expliquer le but exact de sa quête.
- Et pourtant si ! Crois-moi, personne ici dans le gang ne sait pourquoi ce fichu phono et ce fichu disque obsèdent Kara Shirin. Ni moi, ni Kahina, ni aucun autre membre. Et pareillement, aucun d'entre nous ne sait pourquoi Irnerius de La Vieuville est son rival et son ennemi. En fait, quand elle nous a embauchés, elle nous a juste expliqué que ce vilain bonhomme ne l'aimait pas, qu'il recherchait la même chose qu'elle, qu'on devait la protéger dans ses propres recherches et, surtout, qu'elle adorait au plus haut point les collaborateurs qui obéissaient avec docilité sans poser de questions, juste pour le principe d'obéir. Tu vois par là que, même si nous, on te garde, on n'est pas logés à une enseigne très différente de la tienne.
- Et vous vous satisfaites donc tous de cette condition : plier l'échine sans même vous interroger sur ce que votre patronne mijote dans votre dos ?
- Ben oui ! *Primo*, elle paye bien. *Secundo*, on est loyaux. *Tertio*, on n'est pas des fouineurs dans l'âme. Enfin, cette philosophie-là... ça vaut surtout pour les autres, car Kahina et moi... ça nous titille quand même, les manigances secrètes de la Kara Shirin. Ouais, on aimerait bien savoir ce qu'elle trame. Le hic, c'est qu'on peut pas. Du coup, on se résigne. En fait, on n'est pas d'accord avec ses consignes, mais on n'en laisse rien paraître. On est quand même ses dames de compagnie... »

Le jeune mage brûlait d'envie de prolonger encore cette conversation aussi passionnante qu'instructive, mais il en fut empêché par l'irruption soudaine de Kahina, qui avait fini son service dans la boutique de films. Contrairement aux précédentes soirées, elle affichait un minois grave et semblait peu encline à discuter. La raison de son anxiété fut vite connue : poussée par un étrange caprice, Kara Shirin avait décidé de se rendre plutôt à l'appartement d'Elias et d'avancer l'heure de la séance d'évocation. Officiellement, il ne lui plaisait guère d'attendre le cœur de la nuit pour regagner ses pénates de la butte aux Cailles et jouir enfin d'un sommeil réparateur. Si Ignace voulait quand même engloutir quelques friandises avant de passer lui-même à la casserole, il avait intérêt à se hâter. Le devin suivit donc ses geôlières pour se restaurer en catimini avec les victuailles qu'elles lui avaient achetées, reportant à plus tard sa quête de renseignements sur les mystères de sa ravisseuse. Tout bien considérée, cette contrariété n'en était pas une : s'il parvenait ce soir-là à localiser le phonographe, il retrouverait sa liberté et les affaires inavouables de Kara Shirin ne le concerneraient plus ; s'il échouait encore une fois, il était néanmoins assuré d'obtenir rapidement des réponses à certaines questions sur la bégum qui avaient germé dans son esprit dès le premier jour, mais qu'il n'avait encore jamais osé formuler. En effet, il savait désormais que, même si elles n'étaient pas des amies, ses gardiennes ne perdraient aucune occasion avec lui d'échapper subrepticement à l'autoritarisme abusif de leur patronne en se laissant aller à quelques indiscrétions dans son dos.

Chapitre XI : La Persévérance récompensée

Comme les jours précédents, la tentative d'évocation du phonographe se solda par un ratage, Ignace se retrouvant encore bloqué devant la sinistre porte souterraine. Bien qu'elle bouillonnât intérieurement telle une cocotte-minute, Kara Shirin garda un masque impassible et donna poliment congé à tout le monde après ce fiasco. Le jeune mage n'eut pas le loisir de méditer sur le temps pendant lequel elle se contiendrait encore avant de craquer, car il s'endormit tout de suite, dès que ses deux geôlières l'eurent bordé.

Le lendemain lui apporta d'abord un peu de répit. Pour ce vendredi, PV Express l'avait chargé d'une mission auprès du comité d'entreprise d'une société pharmaceutique établie à Boulogne-Billancourt, non loin du périphérique. La réunion à couvrir commencerait en début d'après-midi. Conformément aux principes que la bégum avait fixés dès le début de sa captivité, Ignace put s'y rendre, mais sous la solide escorte de Kahina et d'Abbigaëlle qui avaient été spécialement délivrées de leurs obligations de service dans la boutique de DVD. Bien que ce fût de la pure liberté surveillée, il ne s'en formalisa point : l'enfermement entre les murs de l'appartement du vieil Elias commençait à lui peser. Il aspirait à sentir de nouveau sur ses joues la suave caresse de l'air extérieur – même si ce dernier grouillait d'une foule de toxines complaisamment crachées par les voitures et les motos.

Pendant tout le trajet en transports en commun du XIXe arrondissement jusqu'à Boulogne, la joie de la permission l'emporta sur l'angoisse de croiser les étranges revenants du non moins ténébreux Irnerius de La Vieuville. Certes, le jeune mage n'avait pas oublié ces redoutables rôdeurs, mais il faisait confiance aux yeux perçants de ses geôlières et à leur promptitude à dégainer leurs armes puis à l'entraîner prestement dans un lieu sûr. De part et d'autre de lui, Kahina et Abbigaëlle ne soufflaient mot. En apparence, elles n'étaient que des passagères qui s'ennuyaient. En réalité, leurs sens aux aguets étaient plus tendus que ceux d'un caracal qui traque une pintade sauvage. De leurs prunelles sombres, elles ne cessaient de scruter tous les recoins du wagon et de détailler les visages et les gestes des passagers qui entraient et sortaient à chaque arrêt de la rame. De temps à autre, leurs aisselles se contractaient discrètement sous leurs blousons à la fermeture éclair montée jusqu'au col, pour savourer la présence réconfortante des harnais qui soutenaient leurs revolvers. Ces armes étaient suffisamment menues pour ne former aucune bosse suspecte sous le cuir. Dans leurs barillets dormaient six balles cisaillées en croix, prêtes à s'élancer dès qu'il le faudrait pour déchiqueter des cervelles d'outre-tombe. D'autres cartouches attendaient patiemment de servir à leur tour dans de petites boîtes habilement dissimulées dans les poches de leurs pantalons. Cependant, nulle menace ne se profilait dans le wagon. Parmi les voyageurs qui s'y introduisaient, aucun ne se signalait par une raideur mécanique ni n'associait à une paire de lunettes le port d'un étrange accessoire au creux de l'oreille. Les seuls écouteurs repérables étaient ceux de vulgaires baladeurs. Quant aux lunettes, qu'elles fussent teintées ou simplement correctrices, elles n'appartenaient qu'à des frimeurs ou à des individus malchanceux qui avaient réellement besoin d'améliorer leur vue.

C'était un bien curieux spectacle que celui de ce jeune homme blond platine au teint blafard et aux lunettes comme des hublots, boutonné dans son élégant costume trois pièces, entre ces deux femmes à la peau sombre, aux cheveux plus noirs que de l'obsidienne, à la tenue rustique et négligée et dont l'une d'elles semblait avoir perdu les attributs par excellence de la féminité. Certains passagers s'en amusaient sous cape, tandis que d'autres se focalisaient surtout sur l'étrange apparence de la jeune juive, une lueur d'apitoiement ou de perplexité dans le regard devant ses drôles d'oreilles, sa poitrine plate et ses canines rabougries qu'elle ne manquait pas d'exhiber, chaque fois qu'elle bâillait. La plupart toutefois demeuraient indifférents, tant ils étaient absorbés par les innombrables soucis de leur vie quotidienne. Kahina et Abbigaëlle s'en réjouissaient : avec la sourde menace des assassins d'outre-tombe, elles ne souhaitaient pas être importunées de surcroît par toutes sortes d'inconnus plus ou moins indiscrets.

Finalement, le trio atteignit Boulogne-Billancourt et put regagner l'air libre. Marcher jusqu'à l'immeuble où se réunissait le client de PV Express ne prit qu'une dizaine de minutes. Là encore, nulle alerte ne surgit à l'horizon, mais Ignace se sentit pourtant moins rassuré que dans le train. Son angoisse monta d'un cran lorsque Kahina s'esquiva dans une rue adjacente, après que tous furent parvenus devant le bâtiment. Il ne comprenait pas quelle mouche la piquait. Abbigaëlle s'empressa de lui expliquer qu'elle partait simplement garder une petite porte derrière l'édifice, petite porte qui en constituait l'une des seules issues, l'autre étant l'entrée principale. Ce disant, elle le poussa dans le grand hall en lui recommandant de se rendre le plus vite possible à sa mission, afin de ne pas être repéré de l'extérieur ; quant à elle, elle l'attendrait depuis un bistrot en face de l'immeuble, d'où elle jouirait d'un excellent poste de guet. Le jeune mage ne se fit pas prier et après avoir pris un badge auprès de l'hôtesse d'accueil, il se dépêcha de franchir les tourniquets censés retenir les intrus. A cause de sa myopie incorrigible, il ne remarqua point la lueur d'inquiétude qui scintillait dans les yeux d'Abbigaëlle ni le bref geste de la main qui trahissait, chez la jeune marsupiale, une certaine hâte de le revoir.

Le comité d'entreprise qui requérait ses services l'accueillit avec une franche cordialité. Pour affûter son énergie à prendre des notes, les représentants du personnel lui offrirent trois généreuses rasades de café, dans une tasse en faïence et non dans un trivial gobelet en plastique. Malheureusement, cette sollicitude était à double tranchant. La réunion portant sur de très nombreux sujets dont plusieurs particulièrement polémiques (un plan de licenciements et ses conséquences), elle s'avéra très longue, voire assez interminable. En outre, elle ne s'interrompit que rarement, la passion qui animait les débats n'incitant guère les participants à réclamer des pauses. Très vite, Ignace s'aperçut que la bienveillance qu'on lui avait témoignée visait surtout à garantir qu'il resterait opérationnel jusqu'au bout. L'ennui ne tarda pas à s'emparer de lui, d'autant plus que les acteurs qui s'agitaient dans la salle ne faisaient que rejouer une comédie qu'il avait déjà vue cent fois dans le monde de l'entreprise : la direction qui préférait restructurer la société et supprimer des emplois essentiellement pour satisfaire certains de ses actionnaires, alors qu'elle aurait parfaitement pu faire croître le chiffre d'affaires tout en étoffant les effectifs ; et les pauvres représentants du personnel qui tentaient de proposer des solutions alternatives, mais ne recueillaient qu'une écoute faussement attentive, d'une oreille distraite.

Peu à peu, les heures s'écoulaient. L'engourdissement et la douleur envahissaient ses doigts. Surtout, l'appréhension revenait en force dans son esprit. Dans cet immeuble de bureaux, il se savait parfaitement à l'abri des émissaires du sinistre Irnerius. Mais qu'en était-il de ses « bienfaitrices » ? Avaient-elles fait de mauvaises rencontres ? En cet instant précis où il pianotait docilement sur son ordinateur, ne gisaient-elles pas dans leur sang au pied des tables de bar où elles s'étaient assises ? D'un coup, les débats qu'il couvrait lui parurent bien futiles. Son âme pria pour que tout s'arrêtât. Comme il regrettait de ne disposer d'aucun moyen de communiquer avec ses gardiennes, ne fût-ce que pour apaiser ses craintes !

La réunion ne se termina qu'à 19 heures 30, alors que la nuit était déjà tombée. Ignace se dépêcha de quitter le bâtiment. Par bonheur, à peine fut-il sorti dans la rue qu'Abbigaëlle accourut vers lui. Elle lui avoua avoir conçu elle aussi des angoisses à force de ne pas le voir reparaître, elle qui présumait initialement qu'il reviendrait dès 17 heures 30. C'était à peine si elle n'avait pas supposé que des sbires d'Irnerius s'étaient glissés dans l'immeuble et l'avaient capturé puis retenu dans quelque cave obscure. Elle lui confia aussi qu'avec le temps, les serveurs du café avaient commencé à la regarder d'un drôle d'air, bien qu'elle eût feint de se plonger dans un roman. Elle avait dû payer trois tasses pour ne s'attirer aucun commentaire soupçonneux.

Sur ces entrefaites, Kahina les rejoignit : dès qu'elle avait aperçu la silhouette d'Ignace à la grande porte, son amie l'avait avertie par radio de la fin de sa mission. Elle aussi était rassurée de retrouver le devin en parfaite santé. A présent, il leur fallait rentrer au bercail, mais l'heure tardive couplée à la longueur du trajet les aurait fait arriver au moment réservé par la bégum aux traditionnelles séances d'évocation. Abbigaëlle apaisa tout de suite la perplexité générale en indiquant qu'elle avait prévenu Kara Shirin de la durée inattendue de la réunion et que celle-ci avait autorisé ses deux dames de compagnie, exceptionnellement, à se restaurer en ville. L'essentiel était pour elles de ne pas laisser le prisonnier s'échapper et de le maintenir hors de portée des sbires de son rival. Quant à Ignace, il ne devait encore une fois rien absorber, toujours au motif que le parquet de l'appartement

ne pouvait en aucun cas être souillé par des vomissures. « Pff...,
siffla Abbigaëlle. Si elle croit encore qu'on va te laisser avec la
faim aux tripes... C'est pas parce qu'on est ses dames de
compagnie qu'on n'a pas le droit de la rouler de temps en temps
dans la farine. »

Aussitôt, le petit groupe se dirigea vers un estaminet situé
tout près de la station de métro où il était descendu quelques
heures auparavant. La femme marsupiale et la jeune Punique
commandèrent deux sandwiches aux rillettes de thon avec de la
salade, des carottes râpées et de gros cornichons, ainsi que de la
limonade et des tartelettes aux pruneaux en guise de dessert. De
son côté, Ignace se contenta d'une simple tarte aux pommes et
d'un thé, pour ne pas éveiller les soupçons de Kara Shirin par une
haleine parfumée et des hoquets intempestifs, mais ses
gardiennes lui offrirent quand même des morceaux de leurs
sandwiches, dans le but qu'il ne se privât pas trop. Il les avala
avec une profonde reconnaissance.

Rassuré par l'atmosphère chaleureuse tout autour de lui,
il tenta de les interroger sur une série d'énigmes qui
commençaient sérieusement à tarauder sa curiosité. Depuis
combien de temps Kara Shirin vivait-elle en France ? Comment
diantre était-elle arrivée à Paris ? Quelle était l'origine de sa jolie
fortune (car elle détenait indéniablement un confortable paquet
de sous, que son commerce de DVD bollywoodiens ne suffisait
pas à expliquer) ? Surtout, d'où lui provenait sa connaissance
parfaite du français ? A l'entendre, on aurait cru qu'elle avait
effectué toutes ses études en France. Malheureusement, aucune
de ces questions ne trouva de réponse. Kahina et Abbigaëlle
détournèrent toujours la conversation, préférant l'axer sur du
badinage et des plaisanteries, tout en conservant perpétuellement
un œil rivé sur les autres tables et sur l'intérieur du troquet. Le
devin insista, mais il renonça bientôt à sa quête en voyant la mine
de ses protectrices s'assombrir. « Ne gaspille pas ta salive, dit
Kahina. Sur certaines de tes interrogations, on n'est pas plus
renseignées que toi. Sincèrement ! Il y a des sujets sur lesquels la
patronne n'est franchement pas bavarde. Quant au reste... On va
quand même pas trahir sa confiance.
- C'est vrai ! renchérit Abbigaëlle. Il faut quand même garder un
  minimum de loyauté. »

Ignace se résigna.

Ce petit dîner ne dura guère plus d'une vingtaine de minutes. Sitôt les desserts achevés et les cannettes vidées, le trio regagna le XIXe arrondissement par le métro. Là encore, aucun incident n'émailla le trajet. C'était à croire, murmurait la jeune Punique, que les sbires du mystérieux Irnerius avaient décidé de se mettre en grève. La femme marsupiale lui conseillait de ne pas succomber à cette illusion réconfortante et de rester sur ses gardes : derrière cette apparente invisibilité se cachait peut-être un bien sinistre coup de chien.

Dans l'appartement, Kara Shirin les attendait de pied ferme, entourée de toute sa cour. Malgré ses indéracinables manières de grande dame, elle maugréait, vexée que les impondérables de son métier de rédacteur eussent soustrait Ignace à son désir avide. A peine entré, le jeune mage fut sommé d'un ton sec de se mettre immédiatement en transe pour traquer le phonographe. Il ne put même pas gagner sa chambre pour y ranger la mallette contenant son ordinateur. Naturellement, toute cette insistance ne servit à rien : l'évocation tourna encore au fiasco. Dans l'énigmatique souterrain situé on ne savait où, l'épaisse porte de bois refusa une nouvelle fois de s'ouvrir.

La bégum ne le supporta point. Dès qu'Ignace se fut effondré au milieu de ses symboles rituels, elle le saisit par le col de sa chemise et le força à s'asseoir sur le plancher, sans que ses dames de compagnie aient eu le temps de lui prodiguer les soins qu'elles lui accordaient d'habitude. « Monsieur Leclerc, lui susurra-t-elle à l'oreille alors que ses paupières s'ouvraient à peine et que la bave dégoulinait encore de ses lèvres, j'ai été patiente jusqu'ici, mais je commence à me lasser. En lisant vos annonces, je m'imaginais un prodige, un fabuleux Hercule capable de maîtriser les objets magiques comme autant de lions de Némée. Je m'aperçois maintenant que vous n'êtes qu'un piètre dompteur.

- Ce... ce n'est pas ma faute, bafouilla Ignace entre deux crachats, ses pupilles tellement brouillées par l'émotion qu'il en était presque aveugle. C'est... c'est ce phonographe. C'est Kali Mara... Il se dérobe... Il joue avec moi.

- Alors, montrez-vous plus malin que lui ! grinça Kara Shirin en lui secouant la tête. Vous êtes devin, que diable ! Normalement, vous connaissez les sorts capables de faire ployer sa volonté. Ou

avez-vous obtenu votre diplôme de l'Institut libre de thaumaturgie dans une pochette-surprise ? »

Le jeune mage voulut objecter que dompter un objet
possédé par le spectre d'un ensorceleur n'était pas toujours une
mince affaire, mais la bégum le renvoya sur le parquet d'une gifle
magistrale. Sous la violence du choc, il crut presque que sa joue
s'était déchirée contre ses dents. Autour de lui, personne ne
bougea. Seules les prunelles de Kahina, d'Abbigaëlle et, dans une
moindre mesure, de Salomon frémirent d'une furtive émotion.
Ignace ne se releva point. Lentement, Kara Shirin se mit à
tournoyer autour de sa dépouille, en s'arrêtant parfois pour
taquiner son visage du bout de ses chaussures. « Comme vous me
décevez, monsieur Leclerc ! murmura-t-elle. Et dire que je vous ai
chouchouté, dorloté, bichonné, que je vous ai offert la plus suave
des captivités, que je vous ai traité en sauveuse – là où Irnerius
vous aurait séquestré dans une cave –, que je vous ai promis la
vie... Tout ça pour aboutir à un aussi misérable résultat ! Hélas !
Certains anciens avaient raison : la bonté et la mansuétude ne
paient point.

- Madame Arslan Khan, articula faiblement Ignace, s'il vous plaît,
écoutez-moi. Je ne suis pas responsable de ces échecs, je vous le
jure. Je suis sûr, sûr à 200 % que le phonographe et le disque se
cachent dans cette maison. Seulement, je ne sais pas où est
cette dernière. Tout ça, c'est la faute de Kali Mara. Il refuse de
se soumettre, or je ne saurai rien, tant qu'il ne se sera pas soumis.

- Alors, débrouillez-vous pour qu'il le fasse ! répliqua la bégum
en l'agrippant par sa chemise et sa cravate. Au fond, vous êtes le
mage. Vous savez donc comment vous y prendre. Je vous laisse
encore une journée pour faire vos preuves. Si rien ne change
d'ici là... j'abandonnerai la philanthropie et je vous confierai
aux mains expertes de Joab et de Daniel, pour de petites
séances d'acupuncture et de massage. Peut-être l'énergique caresse de cordes rêches et noueuses sur votre dos décuple-
ra-t-elle vos talents magiques. »

Sur ce, elle lui administra une seconde gifle, puis elle
somma Kahina et Abbigaëlle de le ramener dans sa chambre.
Pendant que les deux femmes le portaient, l'infortuné devin
gémissait et titubait, à peine capable de se tenir debout.
« Ressaisis-toi, bon sang ! lui murmura Kahina, lorsqu'elles

l'eurent mis au lit et bordé. Ressaisis-toi ! Tu as compris ce qui t'attend ? »

Le jeune mage hocha la tête pour signifier qu'il n'était pas un crétin. « Alors, fais-lui cracher le morceau, à Kali Mara ! l'exhorta Abbigaëlle. Nous deux, on s'est attachées à toi. On voudrait pas te voir tomber dans les griffes de ces deux brutes. Et on n'a surtout pas envie d'être réduites à t'éponger le dos et à récurer le sol, pendant que ce salopard de Joab te déchirera la peau avec son fouet. » En reconnaissance, Ignace leur prit les mains et leur décocha un regard myope, tout en ébauchant un sourire. Cependant, cela ne dura pas : le sommeil le terrassa bientôt.

Une nuit passa. Le lendemain, quand le jeune mage se réveilla, l'appréhension qui lui nouait l'estomac était si violente que c'est à peine s'il réussit à absorber les délices orientaux que ses deux geôlières lui avaient apportés pour le remettre d'aplomb. Au loin, à travers les murs, ses oreilles hypersensibles percevaient vaguement une étrange mélopée : c'était le chant de Joab qui entonnait ses prières rituelles pour le sabbat. En détectant ainsi sa présence, Ignace manqua vomir son thé et ses gâteaux : il l'imaginait presque en train de pouponner son chat à neuf queues et d'en évaluer la rugosité, entre deux cantiques sacrés et deux lectures de la Torah. La seule chose qui l'en dissuada fut l'abominable sourire édenté d'Abbigaëlle, affectueusement penchée à son chevet. « Tu sais, dit-elle, moi aussi, il me fait chier, ce connard. Mais courage ! Crois en toi ! Ce soir, si tu as vraiment confiance dans ton pouvoir, tout se passera bien. »

Ignace pria pour qu'il en allât ainsi, mais son angoisse ne diminua point. Pendant toute la matinée, rien ne parvient à le soulager, pas même la succulente carpe farcie que ses ravisseurs lui avaient préparée pour le déjeuner. L'après-midi, son état empira. Prostré sur une chaise dans sa chambre, il s'enferma dans un quasi-mutisme. Même ses deux gardiennes purent à peine échanger avec lui, tant il croyait déjà sentir les griffures du fouet contre son échine et la morsure des aiguilles qu'on ne manquerait certainement pas de lui enfoncer sous les ongles de pied.

Finalement, lorsque Kara Shirin fut rentrée de sa boutique, ce fut un Ignace presque changé en robot qui se leva et se dirigea vers le salon sous la conduite de ses gardiennes. Ses pieds lui semblaient lourds comme du granit. Ses jambes raidies témoignaient autant d'entrain à avancer que celles des condamnés qu'on traînait jadis sur l'échafaud pour les enchaîner à des roues et les rosser jusqu'à la mort. Auprès de lui, Kahina et Abbigaëlle essayaient bien de le réconforter, mais leurs efforts ne portaient guère et elles ne pouvaient nier qu'une boule commençait également à étreindre leurs gorges. « Allons, monsieur Leclerc ! lâcha Kara Shirin, quand il fut arrivé au beau milieu de sa clique. L'heure est venue pour vous de prouver que vous êtes réellement à la hauteur de votre réputation. Dans le cas contraire, ne vous plaignez pas de la rudesse de l'aide qui vous sera fournie. Ce serait faire preuve de faiblesse que laisser les trompeurs croire qu'ils peuvent impunément leurrer les pauvres gens dans le besoin. »

Ignace ne protesta point. Docilement, il traça les pentacles, s'agenouilla, but sa potion et récita la formule rituelle. Lorsqu'il eut pénétré dans l'autre monde, il atterrit d'emblée dans l'insolite bureau à l'intérieur de l'énigmatique demeure. Le spectre de Josiane l'y attendait, toujours blafard, et vêtu de blanc. Une nuance de sévérité froissait sa face. Le jeune mage se prosterna devant elle. « Petite sœur, petite sœur ! implora-t-il. S'il te plaît, interfère auprès de Kali Mara ! Convaincs-le de se démasquer ! Je t'en conjure : ne me laisse pas aux mains de ces bandits !

- Ignace, le tança Josiane, comme ton attitude est puérile ! Ne comprends-tu donc pas que c'est Kali Mara qui fixe les règles du jeu ? C'est lui qui choisit de venir à toi, non toi qui parviens à t'approcher de lui. Mais rassure-toi : il t'apprécie et ne se dérobera pas éternellement. Respecte donc sa liberté et fais-lui confiance, au lieu de succomber à une impatience déraisonnable. »

Le jeune mage voulut demander quand le défunt sorcier se manifesterait, mais le fantôme lui ferma les lèvres d'un doigt et lui inclina la tête vers le plafond, tout en le priant de tendre l'oreille. Alors la terrible voix jaillie de nulle part retentit. « Te revoilà, jeune devin albinos, dit-elle avec un léger rire. Ton obstination me plaît. Elle a emporté ma conviction. Sois sans crainte : je la récompenserai à sa juste mesure.

- Où est cette maison ? demanda Ignace. Où est cette maison où tu ne cesses de m'amener ? »

Seul le silence lui répondit. Soudain, l'objet indéfinissable en forme de sphère se matérialisa dans un coin de la pièce et roula une nouvelle fois entre ses jambes, avant de s'évanouir. « Qu'est-ce que c'était que ça ? lança le devin.

- Qu'est-ce qui est le plus important pour toi ? répliqua la voix. Savoir où je me cache ? Où connaître l'identité de cet objet dérisoire ? »

Le jeune mage admit que cette seconde préoccupation ne pesait guère. « Allons ! répondit Kali Mara. Crois donc en moi, et je lèverai le voile qui obscurcit tes beaux yeux. » Aussitôt, un souffle frais, comme surgi des lattes du parquet, environna Ignace qui se sentit soulevé de terre comme par une bourrasque. Ses paupières se fermèrent. Quand il les rouvrit, il aperçut autour de lui un champ de vignes, sur les flancs raides d'une colline. Le sommet en restait indiscernable, car il était occulté par une grande maison, elle aussi cramponnée à la pente. Un soleil crépusculaire, à la clarté aussi fraîche que sanglante, renforçait l'éclat écarlate de ses briques rouges qu'un lierre touffu drapait par endroit de ses plis comme un manteau de brocard. « Monsieur Leclerc ! ordonna soudain la voix de Kara Shirin comme depuis une autre dimension. Décrivez-moi cette maison ! Décrivez-la-moi en détails !

- Allons ! susurra Kali Mara en écho. Marche ! Montre à ta maîtresse où tu te trouves. »

Alors Ignace arpenta le champ, bien que ses jambes lui parussent tout engourdies, et il leva la tête. Tout en haut de l'étrange parcelle se dressait une large terrasse faite de robustes pierres calcaires, sur laquelle reposaient la demeure et son jardin. Au-dessus d'une cave à demi enterrée, on distinguait un rez-de-chaussée surmonté d'un étage et d'un grand toit hérissé de mansardes. A chaque niveau, deux fenêtres trouaient le mur, et entre les mansardes, des oculus béaient comme des bouches de carpe. « Où suis-je ? lança Ignace. Où suis-je ?

- Ne panique pas, reprit la voix du défunt sorcier. Regarde plutôt autour de toi. Au moins, dans ce monde-ci, tu n'es pas myope. »

Le jeune mage parcourut l'horizon. A gauche de la maison, on apercevait deux autres bâtisses encore plus imposantes : l'une ressemblait à un énorme cube aux fenêtres rectangulaires ; l'autre, de toute évidence bien plus ancienne, avait été jadis une villa de plaisance au cœur de la campagne.

Ignace tourna la tête vers la droite. Au-delà d'une grille qui enserrait le terrain viticole, on voyait une rue pavée, un muret de pierres et un grand cimetière, aux tombes âgées et décrépites. Nul ne passait sur ce chemin. Pourtant, comme ronronnant depuis des profondeurs inconnues, une sourde rumeur s'enflait et bourdonnait contre les tympans du jeune mage. Il regarda en contrebas. Au pied de la colline s'étendait un vaste lac de toits grisâtres. Son intuition lui dicta qu'il s'agissait d'une ville gigantesque. Seulement, par un étrange caprice de l'envoûtement qui possédait son âme, il était incapable de l'identifier. « Allons ! dit soudain Kali Mara. Sors un peu de tes chers arbustes à vin. »

Ignace obéit. A sa grande surprise, il traversa le grillage le long de la rue comme si ce n'eût été qu'un filet d'eau. Aiguillonné par la curiosité, il remonta la voie pavée pour examiner les autres faces de la belle demeure et aperçut furtivement, dans le prolongement du chemin, une sorte de café qui arborait sur son enseigne un chaudron dont tentait de s'échapper un lièvre. Il n'y prêta toutefois que peu d'attention, tant la grande bâtisse le captivait. Sur tous ses côtés, celle-ci présentait le même aspect qu'au-dessus du champ de vignes, et partout le lierre l'enveloppait irrégulièrement, à la manière d'une toge. « Monsieur Leclerc ! lança la voix de Kara Shirin. A qui appartient cette maison ? A qui ? » Machinalement, Ignace répéta cette question dans un murmure, en s'adressant à Kali Mara. Aussitôt, un élan irrésistible le porta vers l'entrée de la demeure. Un minuscule jardin bordé d'une grille le séparait du trottoir. Aux barreaux s'accrochait une pancarte avec une inscription. Le jeune mage se pencha dessus. « *Ri... Richard Abitbol*, lut-il. Qui est-ce ? Et où est cette maison ? Quelle est cette ville ?

- Je ne t'en dirai pas plus, répondit le sorcier. L'identité de cet homme n'a pas d'importance pour toi. Quant à la ville... Sache simplement que cette belle cachette se niche tout près de là où tu m'évoques. Ne m'en demande pas plus : je t'ai déjà suffisamment mâché le travail.
- Attends ! lança Ignace. Te caches-tu vraiment derrière cette porte à la cave ? Si oui, dans quel recoin de la pièce ? »

Pour toute réponse, un faible ricanement sembla disjoindre les pavés de la rue, creusant des fissures d'où s'échappa une foule de flammèches bleuâtres. En un clin d'œil, celles-ci enveloppèrent le jeune mage et le transportèrent brusquement dans le terrible souterrain, juste devant la lourde porte de chêne. Il tendit la main, mais avant même qu'il eût saisi la poignée, elle s'ouvrit et une puissance mystérieuse le happa à l'intérieur de la pièce. Dans son dos, le devin entendit le battant se refermer. Il ne voyait plus rien : les ténèbres autour de lui étaient totales. Mais ses oreilles l'assourdissaient : de toutes parts, une épouvantable bise glaciale soufflait, engourdissant ses bras et ses jambes. Pourtant, il flottait immobile à quelques pas du sol, comme attaché à un mât. « Ka... Kali Mara ! cria-t-il. Où es-tu ? Où es-tu ?

- Entre dans cette pièce, et je te dirai tout, répondit suavement le spectre invisible. Entres-y vraiment, et je me manifesterai à toi pour te dévoiler ma retraite. Mais que tes doux compagnons ne s'avisent pas de venir à ta place : je ne leur révélerai rien. Toi seul as le droit de savoir. Ensuite, ils peuvent bien t'escorter, mais toi seul pourras recevoir la grande révélation. Toi seul. »

Sur ce, les attaches surnaturelles qui retenaient le jeune mage se rompirent et l'épouvantable bourrasque l'emporta. Soudain arraché à sa transe, il s'écroula sur les lattes du plancher et s'évanouit.

Quand il reprit enfin connaissance, il aperçut d'abord le visage d'Abbigaëlle qui lui épongeait doucement le front et les joues. Elle lui avait aussi largement ouvert sa chemise, car il avait sué bien plus que de coutume. Autour de lui s'affairaient des ombres indistinctes. La femme marsupiale le redressa à moitié et lui remit sur le nez ses grosses lunettes qui avaient glissé lors de sa chute – heureusement sans se briser. Il distingua alors, à peu de distance, Salomon qui exécutait des croquis à toute vitesse sous l'œil inquisiteur de Kara Shirin, armé de crayons et de pastels et penché sur un pupitre spécialement amené pour la circonstance. Tout en lui murmurant des encouragements, la bégum caressait sa nuque basanée et ses oreilles pointues de phalanger d'un geste qui paraissait tendre mais trahissait aussi une sourde menace. A côté, contrainte à l'immobilité par le regard sévère de sa maîtresse, Kahina repassait en boucle sur son dictaphone l'enregistrement sonore de la description qu'Ignace avait livrée malgré lui pendant sa transe. « Vous vous en sortez bien, monsieur Leclerc, dit la princesse indienne quand le dessin fut achevé. Vous échapperez au fouet. Comme quoi, rien ne vaut une petite frayeur de temps en temps pour retrouver confiance dans ses capacités. »

Ignace eut envie de répliquer par une pique cinglante, mais il n'en fit rien. Il se contenta de s'asseoir sur son derrière en grommelant, la tête encore vaseuse. La bégum s'empara de la feuille et héla tous ses serviteurs, afin qu'ils examinent les représentations de l'étrange demeure que le talent de graphiste de Salomon venait de tracer. « Le spectre de Kali Mara n'a pas dévoilé le nom de la ville que notre ami a aperçue, dit-elle, mais, au vu de ses indications, nous pouvons supposer qu'il s'agit de Paris. Allons ! L'un d'entre vous a-t-il déjà vu cette demeure lors de ses promenades dans la capitale ? »

Tous se grattèrent la tête, mais Vijay ne tarda pas à se souvenir d'avoir entrevu une maison assez ressemblante au début de son séjour en France, un jour qu'il déambulait à Montmartre, aux environs du Lapin à Gilles. Ignace ayant parlé d'une colline, la correspondance avec la célèbre butte parisienne lui semblait tout à fait envisageable. L'énigmatique lièvre jaillissant d'un chaudron soutenait puissamment cette hypothèse, tant il évoquait la légendaire enseigne du célèbre cabaret parisien. En revanche, Vijay ne pouvait certifier que la demeure s'ornait bien d'une plaque au nom de « *Richard Abitbol* ». Lors de son passage, il n'avait prêté aucune attention à un tel détail. « Dites, vous ne pensez pas que ce serait une mauvaise blague ? lança soudain Ignace dans son coin, le cerveau encore brumeux et l'humeur caustique. Franchement, quel nom à coucher dehors ! On croirait un pseudo d'acteur de film de charme. Richard Abitbol... Et pourquoi pas Richard la Bite molle ? »

Les yeux consternés, Kahina et Abbigaëlle fusillèrent le jeune mage du regard en lui expliquant qu'Abitbol était un nom très répandu chez les juifs d'Afrique du Nord, qu'il signifiait simplement « le tambourineur » en judéo-arabe et qu'il n'y avait absolument pas matière ici à un jeu de mots graveleux. Un ordre sec de la bégum interrompit toutefois cet exposé.

Lorsque le silence fut revenu, Kara Shirin sortit un smartphone de sous son sari et farfouilla dans l'annuaire électronique. Bientôt un sourire illumina ses lèvres : la base de données de France Télécom attestait bien l'existence d'un certain Richard Abitbol, notaire, établi à l'angle de la rue Cortot et de la rue des Saules, sur la butte Montmartre. Immédiatement, l'on convint d'envoyer dès le lendemain trois membres du gang en reconnaissance, pour vérifier si l'adresse répertoriée sur la Toile correspondait bien à la demeure repérée par le jeune mage. Malgré la retenue générale, on sentait dans toute la clique une allégresse qui ne demandait qu'à éclater. Seul Ignace maugréait encore, sans que personne ne l'entendît : le songe lui avait en effet indiqué qu'il n'était pas au bout de ses peines.

« Apportez donc un remontant à notre petit protégé ! s'écria Kara Shirin tout en effleurant brièvement de ses doigts sa tignasse blond platine. » Kahina et Abbigaëlle lui firent aussitôt absorber deux pleins verres de whisky, pour complaire à leur patronne, puis elles le redressèrent sur ses pieds et le ramenèrent dans sa chambre, la bégum n'ayant plus besoin de lui. Quand il eut été étendu sur le matelas et bordé, il refusa poliment un troisième verre que ses gardiennes l'invitaient à boire. « Pourtant, tu devrais fêter ça, lui dit Abbigaëlle. Tu te rends compte de la chance que tu as ? Ta liberté est toute proche.

- Pas si sûr, objecta le jeune mage. Ce Kali Mara est retors et il semble avoir plus d'un tour dans son sac. Ce serait plutôt à vous de vous réjouir. Au fond, vous êtes maintenant certains de le dénicher, votre phono.
- Pourtant, ça ne nous réjouit pas, protesta Kahina. En tout cas, pas nous deux. Pourquoi ? Parce que tu vas partir, alors qu'on s'est attachées à toi. Crois-nous, tu nous manqueras quand tu ne seras plus là. »

Sur ce, elles l'embrassèrent sur les deux joues, avant de lui souhaiter une bonne nuit. Ebahi, le devin mit bien une demi-heure à s'endormir, d'autant plus que l'alcool l'avait excité et qu'il se demandait aussi avec angoisse ce que lui réservait le mystérieux spectre du sorcier indien.

Chapitre XII : Une Rixe funeste

Le lendemain, de bon matin, Vijay, Elias et Daniel furent envoyés en avant-garde sur la butte Montmartre, conformément aux instructions de la bégum. Ils ne tardèrent pas à en revenir, et avec d'excellentes nouvelles. Non seulement la demeure repérée par Ignace existait réellement, mais en outre, elle était inoccupée : les volets en étaient tous fermés et une affichette collée sur la plaque annonçait que Maître Abitbol serait absent pour cause de voyage jusqu'à la fin du mois. Kara Shirin manqua en défaillir d'émotion. Devant cette divine surprise, elle ordonna à tous ses serviteurs de se réjouir comme un jour de fête, et elle offrit aussitôt au jeune mage une nouvelle rasade de whisky. Celui-ci, qui était le seul à conserver quelque réserve, ne la but qu'avec une répugnance voilée, pour ne pas essuyer encore une menace de la part de sa protectrice.

Quand le calme fut revenu, Kara Shirin donna ses instructions. Une expédition partirait au cœur de la nuit, à 1 heure et demie du matin. Elle se composerait d'Abbigaëlle, de Kahina, de Salomon, d'Elias et, bien entendu, du jeune mage. Leur mission serait simple : s'introduire en toute discrétion dans le logis du sieur Abitbol, y dénicher les deux objets magiques et les rapporter. Ignace n'osa faire remarquer que, ce cambriolage survenant la veille d'un lundi, jour de travail, il lui dévorerait une grande partie de son légitime repos nocturne. Sa libération prochaine valait bien une grosse fatigue.

D'un claquement de mains, la bégum chargea Abbigaëlle d'aller chercher une bonne provision de viande, pour un banquet de fête. La jeune marsupiale partie, elle renvoya le devin dans sa chambre, sous la surveillance de Kahina, tout en priant les autres de reprendre leurs postes de guet. Après un peu plus de trente minutes, sa dame de compagnie à poche revint, avec un cabas bien rempli qu'elle remit aussitôt à Vijay pour qu'il cuisinât le « festin de la reine ».

Alors commença tout un cérémonial. Au milieu du salon, on apporta une petite table qu'on couvrit d'une nappe. Kara Shirin s'y assit, avec autant de fierté que si elle eût réellement gouverné un Etat. Daniel et Salomon se postèrent à chaque bout de la pièce, hiératiques, le pistolet bien caché sous l'aisselle. On alla quérir Ignace dans sa chambre et on le traîna dans le salon pour qu'il s'agenouillât et contemplât le repas de sa souveraine, en vassal loyal. Enfin, Kahina et Abbigaëlle déposèrent une à une sur la table, avec d'infinies précautions, les diverses délicatesses que Vijay avait mitonnées – dont une gourmandise royale mêlant mouton, riz, légumes hachés et œufs durs, le tout rehaussé d'épices directement importées des contreforts de l'Himalaya. Quand ce garnissage fut terminé, Kahina s'assit à son tour sur une chaise et elle se mit à jouer de la guitare, avec force fausses notes, pendant qu'Abbigaëlle chanta pour divertir sa maîtresse. Comme il était suffisamment prêt de la table, Ignace parvenait à discerner, derrière ses lunettes, les frissons de volupté qui secouaient le visage de la bégum entre deux menues bouchées et deux accords criards.

Heureusement, tout cela ne dura que trente minutes. Rassasiée, la princesse indienne se retira dans une petite chambre où elle logeait ordinairement, quand elle séjournait chez Elias. Carte blanche fut alors donnée à Kahina et Abbigaëlle pour préparer le déjeuner de la piétaille. Les deux femmes se retirèrent dans la cuisine. Dans le salon, la petite table princière céda la place à la grande table qui avait accueilli le jeune mage le lendemain de son sauvetage et qu'on allongea pour la circonstance. Assiettes et couverts ne tardèrent pas à l'orner, puis tout le monde y prit place, le devin se retrouvant installé au beau milieu des convives. Après une attente qui ne fut pas très longue, les dames de compagnie de Kara Shirin revinrent des fourneaux, la mine joyeuse et d'énormes marmites fumantes entre les mains. A l'odeur alléchante, Ignace identifia tout de suite un magnifique couscous tout garni de merguez, d'escalopes de volaille et de succulentes brochettes de bœuf et d'agneau. Le fumet lui en parut nettement plus délicat que celui de l'espèce de brouet servi chez madame Nedjma. Il fut donc assez surpris, lorsqu'il demanda à ses geôlières comment elles avaient fait si vite, d'apprendre qu'elles s'étaient contentées de griller la viande, la semoule et les légumes étant déjà en réserve dans des boîtes, en prévision d'un tel événement.

Autour de la table, les exclamations d'allégresse redoublaient, pendant que les portions étaient versées dans les assiettes. Seul Joab ne participait pas à ces réjouissances : assis à l'une des extrémités, l'œil sombre et la kippa vissée sur le crâne, il gardait un visage renfrogné et semblait bougonner dans sa barbe noire. Une lueur de malice dans le regard, Abbigaëlle s'approcha de lui et fit exprès de lui servir très lentement sa part de couscous, tout en lui souriant de ses canines ratatinées. « J'ai acheté toute cette bonne viande chez Moïse Azoulay, le grand boucher casher à quelques rues d'ici, dit-elle presque en chantonnant. C'est 100 % casher, béni par des rabbins. Je ne suis pas une impie. Je respecte les rites. »

Joab ne répondit rien, mais à entendre son souffle, on devinait qu'un sourd énervement commençait à le gagner. Abbigaëlle se mit alors à tournoyer autour de lui à petits pas, en continuant de ne verser la nourriture qu'à toutes petites louches. « Moïse Azoulay est un type un peu comme toi, Joab, psalmodia-t-elle. Il est juif, bien bigot, il a une belle barbe comme toi, il porte toujours sa kippa, et il est super respectueux des rites et de la loi. Quand il ferme sa boutique, il se plonge tout de suite dans la Torah et le Talmud. Eh ben, tu sais quoi ? Il m'aime bien, Moïse Azoulay. Ce matin, il a été très content de me voir. »

Joab demeura de marbre, mais les grincements qui s'échappaient de ses lèvres et les plis qui se dessinaient sur son front montraient bien qu'intérieurement, il fulminait comme un fourneau de forge. Autour de lui, l'assistance avait cessé de badiner et elle observait la scène en silence. Un indescriptible malaise planait. Abbigaëlle jouissait de cette situation. Tout en exhibant encore plus ses horribles quenottes miniatures, elle tapota doucement l'épaule de son frère par alliance. « Tu sais, dit-elle, Moïse Azoulay pense que je suis une bonne personne, une très bonne personne. Il apprécie beaucoup mes grandes oreilles pointues. Il trouve que ça me donne une coquetterie originale. Surtout, il aime beaucoup le fait que j'aie pas de poitrine. Pour lui, ça montre que je suis une femme sainte, parce qu'au moins, j'ai pas des grosses mamelles pour allumer les hommes et les faire sombrer dans l'impureté. Il aimerait bien que toutes les femmes soient comme moi, avec une poitrine toute plate. Si le monde était comme ça, la loi juive n'aurait pas besoin de les forcer à cacher leur corps. Il se demande beaucoup pourquoi je ressemble pas aux autres nanas. Je ne lui ai pas dit que j'avais une poche sur le ventre. En tout cas, il croit que je suis un ange.

C'est sans doute pour ça que je n'induis pas les mecs en tentation. »

Le juif dévot lâcha un long soupir, identique au souffle d'un bison irrité qui gratte le sol. Au comble de la jubilation, Abbigaëlle lui susurra d'une voix suave : « Moïse Azoulay regrette beaucoup que je ne vienne plus à la synagogue. Il comprend pas pourquoi. Un ange comme moi devrait pourtant accompagner les fidèles du Seigneur. Ah ! Si tous les bigots étaient au moins ouverts d'esprit comme lui... »

En un éclair, Joab se leva de sa chaise et envoya sa sœur adoptive rouler sur le sol. « Tu vas fermer ton clapet, sale fille de Lilith ! hurla-t-il.
- Je t'emmerde ! répliqua Abbigaëlle en essayant de se redresser. Pourquoi tu me détestes depuis que je suis toute petite ? Qu'est-ce que je t'ai fait ? Qu'est-ce que je t'ai fait ?
- Ta mère a volé le cœur de mon père ! vociféra Joab au comble de la fureur. Elle l'a poussé à coucher avec une non-juive ! Elle l'a damné ! Elle l'a mené au suicide ! Tout ça car c'était une fausse juive. Comme toi !
- Fausse juive ! Et pourquoi ? Parce qu'on a une poche sur le ventre ?
- Oui ! Pourquoi ta mère n'a-t-elle pas accouché dans la douleur ? Pourquoi n'était-elle jamais impure ? Ça ne pouvait pas être une fille d'Eve. C'était une diablesse !
- Connard ! Alors, quand on n'a pas une paire de nénés et qu'on souille pas sa culotte une semaine chaque mois, on n'est pas une vraie juive ? »

Joab se rua sur la jeune marsupiale et la gifla violemment. Aussitôt, un poing vengeur lui frappa la joue. Ce fut le début d'une épouvantable empoignade au milieu des restes du couscous que la pauvre Abbigaëlle avait répandus autour d'elle dans sa chute. Entre l'homme placentaire et la femme marsupiale, les invectives fusaient, les coups pleuvaient et les ongles écorchaient. « Sale garce ! haletait Joab entre deux frappes. Faux ange ! Si tu n'expies pas la faute d'Eve, c'est car t'es juste une diablesse ! Une diablesse qui séduit les hommes pour prolonger sa sale race ! »

Soudain, des pas précipités retentirent dans le couloir et Kara Shirin déboula dans le salon, la mine hautaine. Tous se figèrent, y compris les convives qui commençaient à se ruer en avant pour mettre fin à cette rixe. Joab et Abbigaëlle cessèrent immédiatement de se battre. Aucune séance d'explications ne fut nécessaire : d'instinct, la bégum avait deviné la cause des hostilités. D'une voix sèche, elle rabroua le juif placentaire. « Joab, dit-elle, de quel droit oses-tu porter la main sur ma suivante ? Comment peux-tu te montrer raciste envers elle, toi dont le peuple a souffert mille et mille persécutions ? N'invoque pas tes griefs personnels : ils n'excusent rien. D'autre part, permets-moi de te rappeler que, des juifs, il y en a des blancs, des jaunes et des noirs. Pourquoi n'y en aurait-il pas aussi avec une poche sur le ventre ? » Sur ce, elle lui décocha un terrible soufflet, puis le somma de se rasseoir. Quand il eut obtempéré, elle enveloppa délicatement de son bras Abbigaëlle qui tremblait encore d'indignation. « Ne crains plus rien, ma chérie, lui murmura-t-elle. Je sais bien que tu es un phalanger, un mammifère marsupial, mais tu n'en es pas moins une femme. Assume-toi donc pleinement comme fille d'Abraham, et ne prête pas l'oreille aux calomnies. »

Elle l'embrassa, puis repartit dans sa chambre. Le déjeuner reprit, mais dans une ambiance morose que Kahina, Elias et Daniel réussirent à peine à dérider avec quelques blagues peu fines. Naturellement, Joab ne dit plus rien et ne desserra jamais ses mâchoires, sauf pour absorber ses aliments.

Chapitre XIII : A la maison des vignes

Lors du repas du soir, une fois la nuit tombée, l'atmosphère fut plus détendue, mais le juif à barbe noire s'obstina à rester plus muet qu'une daurade, tout en ne cessant pas d'expédier des regards incendiaires à sa sœur adoptive. Les convives s'autorisèrent davantage de plaisanteries, et le jeune mage, encore placé au milieu d'eux, s'en amusa. Il fut surtout satisfait de jouir enfin d'un vrai dîner bien garni après toutes les soirées de privation qu'il avait endurées et que la sollicitude de ses deux geôlières adoucissait à peine.

Quand tous furent rassasiés, chacun s'occupa comme il le pouvait, dans l'attente du grand moment. Vijay et Daniel rejoignirent la bégum dans sa chambre ; Elias, Joab et Salomon montèrent la garde ; quant à Ignace, il passa de nouveau plusieurs heures à jouer avec ses gardiennes, à la belote, à la manille, mais aussi aux mille bornes et aux osselets. Cela n'apaisa toutefois guère sa hâte que la petite troupe se mît en route pour retrouver enfin le phonographe et le disque et poser un terme à ses embarras.

Bientôt, minuit sonna à la grande horloge installée dans le salon. L'heure du départ était venue. Kahina et Abbigaëlle remballèrent leurs jeux et sommèrent le jeune mage de se déshabiller, afin d'enfiler une tenue plus furtive. Malgré sa gêne, Ignace obéit, ne gardant que son petit linge pour cacher ses fesses et ses parties viriles. Après l'avoir contemplé quelques instants avec des yeux gourmands, les deux femmes lui firent endosser un costume composé d'un pantalon, d'un t-shirt, d'un pull à col roulé et d'un blouson intégralement noirs, auxquels s'adjoignirent des chaussures du plus pur ébène. Cette formalité accomplie, elles revêtirent à leur tour une tenue similaire. Lorsqu'elles furent en sous-vêtements, le devin fut de nouveau frappé par le contraste violent entre Kahina, femme normale, qui peinait un peu à faire tenir ses opulentes mamelles dans son soutien-gorge, et Abbigaëlle, sans aucune poitrine mais avec sa poche de chair sur son ventre rebondi et velu, qui se contentait par conséquent d'une petite culotte en guise de lingerie. Curieusement, la vision de la jeune marsupiale sembla davantage titiller ses sens que celle de sa comparse placentaire. Il ne laissa cependant rien paraître de son émoi.

Tout le monde vêtu, on passa au choix des armes. Les deux femmes récupérèrent leurs revolvers, qu'elles avaient posés près de leurs habits ordinaires, et elles les glissèrent sous leurs aisselles, puis elles allèrent chercher des besaces pleines de boîtes de cartouches. Elles en rangèrent plusieurs dans les poches de leurs blousons et de leurs pantalons, et elles s'équipèrent aussi de deux poignards et de quelques fioles remplies d'acide sulfurique. Ignace n'osa les interroger sur l'origine de toute cette quincaillerie. Il leur demanda seulement pourquoi elles préféraient des revolvers à barillet à des pistolets automatiques. « Question de fiabilité, répondit Abbigaëlle. Ces joujoux-là, au moins, ils s'enrayent jamais. C'est pas comme les gros Browning ou les gros Luger à chargeur. »

Sur ce, toutes deux l'entraînèrent dans le salon où les attendaient Elias et Salomon, eux aussi armées et en habits noirs, ainsi que Kara Shirin et les trois membres de son gang qui resteraient auprès d'elle. Pendant qu'ils se prosternaient, la bégum leur accorda une bénédiction solennelle, puis elle leur donna quatre téléphones portables transformés en talkies-walkies, afin qu'ils pussent communiquer entre eux. Elle leur remit aussi une mallette qui contenait un pied-de-biche, une masse, un burin et une pioche, pour fendre le sol et creuser au cas où le phonographe s'avérerait enterré ou scellé dans les murs. « Surtout, ne tardez point, leur dit-elle. J'ai si hâte de tenir enfin entre mes mains les joyaux que Castelet avait promis à mon ancêtre. »

Quelques minutes plus tard, la petite troupe avait quitté l'appartement et s'avançait sur la pointe des pieds dans le couloir tout engourdi de sommeil. L'ascenseur de l'immeuble les conduisit très vite au parking souterrain où dormait la vieille DS qui avait sauvé Ignace le soir de l'enlèvement raté. Avant qu'ils n'y embarquent, Kahina fit remarquer au jeune mage que la plaque d'immatriculation en avait été ôtée, afin de leur épargner tout ennui avec les forces de l'ordre au cas où un œil indiscret aurait repéré le manège du véhicule. Le devin souhaita intérieurement que tout se déroulât sans anicroche, puis il montant et boucla sa ceinture. La magnifique voiture s'ébranla et gravit rapidement la pente du parking, jusqu'à la rue sombre et froide où ne passait plus personne.

Le trajet jusqu'à la butte Montmartre ne fut pas long, même si Elias faisait exprès de n'emprunter que de petites rues assez sinueuses, pour n'être repéré par aucune caméra de surveillance indélicate. Après qu'ils eurent dépassé la station Château Rouge dans le XVIIIe arrondissement, la voiture stoppa une première fois au pied du flanc nord de la butte Montmartre, pour laisser Kahina et Abbigaëlle partir en avant-garde. Ordre leur était donné d'envahir la maison par derrière, en s'introduisant dans le jardin qui surplombait le champ de vignes. Les deux femmes se couvrirent aussitôt la tête de cagoules, puis elles descendirent de voiture pour se perdre dans l'obscurité. Après dix minutes d'attente, le talkie-walkie d'Elias grésilla : la voix de Kahina l'informa qu'elles venaient de se faufiler dans un jardin public abandonné le long de la rue Saint-Vincent, en contrebas, et qu'elles accéderaient de là sans difficulté au terrain autour de la mystérieuse villa ; elles n'auraient même pas à s'exposer en traversant la parcelle viticole. Le vieux Kabyle remit alors son moteur en marche et lança son véhicule à l'assaut de la colline, jusqu'au début de la rue Cortot où il s'arrêta définitivement. Un nouvel appel dans le talkie confirma que le plan se déroulait toujours comme sur des roulettes : les deux suivantes de Kara Shirin étaient entrées dans le jardin de la demeure et elles avaient repéré une petite porte qu'elles essayaient de crocheter.

Elias somma le jeune mage de revêtir une cagoule, comme Salomon et lui-même. Un instant, Ignace protesta que cet ordre l'embarrassait, car il ne voyait pas comment concilier un tel accessoire avec le port de ses lunettes, mais le frère d'Abbigaëlle lui rabattit aussitôt son caquet en lui arrachant ses verres correcteurs et en les rangeant dans une de ses poches. Lui-même n'émit aucune récrimination quand ses grandes oreilles pointues le gênèrent un peu pour enfiler sa propre cagoule. Ainsi masqué, le trio sortit, sans oublier d'emporter avec lui la mallette chargée d'outils.

Ils descendirent rapidement la rue Cortot complètement assoupie, jusqu'à son croisement avec la rue des Saules. Là se dressait la superbe villa que le jeune mage avait aperçue dans son rêve. Elle correspondait en tous points à la description qu'il en avait faite, jusqu'au manteau de lierre qui l'enveloppait effectivement comme une draperie. Sur la grille, les pauvres yeux d'albinos du devin distinguaient clairement la fameuse plaque qui gardait l'entrée : « *Maître Richard Abitbol, notaire assermenté* ». Le petit papier informant de l'absence de cet individu ne manquait pas à l'appel. Cependant, l'allure même de la maison était suffisamment éloquente : les fenêtres étaient toutes occultées et aucun rais de lumière ne filtrait derrière les volets.

« Au boulot ! Vite ! » lança Elias. Il força le jeune mage à escalader la grille puis, quand celui-ci fut passé de l'autre côté, il le rejoignit, après avoir pris la mallette et vérifié soigneusement son équipement. Salomon fit de même. Le jeune marsupial vérifia rapidement qu'aucun dispositif d'alarme ne montait la garde, puis il s'employa à crocheter la serrure avec différents modèles de clés squelettes. Après quelques minutes infructueuses, la serrure se débloqua et la porte s'ouvrit. Le trio se précipita à travers le mince entrebâillement et se dépêcha de refermer le battant. Un instant, ils retinrent leur souffle, redoutant d'entendre le « Bip-bip » d'une alarme, mais aucun signal inquiétant ne retentit. Les lampes de poche s'allumèrent alors et le travail d'exploration commença.

Devant eux s'étendait un vestibule assez étroit, aux murs couverts de papier bleu avec des volutes stylisées vert clair imitant du feuillage. Quelques tableaux plutôt banals – des aquarelles de marine et de pseudo-portraits dans un genre faussement XVIIIe siècle – apportaient un ornement supplémentaire. Sur les parois au rez-de-chaussée se détachaient deux portes, l'une sur la droite, l'autre tout au fond du hall, tandis qu'un grand escalier accroché au mur gauche s'élançait en pente douce jusqu'à l'étage.

Sous l'impulsion d'Ignace, qui craignait qu'une mauvaise surprise ne se tapît en haut, les trois compagnons gravirent l'escalier jusqu'au premier étage. On y apercevait quatre portes. La première n'était que celle d'une triviale salle de bain. La deuxième donnait accès à une chambre. On y voyait une armoire, une commode, une petite table de travail avec une chaise, une grande bibliothèque toute chargée de livres pour le loisir, et un lit pour une personne. Elias regarda prestement dessous, mais nul intrus ne s'y cachait. A en juger par les vêtements rangés dans les meubles, il s'agissait de la chambre personnelle de Maître Abitbol. « Un célibataire, de toute évidence », pensa Ignace en contemplant le lit.

Le trio ne s'attarda point et sortit. Il essaya d'ouvrir les deux autres portes, mais celles-ci résistèrent, comme si on en avait tiré la serrure. Salomon pria le jeune mage de ne point insister et de regagner le rez-de-chaussée. Cependant, alors qu'ils s'apprêtaient à redescendre l'escalier, Ignace perçut soudain le grincement inaudible de gonds bien huilés qui coulissaient en silence, puis le sinistre cliquetis d'un cran de sûreté qu'on levait. « Lâchez vos armes ! » lança une voix derrière eux.

Tous se retournèrent. Sous le chambranle d'une des portes qu'ils avaient vainement tenté d'ouvrir, un jeune homme châtain en blouson de cuir ocre, une paire de lunettes sur le nez et une oreillette au crâne, braquait sur eux un lourd pistolet automatique. Son visage rosé n'exprimait ni la joie, ni la menace, ni même la cruauté : il semblait juste inerte et assoupi, sans la moindre émotion. Cependant, tout indiquait que son index presserait la détente d'une seconde à l'autre. Un léger bruit résonna en contrebas et la porte dans le mur du vestibule, tout près de l'entrée, livra passage à un autre individu du même acabit, à la démarche de somnambule mais solidement armé lui aussi. La quatrième porte de l'étage s'ouvrit à son tour pour laisser s'échapper un troisième larron, aussi inexpressif et redoutable que ses congénères. Elias et Salomon n'avaient pas le choix. Ils déposèrent leurs pistolets et leurs poignards sur le sol, où le troisième bandit les ramassa, puis ils levèrent les bras, imités par Ignace. Aussitôt, les deux malfrats de l'étage les forcèrent à retourner au rez-de-chaussée, où ils leur rabattirent les mains dans le dos avec l'aide de leur comparse et les attachèrent avec des menottes. Cette tâche accomplie, ils allumèrent la lumière.

Alors la porte près de l'entrée s'ouvrit de nouveau et un étrange individu vêtu d'un élégant complet gris en sortit à pas lents. Sa tête d'une taille assez inhabituelle disparaissait sous une sorte de sac informe percé de deux trous. Sans ménagement, mais avec des gestes empreints de raideur, il arracha les cagoules des trois prisonniers. Quand il ôta celle d'Ignace, un bref sifflement jaillit de sous le tissu. « Monsieur Leclerc ! s'exclama-t-il. Quelle prodigieuse surprise ! Je ne pensais pas vous retrouver si tôt, ni surtout dans cet endroit. Vous souvenez-vous de moi ? »

Le jeune mage ne savait que trop bien à qui il avait affaire : il avait reconnu les intonations de cette voix. Néanmoins, il préféra rester muet. Alors le bandit retira sa propre cagoule. Un hurlement d'effroi faillit tordre en tous sens les lèvres d'Ignace. Devant lui se tenait l'homme à la fine moustache qui l'avait accosté en premier le soir de l'enlèvement. C'était le même visage pâle et sans expression, la même bouche, le même nez. Seulement, tout le reste s'était horriblement déformé. Derrière leur nouvelle paire de lunettes, les yeux hagards étaient désormais énormes, exorbités et injectés de sang. L'un d'entre eux louchait affreusement. Ce n'était cependant rien à côté du crâne : ce dernier s'était transformé en une ignoble boule irrégulière, toute bouffie et recouverte d'une peau granuleuse d'où émergeaient quelques touffes de cheveux. « Je reconnais qu'un tel spectacle n'est guère engageant, reprit le malfrat sans même ébaucher un sourire. Mais que voulez-vous ? Il n'est guère facile de cicatriser correctement, quand on a tragiquement perdu la moitié de sa tête. Estimez-vous heureux que je ne vous dévoile point tout ce que cache mon beau complet : vous découvririez sur cette peau d'admirables boursouflures que la thérapie par le feu – un peu brutale, soit dit en passant – infligée par vos deux sauveteuses a malencontreusement laissées à ce pauvre corps.

- De toute façon, cela n'a guère d'importance, poursuivit le jeune homme au blouson ocre, qui se tenait aux côtés d'Ignace et lui caressait distraitement l'échine de son pistolet. Ce n'est qu'une défroque. Comme vous le voyez, monsieur Leclerc, j'en ai plusieurs à ma disposition. Par bonheur, certaines sont en bien meilleur état que d'autres. »

Le jeune mage persista dans son silence, mais son souffle commençait à s'affoler. Derrière ses lunettes, ses yeux tendaient à tressauter. Elias et Salomon ne disaient rien non plus, mais eux aussi peinaient à dissimuler leur angoisse.

L'homme à la tête monstrueuse reluqua un à un ses trois prisonniers. Un instant, il pinça les grandes oreilles pointues du jeune juif. « Pauvre petit phalanger perdu parmi les singes doués de paroles ! », murmura-t-il, puis il se planta devant le devin et le dévisagea. Ignace ne cherchait qu'à fuir les horribles yeux glauques qu'on discernait derrière les verres. En détournant le regard, il aperçut l'oreillette que portait son agresseur : c'était la même que le soir de l'enlèvement. « Vraiment, dit le bandit, je ne croyais pas que vous viendriez vous aussi dans cette maison, monsieur Leclerc. Cependant, je pense deviner ce qui vous y a amené. Quel hasard providentiel ! Moi qui pensais que ma visite ici s'était soldée par un demi-échec ! C'est de bon augure : les dieux veulent manifestement la réussite de ma quête.

- Au fond, je n'ai qu'un seul regret, ajouta le revenant qui tenait en joue le vieil Elias : que vous ne soyez pas venu avec votre chère protectrice marsupiale, la sœur de ce beau jeune homme ici présent. Comme j'aurais aimé rencontrer cette fille d'Abraham qui porte une poche sur son ventre !
- Maintenant, trêve de causeries ! reprit l'homme à la tête énorme. Suivez-moi, monsieur Leclerc. Vous avez un petit numéro à eff... »

Il n'acheva pas. Tout à coup, son abdomen explosa, projetant sur le plancher des débris d'entrailles et de vertèbres, tandis que la porte derrière lui s'ouvrait avec fracas. La moelle épinière sectionnée, il s'effondra. Enjambant son corps, Kahina et Abbigaëlle se ruèrent dans le hall et lâchèrent une terrible salve. En un éclair, le jeune homme au blouson ocre s'écroula à son tour, la gorge déchiquetée par une balle à fragmentation qui lui rompit les cervicales. Deux autres détonations à peine assourdies par les silencieux fendirent l'atmosphère comme des claquements de fouet, et les bandits survivants le rejoignirent sur le sol, le front réduit en une purée infâme faite de morceaux de crâne et de cervelle broyée. Sans perdre une seule seconde, les deux femmes dépouillèrent tous les cadavres de leurs armes, puis elles récupérèrent dans leurs poches les clés des menottes et s'empressèrent de délivrer leurs compagnons.

Dès qu'Elias et Salomon eurent repris leurs revolvers et leurs couteaux, elles ôtèrent leurs cagoules et s'employèrent à réconforter Ignace, qui tremblait encore de tous ses membres et ne parvenait pas à détacher ses yeux du massacre. Devant sa mine où se mêlaient l'effroi et le dégoût, elles crurent d'abord qu'il ne supportait pas le spectacle des mares d'entrailles et de gelée rosâtre qui avaient inondé le parquet, mais un léger grincement les détrompa. Sur un timide geste du jeune mage, elles tournèrent leurs regards vers le zombie à la tête monstrueuse. Il gisait au milieu d'une flaque gélatineuse, le corps tordu dans une posture grotesque : ses hanches n'étaient même plus dans l'axe de sa tête. A travers le trou dans son ventre, ses intestins ruisselaient au-dehors, ponctués de fragments de foie et de rate, mais déjà une couche de peau se développait pour les recouvrir d'une sorte d'affreuse hernie. Soudain, son buste se redressa et contempla les deux jeunes femmes, en tentant vainement d'esquisser un sourire. « Ah ! Finalement, tu es là, fille adoptive d'Abraham, dit-il à destination d'Abbigaëlle. Salut à toi ! Puis-je te parler quelques instants ?

- Pourquoi pas ? répondit la jeune marsupiale en adoptant un air bravache, tandis qu'Elias, Kahina et Salomon braquaient leurs armes. Qui êtes-vous ?
- Pour le moment, ma véritable identité t'importe peu. Tu préférerais sans doute savoir qui a tué ta mère, ou qui était ton vrai père, ou surtout pourquoi tu es un pauvre mammifère à poche égaré parmi les primates, alors qu'aucune légende d'Afrique du Nord – ton berceau, crois-tu – ni aucune légende juive ne parlent d'une humanité marsupiale. »

Abbigaëlle se troubla. « Qu'est-ce que vous dites ? lança-t-elle avec agressivité. Comment savez-vous tout ça ? Vous avez connu ma mère ?

- Hélas non ! répondit le malfrat. Et je ne sais pas non plus pourquoi elle est morte, ni qui était le bel inconnu avec lequel elle vous a conçus, ton frère et toi. Mais je pourrais te révéler tant de choses sur tes origines et ton véritable peuple, sur tes racines – pas ce peuple des fils d'Israël, auquel tes ancêtres n'ont adhéré que par pur accident.
- Qu'est-ce que vous voulez dire ?
- J'ai connu plus que ta mère. J'ai connu ton aïeule, l'arrière-grand-mère de ta propre grand-mère maternelle. Comme tu lui ressembles ! Je l'ai même tenue dans mes bras. Enfin, quand je parle de bras... Tu serais surprise si tu me voyais réellement, et non masqué par cette macabre défroque.
- Vous auriez connu une de mes ancêtres... Mais c'est ahurissant ! Vous... vous délirez ! Qui êtes-vous ? Qui êtes-vous ?
- Ta mère te fredonnait sans doute des berceuses, quand tu étais petite. Te chantait-elle celle-là ? C'est une berceuse qui n'est pas en français et qui n'est pas non plus en judéo-arabe. Ecoute un peu :
       "Tçutça, tçutça,

Vicçë yapsë, sçaftsë yapsë.
Tçutça, tçutça,
Imas çizatç ya vacçatç sçëdç." »[1]

Un épouvantable frisson saisit le corps de la jeune juive, tandis que son frère réagissait de la même façon, au point d'en baisser son revolver. Les yeux exorbités, tous deux regardèrent l'horrible tête qui égrenait tranquillement les couplets de sa chanson. Kahina les pria de la faire taire, mais ils ne répondirent pas : la sidération les paralysait. « Comme c'est émouvant, n'est-ce pas ? » lâcha soudain le jeune homme au blouson ocre, tandis que son compère s'arrêtait. A son tour, il se redressa : ses vertèbres cervicales s'étaient reconstituées et la plaie à sa gorge s'était refermée, laissant un énorme goitre. « Vous en reprendrez bien un peu ? » continua-t-il.

Aussitôt, il entonna également la berceuse, tandis que le zombie à la tête monstrueuse la reprenait de son côté. Et voilà que les deux autres revenants commençaient eux aussi à relever la tête, d'affreuses boursouflures à la place de leurs fronts déchiquetés, et qu'ils se mettaient à leur tour à chanter d'un ton caustique. Un affreux concert de sifflements, de chuintements et de zinzinulations emplit le hall.

« La ferme ! », hurla soudain Kahina. Quatre sourdes détonations retentirent et les malfrats d'outre-tombe s'écroulèrent de nouveau dans des flaques rosâtres, leurs têtes pulvérisées par les balles. Immédiatement, la jeune Punique les retourna sur le ventre et fendit leurs vêtements dans le dos avec son poignard, puis elle leur perfora le bulbe et plusieurs points de la colonne vertébrale, avant de vider sur leurs cerveaux mis à nu et sur leur moelle épinière le contenu des fioles d'acide qu'elle transportait dans son blouson. Tout en détournant les yeux de cet immonde spectacle, Ignace étreignit Abbigaëlle afin de la réconforter, mais la jeune marsupiale ne s'apaisa guère. « Co... comment a-t-il appris cette berceuse ? bredouillait-elle. C'est... c'est pas possible... pas possible !

- Ta... ta mère te la chantait vraiment ? demanda Ignace.
- Oui... oui... Elle me l'a apprise plus tard... Et je l'avais vue en train de la chanter à Salomon, quand il était encore bébé.
- Et qu'est-ce que ça voulait dire ?

---

[1] Pour la prononciation de cette citation, se reporter à l'appendice à la fin du récit (note de l'auteur).

- Je ne sais pas. Ma mère le savait pas non plus. Elle l'avait juste apprise de sa propre mère. C'était une incantation porte-bonheur. Tout ce qu'elle savait, c'est que c'était pas du judéo-arabe, pas de l'arabe tout court, et pas non plus de l'hébreu. »

Kahina interrompit cette conversation pour les prier de tous gagner la pièce à côté du vestibule. En effet, avant le combat, elle y avait fait avec Abbigaëlle des trouvailles susceptibles d'intéresser au plus haut point le jeune mage. Avant qu'ils y pénètrent, Elias acheva de fouiller les corps inertes des revenants, à présent horriblement rongés par l'acide. Il n'y découvrit aucune arme dissimulée, mais il mit quand même la main, dans les habits de leur chef, sur une liasse de feuilles qu'il remit à sa fille. Un instant, il eut l'impression que les horribles yeux mornes du zombie avaient brillé d'un furtif éclat, mais il estima finalement qu'il s'était juste leurré.

Dès que le groupe fut entré dans la salle, Ignace s'aperçut immédiatement, malgré sa vue floue, que la couleur dominante sur les murs était le vert. Un irrépressible sentiment de familiarité l'envahit aussitôt. Ce sentiment ne fit que se renforcer, lorsque la jeune Punique le prit par la main et le conduisit jusqu'à une forme brune et plutôt basse au milieu de la pièce, sur laquelle se dressait un bibelot à l'aspect équivoque. Le devin identifia le bureau qu'il avait aperçu dans son rêve. Tous les accessoires s'y trouvaient, y compris le pseudo-jouet sexuel qui n'était en réalité qu'un ridicule pouce en cuivre. Mû par la curiosité, Ignace inspecta le bureau de plus près et constata que celui-ci comportait de nombreux tiroirs aux serrures fracturés, dont le contenu avait été répandu sur le sol. Tout le plancher était constellé de papiers et de chemises en carton qui gisaient çà et là, au point qu'on pouvait à peine marcher sans les fouler. Kahina entraîna le jeune mage vers les murs et celui-ci distingua deux grandes armoires. Leurs battants béaient, ouverts au pied-de-biche, et les dossiers qu'elles renfermaient avaient eux aussi été éparpillés un peu partout. Les sbires d'Irnerius de La Vieuville avaient saccagé ce lieu de travail à la recherche de quelque chose. Un indice sur la localisation du phonographe ? A cette pensée, le sang afflua à gros bouillons dans les tempes d'Ignace.

Sous la panique, il n'accorda aucune attention aux sollicitations de Kahina qui lui désignait sur un mur plusieurs tableaux correspondant aux ahurissantes bizarreries qu'il avait remarquées dans sa vision – les montres dégoulinantes, le boudin recourbé avec son fanion, l'œuf au plat pendu à un fil et le téléphone brisé pleurant dans une écuelle. Au fond de la pièce, il aperçut un grand rectangle sombre. D'instinct, il devina ce que c'était et il en fit part à ses compagnons. Aussitôt, Salomon pressa le petit groupe de se rendre au plus vite dans ce sous-sol. Cependant, Abbigaëlle et Kahina répliquèrent par des moues sceptiques. La cave qu'elles avaient explorée en pénétrant dans la demeure et d'où elles étaient sorties par cette porte – pour découvrir les embarras de leurs amis – ne ressemblait en rien à celle que le jeune mage avait décrite dans son rêve. Néanmoins, tout le monde s'y rendit.

Dans ce sous-sol, on distinguait un grand carré central percé d'issues vers des remises ainsi que d'un accès au jardin, que Kahina et Abbigaëlle avaient emprunté pour s'introduire dans la maison ; mais il n'y avait rien qui s'apparentât à un long couloir bordé de portes. Cependant, une intuition fulgurante traversa soudain l'esprit d'Ignace. « Un second sous-sol ! s'écria-t-il. Il y a un second sous-sol ! Vite ! Fouillez ! Essayez de trouver l'entrée ! »

Aussitôt, ses compagnons passèrent toutes les pièces au peigne fin, renversant le mobilier usagé qui y était entreposé, sondant les murs et tapotant le sol à la recherche d'un son creux. Debout dans l'espèce de vestibule, le jeune mage commença à regarder sa montre avec angoisse. Et si les zombies avaient déjà ressuscité ? « Aucun danger, lui susurra Kahina qui avait lu dans ses pensées. Avec la cervelle et la moelle épinière en cendres, ils risquent pas de se relever. Leur capacité de régénération vient de leur système nerveux. »

A ce moment-là, les autres les hélèrent depuis une petite pièce adjacente, qui s'était avérée être la chaufferie. Ils y accoururent. Grossièrement cachée sous des sacs de charbon, leurs compagnons venaient de mettre au jour une trappe. Elle ne portait aucune serrure, seulement un lourd anneau qui permettait de l'ouvrir. Elias et Salomon la soulevèrent, découvrant un escalier en colimaçon qui s'enfonçait dans les ténèbres. Sans que personne ne l'en priât, Ignace s'y s'élança. Tous les autres le suivirent.

Ils débouchèrent dans un tunnel très sec et passablement poussiéreux, équipé de deux lampes. Dès qu'elles furent allumées, tous y aperçurent neuf portes, cinq sur la droite et quatre sur la gauche. Ignace se rua vers la cinquième, guidé par la voix de ses geôlières derrière lui, et il s'empara de la poignée qui céda immédiatement. Un instant, il hésita, tremblant, puis il poussa le battant et actionna un interrupteur fixé juste à côté. Un hurlement épouvantable jaillit des lèvres de ses compagnons. A travers ses paupières plissées, le jeune mage discerna une forme floue qui se balançait mollement, accrochée au plafond. Il comprit ce que c'était. Dérobant son poignard à Abbigaëlle, il se précipita vers la silhouette et la palpa. C'était bien un cadavre, tuméfié, sanglant, tout couvert d'écorchures et d'hématomes. Il entreprit de couper la corde qui le retenait au plafond par les poignets, mais une ombre jaillit soudain de derrière le battant et l'empoigna de son bras droit, tandis que le gauche tentait de braquer un pistolet sur sa mâchoire. « La roue tourne, monsieur Leclerc ! » s'écria-t-elle.

Fou de panique, le jeune mage lui ficha son couteau dans le poignet. Un spasme violent secoua le zombie, au point de lui faire lâcher son arme. Ignace voulut le renverser en se courbant en avant, mais il ne réussit qu'à s'écrouler sur le sol, entraîné par le poids de son adversaire – un colosse à barbe blonde qui arborait les mêmes lunettes et la même oreillette que ses compagnons laissés en haut. Son front heurta le ciment et il roula sur le côté, à demi conscient et les sens complètement brouillés.

Le colosse se redressa et voulut récupérer son pistolet, mais un tir d'Abbigaëlle lui sectionna le bras gauche. Il se rua alors vers les deux femmes et décocha à Kahina un formidable coup de poing qui la rejeta contre le mur, puis il lui déchira son blouson et s'empara de la liasse de feuilles qui avait été prise sur la dépouille de son chef. Deux nouvelles balles l'atteignirent, tirées par Elias – l'une à l'épaule gauche et l'autre à la mâchoire. Il tituba, lâcha quelques feuilles, puis il se ressaisit et s'enfuit hors de la pièce, en laissant derrière lui une longue traînée de gelée rosâtre. Abbigaëlle et Salomon voulurent le rattraper, mais Elias les retint : désarmé et amoché comme il l'était, il ne représentait plus une menace, et mieux valait s'occuper des blessés et du cadavre.

Etendu sur le dos aux pieds du pendu, Ignace haletait faiblement. En lui, tout était flou : sa vue, son ouïe, son odorat. Sans même qu'il eût bu son élixir ni prononcé la moindre formule magique, il se sentit soudain glisser hors de cette cave sordide pour se retrouver dans une étrange prairie à l'herbe vert olivâtre, sous un ciel crépusculaire. D'invisibles grillons chantonnaient çà et là, mêlés à des coassements de grenouilles et à d'inquiétants piaillements d'oiseaux. Tout à coup, quelque chose d'indéfinissable lui chatouilla le visage, comme une aile emplumée. Seulement, à la douceur du duvet se joignait une sensation plus âpre, similaire aux picotements de petites griffes. Ignace grimaça, mais ne bougea point. Les mystérieuses ailes se firent plus insistantes. Leurs caresses se muèrent en gifles.

Excédé, le jeune mage se redressa et tourna la tête. A ses côtés, vêtue de blanc, se tenait l'ombre sa défunte sœur. La mine sévère, elle le contemplait, ses cheveux blond platine agités par une légère brise. Le devin ne lui demanda point ce qui l'avait ainsi taquiné : d'instinct, il savait que ce n'était pas elle et que, même si elle avait surpris cette énigmatique créature, elle ne lui aurait rien révélé. « Te voilà de retour dans mon monde, très cher frère, lui dit Josiane d'un ton sentencieux. Tu me parais bien éprouvé. Toi qui te rêvais grand pourfendeur de monstres, au temps où le cancer me rongeait, tu vois maintenant tout ce que coûte une vie pleine d'aventures. Que serais-tu sans tous ces gens qui ne sont même pas tes amis ?

- Josiane, s'il te plaît, implora le jeune mage, relève-moi ! Embrasse-moi sur le front !

- Comme tu es tombé bien bas ! répondit-elle. Quémander de ridicules tendresses d'enfant ! Je ne suis pas ici pour te dorloter, mais pour t'introduire auprès de Kali Mara. Aurais-tu oublié ton rendez-vous avec lui ? »

Aussitôt, la sinistre voix désincarnée retentit dans les oreilles d'Ignace. « Salut à toi, gentil jeune homme, dit-elle. Tu apprécieras comme je tiens mes promesses. Ne te plains pas de tous les maux que tu viens de traverser. Il faut, dit-on, creuser la terre pour atteindre le ciel. Pareillement, c'est en allant au bout de ta persévérance que tu réussiras finalement à me trouver.

- Ombre vaine, cesse de me faire marner ! lança le jeune mage. Où te caches-tu dans cette demeure maudite ?

- Je n'y suis pas. Oui, sincèrement, je n'y suis pas. C'est dommage pour tes compagnons. Eux qui avaient apporté tout leur matériel pour la chasse au trésor...

- Alors, pourquoi m'avoir amené ici ? Pourquoi ?

- Ne crois pas que j'aie voulu me jouer de toi. Cette maison recèle quand même des découvertes intéressantes pour toi et plus encore pour tes camarades. Et sache qu'elles me concernent aussi, indirectement.
- Kali Mara, trêve de plaisanteries ! Dévoile-moi où tu te caches ! »

A peine Ignace avait-il prononcé ces paroles qu'il s'éleva doucement dans les airs, tandis que le spectre de Josiane et le sinistre paysage champêtre s'évanouissaient autour de lui. Un instant plus tard, il se retrouva assis sur une chaise, dans un lieu aux contours imprécis mais qu'il identifia d'emblée comme un antre dédié aux plaisirs. Une musique langoureuse emplissait l'atmosphère et titillait suavement les sens, telle une invitation aux joies charnelles. Çà et là, des silhouettes alanguies soupiraient, toutes entières abandonnées à la volupté. Le jeune mage ne pouvait discerner leurs traits, mais il s'en moquait : sur une table juste devant lui, une superbe créature complètement dévêtue captivait ses regards. Lentement, avec une grâce presque céleste, elle dansait et se tordait autour d'une corde, telle une liane splendide chargée de fruits délicieux. Cependant, ce n'était pas tant le désir que l'étonnement qui fascinait le jeune mage. Bien qu'humaine, l'inconnue avait la peau toute recouverte de plumes. D'autre part, malgré tous leurs efforts, les yeux d'Ignace ne parvenaient point à entrevoir son visage. Ils ne distinguaient que ses cheveux noirs. Le devin savait que ce n'était pas la faute de son albinisme, mais d'un maléfice de Kali Mara. Il savait aussi d'instinct qu'en dépit de son plumage, l'étrange créature n'était pas responsable des gifles qu'il avait subies un peu plus tôt. « Kali Mara, quelle est cette danseuse ? demanda-t-il. Et quel est ce cabaret de striptease ?

- Laisse-moi donc un peu de temps pour te le révéler, répondit le défunt sorcier. C'est ta patience qui me vaincra. Ne trépigne donc point comme un enfant insatisfait. Regarde-la plutôt.
- Qui est cette femme ?
- Attends un peu avant de connaître son nom. Pour l'instant, sache juste qu'elle te révélera ma véritable cachette.
- Elle la connaît ?
- Je ne t'ai pas dit qu'elle la connaissait. Je te promets seulement qu'elle te guidera vers l'endroit où l'on me détient. Plus tard, je te dirai où tu la trouveras et comment tu devras agir avec elle.

Pour ce soir, contente-toi de ce spectacle. Et sache aussi que toi seul auras droit à cette grande révélation. Ta commanditaire et tes compagnons ne pourront rien sans toi. »

Tout à coup, l'énigmatique stripteaseuse disparut pour céder la place à une sorte de toupie qui tournoyait à grande vitesse sur la table. Ignace la reconnut immédiatement : c'était cette étrange sphère qui ne cessait de surgir dans ses visions, sans qu'il pût réellement l'identifier. Là encore, c'était peine perdue : l'objet bougeait si vite qu'il n'y discernait rien de net. Sa seule certitude était qu'il n'avait rien à voir avec la danseuse emplumée, et son intuition lui dictait que cette pensée n'était pas une erreur. « Kali Mara, demanda-t-il, quelle est cette sphère ?

- Pour l'instant, répondit la voix, peu t'importe de le savoir. Tu as encore du temps pour le découvrir. Sache toutefois dès maintenant que sa nature t'intéresse au plus haut point et qu'elle intéresse davantage quelqu'un que tu connais bien.

- Qui donc ? Qui est cette personne ?

- Je te laisse le déduire. Au fond, qui de nous deux est le devin ? Toi ou moi ? »

Il n'ajouta rien de plus. A peine eut-il fini cette invitation sardonique que la vision se dissipa et que le parquet se déroba sous le siège d'Ignace. Le jeune mage tomba en arrière, pour heurter immédiatement le sol. Lentement, il rouvrit les yeux et revint à lui, uniquement pour constater, à l'âcre odeur de sang, qu'il était de retour dans la cave sous la maison des vignes. Il voulut quémander de l'aide, mais deux mains l'empoignèrent par son blouson et le secouèrent comme un prunier. « Alors on est venus ici pour rien ? pestait une voix rageuse. Alors on a failli se faire trucider pour rien ? Devin de mon cul ! » C'était Salomon furibard qui s'était précipité sur lui, dès qu'il avait repris connaissance, et qui déchaînait à présent toute sa frustration. Il l'aurait giflé, et à plusieurs reprises, si Abbigaëlle ne l'avait pas empoigné avec violence et sommé de se calmer. Elle aida ensuite Ignace à se relever. « Désolée pour mon frangin, lui glissa-t-elle à l'oreille. Il est un peu brut de décoffrage, mais quand même, moi non plus, je suis pas très contente. Pour un devin soi-disant expert, tu t'es bien fait berner. »

Le jeune mage n'eut pas le temps de répliquer quoi que ce fût pour sa défense : sans prévenir, Kahina les héla tous les trois. Elle aussi était revenue de son évanouissement, beaucoup plus tôt, et elle avait repris des forces malgré un énorme bleu qui lui bouffissait la face. Pendant la crise d'Ignace, elle avait décroché le cadavre avec l'aide de son père, puis tous deux l'avaient étendu sur le sol.

Le jeune mage accourut, suivi de ses compagnons. Malgré leur endurcissement, ceux-ci cachèrent difficilement leur malaise, tant le corps était horrible à voir. Nu à l'exception d'un caleçon, il arborait partout d'innombrables plaies, auxquelles s'ajoutait une multitude d'hématomes plus gros que des œufs d'oie. Sa peau semblait avoir été littéralement labourée par des lames et des râpes. Ignace devina vite comment les sbires d'Irnerius de La Vieuville l'avaient torturé : des coups de fouet avec de multiples lanières, rehaussés de séances de bastonnade. Plus détachée, Kahina approcha sa joue du torse du mort et constata qu'il s'était déjà bien rafraîchi, sans être encore tout à fait froid et raide. Manifestement, le décès ne remontait qu'à quelques heures. Personne n'osa demander à haute voix combien de temps il avait souffert. Toutefois, Ignace rompit le silence. « Si c'est bien le corps de Richard Abitbol, dit-il, pourquoi l'ont-ils séquestré et torturé tout en faisant croire qu'il avait pris des vacances ? »

Un claquement de langue perplexe de Kahina lui répondit. Du doigt, la jeune Punique désigna le visage du cadavre. Comme les agresseurs l'avaient peu frappé, ses traits restaient relativement identifiables, or ils étaient troublants. Son type ne ressemblait pas à celui d'un juif d'Afrique du Nord : malgré ses cheveux noirs comme l'ébène, il n'avait pas l'allure d'un Portugais, ni d'un Espagnol, ni d'un Arabe, d'un Kabyle ou d'un Egyptien. Son visage évoquait plutôt la bouille ronde d'un tamia. Sans ménagement, Kahina lui pressa fortement les mâchoires pour lui ouvrir la bouche, puis elle lui empoigna fermement les canines supérieures. Celles-ci lui restèrent dans les mains, découvrant en dessous, à côté d'incisives et de molaires parfaitement normales, deux canines et deux prémolaires toutes ratatinées, habilement dissimulées. Abbigaëlle en écarquilla des yeux hallucinés. Quant à Salomon, malgré sa peau sombre, il blêmit et manqua tituber. Sa stupéfaction se changea bientôt en un terrible cri d'effroi, lorsque Kahina agrippa les canines inférieures du mort et arracha là encore un râtelier. Pourtant, la vérité était irréfutable : Richard Abitbol n'avait que deux vraies incisives sur sa mâchoire d'en bas. Les autres incisives et les canines n'étaient que de vagues ébauches qui disparaissaient presque dans la chair des gencives.

Le jeune marsupial n'y tint plus. Sans aucun égard pour le défunt notaire, il lui baissa son caleçon et recula aussitôt avec un nouveau hurlement. Sa sœur eut bien de la peine à ne pas s'exclamer à son tour. Le devin se pencha pour mieux distinguer ce qui les bouleversait, mais ce qu'il aperçut lui noua la gorge : les parties viriles du cadavre se bornaient à une paire de génitoires assez menus, semblables à une petite bourse, qui se rattachaient au bas-ventre par une sorte de pédoncule qu'on eût aisément enserré dans une lanière. Un duvet lisse comme du pelage d'écureuil les recouvrait, et aucune trace de membre masculin ne les surmontait. « Quel... quel est ce délire ? murmura Ignace.

- C'est pas du délire, grinça Abbigaëlle. Sa zigounette est cachée dans un repli de peau entre ses fesses, juste derrière les coucougnettes. Il ne s'en sert pas pour pisser. »

Le jeune mage la contempla avec des yeux éberlués. « Si ! Je te jure ! continua la jeune juive aux oreilles pointues. Il a pas besoin de bistouquette pour aller aux WC. C'est pour ça que son zizi ne pendouille pas à l'extérieur. Il ne sort que quand il est avec une nana et que... Je vais pas te faire un dessin ! »

L'expression de stupeur sur la face du devin se mua en une insondable hébétude. Il voulut poser une question, mais seul un vague grognement se faufila entre ses lèvres. « En fait, c'est un truc de marsupiaux, ajouta Abbigaëlle. Chez nous, les mâles cachent toujours leur quéquette dans leur corps, sauf quand ils font l'amour. J'ai bien vu ça chez mon frère, quand ma mère nous baignait tous les deux, petits. »

Un sifflement de Kahina la somma de se taire. De nouveau, tous se penchèrent sur le cadavre et ils se concentrèrent sur ses oreilles. Bien qu'elles fussent rondes, elles n'avaient absolument aucun lobe. Leur rebord arborait même de minuscules cicatrices, bien discernables lorsqu'on s'en approchait. « C'est dingue ! murmura Kahina. Il s'était fait tailler les oreilles pour les faire ressembler à celles d'un primate. » Elle se releva et braqua sur son amie des yeux qui imploraient une explication. « C'est... c'est fou, Abby ! balbutia-t-elle. Voilà qu'on tombe sur un autre membre de ton espèce, et qui se déguisait en placentaire. En plus, il était juif, comme toi et ton frangin. »

L'effarement dans les prunelles sombres d'Abbigaëlle lui signifia clairement qu'elle était tout aussi déboussolée. Ignace commença à se sentir très mal à l'aise. L'atmosphère lui sembla devenir affreusement lourde. A grands cris, il supplia ses compagnons d'évacuer tout de suite cette maison. Cependant, avant qu'ils ne décampent, Abbigaëlle ramassa les quelques feuilles que le zombie tortionnaire avait répandues dans sa fuite. Elles étaient couvertes de notes d'une écriture plutôt grossière, comme tracée sous le coup d'une très vive émotion. On y lisait : *« 1867. Expédition La Vieuville. Hoggar. Lieu de départ : fleuve Niger, non loin de Tombouctou. Commandant : colonel Aristide de La Vieuville. Guide : Halil aben Merwan, dit le Cheikh maudit. Effectifs : 400 hommes. Désastre militaire. Enormes pertes. Grand butin égaré...* » Sur un autre feuillet, on déchiffrait les lignes suivantes : *« Didelphanthropi fabri. Territoire vers 1900 : seulement Algérie et Maroc. Premières mentions certaines de leur présence sur cette zone à partir de 1880 (mais peut-être rumeurs avant ?). Premières arrivées en France vers 1920 (immigration juive uniquement). Seconde grande vague des années 1950 aux années 1980 (immigration juive et musulmane). Territoire actuel : Maroc et France (présence nette et certaine), Algérie (présence résiduelle). Présence possible : Israël ? Québec ? Religions aujourd'hui : environ 75 % islam, 22 % judaïsme (3 % christianisme ?)* »

« Qu'est-ce... qu'est-ce que c'est que ce charabia ? demanda la jeune juive, éberluée.

- Pour l'instant, on s'en fiche, lui dit Salomon. Il faut filer. Viens sœurette, viens ! »

Elle plia les papiers dans une poche de son blouson et obéit.

Le petit groupe se dépêcha de quitter ce sous-sol maudit et de refermer la trappe. Dans sa précipitation, il ne remarqua même pas, à l'entrée du couloir, une petite flaque rosâtre trop large pour avoir été laissée par quelqu'un qui ne faisait que fuir. Revenus dans la cave ordinaire, ils dissimulèrent de nouveau l'entrée secrète sous les sacs de charbon, puis ils décidèrent de filer par la porte du jardin, par souci de discrétion maximale. Cependant, Salomon tint au préalable à retourner dans le vestibule, pour verrouiller la porte principale avec ses clés squelettes. Quand il en redescendit, son visage ruisselait d'angoisse : les zombies massacrés et brûlés à l'acide avaient quand même déguerpi. Il n'en restait que des mares rosâtres, quelques débris organiques et de multiples empreintes qui indiquaient qu'ils avaient pataugé dans leur sang avant de se sauver dans la rue par la grande porte (non sans avoir au préalable nettoyé leurs semelles pour que personne ne fût alerté par des traces suspectes sur le seuil). Kahina vit là une raison supplémentaire de ne pas traîner et elle poussa tout le monde dehors. Une autre clé squelette bloqua définitivement l'issue vers le jardin, puis la bande s'éclipsa en silence par l'ancien square abandonné, avant de gravir de nouveau la rue et d'embarquer dans la DS.

Le voyage de retour fut rapide, morne et pesant. Quand la voiture fut de nouveau garée dans le parking sous l'immeuble d'Elias, Abbigaëlle suggéra de ne pas tout révéler à Kara Shirin : juste la rencontre avec les revenants, l'assassinat de Richard Abitbol, l'absence du phonographe et du disque, et – bien sûr – la vision d'Ignace. Mais il fallait taire le fait que ce mystérieux notaire juif était lui aussi un homme marsupial. En effet, il y avait là-dessous une énigme dont la bégum ne comprendrait certainement pas l'importance, elle qui n'était obsédée que par la quête du tourne-disque. Quant aux papiers volés, il n'était pas non plus question de les évoquer. Salomon abonda aussitôt dans le sens de sa sœur, en soulignant combien il fallait clarifier cette sinistre affaire et combien Kara Shirin risquait d'être plus un obstacle qu'une aide dans ce projet. Le vieil Elias hésita : par loyauté envers sa maîtresse, il répugnait à lui mentir, mais une intervention de sa fille en faveur d'Abbigaëlle emporta finalement son ralliement. « J'peux rien te refuser, ma p'tite Kahina, dit-il. T'es mon enfant chérie, mon plus beau cadeau. Entre toi et la patronne, y'a pas à choisir. » Ignace, lui, ne suggéra rien. Tout ce qu'il désirait, c'était recouvrer sa liberté, or cette prolongation inopinée de son aventure lui déplaisait profondément.

De retour dans l'appartement, ils découvrirent Kara Shirin qui trônait dans le salon, flanquée de Joab et de Daniel, Vijay sommeillant à ses pieds comme un dogue danois. Dès qu'elle constata qu'aucun phonographe ne les accompagnait, son visage se contracta en une grimace abominable, mais la fatigue l'empêcha heureusement d'exploser. Ses dames de compagnie lui racontèrent le tour qu'avait pris leur expédition, tout en omettant délibérément les détails qu'elles avaient choisi d'occulter. Par chance, la bégum ne se douta de rien et les crut sur parole. Sommé de s'expliquer à genoux sur les raisons de son échec, Ignace ne put que confirmer le récit de ses geôlières. « Tout ce que je peux faire à présent, conclut-il, c'est d'attendre que Kali Mara me fasse rencontrer cette danseuse. Alors seulement je mettrai la main sur votre phono. Ne m'accusez pas d'incompétence, madame Arslan Khan. Je fais tout ce que je peux. Seulement, je n'arrive pas à rendre un fantôme de cette trempe aussi docile qu'un agneau. »

Il s'attendit à recevoir un terrible savon fait de gifles et d'insultes mais, étrangement, rien ne vint. La bégum aussi avait hâte d'aller au lit. Elle pria juste Kahina et Abbigaëlle de le soustraire à sa vue, puis elle se retira dans la chambre aménagée pour ses séjours chez Elias, tout en sommant Vijay, arraché à sa torpeur, de monter à son tour la garde.

Rentré dans sa cellule, le jeune mage se laissa coucher par ses geôlières, épuisé par tout ce qu'il avait vécu et affligé à l'idée qu'il n'avait plus que quelques maigres heures de sommeil devant lui, alors qu'il devrait se remettre au travail le lendemain pour PV Express. Encore fallait-il que ses songes fussent paisibles. Rien ne le garantissait.

Chapitre XIV : Deux Enjôleuses

De fait, sa courte nuit fut peuplée d'immondes cauchemars. Il se rêvait luttant contre Guillaume de Montbrissoy sur le bastion n°1, comme dans la nouvelle qu'il avait écrite peu avant la mort de sa sœur. Seulement, le vampire ne se contentait pas de rejeter négligemment les boules de feu qu'il lui lançait : parfois, il les recevait, mais c'était pour renaître aussitôt de ses cendres tel un hideux phénix, chaque fois plus difforme, chaque fois plus tordu et tentaculaire, et surtout chaque fois plus invincible. Son corps n'avait plus la moindre allure humaine. On aurait plutôt cru une sorte d'arbre dont les branches ornées de lambeaux d'étoffe carbonisés se tordaient en direction du jeune mage. Il n'était pas seul. Voici que d'autres Guillaume de Montbrissoy tombaient des cieux, que d'autres encore surgissaient des ruines du bastion et du bitume de l'échangeur de la porte de Bercy, et que tous l'encerclaient et déployaient à leur tour des branchages rêches et brunâtres qui lui agrippaient les poignets, se faufilaient sous ses vêtements, enserraient son corps et ses chevilles et finalement le renversaient. Il tentait de résister, se démenant comme un rat plongé dans la glue, mais, à chaque égratignure qu'il infligeait à ses adversaires, une nouvelle branche jaillissait et fonçait en avant pour l'attraper. Bientôt, il se trouva totalement incapable de bouger et au bord de l'écartèlement, tant l'étreinte de ses ennemis était brutale. Alors, les monstrueuses créatures se penchèrent au-dessus de lui et commencèrent à serrer plus fort, pour porter le coup de grâce. « Avant que nous n'en finissions, monsieur Leclerc, d'un l'un des affreux visages de bois, je voudrais vous confier un secret : je ne m'appelle pas Guillaume de Montbrissoy, mais Aristide de La Vieuville, et je ne suis pas mort sous la Commune, mais un peu avant. A présent voulez-vous réciter une prière ?

- Non, répondit Ignace. Je voudrais juste savoir : qui aimerai-je d'un amour infini ? »

Le visage d'écorce lui sourit d'un air sardonique. « La réponse est dans le Hoggar, » dit-il tout simplement. Sur ce, les rameaux tirèrent.

Un hurlement remplit la chambre et le jeune mage s'éveilla en sursaut, trempé de sueur. Cependant, une main consolante se posa immédiatement sur sa joue. Il tourna la tête et tomba aussitôt sur un sourire troué à la hideur étrangement réconfortante. C'était Abbigaëlle qui avait récupéré de l'expédition et qui avait tenu à le garder pendant la fin de son sommeil. A l'extérieur, le jour s'était levé depuis longtemps et la jeune juive n'avait pas attendu que son protégé émergeât pour ouvrir les persiennes. Ignace voulut l'apostropher, mais il préféra se taire en percevant soudain, dans le couloir, un grommellement irrité suivi d'un claquement qu'il attribua à la porte principale. Il demanda ce que c'était. « Oh ! lui répondit Abbigaëlle. Juste Kara Shirin qui s'en va dans sa boutique avec ses bouledogues. Je crois qu'elle te juge un peu horripilant quand tu cries de peur, un peu trop démonstratif... Et puis, bon, pas rentrer avec le phono, ça l'a un peu mise en rogne.

- Pff..., grinça Ignace. Comme si c'était ma faute...

- Oh ! Méprise un peu ça. Ce soir, pour la séance d'évocation, elle se sera sans doute un peu calmée. Et puis, si elle te cherche encore des noises, dis-toi bien que je serai là pour te défendre. Elle m'écoutera. Moi, j'ai confiance en toi. Tu vas quand même lui faire cracher le morceau, à Kali Mara ? »

Ignace soupira en espérant qu'il en irait ainsi, et vite. « Au juste, lui demanda la femme marsupiale, remis ?

- Oui, à peu près, répondit-il. Enfin... comme un homme qui s'est retrouvé tête à tête avec le cadavre d'un supplicié, qui a vu d'autres gars se faire mutiler, qui a contemplé des mares de sang et des morts qui parlent, qui a piqué en plus une crise hallucinatoire et qui se dit de surcroît que ce n'est peut-être que le début.

- Petite nature ! Il va falloir apprendre à t'endurcir. Qu'est-ce que je pourrais dire, moi qui ai perdu ma mère, qui ai perdu mon père adoptif, qui ne sais même pas qui était mon vrai père et qui suis en plus une marsupiale parmi les placentaires, sans même savoir pourquoi je suis comme ça ni pourquoi mon espèce ne figure pas dans les bouquins d'histoire naturelle ! J'aurais pu passer ma vie à me lamenter. J'aurais pu me flinguer. Mais je l'ai pas fait. Tu sais, je n'aime pas être lâche, et j'ai pas envie d'emmerder les autres. »

Malgré ce sermon, elle continua de sourire et frotta de nouveau ses paumes contre les joues d'Ignace, avec une profonde tendresse. Le jeune mage la contempla de plus près. Contrairement aux autres jours, elle avait troqué ses t-shirts contre une chemise un peu large, qu'elle n'avait pas coincée dans son pantalon. A travers une échancrure due à un bouton qu'elle avait négligé d'attacher, par inadvertance, on distinguait furtivement son ventre rebondi et, surtout, parmi la fourrure soyeuse, l'insolite fente de sa poche. Le regard bleu clair d'Ignace s'y figea. Un trouble incongru s'empara de son âme et, de nouveau, l'odeur du désir l'enivra. Comme cet extraordinaire organe le fascinait ! Comme il lui semblait plus original que les paires de seins des femmes placentaires ! « Hé ! s'écria Abbigaëlle, sans remarquer pour autant la passion charnelle qui l'avait envahi. Qu'est-ce que tu as à me fixer avec des yeux ahuris ? Mon anatomie te stupéfie encore ?

- Euh... non, non..., balbutia le mage en parvenant miraculeusement à ne pas rosir de confusion. C'est juste que... C'est vrai que tu es quand même sacrément bizarre.

- Mon Dieu ! Tu as donc pas pigé que je ne suis pas une femme comme les autres ? Franchement, avec tous les trucs ahurissants qui nous sont tombés dessus hier, ça m'étonne que tu en sois encore à tomber sur le cul à cause de ma poche. Petite nature, quand je te le disais ! »

En bredouillant, Ignace s'excusa platement, tout en se réjouissant en son for intérieur qu'elle n'eût rien deviné de ses désirs intimes. « Au juste, ajouta-t-il pour donner le change, tu t'es remise, toi ?

- Oh oui, répondit-elle. Je me sens même tout à fait d'aplomb à présent. Et je n'ai pas fait de cauchemars, moi. Tu sais, c'était pas la première fois que je voyais des têtes exploser.

- Et Kahina ? Où est-elle ?

- Elle roupille encore. La pauvre ! Honnêtement, elle le mérite, même si elle sait très bien résister à la fatigue, chaque fois qu'il le faut.

- Mais... Vous n'êtes pas au boulot, dans la boutique de votre patronne ?

- Oh non ! Vu tout le travail qu'on a fait la nuit dernière, avec toi, Kara Shirin nous a accordé un jour exceptionnel de congé. Il faut quand même qu'on décompresse. En revanche, pour toi, c'est différent. »

Sur un petit plateau qu'elle avait posé sur la table de chevet, elle se saisit d'un baklava ruisselant de miel et força Ignace à l'avaler. Elle lui versa ensuite une pleine tasse de thé et le contraignit à la boire. « Tiens ! lui dit-elle avec malice. Mange ton petit-déj' ! Tu as du boulot pour ton patron, or il est déjà plus de 9 heures. Prends des forces, car il faudra que tu te mettes tout de suite sur ton ordi pour bosser. » Aussitôt, elle le gorgea littéralement de pâtisseries orientales diverses et variées ainsi que d'une autre tasse de thé.

Ce repas terminé, le jeune mage s'habilla rapidement devant sa geôlière, qui étouffa de sourds chuintements de satisfaction devant le spectacle de ses fesses. Par un étrange retournement de situation, ce fut lui cette fois qui ne remarqua rien. Il alluma ensuite son ordinateur et se connecta au site de PV Express. Les informations qu'il y lut lui arrachèrent un « Oh ! » de surprise : pour le lendemain même, c'est-à-dire mardi, son employeur lui avait confié au dernier moment une mission de prise de notes auprès du comité central d'entreprise de Flying Meals une société des aéroports parisiens spécialisée dans le ravitaillement des avions en victuailles et en boissons. La réunion à couvrir se déroulerait à l'aéroport du Bourget et elle durerait toute la journée, avec une longue interruption de plus de deux heures au moment du déjeuner. Au vu de l'ordre du jour que PV Express avait transmis, elle promettait d'être dense, voire très dense. Abbigaëlle demanda à Ignace s'il connaissait déjà ce client, et le jeune mage lui répondit par l'affirmative. De fait, le comité central d'entreprise de Flying Meals était un des plus gros et des plus anciens clients de PV Express, et Ignace en était devenu le rédacteur attitré. Cela faisait bien quatre ans qu'il en suivait toutes les séances, à raison d'une par mois. Seulement, dans le cas présent, le responsable du planning avait négligé de le prévenir, alors qu'il connaissait la date de cette réunion depuis déjà plus d'une semaine. Dans un courriel laissé sur la messagerie professionnelle d'Ignace, il s'excusait platement de son inadvertance. Le jeune mage en grommela, pestant entre ses dents contre cette contrainte qui venait de lui tomber dessus, alors qu'il aspirait à un peu de tranquillité après son aventure à Montmartre. « Oh ! T'énerve pas ! lui dit Abbigaëlle, Ça te fera une nouvelle sortie, à toi qui te plains d'être séquestré. Rassure-toi : on te protégera bien, moi et Kahinette. Et puis, ça nous donnera à nous deux l'occasion de visiter un peu Le Bourget. »

Le devin soupira et résolut de faire preuve de philosophie, puis il se lança dans la rédaction des procès-verbaux que son employeur avait commandés pour les jours à venir, en commençant par celui de la réunion qu'il avait couverte quelques jours plus tôt à Boulogne-Billancourt. De son côté, la juive marsupiale s'assit sur le lit et l'observa en silence, un mélange d'affection et d'ironie dans le regard.

Ce manège dura presque toute la matinée. Vers 11 heures et demie, Abbigaëlle fut remplacée par son frère, qui avait eu besoin en revanche d'une longue phase de sommeil pour se remettre de ses émotions. Avant de quitter la chambre, elle apprit de sa bouche que Kahina s'était également levée et habillée et avait hâte de la revoir. Elle se promit de lui parler tout de suite de la mission inopinée d'Ignace, afin de définir avec elle les grandes lignes de la marche à suivre. Une fois la porte refermée, le jeune mage constata immédiatement combien Salomon semblait abattu, comme s'il était encore sous le choc de l'expédition de la veille. Son visage était empreint d'une tristesse et d'une angoisse qu'il n'y avait jamais remarquées auparavant. Il voulut engager la conversation avec lui, s'enquérir des motifs exacts de sa détresse, mais le jeune marsupial se montra peu disert. Il se replongea donc dans son travail rédactionnel, jusqu'à ce que la voix flûtée de Kahina les appelât tous les deux pour déjeuner, vers midi et demi.

La cuisine baignait dans un merveilleux fumet qui alléchait les narines et titillait les papilles aussi efficacement que la roue d'un paon mâle enivre les femelles de passion. Ignace y reconnut tout de suite un succulent couscous, avec plus de légumes que de semoule et de fondantes brochettes cuites à la poêle. Avant même d'y avoir goûté, il complimenta Abbigaëlle, dont le teint ambré rougit davantage. Il eut aussi la joie de constater qu'il mangerait seul avec Salomon et ses deux gardiennes, loin de Kara Shirin et des oreilles indiscrètes de ses autres suppôts. En effet, tous étaient partis dans la boutique de la rue du Faubourg Saint-Denis, y compris le pauvre Elias qui avait dû quitter l'appartement à 11 heures.

Dès que les assiettes eurent été garnies, la conversation commença, sur les prodigieuses découvertes de la veille. Un rapide interrogatoire confirma que Salomon ne pouvait s'arracher de l'esprit l'horrible vision du cadavre sanglant, à la peau toute déchiquetée par le fouet et aux parties viriles grotesques. Abbigaëlle reconnut que cette scène immonde l'avait également frappée. Seulement, chez elle, l'effroi cédait le pas à la stupéfaction de s'être retrouvée devant un autre membre de son espèce. « C'est quand même dingue ! dit-elle entre deux bouchées. Ce notaire, ce Maître Abitbol, c'était pas un homme placentaire. C'était lui aussi un marsupial. Mais qu'est-ce que ça veut dire ?

- Tu sais, Abby, répondit Kahina, depuis que je te connais, je me suis toujours dit que tu devais pas être la seule femme marsupiale dans Paris. Et depuis que ta mère est morte, j'ai toujours pensé que tes origines devaient vachement sentir le soufre. A mon avis, le Maître Abitbol, c'est parce que c'était un marsupial que les gars d'Irnerius l'ont torturé et zigouillé.

- Mais pourquoi ? Qu'est-ce qu'ils cherchaient ? Le phono ou autre chose ? Et s'il y a d'autres hommes marsupiaux en France, combien sont-ils ? Et combien se déguisent en mecs normaux comme ce Richard Abitbol ?

- Excusez-moi, mesdames, intervint soudain Ignace, mais quelque chose me chiffonne beaucoup depuis hier. Comment se fait-il que ce notaire, ce Maître Abitbol, ait eu des organes génitaux aussi difformes ? »

Abbigaëlle darda sur lui des yeux affligés, qui lui demandaient silencieusement comment il pouvait n'avoir rien compris à ses explications de la veille. Elle le lui aurait reproché à haute voix, si son frère n'avait pas pris la parole. « Laisse tomber, sœurette ! dit-il. Je vais tout lui expliquer. En fait, il y a pas que chez les femmes que l'appareil reproducteur diffère. Chez les hommes aussi, c'est le cas. En fait, chez les mammifères marsupiaux comme moi, les mâles n'ont pas des zizis qui pendouillent. On voit que leurs coucougnettes. Le zizi, lui, il se cache derrière, entre les fesses. Et il ne sort que quand... que quand on bande.

- Mais..., demanda Ignace, il ne sert pas à... à uriner ?

- Non. En fait, quand je fais pipi, ça sort par le trou des fesses. Oui ! Du coup, je dois toujours m'asseoir... comme les filles... »

A peine Salomon eut-il fini cette confession qu'il rougit de honte et commença à renifler de tristesse. Des larmes lui perlèrent au coin des yeux. « Tout ça, monsieur Leclerc, continua-t-il, c'est vraiment dur à assumer. Abby, maintenant, elle assume fièrement sa poche, mais moi... Depuis mon enfance, j'en ai subi des crasses ! J'ai été le gamin qu'on persécutait à cause de ses oreilles pointues, de ses affreuses quenottes, et puis j'ai été le feuj que tous les petits blacks et tous les petits beurs insultaient... Mais ce zizi qui se cache, ç'a été le pompon ! A l'adolescence, j'ai été harcelé par toutes les racailles en herbe, par tous les petits machos originaires d'Afrique et du Maghreb, car j'allais jamais aux pissotières et car mon slip faisait pas une bosse assez grosse dans les vestiaires, en cours de sport. Ils me soupçonnaient d'être pédé, ils m'ont harcelé pour que je leur montre mon zob, ils m'ont même montré les leurs... Heureusement qu'Abby m'a toujours défendu pour qu'ils ne m'agressent pas plus ! »

Un regard grave d'Abbigaëlle confirma à Ignace que cette triste confession n'était pas un mensonge. « Encore aujourd'hui, reprit Salomon, ça me fait souffrir, ces organes génitaux invraisemblables. Ça me fait vraiment souffrir... A cause de ça, je suis encore puceau : non seulement je sais pas où il y a d'autres femmes marsupiales, mais je sais très bien aussi qu'aucune femme placentaire ne voudra de moi : mes coucougnettes absurdes et ma quéquette qui se cache, ça les ferait fuir. En plus, Joab me persécute à cause de ça.

- Ah bon ? demanda Ignace. Mais comment ?
- Ben, comme mon zizi ne sort pas en temps normal et qu'il a pas de prépuce, j'ai pas été circoncis. Je suis allé au cathé juif sans être circoncis !
- Mais... le rabbin qui avait fait votre éducation religieuse... ?
- Il avait caché ça à tous ses collègues, tout comme il avait caché que ma mère et ma sœur étaient des marsupiales. Mais Joab, lui, il le sait. Du coup, il m'insulte.
- Que vous reproche-t-il ?
- Il accuse ma mère d'avoir fait de moi un semi-démon, en volant le sperme de mon père adoptif pour "perpétuer sa race mau- dite", comme il dit. Pour lui, un gros signe de ma malédiction, c'est que j'ai pas de zizi apparent et que celui-ci n'a pas de peau quand il sort. A cause de ça, j'ai pas pu recevoir le signe de l'ap-

partenance aux fils d'Abraham et de Jacob et ça montre que je suis un démon. Mais je suis pas un démon, bon sang ! Je suis un juif. Un vrai juif ! Le seul Dieu auquel je crois, c'est celui d'Abraham et de Moïse. Les seules prières que je connais, c'est des prières juives. Fau... faudrait donc avoir le bout du zizi coupé pour être juif ? »

Sur ce, il se mit à sangloter au-dessus de son assiette. Abbigaëlle le prit dans ses bras et lui murmura des paroles réconfortantes, tout en caressant doucement ses cheveux noirs et ses oreilles pointues. Quand il eut séché ses pleurs et qu'il se sentit de nouveau capable d'avaler son couscous, la conversation reprit. « En tout cas, fit remarquer Ignace, vu la conformation de ses parties viriles, ce Richard Abitbol avait dû lui aussi bénéficier d'un rabbin complaisant qui lui avait délivré un faux certificat de circoncision.

- Pas sûr, pas sûr, objecta Abbigaëlle. Si ça se trouve, c'était un juif purement laïc, complètement athée, qui avait jamais mis les pieds dans une synagogue. Dans ce cas-là, ses parents l'avait jamais emmené se faire circoncire. La preuve : il s'appelait Richard.
- Ce qui est sûr, intervint Salomon d'une voix toujours empreinte de tristesse, c'est qu'il était célibataire et que sa vie sexuelle devait frôler le niveau zéro. La preuve : il avait juste un lit à une place.
- Hé ! lança soudain Kahina. Vous allez arrêter avec les trucs de cul ? Parlons plutôt de choses sérieuses. D'après vous, qu'est-ce qu'ils cherchaient, les zombies d'Irnerius ?
- Pas le phono, à mon avis, répondit Abbigaëlle. Tu as bien entendu le délire d'Ignace ? Non seulement le phono n'était pas là, mais, en plus, Kali Mara n'a fait aucune allusion à des renseignements que le Maître Abitbol aurait pu avoir là-dessus. C'était même pas pour causer avec lui qu'il nous avait amenés dans sa bicoque. J'en déduis donc que les revenants qu'on a descendus étaient venus pour autre chose.
- Et quoi, selon toi ?
- Sans doute les papiers que ton père avait piochés dans la poche de leur chef et qu'ils ont réussi à te reprendre. Souviens-toi du bureau saccagé. Souviens-toi aussi des feuilles que j'ai réussi à récupérer et qu'on avait commencé à examiner hier soir, après qu'on ait couché Ignace, jusqu'à ce que tu t'effondres de som-

meil. A mon avis, le Richard Abitbol, il avait commencé des recherches sur les origines de son espèce et de la mienne. C'est pour lui faire cracher tout ce qu'il savait que les gars d'Irnerius l'ont torturé et ont fouillé sa maison.

- Mais ça ne rime pas à grand-chose, tout ce que tu dis là. On nous a raconté qu'Irnerius cherchait juste le phono et le disque. Pourquoi est-ce qu'il chercherait en plus des infos sur les humains marsupiaux comme toi et ton frangin ?

- Va savoir... Mais il en reste pas moins que la feuille que j'ai grappillée fait allusion à un nommé Aristide de La Vieuville, or le nom complet de notre ennemi, c'est Irnerius de La Vieuville. C'est clair, il y a un rapport ! Mais savoir lequel... Là, juré, je donnerais ma langue à un chat marsupial moucheté d'Australie. »

D'un commun accord, les deux jeunes femmes convinrent de nouveau de ne rien dévoiler de tout cela à Kara Shirin. Une telle attitude leur semblait naturelle, surtout au regard de son refus obsessionnel d'expliquer pourquoi elle convoitait le phonographe et pourquoi Irnerius s'opposait à ses plans. Ses deux dames de compagnie ne s'étaient pourtant pas engagées à n'être pour elle que de jolis automates censés obéir sans demander la moindre justification. Puisqu'on refusait de les éclairer, elles dissimuleraient à leur tour. Les quatre convives conclurent donc leur déjeuner en réitérant leur engagement de la veille et en lui donnant la forme d'un serment solennel.

Le repas terminé, Ignace se remit au travail sur son ordinateur, toujours sous la garde de Salomon qui ne prononça plus un seul mot. Il aurait fini son texte en avance sur son planning, s'il ne s'était pas accordé une excursion sur la Toile en milieu d'après-midi pour vérifier si la presse en ligne rapportait quelque chose sur la maison qu'ils avaient visitée la veille. Mais il n'y avait rien : pas la moindre rumeur de cambriolage, pas le moindre signalement insolite. Il fallait croire que tout le monde pensait Maître Abitbol sagement parti en vacances et que personne n'avait entraperçu des ombres fugitives se glisser dans sa demeure.

Lorsque le jeune mage eut enfin achevé son document, vers 17 heures, il examina une nouvelle fois l'ordre du jour de la réunion qu'il devrait couvrir le lendemain. A le lire, les débats entre les dirigeants et les représentants du personnel promettaient d'être houleux. Depuis tout le temps qu'il s'en occupait, Ignace connaissait bien la vie de Flying Meals. Le climat social était particulièrement tendu dans cette entreprise. Pour le devin, ce serait encore un marathon de dactylographie, pour retranscrire les diatribes de syndicalistes en colère... En soupirant, Ignace s'apprêta à refermer le fichier, quand son regard fut attiré par le nom du cabinet d'experts auquel les membres du comité avaient recouru à titre d'assistance pour traiter le principal sujet de la réunion : l'examen du bilan économique et social de Flying Meals. « *Oldthorpe Consulting...* » Jamais il n'avait lu ce nom-là auparavant. « Pff... pensa-t-il. Encore des blablateurs qui ont trouvé le moyen de se faire du fric sur la perplexité de syndicalistes pas assez au fait des mystères de l'économie et de la comptabilité. Ne te torture pas l'esprit pour ça, mon vieux ! »

Il venait tout juste de renvoyer l'ordre du jour dans les tréfonds de l'ordinateur que Kahina et Abbigaëlle firent irruption dans la chambre, la mine joyeuse. Elles prièrent Salomon de partir, puis elles invitèrent le jeune mage à les rejoindre sur le lit. Quand il eut obtempéré, elles lui présentèrent un plan de l'aéroport du Bourget et des immeubles immédiatement mitoyens, qu'elles avaient imprimé sur un autre ordinateur dont Kara Shirin leur autorisait l'usage. Ignace repéra tout de suite le lieu exact de la réunion : un grand bâtiment rectangulaire de taille moyenne, un peu en avant du grand édifice historique, mais toujours derrière les grilles. Il le connaissait bien, pour s'y être déjà rendu. Les deux femmes désignèrent aussitôt un café de l'autre côté de la grande rue qui longeait l'entrée monumentale de l'aéroport. Elles s'y placeraient, pendant qu'il serait occupé à prendre ses notes. De là, elles jouiraient d'une vue imprenable sur les allées et venues des gens qui pénétreraient dans l'enceinte et elles préviendraient ainsi aisément une éventuelle intrusion menaçante. Enfin, elles lui tendirent un talkie-walkie, du même modèle que ceux qu'elles avaient utilisés lors de l'expédition sur la butte Montmartre. « Tu en auras bien besoin, lui dit Abbigaëlle. Nous, on sera équipées d'appareils identiques. Tu nous indiqueras régulièrement où tu seras, quelle sera ta situation et s'il t'arrive pas de pépins. Ce sera quand même chaud, car on t'aura perdu de vue. Ah oui ! Ne t'inquiète pas sur la discrétion : l'appareil peut envoyer des SMS – enfin, des messages comme des textos, sur le petit écran. Communique comme ça : ça fait moins de bruit. Le micro et les "Allô ! Allô !", tu réserves ça aux urgences absolues. Pigé ? »

Ignace répondit qu'il avait bien assimilé la leçon. Aussitôt, les deux femmes le reluquèrent avec des yeux étranges, où l'espièglerie le disputait à une sorte d'envie inavouable. « Il reste encore une heure et demie avant le casse-croûte, dit Kahina. Tu vas quand même pas passer tout ce temps-là à t'ennuyer. Ça te dirait de danser avec nous ?

- Oh oui, oui ! insista Abbigaëlle. S'il te plaît, ne joue pas les rabat-joie. On en a vraiment une folle envie ! »

Ignace ne put réfréner sa gêne. Une telle proposition, qui survenait à brûle-pourpoint, lui paraissait franchement indélicate, d'autant plus que ses auteurs n'étaient pas réellement des amies pour lui. Cependant, il leur devait la vie. Elles avaient sciemment désobéi à leur patronne... Il leur avait apporté son soutien dans cette démarche, au point de partager avec elles un serment... Toutes ces raisons le poussèrent à accepter.

Il se releva du matelas et tendit les bras, comme pour inviter la plus hardie des deux. Kahina se dirigea vers son ordinateur et le connecta à You Tube, après lui en avoir demandé la permission, puis elle darda sur lui un regard de braise, tout en attendant que la musique s'élevât. Les traits du jeune mage irradièrent d'émerveillement : alors qu'il s'apprêtait à supporter du RnB sirupeux, voici que le chant mélodieux de Whitney Houston jaillissait des enceintes. « *Give me one moment in time...* » Sans qu'il s'en fût aperçu, les bras de la jeune Punique l'avait enlacé et, à présent, ils le guidaient doucement sur le parquet de la chambre, sans le moindre bruit. Au rythme de la musique, leurs deux corps oscillaient comme dans une autre dimension, les cheveux d'ébène de l'Orientale mêlés à la pâleur blafarde du devin. Celui-ci ne ressentait plus la moindre gêne. Au fond, ce petit jeu était fort agréable, non parce que l'opulente poitrine de Kahina touchait délicatement sa chemise et son gilet, mais parce qu'il se croyait transporté, ne fût-ce que pour un bref instant, dans un monde où il n'y avait ni Kara Shirin, ni Irnerius de la Vieuville, ni phonographe avide d'albinos, ni notaire atrocement assassiné.

La chanson s'acheva, mais une autre résonna aussitôt. « *I will always love you...* » Sans un mot, les bras d'Abbigaëlle remplacèrent ceux de son amie. Une autre tête aux cheveux d'ébène, mais avec de grandes oreilles pointues, se logea contre le col largement ouvert de la chemise. Ce ne fut plus une poitrine, mais un ventre saillant qui taquina la peau du jeune mage. Etrangement, ce contact lui parut plus agréable. Bien qu'il sût pertinemment que la réalité ne tarderait point à reprendre ses droits, il pria pour que cet enchantement se prolongeât. Apparemment, son vœu fut exaucé : Salomon ne vint point déranger ce bienheureux manège, et aucun bruit accusateur ne transpira du plancher ou du plafond pour leur reprocher de troubler la quiétude des voisins.

Une à une, les chansons s'égrenaient et, à chaque enchaînement, les deux femmes se relayaient dans les bras de leur protégé pour le faire chalouper. Leur parfum envoûtait ses narines – bien qu'elles n'en eussent point mis. Malgré tout ce qu'il savait, il ne parvenait plus à croire que des pistolets se cachaient sous leurs aisselles. Il eût plus volontiers imaginé des ailes sous leurs blousons – des ailes de chauve-souris, certes, mais qui n'auraient rien eu d'inquiétant. Dans les enceintes, Mariah Carey succéda à Whitney Houston. « *I can make it through the rain, I can stand up once again...* » Oui, il pouvait résister à tous ces gadins qu'un destin sardonique prenait plaisir à lui lancer à la figure. Oui, il se dépêtrerait de cette ornière où il était tombé. Avec ses deux protectrices, il se sentait fort. Bientôt, ce fut au tour de Diana Ross de le transporter au pays des songes. « *Do you know where you're going to ? Do you like the things that life is showing you ?* » Oui, en cet instant précis, il savait très bien où il allait : dans un paradis où les horreurs qu'il avait contemplées la veille étaient effacées, où il n'y avait pas de zombies pour le pourchasser et où les morts ne revenaient pas hanter les vivants sous forme d'objets magiques convoités par des malandrins.

Tout à son extase, il ne s'aperçut même pas qu'Abbigaëlle avait une nouvelle fois remplacé Kahina. Cependant, un changement dans la musique titilla ses oreilles : des voix françaises s'élevaient des haut-parleurs. « *Darling, faisons l'amour ce soir, tous deux immergés dans le noir...* » Cette invitation un peu trop explicite le ramena sur terre. Baissant ses yeux bleus, il rencontra les prunelles noires d'Abbigaëlle qui lui souriait, la tête juste devant la sienne. « Est-ce donc toi qui as mis cette chanson ? » murmura-t-il. La femme marsupiale répondit par l'affirmative, tout en lui décochant un clin d'œil malicieux.

En soupirant, Ignace laissa la chanson se terminer, puis il se dégagea de son étreinte pour exécuter à son tour quelques manipulations sur l'ordinateur. Des accords nappés d'un fulgurant parfum d'avant-guerre emplirent soudain la chambre. « *When a lovely flame dies, smoke gets in your eyes* », entonnaient des crooners jaillis tout droit d'un vieux film en noir et blanc. Ignace contempla ses deux gardiennes avec des yeux narquois, en s'attendant à les voir grimacer de perplexité devant cette mélodie ringarde. A sa grande surprise, elles affichèrent au contraire un large sourire, celui de femmes auxquelles on ne tend point des pièges aussi grossiers. « On la connaît, cette chanson, lança Abbigaëlle. Tu n'as pas remarqué ce qu'on écoute ? Tu vois bien qu'on se contente pas des tout derniers tubes, ceux qui ont moins de dix ans. C'est pas parce qu'on est des filles des quartiers populaires qu'on va se boucher le nez devant une chanson des années 1930. »

Sur ce, elle remit la mélodie à son commencement, puis elle s'avança vers le jeune mage pour de nouveaux pas de danse. « *Smoke gets in your eyes...* » Ignace se sentait de plus en plus troublé. Dans son coin, bien qu'elle feignît de monter la garde, Kahina étouffa quelques grommellements. Le bord de ses lèvres trahissait un sourd malaise. A peine la chanson fut-elle finie qu'elle se rua sur l'ordinateur pour charger un autre fichier, puis elle repoussa son amie pour se nicher à son tour entre les bras d'Ignace.

« Que nous as-tu mis ? » demanda ce dernier. La réponse arriva vite. « *Dansez sur moi, dansez sur moi qui tourne comme un astre...* », chanta une voix au timbre un peu rauque, sur une mélodie de jazz. Un frisson secoua le devin. Bizarrement, le simple thème de cette chanson paraissait l'angoisser. Malgré les câlineries et les sourires ambigus de sa partenaire, il ne put empêcher ses jambes de se gauchir pendant que défilaient les couplets de Claude Nougaro. Bientôt, ce fut le dernier : « *Dansez sur moi le soir de mes funérailles. Que la vie soit feu d'artifice et la mort feu de paille !* »

Ignace ne put le supporter. Il s'arracha des bras de la jeune Punique et ferma brusquement le logiciel de navigation sur la Toile, puis il tituba, le front inondé de sueur. « Mais ça ne va pas ? balbutia-t-il. Ça ne va pas de lancer une chanson sur une histoire de disque ? Avec la menace qui pèse sur moi ?

- Il faut bien redescendre sur terre, » répondit Kahina en le regardant à son tour avec moquerie.

Elle décocha ensuite un coup d'œil un peu torve à Abbigaëlle et ajouta : « Pendant que vous vous distrayez un peu trop, moi, je vous remets dans le droit chemin. Faut pas croire trop vite que les ennuis sont finis, n'est-ce pas, Abby ? »

La jeune marsupiale ne protesta point. Son expression reflétait plutôt la honte. De toute façon, les circonstances ne lui laissèrent aucune possibilité de répliquer, puisque la porte de la chambre livra passage à Salomon venu les avertir de la fuite du temps. L'heure fatidique approchait. Si elles voulaient qu'Ignace gobât quand même quelques miettes avant sa séance d'évocation, c'était maintenant ou jamais. Les deux jeunes femmes enterrèrent donc leurs désaccords et conduisirent de nouveau leur protégé à la cuisine, afin qu'il reprît des forces tout en continuant de faire illusion auprès de la bégum.

Chapitre XV : Mission au Bourget

Nul rebondissement ne marqua cette soirée. La petite cérémonie occulte qui couronna le retour de Kara Shirin et ses compères brilla essentiellement par sa médiocrité. Malgré sa potion et tous ses efforts pour tendre son esprit, le jeune mage ne découvrit rien. Dans son délire, il aperçut certes de nouveau la mystérieuse danseuse emplumée, mais sa vision s'arrêta là. Non seulement elle ne dit rien, mais il ne distingua même pas les traits de son visage. Pour le reste, le spectre de Josiane était absent, tandis que Kali Mara se montra obstinément muet. Cependant, à la fin de sa transe, les étranges ailes surgies de nulle part réapparurent et taquinèrent de nouveau le visage, sans même qu'il pût les voir. Là encore, elles lui infligèrent d'authentiques gifles, ce qui lui permit de constater qu'elles étaient bel et bien griffues, au mépris de la constitution normale d'une aile d'oiseau. Sous la douleur, le jeune mage vacilla dans le vide et tomba, pour s'effondrer lourdement sur le plancher du salon. Dans son demi-évanouissement, il entendit les grincements de dents de la bégum furieuse qui arpentait la pièce à grands pas, pour noyer sa colère. Il attendit ses gardiennes, mais elles ne vinrent pas : Kara Shirin les retint un moment auprès d'elle, pour discuter des modalités de la surveillance d'Ignace lors sa mission du lendemain. Par bonheur, elle entérina docilement tout le plan conçu par ses suivantes, et elle les félicita même pour leur capacité à s'organiser en toute autonomie, sans qu'on leur dictât leurs gestes. Brusquement, Salomon revendiqua le droit de participer aussi à l'expédition : là où sa sœur allait, il souhaitait également se rendre ; en outre, depuis l'épisode à Montmartre, il se sentait plus responsable de la sauvegarde du jeune mage. Kara Shirin le lui accorda sans sourciller. On ramena le corps à demi conscient du devin dans sa chambre, puis tout le monde se souhaita le bonsoir, en espérant que cette affaire se dénouerait bientôt.

Le lendemain, Ignace fut tiré de son lit de bonne heure par la femme marsupiale, avant même que son réveil eût sonné. Le petit-déjeuner fut vite expédié, puis ce furent les préparatifs : gilet, cravate, veston, coiffure, ordinateur et dictaphones d'un côté ; blousons, talkies-walkies, pistolets glissés sous l'aisselle et boîtes de cartouches cachées dans les poches de l'autre. Vers huit heures, tout était prêt. Kahina et Abbigaëlle vérifièrent que leur protégé n'avait pas oublié son propre talkie-walkie, puis la petite troupe s'ébranla et quitta l'immeuble.

Aucun incident n'émailla le trajet. Pendant leur parcours dans le métro jusqu'à la gare du Nord, les deux femmes et le juif marsupial ne cessèrent de scruter tous les passagers qui montaient et descendaient, mais ils n'en repérèrent aucun qui s'apparentât, par la démarche ou l'accoutrement, aux zombies d'Irnerius de La Vieuville. Cette bonne fortune se poursuivit après qu'ils eurent rallié le RER B, dans les souterrains crasseux de la gare du Nord, et ce fut sans encombre qu'ils descendirent à la gare du Bourget, en pleine Seine-Saint-Denis. Comme ils étaient vraiment en avance sur l'horaire prévu pour le début de la réunion, Ignace proposa de faire à pied le chemin jusqu'à l'aéroport. Pour l'avoir déjà arpenté à plusieurs reprises par le passé, il le connaissait bien et sa myopie incorrigible ne le gênait pas du tout. Ses trois compagnons acceptèrent.

Ce fut un singulier quatuor qui s'avança dans les rues de la commune. En tête marchait le jeune mage, qui identifiait chaque tournant stratégique grâce à ses souvenirs, bien que tout le paysage ne fût pour lui qu'un grand tableau impressionniste. Ses trois gardes du corps le suivaient, les sens aux aguets, mais aussi très attentifs à paraître tranquilles et décontractés comme de simples passants. Autour d'eux déambulait une populace bigarrée, originaire de presque tous les coins du monde. Elle ne restait pas indifférente. Sur leur passage, des murmures peu aimables fusaient, essentiellement proférés par des voyous d'ascendance maghrébine ou africaine. Ignace percevait ces commérages et ces railleries. Il en sentait toute la médisance, renforcée par le rude argot au rythme haché que ces jeunes gens se piquaient d'employer. Cependant, il s'efforçait de rester digne, et il réfrénait autant que possible son affliction. Cela ne l'empêchait pas de soupirer entre ses dents. « Bienvenue au Weshland, lui susurra Kahina. Alors, tu as compris ce que je veux pas être ?
- Ils déshonorent vraiment leurs familles, ajouta Abbigaëlle à propos des voyous. Franchement, s'il y a un truc dont on est fières, Kahinette et moi, c'est qu'on a beau pas être des Gau-loises, on ne ressemble pas du tout à ces mecs-là.

- Ouais, rétorqua Kahina. Je suis peut-être d'origine algérienne, mais je suis pas une weshette, et je suis pas non plus une de ces filles qui se voilent pour se soumettre à la loi des mâles. »

Ce disant, elle braqua furtivement un index accusateur sur des beurettes voilées qui croisaient leur chemin, sur le même trottoir. Ignace les vit distinctement et il ne put retenir un grincement triste et las, surtout en constatant que deux d'entre elles disparaissaient sous des tchadors noirs. « Dieu tout puissant ! murmura Kahina. Si elles savaient que tu es Ishtar, en plus d'être Allah ! »

Après un bon quart d'heure, ils atteignirent enfin une grande avenue qu'ils remontèrent, puis ils arrivèrent à leur destination : l'entrée monumentale de l'aéroport du Bourget. Dans les yeux d'Ignace, le superbe bâtiment était flou, mais il identifiait quand même sa masse imposante, la petite tâche que faisait, à l'entrée, la statue en hommage aux pionniers de l'aviation, et l'immense silhouette de la fusée Ariane qui se dressait au-dessus de l'édifice, dont elle ornait la cour. Il situait aussi très bien l'annexe où ses commanditaires l'attendaient. L'heure était venue de se séparer. Une boule dans la gorge, le jeune mage prit congé de ses protecteurs qui s'efforcèrent de le rassurer tout en lui rappelant les règles à suivre, puis il traversa l'avenue et s'engagea dans la cour de l'aéroport. De leur trottoir, les deux femmes et le jeune marsupial le virent franchir les grilles puis disparaître dans le bâtiment.

Ils décidèrent alors de se replier sur le bar qu'ils avaient choisi comme poste de guet. « *Le Concorde* », lisait-on sur l'enseigne. Ce nom était de circonstance. En plus de paraître pittoresque, l'estaminet avait le mérite de n'être guère rempli. Les trois jeunes gens y pénétrèrent, l'air le plus innocent du monde, et s'emparèrent tout de suite d'une table qui leur garantissait une vue imprenable à travers les vitres. Au serveur à la mine fatiguée qui s'approchait, ils commandèrent trois grands cafés. Devant les oreilles pointues et le corps difforme d'Abbigaëlle, le garçon eut un frisson de malaise, au point de bafouiller quelque peu. La juive marsupiale lui exhiba donc ses canines et ses prémolaires ratatinées dans un sourire des plus enjôleurs, par pure provocation, puis elle lui fit remarquer que ce n'était pas parce que son frère et elle souffraient de malformations qu'il devait se montrer lambin dans son service. L'homme se confondit en excuses et se dépêcha d'apporter les boissons, puis il décampa.

Les jeunes gens trinquèrent discrètement à la réussite de leur mission, puis ils examinèrent furtivement leurs talkies-walkies. D'après les messages envoyés par Ignace, tout marchait comme sur des roulettes. Les membres du comité central d'entreprise de Flying Meals l'avaient accueilli à bras ouverts, comme à l'accoutumée. Aucune présence suspecte ne semblait se terrer dans l'édifice. Maintenant, la réunion allait commencer et il devrait taper à une cadence ininterrompue. Jusqu'à la première pause, il ne pourrait plus écrire le moindre message. « Bonne chance ! » lui adressa Abbigaëlle depuis son propre appareil, puis elle signifia à ses compagnons qu'il ne leur restait plus qu'à attendre. Tout en sirotant leurs tasses, les auxiliaires de Kara Shirin entamèrent une partie de dominos, afin de tuer le temps et de paraître absolument inoffensifs.

Les minutes s'écoulèrent. Le bar demeura bien vide. Seuls deux ou trois individus aux tempes grisonnantes vinrent s'y asseoir. Un moment, le serveur interpella ses jeunes visiteurs, en constatant que leurs tasses avaient été bues, mais ils l'amadouèrent sans difficulté en en commandant de nouvelles. La partie de dominos se poursuivait. Dans les esprits, le souvenir de la sinistre virée à la maison des vignes ressurgissait en force. A mi-voix, Kahina interrogea Abbigaëlle sur l'énigmatique berceuse que le zombie à tête énorme avait chantonnée, avant qu'elle ne le massacrât. La jeune marsupiale ne put que répondre qu'elle ignorait totalement le sens de ses paroles et que sa mère elle-même, la pauvre Sultana Zerbib, n'en savait pas plus qu'elle. Tout ce qu'elle avait pu lui confier, c'était qu'elle avait reçu cette chanson de sa propre mère et qu'on la lui avait présentée comme une incantation magique, souveraine pour endormir les bébés et les prémunir contre le mauvais sort.

Soudain, le visage de Kahina se figea, luisant d'effroi. Abbigaëlle regarda dans la même direction que son amie et elle faillit fourrer sa main sous son blouson pour dégainer son revolver. Dans le bistrot, un élégant jeune homme en blouson bleu et pull-over à col en V venait d'entrer, un grand foulard autour du cou. Ses yeux disparaissaient derrière des lunettes de soleil, tandis qu'à son oreille droite perlait un petit écouteur. Trois autres individus le suivirent : des sortes d'hommes d'affaires en complet brun et cravate ocre, eux aussi munis de lunettes sombres et d'oreillettes. D'un pas raide et un peu saccadé, ils s'assirent à une table près de la porte et commandèrent des bières d'une voix monocorde. Quand on les eut servis, ils entamèrent ce qui s'apparentait à une partie de cartes, mais avec des gestes dépourvus de toute spontanéité. Leur chef ne les rejoignit pas. Lentement, il s'approcha de la table où siégeaient Kahina, Abbigaëlle et Salomon, et il s'installa juste en face d'eux, sans même attendre leur avis. « Bonjour, dit-il d'une voix parfaitement posée, qui contrastait avec son visage totalement inexpressif. C'est pour moi une grande joie que de vous retrouver si tôt – et surtout toi, fille adoptive d'Abraham et de Moïse, ajouta-t-il à l'adresse d'Abbigaëlle. Ma présence ne vous dérange point, j'espère ? »

Aucun de ses interlocuteurs ne lui répondit. Tous le dévisageaient avec des yeux à la fois terrorisés et agressifs, où transpirait une sourde détermination à se battre, si lui-même abandonnait sa courtoisie. « Votre mutisme m'afflige, reprit le revenant. J'aurais aimé qu'au moins vous me complimentiez pour la défroque que j'ai revêtue aujourd'hui. Elle est quand même moins inquiétante que celle qui vous a accueillis voici juste deux jours. Au vrai, elle ne porte qu'un seul dommage, heureusement discret. Peut-être voudriez-vous le voir ? »

Furtivement, il dénoua son foulard et souleva légèrement l'étoffe de son pull au niveau du col. Sur la clavicule, un bourrelet de chair brunâtre se tordait en de multiples plis. Malgré sa petite taille, il était peu ragoûtant. « Cette triste excroissance recouvre des dégâts nettement plus importants, continua l'inconnu en rajustant son ornement. Une clavicule fracassée par une balle – mais heureusement ressoudée – et une carotide sectionnée par cette même balle, mais qui s'est reconstituée presque aussitôt, en prenant toutefois la forme d'un minuscule ballon de rugby. Ne croyez pas à un reproche : cet accident est survenu bien avant que cette pauvre marionnette ne vous rencontre.
- Quand... quand est-ce que ça vous est arrivé ? demanda Abbigaëlle soudain titillée.
- Pas à moi, répondit le zombie. A cet infortuné pantin qui me sert présentement à vous parler. C'était il y a fort longtemps : au siècle dernier – pas le XXe, mais le XIXe siècle. En fait, aucun de mes messagers de mort ne peut se vanter de ne pas porter de

cicatrices. Tous ont connu une existence fort mouvementée. Les malheureux ! En même temps, ils ont juste récolté les fruits de leurs méfaits. »

Kahina se dressa brusquement sur son siège et fixa le jeune homme en sifflant sourdement. « Qu'est-ce que vous manigancez ? lui murmura-t-elle. Il y a d'autres types comme vous dans l'aéroport ? Et où est Ignace ?

- Tout doux ! répondit l'inconnu. En ce moment, monsieur Leclerc est tranquillement en train de prendre des notes. Aucun de mes revenants ne le guette dans cet édifice chargé d'histoire. Seulement, il a déjà dû faire connaissance avec l'homme qui partage mon existence, pour le meilleur et un peu aussi pour le pire : Irnerius de La Vieuville. Eh oui ! Le Comité central d'entreprise de Flying Meals est un de ses clients, comme il l'est aussi de l'agence qui emploie votre cher albinos. Pour votre gouverne, sachez qu'Oldthorpe dans "Oldthorpe Consulting" signifie "vieux hameau" en anglais. Du vieux hameau à "La Vieuville", il n'y a qu'un pas. »

Cette nouvelle laissa les trois gardiens pantois, mais ils se ressaisirent vite. « Si vous tentez de l'enlever encore une fois, avertit Kahina, je vous fais un autre bourrelet, et il sera nettement plus gros que le premier.

- Ne soyez pas stupides, répliqua le zombie. Irnerius et moi n'avons nulle intention d'enlever monsieur Leclerc. En tout cas, pas aujourd'hui. De toute façon, avec trois défenseurs aussi lourdement armés que vous, la tâche serait périlleuse. Je ne voudrais pas que mes défroques s'abîmassent trop. En fait, si nous sommes ici, c'est pour vous parler, vous parler gentiment, dans le cadre d'une trêve et surtout à l'abri de votre maîtresse. Vous devez quand même être devenus curieux...

- Curieux de quoi ? demanda la jeune Punique avec ironie.

- Eh bien, n'est-ce pas intrigant de nous découvrir dans la maison où vous espériez sans doute – d'après ce que j'ai déduit – dénicher votre butin ? N'est-ce pas encore plus intrigant – surtout pour toi, fille adoptive d'Abraham et de Moïse, ajouta-t-il à l'adresse d'Abbigaëlle, – de constater qu'il y a d'autres hommes marsupiaux dans la population parisienne ? Au juste, as-tu aimé mon petit numéro de chant ? »

Kahina voulut le sommer de se taire, mais Salomon et Abbigaëlle l'en dissuadèrent. Indéniablement, l'invisible maître du revenant avait des révélations à leur faire. Il fallait le laisser s'exprimer. Le zombie leur confia sa satisfaction, sans qu'aucun sourire n'égayât son visage, puis il héla le garçon de café pour lui commander quatre limonades. Grâce aux lunettes teintées, le serveur ne remarqua rien d'insolite dans son regard et il crut simplement avoir affaire à un ami de la petite bande. Il s'exécuta donc docilement, sans s'imaginer un seul instant tous les mystères que dissimulait ce client.

Chapitre XVI : Le Crime des La Vieuville

Quand les boissons eurent été posées sur la table, le revenant invita ses interlocuteurs à porter un toast, mais ceux-ci ne réagirent point. Cependant, Abbigaëlle prit la parole. « La langue de la berceuse, demanda-t-elle, qu'est-ce que c'était ?
- La langue de tes ancêtres, répondit le zombie. La langue qu'ils parlaient dans le pays hors de ce monde-ci où ils vivaient jadis, jusqu'à ce qu'ils en fussent arrachés pour être amenés de force sur cette planète. J'ai bien connu ce pays : j'y suis né, et on m'en ôta par la violence alors que je venais à peine de quitter l'enfance. Dans le même temps, on en ôta aussi ta propre aïeule qui fut, pour sa part, la première victime de la cruauté de nos ravisseurs communs.
- Est-ce que... est-ce que ça a un rapport avec les papiers que vous avez chipés chez Richard Abitbol ?
- Tout à fait. Ces papiers, fruits des savantes recherches historiques de l'infortuné Maître Abitbol, avaient trait aux tragiques origines de l'exil de ton espèce chez les hommes placentaires. De fait, j'ai été témoin de ce terrible drame. Mais, à cette époque, jamais je ne pensais un jour retrouver dans cette terre de France celle qui fut alors ma plus parfaite compagne de souffrance. »
Sans prévenir, il se pencha en avant et se mit à examiner le visage de la jeune marsupiale, comme s'il se fût agi d'une œuvre d'art. Sa main frémit, visiblement tentée d'explorer la peau couleur d'ambre, mais il la retint. Abbigaëlle recula, la bouche tordue de dégoût. Elle remercia le ciel que le revenant eût gardé ses lunettes, car jamais elle n'aurait supporté le spectacle des yeux morts en train de la scruter. « C'est fabuleux, réellement fabuleux ! murmura le zombie. Après cinq générations, ce sont toujours les mêmes lèvres, le même nez, les mêmes yeux... Seules les oreilles ont changé : ton aïeule les avait plus longues, et nettement plus larges. Ah oui ! Elle était aussi un peu moins grande que toi, et elle avait la face moins fine.
- Vous allez arrêter de mater mon amie ? le coupa Kahina. Et d'abord, qu'est-ce que c'est que vos salades, votre histoire de

pays en dehors de la terre ? Vous allez nous faire croire qu'Abby et Salomon seraient des extraterrestres ? »

Le visage du zombie trembla légèrement, comme si son énigmatique marionnettiste tentait en vain de le faire sourire. « Jeune Mauresque, répondit-il, ce n'est point ce que tu penses. Oui, les ancêtres de ta chère amie à poche ne sont pas apparus sur cette terre. Ils venaient d'un autre monde. Mais ils ne sont pas arrivés ici grâce à l'un de ces prodiges technologiques que vos auteurs et cinéastes se complaisent à inventer. Otez de vos esprits tout fantasme de soucoupe volante, navette spatiale ou rayon téléporteur. La réalité fut tout autre.

- Est-ce que... est-ce que ça a un rapport avec ce phonographe et ce disque que notre patronne convoite ? demanda Abbigaëlle en hésitant.
- Comme tes intuitions sont pertinentes ! répliqua le revenant. C'est d'autant plus remarquable qu'en tant que marsupiale, tu as le cerveau un tout petit peu moins gros que celui d'un humain placentaire. Sans doute ne te satisfais-tu plus du secret que ta maîtresse entretient autour des pouvoirs de ces objets ?
- Ce phono et ce disque... ils ouvrent une porte sur un autre monde... votre monde ? continua la jeune marsupiale.
- Eh oui ! Enfin, pas le phonographe. Kali Mara ! Le pauvre spectre qui y est détenu. »

De nouveau, le mutisme étreignit les trois jeunes gens. Leur interlocuteur les enjoignit à déguster la limonade qui stagnait dans leurs verres, mais ils n'y touchèrent que du bout des lèvres. En revanche, lui-même s'en envoya une copieuse rasade. « Et dire qu'il n'en a guère besoin, ajouta-t-il en se désignant du doigt. Ça ou de l'eau, il s'en fiche. Pauvre carcasse sans âme ! Mais il faut bien duper l'assistance dans ce café...

- De... depuis combien de temps êtes-vous sur terre, dans notre monde ? balbutia Abbigaëlle. Et depuis combien de temps y a-t-il ici des hommes marsupiaux... comme moi ?
- Allons ! murmura le zombie d'un ton faussement paternel. Fille adoptive d'Abraham, n'as-tu pas lu les papiers que tu m'as dérobés chez Maître Abitbol ? N'y as-tu pas repéré une date ?
- 1867 ?
- Eh oui ! C'est cette année-là – selon votre calendrier – qu'on m'arracha à mon pays et que tes ancêtres furent eux aussi dé-

portés pour être jetés dans un exil aussi lamentable que celui du peuple qui t'a adoptée – je veux dire le peuple juif.

- Dites, lâcha soudain Kahina, vous allez arrêter de nous raconter des cracs ? 1867 ! Pff... Vous devez être un sacré mytho. Vous allez nous pas nous faire gober que vous auriez plus de cent-cinquante balais ?

- Jeune Mauresque, répliqua le zombie dont la voix oscillait entre ironie et énervement, si tu pouvais me contempler sous ma vraie forme, tu ravalerais un peu ton impertinence. Mais je reconnais que mon âge peut surprendre. Moi-même, je ne le trouve pas très normal. Au vrai, je me demande un peu pourquoi je suis encore vivant après tant de décennies. Sache en tout cas que je ne m'en réjouis guère. Au vu de l'exil que j'ai enduré, la Camarde ne m'a guère béni en m'oubliant.

- Allez ! Il va falloir vous plaindre en plus ? Vous êtes surtout un gros lâche. Pourquoi est-ce que vous n'êtes pas venu sous votre véritable apparence ? »

D'un furtif hochement de tête, le zombie attira l'attention de la jeune Punique sur le comptoir où le barman et son serveur s'ennuyaient en regardant en temps à autre un grand écran de télévision avec le volume poussé à fond, puis sur les quelques clients qui étaient entrés dans le bistrot après les trois autres revenants et qui bavardaient dans leur coin. « As-tu idée de l'endroit où tu te trouves, jeune pimbêche ? demanda-t-il. Voudrais-tu que tous ces gens me contemplent avec des yeux hallucinés ? Crois-moi, il ne servirait à rien de leur infliger un choc. Et puis, aie pitié de mon grand âge, si riche en infirmités. Je me sens quand même bien mieux dans mon repaire sous le fort d'Aubervilliers.

- Qui... qui étiez-vous avant qu'on vous enlève ? intervint Abbigaëlle.

- J'étais le fils d'un prêtre puissant et respecté, un prêtre du Feu, qui officiait dans le grand temple de ma province natale. C'était un véritable puits de science et d'autorité, presque un pontife, et la foule se pressait toujours aux célébrations qu'il accomplissait. Parmi cette foule, il y avait des êtres comme moi et aussi de nombreux hommes marsupiaux tout comme toi, fille adoptive d'Abraham. Moi, j'étais le préféré de ses enfants, bien que je fusse né de la seconde de ses trois épouses. Tout me destinait à lui succéder. A l'âge de quinze ans, alors que je me dépouillais de mon enfance, j'avais déjà parcouru les étapes de l'initiation sacrée et reçu l'essentiel de son enseignement sur l'univers et les dieux. De cette formation rigoureuse et profonde, j'arborais les stigmates jusque dans mon corps. Je m'apprêtais à recevoir la consécration suprême, qui m'aurait rendu apte à prendre la relève de mon père, mais, ce jour-là, le destin en décida tout autrement, sans que je sache pourquoi. Un étranger venu d'une autre dimension m'arracha à mon monde, après avoir... »

Il n'acheva pas. D'un coup, le zombie se tut et se figea complètement, tel une statue. Cependant, il ne tarda pas à se ranimer, avant même que les jeunes gens l'eussent touché. « Jeune demoiselle, dit-il en continuant de fixer Abbigaëlle, tu as perdu tes parents, n'est-ce pas ?

- Oui, répondit la jeune marsupiale. Pourquoi est-ce que vous me le demandez ? Vous savez qui a tué ma mère ?

- Hélas non ! Je te le jure : sur cette affaire, je ne peux pas t'éclairer. Mais je partage un point commun avec toi : moi aussi, on m'a tué mes parents.

- Et qui ? Qui ?

- Le colonel Aristide de La Vieuville. L'ancêtre d'Irnerius de La Vieuville, l'adversaire de ta maîtresse. »

L'expression ébahie qui distendit soudain les paupières d'Abbigaëlle montra bien qu'elle tiquait. « C'est... c'est impossible ! bredouilla-t-elle. Si... si l'ancêtre d'Irnerius a assassiné votre famille, comment ça fait que vous collaboriez avec son descendant ?

- Ah ! C'est une histoire complexe, répondit le zombie. Disons que le destin assez peu réjouissant du colonel Aristide après son forfait a incité ses héritiers à me traiter avec respect, bien que je n'aie jamais cessé d'être leur prisonnier. Et puis, en ce moment, Irnerius et moi partageons un objectif commun qui nous rapproche beaucoup et contribue à nous faire sentir bons amis.

- Vous voulez rentrer chez vous grâce au phonographe et Irnerius veut vous suivre ?

- Oui.

- Mais... pourquoi est-ce que vous tolérez qu'il vienne dans votre monde, alors que son ancêtre y a commis un crime ?

- Ça, ce sont surtout ses affaires. Il vous expliquera ça mieux que moi quand nous déjeunerons ensemble, tout à l'heure – car nous partagerons un repas, vous, moi, lui et monsieur Leclerc, lorsque ces braves messieurs de l'aéroport casseront la graine de leur côté. Vous verrez, mon brave Irnerius est vraiment un drôle d'individu. »

Sur le visage de la jeune marsupiale, le malaise et l'étonnement avaient cédé la place à une fascination avide. D'un trait, elle vida son verre de limonade, puis elle darda son regard sombre dans les lunettes du zombie, comme si elle eût voulu les faire fondre. « Dites-moi plus, ordonna-t-elle. Cet Aristide de La Vieuville, comment est-ce qu'il était arrivé chez vous ? Et que lui est-il arrivé ?

- Tu me forces la main, fille adoptive d'Abraham, répondit l'étonnant jeune homme. Mais comment ne pas exaucer ton vœu ? Je vais le faire sur l'heure. Aristide de la Vieuville était un colonel français. En 1867, pendant une expédition dans le Hoggar menée depuis des bases au nord du fleuve Niger, il pénétra dans mon monde à la faveur d'une brèche spatio-temporelle qu'avait ouverte pour lui un mage local – non pas Kali Mara (le pauvre n'était même pas né), mais le cheikh maure Halil aben Merwan. Pour lui et les quatre cents hommes qui le suivaient, ce fut l'occasion d'une formidable équipée : une razzia phénoménale, surprenante, dans un pays au-delà de tout ce qu'il avait pu imaginer. Parmi les héros de l'épopée coloniale française, aucun ne vécut jamais une si folle aventure. Il s'attarda bien deux semaines dans mon monde, semant avec ses soldats la mort et le pillage et surtout raflant soixante-quinze couples de ton espèce, fille adoptive d'Abraham et de Moïse, espèce dont il nomma les membres les *didelphanthropi fabri* – c'est-à-dire, en latin, les "hommes marsupiaux faiseurs d'outils". De fait, il était resté médusé en découvrant des hommes à poche. Aussitôt, il avait décidé d'en rapporter chez les humains placentaires. Ce serait quand même un excellent ornement pour vos zoos. Mais le point culminant de sa chevauchée fut quand il tomba sur moi. Dès qu'il m'eut aperçu, il décida de faire de moi le joyau de ses trophées. Je me souviens si bien de ce jour-là. Dans le temple de mon père, la cérémonie battait son plein. La liesse était générale. Partout les chants fusaient, les flûtes sifflaient, les doigts voltigeaient sur les tambourins. Moi, je m'avançais. Bientôt mon père et les autres prêtres me donneraient la bénédiction suprême et m'imposeraient la marque des initiés, puis ils me conduiraient dans le saint des saints pour me prodiguer leurs derniers enseignements. Soudain, des hommes armés en tenues couleur sable déboulèrent dans le sanctuaire. Avec leurs sarbacanes en acier qui crachaient le feu, ils tuèrent plusieurs fidèles dans la foule – des gens comme toi, fille adoptive d'Abraham. Puis ils s'emparèrent de moi. Mon père se précipita pour me secourir, mais Aristide l'abattit d'une balle dans la gorge. Un jeune soldat se tenait auprès de lui, le jeune soldat dont j'ai présentement revêtu la défroque. Il ne voulait pas rester en retrait par rapport à son colonel. Il transperça donc ma mère avec sa baïonnette, pour faire bonne mesure.

- Et que s'est-il passé ensuite ?
- Ces braves conquérants revinrent sur terre avec leur butin. Mais ils expièrent leur forfait. Ils l'expièrent même cruellement.
- Ils se sont transformés en zombies ?
- Tout juste, et je vais t'expliquer comment. Après leur sacrilège, Aristide et sa troupe s'enfuirent, avec leurs cent-cinquante captifs marsupiaux et moi-même. Les armées du royaume qu'ils avaient profané les pourchassèrent, mais elles ne purent les stopper. Hélas ! Quand on n'a pas les raffinements de votre technologie, comment arrêter une troupe munie de trois petits canons et surtout de deux nouveaux modèles – à cette époque – de ces sarbacanes à tirs multiples que vous appelez des mitrailleuses ? Néanmoins, elles parvinrent quand même à tuer quelques-uns de ses hommes et, surtout, à capturer six pauvres troufions. Qu'advint-il de ces malheureux ? Encore aujourd'hui, j'en suis réduit aux hypothèses, mais, au vu de ce qui arriva par la suite, je présume qu'ils furent sacrifiés et que les familles de mon père et de sa deuxième épouse invoquèrent la vengeance des dieux sur les profanateurs. Car cette vengeance vint.
- Sous quelle forme ?
- Connais-tu les euryptérides ? »

Abbigaëlle confessa que non, tout comme Kahina, mais Salomon intervint. « Ça serait pas des sortes d'araignées d'avant le déluge ? demanda-t-il.

- Chapeau, fils adoptif d'Abraham ! répondit le revenant. Tu y es presque. Sur ma planète, les euryptérides sont des sortes d'arthropodes grands comme la moitié d'une paume humaine et qui ressemblent effectivement beaucoup à vos araignées, sauf qu'ils ont des pinces autour de la bouche, non des crochets. Ils ont aussi la fâcheuse habitude de vivre en colonies. Toujours est-il que sur le chemin du retour, alors qu'ils se rapprochaient de la faille spatio-temporelle, certains hommes d'Aristide de La Vieuville trébuchèrent sur des terriers de ces charmantes créatures. Aussitôt, celles-ci les pincèrent cruellement. Ils les écrasèrent et furent secourus par leurs comparses, puis ils pensèrent s'en être tirés à bon compte, puisque ces drôles d'araignées n'avaient de toute évidence pas de venin. Hélas ! Dans la salive qui barbouillait leurs pinces se cachait un poison, un poison que vous appelez virus et qui ne tarda point à produire ses effets. Le soir même de leur mésaventure, ces braves soldats éprouvèrent des vertiges, des maux de tête, des tremblements. Leurs camarades crurent les soulager en leur administrant de la quinine, comme s'ils avaient juste contracté une banale fièvre exotique, mais ce remède ne les soigna en rien. Au contraire, leur état ne fit qu'empirer, jusqu'à ce que les vertiges et les malaises qui les oppressaient se changeassent en de terrifiantes crises de rage. Comme pris de panique, ils se ruèrent sur leurs compagnons et se mirent à les mordre. Ils en blessèrent ainsi un grand nombre, car leur folie les avait rendus très difficiles à maîtriser et car personne ne voulait les tuer. Aristide les crut juste frappés de démence et les fit ligoter, dans l'espoir de les faire soigner une fois que son armée aurait regagné ses bases sur le Niger. L'inconscient ! Il ne savait pas que la maladie avait désormais infecté une grande partie de ses hommes.

« La troupe fut encore capable de traverser la brèche à temps et de rejoindre la terre, mais dès son premier bivouac dans le Hoggar, la vengeance des dieux la frappa enfin dans toute sa puissance. Les nombreux soldats mordus, dont la santé s'était dégradée assez rapidement, commencèrent à développer des signes d'agressivité. Aristide voulut les faire ligoter à leur tour, mais ils se mutinèrent. Ce fut le signal d'un horrible carnage. Les contaminés éperdus de violence coururent en tous sens, frappant leurs camarades encore sains, les mordant jusqu'au sang. Le temps que leur colonel comprît qu'il ne servait à rien de les épargner et que la seule solution était de les abattre, il était trop tard : la pagaille s'était installée. Dans ce désordre, les infectés en quarantaine brisèrent leurs liens et rejoignirent la mêlée, portant la confusion à son comble. Ce massacre dura bien toute une nuit. Dans le campement, ce n'étaient que hurlements, cris de douleur, vaines supplications et fracas de têtes qu'on brisait. Je vis même Aristide de La Vieuville, infecté à son tour après plusieurs morsures, tuer plusieurs de ses compagnons dans sa folie et se repaître de leur chair comme une bête. Au matin, le calme revint. Dans le camp dévasté, il n'y avait plus que les cadavres de ceux qui étaient morts définitivement et des dizaines de zombies qui déambulaient dans leur inconscience, mus uniquement par leurs automatismes primaires.

- Mais, demanda Abbigaëlle, qu'était-il arrivé aux cent-cinquante hommes marsupiaux qui avaient été fait prisonniers ? Et mon ancêtre ? Comment est-ce que vous l'avez rencontrée ?

- Ah ! C'est bien là mon plus douloureux souvenir, car je ne comprends pas comment les dieux ont pu nous abandonner tout en punissant nos ennemis. J'ai connu ton aïeule peu après ma capture. Lors de leur première halte après le saccage du sanctuaire, les soldats pillards m'avaient jeté au milieu de leurs prisonniers marsupiaux, tout garrotté. Près de moi était assise une jeune femme, semblable à toi en tous points, sauf pour les oreilles, les mains retenues derrière le dos et les pieds attachés à une grosse barre à laquelle on avait lié d'autres de ses congénères. Par-dessus sa jupe, son ventre nu, velu et fendu pendait comme une grosse besace. Dans ma détresse, je me pencha vers elle et lui parla... »

Un instant, le zombie s'interrompit et hocha la tête, comme pour solliciter une réaction chez les trois jeunes gens. Kahina et Abbigaëlle lui répondirent qu'elles avaient parfaitement remarqué l'incorrection grammaticale qu'il venait de commettre et que leur origine populaire ne signifiait pas qu'elles ignoraient tout du beau langage. Avec une nuance de malice, le revenant leur répliqua que ladite incorrection avait été faite à dessein. Kahina l'en félicita, estimant que cette forme barbare de passé simple était bien plus logique que la forme officielle que les professeurs de français s'échinaient à enseigner. Son amie la pria cependant de se taire, pour lui permettre d'entendre la suite de l'histoire. « Comme je le disais, reprit le zombie, je me pencha vers ton ancêtre et lui adressa la parole. Il n'y avait là rien de plus naturel : nous étions tous deux dans le même pétrin. Elle me raconta donc sa propre histoire, bien lamentable : comment elle avait été la première à voir surgir Aristide et ses hommes ; comment ils l'avaient surprise alors qu'elle était allé chercher de l'eau à une rivière et qu'elle s'y était baignée, dans la plus parfaite insouciance ; comment ils l'avaient examinée sous toutes les coutures et même photographiée ; comment ils avaient entrouvert sa poche pour reluquer l'infortuné enfant qu'elle y portait, malgré ses cris et ses convulsions de protestation ; comment enfin ils l'avaient ligotée et emmenée avec eux. Elle m'indiqua aussi qu'ils avaient tué son mari et qu'ils lui avaient présenté un autre mâle de son espèce, après avoir pillé son village. Sans doute s'agissait-il du compagnon qu'Aristide comptait lui donner. Dans tout ce malheur, elle estimait que sa seule chance avait été de ne pas subir les derniers outrages ; mais, apparemment, les soldats d'Aristide s'étaient sentis incapables de les lui infliger. Sans doute parce qu'il lui manquait ces excroissances de chair sur la poitrine qui excitent tant les mâles chez les humains placentaires. Naturellement, ce récit m'affligea et m'indigna. A mon tour, je lui confia mon infortune : ma consécration inachevée, le double meurtre de mes parents, et les violences que mes ravisseurs m'avaient infligées, avant de me déposer là comme un paquet. Mon récit lui tira des larmes et l'émut au plus haut point. Elle connaissait mon temple : plusieurs fois, elle s'y était rendue en pèlerinage pour y faire des offrandes et implorer la bénédiction du Feu. A ces occasions, elle avait aperçu mon père dans ses fonctions de mage et de sacrificateur, et elle avait vibré en entendant ses incantations qui renouvelaient la paix entre les dieux et leurs créatures. Cependant, jamais elle n'avait imaginé rencontrer un jour l'un de ses fils. Nous étions quand même de deux ordres différents – et pas que cela, d'ailleurs... La nouvelle du sacrilège qu'avaient commis les troupes d'Aristide la scandalisa. Aussitôt, nous espérâmes que les dieux le puniraient, et nous lançâmes une longue prière pour appeler cette vengeance. Nous gardiens ne nous comprirent pas : ils ignoraient tout de notre langue.

« Quand nous eûmes fini, quelque chose bougea dans la poche de chair de ma compagne d'infortune. A travers la fente velue, un petit être hasarda une tête timide, jeta un bref regard dehors puis retourna se cacher, sans doute pour téter de nouveau. C'était ton arrière-arrière-grand-mère. Ton aïeule m'expliqua qu'elle était née depuis huit mois et qu'elle était encore inapte à faire de longs séjours hors de sa poche. La malheureuse ignorait qu'elle venait de perdre son père. Elle ignorait aussi que son destin serait de vivre dans la servitude. Cette perspective me parut inadmissible. Ton aïeule et moi, nous jurâmes de tout tenter pour nous évader et nous espérâmes que les dieux nous viendraient en aide. Quand nous eûmes échangé ce serment, ton ancêtre contempla sa poche et, à défaut de pouvoir la caresser de ses mains, elle chanta une berceuse pour l'enfant qui y reposait – la berceuse que je t'ai interprétée chez Maître Abitbol. D'autres femmes marsupiales aux poches fécondes et remplies étaient ligotées près de nous. Elles aussi entonnaient cette berceuse, et nos gardiens ne savaient que râler contre ce concert. C'était pourtant une incantation courante chez ton peuple d'origine.

- C'est... c'est comme ça que ma mère la connaissait, et ma grand-mère aussi ! balbutia Abbigaëlle. Elles... elles se l'étaient trans-mise de génération en génération !
- Oui, répondit le zombie, et c'est d'autant plus remarquable que tes ancêtres ont plusieurs fois changé de langue : d'abord le ju-déo-arabe, puis le français.
- Mais qu'est-ce qui s'est passé ensuite ? Si je suis là, et vous aus-si, c'est que votre plan d'évasion n'a pas marché ?
- Hélas oui, et je vais te raconter comment. Nous ne rêvions que de déguerpir. Malheureusement, tout le temps que dura la re-traite de nos ravisseurs, nous n'en eûmes jamais l'occasion. Les hommes d'Aristide nous surveillaient de trop près. Nous ne pouvions pas tenter de dénouer nos liens et nous n'avions rien sous la main pour les trancher. Bien sûr, à chaque fois que nos alliés attaquaient pour nous secourir, nous croyions que l'heure de la délivrance avait sonné, mais il nous fallait ensuite ravaler nos espérances : les soldats français sortaient toujours vain-queurs. Pourtant, au plus intime de nos âmes, nous demeurions convaincus que la vengeance des dieux finirait par éclater.

« Lorsque les premiers signes de l'empoisonnement par les eu-ryptérides se manifestèrent chez nos ravisseurs, nous sûmes que le grand moment était enfin venu. Hélas ! Ils repassèrent quand même la brèche. Mais leur premier bivouac en était en-core tout proche. De la petite dune sur laquelle nous campions, nous pouvions voir la lueur qu'elle répandait dans la nuit. C'est alors que la troupe d'Aristide bascula dans la mort-vie et que la folie meurtrière se déchaîna. Par bonheur, dans leur frénésie sanglante, les zombies épargnèrent leurs captifs marsupiaux ainsi que moi-même. Nous semblions ne pas les intéresser. Naturellement, nous vîmes là un signe de la providence. Bientôt, l'un des soldats qui nous gardaient tomba, la tête fracassée par des pierres lancées par un de ses camarades contaminés. Son poignard roula non loin de nous. A force de contorsions, ton aïeule parvint à le récupérer et à couper les liens qui retenaient ses mains. Immédiatement, elle libéra ses pieds, puis elle me délivra de mes entraves. Je m'empara d'une baïonnette laissée dans le sable par une autre victime, puis nous nous employâmes à libérer tous les autres prisonniers. Ce fut une tâche rondement menée, chacun d'entre eux nous aidant dès qu'il avait quitté ses liens. Autour de nous, la pagaille atteignait son paroxysme, mais nous ne cédâmes pas à la panique et nous nous ruâmes vers les chariots qui contenaient les vivres de l'expédition. Plus personne ne les gardait. Nous y raflâmes toutes les provisions que nous pouvions transporter, puis nous ramassâmes des armes blanches qui gisaient par terre et nous nous élançâmes à travers les dunes, vers la clarté lointaine qui signalait la porte sur notre patrie. Soudain, un zombie surgi de nulle part renversa ton aïeule et voulut la mordre. Avec la baïonnette que je tenais toujours, je lui transperça l'épaule, le forçant à décamper sous la douleur, puis je releva ton ancêtre en la portant dans mes bras. Par chance, elle n'avait rien. Je tâta sa poche, l'entrouvris : le petit bébé à l'intérieur était indemne, par miracle. Nous voulûmes nous enfuir, mais un autre soldat d'Aristide – encore sain, celui-là – jaillit à son tour et m'empoigna par le cou et la taille. "Te carapate pas, toi ! me dit-il. T'es trop extraordinaire !" Je hurla pour qu'on me secourût, et ton aïeule l'aurait fait, si un de ses congénères ne l'avait pas attrapée de son côté et contrainte à filer. Elle lui cria de la lâcher, mais il l'entraîna et ils disparurent.

« Malgré mes contorsions, je fus amené à une cage où on m'enferma, avec un cadenas. Mon ravisseur ne la surveilla cependant que peu de temps : à peine se fut-il mis en position de guet que trois de ses comparses, zombifiés, fondirent sur lui et lui brisèrent la nuque, avant de le déchiqueter. Moi, je continuais d'appeler au secours. Je ne savais pas que le pire restait à venir.

- Les zombies ?

- Non. Moi, ils s'en moquaient. Ils étaient trop occupés à massacrer leur camarade. C'était la brèche. Au loin, son éclat commençait à clignoter, à vaciller, comme si elle allait bientôt s'estomper. La raison en était simple : Halil aben Merwan, ce cheikh maure féru de magie qui l'avait ouverte pour Aristide, avait été percé d'une flèche décochée par nos alliés, peu de temps avant le retour de nos ravisseurs sur la terre. Depuis, il agonisait peu à peu, les poumons tout imbibés de sang. Aristide pensait le maintenir en vie assez longtemps pour le faire soigner par les chirurgiens présents sur les bases de son armée, sur le Niger, mais le destin démentit ses espérances, pour notre plus grand dam, à moi et aux tiens. Alerté par un râle derrière moi, je me retourna, juste à temps pour voir Halil aben Merwan traîné par deux zombies qui l'avaient arraché à la tente où il reposait. Dans ses borborygmes, il semblait supplier, implorer sa grâce. Ses bourreaux n'en eurent cure. Dans leur frénésie, ils l'égorgèrent à coups de poignard. Aussitôt, la grande clarté qui signalait la faille vers ma patrie disparut : l'ouverture surnaturelle s'était refermée. De désespoir, je hurla, comme un fou, comme un damné. Non, ce n'était pas possible ! Les dieux n'avaient pas pu me vouer à ne jamais regagner mon monde ! Un instant j'osa espérer que les prisonniers marsupiaux – dont ton aïeule – étaient parvenus à passer à temps, mais je me trompais. Bientôt, par-delà le vacarme que causaient les zombies tout affairés à massacrer leurs camarades encore sains, je perçus au loin une rumeur qui allait en s'enflant, une rumeur emplie de pleurs, de lamentations et de cris de désespoir. C'étaient mes compagnons d'infortune qui s'étaient heurtés à la fermeture de la brèche. D'après les propos que j'arrivais à capter, celle-ci s'étaient évanouie alors qu'ils s'apprêtaient à la franchir. A présent, ils n'avaient plus d'autre choix que d'errer dans ce désert, sans savoir où aller. Dans leur retraite, ils repassèrent près du camp. Je me cramponna aux barreaux de ma cage et je les héla à pleins poumons, pour qu'ils vinssent me libérer. Même si c'était pour courir à une mort certaine, je préférais mourir de soif dans les dunes qu'être massacré à mon tour par les zombies. Depuis mon poste, je les voyais. Parmi eux, je distinguais ton aïeule qui s'efforçait quand même de courir, malgré sa poche gonflée. Elle avait entendu mes appels. Un instant, elle tenta de convaincre certains de ses compagnons de la suivre pour me délivrer, mais ils refusèrent de l'écouter : revenir au camp aurait été trop dangereux, les zombies étaient devenus trop menaçants. Une nouvelle fois, ils la réduisirent au silence et la forcèrent à fuir avec eux. Les cent-cinquante hommes marsupiaux disparurent dans la nuit et moi, je resta seul, au milieu de l'odeur du sang, des vociférations des infectés et des cris des agonisants. Un moment, je continua de secouer ma cage comme un forcené, en implorant des secours qui ne viendraient jamais, puis je m'effondra en pleurs. Pourquoi les dieux m'avaient-ils abandonné ? Pourquoi avaient-ils puni les meurtriers de mes parents pour me laisser ensuite au milieu des démons ?

- Mais, demanda Abbigaëlle, vous vous en êtes quand même sorti ?
- Si on peut dire, répondit le revenant. Au petit matin, le soleil se leva sur un spectacle immonde. Le camp avait été littéralement saccagé. Partout gisaient des cadavres égorgés, mutilés, le crâne brisé, le ventre fendu, et entre ces dépouilles, les survivants zombifiés de l'expédition La Vieuville déambulaient. Ils étaient encore nombreux, les bougres : bien plus d'une centaine. Plusieurs rôdaient lentement autour de ma cage, un peu comme des requins. Parmi eux, je reconnus Aristide, la mine hagarde, son bel uniforme déchiré et tout maculé de sang. Tel un fauve, il se frottait contre les barreaux, des filets de bave au coin des lèvres. La lueur d'appétit qui flamboyait dans ses yeux était plus éloquente qu'un long discours. Un moment, je crus que ma vie s'arrêterait là, dans ce désert, d'une façon lamentable, mais je me rappela soudain une parole de mon père, lorsqu'il m'avait donné une des bénédictions qui auraient dû m'amener jusqu'à la consécration suprême. "Ne désespère jamais des dieux, avait-il dit. Avec cette marque que je te fais, une part de leur puissance repose désormais en toi. Crois en eux, et tu asserviras tes ennemis, lorsqu'ils auront reçu leur châtiment." D'instinct, sans même y réfléchir, je me mis à tendre ma volonté en direction du colonel zombie qui essayait de m'attraper dans ma cage. "Calme-toi et sors-moi gentiment de cette cage, répéta-je dans ma tête. Calme-toi et sors-moi gentiment de cette cage." A mon immense surprise, il se détendit et abandonna son expression affamée. Mieux : il commença à tirer docilement sur le cadenas, pour l'ouvrir. Mentalement, je lui ordonna d'aller chercher les clés dans les poches de mon geôlier, massacré pendant la nuit. Il les ramassa et débloqua le verrou, puis il me tira doucement hors de ma prison et me prit dans ses bras. Il semblait à des

lieues de vouloir me dévorer. Les autres, cependant, continuaient de me reluquer avec avidité et s'approchaient. Je tendis alors ma volonté dans leur direction, en espérant très fort dans les dieux. "Prosternez-vous devant moi, leur dis-je mentalement. Prosternez-vous !" L'un après l'autre, ils cessèrent de gronder et s'agenouillèrent, immobiles comme des statues. J'ordonna à Aristide de me promener dans tout le camp, et je reproduisis ce manège avec tous les zombies que je rencontra. Tous se soumirent, sans exception. Je n'en revenais pas : sans même l'avoir vraiment désiré, j'avais fait de mes ravisseurs mes esclaves. »

Abbigaëlle ne fit aucune remarque : elle demeurait silencieuse, tant ce récit extraordinaire la captivait. Salomon était tout aussi fasciné et il ne pouvait plus détacher ses yeux du revenant, tant il languissait après la suite de l'histoire. Seule Kahina se montrait plus réservée, mais elle ne disait rien, pour ne pas froisser ses deux compagnons. L'étrange jeune homme reprit : « Je força très vite ces braves gens à me servir à manger et à boire, car je commençais moi aussi à avoir férocement faim et férocement soif. Alors que la journée s'avançait, un nouveau phénomène survint : Aristide et ses soldats retrouvèrent leur conscience et leur rationalité. En effet, le processus de zombification n'était pas encore parvenu à son terme : pendant de très longs mois, ces malheureux profanateurs connaîtraient encore de trompeuses phases de rémission, entrecoupées de crises. Dans le cas présent, ils s'étaient quand même aperçus que leur lucidité les avait quittés et ils avaient aussi éprouvé, dans leur folie, une sorte d'apaisement quand je les avais placés sous mon contrôle. En découvrant toutes les horreurs qu'ils avaient commises inconsciemment, ainsi que la perte de leur précieux butin vivant, ils furent glacés d'épouvante et ils comprirent qu'une puissance invincible les avait frappés. Aristide, en particulier, tomba en prostration. C'était normal : il était assez pieux et persuadé d'agir pour la plus grande gloire de son Dieu. Une maladie aussi effroyable ne pouvait être qu'un châtiment divin, une sanction infligée par les cieux pour punir un crime de guerre. Lequel ? Avoir injustement raflé des innocents, à coup sûr ! S'être comporté comme un négrier païen ou mahométan, sous couvert de curiosité scientifique ; secondairement, d'avoir multiplié les meurtres gratuits, dont ceux de mes parents. A défaut de me ramener chez moi, la seule façon de rattraper ce crime était de me traiter avec égard, afin d'adoucir mon malheur. Il y avait d'autant plus intérêt que j'étais le seul capable, en les contrôlant, de les empêcher, lui et ses hommes, de se transformer en monstres sanguinaires. Aristide décida donc de me conserver pieusement auprès de sa famille en France (alors qu'il prévoyait initialement de me donner au Jardin des plantes), de me bichonner comme le jeune prince en exil que j'étais, et de garder le secret sur mon existence ainsi que sur sa fabuleuse découverte. Ses soldats s'y engagèrent à leur tour et, de fait, aucun n'enfreignit par la suite ce serment solennel.

« Je ne m'attarderai guère sur la suite. Sache simplement, fille adoptive d'Abraham et de Moïse, que les survivants de l'expédition se dépêchèrent de regagner leurs bases au sud sur le Niger. Ils ne prirent même pas la peine d'enterrer leurs victimes : les vautours et les sables se chargèrent de les effacer. Tout le temps que dura cette triste retraite, je ne cessa pas d'observer les étendues désolées à travers un trou dans la bâche du chariot où l'on me cachait. J'espérais tant voir des traces de ton aïeule et de ses congénères. Je me demandais ce qu'ils étaient devenus, j'aurais voulu les retrouver. Finalement, à force de n'apercevoir aucun cadavre, je me dis qu'ils s'en étaient peut-être sortis. Plus tard, je suppose qu'ils avaient été capturés par des groupes de Touaregs semblables à ceux que nous avions croisés de temps à autre sur ce chemin du retour. Depuis, en te découvrant, j'ai compris que mon intuition avait été parfaitement juste... Mais ne nous éternisons pas là-dessus !

« Ce morne voyage fut aussi pour moi l'occasion d'apprendre mes premiers rudiments de français, auprès d'Aristide. Celui-ci se montra très prévenant à mon égard. Il fut surpris de la vitesse à laquelle j'assimilais sa langue. De fait, la nature m'a doté de capacités qui rendent un tel apprentissage plus aisé que pour une cervelle d'homme placentaire ou d'homme marsupial. Cela soulagea beaucoup ce pauvre colonel de La Vieuville : il avait pris conscience que ses capacités intellectuelles déclineraient irrémédiablement ; plus vite je progresserais, mieux je pourrais prendre le relais de son âme au fur et à mesure que celle-ci défaillirait – jusqu'au jour où elle s'éteindrait définitivement. Dès ce moment-là, j'eus à endosser de lourdes responsabilités. A deux reprises, je dus faire passer mes ravisseurs sous mon contrôle, lors de crises de zombification, et les guider sous un soleil de plomb selon un itinéraire qu'heureusement, Aristide m'avait expliqué à l'avance, dans sa grande prévoyance. Ma foi, je ne me débrouilla pas si mal, puisque je réussis à les ramener tous à bon port, jusqu'à leurs bases sur le fleuve. Là, le secret sur mon existence, sur celle de tes congénères à poche et sur notre pays fabuleux resta d'autant mieux gardé que les supérieurs d'Aristide ignoraient le motif réel de son expédition dans le Hoggar. En effet, ce dernier avait fait l'objet d'un pacte soigneusement dissimulé entre ce cher colonel et Halil aben Merwan. Aristide était convaincu – à juste titre – que jamais les officiers dont ils dépendaient ne lui auraient donné carte blanche, s'il leur avait parlé de la merveilleuse contrée que le cheikh maure lui avait proposé de découvrir : ils l'auraient cru fou. Il était donc parti avec la simple mission de forcer les tribus locales à se soumettre à la France. Ce fut sans aucune difficulté qu'il fit avaler à ces braves officiers que son expédition avait été décimée par des Touaregs hostiles et que le groupe de soldats qui l'entouraient était les seuls rescapés de cette désastreuse aventure. Malgré leurs diplômes et leurs galons, ces hauts gradés se laissèrent duper. On ne l'interrogea pas plus. La petite troupe fut évacuée au Sénégal, puis elle repartit en France, toujours en me dissimulant dans ses bagages.

« C'est ainsi qu'à la fin de 1867, je fis connaissance avec la campagne française et avec le manoir des La Vieuville, où les proches du colonel m'accueillirent comme leur nouvel objet de curiosité puis, bientôt, comme leur étrange génie tutélaire. Depuis, j'y vis toujours en théorie, après plus de cent quarante ans... Drôle de vie... Triste vie... Traité comme un prince par mes geôliers, mais condamné à me cacher. Exilé sur une autre planète que la mienne, sans aucun espoir de retour. Isolé parmi une espèce totalement différente de la mienne, et réduit à en être le scrutateur à la fois intrigué et narquois. Surtout, hanté. Hanté par le souvenir de mon enfance heureuse, parmi les humains marsupiaux et parmi ceux qui me ressemblaient. Hanté par l'image de mes parents, abattus lâchement sous mes yeux. Hanté enfin par la pensée de mes compagnons d'infortune, les cent-cinquante hommes marsupiaux raflés par les Français, et surtout par ton aïeule. Qu'était-elle devenue ? Et qu'était devenu le petit bébé qu'elle portait dans sa poche ? Crois-moi, je n'ai jamais cessé de songer à son visage. Et crois aussi que ma vie dans ce monde-ci a plus été faite de souffrances que de joies.

- En tout cas, intervint Kahina d'un air moqueur, on voit que vous avez bien profité de votre séjour pour vous perfectionner en langue. Vous parlez vachement bien français à présent.

- Jeune mijaurée, répondit le zombie avec irritation, mais sans que sa bouche se tordît, tu mériterais vraiment une bonne dizaine de gifles, pour te purger de ton insolence. Mais je sais rester courtois. Tu vantes mes compétences en langues étrangères. Songe donc plutôt aux ancêtres de ta pauvre amie à poche, qui durent apprendre le judéo-arabe, puis le français. Au vu de leurs capacités, ils eurent plus de mérite que moi. Ils eurent aussi moins de chance : ils ont totalement oublié leur langue originelle, alors que moi, je la connais encore. »

De nouveau, il se tourna vers la jeune marsupiale et la scruta fixement. « Tu t'appelles bien Abbigaëlle, n'est-ce pas ? lui demanda-t-il. Abbigaëlle Banoun ?

- Oui, répondit la jeune juive d'une voix désormais ferme. Et mon ancêtre ? Comment est-ce qu'elle s'appelait ?

- Çirzan. C'était là son seul nom. Accessoirement, on y ajoutait un adjectif dérivé du nom de son père, pour indiquer sa filiation, mais c'était totalement facultatif. Quel contraste avec toi ! En vérité, quand je te vois comme cela, devant moi, je me sens décontenancé, décontenancé et ahuri.

- Les souvenirs vous taraudent ?

- Ils m'obsèdent. Je me souviens si bien de ton aïeule. Je m'en souviens comme si c'était hier. Je la revois encore, assise près de moi, toute tremblante, vêtue de sa jupe bariolée attachée autour des hanches, et les épaules couvertes de sa cape rouge sombre. C'était là le seul habit qui ornait son torse. Dessous, elle avait la poitrine nue, car elle n'avait pas de mamelles à cacher – tout comme toi. Et toi que je contemple maintenant, couverte jusqu'au cou, engoncée dans ce jean, ce t-shirt, ce blouson, toutes ces frusques conçues pour des primates, avec des contraintes de primates qui ne sont pas les tiennes ! Mais ce qui me dérange le plus, c'est ta nouvelle identité. Dis-moi, ta propre mère, que tu as perdue prématurément, elle s'appelait bien Sultana ?

- Exactement. Sultana Zerbib, pour ne rien cacher.

- Abbigaëlle Banoun... Sultana Zerbib... Des noms et des prénoms sémitiques pour des créatures qui n'ont rien de commun
avec les hommes de cette planète ! Et dire que ton aïeule adorait le Feu, dans le temple de mon père ! Tes ancêtres ont choisi
un tout autre Dieu en arrivant ici. Ils se sont ralliés au Dieu
d'Abraham, un Dieu dont les livres saints n'enseignent pourtant
pas qu'il ait créé Eve avec une poche sur le ventre. Enfin... Dans
leur exil dans ce monde-ci, d'autres de tes semblables ont fait
un choix différent, mais tout aussi inepte : ils se sont convertis à
l'islam !
- Vous l'avez lu dans les papiers que vous avez volés chez Richard
Abitbol ?
- Tout juste, mon enfant ! J'ai littéralement dévoré ce petit mémoire. A vrai dire, malgré son inachèvement, malgré aussi les
papiers qui manquaient à cause de toi et de tes amis, c'était une
mine de renseignements, absolument fascinante.
- Qu'est-ce que vous y avez appris ? Où trouve-t-on d'autres
hommes marsupiaux en France ?
- Je ne te le dirai pas. Je te laisse le soin de les découvrir par toi-
même. Au besoin, fais-toi aider par ton frère ici présent et par
ta chère amie placentaire à la langue bien pendue. Moi, je ne
tiens pas à les connaître. Ils se sont islamisés ou judaïsés, arabi-
sés ou francisés. Ils n'ont plus rien à voir avec les pauvres captifs que j'ai croisés. Jamais ils ne pourraient regagner leur pays
d'origine. En même temps, quand je songe à eux – et quand je
te vois, toi –, je ne peux m'empêcher de frémir de jalousie. Vous
autres, les marsupiaux en exil, vous avez réussi à trouver votre
place dans ce monde de placentaires. Moi, je n'y suis pas parvenu, et je ne l'aurais jamais pu. Remercie ton nouveau Dieu de
t'avoir accordé cette chance. »

Les traits d'Abbigaëlle se contractèrent de fureur et elle se
pencha soudain vers le revenant, comme pour l'empoigner par
son foulard. Seul le désir de ne pas ameuter tout le bistrot
l'empêcha de crier. « Cette chance ? Cette chance ? siffla-t-elle
entre ses dents pour que personne ne l'entendît, ses oreilles
pointues frissonnant de rage. Vous croyez que c'est une chance
que d'être obligée de cacher sans cesse sa poche et son ventre,
afin de ne pas être traitée comme un monstre de foire ? Vous
croyez que c'est une chance que d'être entourée de gens qui
n'arrêtent pas de se foutre de vous, car vous n'avez pas de seins ?

De se faire tirer les oreilles, car ils les trouvent trop bizarres ? D'essuyer moquerie sur moquerie, car ils trouvent votre sourire affreux ? De cumuler le double handicap d'être juive parmi les antisémites et marsupiale parmi les placentaires ? D'avoir à cause de ça un physique difforme ? D'avoir pour seule amie une fille pas à l'aise dans sa communauté, car des mecs placentaires comme elle ont failli la violer ? Surtout, vous croyez que c'est une chance que de pas savoir du tout qui son vrai père, et aussi d'avoir perdu sa mère juste au moment où on sortait de l'adolescence, et de même pas savoir comment elle est morte ? Hé ! Il y a pas que vous qui avez perdu vos parents !
- Mais oui ! Tu es la plus malheureuse du monde ! » grinça le zombie en dodelinant de la tête.

D'un coup, il agrippa entre ses doigts un pan du blouson de la jeune juive. Abbigaëlle le laissa faire : le regard de défi qu'elle braquait sur ses lunettes montrait bien que ce geste d'intimidation ne l'impressionnait pas. « Tes jérémiades sont si poignantes, continua le revenant, que tu en ferais presque pleurer cette pauvre défroque qui t'empoigne – si au moins elle le pouvait encore. Pourtant, tu as beaucoup plus de chance que moi. Tu t'es intégrée dans ce monde, et tes ancêtres aussi. D'abord, tu jouis d'une communauté religieuse qui t'a accueillie dans ses rangs.
- Parlons-en ! Mon frère par alliance, monsieur Judaïsme-sans-Taches, n'arrête pas de me seriner que je suis pas une vraie juive, alors que le Dieu d'Abraham et de Moïse est le seul que j'aie jamais connu.
- Il est vrai que la pauvre Eve n'avait pas de poche sur le ventre et que c'est pour ça qu'elle a été réduite à accoucher dans la douleur. Mais au-delà de ce petit malaise identitaire, tu as parfaitement ta place dans ce pays. Si tu ne servais pas cette femme déshonnête qui t'emploie, tu pourrais jouir d'un métier normal. Tu ne serais qu'une pauvre citoyenne française difforme. Tu as aussi une amie parmi les placentaires – une vraie amie. Et ta mère ! Certes, elle est morte trop tôt, mais elle avait un vrai métier elle aussi, et elle a connu deux fois la joie d'aimer : d'abord avec l'énigmatique homme marsupial qui t'a engendrée – car tu n'es sans doute pas née d'un viol –, ensuite avec l'homme placentaire qui t'a élevée et qui a aussi pris soin de ton frère. Quelle merveille ! Une marsupiale et un placentaire qui

s'aiment au point de sceller ensemble leurs destins ! Comme j'aurais voulu goûter moi aussi à ces bonheurs !

- Vous auriez pas plutôt tendance à cracher dans votre soupe ? Le manoir des La Vieuville, ça devait quand même être mieux que les piaules médiocres que mes parents ont connues.

- Ma soupe, jeune insolente, n'a été qu'un bouillon rance maquillé en potage onctueux. Jamais je n'ai pu m'intégrer à cette société terrestre, cette société humaine, pour la simple raison qu'elle n'avait aucune place pour moi. Ma nature profonde, ma véritable apparence m'interdisaient d'en trouver. As-tu idée de ce que fut ma vie ? Se cacher sans cesse pour ne pas troquer une captivité dorée contre une captivité tout court. Ne jamais sortir d'une semi-clandestinité. Connaître la solitude absolue, sans aucun congénère de son espèce. Se souvenir sans cesse de l'assassinat de ses parents et ne pouvoir compter, pour se soustraire à la méchanceté et à la bêtise des humains, que sur les descendants de leurs meurtriers. Mûrir et vieillir sans jamais connaître l'amour, sans jamais engendrer de postérité, et comprendre qu'il faudra s'y résigner. Surtout, se demander sans cesse pourquoi les dieux m'ont condamné à cet exil loin de mon monde, alors qu'ils ont quand même puni les sacrilèges à l'origine de mon malheur. Crois-moi, devant ce destin absurde, d'autres auraient perdu la raison ou se seraient suicidés. Mais ce ne fut pas mon cas, car j'ai quand même connu quelques soulagements qui m'ont permis de garder un peu de foi dans une possible justice divine. Tout d'abord, voir mes ennemis réduits à l'état de carcasses sans âme que je peux manipuler à volonté. Chaque fois que je les contrôle, j'éprouve une sorte de jouissance secrète, surtout devant le contraste avec ce qu'ils étaient auparavant. Au fond, ces criminels méritaient bien cela. Regarde-les. »

Le jeune homme désigna discrètement du doigt les trois autres zombies attablés près de l'entrée du bar. Depuis le début de la conversation, ils n'avaient pas cessé d'enchaîner parties de cartes sur parties de cartes, comme si les événements qui se déroulaient dans le troquet leur étaient indifférents. Pour mieux leurrer le barman et son serveur, leur mystérieux marionnettiste leur avait fait commander à deux reprises de nouvelles bières, qu'ils avaient bues entre leurs échanges de bouts de carton. Englués dans leur ennui, les deux hommes n'avaient rien remarqué de suspect. « Ils n'arrêtent pas de rejouer la même partie, n'est-ce pas ? murmura Abbigaëlle.

- Exactement, répondit le zombie au foulard. Vois-tu, en ce moment, tandis que je te parle depuis les tréfonds de mon fort d'Aubervilliers, je tends aussi mon esprit pour voir à travers leurs yeux et manœuvrer leurs mains. Depuis toutes les décennies que je pratique ce sport, j'y suis totalement rompu. Organiser cette partie relève presque pour moi du pilotage automatique. N'est-ce pas fascinant de penser que ces grossières machines de chair furent jadis des humains doués de raison et de sensibilité ? Pour ta gouverne, sache que l'un d'entre eux fit partie des soldats qui capturèrent ton aïeule et la déshabillèrent de force. Elle me l'avait désigné de la tête, lorsque nous croupissions tous deux dans nos liens.

- Comment se fait-il qu'ils soient encore vivants à l'heure actuelle, ces zombies ? Qu'ils aient plus de cent-cinquante balais comme vous ? Ils ne vieillissent plus ?

- Disons qu'ils ont une capacité phénoménale dont ne jouissent pas les vivants normaux : celle d'hiberner, de mettre toutes leurs fonctions vitales au ralenti et ainsi de disparaître de la scène pendant des années et même des décennies, avant de réapparaître. Dans ces moments-là, ils semblent presque morts. C'est avantageux. Ça ralentit beaucoup leur vieillissement. Je peux ainsi les économiser.

- Ça va de pair avec leurs prodigieux pouvoirs de cicatrisation ?

- Bien sûr ! Le plus piquant dans cette affaire reste quand même qu'ils ont développé toutes ces capacités au fur et à mesure que leur humanité les abandonnait. C'est lorsque l'étincelle de la conscience et de la raison s'éteignit dans leurs cerveaux qu'elles furent totalement en place. Encore un des effets du virus transmis par les euryptérides. N'est-ce pas formidablement ironique ? Des pouvoirs dignes de superhéros et aucune conscience, aucune volonté libre, aucune intelligence pour en profiter. Crois-moi, quand je vois ce paradoxe, je savoure à longs traits la première phase de ma vengeance.

- Et la deuxième phase, qu'est-ce que ça sera, hormis rentrer chez vous grâce au phonographe ?

- Obtenir justice pour tout le mal qu'on m'a infligé, sur la personne de ce très cher Irnerius de La Vieuville. Comme tu l'as deviné, celui-ci souhaite me suivre. Le problème, c'est qu'en pé-

nétrant dans mon monde, il risque fort d'être exécuté, et même sacrifié.
- Comment pouvez-vous affirmer ça ?
- J'ai eu des songes. Des songes prémonitoires. Dans la solitude de mon extrême vieillesse, j'ai rêvé que, par miracle, je retournais dans mon pays, accompagné du dernier descendant de l'homme qui avait tué mes parents et m'avait arraché à ma famille. Là, je retrouvais mes frères et mes sœurs de sang, les héritiers des enfants des deux autres épouses de mon défunt père. Ils m'attendaient. Je leur désignais Irnerius et, aussitôt, ils se saisissaient de lui et le décapitaient, pour le punir du crime de son ancêtre. Plusieurs fois, ce rêve est venu me visiter. Je sais pertinemment qu'il ne s'est pas agi de fugaces illusions. Avant de mourir, mon père m'avait appris à reconnaître les songes qui ont valeur de présage. Cette prédiction-là, j'ai choisi d'y croire. Bientôt, elle se réalisera.
- Mais Irnerius... Il est au courant de tout ça ?
- Eh bien oui ! Je ne lui en ai rien caché. Or, loin de l'effrayer, ça l'a réjoui. Voyez-vous, mon brave Irnerius est un homme très étrange. S'il souhaite découvrir mon monde, ce n'est même pas pour en dévoiler l'existence aux autres hommes placentaires et ainsi leur permettre de le visiter, voire de l'envahir. C'est pour y mourir. Par avance, il accepte son châtiment. En effet, son obsession est de connaître ce qu'il appelle une mort extraordinaire. »

La grimace qui tordit soudain les traits d'Abbigaëlle, de Kahina et de Salomon démontra avec éloquence qu'une telle philosophie de la vie leur semblait plus déroutante qu'une batterie de caractères chinois. A défaut d'enjouer l'expression de son visage, le zombie les approuva en pouffant légèrement. « Merci de manifester votre bon sens, chers jeunes gens, reprit-il. Malheureusement, Irnerius ne partage pas votre sagesse. Il a vraiment des idées baroques. En même temps, je ne vais pas l'en dissuader : j'ai langui trop longtemps après la justice divine, et on ne rencontre pas souvent des condamnés à mort qui acceptent si joyeusement leur destin. De toute façon, Irnerius lui-même vous éclairera sur ses motivations, lorsque vous déjeunerez avec lui, très bientôt.
- Dites, intervint Kahina, avant qu'on y aille, à votre repas, j'aimerais vous poser une question qui me démange un peu la

langue : pourquoi est-ce que vous n'avez pas pris la peau d'Aristide de La Vieuville pour venir nous parler ?

- C'est vrai ! ajouta Abbigaëlle, irritée que son amie se fût emparée avant elle d'une interrogation qui la titillait aussi. Puisque l'assassin de vos parents s'était transformé en zombie et que vos zombies peuvent hiberner, normalement, il devrait être encore vivant à l'heure actuelle.
- Malheureusement, jeunes demoiselles, répondit l'étrange individu, on ne peut exiger l'impossible. Si je n'ai pu revêtir la dépouille d'Aristide, c'est car il est mort. Comprenez par là que son corps a irrémédiablement disparu.
- Mais comment ? Et quand ? demanda la jeune marsupiale.
- Irnerius et moi vous le raconterons, à l'heure du déjeuner. Vous comprendrez ainsi un peu mieux l'origine des lubies qui taraudent mon cher ami humain, ainsi que les raisons qui expliquent pourquoi je vous parle en ce moment depuis le fort d'Aubervilliers, en pleine Seine-Saint-Denis, et non bien au chaud dans le manoir des La Vieuville à la campagne. »

Brusquement, le talkie-walkie rangé dans le blouson d'Abbigaëlle grésilla. La femme marsupiale s'en empara immédiatement, pour découvrir sur l'écran un message au ton plus qu'alarmiste. Elle le montra à Salomon et Kahina, qui tressaillirent. Avec ironie, le zombie la pria de lui laisser voir à son tour cette missive. Malgré l'hostilité de ses deux comparses, la jeune juive aux oreilles pointues tourna l'appareil dans sa direction. « Hé hé ! ricana le revenant. Il semble que votre protégé vienne de faire connaissance avec mon cher Irnerius. Le repas tant attendu ne devrait plus tarder désormais. Oh ! Une minute, s'il vous plaît ! »

Sans prévenir, il s'immobilisa comme une statue, dans une rigidité presque totale, puis, au bout de deux minutes, il s'anima de nouveau. « Il est plus de midi, dit-il aux trois jeunes gens. Les joyeux drilles de l'aéroport viennent de partir casser la croûte. Pour nous aussi, il est temps de se restaurer. Venez avec moi. Irnerius vous a réservé des places, à vous et à monsieur Leclerc, dans un petit restaurant très sympathique non loin d'ici. Vous pourrez enfin faire connaissance avec lui et apprécier toute son excentricité. Ah oui ! Ne le critiquez pas trop là-dessus : il est un peu susceptible. »

D'un claquement de langue, le zombie héla le garçon de café et paya non seulement ses verres, mais aussi ceux de ses trois interlocuteurs. Une nouvelle fois, l'honnête employé se laisser leurrer par les lunettes sombres et par un généreux pourboire que ce client au foulard coquet ne manqua pas d'ajouter. Malgré leur appréhension, les jeunes gens se levèrent et le suivirent hors du bar, tout à leur désir de protéger Ignace et d'en apprendre davantage sur leurs adversaires. Abbigaëlle, en particulier, ne le lâcha pas d'une semelle, et sa démarche sembla même plus hardie que celle de ses compagnons.

Au moment de passer la porte, ils aperçurent brièvement les trois autres revenants qui se redressaient à leur tour pour s'acquitter de leur note. Peu après, ceux-ci les rejoignirent dans la rue et se placèrent juste derrière eux, comme pour leur interdire toute retraite. « Où allons-nous ? » demanda Abbigaëlle d'un air presque narquois. Le jeune homme au foulard inclina la tête vers une petite rue adjacente à peu de distance du troquet, puis le petit groupe s'ébranla dans cette direction, sans qu'aucun passant ne prêtât attention à son manège.

Chapitre XVII : Invitation musclée

Après avoir laissé ses gardiens, Ignace traversa la grande avenue et franchit la grille qui protégeait l'aéroport, puis il gagna le bâtiment qui hébergeait les réunions du comité central d'entreprise de Flying Meals. L'attente à l'accueil ne fut pas longue : bientôt, le secrétaire de l'instance vint le chercher et le conduisit dans une grande salle au deuxième étage, où les représentants du personnel s'étaient déjà rassemblés. La plupart l'accueillirent avec chaleur, en lui offrant même des petits croissants et du café qu'on avait spécialement apportés pour que tous les participants à la réunion se restaurent. Cependant, cette parenthèse paisible ne dura guère : bientôt entrèrent les membres de la direction – le président de Flying Meals et son directeur des ressources humaines. Le salut qu'ils décochèrent au jeune mage resta très sec, tout empreint de méfiance. Ignace ne s'en formalisa guère : depuis plusieurs mois, il savait pertinemment que les dirigeants de Flying Meals le soupçonnaient de prendre le parti des représentants du personnel dans ses comptes rendus de réunion. Sur son activité, les conséquences s'en faisaient déjà sentir : depuis quatre mois, la direction lui interdisait de profiter du restaurant d'entreprise lors des pauses-déjeuners, afin qu'il ne s'acoquinât point avec les représentants du personnel et les délégués syndicaux. Il devait donc se contenter de sandwiches qu'il dégustait dans les cafés autour de l'aéroport. Cela le chagrinait. Toutefois, dans le cas présent, il tendait plutôt à s'en réjouir : cette contrainte lui permettrait de retrouver, l'espace d'une heure et demie – voire plus –, ses tendres geôlières et le fidèle Salomon.

Déplier l'ordinateur, le mettre en marche, charger le fichier pour la prise de notes et enclencher les dictaphones furent l'affaire de quelques instants. Juste avant que les débats ne commencent, Ignace manipula doucement son talkie-walkie sous la grande table pour envoyer à Kahina et Abbigaëlle un message indiquant que tout allait bien. Aucun participant ne remarqua son geste. Afin de détendre un peu l'atmosphère, l'un des représentants du personnel crut bon de souligner auprès des dirigeants que le comité recourait une nouvelle fois aux bons offices de son chat angora blanc aux yeux bleus. Le directeur général de Flying Meals feignit de goûter cette plaisanterie, mais il lui donna très vite un tour caustique en recommandant audit chat de ne pas trop s'exposer à certaines lumières trop attirantes, sous peine de contracter des brûlures à cause de sa déficience en mélanine. Il déplora aussi qu'à cause de son albinisme, ce même chat n'eût pas des yeux de lynx. Ignace n'apprécia guère ces moqueries sur sa particularité génétique, mais il s'efforça de garder le sourire et il feignit même de les trouver drôles : mieux valait ne pas menacer le contrat entre PV Express et ce client-là.

Les débats s'engagèrent. Très vite, la courtoisie de façade s'estompa. Dès le premier point de la réunion, sur l'approbation du compte rendu de la précédente séance du comité, de menues tensions se manifestèrent entre les représentants des salariés et ceux de la direction. Elles éclatèrent vraiment à partir du deuxième point, lorsque le directeur général présenta la situation économique de Flying Meals et annonça l'événement que les délégués des salariés redoutaient depuis un certain temps – tout en le sachant quasi inévitable – : une vaste restructuration de l'entreprise, avec la suppression de nombreux postes et le licenciement de leurs titulaires. Aussitôt, le secrétaire du comité monta au créneau. La direction ne l'appréciait guère. Ce membre de la CGT s'était en effet taillé une solide réputation de contestataire, toujours prompt à critiquer la politique de Flying Meals et à rechercher dans toutes les décisions du conseil d'administration, même les plus innocentes, une intention sourdement hostile au personnel. Depuis tout le temps qu'il couvrait les réunions de cette instance, Ignace s'était habitué à son langage cru, peu fleuri et presque vulgaire. Dès le début de la joute oratoire, ses doigts se lancèrent dans une folle sarabande sur son clavier afin de consigner tous les mots de sa protestation, dans toute leur aigreur et leur verdeur. Le secrétaire poursuivait sa diatribe enflammée, à laquelle le directeur général ne répondait que par de brèves saillies sèches et cassantes, qui montraient clairement tout son refus d'un authentique dialogue social. Dans l'assemblée, ils étaient à peu près les seuls à s'exprimer. De fait, les autres représentants des salariés siégeaient surtout pour soutenir leur meneur en cas de vote. Ignace ne s'en affligeait pas trop : cette rareté des intervenants lui simplifiait la prise de notes en ne lui donnant que deux voix à identifier – sa vue basse l'empêchant de contempler distinctement les visages de la plupart des participants.

Avec cynisme, le directeur général de Flying Meals se posait en malheureuse victime d'une conjoncture économique défavorable, marquée par une intensification de la concurrence sur le marché de l'approvisionnement des vols en victuailles à laquelle l'entreprise n'avait pu résister, à cause de son positionnement sur une clientèle de vols moyens courriers de plus en plus boudés par leurs passagers, lesquels préféraient désormais les compagnies aériennes à bas coût. Dans ce contexte, Flying Meals ne pesait plus grand-chose face aux spécialistes de la restauration aérienne qui avaient su opter pour des tarifs beaucoup moins chers que les siens. Son déficit, accumulé depuis déjà plus de trois ans, montrait clairement que sa clientèle historique dédaignait de plus en plus ses prestations pour se tourner vers les services de ces rivaux meilleur marché. Le modèle économique qui avait jadis fait la richesse de l'entreprise était devenu obsolète, et une restructuration massive assortie d'un changement d'orientation commerciale constituait la seule solution réaliste.

Le secrétaire du comité refusait d'adhérer à cet argumentaire. Avec virulence, il accusait la direction d'avoir elle-même organisé le naufrage de Flying Meals en profitant du durcissement du cadre économique, cela afin de préserver les intérêts de ses plus gros actionnaires au détriment de ceux des salariés. D'un ton glacial, le directeur général le pria d'étayer ses dires, tout en soulignant que la direction avait donné carte blanche au comité pour commander une expertise sur les comptes et les orientations stratégiques de Flying Meals. Le secrétaire répondit que ladite expertise avait été faite et que l'ordre du jour de la réunion prévoyait justement sa restitution. Avec un petit sourire en coin, les membres de la répliquèrent qu'ils avaient été ravis de discuter avec le spécialiste d'Oldthorpe Consulting, quand celui-ci menait son étude, et qu'après avoir goûté toute sa courtoisie, ils avaient maintenant hâte de l'entendre présenter ses conclusions. « Parfait ! lança le secrétaire avec un air de défi. Entrez, monsieur de La Vieuville ! Ces messieurs vous réclament. »

Un frisson laboura l'échine d'Ignace. Sous le choc, il interrompit brusquement son pianotage. Mais ce ne fut rien à côté de ce qui suivit. A l'une des extrémités de la pièce, une porte grinça et une silhouette toute floue rejoignit nonchalamment l'assemblée. « Bien le bonjour, chers représentants de Flying Meals, dit-elle en s'avançant. C'est pour moi un délice que de vous retrouver... »

Cette voix... C'était exactement celle qui avait résonné dans le téléphone, la veille de la tentative ratée d'enlèvement. Le jeune mage voulut croire qu'il se leurrait, qu'il était victime d'une sorte d'hallucination, qu'il avait surtout mal compris le nom de l'expert, mais tout indiquait qu'il ne se trompait pas : même timbre, mêmes intonations... En s'efforçant de rester calme, il se pencha vers l'un des représentants du personnel pour lui demander l'identité de cet intervenant. « Ben, c'est monsieur Irnerius de La Vieuville, répondit l'autre. L'expert que le comité a commandité. » Cette confirmation frappa Ignace comme une décharge électrique. Seule la volonté de ne pas paraître lâche l'empêcha de défaillir et de s'effondrer de sa chaise. Pour donner l'illusion que tout allait bien, il se remit à dactylographier, mais ses doigts ne parvenaient plus à atteindre les bonnes touches et ses notes commençaient à ressembler à du charabia. « Prenez place, monsieur de La Vieuville ! lança le directeur général de Flying Meals. Nous ferez-vous l'honneur de nous présenter succinctement les conclusions de votre rapport ?

- Avec toute la diligence que je vous dois, répondit le mystérieux consultant. Cependant, cette diligence, je la dois plus encore à mes commanditaires, les membres du comité. Par ailleurs, l'adverbe "succinctement" me semble ici employé mal à propos. Il y a beaucoup à dire sur l'évolution de votre entreprise – beaucoup de conclusions qui laissent un peu rêveur –, et j'autorise les membres du comité à me réclamer dès maintenant tous les éclaircissements qu'ils jugeront utiles. »

En feignant de n'obéir qu'à un souci de commodité, Irnerius de La Vieuville vint poser son ordinateur juste à droite d'Ignace, puis il le raccorda au vidéoprojecteur et entama son exposé debout sans changer de place, de façon à ce que sa victime pût le contempler à loisir. Malgré la répugnance qui l'oppressait, malgré la panique qui cognait contre ses digues dans le seul but de le submerger, le jeune mage se força à regarder son adversaire. Celui-ci était très grand, presque autant que lui, le visage long et mince, les yeux verts, les cheveux blond sombre et taillés en brosse. Son élégant costume marron clair, à la veste croisée, et sa cravate impeccablement nouée contrastaient violemment avec les pulls en laine et les cardigans grossiers de la plupart des représentants du personnel, ainsi qu'avec la cravate mal ajustée du directeur général et avec le col de chemise largement ouvert du chef des ressources humaines. Devant son port si distingué, si aristocratique, personne n'eût cru qu'il cultivait des activités occultes ni qu'une horde de zombies se tenait à sa disposition.

Le jeune mage espéra qu'il s'éloignerait, mais il persista à déclamer tout près de lui, sans jamais quitter son champ de vision limité. De temps en temps, sans que les autres ne s'en aperçoivent, il lui décochait de discrètes œillades, pour l'examiner à son tour. A la lueur qui pétillait dans ses prunelles, on devinait combien il jubilait de l'observer enfin directement. Ignace se sentait incapable de supporter ce regard, bien que ce dernier ne rencontrât le sien que par intermittence. Pour lui échapper, il s'évertua à se replonger dans son travail de dactylographie, en tendant son esprit au maximum pour que ses notes cessassent de ressembler à un magma de mots sans queue ni tête. Malheureusement, toute concentration l'avait déserté. Les débats qui agitaient le comité n'avaient plus aucune valeur pour lui. Seule l'obsédait cette idée fixe : déguerpir, se carapater hors de cette salle où le destin l'avait piégé, et regagner au plus vite le seul lieu qui lui offrît un minimum de sécurité. Seulement, toute retraite lui était impossible.

Comme un naufragé perdu au beau milieu de l'Atlantique, le jeune mage se cramponna à son ordinateur aussi fermement que s'il se fût agi d'une poutre flottante, afin de ne pas défaillir. A côté de lui, Irnerius poursuivait son exposé, en l'appuyant de documents qu'il projetait depuis son ordinateur. Sa voix était neutre, paisible, semblable à celle d'un professeur d'université lancé dans un cours magistral. Savamment, il démontait pièce par pièce tout le discours de la direction et prouvait, chiffres à l'appui, que le contexte économique n'était pas responsable du déclin de Flying Meals. Au contraire, tout semblait s'être passé comme si l'entreprise elle-même n'avait pas cherché à s'adapter à l'évolution de son environnement commercial. En effet, elle aurait pu le faire, tout en préservant la majeure partie de ses postes. Cela aurait simplement demandé quelques investissements supplémentaires, auxquels elle n'avait hélas pas consenti, alors qu'ils auraient permis d'éviter l'actuel projet de restructuration. Ensuite, en sa qualité d'expert d'Oldthorpe Consulting, Irnerius n'accusait personne. Peut-être les dirigeants et les actionnaires de Flying Meals s'étaient-ils laissé dépasser par la situation... De toute façon, il n'avait guère besoin de charger ouvertement : le secrétaire du comité s'en chargeait à sa place. Ravi de disposer d'une démonstration scientifique qui étayait ses positions, celui-ci l'interrompait sans cesse pour critiquer la direction et lui reprocher, outre la crise de l'entreprise, son usage abusif de l'intérim, sa radinerie en matière d'embauches durables et son refus de faire progresser la qualification des salariés. A chacune de ses invectives, le directeur général et son collègue s'efforçaient de se justifier, tout en demeurant glaciaux et distants. Cependant, leur attitude cachait difficilement toute l'épaisseur de leur mauvaise foi. Surtout, les étincelles furibondes qui luisaient dans leurs yeux montraient sans ambiguïté le peu d'estime qu'ils éprouvaient envers Irnerius, ainsi que leur hâte à le voir partir. A ces regards assassins, le consultant répondait par de discrets sourires qui prouvaient qu'il n'était pas dupe ainsi que par de brefs hochements de tête à destination du secrétaire et de ses partisans, comme pour signifier qu'au fond, il n'était pas responsable des invectives qui fusaient dans cette instance.

Ignace n'en pouvait plus de ce manège grotesque. Ses doigts n'aspiraient qu'à s'emparer du talkie-walkie caché dans son veston, afin de lancer un message de détresse à Kahina et à Abbigaëlle. Malheureusement, son travail de rédaction le lui interdisait. Il fallait une pause ! Il fallait que toutes ces discussions s'arrêtent, afin qu'il pût décamper loin de cette salle, appeler à l'aide et s'éclipser rapidement avec l'appui de ses gardiennes !

Par bonheur, la réunion finit par s'interrompre, le secrétaire du comité et ses partisans ayant jugé qu'au regard de la gravité de la situation, des éléments fournis par Oldthorpe Consulting et de l'hypocrisie de la direction, une délibération entre les représentants du personnel s'imposait. Le directeur général de Flying Meals et son collègue furent priés de quitter la pièce. Quant à Ignace, on lui accorda une pause bien méritée au regard du marathon de dactylographie qu'il venait d'accomplir.

Aussitôt, le jeune mage se rua hors de la salle, après avoir éteint ses dictaphones en coup de vent, et il se précipita dans des toilettes situées au fond d'un couloir. Elles étaient inoccupées. Dans un coin s'y alignaient des pissotières. Tout en se plaçant devant l'une d'elles, de façon à faire semblant d'uriner, Ignace se saisit de son talkie-walkie et voulut presser le bouton pour appeler Abbigaëlle, mais une main surgie de nulle part bloqua soudain son geste. Terrifié, il se retourna : derrière lui se tenait Irnerius de La Vieuville qui le contemplait avec un étrange sourire. « Tout doux, monsieur Leclerc ! murmura-t-il d'un ton patelin. Et le respect des lois ? Vous n'allez quand même pas faire venir, dans cette zone aéroportuaire protégée, des individus non autorisés, et en armes de surcroît ?

- Lâchez-moi, salopard ! grinça Ignace. Lâchez-moi ! »

Pour toute réponse, le consultant lui agrippa son bras encore libre tout en resserrant son étreinte sur son poignet, au point de le tordre. Sous la douleur, le jeune mage laissa échapper le petit émetteur, lequel s'en alla tomber dans l'une des poches du veston de son adversaire. Celui-ci lui attrapa ensuite les deux poignets de la main gauche, tout en lui saisissant la gorge de la droite et en le plaquant contre le mur. Sous la pression des doigts qui lui écrasaient la trachée, le visage déjà blême du devin commença à virer au gris. Il voulut appeler à l'aide, mais seuls des gargouillis étouffés s'échappèrent de sa bouche. « C'est mieux comme ça, susurra Irnerius en gardant le même sourire. Beaucoup mieux. De toute façon, vos aimables gardiennes n'auraient pas pu vous répondre : elles sont occupées en ce moment.

- Vos... vos zombies les ont attaquées, c'est ça ? parvint quand même à bredouiller Ignace. Ne leur faites pas de mal, espèce de connard !

- Attaquées ! Mais pas du tout ! En ce moment, elles discutent gentiment avec eux. Si nous sommes venus ici, c'est pour une rencontre pacifique, pas pour répandre de l'hémoglobine et de la barbaque un peu partout.

- Mensonge !

- Oh non ! Sincérité la plus complète. En outre, sachez que ce ne sont pas *mes* zombies, contrairement à ce que vous pensez. Ils m'accompagnent, certes ; ils me protègent, mais ils ne m'appartiennent pas, et je ne les contrôle même pas.

- C'est... c'est le bonhomme qui vit auprès de vous qui les contrôle ? Ce mystérieux bonhomme qui parle à travers eux et qui ne se montre jamais.
- Tout juste, monsieur Leclerc ! Merci d'être aussi observateur ! En fait, ce n'est pas moi qui mène le jeu dans cette histoire. C'est lui. »

Un instant, il s'interrompit et tendit l'oreille, craignant d'entendre des pas en route pour les cabinets. Cependant, nul bruit suspect ne résonnait dans le couloir. Il resserra donc son étreinte sur le cou d'Ignace, tout en lui bloquant les genoux avec sa jambe. « En fait, reprit-il, c'est vraiment une drôle de situation que la mienne. Ce personnage qui vous intrigue, je le connais depuis que je suis tout petit. Il accompagnait déjà mes ancêtres. Heureusement que vous ne l'ayez jamais vu en vrai : vous vous en frotteriez les yeux jusqu'à vous les crever.

- Qu'est-ce que... qu'est-ce que c'est ? bafouilla Ignace. Qu'est-ce que c'est ?
- À quoi bon vous le dire ? Sachez simplement qu'il est bizarre, insolite, très vieux et, comme tous les vieux, radoteur, râleur et chiant – parfois même franchement chiant. Pourtant, je ne peux que le bénir. Sans être un mentor, il m'a révélé le sens de mon existence sur cette terre, ainsi que la voie à suivre pour réellement accomplir ma destinée. »

De nouveau, il se tut pour épier les bruits aux alentours, mais, de toute évidence, aucun trublion potentiel ne se manifestait. Les membres du comité devaient être tellement bouleversés – ou tellement furieux, dans le cas du directeur général et de son collègue – qu'ils en avaient oublié leurs vessies. Ignace se tortilla pour essayer de se dégager, mais son ennemi l'écrasa davantage contre les carreaux de la paroi et renforça sa pression sur sa gorge. « Chameau ! grinça le jeune mage d'une voix presque imperceptible. Pourquoi... pourquoi est-ce que vous recherchez ce phono et ce disque ?

- Pff..., répondit Irnerius en lui soufflant sur le visage. Et si, plutôt que de courir tout de suite à la grande révélation, nous faisions une petite promenade par des chemins détournés ? Dites-moi, votre vie n'est-elle pas bien monotone, bien ennuyeuse ? »

Ignace ne voulait pas se prêter à ce petit jeu malsain, mais un étrange instinct le poussa à hocher très légèrement la tête, de haut en bas. « Eh bien, la mienne l'est tout autant ! répondit Irnerius. La seule différence, c'est que je ne manque de rien au plan financier, alors que vous êtes plus exposé à tirer le diable par la queue. Mais pour le reste... Ça fait des années à présent que j'exerce le métier de consultant. Dans ce dessein, j'ai fondé plusieurs entreprises, que j'ai supprimées à chaque fois l'une après l'autre, toujours pour en créer de nouvelles. Oldthorpe Consulting est la dernière en date. Après avoir conseillé les puissants du monde de l'industrie, de la finance et du commerce, j'ai décidé, pour changer un peu, d'apporter mes lumières aux syndicalistes dans leurs combats contre les excès du grand capital – même quand ces combats sont parfaitement déraisonnables, économiquement parlant. Peu m'importe que mes commanditaires soient rationnels : du moment qu'ils alimentent mon chiffre d'affaires... Et puis, après avoir enseigné pendant des années à de gros actionnaires peu scrupuleux toutes les méthodes pour être malhonnêtes sans se faire épingler par les autorités, je peux bien inciter de doux utopistes à s'enferrer jusqu'au bout dans leurs illusions, tout en faisant un pied de nez aux grosses légumes qui m'ont jadis permis de m'enrichir. Avouez qu'une telle carrière d'intrigant n'est pas celle de tout le monde. »

Un frisson secoua Ignace, mais il n'en étouffa que davantage. « Et pourtant, continua Irnerius, cette vie me lasse. Déjà, la malhonnêteté basse et mesquine des grandes entreprises avait fini par m'ennuyer : toujours la même petitesse, la même banalité dans la cupidité et l'obsession du chiffre d'affaires... Auprès des rêveurs qui fantasment encore sur le grand soir – ou, tout au moins, sur un monde plus juste –, je pensais trouver des profils plus divers, une existence plus étonnante. Comme je me trompais ! A présent, j'en ai assez de fréquenter des individus qui, au-delà de leurs diverses étiquettes syndicales, sont tous les mêmes, tous englués dans leurs ridicules utopies de gauche, tous confits dans leur ignorance crasse de l'économie et du droit – oui, du droit, monsieur Leclerc, même du droit ! Auprès d'eux, je m'emmerde. Ils ne me surprennent plus. En fait, que vous soyez maître de l'économie ou simple rouage dans le système, que vous ayez soif de profit ou soif de justice, vous n'avez jamais rien d'extraordinaire. Vous êtes désespérément confit dans la même médiocrité.

- Pou... pourquoi voulez-vous ce phono ? marmonna Ignace entre des râles. Je... je m'en moque de vos digressions philosophiques. Pourquoi... pourquoi est-ce que vous me persécutez ?
- Oh ! Un peu de patience, monsieur Leclerc ! La digression n'est pas finie. En fait, au-delà des gens, c'est la vie entière qui est médiocre. On a beau rouler sur l'or, aligner des comptes dans de multiples banques et collectionner les titres boursiers, on ne mène au fond que de petites existences banales. La vôtre l'est assurément. Quand même, œuvrer comme simple scribouillard dans des réunions, alors que vous avez sans doute derrière vous un splendide parcours universitaire... Mais la mienne ne l'est guère moins. D'un côté comme de l'autre du monde de l'entreprise, je n'ai fréquenté que des minables et je n'ai vécu avec eux que de petites histoires minables. Seulement, je ne suis pas de ceux qui s'y résignent, contrairement à d'autres. Avez-vous des frères et sœurs, monsieur Leclerc ? »

Ignace voulut l'inviter à aller se faire cuire un œuf – d'autant plus que cette question ravivait en lui le souvenir de la mort de Josiane –, mais il préféra finalement garder le silence. Irnerius ne s'en formalisa point. « Moi, poursuivit-il, j'ai un frère et une sœur – Adalbert et Zénobie, de leurs prénoms. Ils ne me ressemblent guère. Leurs existences sont stupides et mornes, mais ils s'en contentent. Adalbert vit avec son épouse et élève sagement ses trois bambins dans le cadre d'un gentil petit couple monogame. Zénobie a divorcé et se débrouille toute seule avec le seul enfant qu'elle a pu avoir, les autres n'ayant jamais vu le jour, puisqu'elle a enchaîné les fausses-couches. Moi, j'ai pris leur contre-pied. J'ai refusé de fonder une famille. J'ai vécu de très nombreuses aventures libertines, tant avec des hommes qu'avec des femmes. Et pourtant, à présent, ceci me lasse tout autant que la médiocrité de ma vie professionnelle. En toute sincérité, la dépression m'aurait envahi, si ma famille n'avait pas recelé dans son patrimoine un joyau qui m'a enfin montré la voie à suivre pour connaître un destin vraiment extraordinaire.
- Et quel... quel est ce joyau ?
- Eh bien, il s'agit simplement du maître de mes zombies, cette créature que vous qualifiez cavalièrement de "bonhomme". Un "bonhomme" ! Mais elle est un prodige qu'aucun nom terrestre ne peut désigner ! Ça fait longtemps que ma famille la possède – un demi-siècle exactement. Elle était déjà là avant que je ne

vienne au monde. Depuis mon enfance, elle me fascine. A une époque toutefois, quand je n'étais encore que prime jeunesse et immaturité, je l'ai méprisée : je ne supportais plus ses radotages, ses plaintes perpétuelles... Mais à présent, tout ça est fini. J'ai appris à reconnaître son incommensurable valeur. »

Soudain, il suspendit son discours et grimaça. Une lueur d'espoir traversa les yeux d'Ignace : dans le couloir adjacent, on entendait enfin des pas qui semblaient franchement se diriger vers les toilettes. Cependant, la porte ne s'ouvrit pas. Malgré les cris muets du jeune mage, l'inconnu s'envola vers une autre destination, sans marquer le moindre arrêt. « Je crains que personne ne vienne nous déranger, dit Irnerius en reprenant son sourire. Quel bonheur que cet édifice comporte d'autres gogues ! Vos conviendrez quand même qu'un peu de tranquillité, ce n'est pas désagréable.

- Ne... ne faites pas le fanfaron ! balbutia faiblement Ignace. Les membres du comité finiront par se demander où vous êtes.
- Oh non ! En ce moment, ils sont encore en train de discuter entre eux et de s'interroger sur le texte de la déclaration qu'ils lanceront à la figure de leur direction.
- Co... comment le savez-vous ?
- Très simple : ils ont convenu de me biper, lorsque la réunion reprendra. Or, pour l'instant, personne ne m'a encore bipé. Cependant, ce n'est pas une raison pour gaspiller notre temps.
- Votre mystérieux mentor, c'est lui qui vous a révélé l'existence du phonographe d'André Castelet ?
- Non. Il m'a juste dévoilé la possibilité d'un destin extraordinaire. Le phono et le disque, je n'ai appris leur existence que bien plus tard – et lui aussi, d'ailleurs. Mais tous deux sont liés au mystère de ses origines. Surtout, ils sont les instruments indispensables pour que j'accomplisse ma destinée – la destinée qui me permettra enfin de m'arracher à la banalité qui oppresse et enchaîne le commun des hommes. »

Sans prévenir, il asséna au jeune mage une gifle qui le fit ployer, puis il lui bascula les poignets dans le dos et il les enserra comme un étau, tandis que sa main libre lui agrippait la peau du cou aussi férocement qu'un lynx sauvage qui mord un lapin. « Vous auriez pu me guider jusqu'à ces objets merveilleux, grinça-t-il à son oreille. Vous auriez pu m'aider à réaliser mon destin, en faisant don de votre vie. Et dire que vous aviez gobé l'hameçon, qu'il n'y avait plus qu'à remonter le moulinet... Quel dommage que ma rivale Kara Shirin ait réussi à couper ma ligne ! A présent, je dois me contenter d'expédients pour mes recherches.

- Pou... pourquoi vous lamentez-vous comme ça ? gémit Ignace. Vous venez de me débusquer. Maintenant, vous n'avez plus qu'à me coffrer.
- C'est ça ! Vous enlever en pleine mission, en plein jour, dans un aéroport, et avec vos trois bouledogues armés jusqu'au cou tout près d'ici ? On peut quand même rêver meilleur cadre pour un kidnapping. Pour avoir toutes les chances de réaliser mon rêve, je ne tiens pas à avoir la police aux trousses, et donc certainement pas à déclencher une fusillade en plein Bourget.
- Alors, à quoi est-ce que vous jouez en ce moment, puisque vous n'allez pas tenter de m'enlever de nouveau ?
- Je vous invite, monsieur Leclerc. Je vous invite, lors de la pause de midi, à déjeuner avec moi dans un petit restaurant très sympathique non loin de cet aéroport. Ce sera pour vous l'occasion de mieux comprendre mon grand projet et, surtout, de faire connaissance avec mon mentor, celui que vous avez imprudemment traité de "bonhomme". Rassurez-vous : vous ne serez pas seul. Vos chers amis y ont également été invités.
- Co... comment ? Comment ?
- Très simple. Pendant que je cause avec vous, mon très estimé compagnon est actuellement avec vos amis, dans le café où ils vous attendent. N'ayez crainte : il ne leur a fait aucun mal. C'est une rencontre totalement pacifique.
- Vous... vous blaguez. Ils ne viendront pas. Ils exploseront la tête de vos zombies et ils accourront pour me débarrasser de vous, plutôt que d'accepter votre offre.
- Oh que non ! Ils ont aussi peu le choix que vous. De toute façon, après les révélations que mon ami n'aura pas manqué de faire à votre chère gardienne à poche, je doute que celle-ci ait très envie de lui massacrer ses serviteurs. Elle préférera plutôt écouter la suite de son histoire dans le cadre d'un gentil repas.
- Qu'est-ce que... qu'est-ce que vous me racontez là ?
- La vérité, monsieur Leclerc. La stricte vérité. Ça doit quand même faire bizarre à votre chère Abbigaëlle d'avoir une poche sur le ventre au lieu d'une paire de nénés sur la poitrine, comme toutes les autres femmes. Elle a dû longtemps se creuser la ca-

boche pour découvrir la cause d'une telle difformité. Eh bien, mon mentor lui dévoile en ce moment le secret de ses propres origines. Car ils sont liés tous les deux, et même d'une façon très intime.

- Je... je ne comprends rien à ce délire !
- Alors, venez manger avec moi tout à l'heure, et vous y verrez plus clair. Sachez toutefois, dès à présent, que mon ami brûlait depuis longtemps de s'entretenir avec votre gardienne à poche. Que voulez-vous ? Elle le fascine. Tout ça à cause de son histoire personnelle. Vous, en revanche, il s'en fiche un petit peu. Vous ne l'intéressez que dans la mesure où, en nous guidant vers le phono et en donnant votre vie à Kali Mara, vous lui permettriez de réaliser son propre projet, un projet grandiose lui aussi, différent du mien, mais qui le rejoint quand même. C'est justement pour ça que lui et moi, au-delà de nos nombreuses divergences, nous nous entendons fort bien. »

Tout à coup, un faible grésillement fit trembler le veston d'Irnerius. D'une bourrade en avant, il lâcha le jeune mage qui manqua s'écrouler sur le sol. Heureusement, celui-ci se rattrapa juste à temps, tout en parvenant à empêcher ses lunettes de bondir de son nez. « Le travail reprend, monsieur Leclerc, lui lança son ennemi avant même qu'il se fût retourné pour lui faire face. Les braves syndicalistes de Flying Meals me réclament. Dépêchez-vous : s'ils ont besoin de mes lumières, ils ont aussi besoin de vos doigts. A moins que vous préfériez qu'ils vous croient constipé.

- Ou plutôt occupé à une rencontre libertine avec vous dans ces toilettes, et avec moi dans le rôle actif, feula Ignace, tiraillé entre la peur et la rage. Au fond, ça vous aurait peut-être plu à une autre époque, espèce de connard !
- Vos crâneries ne m'impressionnent pas répliqua Irnerius d'un ton empreint de dignité. Le connard en question a quand même la bonté de vous convier à un déjeuner qu'il paiera de sa poche et au terme duquel il vous laissera partir sans même chercher à vous piéger, alors que vous lui seriez si utile. Et puis, qui êtes-vous pour me juger ? Juste un paumé qui ne doit son salut qu'à deux diablesses aux ordres d'une patronne aussi peu reluisante que moi. »

Il s'apprêtait à passer la porte, quand Ignace le héla. « Hé ! s'écria-t-il. Mon talkie ! Vous ne me l'avez pas rendu !

- Et alors, monsieur Leclerc ? répondit le consultant. Vous n'en aurez plus besoin jusqu'à la pause de midi. Et puis, s'il vous plaît, ne dérangez pas votre chère et tendre Abbigaëlle. Elle a tant, tant de choses à apprendre de mon mentor.
- Fumier ! Rendez-le-moi !
- Quand vous serez venu déjeuner avec moi. Le marché est simple : lapin posé, talkie confisqué. Tenez-vous-le pour dit ! »

Du bout des doigts, il décocha au jeune mage une chiquenaude qui lui brouilla une nouvelle fois la vue. Le temps qu'Ignace eût relevé la tête, la porte s'était tranquillement refermée et son ennemi était parti. Les yeux gonflés de larmes, il faillit éclater en sanglots, humilié, honteux de sa faiblesse et de lâcheté. Il aurait voulu étrangler Irnerius avec sa cravate, lui fracasser le crâne avec le phonographe qu'il convoitait, mais il sentait clairement au fond de son âme que jamais il n'en serait capable. Le sens du devoir professionnel le contraignit finalement à tarir ses pleurs et à quitter les infâmes cabinets, même s'il y fût volontiers resté un long moment pour évacuer son chagrin.

Lorsqu'il revint dans la salle où s'assemblait le comité, il était nettement en retard et plusieurs représentants du personnel n'hésitèrent pas à le lui reprocher. Le directeur général de Flying Meals enfonça même le clou en s'estimant heureux de ne pas avoir à s'occuper des entretiens professionnels des prestataires externes comme PV Express : c'étaient toujours des mauvaises notes en moins à infliger pour cause de négligence professionnelle. Seul Irnerius ne dit rien : toujours debout à côté du siège du jeune mage, il se contenta de lui envoyer un discret sourire et un clin d'œil, que personne d'autre ne remarqua.

La réunion reprit, cette fois-ci non plus tant affolante et anxiogène qu'affreuse et morne. Les membres du comité avaient effectivement mis à profit leur pause pour rédiger une protestation solennelle contre la politique de la direction, qu'ils lurent dès que les dictaphones eurent été rallumés. Le directeur général de Flying Meals y répondit par une longue déclaration d'innocence dont le cynisme eût crevé les yeux de tout auditeur ayant renoncé à sa candeur d'enfant prépubère. Toutefois, Ignace trouva cette attitude presque bienveillante par comparaison avec celle d'Irnerius à son égard. Quand ce plaidoyer fut terminé, les membres de la direction prièrent le consultant de reprendre son exposé, tout en lui lançant de nouveau des regards noirs afin qu'il sût combien ils appréciaient son choix de servir le comité. Irnerius répliqua par un sourire empreint de fausse naïveté, auquel s'ajouta un bref coup d'œil ironique sur tous les membres de l'assemblée, comme s'il se réjouissait secrètement de pouvoir bientôt dire adieu à tous ces gêneurs.

Finalement, la Direction de Flying Meals décida de suspendre la séance, tant la tournure prise par la discussion l'horripilait. Les représentants du personnel et les délégués syndicaux furent instamment priés de gagner le restaurant d'entreprise, pour évacuer leur colère avec un bon repas. Quant aux prestataires attachés au comité, ils étaient cordialement, mais fermement, invités à prendre leur déjeuner en dehors de l'aéroport et à n'y revenir que lorsque l'instance aurait de nouveau besoin de leurs services. Avec une légère révérence, Irnerius répondit que cette consigne n'avait rien d'une contrainte : son exposé étant achevé, sa mission était terminée et il n'avait plus aucune raison de demeurer dans ce bâtiment. Avant que la salle ne se vidât, le secrétaire du comité signifia à Ignace qu'il n'avait pas besoin de se presser pour manger : la pause-déjeuner durerait sans doute deux heures et demie, voire davantage, car les représentants du personnel se concerteraient longuement entre eux après leur repas, afin d'élaborer contre les sombres projets de la Direction une grande résolution qui ferait l'objet d'un vote. Naturellement, une copie lui en serait remise après la séance. Le secrétaire félicita ensuite Irnerius pour son étude à charge, puis il s'en alla. Pressé par les membres de la direction, le devin remballa son matériel et quitta la pièce, tout comme son ennemi.

Lorsqu'ils se retrouvèrent tout seuls dans le couloir après le départ du directeur général et de son collègue, Ignace se tourna vers Irnerius et lui demanda à mi-voix s'il pouvait enfin récupérer son talkie. Pour toute réponse, le consultant l'entraîna de nouveau dans des cabinets, après avoir vérifié si ceux-ci étaient déserts. « Eh bien ! déclara le jeune mage devant l'alignement des lavabos et des urinoirs, vous avez un goût immodéré pour les gogues, monsieur de La Vieuville. Est-ce donc là que vous viviez vos aventures libertines ? »

Sans un mot, Irnerius lui agrippa la peau du cou et la tordit avec une telle hargne qu'il dut serrer les molaires pour ne pas hurler. De sa main gauche, il lui tendit le petit appareil.

« Tenez ! susurra-t-il. Prévenez vos douces amies, la beurette et la juive à poche. »

Malgré sa souffrance, Ignace s'empara du talkie-walkie et composa sur le clavier un message qui exposait sa situation et suppliait Kahina et Abbigaëlle de ne rien commettre d'inconsidéré. Quand il l'eut envoyé, Irnerius sortit à son tour de sa poche une sorte de téléphone mobile et il le porta à son oreille. « Allô ? murmura-t-il sans lâcher sa proie. Tu me reçois bien ? Tant mieux ! Comment se comportent les deux drôlesses et le petit frère aux oreilles pointues ? Ah ! Ils sont dociles, ils acceptent notre proposition. Mais c'est parfait, tout ça ! Et moi ? Oh ! J'ai leur petit protégé, je le tiens même bien en main. Rassure-toi : il accepte lui aussi. Il sait se faire sage, quand les circonstances l'exigent. Tu emmènes sa joyeuse escorte ? Parfait ! Nous te rejoignons tout de suite. A bientôt ! »

Le jeune mage tendit l'oreille pour deviner à qui parlait son ennemi. Très faiblement, comme dans un vague murmure, il perçut une voix étrange, d'une tessiture masculine. Son timbre lui rappelait quelque chose. Le murmure qui émanait des oreillettes des zombies, le soir de l'enlèvement raté ? Il ne put approfondir sa réflexion. Dès qu'il eut raccroché, Irnerius le relâcha, toujours en le secouant. « Allez ! ordonna-t-il en l'attrapant par la manche de son veston. Suivez-moi ! Mon mentor vous attend. Et rassurez-vous : vos chères protectrices sont déjà sur place. »

Ignace eut à peine le temps de ramasser sa mallette avec son ordinateur et ses dictaphones, et il ne put même pas se frictionner la peau du cou. Son adversaire l'entraîna et tous deux sortirent.

Chapitre XVIII : Un Héros oublié

Au poste de sécurité à l'entrée du bâtiment, personne ne s'étonna de les voir passer ensemble. Irnerius récupéra tranquillement sa carte d'identité, tout en indiquant que sa mission était finie et qu'il ne reviendrait pas l'après-midi. De son côté, Ignace resta muet comme une carpe, mais aucun des agents ne remarqua sa mine abattue. Dès qu'ils eurent quitté l'enceinte de l'aéroport, le consultant fit traverser la grande avenue au jeune mage et le conduisit dans une petite rue adjacente où se dressait, tout au fond, un restaurant japonais qui ne payait pas de mine : le Sapporo. Sur la porte, un écriteau indiquait qu'il était fermé, mais Irnerius n'eut qu'à composer un nouvel appel sur son portable pour qu'on lui ouvrît. Immédiatement, il s'engouffra à l'intérieur avec son prisonnier, puis le battant claqua et un bruit de serrures et de verrous prouva clairement que toute tentative de fuite était chaudement déconseillée. D'emblée, dans cette ambiance doucereuse et kitsch où le rouge acidulé le disputait au violet criard, Ignace se sentit submergé par une sourde menace. Bien que les formes tout autour de lui eussent été parfaitement floues, il devina tout de suite que l'endroit grouillait de monde. « Prenez place, monsieur Leclerc ! dit une voix sur sa gauche, une voix dont il reconnaissait parfaitement les intonations, quoique le timbre en eût été nouveau pour lui. Mon estimé Irnerius a privatisé ce restaurant rien que pour vous et vos amis. Faites donc honneur à sa générosité. »

Guidé seulement à l'oreille, le jeune mage s'avança en se frayant un chemin entre les tables qui devenaient nettes au fur et à mesure qu'il s'en approchait. Non loin d'un mur paré de fausses estampes montrant des paysages stylisés, on avait rassemblé quatre d'entre elles de façon à accueillir de nombreux convives. Ignace aperçut tout de suite Abbigaëlle, Kahina et Salomon, qui s'y étaient déjà assis pour l'attendre, et il se précipita à leur rencontre, ivre de joie de les retrouver. Ceux se levèrent aussitôt de leurs sièges et ils l'enlacèrent, tant ils étaient heureux de le récupérer sain et sauf. Cependant, cette liesse ne dura guère. A peine eurent-ils échangé quelques mots qu'un sinistre raclement de gorge força Ignace à relever la tête pour regarder devant lui.

De l'autre côté de la rangée de tables, deux zombies le contemplaient, immobiles comme des statues. Le premier était un jeune homme aux cheveux bruns coiffés sur le côté, au nez légèrement crochu et aux pommettes saillantes. N'eût-il pas arboré la même face inexpressive que tous ses comparses, son visage aurait paru presque chafouin. Le second n'était autre que l'homme à la barbe rousse qui épiait déjà le jeune mage dans le troquet de madame Nedjma, le soir de sa première rencontre avec Abbigaëlle. A l'instar de leurs camarades, tous deux portaient les lunettes teintées censées dissimuler leur regard vide, ainsi que l'indéracinable oreillette dont la fonction exacte échappait encore aux serviteurs de Kara Shirin. « Asseyez-vous, monsieur Leclerc, dit poliment le jeune homme brun. Asseyez-vous. Aujourd'hui, vous êtes mon hôte, non mon prisonnier. S'il vous plaît, ne vous laissez pas effrayer par mes mille et un visages. »

Ignace n'en fit rien : cette invitation l'inquiétait plus qu'elle ne le rassurait. Un nouveau regard sur tout le restaurant lui confirma que celui-ci était rempli de silhouettes passablement patibulaires. Délaissant, ses compagnons, le jeune mage s'en approcha : à chaque table se tenaient d'autres revenants, tous vêtus de splendides complets avec des cravates bien nouées, leurs lunettes sagement posées sur le nez. Ce n'était pas leur seul accessoire : sous leurs vestons, un léger renflement trahissait la présence de pistolets soigneusement nichés sous l'aisselle. Ignace se félicita que ses trois gardes du corps eussent été armés jusqu'aux dents, mais il ne s'en sentit pas pour autant apaisé. « Cessez donc de me contempler comme une bête curieuse, dit l'un des zombies d'un ton sentencieux. A travers tous ces personnages, ce n'est que moi. Cherchez-vous quelqu'un d'autre ?

- Où... où êtes-vous ? demanda le devin en s'efforçant de réfréner son angoisse. Où êtes-vous... vraiment ? Je veux dire vous, pas vos serviteurs ?

- Mais je suis là, répondit un autre zombie juste derrière lui. Je suis ici et partout, et je vous observe avec une multitude de paires d'yeux. C'est un privilège rare, je vous le concède. Ensuite, n'espérez pas me rencontrer ici sous ma véritable apparence. Je ne vous parlerai qu'à travers mes esclaves. Remerciez-moi donc, au lieu de me le reprocher : je ne voudrais pas vous infliger l'effroi en plus de la perplexité.

- Qui... qui êtes-vous ? Qui êtes-vous ?
- Quelqu'un qui vient d'ailleurs, dit un troisième revenant, mais qui n'est pas pour autant ce que vous autres, humains, imaginez couramment par là. Quelqu'un qui a connu une vie mouvementée, qui a subi bien des mésaventures et qui a souffert. Quelqu'un, enfin, qui aimerait bien revoir un jour sa chère patrie à laquelle on l'a arraché et qui a eu la chance de rencontrer sur sa route un énergumène assez farfelu pour le seconder dans son projet.
- Allons, monsieur Leclerc ! s'exclama soudain une quatrième voix – c'était le jeune homme au foulard qui avait conduit dans cet endroit Abbigaëlle et les autres et qui émergeait maintenant de la cuisine, où il s'était tapi. Ne restez pas planté comme un piquet au milieu de ce restaurant. Prenez donc la place qui vous est réservée. J'ai peut-être tout mon temps, mais ce n'est pas votre cas. Et toi, Irnerius, plutôt que de te frotter les mains près de l'entrée devant le désarroi de notre hôte, viens t'asseoir en face de lui. Il me tarde trop que nous passions aux choses sérieuses. »

En frissonnant, Ignace regagna la rangée de tables et s'assit entre Kahina et Abbigaëlle – Salomon restant un peu en retrait, à droite de sa sœur. De son côté, Irnerius prit place sur un siège qui lui était destiné, entre le malfrat d'outre-tombe à la barbe rousse et son comparse à la mine chafouine. A peine eut-il posé ses fesses qu'il claqua des mains. « Maître Giap ! s'écria-t-il. Maître Giap ! »

Aussitôt, un Chinois sortit à son tour de la cuisine, accompagné de son épouse. Au large sourire qui illuminait leurs visages, on devinait chez eux une profonde complicité avec l'étrange consultant : ce n'était sans doute pas la première fois que celui-ci privatisait leur restaurant ni qu'il y ramenait ses revenants. De fait, ces derniers ne les interloquaient même pas. Le carnet à la main, le tenancier s'enquit des désirs d'Irnerius, de ses amis et de ses hôtes. Kahina et Abbigaëlle voulurent lancer des piques plutôt que de passer commande, tant cette mascarade les horripilait, mais Irnerius les coupa avant qu'elles n'eussent eu le temps de s'exprimer. « Maître Giap, dit le consultant, nous nous contenterons de sushis et de makis pour aujourd'hui. Trois de mes invités ne peuvent pas manger de viande, sauf si elle a été préparée selon certains rites. »

Avec son visage le plus enjôleur, Maître Giap expliqua que ce n'était pas une raison pour se priver de mini-brochettes, puisqu'il prenait soin, en commerçant avisé établi en pleine Seine-Saint-Denis, de ne se fournir qu'en viandes certifiées casher et halal. Pour le prouver, il alla chercher sous son comptoir des documents qu'il présenta à Kahina, Abbigaëlle et Salomon. Afin de le faire taire au plus vite, les trois gardiens d'Ignace consentirent à prendre un menu mixte mêlant de petites brochettes de poulet et de bœuf à un assortiment de sushis. Ignace et Irnerius leur embrayèrent le pas. Enfin, pour les zombies, on décida de servir simplement des sushis et des makis. Une fois les commandes notées, Maître Giap referma son carnet, mais il ne rentra pas tout de suite dans sa cuisine : ses yeux ne pouvaient se détacher du corps difforme d'Abbigaëlle. « Qu'est-ce qu'il y a ? lui lança la jeune marsupiale. Ça vous la coupe, que j'aie pas de roploplos ? Pourtant, vous devriez y être habitué : les Asiatiques, ce sont pas les mieux pourvues dans ce domaine. »

Ce disant, elle grimaça de nouveau pour exhiber ses dents rabougries, puis elle feula comme un lynx tout en hochant la tête, de façon à bien montrer ses oreilles pointues. Maître Giap esquissa un mouvement de recul, puis il reprit son sourire et regagna tranquillement l'arrière-boutique, son épouse à sa suite.

Quelques minutes plus tard, le service commença. Le bouillon au tofu et la salade de chou blanc qui faisaient office d'entrées furent vite évacués. Les zombies vidèrent d'un trait le contenu de leurs bols, même ceux qui encadraient Irnerius autour de la grande table. En revanche, les vivants prirent plus de temps pour en apprécier le contenu, de même qu'ils dégustèrent leur verdure avec plus de délicatesse. Virent ensuite les plats de résistance. Le jeune mage et ses protecteurs s'attaquèrent d'abord aux brochettes : il fallait en profiter tant qu'elles étaient chaudes. Tel n'était pas l'avis d'Irnerius, car il grignota en premier lieu ses sushis, en les avalant lentement, par toutes petites bouchées. Quant aux revenants, ils s'emparèrent de leurs baguettes avec des gestes pleins de raideur et croquèrent tranquillement leurs lamelles de poisson, sans manifester la moindre émotion. Ignace et ses gardiens admirèrent toutefois la dextérité avec laquelle ils manipulaient les petits morceaux de bois : jamais les boulettes de riz et de chair ne retombaient dans leurs assiettes. De toute évidence, leur invisible marionnettiste était un expert. « Dis-moi,

Irnerius, demanda soudain l'homme à barbe rousse assis à sa droite, le goût de ces sushis est-il agréable ?

- Je dirais même divin, répondit le consultant en se tamponnant les lèvres avec sa serviette. Ces filets de saumon et de thon rouge ont une finesse réellement incomparable, une délicatesse proprement exquise. Avec un petit filet de citron et une lamelle de gingembre par-dessus, ils sont absolument parfaits. Ma foi, si ce n'était pas si léger, je me contenterais presque d'un tel mets. En comparaison, les bouts de viande grillés qui sont censés les agrémenter paraissent franchement triviaux.

- Et dire que ces défroques grâce auxquelles je te parle n'éprouvent même pas ces délices ! intervint le jeune homme aux cheveux bruns sur sa gauche. On leur donnerait de la pâtée pour chat qu'ils resteraient tout aussi amorphes. Enfin... Ce n'est pas parce qu'ils ont perdu toute conscience qu'il ne faut pas les gâter. Quand même, ils ont encore besoin de manger.

- Au juste, poursuivit Irnerius, as-tu déjeuné toi aussi dans ton abri du fort d'Aubervilliers ?

- Seulement du strict minimum. Tu sais bien que je vis presque comme un ascète, et que les grands vieillards comme moi tendent à perdre l'appétit. De toute façon, tu connais mes goûts : d'ordinaire, je préfère autre chose que du poisson.

- Allez-vous cesser cette petite conversation grotesque ? lança soudain Ignace avec une nuance de colère dans la voix. Plutôt que de vous moquer de nous, expliquez-nous plutôt qui vous êtes, vous qui vous cachez derrière ces zombies, ce que vous recherchez vraiment, d'où viennent tous ces morts-vivants et pourquoi vous nous en voulez, à moi et à mes amis !

- Ho ho ! répondit l'homme à barbe rousse. Vous en exigez beaucoup, or je me sens déjà un peu fatigué. Adressez-vous plutôt à vos amies : elles pourront vous fournir d'utiles renseignements. Allons, fille adoptive d'Abraham et de Moïse, et toi aussi, jeune Mauresque ! ajouta-t-il en apostrophant Abbigaëlle et Kahina. Résumez donc à votre protégé ce que je vous ai dévoilé sur moi tout à l'heure, dans le café où vous l'attendiez.

- Excusez-moi, mais pourquoi leur avez-vous fait des confidences à elles plutôt qu'à moi ?

- Parce que votre douce amie aux oreilles pointues m'intéresse infiniment plus que vous. En effet, nous sommes liés tous les deux, non par le sang, mais par l'histoire, par la souffrance et par la mémoire. Vous comprendrez mieux quand vous aurez tout entendu. A présent, taisez-vous et, s'il vous plaît, gardez le silence jusqu'à ce que tout soit terminé. »

Malgré une certaine répugnance, Kahina et Abbigaëlle exposèrent à Ignace tout ce qu'elles avaient appris dans le troquet : l'extraordinaire découverte du colonel Aristide de La Vieuville et sa folle équipée ; les origines de l'inconnu qui se dissimulait derrière les zombies ; son enlèvement ; le meurtre de ses parents ; sa rencontre avec l'ancêtre d'Abbigaëlle, au milieu de tous les hommes marsupiaux capturés ; les circonstances qui avaient amené Aristide de La Vieuville et ses soldats à se transformer en morts-vivants ; leur retour sur terre, loin du monde fabuleux qu'ils avaient saccagé ; et enfin la désastreuse évasion au terme de laquelle les captifs marsupiaux du colonel français n'avaient pu retourner dans leur univers et n'avaient eu d'autre choix que d'errer dans le Sahara, tandis que l'inconnu avait été repris et séquestré de nouveau, sa seule consolation ayant été de réduire plus tard en esclavage ses ravisseurs devenus revenants. A la fin de leur récit, elles n'oublièrent pas de préciser les véritables pouvoirs du phonographe d'André Castelet, d'après les informations qu'elles venaient d'obtenir. Le jeune mage en demeura complètement médusé : sans son cursus à l'Institut libre d'hermétisme et de thaumaturgie, jamais il n'aurait cru une histoire aussi ahurissante. Les yeux exorbités derrière ses lunettes rondes, il dévisagea longuement Abbigaëlle, comme pour déceler chez elle une bizarrerie qu'il n'aurait pas encore remarquée. « Oui... oui..., bafouilla la jeune femme, mon espère vient d'ailleurs. Elle vient d'un autre monde... Je... je sais que c'est dingue... Pourtant, je ne suis pas une extraterrestre... Enfin, pas au sens où on le montre à la télé et au ciné. »

Ignace ne répliqua rien, trop abasourdi qu'il était pour réagir. De leur côté, Kahina et Salomon préféraient ne pas intervenir. Un long moment de silence passa ainsi, pendant lequel les morceaux de viande et de poisson dans leurs assiettes attendirent désespérément qu'on les touchât. Soudain, Irnerius lâcha quelques menus applaudissements. « Quel beau récit ! dit-il en souriant. Bien structuré, plutôt concis, des phrases bien faites, du vocabulaire plutôt varié, un emploi correct des temps, des modes et des propositions... J'ai même repéré quelques passés simples par-ci par-là. Ah ! Quand on entend ça, on se dit que l'immigration peut quand même être une chance pour la France, quelques fois. »

Kahina et Abbigaëlle le fusillèrent du regard, ulcérés par la bêtise de cette remarque bassement xénophobe. Comme pour les narguer, Irnerius dodelina de la tête de droite à gauche en leur tendant ses joues, son indéracinable sourire aux lèvres ; mais le malfrat brun à ses côtés le rabroua. « Tu crois intéressant de les provoquer, dit-il, surtout alors qu'elles ne peuvent rien contre toi ? Allons ! Cesse cette attitude puérile : elle ne t'avance à rien. Laisse-moi plutôt leur raconter la suite de mon histoire. Ensuite, tu auras tout loisir d'exposer tes... étranges fantasmes.

- Oh ! J'avais oublié que ton vécu personnel te pousse tout naturellement à concevoir de la sympathie pour ces jeunes demoiselles, répondit ironiquement le consultant. Au fond, rien d'étonnant à cela : vous trois, vous êtes tous des victimes du colonialisme français. Mieux : des indigènes de la république !

- Toujours le mot pour rire, Irnerius, répliqua le zombie roux. Mais tu ne perds rien pour attendre. Je tirerai vengeance du crime de ton ancêtre Aristide. A bien des égards, je suis comme un esclave noir qui aurait vécu assez longtemps pour obtenir justice sur les descendants du négrier qui l'aurait arraché à l'Afrique au XVIIIe siècle.

- Merci pour la grandiloquence de tes comparaisons, mais tu oublies que je consens à cette vengeance. Mieux : que j'y vois la condition incontournable de mon accomplissement.

- Excusez-moi, intervint Ignace, mais pourriez-vous être plus explicites, tous les deux ? En fait, vous qui vous cachez, vous souhaitez mettre la main sur le phonographe pour rentrer chez vous ? Vous voulez me sacrifier pour rouvrir votre fameuse porte spatio-temporelle ?

- Très exactement, répondit le zombie aux cheveux bruns, pour arracher provisoirement à leur sommeil les restes de ce pauvre Kali Mara, afin qu'ils accomplissent pour moi et pour mon brave Irnerius le seul sortilège qu'ils sachent encore faire : fendre les quatre dimensions pour créer de nouveau un passage entre ce monde-ci et ma patrie, comme le fit jadis Halil aben Merwan. Indéniablement, cela imposera de sacrifier la vie d'un pauvre individu qui manque de mélanine, mais, hélas, telle est la cruelle loi de ce monde : on ne fait jamais d'omelette sans casser d'œufs. J'aurais beaucoup aimé que vous vous dévouiez dans ce sens, après nous avoir secondés dans la quête du phonographe et du disque. Malheureusement, des arguments quelque peu énergiques vous ont persuadé de mettre vos bons offices au service d'une rivale. Tant pis ! Nous nous débrouillerons sans vous. Mais il n'est pas exclu que cela change – pas aujourd'hui, certes, mais qui sait, demain ?

- Ça m'étonnerait ! lâcha soudain Abbigaëlle. Si vous croyez que vous pourrez capturer Ignace demain, vous vous fourrez les doigts jusqu'à l'omoplate dans vos dizaines de paires d'yeux.

- Ouais ! renchérit Kahina. Avant de l'enlever une nouvelle fois, vous devrez trouver le moyen de nous éliminer tous les deux.

- Encore la soif de pulvériser des têtes à grands coups de balles prédécoupées ? dit le zombie roux. Mes pauvres défroques ! Enfin... Elles ont déjà enduré tant de peines...

- Vous ne toucherez pas à un seul des cheveux d'Ignace ! martela Abbigaëlle.

- Entendu ! Entendu ! S'il te plaît, ne joue pas au cacatoès, jeune phalanger. En tout cas, monsieur Leclerc, votre refus de nous aider ne vous dispense pas de savoir ce que j'ai vécu et surtout pourquoi votre estimée patronne nous trouvera toujours, mon cher Irnerius, et moi, en travers de son chemin vers le reliquaire de Kali Mara.

- Justement, rétorqua la jeune marsupiale, qu'est-ce qui vous est arrivé, une fois qu'on vous a ramené en France ? Vous nous avez encore rien dit là-dessus, alors que c'est pour ça que vous nous avez amenés dans ce resto.

- C'est vrai ! ajouta Kahina. Et Aristide de La Vieuville ? On ne sait toujours pas comment il est mort. Vous allez parler, oui ou non ? »

En silence, Irnerius regarda l'un après l'autre ses deux comparses d'outre-tombe, avec une expression malicieuse qui semblait réclamer implicitement pour lui le droit à la parole. A travers leurs lunettes teintées, les revenants le scrutèrent à leur tour, une ébauche de mine sentencieuse sur le visage, puis le zombie aux cheveux bruns lui pinça doucement les lèvres avant d'entamer le récit. « L'automne 1867 était déjà très avancé, dit-il, quand j'arriva, dans le plus grand secret, au manoir des La Vieuville. C'est là que commença ma captivité dorée. Très vite, je fis connaissance avec l'épouse trop souvent délaissée de ce cher colonel Aristide, avec ses enfants qu'il avait abandonnés pour se couvrir de gloire en Afrique, et avec toute la troupe de ses domestiques. Dès qu'ils se furent familiarisés avec moi, tous furent ébahis par mon apparence, par mon langage et par mes capacités. La plus pieuse des domestiques d'Aristide, la brave Félicité, crut même que j'étais un ange tout droit descendu du ciel. Douce Félicité ! Tu resteras un des rares humains qui m'aient vraiment aimé. Les autres tendaient un peu à se moquer d'elle, à raconter qu'elle humait trop l'encens des messes et le parfum des bénitiers. Seulement, là, ils reconnurent que son cœur simple ne s'était pas trompé : à défaut d'un ange, j'étais quand même une créature extraordinaire. Aristide n'eut guère de difficultés à les amener tous à jurer de garder le secret sur mon existence. Pour beaucoup d'entre eux – dont Félicité –, un tel commandement tenait de l'évidence.

« Comme je l'ai déjà dit, ma captivité dans ce château fut une captivité dorée. Indéniablement, personne ne me maltraita, sauf le plus jeune fils d'Aristide, qui me fit un jour subir quelques facéties d'un goût douteux. Cependant, ce n'était là qu'errements imputables à l'immaturité de son enfance. Une sévère correction lui ôta l'envie de recommencer ce genre de plaisanteries. Pour le reste, tout le monde me choya, Félicité en premier lieu. Quand elle constata que je parlais une vraie langue et, surtout, que je maniais la sienne, elle développa à mon égard une véritable adoration. Ma foi, je lui en fus très gré. Sans tout le respect et l'amour qu'elle me témoigna, j'aurais certainement déprimé, au point de me laisser aller à un acte désespéré (au passage, cela vous aurait bien arrangé, monsieur Leclerc). De fait, pendant qu'elle m'imaginait ange dépêché du fin fond du paradis, moi, je continuais de me demander pourquoi les puissances célestes m'avaient abandonné sur cette terre étrangère – surtout alors qu'elles avaient condamné mes ennemis. Qu'avais-je donc commis ? L'une des rares choses qui me permit de surmonter partiellement ce doute et ce désespoir fut l'affection et la bonté de cette servante. Grâce à toutes ses attentions, je parvins à admettre que les humains placentaires n'étaient pas tous mauvais. Je fis aussi d'énormes progrès en français. Bien souvent, Félicité m'emmenait en dehors du manoir, quand madame de La Vieuville lui commandait une course. Elle me cachait soigneusement dans ses affaires, pour que personne ne me vît. A travers une fente de son panier, je pouvais voir les paysages et les rues où nous déambulions. Quand nous avions quitté la ville et que nous nous retrouvions au cœur de la campagne, si aucun intrus ne rôdait aux alentours, elle me sortait du panier et m'invitait à marcher au grand jour à côté d'elle. Là, elle me montrait les arbres, les plantes, les bestioles qui gambadaient çà et là – en bref, tout ce qui compose la flore et la faune terrestres. J'enrichis ainsi considérablement mon vocabulaire.

« Cependant, j'eus d'autres professeurs remarquables, à commencer par les enfants d'Aristide. L'aîné d'entre eux, Hubertin, bel adolescent d'une douzaine d'années et propre arrière-arrière-grand-père de mon cher Irnerius, fut enchanté de voir que je soutenais de vraies conversations, au lieu de me borner à répéter stupidement ce que j'entendais. Très vite, il disputa à Félicité l'honneur de discuter avec moi en tête-à-tête. Lui me transmit tout un vocabulaire savant, notamment en me montrant ses nombreux livres, et il fut stupéfait de l'aisance avec laquelle je l'assimilais. Non content de lui démontrer mes capacités, je lui fis comprendre que je savais aussi tracer des signes – car le peuple dont je proviens connaît l'écriture, et ce depuis des temps immémoriaux. Il se mit alors en tête de m'apprendre à lire en alphabet latin, et il demeura médusé en découvrant que j'y arrivais sans peine, au bout d'une poignée de leçons. Toujours est-il qu'au printemps de 1869, je parlais et j'écrivais en français aussi couramment que si c'eût été ma langue maternelle. Hubertin en était ébaubi, au point qu'il voulait à présent m'apprendre en outre l'anglais et le latin. De mon côté, j'avais commencé à lui enseigner quelques rudiments de ma propre langue. Il s'était littéralement passionné pour cette dernière, au point d'inventer une orthographe pour la transcrire en caractères latins et de se lancer dans une ébauche de dictionnaire bilingue.

- Tu oublies un petit peu, intervint Irnerius, que ton apprentissage très rapide du français fut surtout utile pour soulager mon aïeul Aristide pendant ses dernières années.
- C'est vrai, répliqua le zombie à la barbe rousse. Je m'égare, comme toutes les vieilles personnes bavardes. Revenons à l'essentiel. Je découvrais donc un autre monde, prisonnier et exilé que j'étais. J'en apprenais la langue. Heureusement, je n'y avais contracté aucune maladie et je continuais de rayonner de santé.

Ce n'était pas du tout le cas d'Aristide. Bien qu'il eût menti à tout le monde – tant sa hiérarchie militaire que ses proches et sa maisonnée – sur l'état réel de son corps et que tout le monde l'eût cru, l'infection qu'il avait contractée lors de la terrible nuit continuait de le ronger. Mois après mois, semaine après semaine, la zombification progressait. Ce n'était pas seulement son comportement qui le montrait : la connexion intime entre mon esprit et son âme me permettait de suivre le processus en temps réel. De plus en plus souvent, sa conscience et sa raison l'abandonnaient. J'étais alors obligé, grâce à mes pouvoirs télépathiques, de prendre le contrôle de son corps afin d'éviter qu'il se transformât en monstre sanguinaire impatient de mordre ses semblables et de se nourrir de chair crue – ou, plus simplement, de n'importe quelle pitance abjecte, y compris les détritus des poubelles. Initialement, ces moments-là affligeaient Félicité et Hubertin, car ils ne pouvaient plus discuter avec moi, tout concentré que j'étais. Ils changèrent d'avis quand ils surent pourquoi j'agissais ainsi. Tous deux me remercièrent de préserver de la sorte celui qui s'était arrogé sur moi le titre de maître et d'épargner à l'humanité une horrible maladie – car ce cher Aristide restait contagieux. Dans son insondable piété, Félicité estima même qu'une telle attitude prouvait que ma nature n'était pas démoniaque, puisque je ne succombais pas à une envie aveugle de vengeance. Pour sa part, Aristide sentait bien que l'issue fatale ne tarderait guère. Il s'apercevait encore des moments où son âme s'endormait. Il avait deviné que, bientôt, ce sommeil deviendrait irréversible et que – pire que tout – son corps continuerait pourtant de fonctionner. Par conséquent, il me remerciait de tout cœur de relayer son esprit lors de ses crises. Ainsi, personne ne se rendait compte de rien parmi ceux qui ignoraient tout de son aventure.

« Lorsque je me mis à maîtriser parfaitement le français à partir de 1869, sa joie d'agonisant redoubla, car je pus alors non seulement donner un semblant de rationalité à ses actes, mais aussi le faire parler, toujours grâce à mes pouvoirs télépathiques. Quand je me concentrais, je pouvais déjà voir à distance à travers ses yeux et entendre grâce à ses oreilles. Désormais, je pouvais aussi répondre à ses interlocuteurs par l'intermédiaire de sa bouche. Ils croyaient lui parler quand il n'était plus qu'un zombie, mais, en réalité, c'était à moi qu'ils s'adressaient. L'illusion était parfaite.

« Dans le même temps, d'autres évolutions surprenantes se manifestèrent. Plus Aristide perdait son humanité, plus il développait des capacités extraordinaires – ces fameuses capacités qui vous surprennent tant chez mes esclaves. Ses plaies se mettaient à cicatriser une vitesse anormalement rapide, en laissant de petits bourrelets de chair. Son sang perdait sa belle couleur pourpre qui fascine et terrifie en même temps, pour prendre une teinte rosâtre et, surtout, adopter une consistance gluante et gélatineuse chaque fois qu'il jaillissait de son corps. Enfin, son sommeil s'apparentait de plus en plus à de la catalepsie. Ce n'était plus qu'un sommeil très lourd, sans rêves, dans lequel tout son corps ne fonctionnait plus qu'au ralenti. Je devina très vite que, bientôt, le colonel de La Vieuville n'existerait plus qu'en apparence. Dès la fin de 1869, son secret ne fut plus qu'un secret de Polichinelle : dans sa maisonnée, tout le monde savait qu'il était gravement malade. Cependant, seuls son épouse, ses enfants et – bien entendu – Félicité savaient exactement de quoi il souffrait. En effet, je leur avais tout expliqué, et j'en avais profité pour me plaindre de tout le mal qu'Aristide avait infligé à ma famille. Ils s'étaient prétendus désolés pour tout ce que j'avais enduré, tout en insistant sur le fait qu'ils n'en étaient pas responsables. Les niais ! Si au moins ils avaient pu me ramener chez moi, j'aurais peut-être renoncé à certains de mes projets actuels.

- Et les soldats d'Aristide, dans toute cette histoire ? demanda Abbigaëlle. Les survivants du grand massacre ? Qu'est-ce qu'ils devenaient, eux ?

- Eh bien, répondit le revenant aux cheveux bruns, ils se zombifiaient eux aussi, lentement mais sûrement. Là encore, je suivais tout le processus à distance grâce à mes pouvoirs télépathiques. Combien de fois dus-je placer là encore ces braves gens sous mon contrôle, afin de leur éviter de commettre un nouveau massacre ! En vérité, la période entre 1867 et 1870 fut pour moi très prenante et très stressante. En plus de m'habituer à un nouveau pays et d'apprendre une nouvelle langue, je dus développer à toute vitesse mes pouvoirs parapsychiques, afin d'être en mesure de commander à plusieurs dizaines d'esclaves en même temps, et parfois à grande distance. Comme j'y suis parvenu, peut-être cela signifie-t-il que les dieux ne m'avaient pas totalement abandonné.

- Mais comment est-ce que vous avez pu masquer que plus de cent soldats se transformaient en... en ces créatures ? intervint Kahina.

- Je l'avoue, j'ai été un peu aidé par les circonstances. Par bonheur, ces valeureux troufions n'avaient pas vraiment de famille : pas d'épouses, pas d'enfants, des parents et des frères qui s'intéressaient peu à leur sort... Au fond, ils avaient voué leur vie à l'aventure et à la guerre, avec la certitude de toujours disposer d'une fille dans chaque base. Cela m'épargna bien des questionnements indiscrets de la part de tiers sur leur comportement. En outre, leur vie était celle de la caserne. Elle consistait essentiellement à obéir aux ordres de leur colonel Aristide. Or, très vite – dès 1868 exactement –, Aristide prit l'habitude de m'emmener avec lui quand il rejoignait ses troupes dans le cadre de ses activités militaires – qu'il n'avait jamais abandonnées. Pour que personne ne m'aperçût, il m'enfermait dans une boîte qu'il gardait tout près de lui, une boîte toute percée de trous ronds pour que je pusse respirer et, surtout, observer en cachette tout ce qui se passait. Quand un étranger qui n'était pas dans notre secret l'interrogeait sur cet objet, il répondait qu'il s'agissait de son porte-bonheur. L'autre n'insistait pas. De fait, tout le monde pensait qu'Aristide avait développé d'étranges lubies à la suite de sa désastreuse expédition au cœur du Sahara. Habilement dissimulé à ses côtés, je partagea sa vie à la caserne avec ses infortunés soldats, et j'accompagna tous leurs mouvements sur les champs de manœuvre. J'appris ainsi toutes les bases de l'art militaire, tout ce qui avait trait à la conduite des hommes au combat, alors que rien ne m'y avait préparé à l'origine. Il faut croire que l'initiation inachevée que m'avait accordée mon défunt père m'avait attiré suffisamment de bénédictions divines, car je pus quand même assimiler toutes ces nouvelles connaissances et sauver ainsi bien des manœuvres militaires en plaçant Aristide et sa troupe sous mon contrôle, lors de leurs crises de zombification. Sans cela, ces pauvres manœuvres auraient tourné à la pagaille sanglante.

   « En bref, sachez simplement qu'à la fin de 1869, l'armée française se trouvait nantie à son insu de tout un bataillon de créatures d'outre-tombe, officiellement conduit par un colonel de vieille noblesse qui avait failli se couvrir de gloire dans les sables, mais piloté dans les faits par un être exotique que personne, en le voyant, n'aurait imaginé à une telle place. A la veille de la guerre franco-prussienne, je m'occupais de plus de 90 % des manœuvres, tant l'esprit d'Aristide et de ses hommes s'apparentait désormais à de vieilles ruines remplies de ronces. Si notre secret avait pu être dévoilé aux curieux, ç'aurait été un spectacle fort pittoresque. De ma boîte garnie de trous, je déplaçais les soldats sur les simulacres de champ de bataille comme des pions sur un damier, et je forçais leur chef à leur crier des ordres juste pour berner les indiscrets que le haut commandement de l'armée française envoyait assez souvent à nos côtés. C'était une expérience prenante, éprouvante, mais aussi, convenons-en, intense et même – osons les mots – presque jouissive.

- Jouissive, parce que tu te vengeais des hommes qui avaient tué tes parents et t'avaient arraché à ton monde, fit remarquer Irnerius. Il fallait vraiment être dans ta situation pour voir les choses sous cet angle. Moi, j'aurais plutôt vécu cette expérience comme une épouvantable contrainte.

- Mais tu n'es pas moi, objecta le zombie roux. En outre, je te rappellerai que ce ne fut que la première phase de ma vengeance. La seconde reste encore à venir.

- Tu me l'as tant répété…, reprit le consultant. Pourtant, tu as aussi su être miséricordieux. Mes ancêtres te furent très grés de prendre la relève de l'âme de mon pauvre aïeul Aristide pendant ses derniers mois en tant que vivant, quand il n'était plus qu'une loque taciturne tout juste capable de bredouiller quelques phrases, dans les moments où sa conscience brillait encore et où il ne se changeait pas en une grossière machine de chair prompte à mordre ses enfants, à laper le contenu des gamelles de ses chiens et à se vautrer dans la paille puante de ses écuries.

- Simple respect des bienséances, répliqua le zombie aux cheveux bruns. Je n'allais pas me montrer plus chameau que lui. Et puis, je m'amusais beaucoup devant la mine ahurie de son épouse, de ses enfants et de toute sa maisonnée – Félicité comprise –, quand je le faisais parler lors de ses séjours au manoir. Ils n'en revenaient pas. D'un autre côté, même s'ils savaient tout ce qui se passait, je leur donnais l'illusion que leur cher colonel était encore normal – un peu comme les thanatopracteurs qui embellissent les défunts.

- Dites, intervint Abbigaëlle, vous allez nous raconter comment il est mort ? Quand même, vous tournez un peu en rond. »

A défaut de froncer leurs visages, les deux revenants se penchèrent en avant et firent dodeliner leurs têtes d'un air réprobateur, tout en désignant du doigt les assiettes d'Ignace et de ses compagnons. Sur la faïence, quelques brochettes rescapées et des restes de sushis et de makis à moitié rognés croyaient encore pouvoir échapper au grand sacrifice. Les quatre comparses se dépêchèrent de les consommer, dans l'espoir d'amener ainsi leurs interlocuteurs à redevenir loquaces. « Sur le fond, cette jeune demoiselle n'a pas tort, remarqua Irnerius. Tu ressasses trop tes souvenirs de jeunesse. Tu devrais pourtant aborder rapidement ta mésaventure pendant la guerre franco-prussienne de 1870. Quand même, tu l'as si souvent rabâchée à mes ancêtres, à moi-même et à ces chers Adalbert et Zénobie.

- Vas-tu donc me le reprocher ? riposta le zombie roux. Ce fut quand même la deuxième grande blessure qu'on m'infligea, après le meurtre de mes parents et mon exil forcé. Ma seule satisfaction là-dedans fut de contempler l'horrible destin du corps de ton aïeul.

- En même temps, nous autres La Vieuville, nous n'en fûmes pas responsables, de cette blessure. Ça montre bien qu'il y a plus chameau que nous dans ce bas monde.

- Crachez le morceau, bon sang ! lança Abbigaëlle. C'est quoi, cette mésaventure ? »

Irnerius darda sur ses deux gardes du corps des regards qui les suppliaient, tout en pétillant d'ironie. « Allons ! implora-t-il. Ne fais pas ton taiseux. Dis-leur pourquoi tu leur parles en ce moment depuis le fort d'Aubervilliers.

- Soit, répliqua le bandit d'outre-tombe à face chafouine. Dès le printemps 1870, l'actualité politique de la France affecta grandement l'activité d'Aristide et de ses hommes. Entre la France et la Prusse du futur empereur Guillaume Ier, les tensions s'aggravaient. La menace d'une guerre se profilait à l'horizon. L'état-major français décida donc, dans le cadre de la défense du territoire, de confier à la troupe du colonel de La Vieuville la garde du fort d'Aubervilliers, en banlieue parisienne. Au début du mois de mai, toute l'équipe y prit ses quartiers. Comme je vous l'ai déjà dit, à cette époque, Aristide n'était déjà plus qu'un débris humain, et ses hommes ne valaient guère mieux. Le plus clair du temps, c'était moi qui agissais à travers eux. Le vaillant colonel n'aurait plus été qu'une bête humaine, s'il ne m'avait pas sans cesse promené, habilement dissimulé, à ses côtés. Très vite, nous nous installâmes dans ce fort qui était alors rutilant et tout neuf – pas comme la ruine qu'il est devenu aujourd'hui. En toute sincérité, malgré l'exaltation que j'avais ressentie lors des manœuvres, j'appréhendais le pire. Pourtant, je savais que participer à cette guerre qui s'annonçait serait le seul moyen de préserver mon secret. De fait, dans ses ultimes intervalles de lucidité, Aristide m'avait supplié de profiter des circonstances pour faire disparaître son corps sans âme et éliminer ses infortunés compagnons. Or, sans que nous nous y fussions attendus, la chance nous seconda.

- Dans quel sens ? demanda Kahina. Qu'est-ce qui vous est arrivé ?

- Peu après notre première installation, nous découvrîmes dans les caves du fort, Aristide et moi, une faille que nous soupçonnâmes aussitôt de conduire vers quelque chose de plus spacieux et de plus étendu. Manifestement – mais peut-être n'était-ce pas un simple hasard – les bâtisseurs de l'édifice avaient négligé de l'élargir. Nous employâmes donc nos hommes à rattraper cette omission et nous fûmes généreusement récompensés par le destin : juste sous la forteresse, nous venions de mettre au jour une grotte, avec deux grandes salles et une galerie. D'emblée, je devina l'usage que je pourrais en tirer, et je le confia à Aristide. Ce dernier, moribond comme il l'était, n'émit aucune objection. Bien entendu, une fois encore, je n'eus point de mal à obtenir que tout le monde gardât le secret sur cette trouvaille. Une porte camouflée, spécialement conçue pour berner les fouineurs, en déroba rapidement l'existence aux yeux des profanes, et le silence se fit. Par bonheur, ces travaux de dissimulation furent terminés juste avant que le destin ne nous infligeât, cette fois, un authentique croc-en-jambe.

- Et c'était quoi, ce coup vache de la part du destin ? demanda Abbigaëlle.

- L'état-major crut judicieux d'adjoindre à ce pauvre Aristide un lieutenant avec lequel il n'avait jamais travaillé auparavant :

Honorat de Saint-Adelphe. Ah ! Quel sagouin ! Je ne suis pas prêt de l'oublier.

- Ça, j'ai cru le comprendre, commenta soudain Irnerius en décochant des œillades à ses deux acolytes. Combien de fois tu nous en as parlé, à moi et aussi à Adalbert et à Zénobie ! Pour le coup, voilà bien un autre dont tu aimerais te venger sur la descendance.

- Oui, mais je ne pense pas y arriver. Ce serait trop difficile, et surtout trop espérer. A mon avis, je devrais me contenter ici d'une revanche modeste... Mais je m'égare ! Revenons à nos moutons. Honorat de Saint-Adelphe était justement, pour le coup, un incorrigible fouineur. Dès qu'il eut été placé aux côtés d'Aristide, il comprit que quelque chose ne tournait pas rond chez ce colonel – ni chez ses hommes, par ailleurs. Surtout, il ne se laissa pas convaincre par les discours qui prétendaient que la boîte où je m'abritais n'était qu'un porte-bonheur. Très vite, il soupçonna mon existence. Il fallut toute la force de conviction d'Aristide dans ses derniers moments de lucidité – et aussi la mienne, quand j'étais réduit à le prendre sous mon commandement – pour le dissuader de pousser ses recherches plus loin et d'éventer ainsi ma présence et ma nature. Quelle chance qu'en plus, il n'eût jamais l'intuition de l'existence de la grotte secrète sous le fort d'Aubervilliers ! Cet infâme personnage me rendit presque malade. A la veille du conflit, j'en avais fini par n'avoir plus qu'un seul désir : que la catastrophe éclatât au plus vite, afin qu'il mourût dans le massacre.

- De fait, elle vint, cette catastrophe, remarqua Irnerius avec nonchalance. Hélas ! Non seulement il ne mourut pas, mais tu retiras aussi de sa part une meurtrissure supplémentaire.

- Ah ! Comme je serai heureux, quand j'aurai enfin tiré justice de ta personne ! grinça entre ses dents le zombie à barbe rousse. Non content de descendre de l'homme à l'origine de ma déchirure, il faut qu'en plus tu m'interrompes sans prévenir dans mon récit. Mais patience... Reprenons le fil ! C'est à la charnière de juillet d'août 1870, peu avant le déclenchement des hostilités, que s'éteignit Aristide de La Vieuville. Depuis deux semaines, ses soldats avaient définitivement abdiqué toute humanité. Les ultimes traces de lucidité en eux s'étaient complètement évanouies. Seule la puissance de mon esprit leur permettait encore d'avoir une attitude apparemment rationnelle et de parler, quand des humains normaux les interrogeaient. Par un étrange caprice du destin, leur colonel devait être le dernier. Sentant son terme advenir, il était spécialement rentré dans son château, pour dire adieu à tous ses proches. Quand ce fut fait, il reçut l'extrême-onction d'un prêtre qui ne comprenait pas vraiment ce qui lui passait par la tête – car, de corps, le brave colonel paraissait sain –, puis il se retira dans sa chambre. Autour de lui, il n'y avait que moi, Hubertin et Félicité, qui m'avait suivi et que j'avais acceptée. Aristide pleurait. Tandis que son âme l'abandonnait, il me suppliait de lui pardonner tout le mal qu'il m'avait infligé. A mes côtés, Félicité insistait pour que je répondisse favorablement. Dans sa profonde piété, elle était obsédée par l'idée d'un Dieu à la miséricorde infinie. Elle aurait voulu que je me calquasse sur ce modèle. Mais il y a des fautes que je ne peux pas pardonner... Que je ne pourrai même jamais pardonner... Je refusa donc toute bénédiction, toute absolution, toute parole qui aurait laissé penser à Aristide que je ne lui en voulais plus. Alors les larmes de mon ravisseur se changèrent en sanglots amers, d'un désespoir poignant. Il tourna la tête sur le côté et s'endormit. Mais ce ne fut pas du sommeil réparateur qui apaise l'âme pour la faire repartir vive et fraîche. Ce fut d'un sommeil pesant, cataleptique, sans le moindre rêve. Je fis comprendre à Félicité et Hubertin qu'il nous avait quittés définitivement et, de fait, la suite des événements ne démentit point mon intuition. Le lendemain, quand Aristide se réveilla, ce n'était plus qu'une machine de chair parfaitement bestiale, que moi seul pus apaiser et régenter. C'est sous cette forme de robot d'outre-tombe qu'il regagna avec moi le fort d'Aubervilliers, et jamais ses proches ne le revirent. »

Un court instant de silence s'écoula. Si Irnerius semblait complètement indifférent, le visage désabusé, Kahina, Abbigaëlle, Ignace et Salomon réprimaient difficilement une vive émotion. « Vous avez été un peu dur, articula finalement la jeune marsupiale. Quand même, vous auriez pu lui pardonner. Au fond, vous l'aviez eue, votre vengeance.

- Non, asséna le zombie aux cheveux bruns. Sa métamorphose n'était pas un châtiment suffisant pour le racheter. Avait-elle donc mis fin à mon exil ? A ma captivité ? Il d'ailleurs assez curieux que tu prônes le pardon, fille adoptive d'Abraham et de Moïse. Le Dieu que tes ancêtres ont adopté en arrivant chez les hommes placentaires est plutôt un Dieu vengeur, tout comme celui de ta chère amie mauresque et surtout comme ceux que moi, j'honore. »

Abbigaëlle et Kahina chuintèrent longuement entre leurs dents pour signifier combien ce genre de clichés les atterrait, mais leur interlocuteur n'en eut cure. « Et si nous abordions plutôt mes souvenirs de guerre ? suggéra-t-il par le biais du malfrat rouquin. A peine Aristide et ses soldats eurent-ils achevé de se zombifier que la guerre éclata. La débâcle de l'armée française fut rapide. Dès 1870, les troupes prussiennes ainsi que leurs alliés bavarois et souabes vinrent camper aux portes de la banlieue parisienne. Tant bien que mal, j'organisa la défense du fort. Toujours par le biais de mes esclaves d'outre-tombe, je communiquais avec les autres unités stationnées autour de Paris et je ne laissais échapper aucun renseignement sur les mouvements de l'ennemi. Heureusement, bien des âmes ignorantes de la réalité me secondèrent. Pour tous les officiers et tous les soldats établis en Île-de-France, Aristide de La Vieuville restait un homme normal, tout comme ses soldats. Personne n'avait remarqué le moindre changement dans son comportement. De fait, la seule nouveauté dans son apparence ainsi que dans celle de ses hommes était que tous s'étaient mis à porter des lunettes teintées. Je leur en avais commandé exprès tout un lot, afin de dissimuler leur regard vide, une fois qu'ils auraient totalement fini de se zombifier. Dans le tumulte de la guerre, aucun esprit de la noble armée française ne se formalisa de cette fantaisie : il y avait des problèmes bien plus urgents à affronter...

« Très vite, l'ennemi donna le signal des premiers assauts, tant sur le fort d'Aubervilliers que sur les autres châteaux qui protégeaient la capitale. Depuis pièce discrète où je me terrais – car il ne fallait pour rien au monde que ce fouineur d'Honorat de Saint-Adelphe me découvrît –, je m'occupa de les repousser. Ce fut une épreuve très rude. Pour la première fois, je dus mener de véritables combats et actionner ma foule de zombies sur une multitude de fronts, tout en faisant croire à ce trouble-fête qu'il s'agissait d'hommes normaux et pensant – et même qu'ils obéissaient à ses ordres. Bien souvent, je crus ne point y parvenir. Pourtant, j'y réussis. Néanmoins, je ressortais toujours de ces batailles en proie à une épouvantable fatigue nerveuse et rongé jusqu'à la moelle par une frayeur que je ne pouvais étouffer. C'était surtout le fracas et la puissance sidérante de vos armes qui me terrifiaient – notamment les canons à longue portée et leurs effroyables projectiles explosifs. Jamais je n'aurais cru qu'on pût fabriquer des sarbacanes métalliques aussi destructrices. Je ne savais pas encore que, plus tard, l'humanité placentaire inventerait des merveilles autrement plus terribles. Sans doute ce cauchemar permanent expliqua-t-il pourquoi je ne vis point venir, dans l'ombre, l'épouvantable trahison qui faillit me perdre. Comme vous le supposez probablement, elle émana d'Honorat de Saint-Adelphe. Parmi tous les individus normaux que la dépouille d'Aristide continuait de côtoyer, celui-ci était le seul qui ne se laissait pas leurrer. Comme je vous l'ai déjà dit, il avait deviné mon existence – à défaut de savoir exactement qui j'étais – et il voulut mettre la main sur moi. Comme j'étais toujours assez précautionneux pour qu'on ne pût pas accéder à mes cachettes – et aussi qu'il ne trouvait pas d'allié dans le fort, tous ses pensionnaires étant des zombies –, il conçut pour parvenir à ses fins un projet d'une bassesse absolument inqualifiable : livrer le fort d'Aubervilliers aux Prussiens, afin de me démasquer et de s'emparer de moi. Malgré mes multiples paires d'yeux, je ne pus déceler ses intrigues avec l'ennemi, qu'il mena avec l'appui de complices en dehors du fort : j'étais trop exténué pour y faire attention.

« Le drame final se joua à la fin de novembre 1870. A cette époque, les Prussiens avaient mis sur pied une offensive très ambitieuse pour investir enfin la capitale par le nord-est : faire descendre sur le canal de l'Ourcq une canonnière qui aurait pour mission de forcer la poterne de Pantin dans la muraille de Paris, au niveau des abattoirs de La Villette ; simultanément, un lourd contingent de troupes prussiennes escortées d'auxiliaires bavarois attaquerait une nouvelle fois le fort d'Aubervilliers, afin de s'en emparer et de l'empêcher d'envoyer un détachement à Pantin pour aider à repousser le bateau. Ce fut ce moment-là qu'Honorat de Saint-Adelphe choisit pour agir. Peu avant la date retenue par les Prussiens pour passer à l'action, il se présenta devant Aristide avec des complices venus d'autres bases militaires, afin de l'informer du plan machiavélique qui se tramait derrière les lignes ennemies. J'en demeura stupéfait, atterré. Il prétendit ensuite avoir été investi par l'état-major, avec ses comparses, d'une grande mission : s'introduire nuitamment dans le camp adverse pour faire sauter la canonnière avant qu'elle n'atteignît Pantin. En fait, il voulait ainsi rejoindre l'ennemi. Seulement, je ne le savais pas. Déboussolé par cette nouvelle, je les laissa partir, lui et ses compagnons, en leur souhaitant de réussir. Il m'en cuisit.

« Le jour J, non seulement la canonnière ne fut pas détruite et bombarda bel et bien Pantin et La Villette, mais, en outre, une charge de dynamite habilement dissimulée par les sbires d'Honorat ouvrit une brèche dans les murailles du fort, alors que les troupes prussiennes et bavaroises s'en approchaient. D'emblée, je compris que nous avions – ou plutôt que moi, j'avais été trahi. Cependant, nous résistâmes comme des lions. C'était la seule conduite à tenir : comment aurais-je pu m'enfuir, avec un ennemi qui grouillait tout autour de la forteresse et ne semblait nullement décidé à battre en retraite ? C'est alors que les incroyables pouvoirs de zombie des anciens soldats d'Aristide se révélèrent dans toute leur stupéfiante puissance. A peine l'avant-garde des Prussiens eut-elle franchi la brèche qu'elle recula glacée d'horreur, en voyant que les adversaires qu'elle abattait se redressaient, récupéraient leurs armes et tiraient de nouveau, malgré les balles qui leur avaient transpercé la poitrine ou le ventre. De toute évidence, les dormeurs du fort souffraient d'une insomnie féroce. Au milieu d'eux, on distinguait Aristide qui agitait les bras et faisait miroiter son sabre au soleil comme pour exciter en eux la rage de vaincre. Mais il ne disait rien, pas plus que ses hommes. Moi qui les dirigeais en coulisse, je ne pouvais pas les faire parler, car j'avais l'esprit trop affairé. Du fond de ma cachette, j'écumais de peur. Je me voyais déjà capturé par les Prussiens et transféré de force à l'Académie des sciences de Berlin – alors que j'avais échappé à celle de Paris ! Il fallait que je m'échappasse. Mais, pour cela, il était indispensable de fendre cette muraille d'hommes qui ne demandaient qu'à submerger le fort, or, même si nous parvenions à les repousser, nous étions hors d'état de tenter la moindre sortie. »

« Pendant plus d'une heure, continua le zombie aux cheveux bruns, le combat resta dans l'indécision la plus totale. Les Prussiens et les Bavarois avaient beau déferler à flots ininterrompus à l'intérieur des remparts, mes esclaves les massacraient sans qu'ils pussent les maîtriser. Cela ne servait à rien de les pourfendre à coups de sabre ni de les cribler de balles non explosives. Dans les yeux des survivants qui décampaient, on lisait une terreur insondable, l'épouvante sans remède qu'inspire tout phénomène irrationnel et inexplicable. »

Soudain, Abbigaëlle frissonna à son tour, de frayeur elle aussi, en sentant une main inconnue se poser sur son épaule. Elle tourna la tête : derrière elle se tenait le jeune homme au foulard. « Pourtant, dit ce dernier, les pauvres somnambules du fort n'étaient pas si invulnérables que cela. Que de stigmates ils ont gagnés lors de cette terrible journée ! C'est là que cette malheureuse défroque contracta son étrange cicatrice à la clavicule. Pour ses compagnons, ce fut souvent pire : bien plus que deux petits trous rouges au côté droit. »

A peine eut-il prononcé ces mots que les deux revenants autour d'Irnerius entrouvrirent leurs chemises, exhibant un spectacle qui arracha des nausées à Ignace et à ses trois gardiens. Au niveau du cœur et de l'estomac, le rouquin arborait deux bourrelets brunâtres parcourus de sillons, tandis que son comparse aux cheveux sombres avait le torse et le ventre tout couverts de nodules sur les côtes et dans la région du foie. Cela ne dura qu'un instant : très vite, le rideau retomba. « Mes autres gardes du corps pourraient vous montrer des cicatrices tout aussi spectaculaires, fit remarquer Irnerius, mais ne vous dégoûtons pas. A présent, s'il te plaît, achève ton récit. L'horloge tourne, et monsieur Leclerc a encore bien du travail pour cet après-midi.

- Entendu ! dit le zombie roux. Le combat faisait donc rage, et aucune issue ne se dessinait. Alors, pour compenser l'impuissance de leurs fantassins, les officiers prussiens décidèrent de faire intervenir la grosse artillerie. Les canons à courte portée entrèrent en action. Ce fut effroyable. A peine eurent-ils commencé à tonner que d'énormes explosions élargirent la brèche, projetant partout des débris de maçonnerie et renversant mes serviteurs d'outre-tombe. Tout zombies qu'ils étaient, ils ne pouvaient pas résister à une telle avalanche de feu. Dans mon esprit, la confusion et la panique s'installèrent, m'empêchant de coordonner mes esclaves. C'est alors qu'un nouveau détachement ennemi s'élança à travers les ruines fumantes, en profitant de cette sidération générale. Cette fois, il n'eut aucun mal à pénétrer jusqu'au cœur du fort. En tête courait Honorat, avec quelques Prussiens chargés de l'épauler. En l'apercevant par les prunelles de mes soldats, je me ressaisis et je tenta d'arrêter sa ruée vers ma cachette. Sans qu'il s'y fût attendu, Aristide se dressa soudain devant lui, sabre au clair et le pistolet dans la main gauche. Son bras s'abattit pour l'égorger, mais le geste fut trop gourd, tant je peinais à surmonter ma peur. D'une roulade, Honorat s'esquiva sur le côté, puis il rebondit sur ses talons et braqua son propre revolver. Deux balles pulvérisèrent la mâchoire inférieure du colonel de La Vieuville, puis son lieutenant lui perça les poumons avec son poignard, avant de lui entailler le bulbe. Le malheureux conquérant de mon royaume hors de la terre s'effondra. Sans s'attarder sur sa dépouille, qu'il pensait irrévocablement anéantie, le traître se précipita avec ses compagnons vers les bâtiments du fort, dont ils enfoncèrent les portes. Gagner la pièce où je me terrais ne leur prit que quelques instants. Bientôt, le battant s'en ouvrit à son tour sous leurs coups d'épaule et de crosse, et ils déboulèrent tous dans la chambre comme une meute sauvage, la baïonnette en avant. J'étais presque seul. Avec moi, il n'y avait que deux de mes zombies. En me voyant, Honorat ne put retenir un cri d'ébahissement, tant mon apparence le sidérait, et tous ses camarades d'outre-Rhin poussèrent la même exclamation de stupeur. Mais moi, je hurla aussi, car je me croyais perdu, réellement perdu. Avec leurs baïonnettes, les Prussiens n'eurent aucun mal à clouer au mur mes deux gardes d'outre-tombe, tandis qu'Honorat fondait en avant pour s'emparer de moi. Seulement, je me ressaisis. Je me débattis, je le frappa, je le griffa, tandis que, dans mon esprit, je m'efforçais de reprendre le contrôle de mes esclaves et de les appeler à mon secours. Eh bien, cela marcha. Dans le couloir qui menait à la pièce, des pas résonnèrent. Soudain, des renforts venus du dehors déboulèrent, conduits par Aristide qui n'avait jamais succombé, contrairement à ce que croyait son lieutenant félon. Avec son uniforme en haillons, l'horrible bourrelet piqueté de dents qui avait remplacé sa mâchoire inférieure, l'énorme boursouflure sur sa nuque et les stigmates non moins atroces qui ornaient sa poitrine, il était hideux. Son apparence et son retour inattendu arrachèrent un hurlement d'effroi à Honorat et aux Prussiens. L'ancien colonel se rua sur son lieutenant, tandis qu'autour d'eux, le combat reprenait dans toute sa fureur. Pour m'empêcher de fuir, Honorat me cloua une main sur une table avec son poignard, puis il déchargea le barillet de son revolver sur le front d'Aristide. Une nouvelle fois, le colonel s'effondra, mais ce fut pour se ranimer aussitôt et agripper les chevilles de son adversaire, qui s'écroula à son tour. La mêlée fut épouvantable. Le cou serré entre les doigts du zombie, Honorat gigotait en tous sens tout en lui labourant le dos avec un coutelas qu'il avait récupéré par terre, dans le vain espoir de lui faire lâcher prise. Moi aussi, je me démenais, pour m'arracher à cette table à laquelle on m'avait fixé. Finalement, à force de tirer, j'y parvins, mais en me déchirant la main et en en perdant un lambeau. Malgré l'horrible douleur et malgré le sang qui ruisselait partout, j'ordonna à mes esclaves de me soulever et de m'emporter loin de cet enfer, juste au moment où Honorat, dans un sursaut désespéré, réussissait à échapper à l'étreinte de son colonel et à le rejeter sur le sol. Aussitôt, il lui broya le crâne et l'échine avec une chaise, jusqu'à ce que cette dernière volât en mille morceaux sous sa fureur, puis il fracassa une lampe à pétrole sur sa dépouille encore frémissante et il y mit le feu avec un briquet. J'eus juste le temps de voir les premières flammes s'élever, avant que mes serviteurs ne me soustrayassent à ce traître. Personne ne nous retint. De fait, parmi les auxiliaires prussiens d'Honorat, un seul n'avait pas été abattu.

« Nous courûmes sans nous retourner, jusque dans la cour où mes hommes s'affairaient encore à repousser les envahisseurs. Par chance, les Prussiens et leurs alliés n'avaient pas encore donné l'assaut suprême. A la faveur de la confusion générale, nous déguerpîmes par la brèche élargie et nous nous terrâmes dans d'épais fossés près du fort. Ce fut un miracle qu'aucun ennemi ne nous remarquât ni surtout ne m'aperçût – quoique j'eusse été enveloppé dans une toile de jute. De cette cachette, j'ordonna la plus grande partie de mes serviteurs de se replier dans la grotte secrète que j'avais découverte sous le fort et d'en barricader la porte. Le reste se rendit à la sainte-barbe, là où reposaient les munitions non encore utilisées. Quand je sus dans mon âme que ceux que je voulais préserver avaient tous gagné leur abri, je décida le grand sacrifice. Déjà les troupes prussiennes et bavaroises commençaient à investir le fort en masse, aiguillonnées par cette soudaine retraite de leurs adversaires dans les bâtiments. Partout fusaient des cris de joie. Brusquement, sur un simple ordre de ma pensée, mes esclaves mirent le feu aux réserves de poudre et d'obus. L'explosion fut proprement phénoménale, à faire trembler le sol. Depuis les buissons où nous nous terrions, je vis s'élever au-dessus des murailles une énorme boule de feu rougeâtre toute cernée de débris projetés comme par de gigantesques frondes, puis le vacarme et l'onde de choc nous clouèrent au sol, tandis que des morceaux de pierre retombaient un peu partout autour de nous. Quand cette horreur fut terminée, la confusion et le désarroi étaient à leur comble chez les ennemis. Je savais qu'à l'intérieur du fort, le spectacle devait être encore plus épouvantable. Sans attendre, je somma mes serviteurs de m'arracher à cet endroit tant que personne ne pouvait faire attention à nous, et nous nous éclipsâmes aussitôt dans la campagne environnante à la faveur de la pagaille générale. Personne ne songea à nous poursuivre ni même, plus tard, à nous chercher. Quant à moi, c'est à peine si je jeta dans ma fuite un bref regard sur les ruines du fort, où l'incendie grondait et au-dessus desquelles se dressait un grand nuage de suie qui avait, je crois, la forme d'un champignon.

- Je ne m'attarderai guère sur la suite des événements, poursuivit le zombie aux cheveux bruns. Sachez seulement que nous regagnâmes tant bien que mal le manoir des La Vieuville dans la clandestinité, mes hommes vêtus d'habits civils qu'ils avaient ôtés à des cadavres trouvés sur la route, et moi caché dans un baluchon. Quel bonheur que j'aie pu les faire parler ! Grâce à cela, nous pûmes séjourner dans des auberges où on les prit pour des voyageurs ordinaires, alors qu'ils n'étaient que des marionnettes sans âme. Sur le chemin, lorsque ma conscience suprasensible m'eut confirmé que personne – Prussiens comme Français – n'avait découvert la grotte, j'ordonna aux soldats rescapés de l'explosion de se mettre en hibernation. S'ils avaient pu connaître le temps qu'ils passeraient dans cet état... Finalement, après plusieurs jours de marche, nous atteignîmes le havre de paix tant attendu. Félicité fut horrifiée en constatant la mutilation que j'avais subie. Quant à Hubertin et aux autres, ils furent scandalisés en apprenant la trahison d'Honorat de Saint-Adelphe. Pour ma part, je ne pus cacher le traumatisme que j'avais retiré de cette expérience, ni combien je redoutais qu'un autre malandrin ne tentât un jour de s'emparer de moi. Tout le monde comprit le message. La maisonnée d'Aristide de

La Vieuville renouvela solennellement le serment de ne jamais dévoiler mon existence à qui que ce soit, puis je me terra dans la propriété, dissimulé de génération en génération, tandis que la poignée de zombies qui m'avait ramené fut d'abord travestie en domestiques, avant d'être contrainte à hiberner à son tour dans les caves du château.

- En guise d'épilogue, dit le jeune homme au foulard qui n'avait pas quitté sa position derrière Abbigaëlle, sachez que la trahison d'Honorat ne bénéficia même pas aux ennemis de la France. La puissante canonnière qui était censée ouvrir une brèche au niveau de La Villette fut finalement envoyée par le fond par les vaillants défenseurs de Paris. Quant au fort d'Aubervilliers, que l'explosion avait rendu inapte à héberger des troupes, il fut repris au bout de quelques jours par les Français. Comme je vous l'ai expliqué, personne ne découvrit la caverne dans ses profondeurs : non seulement l'entrée en était discrète, mais, en outre, les blocs de pierre renversés par la secousse l'avaient complètement recouverte. De mes soldats que j'avais sacrifiés, il ne restait que quelques débris totalement carbonisés. Il en allait de même pour le colonel de La Vieuville. J'aurais espéré qu'Honorat aurait succombé lui aussi dans l'explosion, tout comme les nombreux soldats d'outre-Rhin qui avaient trépassé ce jour-là, mais le bougre avait trouvé le moyen de survivre dans les décombres. Il n'expia même pas sa trahison devant une cour martiale : les Prussiens le dégagèrent à temps et le soignèrent derrière leurs lignes, puis ils lui firent quitter le territoire français pour une destination exotique – disons même très exotique – où il serait à l'abri de la justice de son pays. Par bonheur, ils ne prêtèrent aucune attention à ses propos sur mon existence, sur mon apparence ou sur les extraordinaires pouvoirs d'Aristide : ils n'y virent que du délire post-traumatique. Plus généralement, personne ne prit au sérieux les récits des survivants de l'attaque sur l'apparente immortalité des défenseurs du fort d'Aubervilliers. On ne chercha pas non plus à éclaircir leur mystérieuse disparition : au fond, l'incendie les avait peut-être réduits en cendres. Toute l'histoire en resta là. On rendit les derniers hommages aux maigres vestiges de la dépouille d'Aristide, on lui donna une médaille à titre posthume, on inscrivit les noms de ses hommes sur les monuments aux morts, et personne ne soupçonna combien la chute de cette forteresse avait différé de tous les autres épisodes tragiques qui avaient émaillé cette guerre. »

Sur ses mots, il se tut. Cependant, Irnerius ne laissa pas au silence le temps de s'installer. D'un claquement de langue, il pria Maître Giap de débarrasser les assiettes désormais vides et d'apporter à tous les convives, revenants compris, des tasses de café assorties de nougats chinois. Avec diligence, le restaurateur et son épouse s'empressèrent de satisfaire cette demande. Quand les desserts eurent été servis, le consultant invita à ses hôtes à quémander d'ultimes éclaircissements. « Quelque chose me chiffonne quand même beaucoup, dit Ignace à l'invisible maître des gardes morts-vivants. Comment avez-vous réussi à survivre jusqu'à aujourd'hui ? Si vous sortiez juste de l'adolescence en 1867, cela fait bien cinquante ans que vous devriez être mort.

- Ah ça ! répondit le zombie aux cheveux sombres. J'avoue que j'en suis le premier surpris. Encore aujourd'hui, je ne comprends pas vraiment comment ce prodige a pu se réaliser. Sachez toutefois, monsieur Leclerc, que mon espèce n'est pas soumise aux mêmes limites que la vôtre – ni que celle de votre chère amie marsupiale, par ailleurs. A l'état naturel, le terme de la plus haute espérance est pour nous de quatre-vingt-dix ans, alors qu'il n'excède pas soixante-dix ans chez vous. Pour le reste... Peut-être ma longévité exceptionnelle découle-t-elle du fait que j'ai vécu comme un ascète, isolé, sans les miens et sans la moindre femelle. Peut-être s'agit-il aussi, plus simplement, de la volonté des dieux. Qui sait ?

- En tout cas, ironisa Kahina, vous avez vraiment attendu pour chercher le moyen de rentrer chez vous. Franchement, ce phono, il existe depuis les années 1920. Comment ça se fait que vous ayez pas essayé de le trouver avant ?

- Parce que j'ignorais son existence, jeune Mauresque. Plus généralement, pendant très longtemps, je n'ai pas su qu'il existait d'autres ensorceleurs capables, à l'instar de Halil aben Merwan, d'ouvrir des portes sur mon monde. Je me suis cru condamné à ne jamais revoir ma patrie.

- En fait, intervint Irnerius, même s'il ne vous le dit pas, c'est grâce à moi et à mes chers frangins, Adalbert et Zénobie, qu'il a découvert le phonographe d'André Castelet et ses pouvoirs. Nous-mêmes, nous ne savions pas qu'il y avait des objets magiques de cet acabit. Nous l'avons appris totalement par hasard, en espionnant les activités de votre chère patronne.

- Comment ? s'exclama Abbigaëlle. Vous espionniez Kara Shirin avant même qu'elle parte en quête du phono ?

- Mais oui ! répondit le consultant. En fait, nos parents, nos grands-parents et même leurs prédécesseurs avaient déjà l'œil sur sa famille, à la demande de notre génie tutélaire ici absent – enfin, présent par zombies interposés. C'était là une de ses lubies. Au début, ce n'était que de la surveillance très lointaine, bien peu attentive. Mais nous l'avons renforcée, lorsque Kara Shirin est venue se réfugier en France il y a quelques années, après avoir été chassée d'Inde pour avoir trempé dans de méchantes intrigues mi-politiques mi-mafieuses. De fait, les Arslan Khan ne sont pas des anges. Ils le sont même encore moins que les La Vieuville. Au fond, ce n'est étonnant, quand on sait d'où ils... »

D'un coup, les doigts du zombie roux lui pincèrent violemment les lèvres, le réduisant au silence. D'un geste sentencieux, le revenant et son comparse à mine chafouine lui enjoignirent de boire son café tout en mangeant son nougat, et il se soumit. Abbigaëlle, Kahina, Salomon et le jeune mage furent sommés d'en faire autant. Un moment, on n'entendit plus que le bruit des bouches qui sirotaient doucement le breuvage amer tout en grignotant, puis la conversation reprit. « Je pourrais te révéler bien des choses sur ta maîtresse, fille adoptive d'Abraham, dit le malfrat d'outre-tombe à la chevelure brune, une fois qu'il eut vidé sa tasse et croqué son bonbon. Mais cela ne te servirait à rien. Sache simplement – et sachez tous – que depuis que je connais l'existence du phonographe d'André Castelet, j'ai la certitude que les dieux ne m'ont jamais abandonné. Mon extraordinaire longévité n'était pas une malédiction. Ce phonographe et ce disque sont de leur part un don pour mettre fin à mon épreuve. Il faudrait être impie – oui, impie, pas fou – pour le dédaigner. Par conséquent, je ne laisserai personne d'autre s'en emparer, et surtout pas Shirin Arslan Khan : elle y est moins autorisée que quiconque.

- Et vous, monsieur de La Vieuville ? demanda Ignace en fixant Irnerius droit dans les yeux. Vous voulez partir avec lui dans le monde enchanté découvert par votre ancêtre pour vivre une aventure extraordinaire et ensuite en dévoiler l'existence aux sociétés scientifiques, aux gouvernements et aux médias ?

- Pas du tout, répondit le consultant. Le secret sur cet autre monde restera bien dissimulé. Si je veux y aller, c'est pour y mourir. »

Une expression d'ébahissement distendit les traits du jeune mage, tandis que ses trois compagnons restèrent de marbre : ils connaissaient déjà le fin mot de cette histoire. Un immense sourire aux lèvres, Irnerius jouit longuement de sa stupéfaction, avant de reprendre la parole. « Tout cela rejoint ce que je vous ai dit tout à l'heure dans les toilettes de l'aéroport, monsieur Leclerc, expliqua-t-il. Au fond, il y a deux types d'hommes : les faibles, qui se contentent d'une trajectoire minable, et les forts, qui se donnent les moyens de vivre un grand destin. D'autre part, personne ne peut échapper à la Camarde. Quoi que nous fassions, elle nous attend au bout de notre route, et nul ne peut l'éviter. Dans ces conditions, qu'est-ce donc que vivre comme un homme fort ? C'est se destiner à une mort extraordinaire. Mon ancêtre Aristide s'en était donné la possibilité, en allant plus loin que tous les explorateurs qui l'avaient précédé et en acceptant les risques d'une telle expédition. De fait, il fut comblé au-delà de toute espérance. Toute atroce qu'elle fût, sa fin fut véritablement hors du commun. Eh bien, moi aussi, je veux une mort hors du commun ! J'en ai assez de l'existence triviale que j'ai menée jusqu'à présent, à côtoyer des gens insignifiants et à intriguer uniquement pour faire du chiffre d'affaires. Qu'elle m'ait enrichi ne m'importe guère. A défaut d'avoir réussi ma vie, je veux réussir ma sortie. Dans ces conditions, vous comprendrez sans peine que je ne tiens pas à mourir trivialement de vieillesse ou de maladie au fond d'un lit d'hôpital, ni même à périr bêtement dans un accident de la route, comme les andouilles qui croient s'élever au-dessus du commun en se passionnant pour la vitesse. Mon ancêtre a eu le trépas le plus extraordinaire qui soit. Je veux le même !

- Mais... vous êtes fou ! s'écria Ignace.
- Pff... Pas fou, rectifia Kahina goguenarde. Complètement maboul.
- Maboul ou non, il m'arrange bien, dit le zombie roux. Comme vous avez dû le comprendre, j'ai conservé une certaine rancœur envers les La Vieuville. De ma part, ce n'est pas abusif. Arracher

quelqu'un à son pays, le condamner à une vie morne et stérile, le retenir prisonnier, l'entraîner dans d'affreux périls et manquer le contraindre à mourir loin des siens, ce ne sont pas de petites fautes. La zombification et la mort d'Aristide n'ont pas été pour moi des compensations suffisantes. Il fallait que toute la famille de La Vieuville expiât ou, à défaut, un de ses membres, qui jouerait le rôle de bouc émissaire. Parmi les descendants en ligne directe d'Aristide, j'avais trois victimes à ma disposition : Irnerius, Adalbert et Zénobie. J'ai finalement choisi Irnerius, d'abord parce que les deux autres avaient quand même été plus gentils que lui avec moi, quand ils étaient jeunes, ensuite parce qu'un homme qui pousse les rêves de grandeur jusqu'à un tel degré de stupidité est vraiment un spécimen à ne pas manquer.

- Stupidité..., soupira Irnerius. Toi non plus, tu ne comprends pas que je ne recherche qu'un destin exceptionnel. Surtout, tu ne vois pas que tu m'as montré la voie à suivre. Quand j'étais petit, l'histoire de la mort tragique de mon aïeul me barbait. Aujourd'hui seulement je prends conscience que c'était un signe, qu'il me fallait rééditer son exploit : vivre comme lui et mourir comme lui. Eh bien, je te suivrai dans ton monde, cher mentor ! Je te laisserai me livrer aux tiens, quand tu les retrouveras, et j'accepterai de bon cœur qu'ils me sacrifient en expiation du forfait que mon ancêtre Aristide a jadis commis chez eux.

- Vous n'êtes vraiment qu'un insensé qui ne sait pas profiter de la vie, lâcha Ignace.

- Dans votre esprit seulement, répliqua le consultant. Moi, en tout cas, je ne reculerai devant rien pour perpétrer ce que vous considérez comme un suicide, et je n'hésiterai surtout pas à vous sacrifier au phonographe pour rouvrir la brèche spatio-temporelle. J'irai même au-delà : je... »

Une nouvelle fois, les deux zombies lui clouèrent le bec, tout en grognant pour le dissuader d'en dire plus. Immédiatement, Kahina et Abbigaëlle les harcelèrent de questions pour savoir ce qu'on leur cachait, mais elles ne récoltèrent que le silence. « A quoi bon vous échiner ? dit finalement le malfrat aux cheveux bruns. Votre estimée patronne vous enseigne déjà qu'il ne vous est pas permis de tout savoir. Eh bien, moi aussi, je me réserve le droit de ne pas tout vous dévoiler. »

Furieuse et dégoûtée par le tour pris par la discussion, Abbigaëlle se releva d'un bond et invita tous ses compagnons à l'imiter, bousculant au passage le jeune homme au foulard. Toute la petite troupe lui embraya le pas, sous l'œil goguenard du consultant, les regards vides des revenants derrière leurs lunettes et l'indifférence quelque peu amusée de Maître Giap et de sa femme, qui contemplaient la scène depuis l'arrière-boutique. A l'éclat qui brûlait dans leurs prunelles, on devinait que les propos qu'ils avaient glanés pendant tout ce déjeuner seraient vite oubliés, une fois qu'Irnerius aurait payé le prix du banquet. Toutefois, avant de se diriger vers la porte, Ignace demanda : « Comment se fait-il au juste que vous ayez pu récupérer vos zombies dans votre grotte secrète et établir votre quartier général là-bas ? Le fort d'Aubervilliers est quand même resté une zone militaire, même après 1870. Les La Vieuville sont-ils les propriétaires d'Ideal Car ?

- C'est cela, répondit Irnerius à la place de ses gardes. Pour votre gouverne, monsieur Leclerc, sachez qu'après avoir été reconstruit, le fort d'Aubervilliers a continué de protéger Paris, avant de devenir un laboratoire pour le Commissariat à l'énergie atomique. Finalement, il a été désaffecté et les bâtiments à l'intérieur ont été mis en vente. Ma famille a sauté sur cette occasion et c'est ainsi que nous les avons acquis, par le biais de la société de vente de voitures Ideal Car. Les actionnaires n'en sont autres que moi, ma sœur et mon frère. Dans ces conditions, il nous a été facile de dégager discrètement l'entrée secrète de la grotte et d'en ranimer les occupants, tout comme d'y amener notre cher protégé pour qu'il puisse les commander plus à son aise. Si ça peut vous rassurer, sachez qu'Ideal Car se porte très bien et fonctionne sans accrocs avec ses collaborateurs d'outre-tombe, toujours gouvernés par mon mentor, auxquels s'ajoutent des vendeurs bien vivants qui, heureusement, ne soupçonnent rien d'anormal.

- J'aurais une autre question à poser, cette fois à votre "mentor". A quoi sert l'oreillette au crâne de vos esclaves ?

- A les faire parler sans faute, répondit le zombie à la barbe rousse. Autrefois, quand j'étais jeune, je leur faisais articuler des mots par la seule force de ma volonté. Hélas ! La vieillesse m'a blessé. A présent, ce n'est plus possible. Mon pouvoir s'est émoussé : ils ne répètent les mots correctement qu'à condition d'entendre ma voix. Alors, je dois rester en liaison radiophonique avec eux. »

Enervé à son tour, le jeune mage agrippa la poignée de la porte d'entrée pour retrouver enfin une ambiance plus saine, mais celle-ci résista : elle était restée verrouillée. Il ordonna qu'on la débloquât, mais Abbigaëlle le pria de se taire : elle aussi avait encore quelques questions qui la taraudaient. « Pourquoi est-ce que vous nous avez fait toutes ces révélations ? demanda-t-elle à Irnerius et à la foule des anciens soldats. A quoi est-ce que ça rime, ce jeu grotesque du chat et de la souris ?

- Parce que je sais que tes compagnons et toi, vous garderez le secret, dit un zombie assis tout près de la porte. Tu n'en confieras rien à ta chère bégum, car tout cela te touche trop intimement. Et puis, tu avais le droit de savoir certaines choses. Ne te demandais-tu pas depuis longtemps pourquoi tu es un pauvre mammifère marsupial égaré parmi les humains placentaires ? N'en avais-tu pas assez d'une maîtresse qui t'emploie à une quête dont elle ne te dévoile même pas l'objet ?

- Oui, j'en avais assez. Mais maintenant, vous avez encore quelque chose à ajouter ?

- Tout juste, et ça tiendra en peu de mots : quitte Kara Shirin, cesse de la servir et tiens-toi en dehors de cette affaire. Pour rien au monde, je ne veux qu'il t'arrive malheur.

- Et pourquoi donc ?

- A travers toi, c'est ton ancêtre que je contemple, ma pauvre compagne d'infortune, avec son petit bébé dans sa poche. Son souvenir me hantera toujours. Comment pourrais-je lui vouloir du mal ? Comment pourrais-je te vouloir du mal ? Allons ! Puisque tu ne peux plus retourner sur la terre de tes aïeux, intègre-toi à ce monde-ci, vis, fondes-y une famille, et ne prends pas le risque de mourir stupidement à cause des intrigues de ta maîtresse.

- M'intégrer ? Alors que je dois cacher ma nature de marsupiale ? Alors que j'en ai bavé à cause de mon physique ? Vous blaguez ?

- Non. Toi qui ne connais plus ni la langue ni la culture de tes ancêtres, tu n'as pas d'autre choix que de t'intégrer. Ne sous-estime pas les hommes placentaires. Ils ont bien été capables de surmonter partiellement leurs différences de couleur, de race et de religion. Un jour, ils accepteront aussi qu'il y ait parmi eux des hommes à poche. En revanche, jamais ils ne traiteront en égaux les pauvres créatures telles que moi.

- Et Ignace ? Vous allez l'épargner, lui aussi ?
- Ça dépend. Si j'ai l'occasion de m'emparer de lui, crois-moi que je ne le laisserai pas s'échapper. Ensuite, tout dépendra de ce que décideront le destin et les dieux.
- Alors n'espérez pas que je me retirerai dans mon coin.
- A ta guise, fille adoptive d'Abraham ! Toutefois, cela me navrerait profondément qu'il t'arrive malheur. Ta vie a beaucoup d'importance à mes yeux, contrairement à celle de ton protégé au teint livide. Au juste, as-tu encore une ultime question ?
- Oui. Pourquoi est-ce que vous vous intéressiez aux recherches de Richard Abitbol sur mes frères marsupiaux ? Pourquoi, exactement ? Qu'est-ce qui vous a poussé à le torturer à mort pour lui faire cracher tout ce qu'il savait ? »

Un mur de silence lui répondit. Derrière sa table, Irnerius pouffa en se tenant le front, les yeux plissés en une mine sarcastique. « Contente-toi de tout ce que tu viens d'entendre, dit finalement le revenant. Moi aussi, j'ai le droit de ne pas tout te révéler. Ne me le reproche pas : j'ai été bien plus loquace que ta patronne. A présent, allez-vous-en. Allez-vous-en tous ! Et toi, fille adoptive d'Abraham, médite bien mes avertissements. »

Sur ce, il déverrouilla la porte et s'apprêta à l'ouvrir, mais avant qu'il n'abaissât la poignée, la jeune marsupiale lui attrapa le bras. « Au juste, demanda-t-elle encore, que voulait dire la berceuse chez ce pauvre notaire ?

- "*Dors, dors, petit enfant, doux enfant. Dors, dors. Maman t'embrasse et veille sur toi.*" Veux-tu maintenant un autre chant de tes ancêtres ? »

Sans attendre, Abbigaëlle le lâcha et entraîna tous ses compagnons au-dehors, tandis que le battant se refermait dans leur dos. A pas précipités, ils se dépêchèrent de quitter la ruelle, comme pour fuir les influences méphitiques de ce restaurant maudit. Lorsqu'ils furent revenus dans la grande avenue devant l'aéroport, Kahina reprocha soudain à son amie à poche de ne pas lui avoir laissé le temps d'interroger l'énigmatique mentor d'Irnerius sur le lien entre ses anciens exploits de guerre et leur situation actuelle. En effet, l'évocation de ce souvenir lui semblait n'avoir aucune utilité, en dehors d'expliquer comment le colonel de La Vieuville était mort. La femme marsupiale lui demanda de ne pas se mettre martel en tête sur ce sujet et de penser à autre chose. Sans doute les revenants se seraient-ils là encore murés dans le silence. De toute façon, cette invitation à déjeuner avait surtout eu pour but de les narguer et de les faire marner.

Ignace estima que c'était bien parler, puis il se hâta de traverser la rue pour rejoindre le comité central d'entreprise de Flying Meals, dont la réunion ne tarderait pas à reprendre. Avant de partir, il remercia chaudement ses trois gardiens pour leur protection, tout en les priant de ne pas relâcher leur vigilance. Quand il eut disparu derrière les barrières, ceux-ci se postèrent dans un autre café que celui où leur ennemi les avait accostés le matin, afin de ne pas éveiller les soupçons. Là aussi, ils disposaient d'une vue imprenable sur le monument. Les minutes et les heures s'écoulèrent, mais rien ne se produisit.

Chapitre XIX : Les murmures des songes

La suite de la réunion du comité central d'entreprise de Flying Meals dura bien trois heures, mais Ignace n'accorda que peu d'attention au temps qui passait. Les ahurissantes révélations de son ennemi et de son mystérieux complice sur les pouvoirs du phonographe, sur les enjeux de sa recherche et sur les origines d'Abbigaëlle tournoyaient dans sa tête, au point de retenir presque ses doigts et de l'empêcher de comprendre les échanges, les accusations et les plaidoyers qui fusaient de toutes parts. Ses notes s'en ressentirent profondément. Heureusement, il avait ses enregistrements pour rédiger le procès-verbal définitif. Surtout, il fut très satisfait de l'absence d'Irnerius : elle lui épargnait un poids qui l'avait tourmenté toute la matinée.

Quand la séance fut définitivement close, il regagna encore les toilettes pour passer un appel angoissé à Kahina et Abbigaëlle, mais ces dernières lui indiquèrent que la voie était libre. Il se dépêcha donc de récupérer sa carte d'identité à l'accueil et de quitter cet endroit lourd de périls. La traversée de l'avenue fut rapide, et c'est à peine s'il ne se rua pas dans les bras de ses gardiens qui l'attendaient sur le trottoir d'en face. Sans tarder, tous reprirent le chemin de la station ferroviaire du Bourget, en pressant le pas. Peu de mots furent échangés sur le trajet, les esprits étant plutôt dirigés vers les revolvers cachés sous les blousons. Toutefois, la femme marsupiale et la jeune Punique précisèrent au devin que les sbires d'Irnerius et de son mystérieux maître s'étaient apparemment tenus tranquilles. A aucun moment ils ne s'étaient montrés de nouveau dans l'avenue. C'était à croire qu'ils avaient tous filé discrètement par l'autre extrémité de la ruelle, pendant que le pseudo-restaurateur japonais oubliait tout à coup de billets.

Quand les transports en commun les eurent ramenés à Paris, ils firent escale dans une petite boulangerie pour acheter des sandwiches, puis ils regagnèrent l'appartement après les avoir dégustés. Lorsque Kara Shirin arriva à son tour pour le traditionnel rituel, elle demanda si la sortie d'Ignace s'était déroulée sans incident. D'instinct, personne ne dévoila la rencontre inopinée avec Irnerius et ses comparses ni les fantastiques révélations qui avaient émaillé la journée. Malgré l'inquiétude qui leur tenaillait le cœur, rien ne transparut sur leurs visages ni dans leurs voix, au point que ni la bégum ni ses trois sbires Vijay, Joab et Daniel ne se doutèrent de quelque chose, tout comme le vieil Elias.

La démonstration magique qui suivit ne révéla rien, une fois de plus. Ignace n'obtint absolument aucun renseignement. Ce fut sous les grincements de dents de la princesse indienne qu'on le porta dans sa chambre, tout exténué après son retour dans le monde réel. Par bonheur, le sommeil l'arracha rapidement à cette ambiance malsaine qui succédait à une journée déjà trop riche en menaces. Décontenancée mais encore soucieuse de rester digne, Kara Shirin s'empressa de quitter l'appartement avec ses trois fidèles, abandonnant Elias, sa progéniture et les amis de celle-ci à leurs missions nocturnes. Sans qu'elle le sût, son prompt départ causa un certain soulagement à Kahina, à Salomon et à Abbigaëlle.

Les jeunes gens étant fatigués, ils allèrent se reposer un moment pendant que le vieux Kabyle se chargeait du premier tour de garde auprès d'Ignace. Au bout de deux heures et demie, sa fille le relaya : elle récupérait plus vite que ses camarades et elle pouvait s'accommoder d'un sommeil fractionné. Son père la bénit avec toute la mansuétude dont il était capable, puis il l'abandonna pour jouir lui aussi d'une nuit bien méritée.

Dans la pénombre où ne brillait qu'une faible veilleuse, Kahina s'assit sur la chaise près du lit, le pistolet à la main, mais son esprit n'était pas tranquille. Les événements de la journée ne cessaient de défiler dans son esprit. Jamais encore elle n'avait rencontré le sinistre Irnerius de La Vieuville : elle n'en connaissait que les photos que Kara Shirin lui avait montrées. Jamais elle n'avait imaginé que cet individu les inviterait à déjeuner, elle et ses amis, pour ne pas même les capturer, mais seulement les narguer. Surtout, jamais elle ne se fût attendue à d'aussi incroyables révélations sur les pouvoirs du mystérieux phonographe, sur les hommes de main d'Irnerius et sur les origines de son amie Abbigaëlle et de son frère. Tout cela faisait trop pour elle. Décidément, cette histoire d'objets magiques était bien plus phénoménale et bien plus inquiétante qu'elle le pensait initialement. Si elle avait su tout cela, jamais elle n'aurait succombé aux invitations de Kara Shirin. Une terrible envie d'ailleurs la tarauda soudain, un désir irréfrénable de partir, de s'exiler dans un lieu où elle serait en sûreté, où il n'y aurait plus ni bégum aux lubies délirantes, ni consultant cynique aux fantasmes encore plus glauque, ni phonographe magique ouvrant des failles spatio-temporelles, ni zombies, ni surtout de créature étrangère aussi invisible que vindicative. Mais elle ne s'en irait pas seule ! Si au moins quelqu'un pouvait l'accompagner...

Relevant la tête, la jeune Punique contempla le devin étendu sur son matelas. Les lèvres entrouvertes, il dormait aussi profondément qu'une souche pétrifiée. Cependant, il ne ronflait pas. Sa respiration était à peine perceptible. Sur la table de chevet, on avait posé ses lunettes. A la lueur de la petite veilleuse, qu'elle avait saisie dans sa main, Kahina examina ses traits. Malgré son teint blême et cireux, malgré ses incroyables cheveux à mi-chemin entre la paille et la neige, il était beau, d'une beauté résolument indéniable. Surtout, il était insolite. Pourquoi la nature avait-elle mêlé chez lui, à cette pâleur plus que nordique, un visage certes fin, mais aux contours plutôt méditerranéens, voire un peu sémitiques ?

« Mon frère blond », songea Kahina. Une nouvelle envie l'envahit, une envie différente de celle qui l'avait assaillie un peu plus tôt, mais qui la rejoignait pourtant. Imperceptiblement, avec d'infinies précautions pour ne pas le réveiller, elle rabattit les draps et déboutonna lentement le haut de pyjama du jeune mage. Celui-ci ne bougea point. La respiration de Kahina s'accéléra, tandis qu'un sourd tremblement commençait à agiter sa cage thoracique. Sous son linge, qu'il était séduisant ! Non content d'être immense, avec sa taille qui s'approchait de deux mètres, il avait le torse mince et sec et pourtant robuste. C'était vraiment l'idéal ! Sous le désir qui l'aiguillonnait, la jeune Punique manqua se pencher en avant pour goûter de sa langue cette peau couleur de lait, mais elle se retint. S'il se réveillait ?

La frustration faillit lui arracher un grommellement. Jamais elle n'avait connu les joies de la chair avec un homme. C'était naturel : l'attentat que les deux voyous avaient tenté de perpétrer sur elle au lycée l'avait tellement choquée qu'elle n'aurait jamais pu se livrer à un mâle sans avoir au préalable la garantie de le maîtriser totalement. Cependant, elle n'en restait pas moins une femme comme les autres, avec un corps et des désirs. Jamais aucun homme ne l'avait touchée, mais ce pauvre mage était sans doute différent. Il était si faible, si paumé... Il ne survivait que grâce à elle et à son amie marsupiale. Indéniablement, il ne s'agissait en aucun cas d'un mâle agressif et dominateur comme le monde en regorgeait. Sans doute se laisserait-il maîtriser, sans doute accepterait-il de satisfaire ses désirs à elle sans jamais essayer de la tyranniser. Si seulement ç'avait été possible... Si seulement il avait pu être pour elle autre chose qu'un prisonnier...

Bien que ce fût imprudent, compte tenu de la menace que faisaient régner Irnerius, son obscur mentor et leurs zombies, la jeune Punique ferma les yeux et laissa sa main gauche descendre lentement entre ses cuisses, tandis que sa main droite maintenait toujours fermement le revolver. Bientôt, on entendit le frottement presque imperceptible de boutons de pantalon qu'on défaisait. La respiration de Kahina devint sifflante. Dans sa tête, la machine à fantasmes turbinait à plein régime. Elle n'était plus dans l'appartement de son père. Elle se trouvait dans une chambre à l'intérieur d'un magnifique palais oriental hors du temps, très comparable à l'Alhambra, à Topkapi ou à d'autres lieux de rêve qu'elle n'avait vus qu'en photos. Par de larges baies sans vitres, une chaleur aride s'y engouffrait, atténuée toutefois par de fréquents courants d'air qui la rendaient supportable. De l'extérieur remontaient de succulents effluves de mangue, de lavande et de jasmin que dégageait en contrebas un splendide jardin dans une cour, où s'ébattait aussi une multitude de perroquets gris, de cacatoès aux huppes chatoyantes et d'aras bariolés. Partout résonnaient leurs cris et leurs caquètements, mais ce concert n'avait rien de désagréable. Au milieu de ce havre de félicité, Kahina était assise sur un lit et dansait avec passion, les cheveux cachés sous un voile orné de breloques qui en laissait toutefois poindre quelques mèches, son opulente poitrine recouverte d'une brassière elle aussi décorée de bijoux, et les hanches ceintes d'une jupe qui voltigeait doucement à chacun de ses mouvements. Sous cette mince étoffe, elle ne portait rien. Entre ses cuisses, elle enserrait la taille d'Ignace couché sous elle sur le matelas, entièrement nu, les poignets et les chevilles attachés aux bords du lit par des liens en velours. Langoureusement, le jeune mage haletait et gémissait sous sa caresse, sa baguette d'amour enfermée dans la caverne humide de sa protectrice. Celle-ci accélérait peu à peu ses soubresauts, enivrée par le contact si suave de cette douce masse d'ivoire, heureuse surtout d'être l'unique maîtresse de ce jeu et de ne rien se laisser imposer. De légères secousses électriques lui parcouraient l'échine, contractant son corps comme une anguille et lui arrachant de faibles soupirs qu'elle étouffait tant bien que mal entre ses dents serrées.

Soudain, un spasme plus violent la projeta en avant, les paumes plaquées juste sur les épaules de son amant. Les lèvres d'Ignace se tordirent, implorant un baiser fougueux qui vint immédiatement et parut durer une éternité. Mais Kahina s'arracha de sa bouche et reprit sa danse, agitant cette fois ses hanches avec frénésie. De désespoir, le jeune mage se convulsa en geignant, comme pour briser les liens robustes qui le retenaient. Il suppliait après un nouveau baiser, il languissait surtout de caresser les deux seins gonflés qui se balançaient au-dessus de lui. Mais Kahina ne le laissait pas faire. Pour l'instant, elle ne lui permettait pas de dénouer sa brassière : l'heure n'était pas encore venue. Une autre fois, peut-être, mais pas maintenant. Dans son bas-ventre, une boule de plaisir se gonflait et remontait peu à peu le long de son dos. A l'intérieur de son antre intime, elle sentait la baguette de nacre du jeune mage devenir brûlante et se durcir encore davantage. Bientôt, il jouirait. Peu importait à Kahina qu'un enfant en résultât. Dans le monde où elle s'était transportée, il n'y avait pas de salauds qui abandonnent les femmes après les avoir mises enceintes. Surtout, elle était heureuse de percevoir toute l'ardeur du plaisir de son amant. Sa propre jouissance en était décuplée. Bientôt, elle la submergerait. La boule allait éclater. Encore quelques déhanchements... Encore quelques caresses...

« Eh ben, Kahinette ? dit soudain une voix dans son dos. Tu caches un second revolver dans ta culotte ? » Une main se posa sur son épaule. La jeune Punique se retourna, rouge de confusion. Derrière elle, Abbigaëlle lui souriait de ses dents atrophiées, la mine goguenarde. Affolée, Kahina promena partout des regards ébahis, mais le magnifique palais s'était évaporé. Elle était de retour dans la vulgaire chambre d'Ignace, piteusement assise sur sa chaise, la braguette béante et une main dans sa culotte. D'un bond, elle sauta sur ses pieds et se reboutonna, mais le mal était fait : Abbigaëlle pouffait et gloussait devant son désarroi, au point de se plaquer une main sur la bouche pour ne pas réveiller Ignace ni rameuter Salomon et le vieil Elias. « Non mais, Kahinette ! finit-elle par articuler. Tu... tu perds la boule ou quoi ? Je sais bien qu'il est pas moche, mais quand même ! Nous sommes là pour le surveiller, pas pour rêver à des parties de jambes en l'air. Imagine qu'Irnerius et ses joyeux drilles se soient pointés : franchement, tu aurais été cuite.

- Vas-y, vas-y, grinça la jeune Punique. Raille tant que tu peux. Tu crois que j'ai pas compris ton manège à son égard ?

- Pff... Moi, au moins, je garde la tête froide. C'est vrai qu'il ne me laisse pas indifférent, mais j'en oublie pas ma mission pour autant, et je te conseillerais de faire pareil. En toute honnêteté, quand on a un phono magique à retrouver, des zombies qui rôdent partout, un inconnu venu d'ailleurs qui nous menace et une patronne qui nous a caché des choses et qui mijote peut-être un drôle de coup dans notre dos, eh bien, c'est pas le moment de s'envoyer au septième ciel. »

Sur ce, elle enjoignit à son amie d'aller se coucher, dans l'espoir que renouer avec le sommeil lui changerait les idées. En grommelant, Kahina obtempéra et quitta la pièce, non sans une faible lueur d'envie dans le regard. Abbigaëlle n'y accorda aucune importance, tant elle était persuadée que ce mauvais sentiment lui passerait.

Quand elle fut seule, elle s'assit à son tour sur la chaise et observa également le jeune mage. De peur de le déranger, elle ne reboutonna point sa chemise de pyjama. C'eût été du gâchis : à quoi bon risquer de perturber un sommeil si paisible ? Et puis, elle aussi avait le droit de profiter de ce joli spectacle. Un sourire tendit les lèvres de la femme marsupiale : c'était vrai qu'il était beau. Certes, Kahina avait sombré dans le ridicule, mais son geste se comprenait sur le fond. Un homme aux traits si fins, à la peau si nacrée... Un homme si doux, qui ne serait sans doute jamais dominateur envers les femmes... Un homme surtout qui était très certainement cultivé, distingué, l'antithèse des mâles qu'elle-même et son amie placentaire n'avaient cessé de côtoyer depuis leur entrée au collège... Indéniablement, elle aurait daigné l'aimer, s'il avait manifesté des sentiments à son égard. Mais serait-ce possible ? Lui, le primate, pourrait-il passer outre ses instincts de placentaire pour désirer un phalanger ? Serait-il capable de se laisser attirer par un corps marsupial, un corps sans la moindre trace de seins, au ventre fendu et tout velu et au visage édenté et bordé de grandes oreilles en pointe ? L'histoire de la lignée d'Abbigaëlle invitait à ne pas désespérer. Mais les hommes placentaires avaient-ils tous la même ouverture d'esprit que le vieil Isaac Banoun ? Abbigaëlle l'eût souhaité, mais qui pouvait lui assurer qu'elle ne se fourvoyait point ?

De mélancolie, elle soupira. Même si l'envie l'en démangeait également, elle se sentait incapable d'imiter Kahina. De toute façon, les ahurissantes révélations de la journée l'en dissuadaient. Tant de découvertes à digérer... Comment s'adonner benoîtement aux joies solitaires dans de telles conditions ? Elle aurait préféré tenir entre ses mains le phonographe et le disque qui emprisonnaient Kali Mara et, forte de cet atout, contraindre le mystérieux maître d'Irnerius à sortir de l'ombre, tout en obligeant Kara Shirin à tout lui révéler sur ses intentions profondes, sur ses propres origines et sur l'étrange lien qui semblait unir depuis longtemps sa famille à celle des La Vieuville. A défaut, il lui fallait protéger Ignace par tous les moyens et le soustraire autant que possible aux griffes de l'ennemi, tout en envisageant sérieusement de trahir la bégum, si cette dernière dévoilait soudain un sombre projet qu'elle aurait caché même à ses propres sbires.

D'un geste, Abbigaëlle vérifia la présence du pistolet sous son aisselle, puis elle contempla le devin avec gravité. Celui-ci continuait de dormir. A demi rassurée, la femme marsupiale chercha un moyen de rendre son tour de garde moins ennuyeux. Saisie d'une inspiration subite, elle se leva à pas de loup et farfouilla discrètement dans les affaires du jeune mage. Par hasard, ses doigts tombèrent sur une pochette cartonnée remplie des nouvelles qu'Ignace avait écrites pendant ses années d'étudiant, lorsqu'il croyait encore devenir un auteur célèbre. Elle se rassit et commença à les feuilleter à la lueur de la veilleuse, en s'attardant en particulier sur *Duel au bastion n°1*. Au fil de la lecture, un sourire à la fois ironique et compatissant se dessina sur son visage. Jamais elle n'aurait soupçonné chez son protégé une imagination aussi délirante. En même temps, les fabuleuses rêveries qu'il avait élaborées autour du bastion n°1 paraissaient presque ternes au regard de la réalité. Que pesait cette histoire d'un homme qui se bornait à devenir immortel grâce à la magie noire face à celle d'un colonel qui avait découvert une merveilleuse contrée hors du monde terrestre, qui en avait ramené des humanoïdes que la science n'eût pas cru possibles et qui s'était finalement changé en revenant, avant de disparaître ? Néanmoins, elle ne pouvait nier qu'Ignace avait beaucoup d'inventivité.

Délaissant sa lecture, Abbigaëlle se prit à rêver. Elle s'imagina en couple avec le jeune mage, entourée d'enfants qu'il aurait accepté d'élever comme les siens, alors qu'elle les aurait eus avec un autre homme marsupial qui n'aurait servi que de géniteur. Quel merveilleux conteur il aurait fait pour de petits phalangers humanoïdes ! Et que de récits captivants et effrayants il aurait en tête, si tous deux parvenaient à sortir vivants de cette sinistre histoire !

Soudain, un grognement venu du lit la ramena à la réalité. Sur le matelas, Ignace avait perdu sa quiétude. Ses tremblements s'intensifiaient, pendant que sa respiration se faisait saccadée. Bientôt, il commença à se tordre. Inquiète, la femme marsupiale se pencha au-dessus de lui, sans oser toutefois l'éveiller. Son sommeil n'était plus tranquille. De nouveau, il avait l'impression que les étranges plumes munies de griffes lui chatouillaient le visage avec insistance, comme pour le faire éternuer. D'un bond, il ouvrit les yeux et se redressa pour les chasser, mais ce réveil n'eut lieu que dans son rêve. A son chevet, ce n'était pas Abbigaëlle qui siégeait, mais Josiane. Son visage semblait empreint d'une gravité qu'il n'avait encore jamais remarquée auparavant. « Ne me blâme pas, très cher frère, lui dit-elle. Ce n'est pas moi qui viens perturber ton sommeil.

- Alors qui ? Qui ? demanda Ignace. Quelle est cette chose qui ne cesse de me tourmenter dans mes songes et mes visions sans jamais se montrer ?

- Lève-toi et suis-moi. Elle a trop longtemps sévi à sa guise. J'ai été envoyée par Kali Mara pour que tu cesses enfin d'errer dans l'ombre. »

La jeune fille lui prit la main et l'entraîna hors du lit. A peine eurent-ils fait quelques pas que le décor autour d'eux se mua en un petit salon inondé de lumière, dans un palais situé quelque part hors d'Europe. Sur des fauteuils finement ciselés et incrustés de pierreries, deux hommes devisaient paisiblement, les pieds posés sur des peaux de lion et de guépard. Ignace les reconnut immédiatement : c'était le prince indien barbu et enturbanné qu'il avait aperçu lors de sa première vision et le petit homme rondelet dont il avait contemplé la dépouille pourrissante. Dans la chaleur d'un été que les moussons venaient tout juste de quitter, ils discutaient de Kali Mara et du sort funeste qu'ils lui réservaient. Ignace tendit l'oreille dans l'espoir d'apprendre dans quel but exact le nabab souhaitait utiliser les talents du sorcier, mais il fut déçu : Feroz Arslan Khan ne confiait rien de ses intentions profondes ; il voulait juste s'assurer que hôte français était vraiment capable de plier Kali Mara à sa volonté. A chaque sommation, André Castelet répondait par l'affirmative et invitait le prince à ne pas s'inquiéter, sur un ton qui paraissait résolument patelin au jeune mage mais qui leurrait parfaitement l'ancêtre de Kara Shirin.

Soudain, sur un geste de Josiane, le devin se mit à fixer les mains du nabab. Entre ses doigts, ce dernier tripotait un invisible objet dont n'émergeaient que quelques plumes, aux barbes toutes abîmées et effilochées. Il voulut demander à voix basse une explication, mais sa sœur le pria de se taire et de redoubler d'attention. Sur le visage joufflu d'André Castelet, la politesse avait fait place à une vague perplexité. « Une question me taraude, dit soudain l'occultiste français à brûle-pourpoint. Depuis que je séjourne chez vous, monseigneur, je n'ai conversé avec vous qu'en français. Cela m'interloque quelque peu. A ce qu'on raconte, vous n'avez jamais voyagé en France. D'où vous vient votre maîtrise parfaite de ma langue ?

- A quoi bon le savoir ? répondit Feroz Arslan Khan d'un ton soupçonneux. Cela ne vous intéresse en rien. Vous devriez juste vous en réjouir.

- Mon étonnement est pourtant légitime. Non seulement vos phrases sont impeccables, mais vous parlez français presque sans accent, comme si vous aviez baigné dans cette langue depuis l'enfance. D'où vous vient ce don ?

- Cela ne vous intéresse pas. Contentez-vous de réussir la mission dont je vous charge et cessez vos questions indiscrètes. Il y a des choses que vous n'êtes pas autorisé à connaître. »

André Castelet se tut, mais il ne tarda pas à repartir à l'assaut. « Cela fait longtemps, dit-il, que je vous vois manipuler entre vos doigts cette mystérieuse babiole que vous ne daignez jamais montrer. De quoi s'agit-il ?

- Ça ne vous concerne pas, répondit le nabab sur la défensive. A quoi la voir vous avancerait-il ?

- Simple curiosité sans la moindre arrière-pensée. Qu'a donc de si précieux cette amulette emplumée, pour que vous n'osiez jamais la dévoiler. ? S'agit-il d'un porte-bonheur ? D'un souvenir sacré ?
- Vous n'avez pas à le savoir. Vous n'avez pas à le savoir ! Vous n'avez pas à le savoir ! »

Les traits crispés par la fureur, Feroz Arslan Khan enfouit entre ses paumes l'énigmatique talisman, afin que le mage français n'en vît plus rien. Machinalement, tel un automate haineux ou un disque rayé, il se mit à ressasser sa protestation, d'un ton de plus en plus violent, de plus en plus aigu. Soudain, à la grande terreur du jeune mage, son visage se mua en celui de sa descendante, Kara Shirin. Les poings toujours serrés sur l'objet, elle roulait partout des yeux affolés et criaillait avec panique. « Vous n'avez pas à le savoir ! hurlait-elle. Vous n'avez pas à le savoir ! »

Ignace cria à son tour et se dressa d'un bon sur son matelas, épouvanté et ruisselant de sueur. D'instinct, il rechercha l'aide de Josiane, mais il n'aperçut à son chevet qu'Abbigaëlle et Kahina, que son amie marsupiale était partie arracher au sommeil dès qu'il avait commencé à se tordre dans son cauchemar. Les deux jeunes femmes s'efforcèrent de le calmer et de le rassurer, afin qu'il n'ameutât point Elias et Salomon qui dormaient encore paisiblement. Quand il fut remis de son effroi, il demanda à sa gardienne marsupiale s'il avait révélé inconsciemment l'intégralité de sa vision, comme lors d'une évocation ordinaire. Abbigaëlle lui répondit que oui, puis elle expliqua à Kahina de quoi il en retournait. La jeune Punique en devint songeuse, tout comme sa camarade. De fait, les extraordinaires compétences de leur maîtresse en français les avaient toujours intriguées. Apprendre que son ancêtre était déjà expert dans ce domaine ne clarifiait pas pour autant le fond de l'énigme. Depuis son oreiller sur lequel il était retombé, Ignace voulut savoir si elles avaient déjà vu Kara Shirin en possession d'une amulette emplumée assez menue pour tenir dans le creux d'une main, mais ni Kahina ni Abbigaëlle ne purent l'éclairer : jamais elles n'avaient aperçu un tel accessoire. « En même temps, ajouta la juive marsupiale, si elle entretient avec ce truc la même relation que son ancêtre, elle va pas se promener avec devant nous. A mon avis, si cet objet, existe, elle doit le cacher dans sa maison de la butte aux Cailles. »

Le devin les invita à ne pas se creuser la tête inutilement sur ce nouveau mystère, puis il se lamenta sur ces visions intempestives qui le tourmentaient depuis l'expédition chez Richard Abitbol. Pour le rassurer, Abbigaëlle supposa qu'il s'agissait de signes avant-coureurs de la grande révélation et que l'affaire se dénouerait sans doute bientôt. Le jeune mage n'en fut qu'à demi convaincu. Très vite, la fatigue le reprit et il plongea de nouveau dans le sommeil, sans même se rendre compte qu'on lui avait ouvert son pyjama.

Chapitre XX : Nouvelle Révélation

Au petit matin, Ignace découvrit à son chevet Salomon, qui avait achevé le cycle des tours de garde pendant la nuit et semblait lui aussi encore sous le coup des émotions de la veille. De fait, malgré les heures de sommeil dont il avait joui, le jeune marsupial avait les traits tirés et les yeux encore plus mélancoliques que d'ordinaire. Une brève conversation permit à Ignace d'apprendre qu'il avait bien du mal à se remettre de toutes les révélations que lui avait fournies la kyrielle de zombies sur ses propres origines et sur les folles aventures de leur maître. Savoir que lui, pauvre humain marsupial, provenait d'un autre monde que cette brave terre le heurtait déjà profondément. Mais découvrir que ses ancêtres avaient été arrachés de force à leurs foyers et transportés ici battus et enchaînés le choquait encore plus. Surtout, il était resté médusé en apprenant que ces derniers n'étaient pas juifs, alors qu'il était viscéralement persuadé d'appartenir de plein droit à la communauté des fils d'Abraham et de Moïse. Le jeune mage s'efforça de le rasséréner en lui démontrant que, du moment que sa mère biologique était adepte de la religion israélite, que son père adoptif était juif et que lui-même n'avait été élevé que dans le judaïsme, il pouvait se considérer comme un vrai juif. Peu importait sa race ou, en l'occurrence, son espèce.

Ces paroles soulagèrent un peu le pauvre jeune homme. Cependant, il ne resta pas longtemps auprès du devin : le devoir l'appelait dans la boutique de Kara Shirin. Déjà Kahina et Abbigaëlle s'y affairaient, comme pour compenser toutes les heures qu'elles avaient passées la veille au Bourget. A peine eut-il d'ailleurs tendu son petit-déjeuner à Ignace que le vieil Elias entra dans la pièce pour le remplacer. Ignace se sentit assez affligé de son départ : après les événements de la veille et le cauchemar qui avait perturbé sa nuit, il éprouvait davantage le besoin d'un protecteur en qui il pouvait avoir à peu près confiance.

La journée lui parut morne, d'autant plus que le père de Kahina céda très vite son rôle à deux autres individus pour lesquels il n'avait aucune sympathie : le cauteleux Vijay le matin, qui persistait à raconter ses blagues stupides, et le robuste Daniel l'après-midi, qui s'évertuait vainement à passer pour aimable dans l'espoir de lui faire oublier son peu de répugnance envers les instruments de torture. Avec résignation, le jeune mage commença la rédaction du compte rendu de la réunion qu'il avait couverte au Bourget. Cette tâche elle-même ne lui fut guère agréable, tant le souvenir de la confrontation avec Irnerius tournoyait dans sa mémoire. S'y ajoutaient les confidences faites dans le restaurant sur l'inanité des motifs qui le poussaient à rechercher le phonographe et à vouloir lui sacrifier une victime humaine : gagner un autre monde juste pour y mourir. Se suicider, mais d'une façon extraordinaire. Tout cela, parce qu'il n'avait connu qu'une vie trop banale. Comment pouvait-on concevoir un projet aussi imbécile ?

Par bonheur, le déjeuner apporta un peu de soulagement à Ignace, Vijay lui ayant mitonné de succulentes saucisses d'agneau haché sans boyau, relevées de piments et de sauce tomate et agrémentées de riz et d'un ragoût d'aubergines. Même si cela piquait un peu, cela charmait quand même les papilles. Ignace le remercia chaleureusement. Hélas, le repas fut beaucoup moins long que ceux qu'il avait l'habitude de prendre avec ses deux protectrices. Très vite, il lui fallut se remettre à l'écriture et réécouter les interventions d'Irnerius, à défaut de pouvoir s'appuyer sur ses notes trop fragmentaires. Cela l'exaspéra. Il tenta de chasser ce vilain souvenir lors d'une nouvelle pause, mais ce ne fut que pour repenser malgré lui à Richard Abitbol et au vol perpétré dans sa demeure. Pourquoi Irnerius et son invisible pensionnaire l'avait-il commis ? Les recherches de ce pauvre notaire sur ses frères d'espèce ne leur apprendraient rien sur la cachette du phonographe et du disque. Décidément, il y avait là un mystère supplémentaire sur lequel des éclaircissements auraient été bien plus utiles que les futiles souvenirs de guerre de l'inconnu jadis enlevé par l'ancêtre du consultant.

Finalement, vers 17 heures, de joyeuses voix féminines chantonnant dans le couloir annoncèrent à Ignace sa délivrance. La porte de la chambre grinça, puis des pas lourds lui signalèrent que Daniel s'en allait, tandis que deux paires de semelles beaucoup plus feutrées s'approchaient du bureau. Lorsque des mains délicates se posèrent sur ses épaules, il éprouva dans tout son corps une décharge de félicité presque sensuelle. Sans hésiter, il remercia ses protectrices d'être rentrées ensemble de leur travail à la boutique, tout en s'étonnant de cette nouveauté. Kahina et Abbigaëlle lui répondirent qu'il ne serait jamais mieux défendu que par deux gardiennes, ce qu'il approuva immédiatement, en ne se doutant point que c'était essentiellement le souci qu'aucune d'entre elles ne se retrouvât seule avec lui qui les avait poussées à partir en même temps. Sans rien laisser paraître des tracas qui les agitaient secrètement depuis leur altercation de la dernière nuit, les deux jeunes femmes lui demandèrent si les émotions de la veille continuaient de le turlupiner. Le jeune mage n'ayant pas caché ses états d'âme, elles lui proposèrent aussitôt de se distraire avec elle devant un film : jusqu'à l'arrivée de la bégum, ils avaient tout le temps pour eux, et ils pouvaient d'autant plus agir à leur guise qu'Elias était revenu également pour monter la garde dans le couloir, à la place de Vijay et de Daniel qui avaient rejoint la rue du Faubourg Saint-Denis.

Ignace accepta cette offre avec enthousiasme. Toutefois, de légères tensions s'élevèrent quand il fallut choisir le film. Kahina avait un faible pour *Jane Eyre* avec Charlotte Gainsbourg, mais cette suggestion ne plaisait guère à Abbigaëlle, l'intrigue lui rappelant trop l'histoire d'un énigmatique personnage caché par une famille de nobles français, avec qui elles s'étaient récemment entretenues par revenants interposés. Finalement, on opta pour l'adaptation d'*Orgueil et préjugés* tournée en 2005 avec Keira Knightley. Le DVD fut lancé sur l'ordinateur du jeune mage et tout le monde se tut.

A l'issue du visionnage, Kahina et Abbigaëlle ne tarirent pas d'éloges sur le film. Elles témoignèrent surtout leur admiration pour l'univers aristocratique qui y était décrit, où les hommes étaient de vrais gentlemen pétris de galanterie et de bonnes manières, aux antipodes des rustres infâmes qu'elles n'avaient pas cessé de fréquenter tout au long de leur adolescence. Au passage, elles égratignèrent aussi Irnerius et sa stupide xénophobie en soulignant que leur origine extra-européenne ne les empêchait pas d'apprécier des œuvres profondément ancrées dans la culture de la vieille Europe. « Pff..., dit Kahina. Comme si des filles issues de la diversité ne pouvaient aimer que des films qui se passent dans les pays musulmans ou dans les cités.

- Hé ! renchérit son amie. Si ça se trouve, c'est parce qu'on n'est pas comme les autres, parce que les "vrais" beurs et les "vrais" juifs nous regardent d'un drôle d'air. Pff... S'il faut ça pour rassurer un pauvre con sur l'avenir de la France, c'est bien triste. »

L'heure tournait. La juive marsupiale et la jeune Punique emmenèrent leur protégé dans la cuisine pour prendre leur dîner et lui donner en douce son petit casse-croûte. Quand il se fut régalé, elles lui bandèrent les yeux et le convièrent au jeu suivant : reconnaître rien qu'au goût des fruits secs de nature variée. Ignace identifia sans peine les pruneaux d'Agen et les raisins de Smyrne. Il eut plus de difficultés avec les tranches séchées de pomme et de poire, les morceaux d'ananas déshydratés et la mangue et la papaye confite. Les rondelles de banane durcie lui posèrent une colle. Néanmoins, il les avala tous goulûment, en tendant les lèvres pour en redemander. Un moment, les deux femmes contemplèrent avec avidité sa bouche gourmande, mais le souvenir de la dernière nuit étouffa vite en elles cet étrange désir. D'un muet accord, elles décidèrent de passer à la plaisanterie. Une lamelle de gingembre atterrit doucement sur la langue d'Ignace, lui arrachant une grimace. Cependant, il ne broncha point et il parvint quand même à fournir la bonne réponse. La juive marsupiale résolut donc d'aller au niveau supérieur. Sans qu'il s'y attendît, elle lui glissa dans la bouche un lambeau de poivron bien corsé, presque comparable à un piment. Le jeune mage sursauta en retenant un cri, puis il ôta son bandeau en toussotant, complètement décontenancé, pendant que ses gardiennes s'esclaffaient. Leur joie ne dura toutefois que peu de temps, car Salomon débarla dans l'appartement en avant-garde pour les avertir que la bégum était en route et qu'elles avaient intérêt à tout mettre en ordre pour ne pas se faire alpaguer.

Dès que Kara Shirin se fut installée dans le salon avec sa suite, la séance d'évocation commença, toujours selon le même rituel. Seulement, Ignace sentit tout de suite une nette différence. A peine eut-il absorbé sa potion et récité la formule magique qu'il se retrouva en train de déambuler dans une rue parisienne bordée de grands immeubles en pierre de taille, manifestement dans un quartier périphérique de la capitale. Autour de lui, la nuit régnait. Rares étaient les passants sur les trottoirs, et aucun ne faisait attention à lui. A ses côtés marchait Josiane, la mine encore plus grave que lors du cauchemar de la nuit précédente. « Où m'entraînes-tu ? demanda-t-il.

- Au lieu de la grande révélation, répondit-elle. Kali Mara t'estime à présent assez mûr pour la recevoir. Il est las de te mettre à l'épreuve. Viens ! Suis-moi ! »

Sur ces mots, elle lui prit la main, mais ce geste était superflu : où qu'elle fût allée, il lui aurait embrayé le pas. Bientôt, ils obliquèrent dans une petite voie dont le jeune mage lut clairement le nom sur l'écriteau qui en signalait l'entrée : « Rue de Madagascar ». Au pied d'un édifice de style haussmannien, on distinguait une enseigne clignotante, dont les néons mal entretenus projetaient une douce clarté rosâtre. Juste en dessous, de larges vitrines s'étendaient, mais on les avait occultées. Au fronton de la porte, entre les entrelacs de lumière glauque et enjôleuse, l'œil apercevait le nom suivant : « Au Tapir insomniaque ». D'instinct, sans que Josiane ne lui eût rien suggéré, Ignace devina l'activité de cet établissement. Il pressa aussitôt le pas, uniquement attisé par désir de mettre au plus vite un terme à la traque dont il était l'enjeu. Il fit signe à sa sœur de le suivre, mais elle s'y opposa. « Non, très cher frère, lui dit-elle. Pour cette fois, mon aide s'arrête ici. Il faut que tu sois seul avec toi-même pour recevoir les révélations de Kali Mara. Au revoir. »

Malgré sa peine, Ignace franchit le seuil et pénétra dans le bar interlope. Une atmosphère chaude et feutrée l'y accueillit, toute remplie de mélodies sensuelles, de parfum d'alcool et, parfois, de discrets soupirs et de gémissements qu'on s'efforçait d'étouffer, par souci de décence. La lumière y était faible, tamisée et oscillant entre le bleu, le mauve et l'orangé. Sur des tables entourées de clients, des danseuses dénudées se déhanchaient, tandis qu'au-dessus d'un comptoir tout chargé de boissons, une tête de tapir empaillée contemplait ce spectacle d'un air narquois. Cet étalage de chair ne troubla pas Ignace. Sans la moindre attention pour la foule des stripteaseuses, il se dirigea vers une table isolée sur laquelle se tordait, toujours nimbée de brume, la jeune femme emplumée qu'il ne cessait de poursuivre dans ses visions. « Qui est-ce ? demanda-t-il en s'asseyant. De qui s'agit-il, et où puis-je la trouver ?

- A quoi bon faire encore preuve d'impatience ? répondit du néant la voix de Kali Mara. Contente-toi donc de tendre tes oreilles. Tu te trouves en ce moment dans le XIIe arrondissement de Paris, dans un lieu de plaisir dont tu connais déjà le nom et que tu parviendras aisément à localiser. Quant à la jeune artiste qui charme de ton regard, elle s'appelle Fanny Walter et elle en est une des vedettes.
- Connaît-elle l'emplacement de ton tombeau ?
- Non mais elle est la seule porte qui te permettra de le repérer.
- Comment ? Comment ?
- Ecoute bien mes instructions. Demain soir, sans la moindre faute, tu te rendras à son cabaret, dès son ouverture à 21 heures. Au préalable, pendant la journée, tu auras téléphoné à son tenancier pour réserver une table en présence de Fanny Walter et, surtout, le privilège de la rejoindre dans sa loge après le spectacle. Une fois que vous serez en tête à tête, tu lui imposeras les mains sur le front et tu m'évoqueras, après avoir absorbé ta potion comme tu en as coutume. C'est seulement à cette condition-là que je te dévoilerai enfin où je me cache.
- Est-ce là tout, ou y a-t-il d'autres conditions ?
- Comme tu es perspicace ! Sache donc, pour ta gouverne, que tu devras être seul dans le cabaret. Absolument seul. Sans aucun de tes gardiens. Ils ne pourront même pas t'accompagner jusqu'à ce lieu. De même, je t'interdis de laisser la princesse qui t'envoie espionner mes confidences en direct avec un accessoire téléphonique. Si tu portes un tel appareil sur toi pour ta sécurité, coupe-le en entrant dans le lieu sacré.
- Ce... ce n'est pas possible ! Ce ne peut être qu'une plaisanterie !
- Me crois-tu donc enclin à badiner, dans le triste état auquel m'a réduit le vil André Castelet ? Si tu veux m'amener à faire acte de soumission, respecte mes instructions à la lettre. Et fais aussi comprendre à ta noble employeuse qu'elle n'a pas intérêt à t'en dissuader, si elle aspire vraiment à s'emparer de moi. »

Sous la stupeur, Ignace n'émit aucune protestation, même si ces conditions draconiennes le scandalisaient. Tout à coup, la stripteaseuse s'évanouit une nouvelle fois à sa vue, toujours pour céder la place à l'étrange forme indéfinissable qui ne cessait de le pourchasser depuis maintenant plus d'une semaine. « Kali Mara, lança-t-il tout en essayant de la saisir – bien qu'elle se dérobât à ses mains –, qu'est ceci ?

- Tu le sauras en temps voulu, répondit le défunt sorcier. Pour l'instant, concentre-toi sur la tâche que je t'ai confiée. N'est-il pas plus important pour toi de me retrouver que de connaître la véritable nature de cette babiole ? »

Sur ce, il partit dans un rire étouffé, sinistre. Ignace voulut l'interpeller encore, mais un flash de lumière jaillit soudain de la mystérieuse sphère tournoyante et le renversa de sa chaise, le faisant tomber en syncope.

Lorsqu'il reprit connaissance, il se sentit bizarrement flotter dans les airs, les genoux traînant sur le sol. Un grincement hargneux près de sa face lui prouva cependant très vite qu'il n'était pas en lévitation : Kara Shrin l'avait agrippé par les revers de son veston et elle le dévisageait avec des yeux luisants de rage. « Vous plaisantez, monsieur Leclerc ? demanda-t-elle tout en feulant comme une vieille chatte. Cette histoire d'aller sans gardes à ce rendez-vous, ce ne sont que des salades que vous avez inventées, car vous vous croyez drôle ?

- C'est ça... C'est ça..., répondit le jeune mage d'une voix vaseuse. Comme si j'avais envie de faire de l'humour... Eh bien non ! Ce sont ses conditions. Je n'ai fait que les répéter.

- Menteur ! Menteur ! »

Deux gifles magistrales l'envoyèrent rouler sur le parquet, mais la bégum l'attrapa aussitôt par sa cravate et le souleva de nouveau dans les airs, malgré sa haute taille et son poids. « Manifester des velléités de déloyauté ! siffla-t-elle entre ses dents. Après tous les égards dont je vous ai comblé ! Mais crachez le morceau ! Vous avez un accord secret avec Irnerius de La Vieuville ? Ou vous voulez juste prendre la tangente ?

- Ni l'un ni l'autre, répliqua Ignace chez qui la lâche résignation s'effaçait devant une sourde révolte. Il faut obéir à Kali Mara. Il peut fixer ses conditions. Quant à moi, je peux entrer en contact avec lui, mais ne je peux pas le ployer complètement à ma volonté. Il s'agit quand même d'un spectre, pas d'un vulgaire objet inerte. »

Soudain, Abbigaëlle s'interposa pour proposer une solution. Certes, le fantôme de Kali Mara avait interdit la présence de gardes, mais il avait quand même permis à Ignace de porter un talkie-walkie jusqu'à la porte de la boîte de striptease. Le jeune mage n'aurait qu'à rester en liaison directe avec elle et Kahina tout au long de son trajet, en les informant régulièrement sur sa position. Ainsi, en cas de pépin, elles voleraient immédiatement à son secours. Quant à l'évocation en présence de la stripteaseuse, il apparaissait clairement, d'après que ce que tous venaient d'entendre, que rien ne prohibait un enregistrement sonore, à défaut d'une retransmission en direct. De toute façon, si Ignace se retrouvait en mauvaise posture dans le cabaret, il n'aurait pas le temps de procéder à son sortilège et il serait bien forcé de reconnecter son talkie.

Tout risqué qu'il fût, ce plan paraissait bien le seul applicable. Kara Shirin l'accepta donc, malgré sa crainte que son oiseau visionnaire ne décampât ou ne lui fût dérobé. Néanmoins, elle ordonna immédiatement à ses dames de compagnie et à leur captif de déguerpir, afin de ruminer son dépit toute à son aise. « Franchement, murmura Ignace sur un ton où perçait quand même une pointe de défi, vous devriez plutôt vous réjouir. Bientôt, vous les aurez, votre phonographe et votre disque. Vous croyez donc que je vais me carapater après avoir appris où ils se cachent ? J'aurais plutôt envie de vous les remettre en mains propres, histoire que vous laissiez enfin partir et que vous arrêtiez de m'embêter. »

Dans son dos, un feulement crachotant lui indiqua que sa réflexion n'était pas passée inaperçue. Kahina et Abbigaëlle lui clouèrent le bec avec leurs mains pour qu'il n'aggravât pas son cas, puis elles se dépêchèrent de le ramener dans sa chambre en feignant de le traîner sans ménagement. Quand la porte se fut refermée, elles l'assirent de force sur le lit et le toisèrent avec des yeux accusateurs. Ignace ne répliqua rien : il savait qu'il venait de commettre une gaffe.

Pendant plus d'un quart d'heure, le silence régna. Il ne se rompit que lorsque les bruits à l'extérieur attestèrent clairement le départ de la bégum. « Mais tu es fou ! lui murmura la femme marsupiale à l'oreille, afin de ne pas alerter Elias resté sur place. Alors que tu es sur le point d'être sauvé ! Qu'est-ce que ça sera, la prochaine fois ? Tu cracheras la vérité sur Richard Abitbol et sur notre déjeuner au Bourget, comme ça, rien que dans un coup de gueule ? »

La tête baissée, le jeune mage reconnut son erreur. Ses gardiennes l'invitèrent alors à se coucher pour s'épargner une fatigue inutile le lendemain, ce qu'il fit docilement, sans leur dissimuler toutefois combien il appréhendait de devoir se rendre seul à cette entrevue nocturne.

Chapitre XXI : Au Tapir insomniaque

La nuit fut assez brève pour Ignace. Avant même les premiers rayons de l'aurore, il se réveilla. Une fois son petit-déjeuner avalé, il se connecta à Internet pour y découvrir les coordonnées du Tapir insomniaque. La recherche ne fut pas longue : la capitale comptait bel et bien un club de striptease portant ce nom. L'un des sites qui le décrivaient étalait même des commentaires de clients qui louaient la beauté de ses danseuses et la lascivité de leurs prestations. A plusieurs endroits, le nom d'une certaine Fanny Walter y apparaissait. Cependant, aucune photo n'était disponible.

Ignace ne s'attarda pas sur ce détail. Dès qu'il eut relevé les coordonnées téléphoniques du cabaret, il contacta ce dernier avec un téléphone portable à carte prépayée que lui avait tendu le vieil Elias, de façon à ce que sa véritable identité demeurât inconnue. Réserver un show en tête-à-tête avec la dénommée Fanny Walter puis une virée dans sa loge fut l'affaire de quelques minutes. A l'autre bout du fil, le tenancier ne cacha pas que le prix à payer serait élevé, mais le jeune mage ne broncha point : tous ses frais seraient pris en charge par Kara Shirin. En outre, par un heureux concours de circonstances, cet aimable entrepreneur de spectacle n'acceptait que les paiements en liquide. Cela garantirait la discrétion de l'opération. Quand il fallut donner son nom pour concrétiser la réservation, Ignace trouva d'emblée son pseudonyme : Ferdinand Duprat. L'autre n'y décela rien de suspect. Ce fut avec un étrange sentiment de félicité que le jeune mage raccrocha. Malgré sa peur, il éprouvait aussi une grande hâte : celle que son périple dans les ténèbres s'achevât enfin.

La journée passa rapidement, essentiellement dédiée à poursuivre la rédaction du compte rendu pour Flying Meals. Ignace s'y consacra assez mollement, sa mission du soir le préoccupant trop. Il n'était pas le seul. Vers 17 heures, quand ses gardiennes revinrent de leur travail officiel, il ne fut nullement question de se reposer ni de badiner. Armée de ciseaux, Abbigaëlle lui coupa les cheveux à ras, puis elle procéda sur son visage, avec l'aide de Kahina, à différents essais de postiches.

Finalement, toutes deux optèrent pour une perruque brune avec une raie sur le côté et pour une fausse moustache du même coloris. Du fond de teint discret fut ensuite appliqué sur sa peau pour en réduire la pâleur. Ainsi maquillé, le jeune mage était difficilement reconnaissable, même s'il ne pouvait se défaire de ses sempiternelles lunettes rondes. Les jeunes femmes lui firent ensuite enfiler un jean bleu sombre, une chemise canadienne à carreaux rougeâtres et un blouson en similicuir, puis elles lui glissèrent tous les doigts dans de minuscules étuis en plastiques transparents qu'elles attachèrent à sa peau grâce à une colle adaptée. « Il y a de fausses empreintes digitales là-dessus, expliqua la juive marsupiale. Comme ça, la police ne saura pas que tu auras traîné dans cette boîte de striptease, si ça devait tourner vinaigre. » Ignace l'en remercia et apprécia combien ces étuis épousaient parfaitement la forme de ses doigts. De fait, personne n'eût deviné leur présence, tant on eût cru sa véritable peau.

Quand cette séance de travestissement fut terminée, Kahina et Abbigaëlle l'emmenèrent dans le salon. La bégum demeura éblouie devant sa métamorphose, sans parvenir néanmoins à balayer son angoisse. Les autres admirent aussi que le déguisement était plutôt réussi.

A une horloge, 20 heures sonnèrent. Il était temps de se mettre en route. La jeune Punique tendit à Ignace une fiole de potion d'extra-lucidité qu'il glissa dans son blouson, puis son amie marsupiale lui remit une grande liasse de billets et un talkie-walkie, en lui rappelant de donner régulièrement des informations tout au long de son trajet. Elle lui expliqua aussi comment se servir de la fonction de dictaphone, lorsqu'il accomplirait son sortilège. Enfin, depuis le fauteuil qui lui servait de trône, la bégum lui décerna une bénédiction qu'il accueillit avec un profond scepticisme, mais sans rien en laisser paraître. Elias lui ouvrit la porte de l'appartement et il s'élança au dehors, le courage en bandoulière et les doigts croisés dans les poches.

Pendant son périple dans le métro, la peur n'arrêta point de le talonner. Quand il fut arrivé dans le XIIe arrondissement, il marcha rapidement en s'aidant d'un plan de poche, jusqu'à la rue de Madagascar. Malgré sa vue basse, il constata que les façades sur le trottoir où il déambulait étaient absolument similaires à celles qu'il avait contemplées dans son rêve. Bientôt, une tache noirâtre auréolée de lumière attira son attention. Il s'approcha et leva les yeux. Entre les néons mauves, la même inscription qu'il avait aperçue dans sa transe étalait ses caractères monumentaux. Sur les vitrines fumées pour cause de décence et de protection des mineurs, on en distinguait d'autres, relativement explicites : « *Bar lounge* » ; « *Showgirls* » ; « *Table dance* » ; etc. Près de la porte, un rabatteur muni d'une liasse de clichés affriolants guettait les quidams de passage, afin de les convier à une escale dans cet antre. Il n'eut même pas le temps d'interpeller le jeune mage : sans la moindre invitation, celui-ci entra, après avoir discrètement éteint son talkie-walkie.

A l'intérieur, tout était assez semblable à ce que ses songes visionnaires lui avaient dévoilé. L'atmosphère était feutrée, doucereuse, la teinte dominante était plutôt bleu vert, mais le parfum qui régnait évoquait la réglisse, la guimauve et la fraise tagada. A droite de la porte s'allongeait un grand bar tout chargé de jus et de liqueurs aux coloris extravagants. Au-dessus, accrochée au mur, la tête de tapir empaillée trônait en souriant et dardait ses yeux vitreux sur les visiteurs. Déjà plusieurs garçons s'affairaient à ce comptoir, en remplissant les premiers verres pour les clients les moins nocturnes. La mine hardie, Ignace s'y accouda et déclina sa fausse identité ainsi que les raisons de sa visite. Aussitôt, l'un des serveurs disparut dans l'arrière-boutique pour revenir en compagnie d'un individu grisonnant vêtu d'un complet verdâtre, un médaillon en guise de cravate. D'instinct, Ignace identifia en lui le propriétaire de ce lieu de plaisir. Exposer de nouveau son pseudonyme et obtenir le sésame tant désiré ne prirent qu'un instant. Discrètement, le maquereau empocha la somme qu'il avait fixée, puis il ordonna à l'un de ses subalternes de conduire le jeune mage à une table assez isolée, tout au fond du cabaret.

Quand il s'y fut assis, Ignace commanda un repas et une boisson pour tuer le temps dans l'attente du spectacle. Il ébaucha une grimace, lorsque le serveur lui indiqua que ces prestations n'étaient pas comprises dans le forfait qu'il venait d'acquitter et qu'il lui faudrait payer un supplément. Néanmoins, il s'y résigna : la bégum lui ayant donné plus d'argent que nécessaire lors de son départ, il lui restait encore assez de billets pour ne pas évoquer Kali Mara le ventre vide. Le serveur revint donc avec une grande assiette pleine de tapas mexicains, un bol de riz et un verre de diabolo groseille tout pétillant de brume sous l'effet d'un glaçon carbonique qu'on avait déposé au fond. Il le laissa ensuite seul à sa table, après avoir récupéré à son tour le paiement et un pourboire.

Toujours tiraillé entre la crainte et une certaine excitation, Ignace dégusta les tapas et le riz, qui lui parurent somme toute corrects, voire meilleurs que les mets servis chez madame Nedjma (lesquels sentaient parfois un peu le rance). Il remercia aussi ses gardiennes de l'avoir si bien grimé : autour de lui, nulle remarque ne fusait sur son physique. Néanmoins, il regrettait de n'être toujours pas en mesure de distinguer clairement les autres clients à leurs tables.

Soudain, la lumière baissa, tout en devenant plus chaude. Le disco un peu minable qui emplissait le bar pour faire patienter la clientèle céda la place à une musique bien plus rythmée et sensuelle. D'une porte, plusieurs créatures au teint frais, auréolées de parfums envoûtants, jaillirent un peu partout et se répandirent dans la salle. L'une d'entre elles bondit sur la table du jeune mage et s'y percha, dressée sur ses talons. Sous l'émotion, Ignace échappa de peu à un malaise. Enfin il la distinguait ! Enfin, il discernait ses traits ! Elle était grande, presque autant qu'Abbigaëlle, mais avec un physique plus élancé. Quasiment nue à l'exception de ses chaussures et d'un string rouge, elle arborait partout sur sa peau basanée des plumes aux couleurs chatoyantes, que de fines lanières à peine visibles maintenaient en place. Sur ses bras, ces ornements duveteux formaient de véritables rémiges. Au bout de ses orteils qui émergeaient de ses sandales à talons hauts, de faux ongles imitaient des griffes, et il en allait de même sur ses doigts, avec une particularité supplémentaire : l'annulaire et l'auriculaire étaient littéralement repliés et attachés contre la paume, donnant ainsi l'illusion d'une main ailée à trois griffes. Conformément à son teint, ses cheveux coupés court étaient plus noirs que du charbon. Enfin, en dessous du grand collier de plumes qui ceinturait son cou et ses épaules, deux énormes seins siliconés couronnaient fièrement sa poitrine. Ainsi harnachée, elle aurait amené bien des mâles à se sentir à l'étroit dans leur caleçon, mais ce ne fut pas le cas du jeune mage. Sa mission et les dangers qui rôdaient aux alentours lui avaient ôté le goût de la gaudriole.

A peine Fanny Walter l'eut-elle dévisagé qu'elle commença à se déhancher et à se tordre sur la table, au son d'une chanson qui invitait explicitement aux plaisirs de la chair. « *Don't be so shy*, disait le refrain. *Don't be so shy.* » Les mimiques de la stripteaseuse ne faisaient que répéter cet ordre. Sous le regard du jeune mage, elle se contorsionnait avec une lascivité infinie, tantôt frémissant comme une liane agitée par la brise, tantôt rampant comme une anguille, furtive et insaisissable. Souvent, ses seins nus et gonflés s'approchaient des mains qu'Ignace avait sagement posées sur le plateau, comme pour inviter à la caresse, puis ils se retiraient soudain. Les longues plumes qui ornaient ses bras l'éventaient délicatement, plus fugaces qu'une libellule en vol, tandis que les griffes au bout de ses doigts lui effleuraient doucement les joues sans y laisser la moindre marque. « *Take off your clothes*, continuait la chanson. *Don't be so shy.* » Ignace comprenait parfaitement ces injonctions, lui qui se targuait d'avoir un niveau d'anglais assez correct pour un citoyen de France. Cependant, devant les gestes de la créature en face de lui, point n'était besoin de maîtriser la langue de Shakespeare. A plusieurs reprises, la face basanée de Fanny Walter s'approcha de la sienne. Sur ses lunettes, un léger souffle passa. Presque envoûté, le jeune mage tendit vaguement ses lèvres malgré la fausse moustache qui les couvrait, comme pour réclamer discrètement un baiser. Mais il ne récolta à chaque fois qu'un aimable soufflet de la part des bras emplumés, tandis que la danseuse, le visage rayonnant d'ironie, repartait au centre de la table pour y exécuter encore contorsions et entrechats.

Les morceaux de musique s'enchaînaient. Dans toute la salle, l'émotion collective enflait comme une mer houleuse. Pour Ignace, les autres stripteaseuses qui se dandinaient sur les tables n'étaient que des spectres vagues, mais à entendre les appels, les vivats et les sifflets qui fusaient de toutes parts, il devinait qu'elles enflammaient littéralement l'assistance. Par moment, ses oreilles percevaient même quelques râles étouffés qui trahissaient que des clients, emportés par leur émoi, en avaient même humecté leur slip. Sans un bruit, il ricanait de leur mésaventure. Cela ne l'empêchait pas d'admirer aussi la grâce de Fanny Walter, l'extraordinaire douceur de ses mouvements, la sensualité infinie de ses courbes. Indéniablement, même s'il ne sentait pas engoncé dans ses sous-vêtements, une suave chaleur se répandait aussi dans son corps. Les gestes de la danseuse lui faisaient presque oublier la menace d'Irnerius de La Vieuville et de ses serviteurs immortels. Mais il ne perdait pas la tête : il se rappelait les raisons de sa présence en ce lieu.

Bientôt, il reconnut la mélodie que diffusaient les haut-parleurs : les couplets entêtants de *Sexual Healing* de Marvin Gaye. Fanny Walter aurait pu jouer son ocelot ou son caracal sur ces notes, mais elle se fit plutôt paradisier et oiseau-lyre, agitant son plumage avec une élégance totalement étrangère à sa nature de mammifère. Enfin les enceintes passèrent une autre chanson que le jeune mage connaissait bien : *Déshabillez-moi* de Juliette Gréco, dans un remix disco des plus entraînants. Ce fut l'apothéose. De ses plumes, de ses griffes, Fanny Walter multiplia les gestes aguichants en direction de son spectateur, puis elle termina son show en triomphe, se dressant de toute sa hauteur et déployant ses ailes comme pour exalter sa nudité duveteuse et étincelante.

La musique cessa et un tonnerre d'applaudissements déchira la salle. Ignace se joignit à cette effusion collective, tout en se préparant pour la suite. Son attente ne dura guère : à peine descendue de la table, la stripteaseuse lui fit discrètement signe de la suivre et s'éclipsa par une petite porte derrière un rideau. D'une gorgée, le jeune mage finit son verre de diabolo groseille, puis il s'engagea après elle dans l'étroite ouverture, avant même que les autres clients eussent terminé leurs ovations. Sans un bruit, le battant se referma dans son dos.

Devant lui s'étendait un long couloir parqueté, bordé de plusieurs portes et baignant dans une semi-pénombre. La danseuse le guida jusqu'au bout, tout en le priant de rester quelques pas derrière elle, puis elle disparut dans une des loges. Ignace l'y rejoignit. Avant même qu'il y fût totalement entré, elle s'était déjà tapie derrière un paravent. « S'il vous plaît, dit-elle, restez là où vous êtes. Vous serez poli. Je suis ici pour vous divertir, mais je suis aussi maîtresse dans ce lieu. »

Le jeune mage ne répondit rien. Pour tuer un peu le temps, il se promena le long des murs bordant le petit espace entre le seuil et le paravent, afin d'en observer les détails. Il n'y avait pas grand-chose à contempler, hormis un grossier papier peint verdâtre orné de quelques calendriers et une commode toute chargée de divers flacons, de menus objets et d'un petit portrait à l'effigie d'une vieille dame aux cheveux grisonnants et au regard triste. Ignace ne se demanda pas de qui il s'agissait. En revanche, comme saisi par un inexplicable démon intérieur, il s'empara d'un petit vaporisateur d'eau de Cologne sous pression et d'un briquet, qui traînaient parmi les babioles. Quel besoin lui avait donc dicté ce geste ? Il n'en savait rien.

A peine eut-il glissé les fruits de ce larcin dans son blouson que le paravent se fendit, dévoilant son hôtesse. Elle avait troqué ses hauts talons et sa parure de plumes contre une paire de souliers plats et un simple peignoir orange, soigneusement fermé. Par bonheur, elle n'avait rien deviné du vol qui venait de se produire. « Monsieur Duprat, c'est ça ? demanda-t-elle.

- Oui, répondit Ignace d'un ton qui s'efforçait de paraître assuré. Ferdinand Duprat.

- J'espère que mon petit spectacle de tout à l'heure vous a plu.

- Ma foi, ma réaction à l'issue de votre représentation était quand même assez explicite.

- Je ne sais pas quoi en penser. Je ne vous demandais pas de mouiller votre caleçon, mais je vous ai quand même trouvé un peu réservé. Enfin, c'était sans doute car vous vous reteniez en attendant le petit extra de maintenant ?

- Tout à fait exact, à croire que vous lisez dans mes pensées ! »

Naturellement, ce n'était qu'un mensonge, et il nageait dans l'improvisation la plus totale, mais Fanny Walter n'y vit que du feu. D'un tiroir de la commode, elle retira un accessoire de forme phallique, puis elle ouvrit son peignoir sous lequel elle ne portait que son string et son soutien-gorge. En un clic, ce dernier s'écarta (il se fermait par devant), laissant ballotter ses seins opulents. « Je peux aller bien plus loin que ce que vous avez admiré tout à l'heure, reprit la danseuse. Si vous le désirez, je peux tomber le string et faire des choses qui vous embraseront. Mais attention ! Seul cet objet que je tiens dans ma main rentrera dans mon vagin et dans mon anus. Et ne comptez pas non plus sur moi pour taquiner vos parties viriles

- Ça ne sert à rien de m'avertir, répondit Ignace. Je ne suis pas venu ici pour me rincer l'œil.

- C'est une blague ? Pourquoi est-ce que vous avez voulu me rencontrer, dans ce cas-là ? »

Un sourire ironique aux lèvres, le devin agita sa petite fiole de potion et son dictaphone. « En fait, madame Walter, expliqua-t-il, j'ai d'étranges fantasmes fétichistes. J'adore m'accorder des trips hallucinatoires tout en tenant entre mes mains le joli minois d'une ravissante danseuse, et j'apprécie également au plus haut point de garder une trace sonore de ces expériences grâce à l'appareil que voici. Que voulez-vous ? C'est ma manière de jouir. Et aujourd'hui, j'ai décidé que ce serait vous qui m'aiderez à atteindre le septième ciel. »

L'expression moqueuse et gênée qui traversa le visage de Fanny lui prouva que jamais elle n'avait ouï une telle proposition. Cependant, il ne recula point. « Je ne vois pas en quoi ça vous dérange, continua-t-il. A votre place, je trouverais ça plus respectueux pour moi que d'être contrainte à me manualiser le bréviaire d'amour avec ce phallus en plastique devant un client qui s'astique le poireau jusqu'à salir le parquet. Surtout, ça me paraîtrait infiniment plus original. Ne voulez-vous pas tenter l'expérience ? »

D'un sourire à moitié convaincu, la stripteaseuse lui signifia qu'elle était d'accord. Sur un geste du jeune mage, elle s'agenouilla, sans avoir pour autant regrafé son soutien-gorge, dans l'idée qu'il voulait quand même jouir du spectacle. Ignace activa la fonction d'enregistreur sur son talkie, puis il saisit sa fiole d'élixir pour en boire une gorgée avant d'imposer les mains à sa partenaire. Soudain, la porte de la loge claqua. « Monsieur Leclerc ! s'écria une voix qu'il avait déjà entendue. Vous vous êtes dépêché de me retrouver ! Mais vous êtes un amour ! »

En quelques secondes, Ignace se trouva plaqué contre le mur, le cou serré par une poigne d'airain et les organes génitaux comprimés par un canon d'acier. Devant lui, la face hagarde du zombie au foulard, qu'il avait croisé deux jours plus tôt dans le restaurant au Bourget, le contemplait derrière ses lunettes teintées, en dodelinant doucement. A côté de ce sinistre personnage, deux autres malandrins d'outre-tombe avaient aussi fait irruption dans la pièce pour s'occuper de Fanny, le premier lui tordant les mains derrière le dos tandis que le second la menaçait d'un pistolet. Terrorisée, folle d'épouvante, la pauvre danseuse n'osait même pas hurler pour appeler au secours. De grosses larmes perlaient sur ses joues. « Pff... Pathétique, réellement pathétique ! dit le jeune homme au foulard à l'adresse du devin. Se déguiser aussi bien sans même changer de lunettes. C'est lamentable ! Par pitié pour vous, j'attribuerai cette bêtise à madame Arslan Khan. »

Ignace n'osa même pas rétorquer que les vraies coupables étaient Kahina et Abbigaëlle : l'effroi lui avait littéralement cisaillé les cordes vocales. Toutefois, ce n'était pas le cas chez la stripteaseuse. « Qui... qui êtes-vous ? balbutia-t-elle. Qu'est-ce que... qu'est-ce que vous me voulez ?

- Mademoiselle Fanny Walter, je présume ? lui répondit le revenant qui la tenait en joue – un homme barbichu aux cheveux bruns. Et si je vous disais que vous ne vous appelez pas Fanny Walter, mais Melika Imrane, et que vous êtes originaire du Maroc, mais que vous n'êtes pas une Nord-Africaine comme les autres ? Ni arabe, ni berbère, ni même juive séfarade ?

- Je... C'est vrai, mais... comment... ? »

D'une violente pression sur les mâchoires, le revenant qui la maîtrisait dans son dos la força à ouvrir la bouche. Sans distinguer clairement ce qui se passait, Ignace perçut un bruit mou et gluant, comme quelque chose qu'on arrachait. « Parfait ! déclara le jeune homme au foulard après quelques instants. A présent, suivez-nous tous les deux. Et ne bronchez pas. »

En un éclair, il délesta le jeune mage de son talkie-walkie et de sa fiole de potion, qu'il fourra dans son propre blouson – sans explorer pour autant la poche qui abritait le flacon de parfum et le briquet (probablement n'en soupçonnait-il même pas la présence). Il l'entraîna ensuite hors de la pièce, le pistolet dans le dos. Ses deux collègues firent de même avec Fanny Walter, après avoir hâtivement refermé son soutien-gorge et noué son peignoir. Dans le corridor, aucune âme secourable ne circulait. Tout était entièrement vide. Derrière les portes closes des autres loges, on entendait juste des gloussements étouffés et quelques râles qui indiquaient que les autres danseuses recevaient aussi des admirateurs et que ces braves gens s'amusaient bien, sans aucune idée du drame qui se jouait tout près d'eux.

D'une secousse, les zombies poussèrent leurs captifs dans un autre couloir tout aussi désert qui menait à une petite porte donnant sur la rue. Dès qu'ils eurent regagné l'air libre, ils la verrouillèrent de l'extérieur avec une clé squelette, puis ils contraignirent le jeune mage et la stripteaseuse à avancer dans une petite rue toute endormie, jusqu'à une voiture sans aucune plaque d'immatriculation. Un chauffeur muni de lunettes et d'une oreillette les y attendait. L'un des revenants s'assit tout de suite sur la banquette arrière, mais ses deux comparses n'obligèrent pas immédiatement les prisonniers à embarquer. Un temps, l'homme à barbichette observa fixement la danseuse. Incapable d'appeler au secours, cette dernière pleurait en retenant à peine ses sanglots. « Comme c'est étrange..., murmura le zombie. Les mélanges au fil des générations ont tout altéré et pourtant, dans vos joues, dans votre bouche, je reconnais encore vaguement les traits d'un de mes compagnons d'infortune. Oui, là aussi...

- Qu'est-ce que vous voulez dire ? implora la pauvre stripteaseuse. Lâchez-moi ! S'il vous plaît, lâchez-moi ! »

Bâillonné par la terreur, Ignace observait toute cette scène. Le long de son échine, la sueur cascadait à gros bouillons. Un affreux souvenir tournoyait dans sa tête : le square près du boulevard Berthier, l'homme moustachu aux yeux mornes, l'horrible colosse roux...

Soudain, sans même réfléchir à ce qu'il faisait, il agrippa le poignet avec lequel l'homme au foulard brandissait son pistolet. Une détonation déchira la nuit et le revenant s'effondra, l'œil gauche crevé et la moitié du front arrachée par une balle. Avant même qu'il eût touché le sol, le jeune mage s'était retourné et avait tiré trois autres balles dans le torse du malfrat à barbichette, lui fracassant le sternum et la colonne vertébrale. La moelle épinière sectionnée, le mort-vivant s'écroula à son tour sans même avoir pu esquisser le moindre geste. « Vite ! hurla Ignace en empoignant le bras de Fanny. Filons ! »

Laissant tomber le pistolet dans sa panique, il récupéra sa fiole et son talkie dans le blouson du bandit au foulard, puis il se rua sur la chaussée avec la danseuse. Deux coups de feu retentirent derrière eux. Ils eurent juste le temps de rouler derrière les voitures stationnées sur le trottoir en face, avant que les balles ne les atteignissent. Labourés par la terreur mais pourtant mus par une énergie surnaturelle, ils rampèrent à une vitesse prodigieuse le long des carrosseries jusqu'au premier tournant qui surgit devant eux, avant de se redresser et de déguerpir comme des lièvres. Pendant quelques minutes, ils errèrent dans les rues, affolés à l'idée d'être rattrapés, jusqu'à ce qu'une grille leur barrât soudain le passage. Derrière, on distinguait une voie ferrée envahie par les herbes folles, qui descendait doucement dans une tranchée jusqu'à une sorte de caverne. A en juger par son délabrement, cela faisait bien plusieurs décennies qu'aucun train ne l'avait empruntée. Malgré quelques petites piques à son sommet, la barrière demeurait franchissable.

Ignace fit la courte échelle à Fanny pour qu'elle passât de l'autre côté, puis lui-même escalada l'obstacle de toute sa hauteur et se réceptionna sur le ballast. Au pas de course, ils gagnèrent la grotte, haletant et redoutant d'entendre derrière eux des pas hâtifs et des cliquetis de métal.

Chapitre XXII : Feux d'artifice

Dès qu'ils eurent atteint la cachette, ils voulurent s'y engouffrer, mais ils esquissèrent un mouvement de recul : ce tunnel sous la chaussée baignait dans une odeur abominable, une puanteur d'urine, d'excréments et de vomissures fermentées. Partout gisaient des étoffes déchirées, des fragments de journaux souillés de déjections, des bouteilles vides et des cannettes de bière broyées. De toute évidence, ce passage avait servi d'abri nocturne à de nombreux clochards au fil des saisons. Toutefois, ce soir-là, il n'y avait personne. Au fond, on apercevait une grille illuminée par le clair de lune. Surmontant sa répulsion, Ignace y courut. Derrière les barreaux, les formes floues qui se matérialisaient dans ses yeux myopes suggéraient un grand terrain vague. Il tenta d'ouvrir le portail, mais ce dernier était fermé par un cadenas. En fulminant, il se lamenta de n'avoir pas emporté le pistolet du zombie, mais l'heure n'était plus aux regrets inutiles. A défaut de fuir par cette issue barrée, il entraîna la danseuse dans d'épaisses broussailles à l'entrée du tunnel, où tous deux se tapirent.

Pendant une minute, ils ne soufflèrent pas un mot, tout à l'écoute d'éventuels bruits de poursuite, puis le mage ralluma et reconnecta son talkie-walkie, que le bandit avait coupé. « Allô ! Allô ! murmura-t-il. Abbigaëlle, tu me reçois ? Tu me reçois ?

- Cinq sur cinq, répondit la juive marsupiale dans l'écouteur. Qu'est-ce qui t'arrive ?
- Les zombies... Les zombies ! Ils m'ont alpagué... alors que je venais de rencontrer Fanny Walter. Vite ! On a réussi à se sauver, mais ils vous nous rattraper.
- Panique pas ! Ne panique pas ! Où est-ce que vous êtes ?
- Cachés dans un buisson sur une voie ferrée désaffectée, tout au bout du XIIe arrondissement. C'est dans une tranchée, juste devant un tunnel, vers la Seine...
- T'inquiète pas ! Je localise. C'est la tranchée de la Petite Ceinture, là où elle descend vers la porte de Bercy ?
- Oui, c'est ça. Vite ! Viens vite ! Ils vont nous retrouver !

- Reste calme ! Reste calme ! On fonce. J'arrive avec Kahina, Salomon et son papa. En attendant, reste caché, ne bouge pas et, surtout, aucun bruit. »

L'appel se coupa. Toujours secouée de frissons, Fanny Walter se blottit contre la chemise du jeune mage. « Vous... vous avez des amis ? demanda-t-elle d'une toute petite voix.

- Euh... oui... oui, répondit Ignace. Enfin... j'espère qu'ils viendront à temps. J'espère... »

Il n'en dit pas plus, tant il redoutait d'attirer de sinistres oreilles. Trois minutes s'écoulèrent ainsi, dans le silence le plus total. Nul claquement de semelles ne résonnait au loin, ni aucun crissement sur le ballast. Rien ne semblait perturber la nuit. Les relents nauséabonds qui s'échappaient du tunnel étaient infâmes, mais le devin et la danseuse préféraient supporter cette infection que risquer leur vie. A la pâle lueur de la lune, Ignace contemplait la pauvre frimousse apeurée de sa camarade d'infortune. Soudain, il frémit : sous la courte chevelure noire, les oreilles n'avaient pas de lobes. Elles étaient certes rondes, mais rien n'en pendouillait. « Ma... madame Walter, demanda-t-il, s'il vous plaît, quel est votre vrai nom ?

- Ce... ce n'est pas Fanny Walter, répondit-elle. Ça, c'est juste un pseudo. Le type que vous avez descendu... il avait raison. Je m'appelle Melika... Melika Imrane.

- Vo... votre famille vient d'Afrique du Nord ?

- Du Maroc. Des deux côtés. Officiellement, mon père biologique était musulman et ma mère biologique était juive... juive séfarade. Mais...

- Mais ?

- C'est... c'est vrai ! C'est vrai ce qu'il a dit... ce bandit... Je ne suis pas une beurette... et je ne suis pas non plus une juive... »

Dans un murmure, Ignace lui ordonna d'ouvrir la bouche. La stripteaseuse obtempéra. Sous le choc, les pupilles du jeune mage se dilatèrent : là où elle semblait porter une canine et une prémolaire parfaitement normales, la gencive supérieure droite arborait à présent un trou béant, au milieu duquel on distinguait une canine et une prémolaire ridiculement atrophiées, semblables à celles d'Abbigaëlle et de Salomon. Les émissaires d'Irnerius et de son mentor avaient arraché un râtelier.

Un sourd grincement empêcha Ignace de s'appesantir sur cette découverte. Au loin, vers l'endroit où il avait franchi la grille avec Fanny, son oreille perçut des bruissements. Peu à peu, ceux-ci se rapprochèrent. Aucun doute n'était permis : ce n'était pas deux, mais quatre paires de chaussures qui foulaient les graviers. Bientôt, de minces faisceaux de lumière promenés à bout de bras déchirèrent l'obscurité. Devant ces funestes lucioles, Fanny Walter commença à se convulser, folle de panique. Elle voulut hurler, mais Ignace lui plaqua une main sur la bouche. Lentement, les agresseurs s'avançaient, furetant du regard dans tous les coins de la tranchée. A force de plisser les paupières, le devin réussit à les discerner à son tour. Trois d'entre eux déambulaient comme des hommes ordinaires, quoique d'un pas quelque peu mécanique, tandis que le quatrième semblait étrangement bossu et clopinait. « S'il vous plaît, monsieur Leclerc, lança l'un d'eux. Ne jouez pas à cache-tampon. Je sais très bien que vous êtes là. Allons ! Ayez le bon sens de vous montrer. Votre épreuve est déjà bien rude. Ne l'aggravez pas avec des espérances chimériques. »

Une irréfrénable horreur écrasa la gorge du jeune mage. Sans qu'il le voulût, son œil gauche se mit à trembloter, tandis qu'il se lamentait de n'avoir pas gardé le pistolet (même si sa vue basse eût fait de lui un piètre tireur). Soudain, une intuition le submergea. D'une mimique, il ordonna encore à Fanny Walter de rester muette et de ne rien tenter d'inconsidéré, puis il s'empara du flacon de parfum et du briquet qu'il avait conservés dans son blouson.

Les quatre zombies étaient parvenus tout près du buisson. Dans un premier temps, leurs lanternes éclairèrent le tunnel. Deux d'entre eux s'engagèrent en avant-garde dans ce passage obscur et puant, mais ils en ressortirent vite, bredouilles. Les faisceaux des lampes se mirent alors à explorer les fourrés. Un instant, leur clarté aveuglante effleura le jeune mage et la danseuse à travers le feuillage, puis elle disparut. Quelques secondes passèrent.

Soudain, quatre affreuses figures écartèrent les broussailles. Un glapissement lacéra la gorge de Fanny : si les deux têtes bordant le groupe étaient celles d'hommes ordinaires, la troisième, barbichue, surplombait un torse horriblement tordu, avec une énorme protubérance ; quant à la quatrième, désormais sans lunettes, elle arborait au front une immonde boursouflure, tandis que son œil cicatrisé saillait presque hors de l'orbite, torve et plus gros qu'une balle de ping-pong. « Ah ! s'exclamèrent tous ces visages. Je savais bien que je brû... »

Ils n'achevèrent pas. Jaillissant du flacon, une bordée d'alcool embrasée par le briquet les enveloppa, enflammant leur peau, leurs cheveux et leurs vêtements. Fous de douleur, ils reculèrent en titubant, lâchant leurs pistolets. Ignace s'empara aussitôt d'une de ces armes et il en vida le chargeur sur ces torches inhumaines, mu uniquement par la panique et par un instinct désespéré. Trois d'entre elles s'effondrèrent, tandis que la quatrième battait en retraite le long de la voie ferrée. Le jeune mage ne songea même pas à la poursuivre. Hagard, il ramassa un second pistolet et tira encore une salve sur les corps inanimés et incandescents, les poignets crispés sur la crosse pour résister au recul. Frémissante, Fanny Walter s'aventura hors du buisson. Le devin l'agrippa. « Filons ! lui souffla-t-il. Filons ! »

Au pas de course, il l'entraîna au bout du tunnel et braqua son arme contre le cadenas. En deux tirs, le mécanisme vola en miettes. Bien que déstabilisé par les détonations, le jeune mage tint le choc et ouvrit la grille. Les deux silhouettes s'élancèrent à travers les herbes folles, aiguillonnées par la recherche d'un nouvel abri. « Là ! Là-bas ! » lança la danseuse. Ignace n'aperçut rien, hormis un horizon de formes indistinctes, mais il se laissa guider par sa partenaire qui, au moins, avait de bons yeux. Dans leur course éperdue, ils dépassèrent un ancien gazomètre à moitié rouillé qui menaçait ruine et débouchèrent sur une vaste zone aux allures de savane, qui avait sans doute hébergé jadis une gare de triage. Alors seulement le jeune mage distingua ce que sa compagne d'infortune avait vu : un grand édifice en briques à un étage, assez long, abandonné depuis des décennies et à moitié enfoui sous le lierre. Au rez-de-chaussée, les portes et les fenêtres en avaient toutes été obstruées avec des parpaings, mais des squatteurs avaient percé une brèche dans une de ces murailles sans que la SNCF se souciât de la colmater.

Ignace et Fanny s'y précipitèrent. A peine entrés, ils vacillèrent en se bouchant les narines, écœurés par la puanteur qui les assaillait de toutes parts. Celle-ci était encore plus infecte que les effluves qui embaumaient le tunnel. Sous les rayons de la lune qui pénétraient par de grands trous dans le plancher de l'étage, où les fenêtres n'avaient pas été condamnées, on apercevait le même spectacle répugnant fait de bouteilles cassées, de monticules d'excréments, de flaques d'urine et de bière desséchées et de restes de repas. S'y ajoutaient une foule de gravats, des cendres de feux de camp et plusieurs couvertures souillées jetées de-ci de-là.

Le jeune mage attrapa le poignet de la stripteaseuse et voulut l'emmener à l'étage, mais il dut y renoncer : l'unique escalier qui y conduisait s'était écroulé. A défaut, il s'enfonça avec elle jusqu'au bout de l'enfilade de pièces au rez-de-chaussée, où ils se terrèrent derrière un énorme tas de débris. Malgré leur affolement, ses doigts rallumèrent le talkie. « Allô ! chuchota-t-il d'une voix étranglée. Abby ? Abby ?

- Je te reçois, répondit Abbigaëlle. On est en route. Vous êtes toujours au même endroit ?
- Non ! On a bougé. Ils nous ont délogés.
- Attends ! Où est-ce que vous êtes maintenant ?
- On... on a traversé le tunnel vers le sud. On s'est réfugiés dans une grande maison en ruine sur une friche SNCF, un énorme terrain vague.
- Attends ! Tu es descendu vers le sud, mais tu es toujours sur la Petite Ceinture, c'est ça ?
- Oui, oui.
- Je localise. Tu es sur la friche abandonnée près de la porte de Bercy et du bastion n°1.
- Euh... oui, ça doit être ça.
- OK ! On rectifie le trajet et on arrive. Et les autres ? Les zombies ?
- Je... je les ai maîtrisés, mais... ils vont revenir.
- Ecoute : encore une fois, ne panique pas ! Toi et Fanny, vous restez dans votre cachette, vous bougez pas et, surtout, pas un bruit ! Nous, on se grouille.
- Faites vite, bon sang ! Faites vite !
- On se grouille ! En attendant, tu te tais ! Et si Fanny tente de jouer les sirènes d'alarme, tu lui coupes le sifflet. »

Elle raccrocha. Sans un mot, le jeune mage voulut inviter la danseuse à s'abriter de nouveau contre son blouson, mais elle refusa. « Qui êtes-vous ? murmura-t-elle dans un grincement de dents. Qui êtes-vous... vraiment ?

- Je m'appelle Ignace Leclerc, répondit le devin. Ferdinand Duprat aussi, c'est un pseudo.
- Qui... qui sont ces gens ? Qu'est-ce qu'ils vous veulent ?

- Ça, ça serait trop long à vous expliquer.
- Les deux types que vous aviez descendus, comment se fait-il qu'ils ne soient pas morts ?
- On ne peut pas les tuer. Enfin... c'est très difficile. Ce sont des zombies. Des morts vivants.
- Mais... c'est impossible ! Les zombies n'existent pas ! Qu'est-ce que ça veut dire ? Répondez-moi : qu'est-ce que ça veut dire ? »

Soudain, elle se tut et se pelotonna tout contre le sol, malgré l'immonde puanteur. Dans le silence oppressant, de subtils claquements venaient de se faire entendre du côté de la brèche. Ignace s'enfouit à son tour derrière la barricade de débris, en maudissant sa grande carcasse. Discrètement, il sortit le chargeur du pistolet, qu'il avait conservé dans une de ses poches. On n'y distinguait plus qu'une seule cartouche. Une autre dormait dans le canon, automatiquement glissée et prête à l'emploi. Cela ne suffirait pas. Sous les plafonds en ruine, les bruits étaient formels : ce n'était plus quatre, mais huit paires de chaussures qui s'avançaient. Un second commando était venu épauler le premier. Ignace voulut fondre en larmes. L'horreur lui coupa toute envie de bouger.

Bientôt, des piétinements signalèrent l'entrée d'un petit groupe. Toutefois, ce dernier stoppa net au milieu de la pièce. « Cette fois, je ne vous ferai pas le plaisir de vous débusquer comme un lièvre, monsieur Leclerc, dit la même voix qu'un peu plus tôt. En effet, mes défroques ne sont pas des saucisses à griller. Vous non plus, d'ailleurs. Peut-être voudriez-vous que je vous le fasse comprendre plus explicitement ? »

Dans la main d'un autre zombie, un feu de Bengale s'alluma et crépita. Le revenant s'apprêta à le lancer de l'autre côté du tas de gravats, mais il se retint : sans le moindre avertissement, le jeune mage s'était redressé et avait enjambé la barricade, le pistolet sous le menton. Malgré les frissons qui le secouaient, il toisa ses adversaires. Ceux-ci étaient effroyables. Le commando du Tapir insomniaque arborait partout d'immondes cicatrices toutes bouffies qui se confondaient avec leurs haillons carbonisés. Leurs torses et leurs dos étaient affreusement déformés, et d'infâmes hernies en saillaient partout où les balles avaient transpercé la chair. Certains d'entre eux claudiquaient. Un peu en retrait, leurs compagnons plus présentables observaient la scène, prêts à intervenir. Ils leur avaient remis des oreillettes flambant neuves. « Fichez-moi la paix ! grinça Ignace. Fichez-moi la paix ! Et laissez cette danseuse tranquille. Sinon, je me tue et vous, vous ne rentrerez jamais dans votre monde !

- Cessez ces puérilités, monsieur Leclerc ! répondit l'homme au foulard, dont l'ornement s'était littéralement incrusté dans sa chair brûlée. Tremblant comme vous l'êtes, vous risquez surtout de vous arracher simplement le menton et le nez. Mais qu'importe ! Si vous ne pouvez plus parler, je vous forcerai à écrire vos visions. »

Tout à coup, son occiput explosa dans une gerbe de barbaque et de gelée rosâtre, tandis qu'une seconde balle lui fracassait l'épaule droite. Une nouvelle fois, il s'écroula. Avant même que ses comparses se fussent retournés, quatre silhouettes encagoulées et gantées de noir déboulèrent dans la pièce.

« Planque-toi ! » hurla une voix qui n'était autre que celle d'Abbigaëlle. Ignace ne se fit pas prier. Tandis que le projectile incendiaire qui lui était destiné fusait dans la direction opposée, il voulut se replier derrière les gravats, mais une monstruosité au visage tuméfié (sans doute le zombie à barbichette) lui barra la route. D'instinct, il braqua le pistolet et lui en décocha en travers de la gorge les deux dernières balles, lui rompant tout net les cervicales, mais un autre revenant fondit sur lui pour l'assommer et s'emparer de Fanny Walter. A cours de cartouches, il tenta d'utiliser de nouveau le flacon d'eau de Cologne et le briquet, mais son adversaire balaya ces objets d'un revers de la main. Agrippé à la gorge, le jeune mage roula sur les débris. Un poing terrible allait s'abattre sur sa tête, mais sa main droite saisit soudain une barre de fer qui gisait parmi les moellons et elle l'enfonça dans le thorax de son ennemi, entre les côtes. Le zombie le lâcha. Cramponné à sa lance improvisée, Ignace se redressa et pourfendit le revenant, le renversant à son tour sur le sol.

Dans la salle, le tumulte faisait rage. Les détonations à peine étouffées par les silencieux se succédaient, les balles sifflaient, les feux de Bengale qu'on allumait grésillaient et une âcre odeur de poudre et de fumée remplissait l'atmosphère, irritant le nez et les poumons. Soudain, des cris lamentables déchirèrent la nuit : c'était Salomon dont les vêtements s'étaient embrasés, touchés par un des bâtons incendiaires, et qui se roulait à présent sur le sol pour échapper à la mort. Ignace reconnut sa voix, mais ne vola point à son secours. A moitié fou, il ramassa une brique qui traînait par terre et l'abattit sur le crâne du zombie empalé. Plusieurs fois, il recommença son geste, déchirant la peau et les muscles, brisant les os et écrasant la cervelle qui se répandit en dégoulinures rosâtres. Au passage, il pulvérisa l'oreillette qui brillait au coin de la tête. De nouveaux gémissements retentirent, suivis d'un bruit de chute : c'était Elias qui venait de recevoir une balle dans la cuisse et s'était effondré sur le sol. Là encore, le jeune mage n'y prêta aucune attention. Seule sa fureur paniquée le guidait. Il n'arrêta de frapper que lorsque son ennemi eut cessé de remuer.

Hagard, il se redressa en titubant, l'esprit vaseux. Autour de lui, la violence qui continuait de se déchaîner sembla se dissoudre dans une brume qui ne devait rien à sa myopie. Sans qu'il le voulût, le temps se dilata. L'envie de s'évader en s'évanouissant l'effleura, mais les cris de ses gardiennes le ramenèrent à la réalité. Près de la porte, Abbigaëlle avait réussi à éteindre les vêtements de son frère, mais celui-ci, toujours tremblant, n'arrivait pas encore à se relever. Non loin de lui, le corps d'Elias restait inerte. Partout gisaient les zombies des deux commandos, déchiquetés par les balles explosives. Cependant, l'un d'entre eux était encore en lice. Dépouillé de son arme à feu, il empoignait Kahina, elle aussi privée de son pistolet. Dans l'une de ses mains brillait la croix d'un poignard. A bout de forces, la jeune Punique essayait encore de retenir son bras tout en se tordant pour lui échapper, mais l'étreinte qui la maintenait était trop ferme pour qu'elle pût s'enfuir.

Délaissant son frère, Abbigaëlle braqua son revolver sur le revenant, mais une voix résonna au fond de la pièce. « Oublie-la ! dit le zombie qui arborait initialement une barbichette sur son menton désormais brûlé. Oublie-là et fuis ! » Le cou tordu et orné d'un énorme goitre, il s'était redressé et avait repris son pistolet.

- Vous vous moquez de moi ? répondit la femme marsupiale.
- Non, repartit le monstre. Fuis ! Va-t'en d'ici ! Ne m'oblige pas à te tuer. Je te le dis sincèrement : je veux que tu vives. Je veux que tu vives ! »

Dans la ruine, d'autres formes bougèrent. L'homme au foulard se remit lui aussi sur ses pieds, son crâne reconstitué, et il braqua son arme avec le seul bras qu'il remuait encore aisément. Un troisième zombie revint à la vie de la même manière. « Je veux que tu vives, reprirent-ils tous ensemble. Je veux que tu vives.

- Eh bien, je vais vous fendre le cœur », cracha Abbigaëlle.

Elle se prépara à tomber, mais avant que ses adversaires eussent pressé la détente, un tir parti du plancher brisa la tête du goitreux. Deux autres balles cisaillèrent à moitié les jambes de son acolyte au foulard, puis un nouveau projectile lui pulvérisa la boîte crânienne. Quant au troisième larron, il subit le même destin. Aussitôt, Abbigaëlle déchiqueta le crâne et la nuque de l'agresseur de Kahina, puis elle se retourna : une grimace sur les lèvres, Elias commençait à se relever, son revolver encore fumant dans la main. La balle qu'il avait reçue n'avait fait qu'érafler sa cuisse. Passée la douleur du choc, il avait fait le mort. A présent, il pouvait toujours marcher, quoiqu'en boitillant.

Kahina se débarrassa du corps de son adversaire en le jetant sur un vieux matelas qu'un feu de Bengale avait transformé en brasier, puis elle se précipita vers le jeune mage, suivie par son amie marsupiale. Bien qu'ayant assisté à toute la scène, ce dernier n'avait pas bougé d'un pouce, sidéré qu'il était après sa frénésie meurtrière. Les deux femmes tentèrent de le réconforter en lui assurant que tout était fini, mais il continua de trembler tout en haletant. Soudain, une forme bondit de derrière le tas de gravats et s'empara d'un pistolet abandonné sur le sol. C'était Fanny Walter. « Laissez-moi partir ! hurla-t-elle en menaçant les amis du jeune mage. Je veux rentrer chez moi ! Je veux rentrer chez moi ! Laissez-moi partir ! »

Abbigaëlle voulut la raisonner, mais elle pâlit sous sa cagoule en voyant soudain se redresser, juste à côté de la danseuse, le revenant dont Ignace avait fracassé le crâne. L'expression de son visage brûlé était immonde : folle, bestiale, furieuse. En grondant, il s'approcha de Fanny. Epouvantée, la danseuse lui décocha deux balles dans l'abdomen, mais il ne tomba point, sa moelle épinière n'ayant pas été touchée. Porté par la douleur au comble de la sauvagerie, il ramassa à son tour un pistolet et en vida les dernières cartouches sur la pauvre Fanny, avant de se ruer sur son corps inerte en vociférant des borborygmes. Il lui aurait broyé le visage avec ses poings, si Abbigaëlle n'avait pas rechargé son barillet et lâché une salve sur sa tête et son échine. Mutilé de nouveau, l'horrible revenant roula sur le côté. La femme marsupiale et son amie volèrent au secours de la stripteaseuse, mais il était trop tard : les poumons perforés, Fanny Walter agonisait dans une mare de sang. Accouru à son tour auprès de ses amies, le jeune mage lui prit les mains et l'exhorta à ne pas partir, mais elle expira dans un ultime crachat rougeâtre. Sur ses prunelles figées par la mort, on ne lisait que stupeur et incompréhension.

Le devin se releva et hurla comme un forcené, puis il s'effondra en sanglots, terrassé par la honte et le désarroi. Ses deux compagnes ne disaient rien, mais tout en elles trahissait leur profond abattement. Quand il se fut calmé, elles ôtèrent leurs cagoules et l'invitèrent à revenir près du corps. Ignace se souvint alors de ses découvertes. Malgré sa répugnance, il écarta les mâchoires de la morte et montra les dents biscornues qu'il avait démasquées, puis il s'attaqua au reste des gencives. L'un après l'autre, ses doigts arrachèrent trois râteliers.

Abbigaëlle en étouffa un cri. Se penchant à son tour sur le cadavre, elle repéra des traces d'incisions au bord des oreilles rondes, puis elle écarta le peignoir et gratta le ventre nu. Une pellicule de latex se souleva, dévoilant à la place du nombril une poche marsupiale savamment dissimulée. Tout autour, la peau avait subi une épilation électrique, afin d'en supprimer la fourrure. Médusée, Abbigaëlle se redressa et promena son regard sur les ennemis étendus un peu partout, ses dents grinçant sous la colère. Seuls les appels de son frère encore gisant la ramenèrent à la raison.

Pendant qu'elle s'occupait de lui, Kahina prit des bouteilles d'acide dans une mallette qu'elle avait déposée à son arrivée dans la pièce adjacente, et elle en aspergea les zombies, sauf celui qu'elle avait jeté sur le matelas en feu. Cependant, lorsqu'elle en fut à l'homme au foulard – à présent aussi horriblement tordu et déformé qu'un condamné du Moyen Âge rompu sur une roue de charrette –, celui-ci releva la tête et la fixa. « Vous êtes ulcérés ? dit-il. Je le suis encore plus. »

Abbigaëlle s'élança et l'empoigna. « Pourquoi est-ce que vous lui en vouliez, à cette danseuse ? demanda-t-elle. Pourquoi ?
- Je ne te le dirai pas, répondit le zombie. Encore une fois, j'ai le droit d'avoir mes secrets.
- Comment aviez-vous connu son existence ? intervint Ignace. Surtout, comment saviez-vous que c'était une marsupiale ?

- Quelles questions stupides, et indignes de votre talent de devin, monsieur Leclerc ! Auriez-vous oublié l'enquête de Richard Abitbol et toutes les révélations qu'elle m'a apportées ? Vraiment, vous baissez dans mon estime.
- Vous aussi, vous avez été bête. Pourquoi ne nous avez-vous pas passé les menottes à moi et à Fanny tout à l'heure, dans le cabaret ?
- Ah ça ! Sans doute une distraction, une tragique distraction, monsieur Leclerc ! Je ne suis plus qu'un vieillard, un vieillard horriblement chenu... L'âge altère tant le discernement ! Peut-être espérais-je aussi moins attirer l'attention, si un intrus nous avait croisés... En fait, j'étais surtout si sûr de mon triomphe...
- Pourquoi est-ce que vous avez tué Fanny ? demanda Abbigaëlle en secouant le revenant. Pourquoi est-ce que vous avez fait ça ?
- Ce n'est pas moi qui l'ai tuée. C'est mon esclave. Que veux-tu ? Il m'a échappé et il est redevenu sauvage.
- Qu'est-ce que vous voulez dire ?
- Fille adoptive d'Abraham et de Moïse, sache que je ne suis pas de marbre quand j'endosse mon rôle de marionnettiste. Je sens la peine qui affecte mes serviteurs, les douleurs qui traversent leurs corps. Modérément certes, mais réellement. Peut-être sont-elles devenues trop fortes... J'ai fini par en perdre le contrôle, c'est tout. Il est vrai que tes amis et toi, vous aviez soumis mes pauvres esclaves à bien rude épreuve. Et puis, je suis si vieux... Je résistais bien mieux autrefois, lorsque je défendais le fort d'Aubervilliers. »

De dégoût, Abbigaëlle le lâcha. « A présent, fille adoptive d'Abraham, reprit le revenant, mets donc un terme aux souffrances de cette défroque. Depuis le meurtre de ma mère, elle a suffisamment expié. Autorise-la maintenant à jouir enfin du repos éternel. »

Malgré toute son indignation, la jeune marsupiale n'en fit rien. En elle, quelque chose d'indicible la retenait. Alors Kahina la poussa, le revolver dégainé. « Le hic avec Abby, dit-elle, c'est qu'elle est un peu trop sentimentale. Elle a trop de pitié mal placée. Pas moi. Maintenant, crève ! »

Une balle siffla et l'immonde tête grillée et boursouflée vola en miettes. De la même mallette d'où elle avait tiré l'acide, la jeune Punique sortit un petit bidon d'essence dont elle vida la moitié sur le faux cadavre, avant de l'embraser avec un feu de

Bengale non utilisé. Elle invita ensuite tout le monde à décamper. Malgré son entaille à la cuisse, grossièrement pansée avec un morceau de sa chemise, Elias était encore en mesure de marcher et de piloter sa voiture. L'état de Salomon, en revanche, était plus préoccupant : son mollet, son bras et sa main gauches arboraient de vilaines brûlures au deuxième degré qui commençaient déjà à enfler.

Sur le cadavre de Fanny Walter, on amoncela des couvertures et d'autres morceaux d'étoffe trouvés un peu partout dans la maison, de façon à former un bûcher, puis Kahina arrosa celui-ci avec le reste du bidon et y mit le feu. Abbigaëlle l'aida ensuite à jeter des cocktails Molotov dans tous les recoins du bâtiment, tandis que la petite troupe regagnait la brèche.

Une fois dehors, personne ne s'attarda à admirer l'incendie qui dévora très vite l'édifice délabré. Tous se hâtèrent vers la vieille DS qui attendait en bordure du terrain vague, non loin du bastion n°1. A côté stationnait une autre voiture, qui avait servi au second commando de zombies. Pour pénétrer dans la friche, les sauveteurs d'Ignace n'avaient eu qu'à emprunter un passage que leurs prédécesseurs d'outre-tombe avaient cisaillé dans le grillage de clôture. Sans le moindre regard derrière eux, ils y repassèrent, Elias clopinant en tête, Ignace le suivant de près et Kahina et Abbigaëlle fermant la marche, tout en soutenant sur leurs épaules le pauvre Salomon. La voiture démarra et s'élança dans la nuit, tandis que la toiture de l'ancien immeuble s'effondrait au loin dans une immense gerbe de flammes et d'escarbilles.

Chapitre XXIII : Tristesse et réconfort

Dès qu'ils furent rentrés et qu'ils eurent raconté leur mésaventure – tout en gardant le secret d'un commun accord sur la marsupialité de la stripteaseuse et sur les nouvelles confidences des zombies –, Kara Shirin resta abasourdie et furibonde devant la tournure prise par les événements. Cette nouvelle dérobade du phonographe la plongea dans une colère abominable. Devant ses grincements de dents, Ignace craignit qu'elle ne fracassât la vaisselle du vieil Elias, mais elle se contenta de pester des noms d'oiseau tout en serrant les poings. Naturellement, le meurtre de Fanny Walter aggrava sa panique. Pour rien au monde elle ne tenait à ce que sa quête fût entravée par des soucis avec les forces de l'ordre. Elle ordonna donc immédiatement à ses dames de compagnie d'emmener le jeune mage dans sa maison de campagne au nord du Val-d'Oise. Il y serait séquestré jusqu'à ce que le probable tumulte autour de la disparition de la stripteaseuse s'apaisât et que le gang eût l'assurance que la police ne viendrait pas fourrer son nez dans cette affaire. Tout en retirant ses postiches, Ignace protesta qu'ainsi emprisonné, il ne pourrait plus se rendre à ses missions de prise de notes, mais la bégum lui cloua le bec en menaçant de le gifler pour le punir de lui porter la poisse. Elle accorda ensuite à ses suivantes quelques heures de repos, tout en précisant que le départ aurait lieu dès les premières lueurs de l'aube, puis elle s'en alla. Vijay, Daniel et Joab lui embrayèrent le pas, sans avoir prononcé un seul mot depuis le retour de leurs compagnons.

Le lendemain, avant même que le jour parût, Kahina et Abbigaëlle réveillèrent le jeune mage dont le sommeil avait été plus éreintant que reposant, tant il avait été rempli de cauchemars, puis elles rassemblèrent en un petit paquet ses principales affaires, dont son ordinateur. Elles l'amenèrent ensuite jusqu'à la DS, en profitant de ce que l'immeuble était encore complètement assoupi. Comme Elias devait rester sur place pour soigner sa blessure, qui demeurait douloureuse et pouvait toujours s'infecter, Kahina prit les commandes tandis que son amie s'installait sur la banquette arrière juste à côté d'Ignace.

Dans la fraîcheur de l'aurore, la vieille voiture s'ébranla et sortit de l'édifice, puis elle ne tarda pas à quitter Paris.

Tout au long du trajet, la jeune Punique préféra éviter les grands axes, par un souci évident de discrétion. Ignace ne prêta guère attention à son itinéraire. Terrassé par la fatigue, il roupillonna pendant l'essentiel du voyage, la tête mollement appuyée contre l'épaule d'Abbigaëlle. Cette dernière trouva cette attitude assez mignonne. Elle ne remarqua pas que son amie observait tout dans le rétroviseur central et ne pouvait réprimer de temps à autre, au coin de ses lèvres, une légère grimace.

Finalement, après avoir circulé longtemps sur des petites routes de campagne et pris plusieurs tournants, la voiture obliqua sur un chemin en terre battue au bout duquel s'étendait une clairière ornée d'une splendide demeure en briques et en pierres meulières. Elle était assez vaste pour accueillir sans difficulté une quinzaine de personnes. A la contempler, on aurait presque cru un petit manoir. Kahina se gara devant la porte principale, réveillant par là même le jeune mage. Celui-ci n'eut pas le loisir d'apprécier la relative pureté de l'air ambiant ni – à défaut de les voir clairement – de humer les senteurs des pins et des chênes qui se dressaient tout autour, car ses gardiennes le pressèrent d'entrer le plus vite possible dans la bâtisse.

Le devin fit rapidement connaissance avec ses appartements. La chambre qu'on lui assigna, au premier étage, était plus spacieuse que celle qu'il occupait chez Elias, et elle avait le mérite de comporter un authentique bureau en hêtre avec des tiroirs. Une salle de bain y attenait, ce qui lui permettrait de se laver de nouveau en toute intimité. A son heureuse surprise, ses geôlières lui précisèrent d'emblée qu'il pourrait en fermer la porte quand il l'utiliserait. En effet, dans les circonstances où il était plongé, il n'avait sans doute guère envie de déguerpir. Le jeune mage leur répondit que cette considération aurait surtout valu s'il avait été gardé par Vijay, Joab ou Daniel. Dans le cas présent, ce n'était pas seulement la peur des dangers extérieurs qui le retenait, mais aussi une véritable affection pour ses protectrices. Kahina et Abbigaëlle le laissèrent seul avec son bagage, mais pendant qu'elles s'en allaient verrouiller les portes de la demeure, toutes deux rougissaient en silence, tout en évitant soigneusement de croiser leurs regards.

Le reste de la journée, Ignace resta sombre et peu enclin à la discussion. Les tentatives de ses geôlières pour le dérider ne rencontrèrent guère de succès. La projection de *Neverland* et du *Monde fantastique d'Oz* sur la grande télévision à écran plat qui équipait le salon ne l'arracha guère à sa morosité, tout comme la dégustation, au dîner, d'un succulent gratin dauphinois que les deux femmes avaient pourtant adroitement mitonné en mêlant du fenouil, des patates et des rondelles de grosse merguez sèche à la mode bulgare. Même l'heureuse nouvelle, reçue au téléphone pendant le repas, que Kara Shirin et ses trois gorilles ne pourraient venir ni ce samedi ni les jours suivants et qu'il n'y aurait donc aucune séance d'évocation pendant tout ce temps-là ne lui tira aucun sourire. Un peu vexée, Abbigaëlle voulut lui remontrer qu'elle avait la décence d'étouffer ses craintes et ses appréhensions, alors qu'elle avait eu droit, lors de ce même coup de fil, à des informations autrement plus préoccupantes sur la santé de son frère. Seulement, quelque chose l'en dissuada. Elle se montra même plus compréhensive que Kahina, quand Ignace manifesta son intention d'aller se coucher sans même avoir effleuré son dessert – un délicieux gâteau de semoule que les deux femmes s'étaient aussi donné la peine de cuisiner rien que pour lui.

Le lendemain, il conserva son attitude maussade, bien que le soleil rayonnât dans le ciel et que la température ne fût pas trop fraîche pour la saison. Regarder *Love actually* le matin en compagnie de Kahina ne lui rendit pas le sourire, tout comme une paisible promenade qu'il fit en début d'après-midi sur le domaine autour de la villa, toujours sous la protection de la jeune Punique. Pourtant, les arbres n'avaient pas encore perdu toutes leurs feuilles. Le manteau de deuil de l'hiver ne drapait pas encore le spectacle de la nature. Mais les mauvais souvenirs de l'avant-veille semblaient littéralement hanter Ignace. Dépitée, Kahina le ramena à la maison, où elle le confia à Abbigaëlle. « Essaye de lui redonner un peu de joie de vivre, lui souffla-t-elle en le lui laissant, qu'il comprenne un peu le bol qu'il a. Moi, j'en peux plus ! Il va m'entraîner dans sa déprime. A toi de te le coltiner ! »

Sur ce, elle les abandonna tous deux dans le salon et s'en alla monter la garde. Toujours muré dans le silence, Ignace s'assit sur un canapé et contempla fixement le parquet. Abbigaëlle ne l'interpella point : elle savait très bien que ce qui le turlupinait. Les yeux remplis de compassion, elle prit place à ses côtés sur la banquette et passa son bras autour de ses épaules, en attendant qu'il s'exprimât. Cela ne tarda guère. « J'en ai assez, murmura le jeune mage dans un soupir. J'en ai assez !

- Je te comprends, répondit Abbigaëlle en resserrant son accolade et en posant son autre main contre son cœur. Moi aussi, tu sais, j'arrête pas de penser aux horreurs d'avant-hier...

- Ce n'est pas que ça. C'est tout ce que j'ai traversé depuis le début de cette histoire. Ce malheureux notaire séquestré et torturé à mort... Ces zombies qui jaillissent de partout... Cet Irnerius et ce... cette chose... ce spectre... ce génie venu d'ailleurs – oh ! je ne sais même pas comment l'appeler !– qui ne sont toujours pas vaincus et qui continuent de vouloir ma peau... Et cette mégère de Kara Shirin qui accumule les humiliations et les violences à mon égard, alors qu'elle prétend me protéger... Oh ! Je voudrais tant que ça cesse !

- Ecoute, tout ça, ça va pas durer. On va bientôt les dénicher, ce phono et ce disque. En attendant, songe que tu es là, en sécurité, loin de cette vilaine toupie de Kara Shirin et avec deux jolies filles qui t'aiment. Franchement, tu ne te sens pas quand même un peu soulagé ? »

Mais le visage du devin s'assombrit davantage. Les propos sur le tourne-disque maudit semblaient avoir touché une corde particulièrement douloureuse. « Tu m'invites à l'espoir, marmonna-t-il. Mais ce qui me fend le cœur, c'est justement ce que tu viens de rappeler. Vendredi, j'étais à deux doigts de découvrir enfin où ils se cachent, ces sales objets. Et il a fallu que ça rate ! Et tout ça par ma faute !

- Mais non ! protesta la femme marsupiale. C'est pas ta faute si les zombies l'ont trucidée, cette pauvre Fanny Walter. Bon sang ! Ne te mets pas des idées pareilles dans la caboche. On pouvait pas savoir que les sbires du maître d'Irnerius lui couraient après.

- Si ! Tout ça, c'est de ma faute. Je n'ai pas su la protéger. J'aurais dû me montrer plus ingénieux, ou plus brave. Mais j'ai juste été un minable, et à cause de ça, j'ai perdu la seule occasion de débusquer ce fichu phono et d'en finir avec ce cauchemar. Et en plus, elle est morte... Elle est morte, cette pauvre danseuse...

Elle qui était si belle… qui ne pensait pas du tout mourir ce soir-là… qui ne méritait pas de mourir… Je suis juste un assassin !
- Non ! Je t'interdis de penser ça ! Tu vas pas te laisser aller à la dérive ? D'abord, c'est pas toi qui l'as tuée. C'est le zombie.
- Oui, mais car j'ai été lâche ! J'ai été médiocre !
- Mais non ! Tu as été ni l'un ni l'autre. Au contraire, tu as été brave, très brave. »

Pour toute réponse, des pleurs jaillirent des yeux gonflés du devin et s'écoulèrent doucement le long de ses joues. Bien qu'elle ne l'eût pas convaincu, Abbigaëlle ne le relança point : mieux valait le laisser avouer lui-même ce qui lui pesait sur le cœur. Bientôt, la confession surgit. « Quand je venais juste de sortir de l'adolescence, articula-t-il entre ses hoquets, quand j'étudiais à l'Institut libre d'hermétisme et de thaumaturgie, je rêvais d'être un héros… Je pensais que je le serais… J'imaginais que les puissances démoniaques trembleraient devant moi…
- Et tu écrivais des nouvelles où tu affrontais des vampires vétérans de la Commune ? » demanda la juive marsupiale.

Interloqué, le jeune mage s'étonna qu'elle en fût au courant. Avec un sourire, Abbigaëlle lui expliqua qu'elle avait découvert ses œuvres par hasard et qu'elle avait lu *Duel au bastion n°1*. Elle ne tarit d'ailleurs pas d'éloges sur la qualité de son récit. A sa vive satisfaction, Ignace ne s'irrita pas de cette intrusion dans sa vie intime. Les traits tirés de lassitude, il lui dévoila toute la genèse de ce texte, en insistant particulièrement sur le drame autour de Josiane et sur la révélation que le décès de cette malheureuse lui avait apportée : celle de sa profonde médiocrité. A peine eut-il fini que les larmes le reprirent. Sans se laisser désarçonner, la femme marsupiale l'enlaça davantage, en l'amenant à poser sa tête contre sa propre épaule et en caressant doucement sa chevelure blanchâtre et ses joues blêmes. De son nez camard, elle effleura discrètement son front d'albâtre, et ses lèvres semblèrent presque vouloir se poser sur cette peau délicate. « Mais non ! murmura-t-elle. Tu n'es pas médiocre. Franchement, il y a deux jours, tu as été formidable. Un mec normal, il aurait pissé dans son froc devant les pétards de ces zombies ; il se serait laissé traîner dans leur bagnole en chialant, ou en appelant sa mère… Toi, tu as eu vachement de cran pour lui voler son flingue, à ce gugusse au foulard, et pour lui flanquer une balle dans le citron… Et ensuite, songe un peu ! La bonne idée de fuir par la voie ferrée... Les cachettes... Les autres pétards que tu as volés... La petite distribution de pruneaux près du tunnel... Et surtout, l'intuition géniale : transformer un flacon de parfum en lance-flammes de poche ! Ça, c'était vraiment extraordinaire ! Tu vois bien que tu as pas besoin de pouvoirs magiques pour être un héros.

- Tu... tu trouves vraiment ? demanda le devin.
- Mais oui ! Tu sais, avec tout ce que tu as fait, tu aurais pu sauver Fanny Walter. Elle s'est un peu tuée elle-même... Car elle a pa-niqué... Car elle n'a pas été prudente... »

Un instant, une nuance de mélancolie passa dans les yeux de la femme marsupiale : aux soucis contre lesquels elle résistait s'ajoutait la mort tragique de cette sœur d'espèce qui aurait pu lui apprendre tant de choses sur ses congénères. Cependant, elle tint bon, d'abord parce qu'elle n'était pas seule au monde grâce à Kahina, à Salomon et à Ignace, ensuite parce qu'elle sentait que le jeune mage échappait enfin à son spleen. Les compliments qu'il venait de recevoir l'incitaient à reprendre confiance en lui. Toutefois, c'étaient surtout les caresses qu'on lui prodiguait qui l'arrachaient peu à peu à la déprime. De nouveau, un vague plaisir se répandait dans son corps, un plaisir qui lui rappelait un temps où il ne vivait pas seul. De son côté, Abbigaëlle rapprochait davantage ses lèvres de son visage. Elle non plus n'avait pas envie de demeurer isolée. Imperceptiblement, ses gestes se faisaient plus insistants, comme pour donner autre chose que du réconfort. Un soupir de langueur jaillit du gosier d'Ignace. Néanmoins, quelque chose le bloquait. « Je voudrais tant être ailleurs, finit-il par lâcher. Je voudrais tant retrouver ma vie tranquille d'antan, auprès de quelqu'un qui m'aime, et sans personne pour me persécuter.

- As-tu déjà connu l'amour ? » demanda Abbigaëlle.

Elle se doutait que la réponse serait affirmative, mais il fallait que l'obstacle sortît. Ignace confessa donc sa liaison passée avec Stéphanie Dubois, sans omettre les raisons qui avaient occasionné leur rupture. Il ne cacha point que cet événement l'avait aussi grandement poussé à se dévaloriser. « Comme c'est idiot ! rétorqua la juive marsupiale, tout en frôlant de ses doigts son gilet et sa chemise. Qu'est-ce que tu crains ? De plus jamais retrouver une copine ?

- Eh bien oui ! Après quasiment deux ans de célibat, c'est normal que ça me taraude, et c'est aussi pour ça que ma situation me dégoûte. Franchement, plonger dans la misère sentimentale sans le mériter et ensuite se faire assassiner par des crapules, c'est vraiment le destin qui se paie notre tête !
- Bon sang ! Cesse de broyer du noir ! D'abord, on s'en sortira, de ce bourbier. Ensuite, comment est-ce que tu peux penser que tu ne retrouveras jamais personne, avec ta belle gueule, ta gentillesse et ta culture ? Sincèrement, regarde-toi ? En plus d'être brave, tu as tout pour allumer les filles.
- Ah bon ? Tu... tu crois ?
- Ben oui ! Hé ! Arrête de faire ton andouille ! Si tu me crois pas, regarde tout autour, juste à côté de toi, et fais marcher ta caboche ! »

Sur ces paroles réconfortantes, la jeune marsupiale se pelotonna littéralement contre lui. Sous son souffle chaud qui taquinait ses oreilles, sous la suave caresse de ses mains sur son cou et son visage, Ignace sentit enfin la mélancolie déserter son âme, remplacée par un désir auquel sa détresse avait conféré une vigueur inhabituelle. Sans même prévenir, il plaqua ses lèvres contre celles d'Abbigaëlle, l'embrassant avec fougue. Il aurait cru que la femme marsupiale lui décocherait une gifle, mais elle se laissa faire et elle alla même jusqu'à coller davantage son visage sur le sien tout en empoignant son gilet, comme si elle aspirait à prendre le dessus. Avec avidité, leurs langues se rencontrèrent. Les nerfs d'Ignace ne furent alors plus que passion. Tandis que leurs baisers se poursuivaient, ses mains soulevèrent doucement le t-shirt d'Abbigaëlle et se posèrent sur son ventre, en s'égarant lentement sur la fourrure délicate et sur les rebords de la poche. Le gémissement qui s'échappa du gosier de la femme marsupiale l'invita sans ambiguïté à ne pas cesser son manège : manifestement, cette partie de son anatomie était aussi sensible que la poitrine d'une femme placentaire. Il lui caressa donc longuement l'abdomen, s'étonnant de ce pelage si lisse, si duveteux et si différent des poils rêches qui protègent ordinairement l'intimité des humains normaux. Bientôt, ses doigts se faufilèrent furtivement dans la fente de sa poche, sans aller jusqu'au fond. Tout en frissonnant, Abbigaëlle commença à serrer ses quenottes, saisie par un premier élan de volupté. Dans ses entrailles, une suave chaleur se répandait, quoiqu'encore discrète. Ce fut tout naturellement qu'elle laissa le jeune mage lui retirer son blouson et son t-shirt, tandis qu'elle-même lui ôtait son gilet et sa chemise.

Quand elle fut torse nu, Ignace la contempla avec ravissement. Brièvement, le souvenir du début de sa captivité lui traversa l'esprit. Jamais il n'aurait imaginé, à ce moment-là, que cette vision ahurissante d'un corps de femme sans seins et muni d'une poche ventrale lui inspirerait un jour le désir fou au lieu du désarroi. Sans réfléchir, il invita Abbigaëlle à s'étendre sur le canapé, puis il plaqua son visage contre cette poche qui avait pris la place du nombril, la couvrant de baisers, humant l'odeur suave et piquante qui s'en échappait et frottant ses joues contre la douce toison qui florissait tout autour. Enivrée par cette caresse, la jeune marsupiale haletait tout en farfouillant avec ses doigts dans ce qui subsistait de la chevelure blanc doré de son compagnon. « Alors ? souffla-t-elle entre deux gémissements. Tu l'aimes bien, ma sarigue ? »

Le devin releva la tête, interloqué par cette expression inattendue. Qu'avait donc cet organe en commun avec les opossums brésiliens ? « Je ne sais pas, répondit malicieusement la jeune femme. En fait, je cherchais juste un gros mot pour désigner ma jolie poche. Alors, si ça doit être un nom d'animal, autant que ça soit un marsupial. »

Sur ce, elle l'invita à reprendre son manège, ce qu'il fit immédiatement. En lui aussi, un début de volupté s'insinuait. Il le sentait bien. N'y tenant plus, il se redressa et s'assit de nouveau. Ce fut avec un profond soulagement qu'il entendit cliqueter sa ceinture que son amante débouclait, puis qu'il perçut le chaud contact de sa main qui défaisait les boutons de son pantalon et se faufilait dans son caleçon. Automatiquement, il fit de même avec le jean de sa partenaire. A peine s'était-il retrouvé seulement vêtu de ses lunettes et de ses chaussettes que le pantalon et la petite culotte d'Abbigaëlle rejoignaient ses propres vêtements sur le parquet. Enfin il les contemplait à nu, ces merveilleuses cuisses potelées et ces fesses arrondies qui l'avaient enflammé dès le premier jour ! Elles étaient encore plus ravissantes que dans ses fantasmes, et elles compensaient de très loin l'absence de seins. Sa paume s'aventura délicatement sur ces courbes de chair ambrée, s'attardant un moment à l'intérieur des cuisses, avant d'atteindre la caverne d'amour de la jeune femme où une petite source avait déjà commencé à perler. La toison qui l'abritait n'avait rien à voir avec celle d'une femme placentaire : elle était lisse et suave, comme celle d'un phalanger volant. Le devin n'eut cependant pas le temps de méditer sur cette plaisante singularité : entre ses doigts, Abbigaëlle avait empoigné sa délicate tige de nacre et elle la caressait doucement, lui envoyant de délicieux picotements dans l'échine. De nouveau, elle s'allongea sur le canapé et enserra sa taille entre ses jambes. Le devin se pencha sur elle, mais, soudain, un étrange scrupule le retint. « Ka... Kara Shirin n'apprécierait pas, hasarda-t-il à mi-voix.

- On s'en fiche ! On l'emmerde ! geignit Abbigaëlle. Si au moins elle pouvait ne pas exister, celle-là...
- Ce... ce n'est pourtant pas sérieux... Enfin... tu es juive ! Et moi, je suis goï !
- Oh ! Fais pas ton Joab ! Vas-y !
- Mais... c'est quand même absurde, ce que nous faisons... Nous... nous ne pouvons pas avoir d'enfants ensemble !
- T'arrête pas ! Plus tard, je me débrouillerai pour être fécondée, mais je veux que ça soit toi qui les élèves, mes marmots. En attendant, fais comme si on pouvait !
- Mais... est-ce que tu vas saigner ? Tu... tu es vierge.
- J'ai pas d'hymen ! Ça encore, c'est un truc de placentaires. Alors maintenant, arrête de poser des questions idiotes et vas-y ! »

Ignace ne se fit pas supplier plus longtemps. Tout doucement, il glissa l'extrémité de sa badine dans l'antre secret de la jeune marsupiale, puis il la contempla. Sur son visage, un immense sourire rayonnait. A la mâchoire supérieure, les affreuses quenottes rabougries s'exhibaient dans toute leur hideur, tandis que la mâchoire inférieure dévoilait sans vergogne son unique paire d'incisives bordée de grands trous. Pourtant, le grotesque de cette vision embrasa le cœur du jeune mage. Avec une infinie tendresse, il l'enlaça dans ses bras tandis qu'il achevait d'introduire sa délicate tige d'ivoire, puis il l'embrassa passionnément tout en commençant à taquiner sa grotte intime.

Les baisers succédèrent aux baisers, les caresses aux caresses. Comme si leurs âmes dansaient ensemble, les hanches d'Ignace et d'Abbigaëlle ondulaient en harmonie. Leurs langues ne cessaient de s'étreindre langoureusement, tandis, dans la caverne secrète, la source ruisselait de joie autour de la fine tige de nacre. Dans leurs ventres, une bulle de plaisir se gonflait rapidement. La jeune marsupiale haletait et gémissait. Seules la pudeur et la crainte d'alerter Kahina dissuadaient le devin d'en faire autant. Il ne pouvait pourtant nier la flamme qui grondait en bas de son échine. Sur ses hanches, les cuisses de son amante resserraient leur étreinte. La sensation de la fourrure duveteuse juste sous son ventre décuplait son excitation.

Soudain, la volupté submergea Abbigaëlle. Tandis que ses mains se crispaient sur le dos et les fesses du jeune mage, elle serra les molaires pour ne pas couiner. Devant les frissons qui l'agitaient partout, devant les parois de son antre qui se contractaient sur sa propre intimité, Ignace ne résista plus. Le spasme final le saisit et il succomba à son tour, gémissant et frémissant comme une feuille. « Abby ! Abby ! » voulut-il susurrer entre ses dents. Mais alors qu'il allait prononcer ces mots d'amour, une terrible décharge électrique lui transperça le dos et il eut l'impression que le corps de sa protectrice se dérobait. En un instant, le noir se fit autour de lui et il tomba comme dans un gouffre, pendant que les cris affolés de la jeune marsupiale résonnaient au loin, perdus dans une autre dimension.

Chapitre XXIV : L'Enigme résolue

« Eh bien, très cher frère ? lui dit une voix familière, quand il eut atterri. On prend du bon temps ? »

Il releva la tête. A côté de lui, telle une statue de marbre, le spectre de Josiane le regardait. Sur son visage se dessinait une expression de dérision et d'acrimonie qu'il n'avait jamais vue auparavant. « Sœu... sœurette ? balbutia-t-il. Qu'est-ce que tu fais ici ? Où... où est passée Abby ?

- Ne t'inquiète pas pour ton Abbigaëlle, répondit la jeune fille avec un rictus assez peu engageant. Tu la retrouveras bientôt. D'ailleurs, tu as intérêt à être attentif, si tu l'aimes vraiment au point de lui livrer ton corps. En attendant, jette donc un coup d'œil autour de toi. »

Ignace se redressa et contempla l'endroit où il était arrivé. Comme toujours dans ses visions, les images étaient parfaitement nettes, comme si ses yeux n'eussent jamais été myopes. A peu de distance de ses pieds, un canal s'écoulait paresseusement entre des berges ornées de platanes. Bien que troublées, ses eaux restaient encore assez saines pour que des canards s'y ébattent et que quelques rats musqués y nagent. Sur l'une des rives, une piste cyclable goudronnée avait été aménagée. Sur l'autre, on ne distinguait qu'un simple chemin piétonnier en terre battue. Au-delà des arbres, de nombreux pavillons se dressaient, trahissant une fausse campagne au cœur d'une zone urbaine. Néanmoins, aucune présence humaine ne se manifestait. Hormis les cancanages des palmipèdes et le bruissement du vent dans les feuilles, on n'entendait aucun bruit, pas plus qu'on ne discernait le moindre passant. La lumière crépusculaire qui nimbait ce tableau achevait de lui conférer un aspect sournois. « Où sommes-nous ? demanda Ignace à sa sœur. Ne me cache rien : où sommes-nous ?

- A Aulnay-sous-Bois, répondit le fantôme. En pleine Seine-Saint-Denis, donc toujours en Île-de-France, s'il faut qu'on te rassure. Très exactement, nous sommes tout au sud de cette aimable commune. La rivière artificielle qui s'étire devant toi n'est autre que le canal de l'Ourcq. A présent, tais-toi et contente-toi d'observer et d'écouter. »

D'un hochement de tête, elle lui enjoignit de la suivre. Un instant, le jeune mage hésita, sa nudité le gênant, mais le spectre lui objecta que personne ne le surprendrait dans cette absence de tenue. En effet, il ne s'agissait que d'un rêve. Il obtempéra donc.

Silencieusement, tous deux quittèrent la rive pour passer sur un pont métallique qui enjambait le canal, puis ils s'engagèrent dans une succession de rues plantées de tilleuls et bordées de pavillons en briques ou en pierres meulières, avec des jardins. L'impression qui s'en dégageait était étrange. A première vue, on eût cru un village de poupées ou une curieuse relique des banlieues semi-rurales de la Belle Epoque, où les Parisiens fortunés venaient jadis se délasser les week-ends dans leurs villas de plaisance. Par endroit, on se fût presque attendu à voir surgir de derrière les arbres des dames corsetées dans leurs robes à froufrous et d'élégants messieurs portant monocle et chapeau melon. Mais nul n'apparaissait, de même qu'aucune voiture ne circulait sur la chaussée. Comme l'avait annoncé Josiane, cette ville était parfaitement vide. Ce n'était pas le seul détail angoissant. A bien y regarder, les belles demeures qui trônaient un peu partout avaient perdu leur lustre d'antan. Beaucoup étaient décrépites, la peinture délavée, les briques écaillées et les ornements en céramique fendus. Sur certaines, les fenêtres et les portes étaient toutes hermétiquement murées, et les jardins que plus aucune main n'entretenait commençaient à prendre l'allure de petits bosquets. Ignace peinait à réfréner son malaise. Néanmoins, sans même que sa sœur le tînt par la main, il continuait d'avancer, poussé par une influence extérieure qui semblait avoir pris possession de ses jambes.

Ils arrivèrent bientôt l'orée d'un jardin public, qu'ils dépassèrent pour s'engager dans une rue dont Ignace put lire le nom à la dérobée : « *Boulevard Emile Zola.* » De part et d'autre, le même paysage de vieilles maisons continuait de défiler. Soudain, Josiane stoppa devant l'une d'entre elles, qui portait le numéro 14. Derrière sa haie en fer forgé, qui ne paraissait pas trop difficile à franchir, on discernait un grand jardin à la française qui avait dû être jadis splendide mais qui souffrait maintenant d'une profonde négligence : l'herbe courait partout dans les allées, les massifs de fleurs étaient tout rognés par les plantes parasites et les bassins aux nénuphars regorgeaient d'une espèce de boue brunâtre fleurant bon l'humus sale et le compost.

Au fond de ce paysage, une superbe maison à deux étages dressait ses façades et couronnait cet hymne à l'abandon le plus morne.

Ignace se prépara à escalader la clôture, mais le portail de la propriété s'ouvrit brusquement devant lui, comme mû par un œil électronique. « Entre, lui susurra Josiane. Là gisent les objets de ta quête, ce phonographe et le disque qui t'ont infligé tant de frayeurs et de souffrances. Ecoute maintenant la voix de Kali Mara : il te guidera jusqu'à la pièce où on le détient. »

En tremblant, le jeune mage traversa le sinistre jardin, sans reprocher à sa sœur de rester près des grilles au lieu de l'accompagner. Quand il eut atteint le seuil de la demeure, la voix si familière du défunt sorcier résonna de nouveau. « Comme je suis heureux que tu sois enfin près de moi, dit-elle. J'aurais préféré tout te dévoiler par l'intermédiaire de ma messagère, mais, devant sa mort si inattendue, j'ai décidé de ne plus t'infliger inutilement tant de tours et de détours. Finissons-en donc ! Maintenant, laisse-toi imprégner par ma volonté et suis-moi ! »

A son tour, la porte d'entrée s'ouvrit toute seule. Sans réfléchir, Ignace la franchit. Il atterrit d'abord dans un vestibule, mais ses pieds le transportèrent rapidement dans un salon sur sa droite, avant de l'orienter vers une petite porte tout au fond de cette même pièce. Le devin en tira le battant. Un cri de stupeur et de joie expira sur ses lèvres : devant lui, dans une sorte de placard mural, trônait la mallette aux initiales A et C qu'il avait déjà aperçue dans sa première vision et sur la vieille photographie d'André Castelet. Il se pencha pour l'attraper, mais elle se changea aussitôt en l'énigmatique sphère tournoyante qui ne cessait de le pourchasser de vision en vision. « Kali Mara ! lança-t-il. Qu'est-ce que c'est ? Dis-le-moi une bonne fois pour toutes !
- Veux-tu vraiment le savoir ? répondit la voix. Eh bien ! Puisque tel est ton désir... »

Aussitôt, la forme s'immobilisa. Un hurlement secoua le jeune mage : c'était la tête tranchée d'Abbigaëlle, sanglante et grimaçante, qui dardait sur lui des yeux morts plus éberlués que ceux de Fanny Walter lors de son trépas. « Qu'est... qu'est-ce que ça veut dire ? bredouilla Ignace. Qu'est-ce que ça veut dire ?
- Qu'un très grave danger menace ta bien-aimée, répondit le défunt ensorceleur. Vois-tu, pour retrouver un simulacre d'existence, il ne me faut pas uniquement un albinos comme toi. J'ai aussi besoin d'une seconde victime, une femme... marsupiale.

– Fa... Fanny Water... ! Les... les études de Richard Abitbol... !

– Enfin tu comprends ! C'est pour cela que le rival de ta maîtresse recherchait ma pauvre messagère. En tout cas, sache que ta douce amante à poche court un grand danger auprès de sa reine. Cette dernière t'épargnera peut-être, mais elle me sacrifiera sa dame de compagnie dès qu'elle m'aura récupéré. Pour le reste... Ne me demande pas pourquoi il faut cette seconde victime. Je n'étais pas dans la tête de Castelet, quand celui-ci m'a tué.

– C'est... c'est impossible ! C'est impossible !

– Allons ! Ne te lamente pas inutilement. Tu peux encore la sauver. Pour cela, il suffit que tu t'empares de moi avant ta maîtresse.

– Co... comment ça ?

– Tu connais maintenant l'adresse à laquelle on me cache. Tu as vu la pièce qui me recèle. Rends-y-toi maintenant sans attendre et récupère-moi.

– Mais... et le propriétaire de cette maison ?

– Il est en ce moment en congés, bien loin d'Aulnay-sous-Bois. Tu peux t'introduire sans risque dans sa demeure : elle est vide, aujourd'hui comme dans les jours qui viennent. Crois-moi, ce n'est pas un mensonge. A présent, je te laisse à ton choix. A bientôt peut-être, gentil devin ! »

Le jeune mage eut soudain l'impression qu'une bourrasque l'aspirait en arrière, loin de l'horrible tête coupée. Dans un halètement affolé, il se réveilla. Il gisait sur le plancher du salon, toujours entièrement nu à l'exception de ses chaussettes. Près de lui, Abbigaëlle et Kahina l'observaient avec angoisse. Si la seconde était toujours vêtue de pied en cap, la première s'était bornée à remettre sa petite culotte. Dès qu'il se fut ranimé, elle le prit dans ses bras et lui confia combien sa crise visionnaire en plein orgasme l'avait terrifiée, au point de l'amener à appeler Kahina à son secours, malgré l'éminent embarras de leur situation. A présent, elle se prétendait rassurée, mais Ignace constata tout de suite qu'elle continuait de frissonner d'épouvante. La raison en était limpide, et Abbigaëlle l'avoua très vite : la soudaine révélation sur les dessins cachés de Kara Shirin à son égard l'avait littéralement foudroyée, d'autant plus qu'à l'horrible perspective d'être sacrifiée elle aussi se mêlait l'indignation d'avoir été bernée, flouée dès début par une femme en qui elle avait pourtant remis toute sa confiance. Bientôt, son effroi se mua en colère. Elle se tourna vers Kahina pour quémander son soutien, mais la jeune Punique se contenta de grincer des dents tout en chuintant. Elle aussi fulminait de rage et de dépit, mais pour de tout autres raisons. « Je sais pas, Abby... finit-elle par articuler. Je sais pas... Ouais, tu voudrais que je t'aide... que je te sorte de ce pétrin... Mais pourquoi est-ce que je le ferais ? Au fond, je pourrais trouver que c'est bien fait pour toi... Tu... tu te tapes Ignace... comme ça... sans honte... alors que je suis dans la même bicoque que toi ! Tu... tu me le voles... et tu me nargues en plus ! Mais tu es... t'es limite une garce !

- Oh ! Arrête ce numéro, Kahinette, répondit Abbigaëlle. S'il te plaît, tu vas pas tomber dans la jalousie sordide ?

- Jalousie sordide... Mais... mais tu te rends compte de tout le mal que tu me fais ? Tu... t'avais pas compris que je l'aimais ? Que je le désirais ? Bon sang ! Et la nuit où tu m'as surprise avec la main dans la culotte ?

- Hé ! Pas besoin de me le rappeler ! Je suis pas crétine. Je savais très bien que toi aussi, tu en pinçais pour lui, et toi, tu savais déjà que j'avais le béguin. Mais qu'est-ce que tu veux ? C'est pas ma faute si c'est pas toi qu'il a choisie.

- C'est pas ma faute... Quelle excuse de merde !

- Mais oui ! Ce n'est pas ma faute ! Même si tu lui avais fait du gringue, il aurait pas craqué pour toi. Qu'est-ce que tu veux ? Il préfère ma poche à tes pis de vache. »

En grondant, Kahina toisa successivement son amie puis les parties viriles du jeune mage. « Mes pis de vache..., répliqua-t-elle. Eh ben moi, j'aurais jamais pensé qu'en tant que marsupiale, tu apprécierais de coucher avec un mec dont la zigounette n'a pas la politesse de se cacher dans le corps, une fois qu'il en a plus besoin. Tu aimes donc ce qui pendouille ?

- Oh ! Remballe tes grossièretés, Kahina ! dit la jeune juive. C'est bas, c'est super bas.

- Et c'est pas bas, ce que tu m'as fait ? Tu m'as chipé Ignace, alors que j'aurais tout fait... j'aurais tout donné pour le protéger.

- Je ne te l'ai pas chipé ! C'est lui qui m'a choisie ! En même temps, je commençais à me douter que ça se finirait comme ça.

- Ouais... C'était pas pour rien qu'il t'avait appelée toi quand les zombies lui collaient au cul, et pas moi... Je suis vraiment la cruche de service !

- Il s'agit pas d'être une cruche, Kahina, ni d'être le dindon de la farce. Simplement, on peut pas tout partager entre nous. Qu'est-ce que tu veux ? On est tombées amoureuses du même homme, mais c'est moi qu'il a préférée. C'est tout. Accepte ça et passons à autre chose. Je suis sûre que tu pourras trouver quelqu'un d'autre. Maintenant, est-ce que tu acceptes de m'aider, de m'arracher au piège de cette salope de Kara Shirin ? Es-tu... es-tu toujours mon amie ? »

La jeune Punique voulut bredouiller une réponse, mais l'émotion l'étreignit tant qu'elle s'effondra en sanglots. Incapable de rester debout, elle s'assit par terre et enfouit sa tête entre ses mains. Malgré sa pitié, le jeune mage ne tenta rien pour la consoler : il se savait intégralement grillé dans son estime. Sans attendre les conseils de sa gardienne devenue son amante, il ramassa ses vêtements et fit mine de se retirer. Abbigaëlle le suivit et ils se replièrent dans une chambre où ils se rhabillèrent, puis ils s'installèrent dans le vestibule, tant pour attendre la fin de la crise que pour prévenir une hypothétique intrusion.

Au bout de longues minutes, Kahina sortit enfin du salon, les yeux gonflés et rougis. Bien qu'elle ne pleurât plus, tout indiquait que la colère et le désarroi continuaient de la tarauder. Timidement, Abbigaëlle la relança. « Abby, répondit la jeune Punique, ce que tu m'as fait, c'est... c'est impardonnable. Tu es vraiment... vraiment une traîtresse. Normalement, je devrais me réjouir de cette vacherie que Kara Shirin mijote dans ton dos. Je devrais avoir envie que tu meures. Pourtant...

- Pourtant ? demanda la juive marsupiale.
- J'y arrive pas. J'y arrive pas ! J'ai beau essayer de te détester, Abby... je t'aime trop ! Tu... tu as été ma sœur, presque ma sœur adoptive. Je peux pas accepter que Kara Shirin te tue. Et...
- Et ?
- J'ai... j'ai aussi peur pour Ignace. Lui aussi, je devrais le haïr. Il y a des femmes dédaignées qui zigouillent les hommes qui les rejettent. Mais moi... j'y arrive pas. J'en ai pas la force. Et je ne voudrais pas que Kara Shirin lui fasse du mal.
- Tu crois qu'elle pourrait revenir sur sa promesse ?
- Oh oui ! Si elle a pu comploter ta mort depuis le début sans rien laisser apparaître, ça veut dire qu'elle est capable de tout.
- Alors quoi ? Tu acceptes de nous aider, oui ou non ? »

Kahina soupira. « Oui et non, finit-elle par siffler entre ses dents. Oui, car tu seras toujours une copine ; et non, car je peux pas être éternellement une bonne poire. Demain soir, je vous conduirai dans la voiture de mon père jusqu'à la gare de Creil. Vous vous y embarquerez pour vous rendre à Aulnay-sous-Bois. Mais...

- Tu n'iras pas plus loin, c'est ça ? répliqua la juive marsupiale. Tu ne seras pas de l'expédition ?

- Exact ! Je vous voiture jusqu'à Creil et je vous couvre – car je ne dirai rien de votre plan à Kara Shirin et aux autres. C'est déjà bien suffisant, car il y a des limites à être une cruche. Ensuite, toi et Ignace, démerdez-vous tout seuls pour récupérer ce phono et ce disque avant la patronne et pour les détruire. Moi, j'aurai bien assez joué mon rôle.

- Merci, Kahina ! Merci mille fois ! Même si... même si tu ne viens pas, tu seras toujours mon amie.

- Pff... Ne te fais pas d'illusions. Entre nous, plus rien ne sera comme avant. Je suis surtout trop gentille. C'est quand même le comble ! Je sais tuer des mecs et griller des cervelles, et j'ose pourtant pas vouloir la mort de ma meilleure amie qui m'a trahie. »

De nouveau, une bordée de larmes la submergea. Sur l'invitation de son amie marsupiale, elle se retira dans une chambre pour y noyer son chagrin, puis Ignace et Abbigaëlle commencèrent à discuter entre eux de la tactique à suivre pour réussir leur cambriolage du lendemain.

Chapitre XV : Tragique Retournement

Dès que le conciliabule fut terminé, le jeune mage alluma son ordinateur pour s'avancer un peu dans ses travaux de rédaction, tandis qu'Abbigaëlle reprenait son rôle de gardienne. Malgré les sentiments qui les associaient désormais, toute envie de s'adonner encore aux plaisirs de la chair les avait désertés : seule leur importait maintenant la nécessité de s'emparer enfin de ce phonographe et de ce disque qui s'étaient si longtemps dérobés et de confondre victorieusement la perfidie de Kara Shirin.

Le lendemain, aucune alerte ne surgit à l'horizon, de l'aube jusqu'au crépuscule. Nul intrus ne pénétra dans la villa pour y déranger le trio. Un coup de téléphone retentit certes dans l'après-midi, mais son contenu s'avéra plutôt rassurant : ce n'était que Salomon qui donnait des nouvelles de sa santé. Ses vilaines brûlures au genou et à l'avant-bras continuaient de lui infliger d'affreuses souffrances, qu'il n'apaisait que partiellement à grand renfort de Doliprane. Cependant, par bonheur, elles ne l'empêchaient pas de marcher. De son côté, Elias se remettait bien de son entaille à la cuisse. La plaie cicatrisait à un rythme correct. Abbigaëlle s'affligea de leurs déboires, mais ce sentiment céda bientôt la place à un réel réconfort, lorsque son frère lui confirma que Kara Shirin ne se rendrait pas dans sa villa de plaisance ce soir-là : avec la crainte de la police et deux bras cassés dans son gang, elle préférait se faire discrète.

Parallèlement, durant une pause dans son travail, Ignace se connecta à la Toile pour voir si les traces de l'expédition au Tapir insomniaque s'étaient déjà ébruitées dans les médias. La disparition de Fanny Walter était effectivement signalée, tout comme l'incendie de l'ancien immeuble le long de la petite Ceinture. Il était aussi question d'ossements découverts dans les décombres carbonisés : non seulement des os tout déformés et boursouflés, à l'âge bizarrement canonique, mais aussi les fragments d'un crâne à la formule dentaire aberrante et d'un bassin qui s'ornait par-devant de deux tiges osseuses juste au-dessus du pubis. Ignace devina d'instinct que ces derniers restes appartenaient à la stripteaseuse. « Tu m'étonnes ! dit soudain

Abbigaëlle qui s'était discrètement penchée par-dessus son épaule pendant sa recherche. C'est typique des marsupiaux, ces deux tiges dans le bas-ventre. Ça sert à soutenir la poche. On appelle ça des os épipubiens. Quoi qu'il en soit, pauvre Fanny ! J'aurais tant aimé en savoir plus sur elle ! »

Après le dîner, ils commencèrent les préparatifs du cambriolage. Par bonheur, les dames de compagnie de Kara Shirin avaient d'emblée emporté dans la villa plusieurs accessoires indispensables à cette besogne, au motif qu'elles les considéraient comme des outils personnels. Des lampes de poche, une pince-monseigneur et deux trousseaux garnis de multiples clés squelettes furent rassemblés dans un sac à dos. Ignace et Abbigaëlle enfilèrent ensuite des vêtements sombres, puis la juive marsupiale vérifia le bon fonctionnement de son pistolet, glissa un poignard dans sa poche et s'empara et du sac ainsi que d'un plan d'Aulnay-sous-Bois qui avait été préalablement imprimé. Kahina les installa alors dans la voiture, sur la banquette arrière, et démarra.

Rien de suspect n'émailla le trajet. A deux reprises, toutefois, la jeune Punique distingua dans son rétroviseur central une paire de phares qui semblaient les suivre. Cependant, ces énigmatiques véhicules finirent toujours par bifurquer dans une autre direction. Elle n'en conçut donc aucune inquiétude, tout comme Abbigaëlle qui avait elle aussi remarqué ce manège.

Arrivés devant la gare de Creil, absolument déserte, la femme marsupiale et le devin esquissèrent un geste pour descendre, mais Kahina les retint. Elle voulait discuter un moment avec eux. « C'est pas pour te vexer, dit la jeune Punique à l'adresse de son amie, mais tu es vraiment juive hérétique jusqu'au bout des ongles. Tu te rends compte ? Tu couches avec un goï ! Un incirconcis ! Au moins, ton père adoptif avait la même religion que ta mère.
- Oh ! La ferme, Kahina ! répondit Abbigaëlle. Et toi ? Tu n'es pas musulmane hérétique jusqu'au bout des ongles ? Tu voulais te taper un roumi, que je sache !
- Eh ouais ! Tous les rabbins et tous les imams de France pourraient nous engueuler. Mais quand même, votre histoire d'amour à toi et à Ignace, c'est absurde. Vous pouvez pas avoir d'enfants. Vous êtes de deux espèces différentes. Le singe et le phalanger...

- Dis, Kahina, si c'est pour nous débiter des vacheries que tu nous as retenus, on se barre tout de suite et on te remercie de nous avoir quand même voiturés jusqu'ici. *Bye-bye* ! »

Elle fit mine d'enclencher la poignée de la portière, mais la jeune Punique la supplia de ne pas partir. Sur son visage, on ne lisait plus rien de narquois, et ses yeux étaient de nouveau embués de larmes. « Désolée, Abby, dit-elle, mais tu m'as vraiment fait très mal. Oui, je ne te déteste pas, mais... ça ne passera jamais vraiment. En tout cas, je voudrais encore te prévenir d'une chose ?

- Quoi ?

- Kara Shirin vous pardonnera jamais d'avoir détruit le phono et le disque. Même après ça, tu ne seras pas en sécurité, Abby. Il faudra se battre.

- Tout ça, je le sais déjà. Si tu me prends pour une greluche naïve, tu te goures complètement. Mais je lui montrerai, à cette garce, qu'elle a eu tort de me duper.

- Il faudra sans doute tuer Kara Shirin, et aussi son trio infernal. Tu imagines ce que ça signifie ? »

Les tremblements qui agitèrent le visage de la jeune marsupiale montrèrent bien que cette perspective la faisait tiquer. De fait, même si elle avait déjà abattu des zombies, il ne s'agissait que de robots de chair, de vulgaires machines sans âme. Tuer des hommes vivants et conscients était autrement plus impressionnant. « Je ne suis pas une sadique, dit-elle.

- Il ne s'agit pas d'être une sadique, répondit son amie. Il s'agit juste d'être parfois obligé de tuer pour survivre. Tu sais, dans ces conditions, il vaut mieux ne pas trop s'embarrasser de scrupules de conscience. En tout cas, sache que si tu n'as pas le courage d'appuyer sur la gâchette pour faire sauter la cervelle à Kara Shirin, quand elle viendra te trucider – car elle le tentera, tu peux en être sûre –, eh bien, c'est moi qui la zigouillerai.

- Tu... tu le feras vraiment ?

- Oui. Et s'il faut mourir à ta place ou à celle d'Ignace, je le ferai aussi. Qu'est-ce que tu veux ? Je... je peux pas supporter l'idée qu'elle vous tue. Je vous aime trop ! »

Abbigaëlle remercia encore son amie avec une violente émotion qui faillit lui arracher également des sanglots. A défaut de pouvoir l'éteindre, à cause des fauteuils, elle lui empoigna convulsivement le bras droit. « Maintenant, filez ! murmura

Kahina. Filez vite ! Dé... démolissez cet affreux appareil et sa galette en plastique tant qu'il en est encore temps. Moi... je vais noyer mon chagrin. Je... je vous aide, mais je suis vraiment... vraiment trop gentille. »

Elle pleura. En se tordant par-dessus le dossier, Abbigaëlle parvint quand même à déposer un baiser sur sa joue, puis elle ramassa son matériel et enjoignit à Ignace de la suivre. Tous deux sortirent et disparurent dans la gare de Creil, sans un regard pour la vieille DS immobile sur le parking.

Cinq minutes à peine après leur entrée, un RER partit pour la capitale. Aucun incident ne ponctua leur voyage. Dans le wagon presque désert, les rares passagers qui leur tenaient compagnie ne leur témoignèrent aucun intérêt. Serrés sur leur banquette, Ignace et Abbigaëlle ne soufflaient mot. Dans leurs esprits, seules régnaient la pensée du cambriolage qu'ils s'apprêtaient à commettre et la crainte de voir soudain surgir encore une fois les sinistres sbires d'Irnerius de La Vieuville et de son obscur mentor. S'y ajoutait aussi, chez le jeune mage, un vague élan charnel lié au souvenir du bref instant de bonheur qu'ils avaient partagé la veille. Ses doigts auraient bien eu envie, de nouveau, de se faufiler sous le t-shirt de son amie pour lui caresser la poche. Cependant, les deux autres sentiments écrasaient cette tentation.

Ils atteignirent la gare du Nord sans que nul ne les eût dérangés. Conformément à leur plan, ils prirent alors le RER E en direction de la Seine-Saint-Denis, puis ils changèrent à Bondy pour emprunter le tramway qui assurait la liaison avec Aulnay-sous-Bois. Deux stations avant ce terminus, ils descendirent à la lisière entre Aulnay et Sevran, puis ils se dirigèrent vers le canal de l'Ourcq qui coulait tout près. Avant de l'avoir atteint, ils repérèrent dans une petite rue adjacente un bosquet à peine protégé par une grille déchiquetée, qui n'opposait plus d'obstacle aux intrus. Ils s'y tapirent, s'agenouillant presque dans les buissons.

Quand les grondements de roues trépignant sur les rails se furent totalement évanouis, Abbigaëlle sortit du sac une paire de cagoules et en distribua une à Ignace, tandis qu'elle enfilait la sienne par-dessus ses oreilles pointues. Ainsi accoutrés et munis de gants, ils quittèrent le bosquet et reprirent leur marche. Bientôt, le canal s'étendit devant eux. Malgré les ténèbres que dissipait la blême clarté des réverbères, le jeune mage demanda à son amie de lui décrire le paysage. Il constata alors que celui-ci était à peu près conforme à ce qu'il avait aperçu dans sa vision. Quand elle eut terminé, Abbigaëlle attira son attention sur une grande passerelle de métal et de bitume qui enjambait les eaux presque stagnantes. « Pont de l'Union », lisait-on sur un panneau près de la rampe droite. En hâte, ils la traversèrent, puis ils se dépêchèrent de gagner le boulevard Emile Zola, en s'aidant du plan qu'ils avaient emporté. Autour d'eux, la ville semblait complètement engourdie. Derrière les volets des vieux pavillons qui les surplombaient de toutes parts, comme dans le rêve d'Ignace, aucune lueur ne filtrait, et toute présence humaine s'était évaporée de ces trottoirs bordés de voitures assoupies. Seuls quelques rats, quelques chats et quelques furets troublaient de temps à autre la quiétude de cet immense dortoir. La femme marsupiale et le jeune mage s'en félicitaient : ils n'avaient pas besoin d'autres témoins.

Après dix minutes de marche, ils dépassèrent le jardin public qui figurait dans le songe et ils débouchèrent enfin dans la grande artère qu'ils recherchaient. Surexcités par la perspective de toucher au but, ils pressèrent le pas et atteignirent bientôt le numéro 14. Un élégant portail les y attendait. A l'odeur âcre et pénétrante qui piqua ses narines, Ignace déduisit immédiatement que le jardin derrière cette grille devait être tout aussi négligé que dans ses délires. Son acolyte ne s'embarrassa pas de telles considérations. Dès qu'elle eût aperçu la serrure, elle s'agenouilla et y essaya successivement trois clés squelettes. Le penne claqua et le battant s'entrouvrit. Les deux conspirateurs se faufilèrent à travers la fente, puis ils s'avancèrent furtivement parmi les broussailles qui grouillaient autour d'eux. Il s'agissait bien d'un jardin à la française, avec un savant arrangement de bassins et de massifs floraux qui avait certainement débordé de splendeur par le passé, mais qui n'était plus maintenant que pure sauvagerie. Malgré l'obscurité générale et sa myopie incorrigible, Ignace s'arrêta et promena son regard sur ce chaos de formes floues, une petite boule dans la gorge.

Un bref sifflement le rappela à l'ordre. Aussitôt, il rejoignit Abbigaëlle qui s'affairait déjà sur le perron d'une belle maison. Comme il l'avait prédit, celle-ci était spacieuse et munie de deux étages. Abbigaëlle confirma que tous les volets y étaient tirés, ce qui semblait prouver qu'il n'y avait effectivement pas un chat. Armée de ses passe-partout, elle s'échinait à ouvrir la porte principale, protégée par trois serrures. Déjà dix clés squelettes s'étaient succédé dans le verrou du haut quand, soudain, un heureux claquement résonna. Un manège identique se reproduisit pour la serrure principale, puis pour le verrou du bas.

Avec d'infinies précautions, la jeune marsupiale ouvrit la porte et se précipita à l'intérieur avec Ignace. Nul bip suspect ne se fit entendre. Sans s'interroger le moins du monde sur cette absence d'alarme, ils avisèrent sur leur droite la porte du salon que le jeune mage avait aperçu et ils y entrèrent. A la clarté de leurs lampes de poche, ils repérèrent très vite le fameux placard mural, dont ils s'approchèrent sur la pointe des pieds, en retenant leur souffle. Un instant, ils se disputèrent du regard l'honneur d'en abaisser la poignée, puis le jeune mage n'hésita plus et ouvrit le battant. Un rugissement de frustration manqua s'échapper de ses lèvres. Ce placard regorgeait de machines sonores. Sur le parquet et sur plusieurs étagères s'amoncelait pêle-mêle de petits tourne-disques Teppaz des années 1960, des électrophones bien vintage des années 1940 avec des prises mâles en bakélite, de vieux gramophones de la Belle Epoque avec d'énormes pavillons, des postes de TSF avec une platine intégrée... Surtout, au milieu de ce fatras, on n'apercevait non pas un, mais plusieurs phono-mallettes de l'Entre-Deux-Guerres, tous reliés de cuir bleu et ornés de la marque : « *AC* ».

« Le... lequel est le bon ? » balbutia Abbigaëlle. Pour toute réponse, Ignace gronda. Cette nouvelle moquerie du défunt sorcier indien le poussait à bout. « On s'en fiche. On s'en fiche ! siffla-t-il. On va tous les mettre en miettes. »

Il s'empara de l'un d'eux pour le jeter sur le sol et le piétiner, mais, brusquement, une sourde détonation retentit à l'intérieur de la caisse, tandis que d'étranges volutes jaunâtres fusaient de sous le couvercle. Le jeune mage se mit à vaciller. Sa vue déjà faible se brouilla. Ses doigts laissèrent tomber le tourne-disque, mais avant qu'il se fût effondré à son tour sur le parquet, Abbigaëlle l'empoigna sous les aisselles et le ramena en toute hâte dans le vestibule. Un escalier s'y dressait en direction du premier étage. Les deux cambrioleurs se tapirent dessous, le jeune mage complètement ivre et les oreilles bourdonnantes. Par-delà son effroi, la femme marsupiale fulminait de rage devant ce piège qui avait failli se refermer sur eux. En quelques claques, elle ranima grossièrement son compagnon.

Soudain, ses oreilles pointues perçurent un faible grincement au second étage, puis un discret bruit de pas. Ignace l'entendit aussi. « Allonge-toi sur le sol, bon sang ! lui murmura Abbigaëlle. Devant l'entrée du salon. Vite ! »

Malgré sa tête encore vaseuse, le jeune mage rampa de son mieux jusqu'à la porte et se figea sur le parquet, comme s'il était inconscient. En haut, tout au long d'invisibles marches, les pas se rapprochaient. Bientôt ils résonnèrent dans l'escalier qui menait au premier étage. De sa cachette, Abbigaëlle vit descendre dans le vestibule une vieille femme aux cheveux tout gris, efflanquée et drapée dans une chemise bleuâtre rehaussée d'un peignoir orné de volutes. Dans sa main gauche, elle tenait un objet luisant dont l'apparence ne présageait rien de bon. Sans jeter le moindre regard sous l'escalier, elle alluma la lumière puis s'approcha du corps d'Ignace, qu'elle effleura de ses pantoufles. Son inertie parut la rassurer. Sans un mot, elle s'agenouilla auprès de lui et leva l'énorme matraque dont elle s'était armée, mais juste avant de l'abattre pour lui fracasser les cervicales, elle se figea : un poignard menaçait dangereusement sa gorge. « Tout doux, mémé ! lui susurra Abbigaëlle qui avait bondi de son refuge et lui empoignait maintenant le bras gauche. Tu laisses mon copain tranquille. Compris ?

- Double saligaud ! répondit la vieille femme à l'adresse d'Ignace. Tu étais venu avec une complice. Ah ! continua-t-elle, cette fois à destination de la jeune juive. Si au moins j'avais pu te voir, toi aussi...

- Qu'est-ce que tu nous chantes, mémé ? répliqua Abbigaëlle. Tu vas pas nous dire que tu nous attendais ?

- Oh que si ! crâna la vieille. Enfin... ton ami. Et je sais très bien pourquoi vous êtes là. Si ça peut vous rassurer, sachez que mon merveilleux phonographe n'est pas dans ce salon. »

Elle tenta de regimber, mais la femme marsupiale rapprocha encore sa lame de ses carotides, tout en lui écrasant littéralement le poignet. Le gourdin tomba. Ignace se redressa et le récupéra, puis il toisa l'étrange propriétaire de la demeure. « Comment ça se fait que tu nous attendais ? poursuivit Abbigaëlle. Tu joues tous les soirs à la chouette, de peur qu'on te vole le phonographe d'André Castelet et le disque qui va avec ?

- Non, répondit la vieille femme. Là, je veillais, car je savais que ton ami me rendrait visite aujourd'hui. Au juste, pourriez-vous ôter ce couteau de sous ma gorge et retirer vos cagoules ? Ça me rassurerait.
- Uniquement si tu nous donnes le phono d'André Castelet et le disque. C'est OK ? Tu le jures ? »

Un long moment, la vieille dame hésita, puis elle se soumit. Abbigaëlle desserra son étreinte, mais ce fut uniquement pour dégainer son pistolet et le braquer sur cette sinistre antagoniste. Les deux cagoules glissèrent, dévoilant la face blême du devin et les grandes oreilles pointues de sa compagne. Aussitôt, la vieille se mit à les dévisager avec fascination, en s'attardant particulièrement sur le torse de la femme marsupiale. Malgré les couches de vêtements, l'absence de seins ne passait pas inaperçue. Abbigaëlle remarqua ce manège. D'un coup, elle ouvrit son blouson et releva son t-shirt, exhibant sa poche et sa poitrine plate. Le visage affreusement ridé de la vieille femme pâlit. « Toi aussi..., bredouilla-t-elle. Toi aussi... tu en es une !
- Qu'est-ce qu'il y a, mémé ? répliqua Abbigaëlle. Pourquoi est-ce que ça te trouble autant ? Tu... tu as déjà vu une femme marsupiale ?
- Et pas n'importe laquelle ! Ma fille adoptive ! Ma petite Mélanie... ou plutôt Melika, comme elle se prénommait au départ. Celle qui s'était fait appeler Fanny Walter et que vous avez laissé tuer, près de la porte de Bercy.
- Attendez ! intervint soudain Ignace, complètement interloqué. Vous... vous aviez donc un lien avec cette pauvre danseuse ? C'était votre photo qu'elle avait dans sa loge ?
- Ah ! Car en plus tu étais allé dans sa loge, espèce de sagouin ? Oui ! C'était moi dessus. Je n'étais pas du tout sa mère biologique – je suis quand même une placentaire. Mais c'est moi qui l'avais élevée après la mort subite de ses parents. Je l'ai chérie comme si ç'avait été ma vraie fille. J'espérais tant la revoir. Et tu me l'as ôtée, espèce de fantôme livide !
- Comment... comment étiez-vous au courant de ce qui s'est passé vendredi soir près de la porte de Bercy ? Auriez-vous... le don de double vue ?
- Tout juste, pauvre albinos ! Je suis un peu sorcière. Et toi... tu n'es certainement pas un profane. »

Malgré la menace du revolver d'Abbigaëlle, la vieille femme s'approcha légèrement et examina le jeune mage sous toutes les coutures, les yeux pétillant de malice. « Ce n'est pas en farfouillant dans des documents que tu t'es aperçu que je cachais quelque chose, lui dit-elle. Tu as eu des révélations. Toi aussi, tu es un voyant ?

- Oui, répondit Ignace. J'ai... j'ai même suivi une formation à l'Institut libre d'hermétisme et de thaumaturgie de Paris, pour perfectionner ce talent magique.
- Tu débusques les objets magiques dans leurs cachettes ?
- Oui. Et vous, en quoi consiste votre extra-lucidité ?
- Elle est bien moins spectaculaire que la tienne. Je reste juste psychiquement en rapport avec les gens qui me sont chers. Quand ils sont loin de moi, j'ai des visions qui m'informent en temps réel ou par anticipation de ce qui leur arrive ou qui leur arrivera. C'était le cas avec mon mari, mort depuis des années à présent. C'était aussi le cas avec mes enfants biologiques, tant qu'ils ont vécu. Et c'était enfin le cas avec ma petite Mélanie-Melika... Espèce... espèce de salaud !
- Qu'avez-vous vu dans la nuit de vendredi à samedi, madame... madame...
- Glénisson. Odette Glénisson.
- Madame Glénisson, qu'est-ce que vous avez vu cette nuit-là ?
- J'ai fait un songe, un songe horrible. Ma pauvre Mélanie fuyait, éperdue, le long d'une voie ferrée. Tu étais avec elle, coiffé d'une perruque brune. Tu la conduisais dans une affreuse ruine toute puante et là, des créatures monstrueuses l'abattaient. Tu la laissais mourir, alors que tu aurais dû t'offrir aux balles à sa place. Je me suis réveillée en sursaut, ruisselante de sueur. Je savais que ce rêve était la réalité. Le lendemain, j'ai téléphoné au cabaret où ma fille se produisait, et on m'a alors expliqué qu'elle avait mystérieusement disparu. Peu après, j'ai appris grâce aux médias l'incendie près de la porte de Bercy et la découverte d'ossements étranges. J'ai compris qu'une fois encore, mon don magique ne m'avait pas trompée. Mais je n'ai pas prévenu la police. Je l'ai laissée dans l'incapacité d'identifier ces restes.
- Pou... pourquoi ?
- Jeune devin, l'existence des humains marsupiaux est un secret qu'il ne faut pas divulguer à tout le monde. Je n'allais pas révéler à l'administration française et aux médias que ma fille ado-

rée n'était pas une humaine au sens scientifique du terme. Sachez déjà que, de la même façon, je n'avertirai pas les flics, lorsque vous m'aurez volé mon phonographe.
- Revenons-en à Fan... euh... à Melika. Vous avez eu un second songe par la suite ? Un songe qui vous annonçait ma venue ?
- Tout à fait. Dimanche soir, deux jours après la mort de ma pauvre Mélanie, j'ai rêvé qu'un intrus se faufilait dans ma maison pour y dérober le phonographe et le disque que je garde depuis des décennies. Cet intrus portait une cagoule. Néanmoins, je savais pertinemment que c'était toi, l'assassin par lâcheté de mon enfant. Le songe me prévenait aussi que cette tentative de cambriolage surviendrait le lendemain, c'est-à-dire aujourd'hui. J'ai donc pris mes précautions. Ce soir, dès la tombée de la nuit, j'ai veillé. J'ai attendu que ma porte d'entrée grince et qu'un bruit de chute me signale que les pièges dans mes faux phonographes avaient marché. Malheureusement, le rêve ne m'avait pas prédit que tu viendrais accompagné. »

Telle une fouine furieuse, Odette Glénisson fixa Abbigaëlle et feula entre ses dents. Malgré son irritation, la femme marsupiale ne se laissa pas décontenancer : d'une secousse de son arme, elle rappela la vieille sorcière à l'ordre. « Que... que m'auriez-vous fait, demanda Ignace, si mon amie n'était pas intervenue ?
- Quelle question idiote ! répondit Odette. Je t'aurais infligé ton châtiment, en te brisant la nuque comme à un lapin, puis je t'aurais débité en morceaux et j'aurais brûlé tes restes dans ma chaudière qui fonctionne encore au charbon.
- Ça va, la cruauté gratuite, mémé ? lança Abbigaëlle. Tu veux encore en rajouter une couche ?
- Jeune fille, répliqua la sorcière, sois un peu plus respectueuse envers moi. A défaut de me vouvoyer, appelle-moi au moins Odette.
- Bon, Odette ! Alors, deux choses : *primo*, c'est pas nous qui avons tué ta fille, mais nos ennemis ; *secundo*, tu nous livres ton phonographe et nous, on te fiche la paix. C'est vraiment hyper urgent pour nous. Tu comprends ? »

Sur le visage flétri de la vieille femme, la colère céda soudain la place à une ironie goguenarde. « Oui... oui..., murmura-t-elle. Maintenant, je m'en rends compte... Rassurez-vous : je sais très bien à quoi servent le phonographe d'André

Castelet et son disque. Et, à vous voir tous les deux, je devine que ce n'est pas vraiment pour l'utiliser que vous le cherchez.

- Bingo, Odette ! répliqua Abbigaëlle. Nous, le rôle qu'on nous réserve, c'est pas vraiment celui des vaillants conquérants de l'autre monde. C'est plutôt celui des poulets qu'on met à la broche pour la route. Alors, s'il te plaît, laisse-nous détruire cette saloperie d'appareil. On a vraiment le feu aux fesses !

- C'est dommage. Je l'aimais bien, ce phonographe, même si je ne m'en suis jamais servie. Mais je serai magnanime. Le destin m'a interdit de vous punir ? Tant pis ! Je vous fais grâce. J'y suis bien forcée. Et je ne vais pas considérer vos ennemis comme les bourreaux que les puissances célestes auraient chargés de vous châtier pour la mort de ma petite Mélanie. »

D'un hochement de tête, elle les invita à la suivre. Malgré leur méfiance, Ignace et Abbigaëlle lui embrayèrent le pas, la femme marsupiale gardant toutefois son pistolet braqué. Tout au fond du vestibule, la sorcière les conduisit à un escalier qui menait à la cave. Quand ils y furent parvenus, elle les guida jusqu'à une petite pièce percée d'un mince soupirail, non loin de la chaufferie. Un épouvantable bric-à-brac l'emplissait, fait de meubles poussiéreux et fendus, de vieilles chaises disloquées, de cageots vides, de casiers à bouteilles, de bonbonnes fêlées, de roues de vélo et de tricycle et de coussins crevés. Nullement intimidée par les toiles d'araignée qui proliféraient partout, Odette repoussa quelques-uns de ces objets, découvrant une dalle découpée dans le sol en ciment. Sur un côté, celle-ci présentait une encoche. La vieille dame ramassa un levier en métal et l'inséra profondément dans cette fente étroite, mais avant d'appuyer dessus de toutes ses forces, elle contempla une nouvelle fois ses deux visiteurs. Sur le visage d'Abbigaëlle, l'autorité et la menace se nuançaient à présent d'une perplexité que la jeune marsupiale n'arrivait pas à masquer. « Eh bien, jeune fille ? demanda la sorcière. Quelque chose te taraude ? Tu voudrais savoir pourquoi je n'ai jamais utilisé le joyau fabriqué par Castelet ? Ou te demandes-tu plutôt comment cette merveille est tombée entre mes mains ?

- Ni... ni l'un ni l'autre, répondit la jeune juive, sans baisser son arme. Je voudrais juste savoir, madame... Glénisson...

- Ah ! Tu me donnes du "madame" maintenant ? Tu vas peut-être me vouvoyer.

- Madame Glénisson, comment ça se fait que vous ayez élevé une femme marsupiale... une femme comme moi ? D'où venait-elle ?
- Je comprends ton angoisse existentielle, jeune fille. C'est dur d'être seule de son espèce dans un monde de placentaires. Je vais donc t'éclairer un peu, même si ça me replonge le couteau dans la plaie. Ma petite Mélanie – je n'ai jamais réussi à l'appeler Melika – était entrée dans notre vie, à moi et à mon défunt mari, à une époque où nous avions déjà atteint l'âge mûr – et même très mûr. Par un épouvantable revers de fortune, nous avions perdu tous nos enfants, alors que nous étions désormais hors d'état d'en engendrer de nouveaux. Nous commencions à désespérer, mais voilà qu'on nous a poussés à adopter cette incroyable petite fille aux oreilles pointues, à la dentition biscornue, au torse sans mamelons et au ventre orné d'un drôle de repli de peau. Officiellement, elle venait d'Afrique du Nord et elle était née d'un père musulman et d'une mère juive...
- Quel... quel âge avait-elle à ce moment-là ?
- Cela faisait un an qu'elle avait totalement cessé de se nicher dans la poche de sa mère. Elle était désormais à un âge où l'on grimpe sur les dos – ce qu'elle n'a jamais manqué de faire avec moi. On nous avait expliqué que ses parents – d'humbles immigrés sans famille – étaient morts et qu'elle avait à présent besoin d'un couple qui s'occupe d'elle.
- Qui... qui vous avait expliqué ça ? Et qui vous l'avait refilée ?
- Tu n'as pas besoin de le savoir, jeune fille. Laisse-moi plutôt dérouler la suite de l'histoire. Mon époux et moi, nous avons tout de suite adoré cette enfant : c'était une seconde chance après l'horrible vacherie que le destin nous avait infligée. Son apparence extraordinaire ne nous a pas rebutés : nous savions déjà qu'il existait des humains de ce genre en France et dans le monde – là encore, ne me demande pas comment. Et nous savions aussi qu'il fallait garder le secret sur sa vraie nature. Comme l'adoption n'était pas plénière, elle avait conservé pour l'état civil son nom originel : Melika Imrane. Mais, très, vite, je l'ai rebaptisée Mélanie : c'était plus beau et, surtout, ça sonnait beaucoup plus gaulois. Pour le reste, je ne m'étendrai pas beaucoup, surtout que vous n'avez sans doute pas toute la nuit. Sache simplement, jeune fille, que j'ai aimé Mélanie autant que si elle avait été ma fille biologique. Je l'ai choyée, dorlotée, pou-

ponnée, je me suis efforcée de lui donner la meilleure éducation possible et tout le bonheur qu'on peut apporter à un enfant. Je voulais aussi qu'elle fasse de belles études, elle, la pauvre fille d'immigrés. Dans ce but, je l'avais inscrite à l'Espérance, la grande école privée d'Aulnay-sous-Bois. J'avais cassé ma tire-lire pour elle. Quant à sa nature de marsupiale... Là encore, le secret n'avait jamais été éventé. Les mêmes gens qui nous l'avaient donnée nous avaient aussi entourés de toutes les protections nécessaires.

- Mais... comment se fait-il que nous l'ayons retrouvée dans une boîte de striptease, et travestie en une caricature de femme placentaire ? »

Un sourire caustique aux lèvres, la vieille sorcière regarda Abbigaëlle de la tête aux pieds. « Tu as du courage, jeune fille, beaucoup de courage pour assumer tes oreilles en pointe, ta dentition difforme et ta poitrine plate. Tu n'as pas peur de passer pour une Quasimodette. Ma pauvre fille n'avait pas ce courage. Elle a fini par faire une crise identitaire – une très grave crise. Déjà, à l'école primaire, elle avait du mal à supporter les moqueries de ses camarades sur ses oreilles et ses dents (les petits placentaires sont si intolérants, quand ils sont majoritaires !). Elle se sentait aussi troublée à force de signaler sans cesse à ses maîtresses qu'il fallait l'appeler Mélanie et pas Melika. Mais c'est à l'adolescence que tout a basculé. S'apercevoir qu'on n'aura jamais de seins, alors que toutes nos camarades ont la poitrine qui pousse... Se retrouver à la place avec une vraie poche sur le ventre, une poche velue et profonde, toute hérissée de mamelles à l'intérieur... Surtout, se rendre compte qu'on n'est pas une primate, donc pas une humaine au sens strict, qu'on appartient à une espèce totalement différente de celle des adolescents qui nous entourent, et donc qu'on n'aura jamais d'enfants avec eux, qu'on ne pourra vivre une histoire d'amour qu'avec un mâle marsupial... Seulement, tout autour, il n'y a aucun autre humain marsupial... Ça a achevé de la déboussoler. Mes propos réconfortants sur le fait qu'elle n'avait pratiquement pas de règles, contrairement aux femmes placentaires, ne l'ont calmée qu'aux tout débuts. A partir de quinze ans, la crise a été consommée. Elle m'a harcelée de questions sur les origines de son espèce, des questions auxquelles ni moi ni mon mari n'avions le droit de répondre. Elle nous a aussi demandé cent fois, mille fois, s'il y avait en France d'autres humains marsupiaux et si nous connaissions un jeune garçon marsupial avec qui elle aurait pu former un couple. Seulement, là encore, les gens qui nous l'avaient offerte nous interdisaient de la renseigner. Alors, elle a basculé dans la fureur. Son comportement est devenu déraisonnable...

- Elle s'est mise à vous détester ? demanda Abbigaëlle.
- Non, quand même pas. Elle nous aimait trop, autant que nous l'aimions. Mais elle a voulu commettre des folies. Elle nous a menacés de dévoiler à tout le monde sa nature de marsupiale. Alors, nous avons prévenu ceux qui nous l'avaient donnée. Ce n'était pas contre elle : nous voulions juste la protéger. Ils l'ont rattrapée avant qu'elle ne sombre dans l'irréparable et ils lui ont infligé un châtiment qui l'a dissuadée pour de bon de cracher la vérité.
- Et ensuite ? Qu'est-ce qui s'est passé ?
- Elle est tombée dans les abîmes du désespoir. Elle s'est prise de haine contre son corps de marsupiale. De seize ans à dix-neuf ans, elle a fait de l'anorexie, tout en ratant son bac et en gâchant ses études. A terme, nous ne pûmes plus supporter cette situation, mon défunt mari et moi. Nous nous sommes adressés aux maîtres qui nous avaient fourni Mélanie, afin qu'ils lui apportent quand même un soulagement. A notre grand étonnement, ils le firent. Grâce à des médecins complaisants, ralliés à leur cause, Mélanie fut complètement transformée. On lui a taillé les oreilles pour les arrondir, on lui a glissé une paire de faux seins en silicone sous la poitrine, on lui a posé des râteliers pour masquer ses quenottes rabougries, on lui a épilé le ventre et on lui a collé par-dessus une fine prothèse pour cacher sa poche. Tout ça s'est déroulé dans le plus grand secret. Quand elle fut ainsi métamorphosée, elle nous a quittés. Nous aurions voulu la retenir, mais elle nous a expliqué qu'elle ne pouvait plus vivre auprès de nous. Heureusement, elle a quand même ajouté qu'elle ne nous gardait aucune rigueur et qu'elle nous remerciait d'avoir pris soin d'elle. Plus tard, nous avons appris qu'elle était devenue stripteaseuse sous le pseudonyme de Fanny Walter et qu'elle gagnait son pain en dansant nue dans certains cabarets de la capitale – et aussi en prodiguant quelques extras à certains clients.
- Mais pourquoi... pourquoi avoir choisi une telle voie ?

- Elle était vouée à rester éternellement seule dans un monde uniquement peuplé d'humains placentaires. Elle n'aurait donc jamais d'enfants. Alors, plutôt que de vivre comme une nonne, elle avait choisi de prendre sa revanche sur l'humanité placentaire en excitant ses mâles sans jamais leur permettre d'assouvir leurs désirs. Pour tout dire crûment, elle les envoûtait, mais jamais elle ne se laissait pénétrer. Je savais tout ça : elle m'en avait parlé dans une lettre, peu après la mort de mon mari. Maintenant, la confession est finie.
- Attendez ! Les gens qui vous avaient fait adopter Melika... qui la forçaient à rester ignorante... c'étaient qui ?
- La Confrérie, jeune fille. La Confrérie. Ne cherche pas à savoir ce que c'est : je ne te dirai plus rien. Maintenant, prenez le phonographe et le disque et filez ! »

Les traits crispés par l'effort et la colère, la vieille sorcière s'appuya de tout son corps sur le levier, qu'elle n'avait jamais lâché. Lentement, la dalle se souleva. Quand elle eut enfin dépassé le niveau du sol, Odette réussit à la faire glisser partiellement sur le côté, puis elle acheva de la tirer à la main, malgré la maigreur de ses bras. Entre les objets disparates, un sinistre trou béait. La sorcière y plongea. Ignace et Abbigaëlle entendirent le grincement de planches de bois qu'on ôtait, puis ils la virent ressortir, tenant entre ses mains un appareil que le jeune mage identifia aussitôt.

« Le phonographe maudit ! » s'écria-t-il. De fait, il s'agissait bien du tourne-disque qu'il avait aperçu dans sa vision et sur la vieille photo de Kara Shirin. Sans demander la moindre permission, il l'arracha des bras de la sorcière et l'ouvrit. A l'intérieur, tout était conforme à ce qu'il avait déjà vu. Dans une pochette sous le couvercle, un objet noirâtre reposait. Ignace le saisit, tandis qu'Abbigaëlle récupérait l'engin. C'était un vulgaire disque 78 tours de vingt-cinq centimètres de diamètre, en gomme-laque, avec de larges sillons. Aucun titre de morceau n'en ornait l'étiquette : on n'y apercevait que des roses entrelacées. Malgré la profonde trivialité de ce dessin, le jeune mage ne put réfréner un malaise. Dans les élégantes torsades des tiges épineuses, une sourde malice lui paraissait grouiller, à laquelle se mêlait une sournoise ironie.

La hargne et la colère le submergèrent. Il jeta le disque contre le sol en ciment, mais celui-ci rebondit sans se briser. Il recommença alors son geste, le lançant avec frénésie contre les murs, contre les meubles, puis le piétinant avec rage comme s'il se fût agi d'un cancrelat. Malheureusement, malgré tous ses efforts, il ne réussit même pas à l'ébrécher. Entraînée par son exemple, Abbigaëlle attrapa une grosse quille qui gisait parmi le bric-à-brac et elle l'abattit sur le phonographe, mais celui-ci résista. Elle renouvela la manœuvre, s'efforçant de démolir le plateau, la tête de lecture, le couvercle et la caisse, mais elle ne leur infligea même pas une fêlure. Finalement, ce fut la quille qui se brisa. De désespoir, la femme marsupiale lança le phonographe sur le sol, à trois reprises, mais ce fut seulement pour le voir rouler grossièrement sans le moindre dommage. Elle se précipita dessus et tenta de le broyer sous ses talons, mais elle faillit se fouler les chevilles : tout se passait comme si cet appareil eût été en acier avec des armatures.

Quand ils se furent tous deux suffisamment échinés en vain, ils perçurent derrière eux un léger gloussement. Ils se retournèrent. Les yeux pétillant d'ironie, Odette Glénisson les contemplait, une main plaquée sur la bouche. « S'il vous plaît... S'il vous plaît..., finit-elle par articuler, n'insistez pas : vous allez vous faire mal. Il est inutile de vous acharner : ce phonographe et ce disque sont indestructibles.

- Co... comment ? s'exclama Ignace. Ce... ce n'est pas possible ! C'est un bobard !
- Mais si ! Ça fait partie du sortilège : André Castelet ne tenait pas à perdre de si précieux joyaux. Ah oui ! N'essayez pas non plus de les brûler : ils résistent aux flammes. Et ne recourez pas à la poudre noire ou à la dynamite : le souffle ne les disloque pas.
- Mau... maudite sorcière ! s'écria Abbigaëlle. Tu nous as roulés ! »

Folle de rage, elle voulut se jeter sur Odette pour la rouer de coups, mais Ignace la retint. « Roulés, roulés..., crâna la vieille imperturbable, pendant que son adversaire se débattait. Mais ce n'est pas moi qui ai rendu ces objets indestructibles. Plaignez-vous-en à feu André Castelet. Pour le reste, je n'ai fait que ce que vous aviez exigé. Vous les vouliez, ce phonographe et ce disque ? Eh bien, je vous les donne ! Ils sont à vous ! Ce n'est pas ma faute, si vous ne pouvez rien en faire.
- Sa... sale traîtresse ! bafouilla la femme marsupiale. Tu... tu savais tout et tu nous as rien dit !

- Traîtresse... Mais tout n'est pas perdu pour vous. A défaut de les réduire en cendres ou en miettes, vous pouvez toujours les couler dans du béton. Peut-être qu'ainsi, vos poursuivants en perdront la trace. »

Sur ce, elle partit dans un éclat de rire abominable, presque dément. Abbigaëlle voulut l'agonir d'insultes et d'obscénités, mais Ignace la fit taire d'une main sur les lèvres. Cela ne servait plus à rien de s'éterniser dans cette affreuse cave. Désormais, le tourne-disque et sa galette en plastique étaient en leur possession, et c'était le plus important. C'eût été pure folie que les laisser au pouvoir de cette sorcière. Mieux valait fuir avec ces reliques maudites tout en résistant du mieux possible à la bégum et à Irnerius. « Oui, fuyez, fuyez loin de chez moi, grinça la vieille sorcière enfin remise de son hilarité. Le sacrifice auquel on vous destine sera votre châtiment pour le meurtre de ma fille. Déguerpissez, assassins ! Et que l'enfer vous emporte ! »

Sans même esquisser une réplique, tant le désarroi l'accablait, le jeune mage ramassa le phonographe et y rangea le disque, puis il entraîna sa compagne hors de la cave. Au pas de charge, ils regagnèrent le vestibule où ils prirent juste le temps de remettre leurs cagoules, puis ils se dépêchèrent de sortir avec leur butin et leurs affaires. Cependant, à peine eurent-ils descendu les marches du perron que les épais fourrés de l'ancien jardin à la française crachèrent trois menaçantes silhouettes, drapées de longues redingotes grises et armées de pistolets. Deux d'entre elles étaient des hommes ornés de longs favoris bruns. La troisième, juste entre ses compagnons, n'était autre que le zombie à barbe rousse qui épiait Ignace chez madame Nedjma et flanquait Irnerius au Sapporo. Sur leurs nez, la lune faisait luire les éternelles lunettes teintées, tandis qu'au creux de leurs oreilles brillait toujours le petit écouteur. « Plus un geste ! lança l'homme roux avec de violents frémissements dans la voix, malgré son masque inexpressif. Monsieur Leclerc, remettez-moi le phonographe et le disque et suivez-moi. Et toi, fille adoptive d'Abraham, laisse-nous tranquilles et fuis, fuis loin d'ici !

- Et pourquoi est-ce que je vous laisserais faire ? répliqua Abbigaëlle en dégainant son revolver. Ne touchez pas à Ignace et n'approchez pas du phono, sinon je vous explose la cervelle.
- Pauvre sotte ! Ne fais pas l'imbécile. Mes trois esclaves ont déjà l'arme au poing. Avant même que tu aies pressé la gâchette, ils

t'auront perforé le bras. Crois-tu donc pouvoir résister à la vin-dicte de ta cruelle maîtresse avec une fracture ouverte – voire deux, si tu t'entêtes ? »

Pendant quelques secondes, la jeune marsupiale jaugea ses adversaires, puis elle se rendit à l'évidence : le rapport de forces était trop inégal. Elle baissa donc son pistolet. Aussitôt, les deux revenants à favoris ceinturèrent Ignace et lui passèrent une nouvelle fois des menottes, tandis que leur chef s'emparait du revolver et du poignard de son amie, puis du phonographe. « Co... comment avez-vous su qu'on était ici ? demanda Abbigaëlle en tremblant, mais sans cesser de regarder ses ennemis dans les yeux, contrairement au jeune mage qui pleurait et claquait des dents.

- Très simple, répondit le zombie roux. Depuis notre altercation vendredi dernier près de la porte de Bercy, je n'ai jamais cessé de vous filer, toi, ton amie placentaire et votre protégé. Déjà, alors que vous repartiez après avoir mis le feu à cette pauvre ruine, un troisième et un quatrième commando de mes esclaves récupéraient discrètement la voiture dans laquelle je comptais enlever Fanny Walter et celle qui avait amené leurs infortunés collègues sur la friche abandonnée, tandis qu'un cinquième se mettait en position autour de l'appartement du père de ton amie. Dès qu'ils vous ont vus partir tous les trois en voiture – ou plutôt dès que je vous ai vus -, ils vous ont suivis prudem-ment, de loin, jusqu'au repaire secret de ta maîtresse à la cam-pagne. Là, ils se sont tapis dans la forêt autour de la villa, et je vous ai espionnés à travers eux.

- Mais... nous n'avons vu personne !

- Ignores-tu donc ce qu'est une tenue de camouflage, fille adop-tive d'Abraham ? Es-tu surtout incapable de concevoir que je puisse munir mes serviteurs de jumelles, pour qu'ils observent au loin ? Cependant, je te remercie surtout d'avoir craqué pour ce beau jeune homme albinos.

- Vous... vous avez tout découvert pendant que nous faisions...

- Exact ! Je vous ai aperçus tous deux dans mes jumelles, alors que vous vous adonniez aux délices de l'amour. J'ai aussi assisté au vilain malaise qui a saisi monsieur Leclerc en pleine crise de volupté et au petit moment de panique qui l'a suivi. C'était mer-veilleux ! Ton amie placentaire et toi, vous ne surveilliez plus rien. J'ai donc rapproché mes esclaves, de façon à ce qu'ils écoutent à travers les murs, grâce à des stéthoscopes. Et j'ai tout entendu.

- Et vous avez installé vos zombies dès ce soir autour de cette maison en prévision de notre arrivée, hein ? C'est ça ?

- Tout à fait.

- Mais pourquoi est-ce que vous nous avez attendus ? Pourquoi n'avez-vous pas donné l'assaut tout de suite ?

- Parce que je n'étais pas sûr que Kali Mara fût bien dans la pièce qu'avait aperçue monsieur Leclerc. Vois-tu, je soupçonnais un piège. Mieux valait donc attendre tranquillement que vous ressortissiez de cette belle demeure avec votre butin. Et puis, il fallait impérativement que je cueillisse une des victimes indispensables à mon retour. »

Aussitôt, les deux zombies à favoris entraînèrent Ignace vers le portail. Le jeune mage regimba. « Abby ! implora-t-il. Abby ! Ne me laisse pas tomber, s'il te plaît !

- Lâchez-le ! ordonna Abbigaëlle, bien qu'elle n'eût aucun moyen de faire ployer ses adversaires. Lâchez-le !

- Non ! répondit le revenant à barbe rousse. J'ai trop langui, trop langui après ma patrie pour perdre cette unique occasion d'y retourner. Sais-tu ce que c'est que plus d'un siècle et demi d'exil ? As-tu idée de la souffrance qui me taraude ? Je ne veux pas mourir sur cette terre. Ton ami me doit bien cette aide.

- Vous ne le toucherez pas !

- Arrête, petite idiote ! Je sais que tu t'es mise à l'aimer, mais renonce à cette passion absurde ! Elle ne te donnera même pas d'enfants. C'est un primate, un singe. Toi, tu es un phalanger. Oublie-le et cherche-toi un compagnon parmi les autres descendants de captifs marsupiaux qui ont gagné la France. Je veux que tu vives. Je veux que tu vives, que tu fondes ici une famille et que tu sois heureuse.

- Vous voulez que je vive… Mais vous n'allez pas hésiter à sacrifier une autre femme marsupiale comme moi pour rouvrir la brèche sur votre monde. Fanny Walter – ou plutôt Melika Imrane –, c'était pour ça que vous la cherchiez.

- Eh oui ! Et c'est pour trouver une seconde victime pour le phonographe que j'ai tué Richard Abitbol et que je lui ai volé ses papiers. Mais prends donc conscience, jeune écervelée, que j'ai agi ainsi uniquement pour t'épargner ! Toi, tu n'es pas une vulgaire femme marsupiale parmi d'autres. Tu es ma compagne d'infortune, celle qui m'a soutenu quand Aristide de La Vieuville m'a enlevé, celle qui a partagé toute ma peine, celle qui m'a empêché de succomber au désespoir absolu, celle avec qui j'ai échafaudé mon plan d'évasion, celle qui a tenté enfin de m'arracher à cette horrible cage au milieu des zombies, alors que tous tes camarades m'abandonnaient. Jamais je ne pourrai attenter à ta vie. Irnerius voudrait ta mort. Il considère ton sacrifice comme la stratégie la plus facile. Mais moi, je refuse. Alors fuis ! Va-t'en ! Remercie ma clémence et mets-toi maintenant à l'abri de la fureur de ta maîtresse !

- Vous... vous vous dites clément... Mais vous êtes un monstre !

- Non ! Juste un pauvre vieillard en exil que la vie a injustement maltraité. Je ne suis pas comme ta cruelle maîtresse qui ne t'a séduite que pour mieux te tuer. Alors file ! Ou sinon, c'est que tu es trop bête. »

Il tourna les talons et se dirigea à son tour vers le portail, tandis que ses deux comparses reprenaient leur marche après avoir bâillonné le jeune mage. Soudain, les battants s'écartèrent, livrant passage à une nouvelle silhouette encagoulée. Trois sourds coups de feu déchirèrent la nuit. Des gerbes de cervelle, de gelée rosâtre et de débris osseux éclaboussèrent la cagoule et les épaules du devin, puis ses deux ravisseurs s'écroulèrent dans l'herbe. Leur chef les rejoignit immédiatement, le crâne mutilé.

« Elias ! » s'écria Abbigaëlle. C'était bien le vieux Kabyle qui venait de débouler, l'arme au poing. Il releva brièvement sa cagoule pour dévoiler son visage, mais, à ce moment précis, un boomerang s'élança d'un buisson et lui frappa l'occiput. A son tour, il s'effondra. Deux autres zombies émergèrent des fourrés et se ruèrent vers les jeunes gens, mais, prompte comme l'éclair, Abbigaëlle ramassa le pistolet que l'ancien soldat roux avait lâché dans sa chute et elle riposta, brisant net le bras d'un des agresseurs. Elle agrippa aussi le phonographe, mais le second revenant, encore intact, lui décocha un formidable uppercut qui l'envoyer rouler par terre. Sous le choc, la poignée de la valisette lui échappa. Le malfrat d'outre-tombe s'en saisit, puis il tenta avec son compagnon d'emporter Ignace toujours menotté, mais la juive marsupiale qui avait gardé toute sa conscience récupéra son revolver dans le manteau du zombie roux et se mit à les canarder avec ses deux pistolets. Les poignets qui s'apprêtaient à se refermer sur Ignace volèrent en miettes, mais pas la main qui tenait le phonographe. Sur un ordre de leur invisible maître, les deux zombies battirent en retraite et décampèrent comme des lièvres emportant le tourne-disque. Abbigaëlle les poursuivit, mais avant même de franchir le portail, elle entendit des portières claquer et un moteur vrombir. Lorsqu'enfin elle foula le trottoir, une voiture venait de partir, avec les précieuses reliques ensorcelées sur sa banquette arrière. Là où elle se trouvait déjà, il n'était plus possible de lui crever les pneus. La femme marsupiale voulut pleurer, hurler de désespoir, mais elle se retint, de peur d'ameuter tout le voisinage.

Les dents serrées, elle retourna dans le jardin et se pencha sur le corps inerte d'Elias. Par bonheur, le vieux Kabyle respirait encore. Son crâne était intact. Soudain, le zombie à barbe rousse bougea, la tête reconstituée et affreusement déformée. Une balle en plein front suivie d'un tir dans les lombaires le réexpédia sur le sol. Ses deux collègues qui avaient fait mine de se redresser subirent un sort similaire. A peine cette besogne était-elle terminée que le père de Kahina revint de son évanouissement, le regard vaseux. Abbigaëlle l'aida à se relever puis, quand il eut totalement repris ses esprits, elle voulut le remercier pour son intervention providentielle, mais il lui rabattit sans ménagement les bras derrière le dos et les bloqua dans des menottes. La femme marsupiale protesta, mais il la somma de se taire. Il la dépouilla ensuite de ses armes et de son sac à dos, dont il trancha les courroies, puis il l'empoigna ainsi qu'Ignace par le collet et il les entraîna hors du jardin, jusqu'à sa vieille DS qui stationnait sur un bateau à plus d'une trentaine de mètres. Sans la moindre explication, il les jeta tous deux sur la banquette arrière, puis il s'installa au volant et démarra. Dans les portières fermées, Ignace et Abbigaëlle entendirent un cliquetis : la sécurité s'était enclenchée. Comme si les menottes ne suffisaient pas, toute sortie hors du véhicule leur était interdite.

Chapitre XXVI : Les aveux de Kara Shirin

Le trajet vers Paris ne fut pas long. Elias n'emprunta même pas le boulevard périphérique : il se contenta de rallier Pantin en prenant la nationale 3, puis il pénétra directement dans la capitale. Cependant, il ne poursuivit pas sa route à l'intérieur du XIXe arrondissement, contrairement à ce qu'attendait Abbigaëlle. Il obliqua tout de suite en direction du sud. Lorsque la DS eut franchi la Seine et dépassé la porte de Choisy, elle quitta les grands axes. Devant la subite inclinaison du véhicule, Ignace devina qu'ils gravissaient une colline. Le front ruisselant de sueurs froides, Abbigaëlle lui expliqua qu'il s'agissait de la butte aux Cailles. Bientôt, ils stoppèrent à l'entrée d'une ruelle pavée : le passage Boiton. La nuit était encore bien sombre, les immeubles assoupis, et aucun noctambule ne se risquait dans l'atmosphère frisquette et morne. Avant de devoir descendre, Abbigaëlle demanda à Elias les raisons de ce funeste manège. « J'sais tout, Abby, lui répondit le vieux Kabyle avec tristesse. Kahina m'a tout raconté tout à l'heure. Tu lui as fait mal, Abby, tu lui as fait super mal...

- Elias, s'il te plaît..., supplia la femme marsupiale. Je voulais pas. C'est venu comme ça.
- E' m'a téléphoné juste après que vous soyez partis de Creil. E' pleurait, tu peux pas imaginer. E' m'a tout raconté : ce que tu lui avais fait, ce que vous aviez découvert, ce que vous aviez décidé de faire et où vous étiez allés. E' se lamentait, et puis elle avait la pétoche : elle était sûre qu'un sale truc allait vous arriver. Et puis elle est rentrée à Paris dans la voiture pendant que z'étiez dans votre train. E' m'a retrouvé dans l'appart'. E' m'a supplié que j'aille là-bas pour vous sauver. Alors, j'ai pris la DS et j'suis parti à Aulnay. J'vous ai cueillis juste à temps, à ce que j'vois.
- Elias, pourquoi est-ce que tu nous livres à Kara Shirin ? Ka... Kahina peut quand même pas vouloir notre mort, puisqu'elle a tenu à ce que tu nous sauves.
- Ouais, ê' veut pas, mais moi, je suis forcé : vous avez trahi.

- Elias, non ! Tu... tu nous as toujours couverts jusqu'ici. Rappel-le-toi ! La maison à Montmartre... Richard Abitbol... Fanny Walter...
- Ouais, mais là, z'êtes allés trop loin. Z'êtes allés chercher le phono sans l'autorisation de la patronne et, surtout, vous l'avez perdu. A cause de vot' bêtise, c'est Irnerius qui l'a maintenant. Ça, je peux pas laisser passer. Vous nous avez tous mis dans la mouise. »

Malgré ses entraves, la jeune marsupiale s'agita vainement pour ouvrir la portière. « Elias ! Elias ! cria-t-elle. Ne me remets pas à Kara Shirin ! Elle veut me tuer ! Tu... tu peux pas vouloir ma mort ? Sincèrement, tu peux pas ?

- Je dois rester loyal à Kara Shirin, protesta le vieil homme. Kahina et toi, vous m'avez trop souvent obligé à lui mentir. Mais maintenant, c'est fini. La patronne, c'est toute ma vie. C'est elle qui m'a tiré du chômage. C'est elle qui m'a donné mon appart'. Moi, je trahis pas. »

Il descendit et contraignit ses passagers à sortir à leur tour. Abbigaëlle eut envie de l'insulter, mais elle n'osa pas : un reste d'affection à son égard la muselait. Aux côtés d'un Ignace accablé de désarroi, elle se laissa conduire presque docilement dans la petite rue pavée jusqu'à une maison sur la gauche, au fond d'un minuscule jardin entre deux bâtiments un peu plus grands. C'était l'antre de Kara Shirin sur la butte aux Cailles. A peine Elias eut-il pressé le bouton de la sonnette qu'ils furent tous reçus par Vijay, la moustache goguenarde et le sourire sardonique. Le vieil homme lui remit le sac d'Abbigaëlle avec tout le matériel qu'il contenait, puis il l'informa de l'issue tragique de l'expédition qu'il avait brusquement interceptée. En grondant, l'Indien arracha les cagoules que les deux jeunes gens portaient encore – sans éprouver le moindre dégoût devant les lambeaux de barbaque qui maculaient celle d'Ignace –, puis il les entraîna ainsi que leur gardien dans un salon au premier étage.

Salomon y attendait déjà sa sœur, fermement maintenu par la rude poigne de Joab qui souriait avec cruauté. En le voyant, Abbigaëlle ne put retenir un cri de détresse : sous ses vêtements qu'on avait légèrement fendus, d'épais bandages couvraient encore son genou et son bras gauches ; à leur couleur, on devinait que les brûlures continuaient de suinter. Toutefois, ce n'était pas la douleur qui tourmentait le plus le jeune marsupial, mais la conscience de l'horrible destin qu'on réservait à sa sœur. Non loin de lui, Kahina se morfondait sous la surveillance de Daniel. Brièvement, son regard croisa celui de son amie. « A... Abby..., hoqueta-t-elle parmi ses pleurs, je... je ne voulais pas... Désolée, j'ai... j'ai craqué tout à l'heure... J'ai prévenu mon père... J'a... j'avais trop peur qu'il vous arrive une crasse... Je... je voulais pas qu'il vende la mèche, mais il l'a fait... Désolée... J'ai pas voulu ça ! »

Pour toute réponse, Abbigaëlle grimaça en lui montrant ses canines et ses prémolaires rabougries. La flamme sombre qui étincelait dans ses yeux prouvait clairement que ce plaidoyer ne la convainquait qu'à moitié.

Elias retira sa cagoule, puis il apprit à tous ses camarades que le phonographe et le disque étaient tombés entre les mains d'Irnerius. Malgré tous ses efforts, il n'avait pu empêcher cet épouvantable retournement. Joab et Daniel accueillirent cette nouvelle en feulant d'indignation, mais, bientôt, cette clameur courroucée se changea en ricanement sarcastique chez le frère par alliance d'Abbigaëlle. Quand enfin il se fut calmé, Vijay expliqua que Kara Shirin dormait encore, afin de compenser le réveil subit que lui avait infligé l'alerte lancée par Elias en plein cœur de la nuit. Il ajouta qu'elle avait plus de chance que ses subordonnés, dans la mesure où elle pouvait encore se bercer d'illusions favorables. Personne ne commenta cette remarque.

Les heures passèrent, lourdes de silence et d'angoisse. Lorsque les premières lueurs de l'aube transparurent derrière les rideaux hermétiquement tirés, des rumeurs un peu brouillonnes se firent entendre dans la maison, puis une petite clochette tinta dans une pièce voisine. Vijay quitta immédiatement le salon, toujours sourire aux lèvres. Au loin, les prisonniers et leurs gardiens perçurent les doux cliquetis de couverts qu'on disposait pour un petit-déjeuner, puis le vacarme soudain d'une tasse qu'on brisait. Un long intervalle de silence s'écoula, puis Kara Shirin fit son entrée dans le salon, flanquée de son valet et toujours parée d'un de ses éternels saris. Ses lèvres étroitement contractées ne laissaient planer aucun doute sur la fureur qui l'animait. « Eh bien, Abbigaëlle ? dit-elle en saisissant la nuque de la femme marsupiale et en en tordant la peau comme s'il se fût agi d'un lapin. On manque à tous ses devoirs de dame de compagnie ? On me fait des cachotteries dans mon dos ? On couche avec notre cher devin consultant ? Surtout, on se permet de faire échouer ma quête, alors qu'on m'a juré fidélité ?

- Oui, j'ai fait tout ça, répondit Abbigaëlle chez qui la crainte et l'abattement cédaient peu à peu la place à la colère. Et j'ai rien à me reprocher. Je vous avais juré fidélité... Pff... Auprès de quelqu'un comme vous, un serment comme ça, c'est juste un serment de poivrot. Ça vaut rien du tout. Vous ne m'aviez embauchée que pour me tuer, une fois que vous auriez retrouvé votre foutu phonographe et votre foutu disque.

- Et comment as-tu découvert ça ? Comment ? Réponds, sale petite fouteuse !

- C'est Ignace qui m'a tout dévoilé. Vous savez, à force de boire sa drogue tous les jours, il s'est mis à avoir des visions indépendamment de vos satanées séances d'évocation, vos séances pendant lesquelles vous lui permettiez même pas de manger à sa faim. Pas vrai, Ignace ? »

Le jeune mage approuva de la tête. La poigne de Kara Shirin sur le cou de sa suivante se crispa davantage. « Saleté ! Garce immonde ! grinça la bégum. J'avais espéré que la jalousie de ton amie Kahina me permettrait de rattraper les dégâts causés par ton initiative écervelée et de récupérer enfin les joyaux promis à mon ancêtre. Mais non ! A cause de ta perfidie, ils sont passés dans les griffes de mon ennemi ! Irnerius n'a eu qu'à se servir ! Tu n'es vraiment qu'une infecte raclure.

- Vous me traitez de tous les noms, répliqua Abbigaëlle. Mais qui est la plus garce de nous deux ? Moi, qui ai juste voulu sauver ma peau comme n'importe qui qu'on veut zigouiller sans raison ? Ou vous, vous qui m'avez engagée juste pour me trucider, qui m'avez manipulée, qui m'avez tout caché de vos projets, qui m'avez menti sur toute la ligne – et qui avez aussi menti à Kahina ? La vraie salope dans cette histoire, c'est vous. »

Une gifle magistrale s'abattit sur la joue de la femme marsupiale, suivie d'une autre sur l'une de ses oreilles pointues. Folle de rage, la bégum la secoua. « Tu gardes la langue bien pendue, espèce de punaise ! vociféra-t-elle. Eh bien oui ! Contrairement à mon ancêtre Feroz Arslan Khan, je connaissais exactement toutes les victimes qu'il fallait pour évoquer Kali Mara. Je m'étais renseignée sur les membres de ton espèce, sur les endroits où on pouvait en trouver. Et dès que je t'ai repérée, j'ai compris que je tenais la première pièce du puzzle. Oui, je ne t'ai prise à mon service que pour mieux te sacrifier. J'espérais que tu ne découvrirais rien.

- Manque de bol : je l'ai fait !
- Et tu as cru me doubler... Dans l'affaire, j'ai perdu le phono... Mais ce n'est que partie remise ! Je le reprendrai, je l'arracherai aux mains d'Irnerius, par tous les moyens possibles ! Et toi... Comme tu as tenté de me trahir, ce ne sera pas de la simple sa-tisfaction que j'éprouverai lors de ton sacrifice. Ce sera de la jouissance ! »

Elle lui cracha au visage, puis elle se tourna vers le jeune mage. Celui-ci tremblait encore, mais on sentait percer dans son allure comme une vague envie de défi. « Et vous, monsieur Leclerc, dit Kara Shirin. Vous en qui j'avais placé ma confiance... Vous qui auriez pu réellement sortir de cette affaire libre et riche... Sincèrement, je ne plaisantais pas, quand je vous promettais de vous épargner. Mais vous n'avez pas su saisir les bonnes aubaines. Vous vous êtes découvert un goût immodéré pour les planches à pain... Vous avez pactisé avec cette ratte à poche... Eh bien, vous serez immolé ! Dès que j'aurai récupéré le phono et le disque, je vous livrerai à l'appétit de Kali Mara, et sans aucun remords ! A présent, avez-vous quelque chose à répondre – une protestation, peut-être ?

- Oui, répliqua Ignace. Madame Arslan Khan, d'où vous vient votre parfaite connaissance du français ?
- Où voulez-vous en venir, Monsieur Leclerc ?
- Cette parfaite maîtrise de la langue de votre pays d'accueil, votre ancêtre Feroz l'avait déjà, bien qu'il n'eût jamais foulé le sol français. Cela étonnait même André Castelet.
- Comment savez-vous ça ?
- Grâce à mes visions. Madame Arslan Khan, n'avez-vous pas non plus dans vos affaires une drôle d'amulette, une amulette avec des plumes que vous détenez de votre aïeul ? Ce dernier refusait de la montrer à son entourage. Il s'est ainsi efforcé de la cacher à André Castelet, un jour que tous deux discutaient du sort qu'ils comptaient infliger à Kali Mara. »

A la grande surprise du devin, Kara Shirin n'explosa pas de fureur. Au contraire, elle troqua son masque courroucé contre un étrange sourire caustique. « Est-ce de ça que vous parlez ? » demanda-t-elle en sortant de sous son sari un curieux objet qu'elle présenta au jeune mage. Les yeux bleu pâle d'Ignace s'écarquillèrent comme des soucoupes. Sur la paume de la bégum reposait un macabre débris organique : deux doigts desséchés, étroitement liés entre eux et terminés par de petites griffes semblables à celles d'une pintade. Au plus long se rattachaient des plumes noirâtres assimilables à des rémiges, mais trop courtes pour en être réellement. D'une façon générale, ce sinistre vestige évoquait beaucoup des doigts d'oiseau, à ceci près qu'il ne pouvait provenir de pattes arrière, au vu de sa parure de plumes. « Je suppose, reprit Kara Shirin, que vous savez déjà ce que c'est ?

- Madame Arslan Khan, expliqua Ignace, cette relique ne vient pas d'Inde. Votre ancêtre Feroz la tenait d'un de ses aïeux, qui l'avait rapportée de France. En effet, vous n'êtes pas indienne à l'origine, madame Arslan Khan. Vos racines partent d'ici même : vous descendez d'un renégat français qui avait trahi son pays lors de la guerre de 1870 et qui avait été ensuite exfiltré en Inde pour sa sécurité, avec la complicité de l'Allemagne de Bismarck et de l'Angleterre de Victoria. Vous ne vous appelez pas Shirin Arslan Khan. En vérité, vous vous appelez Shirin de Saint-Adelphe. »

Un cri de stupéfaction jaillit des lèvres de Joab, Vijay et Daniel, ainsi que de celles d'Elias : ils semblaient médusés de découvrir que leur maîtresse n'était pas une Indienne de vieille souche. Cependant, malgré la colère qui la suffoquait, Kara Shirin ne renonça point à son sourire. « La réponse est juste, monsieur Leclerc, dit-elle. Que savez-vous d'autre ?

- Ces restes que vous conservez pieusement, continua le jeune mage, proviennent d'une créature qui accompagne Irnerius de La Vieuville et joue auprès de lui le rôle de mentor. Cette créature est le véritable maître des zombies. Elle est très vieille. Elle existait déjà dans les années 1860 et 1870, époque à laquelle vivait votre ancêtre Honorat de Saint-Adelphe. Celui-ci avait découvert son existence. Pendant la guerre de 1870, il a voulu la capturer – et c'est même pour ça qu'il a trahi. Mais il a échoué. Tout ce qu'il a pu en rapporter, c'est le lambeau que vous tenez à la main. Mais le souvenir de cette découverte n'a pas cessé de hanter votre famille, même après qu'Honorat eut fait souche en Inde. Est-ce que je me trompe ?

- Oh que non ! Poursuivez, monsieur Leclerc, poursuivez.

- Vous autres, les Arslan Khan – ou plutôt les Saint-Adelphe na-
turalisés indiens –, vous avez conçu une véritable obsession envers les origines de cet être que gardait la famille de La Vieuville. Et puis, votre ancêtre Feroz a deviné que le grand pouvoir
de Kali Mara, c'était d'ouvrir des brèches spatio-temporelles sur
le monde d'où venait cette créature – monde dont sont aussi
originaires les ancêtres d'Abbigaëlle et de Salomon. C'est pour
ça qu'il a voulu en faire son esclave. Seulement, André Castelet
l'a roulé – je ne sais pas pourquoi. Et vous, madame Arslan
Khan, vous vous êtes mise en tête de récupérer le reliquaire de
Kali Mara pour ouvrir enfin cette fameuse brèche et faire découvrir à l'humanité un nouveau monde à côté duquel celui de
Christophe Colomb fait sans doute figure d'aimable impasse
aux tulipes sur laquelle on tombe par hasard, au détour d'une
ballade en ville. Le hic, c'est que vous vous êtes de nouveau
heurtée aux La Vieuville et à la créature rencontrée par votre
ancêtre, car ils poursuivent un objectif assez similaire. Ai-je vu
juste ?
- Monsieur Leclerc, comment avez-vous appris tout cela ?
- Là encore, uniquement grâce à mes visions intempestives.
Voyez-vous, c'est un immense atout qu'être extralucide. »

Sans que personne ne s'en aperçût, Abbigaëlle soupira,
heureuse qu'Ignace se fût soucié de ne pas dévoiler les
confidences du mentor d'Irnerius. De son côté, Kahina ne réagit
point. « Votre bel exposé, monsieur Leclerc, dit la bégum, est
parfaitement exact, à quelques menus détails près. Pour faire
simple, disons que mon ancêtre Feroz avait capitulé devant le
corps sans vie d'André Castelet. Il s'était platement résigné à ce
que la prison de Kali Mara ne lui appartienne jamais. Mais moi,
j'ai repris le flambeau. Que pouvais-je faire d'autre ? Après avoir
été chassée d'Inde, parce que ma famille y était devenue
indésirable, et avoir dû gagner la France en passant par l'île de la
Réunion, ma vie n'avait plus de sens. Moi, une aristocrate – car
mon ancêtre français Honorat de Saint-Adelphe était un noble,
un gentilhomme qui avait épousé, en débarquant en Inde, la
bégum Padma Arslan Khan, unique et ultime héritière de sa
valeureuse lignée – ; moi donc, princesse que j'étais, être réduite
à ce misérable exil ? Se résigner à commercer pour vivre, comme
une vulgaire roturière ? Ne plus être pour le monde qu'une
banale importatrice de ridicules produits exotiques ? Non ! Une

reine telle que moi était promise à un destin plus élevé, un destin vraiment digne de mon rang. Alors j'ai décidé de reprendre le grand projet de mon ancêtre. Il fallait que je dévoile à l'humanité l'existence de cet autre monde. J'ai donc examiné attentivement les papiers secrets d'André Castelet, que mon ancêtre avait récupérés dans ses bagages à Goa. J'en ai craqué le code, et j'ai ainsi appris le moyen exact d'évoquer l'ombre de Kali Mara. J'ai ensuite monté cette cour pour mieux réussir dans ma quête. J'ai engagé Abbigaëlle, afin d'avoir à ma disposition la première victime pour le phonographe. Dans l'intervalle, à l'instar de mon aïeul Honorat, j'avais vu se dresser devant moi les La Vieuville et, avec eux, cette créature dont je détiens un lambeau. Mais j'étais parvenu à vous soustraire à leur convoitise, monsieur Leclerc. J'étais... j'étais vraiment à deux doigts de mettre la main sur cette prodigieuse porte spatio-temporelle. A deux doigts... Et il a fallu que j'échoue... Tout ça à cause... à cause... de cette sale petite traîtresse ! »

Elle rangea le débris desséché sous son sari, puis elle agrippa de nouveau Abbigaëlle et la traîna devant Joab. Celui-ci l'empoigna à son tour par la peau du cou, sans relâcher son étreinte sur les infortunés poignets de Salomon. « Alors ? murmura-t-il à sa sœur par alliance. On fait plus la faraude, sale succube ? Tu vas crever. Tu vas enfin crever. Comme ta salope de mère avant toi. Ça faisait des années que j'attendais ce moment-là. Tu vois, moi, je connaissais dès le départ tout le plan de la patronne. Elle me l'avait expliqué, lorsqu'elle m'avait embauché. Elle m'avait tout dit, bien à l'abri de tes sales oreilles pointues. Dans ce gang, elle a toujours su distinguer les serviteurs vraiment loyaux des nigauds tout juste bons à se faire duper.

- T'es qu'un diable déguisé en bigot, Joab, répliqua la femme marsupiale. Il vaut mieux être juif comme moi que juif comme toi.

- Car tu te prétends encore juive, infâme succube ? Chez les enfants d'Abraham, il n'y a pas de filles de Lilith ! Les fausses juives comme toi, ça ne mérite que la mort. Si on était pendant les horreurs de la Seconde Guerre mondiale, je me serais débrouillé pour te livrer aux nazis pendant que moi, je me serais sauvé en emmenant avec moi d'autres vrais juifs, de vrais fils d'Abraham et de Jacob. Tu sais, certains médecins SS auraient été ravis de te disséquer avant de t'expédier au four crématoire.

- T'es... t'es rien qu'un salopard, Joab ! gémit soudain Salomon. Un pur saligaud !
- Oh ! répondit le fanatique. Tu défends encore la pseudo-judéité de ta sœur, espèce d'incirconcis ? Rien d'étonnant... Pauvre avorton de Sultana la succube !
- Touche pas à Abby, sale raciste ! Tu... tu devrais avoir honte d'être comme ça. Quand on est juif... quand on a subi des tas de persécutions... on n'a pas le droit d'être raciste.
- Ah ouais ? Eh bien moi, je vais venger ma mère, ma mère qui, au moins, était une vraie juive. »

Il ferma le poing et s'apprêta à frapper sa sœur par alliance, mais son geste se figea : tout doucement, le canon du revolver d'Elias lui chatouillait le dos. « Laisse-la tranquille, Joab ! le somma le vieux Kabyle. Laisse-la tranquille ou je te flingue. » Le juif forcené ne répliqua rien : il devint juste gris de terreur. Malgré l'embarras de sa situation, Kara Shirin et ses complices Daniel et Vijay ne bougèrent pas d'un pouce : abandonnant ses pleurs, Kahina avait soudain sorti son propre pistolet et elle les tenait en respect. La bégum en était littéralement estomaquée. « Qu'est... qu'est-ce que ça signifie ? balbutia-t-elle.
- Que vous avez pas le droit d'emmerder mes amis, répondit la jeune Punique. Allez, les potos de la patronne ! Vous jetez vos pétards ! Et que ça saute ! Sinon, on se fâche. »

Malgré leurs feulements de haine, les trois comparses de Kara Shirin se dépouillèrent de leurs armes et libérèrent Ignace et Abbigaëlle de leurs entraves. Aussitôt, le vieil homme et sa fille les contraignirent ainsi que leur maîtresse à s'agenouiller en rang, les mains sur la nuque. Bien qu'encore choquée, la femme marsupiale récupéra son pistolet et en tendit un à son frère, lui aussi délivré de la poigne qui l'écrasait. Quant à Ignace, il contemplait tout ce spectacle avec des yeux ronds comme des hublots, totalement interdit devant ce retournement inattendu. « Elias, articula faiblement la bégum, c'est... c'est une plaisanterie tout ça... Juste un intermède divertissant... Tu... tu vas me laisser reprendre le cours de ma justice, n'est-ce pas ?
- C'est ça, patronne ! répondit le vieux Kabyle. Au fond, z'avez raison : j'vais m'amuser. J'vais presser la gâchette et vlan ! Y aura quatre cadavres dans ce salon, quatre cadavres qui se se-

ront entretués. Allez ! Un petit règlement de comptes sur la butte aux Cailles !

- Elias, ce... ce n'est pas sérieux, tout ça. Songe à tout ce que j'ai fait pour toi... pour ta fille...

- Et Abby ? Z'y avez pensé ? C'est presque une fille adoptive pour moi. Moi, j'étais pas au courant de vos manigances. J'savais pas que vous vouliez la zigouiller. Vous pensiez quoi ? Que j'allais me soumettre ? Comme ça ? Comme un gros chien-chien juste bon attendre son su-sucre ?

- Mais, Elias... elle a trahi ta fille !

- Ma fille est pas jalouse comme une teigne. Abby, ça reste sa sœur, sa sœur à poche. Alors maintenant, z'allez nous demander pardon, à nous tous, et face contre terre ! Et vos copains, y vont faire pareil ! Allez ! Ou je vous fais exploser votre tête à breloques ! »

Un instant, Kara Shirin grimaça en soufflant, les lèvres tordues de rage impuissante, puis elle se prosterna comme si elle priait, les mains plaquées contre le sol. Soudain, vive comme une étincelle, elle attrapa sous son sari un dard empoisonné et le ficha dans la cheville gauche du vieil homme, à travers sa chaussette. Celui-ci s'effondra sur le plancher en se convulsant, la bave aux lèvres. « Papa ! » hurla Kahina. Elle voulut se ruer à son secours, mais elle reçut aussitôt un bibelot en faïence en pleine poitrine : libérés de la menace du pistolet, les trois malfrats s'étaient relevés et ils canardaient à présent les jeunes gens avec tous les objets posés sur les meubles du salon. Déséquilibrée, la malheureuse Punique tomba en arrière et son amie marsupiale ne la rattrapa que de justesse. Lancé par Joab, un petit vase frappa Salomon en pleine tête et l'assomma. Immédiatement, le juif fanatique s'empara de son pistolet, tandis que ses deux complices récupéraient leurs propres armes qui avaient été entassées dans un coin.

« On file, Kahina ! » cria Abbigaëlle. Saisissant son amie par le col de son blouson, elle l'entraîna dans le couloir, suivie par le jeune mage, cependant que derrière eux retentissait la voix terrible de Kara Shirin qui sommait ses gardes de les attraper. A peine avaient-ils atteint l'escalier que des détonations claquèrent, assourdies par des silencieux, et que des balles perforèrent les murs. Dévalant les marches, ils se heurtèrent à la porte d'entrée. Elle était verrouillée, mais les fenêtres non loin n'avaient pas de barreaux. Ils en ouvrirent une et s'échappèrent par cette issue, puis ils escaladèrent le portail du minuscule jardin. Dans leur dos, d'autres pas et des râles furieux indiquaient que toute une meute s'était lancée à leur poursuite.

Dès qu'ils furent sortis du passage Boiton, ils retombèrent sur la vieille DS d'Elias, mais celle-ci ne leur était d'aucune utilité : les clés en étaient restées dans les poches du vieux Kabyle. Avec énergie, Abbigaëlle les entraîna vers la seule parade qui s'offrait encore à eux : le métro. Comme des lapins affolés, ils s'élancèrent sur les flancs de la colline, aiguillonnés seulement par l'obligation de rallier la ligne 6 avant que les sbires de la bégum ne les eussent rejoints. Dans les rues en pente, quelques passants commençaient à déambuler. Ils les bousculèrent violemment, sans le moindre mot d'excuse et sans se retourner. Loin derrière eux, les claquements de souliers sur le bitume les renseignaient suffisamment sur l'horrible menace à leurs trousses.

Finalement, le boulevard bordant le métro aérien surgit devant eux. Ils redoublèrent d'efforts, traversant la chaussée sans même attendre le feu vert pour les piétons et s'engouffrant dans la station Corvisart en escaladant les tourniquets, sous l'œil éberlué du caissier dans sa guérite. Ils galopèrent ensuite dans l'un des escalators et déboulèrent sur le quai, juste au moment où une rame qui y stationnait faisait résonner son signal. Sans réfléchir, ils se précipitèrent dans le premier wagon qu'ils aperçurent. La porte se ferma aussitôt derrière eux et le train s'ébranla, quittant la station au moment même où leurs poursuivants se heurtaient à leur tour aux portillons.

Exténués, les oreilles bourdonnantes, les trois jeunes gens soufflèrent un peu, sans se soucier des regards interrogateurs des autres passagers autour d'eux. Comme ils avaient eu le réflexe de ranger leurs pistolets sous leurs habits en quittant l'antre de Kara Shirin, afin de mieux courir, personne ne devina la cause de leur panique. Dès la station Bercy, au-delà de la Seine, ils descendirent pour changer de ligne, tout en priant pour que leurs ennemis n'eussent pas conçu la même idée. Par chance, un train arriva dès qu'ils eurent atteint les quais de la ligne 14. Ils s'y ruèrent, puis ils commencèrent enfin à respirer plus paisiblement.

Sur l'initiative d'Abbigaëlle, seul membre du trio à garder les idées un peu claires, ils bifurquèrent à Châtelet-Les Halles pour gagner le tronçon nord du RER B. Une fois revenus en banlieue, ils descendirent à Aulnay-sous-Bois, toujours sous l'impulsion de la femme marsupiale. Interloqué, Ignace lui demanda pourquoi elle les avait ramenés dans la ville qui avait dissimulé le phonographe et le disque. La jeune juive lui expliqua que c'était le meilleur moyen de brouiller les pistes. Au regard de tout ce qui se rattachait à cet endroit, jamais Kara Shirin et ses sbires ne s'imagineraient qu'ils seraient allés s'y réfugier. Dans son désarroi, Ignace se résigna à lui faire quand même confiance, aucune autre issue ne s'offrant à lui. Quant à Kahina, à moitié hagarde, elle était devenue muette et incapable de la moindre initiative.

Délaissant la gare, le trio s'enfonça dans la forêt de pavillons qui composait la moitié de la ville située au sud de la voie ferrée. Autour d'eux, les rues étaient bien vides, la plupart des habitants étant partis à leur travail. Les rares passants qu'ils croisèrent ne leur prêtèrent aucune attention. Finalement, dans une rue interminable que ponctuait principalement une église au clocher étonnamment pointu, consacrée à Notre-Dame des Airs, Abbigaëlle avisa une vieille bâtisse aux vitres sales, au crépi craquelé et à l'aspect général peu engageant. C'était un petit bistrot hôtel qui vivotait en louant des chambres mal équipées à des sans-domicile-fixes et à des gens du voyage. Le jeune mage et ses deux acolytes s'en approchèrent. Dans une cour, juste à côté de l'édifice, quelques caravanes peu rutilantes s'alignaient. Malgré la relative fraîcheur de l'air, des enfants tziganes au teint mat y jouaient au ballon. Devant les trois visiteurs, ils se figèrent un instant, surpris par les oreilles pointues de la jeune juive et par les cheveux blancs et la face livide du devin ; puis ils reprirent leur partie.

Sans se soucier d'eux, le trio pénétra dans le bâtiment. Une salle déserte les y accueillit, meublée de seulement quelques tables et quelques chaises luisantes de crasse ainsi que d'un comptoir rouillé en zinc, derrière lequel s'alignaient des bouteilles de mauvais alcool. La mine morne, une grosse femme blonde d'une quarantaine d'années s'y ennuyait tout en écoutant la radio et en chiquant du tabac. Abbigaëlle lui ayant demandé si elle avait encore des chambres, elle répondit que quatre étaient libres. La jeune marsupiale en retint deux pour une seule nuit et paya tout de suite. Un moment, la tenancière dévisagea ces trois nouveaux clients, l'œil intrigué. Ce ne fut pas tant la pâleur du jeune mage qui l'interpella que le physique résolument disgracieux d'Abbigaëlle. Cependant, leur aspect dépenaillé et la lueur d'angoisse qui flamboyait dans leurs yeux la convainquirent de leur prodiguer ce qu'elle avait déjà accordé à beaucoup d'autres hôtes par le passé : un abri sûr et une totale discrétion.

Elle les guida jusqu'à leurs chambres à l'étage, puis elle s'en retourna à son comptoir. L'une des pièces fut donnée à Kahina, tandis que l'autre reçut pour mission d'héberger le jeune mage et sa nouvelle amante. Etroites, mal nettoyées, uniquement pourvues d'un lit aux ressorts détendus, d'un coffre grossier pour ranger les vêtements et d'un minuscule lavabo, toutes deux rivalisaient dans le sordide. Cependant, un tel refuge restait quand même plus confortable et plus sûr que les arches des ponts ou les bancs des jardins publics.

Avant de gagner leur modeste appartement, Ignace et Abbigaëlle demeurèrent quelques minutes auprès de Kahina qui s'était assise sur son lit. Elle était devenue presque amorphe, le regard complètement vide. Son amie lui murmura quelques mots de réconfort, mais elle ne les entendit point. Abbigaëlle n'insista pas : elle avait compris que le choc du meurtre de son père la frappait maintenant de plein fouet. Discrètement, elle prit la main d'Ignace, qui n'avait pas proféré un seul mot, et elle s'éclipsa avec lui dans leur propre chambre.

Quand ils se furent tous deux assis à leur tour sur le matelas, un terrible accablement les envahit. D'un coup, la femme marsupiale sentit fuir toute l'énergie qui l'avait animée pour arracher ses amis au repaire de la bégum. Elle repensa au vieil Elias qui s'était sacrifié sans le vouloir à Salomon qui n'avait pu s'échapper et qu'elle avait dû abandonner... Sa gorge se noua. Sans qu'elle pût le maîtriser, ses yeux sombres s'embuèrent de larmes. Elle tourna la tête vers le jeune mage et découvrit une face écrasée de détresse. L'évasion ne l'avait nullement soulagé. Non seulement la mort d'Elias tourbillonnait également dans sa tête, mais il se sentait en sursis, traqué par Kara Shirin et toujours menacé par l'invisible mentor d'Irnerius. Involontairement, son regard croisa celui de la femme marsupiale. Alors tous deux s'étreignirent fougueusement, oublieux de toute raison. Les doigts d'Ignace soulevèrent le t-shirt d'Abbigaëlle, caressant sa poche. De son côté, la jeune juive lui ôta son pull et défit sa chemise. Pour eux, il n'y avait plus que l'instant présent.

Chapitre XXVII : Dans la gueule du loup

Toujours assise seule dans sa chambre, Kahina pleurait à grosses gouttes. Dans son esprit, l'assassinat de son père défilait en boucle. A son tour, elle avait éprouvé directement la perfidie de Kara Shirin, qui avait tué froidement l'un de ses serviteurs après lui avoir pourtant offert appui et protection. Ce crime était bien pire que les projets meurtriers qu'elle avait conçus contre Abbigaëlle. Dans le cœur de la jeune Punique, l'abattement cédait la place à une rage sans nom, un épouvantable désir de vengeance.

Soudain, ses oreilles perçurent des grincements de sommier dans la chambre voisine, ainsi que des gémissements étouffés par souci de décence. D'emblée, elle devina ce que ses deux compagnons étaient en train de faire. Bien que leurs soupirs et leurs râles montrassent clairement que leurs ébats étaient plus désespérés que romantiques, les entendre raviva chez la jeune femme la douleur de son amour insatisfait. Dans un accès de fureur, elle serra les poings et ferma les paupières, taraudée par l'envie de fracasser le maigre mobilier autour d'elle. Un sinistre désir occulte lui susurrait de saisir le revolver caché sous son aisselle, de débouler dans la chambre de ses amis, de les cribler de balles et de garder la dernière pour sa propre tête, mais elle ne parvenait pas à y succomber. Ce n'était même pas de la lâcheté : elle se sentait juste incapable de tuer celle qu'elle considérait comme sa sœur de cœur, et elle ne supportait pas non plus l'idée d'abattre ce beau jeune homme albinos qui l'avait fascinée sans le vouloir.

Tout à coup, les ressorts cessèrent de crisser dans l'autre pièce, tandis que les murmures de plaisir s'éteignaient. C'était trop brutal pour correspondre à la fin normale d'un acte sexuel, d'autant plus qu'aucun des deux protagonistes ne semblait avoir atteint la volupté. Kahina soupçonna un incident. Le profond silence qui succéda à la sarabande la confirma dans cette idée.

A pas de loup, elle sortit de la chambre et pénétra dans l'autre, sans même toquer. Sur le lit malpropre, Ignace gisait nu comme un ver, tout agité de tremblements et le souffle haletant : il était en pleine crise. Ses yeux ne regardaient plus rien. A ses côtés, Abbigaëlle qui avait remis sa culotte le contemplait avec effroi. A la vue de son amie, elle esquissa un geste de défense, mais la jeune Punique la rassura. Bientôt, les grognements indistincts du mage se transformèrent en de véritables phrases. « Jo... Josiane..., balbutiait-il. Tu es encore là... Tu ne m'abandonneras jamais... Merci... Merci... Où... où suis-je ? Au fort d'Aubervilliers ? Non... Si, si ! Sur l'allée qui mène dans le fort... ? Oui, je suis sur l'allée qui mène dans le fort... Quoi ? Virer à gauche ? Te suivre à travers les potagers autour du fort ? Oui... Je te suis, je te suis... J'enjambe les barrières... Aller dans le fossé le long des remparts ? Oui... Je le fais... J'escalade la grille... M'y voilà ! Dans les broussailles... Dans les arbres qui poussent le long de la muraille... Comme cette végétation est dense ! D'ici... d'ici... je peux espionner l'allée centrale sans être vu... Longer le mur ? M'enfoncer dans ce bois ? Oui, j'arrive... j'arrive... Que de ronces ! Que de racines ! Pas si vite, Josiane, pas si vite ! Je trébuche... Je peux à peine te suivre... Quoi ? S'arrêter ? A la deuxième saillie du rempart en partant de l'allée ? Qu'y a-t-il, Josiane ? Qu'y a-t-il ? "Regarde." Quoi ? "Regarde ! Tout au pied du mur, au milieu des buissons." Je... je retire les végétaux... Oui ! Il y a une crevasse... une crevasse assez grande pour qu'un homme s'y faufile... avec beaucoup d'efforts. "Tu vas te glisser dans cette crevasse." Non, Josiane, non... "Si !" Non... J'ai trop peur... C'est trop étroit... "Tu t'y glisseras." D'accord, j'y vais... Je me glisse... C'est dur... Il faut ramper... C'est tout noir... Mais il y a de l'air... et c'est plutôt sec... Ça y est ! Je peux marcher de nouveau... en me courbant... Ce boyau n'arrête pas de descendre. Bon sang ! Une nouvelle faille... devant moi... "Blottis-toi contre le bord et regarde discrètement à travers." Je le fais... Il y a une galerie derrière, une galerie large... On peut y marcher sans problème... "Entres-y. La faille te le permet." Je le fais... Ce n'est pas facile, mais je le fais... Ça y est ! J'y suis ! "Maintenant, tourne à gauche." Je m'avance... Une salle ! Tout au bout du tunnel, il y a une grande salle, toute éclairée... Une foule immense s'y presse... Je peux voir tous ces gens, mais ils ne me voient pas... "Ce sont les gardes d'Irnerius et de son mentor, les terribles zombies qui n'ont jamais cessé de te poursuivre. Tu es au cœur de leur repaire." Jo... Josiane, pourquoi m'avoir amené ici ? "Le chemin que je t'ai dévoilé est bien plus court que le trajet ordinaire jusqu'à cette grotte. Tu aurais pu apercevoir des visiteurs sur la grande allée centrale en surface et te rendre dans ces profondeurs bien avant eux." Josiane, pourquoi ? Pourquoi suis-je ici ? "C'est là que gisent désormais le phonographe et le disque, dans cette salle. Ils sont entre les mains de celui qui a le plus langui après eux." Josiane, où est le mentor d'Irnerius ? Je sais qu'il est dans cette foule, mais je ne l'aperçois pas, pas plus que le tombeau de Kali Mara. Josiane, je ne le vois pas. Je ne le vois pas ! »

Soudain, dans un spasme violent, il reprit connaissance. Malgré la présence de Kahina, Abbigaëlle le serra dans ses bras et lui murmura des paroles réconfortantes, tout en essuyant avec un mouchoir son visage et son torse blafard qui avaient transpiré abondamment. Immobile près de la porte, la jeune Punique ne proférait pas un mot. La scène sous ses yeux ne la transperçait pas de jalousie, car elle était trop occupée à réfléchir aux raisons profondes qui avaient suscité la vision du devin. Ce questionnement assaillait aussi Abbigaëlle. Dès qu'Ignace se fut à peu près remis, elle lui demanda pourquoi il s'était envolé dans cette crise délirante. La mine grave, le jeune mage la repoussa, puis il renfila ses sous-vêtements, ses chaussettes, son pantalon et sa chemise, tout en priant son amie marsupiale d'en faire autant.

Quand elle eut obtempéré, il s'assit au bord du lit et annonça sa décision : il se rendrait au fort d'Aubervilliers ; de son propre chef, il se livrerait à l'énigmatique créature qui accompagnait Irnerius. Médusées, les jeunes femmes lui remontrèrent que c'était de la pure folie, mais il leur rétorqua que c'était la seule solution envisageable. En effet, Kara Shirin restait à leurs trousses. Tôt ou tard, elle leur mettrait leur grappin dessous. Le seul moyen d'éviter cela était qu'Irnerius s'emparât de lui, Ignace, avant elle. S'il n'avait encore aucune femme marsupiale en réserve pour le sacrifice, il proposerait probablement à la bégum le marché suivant : la laisser tranquille en échange du don d'Abbigaëlle. De fait, les aveux du maître des zombies lors de la pitoyable expédition chez Odette Glénisson étaient sans ambiguïté : depuis le début, Irnerius lorgnait sur elle ; sa capture lui paraissait la solution la plus simple. La jeune juive objecta que son mentor ne permettrait jamais une chose pareille, mais le devin lui rétorqua que le sinistre consultant le ferait sans doute ployer. Entre regagner sa patrie originelle et laisser la vie sauve à la dernière descendante de sa compagne d'infortune, le choix de la créature serait très certainement assez vite fait. Dès qu'Ignace se serait livré, Irnerius convoquerait sans attendre la bégum et sa clique dans les profondeurs de son repaire sous le fort d'Aubervilliers, afin de leur poser ses conditions. A cette occasion, Kara Shirin tenterait sans doute une manœuvre désespérée avec ses trois derniers fidèles pour récupérer le phonographe. Le rôle d'Abbigaëlle consisterait alors à se glisser discrètement dans la grotte secrète par le passage que le jeune mage avait aperçu dans sa vision, à s'introduire dans la grande salle à la faveur du tumulte et à y libérer Ignace, avant de s'enfuir avec lui. Pour le reste... Le devin espérait juste que la bégum et le consultant aux lubies dévoyées s'entretueraient dans la bagarre et que l'énigmatique créature qui manœuvrait les zombies trépasserait d'une balle perdue.

Sans un mot, la femme marsupiale contempla son amant avec gravité. Bien que ce plan lui parût équivaloir à tenter le diable, elle y adhéra : dans leur situation désespérée, elle ne voyait aucune autre issue. Les yeux suppliants, elle se tourna vers Kahina pour quémander son appui, mais la jeune Punique refusa. « Désolé, Abby, expliqua-t-elle en étouffant de nouveaux pleurs, mais tu peux pas exiger ça. La gentillesse, ça a vraiment des limites. Non... non seulement tu m'as volé Ignace, mais j'ai perdu mon père... Mon père est mort... Il est mort en voulant vous sauver tous les deux ! Tu... tu te rends compte de ce que ça veut dire ? A cause de toi... à cause de vous deux... je suis orpheline maintenant, orpheline ! Et il faudrait encore que je t'aide à dégommer du zombie pour faire évader Ignace ?

- Je suis navrée, Kahina, balbutia la juive marsupiale. J'ai... j'ai compris. Je me débrouillerai toute seule. Tant pis pour moi...

- Oui, oui, tant pis pour toi ! Moi, je suis pas une poire. Déjà, vous avez eu un bol gigantesque. A ma place, il y en a des tas d'autres qui auraient pas été gentilles et dévouées au point de vous échafauder tout ce plan avec mon père pour vous tirer de votre merdier. En même temps...

- En même temps ?

- J'aimerais quand même que le plan d'Ignace réussisse, car il y a quelqu'un qui doit crever : Kara Shirin. Le meurtre de mon père, ça appelle la vengeance.

- Alors... tu pourrais quand même venir avec moi. Si Irnerius n'abat pas Kara Shirin, tu pourrais lui expédier toi-même une balle dans la caboche.
- Non, car toi aussi, tu m'as fait trop de mal. Je devrais me venger de toi et d'Ignace, mais j'ose pas, car je vous aime trop. Alors, je vais laisser le destin faire le sale boulot. Je ne vous prêterai pas main-forte, histoire de pas me faire sacrifier à mon tour pour que vous viviez et de pas minimiser vos chances d'être tués – car ça peut très bien foirer, votre plan. Comme ça, si malgré tout vous vous en sortez, je considérerai que c'est Dieu – ou plutôt Ishtar – qui vous aura sauvés et qu'il faudra que je me résigne. Oui, c'est vache, c'est super vache, mais c'est seulement à cette condition qu'on pourra peut-être redevenir des amies, toi et moi. »

Abbigaëlle n'insista point. Elle ne comprenait que trop bien toute la douleur qui ravageait son amie. A présent, il ne lui fallait plus compter que sur son propre courage et sur la providence.

Quand Kahina fut un peu remise de son chagrin, elle alla acheter dans une épicerie à cent mètres du petit hôtel des boîtes de sardines, des bocaux de cornichons et de chou et des paquets de pain tranché. Le trio en déjeuna pauvrement, dans une angoisse que rien ne dissipait et qui persista tout l'après-midi. La seule satisfaction des trois jeunes gens fut de constater que les autres clients de l'hôtel – essentiellement des tziganes et des immigrés qu'on devinait sans titre de séjour – ne leur accordaient aucune attention. Un moment, Ignace se rappela qu'il était censé travailler pour PV Express, mais cette préoccupation lui parut bien vaine. Soudain, Abbigaëlle lui demanda son opinion sur ce que pouvait être la créature surnaturelle qui escortait Irnerius. A quel animal appartenait donc le macabre fragment qu'avait brandi Kara Shirin ? Le jeune mage lui répondit qu'une telle question n'était que futilité. Seul importait que ce personnage mourût.

Le soir, ils garnirent leurs estomacs avec la même maigre pitance qu'au déjeuner, puis ils se reposèrent enfin, d'un sommeil peu relaxant. Le lendemain, dès les premières lueurs de l'aube, le trio croqua les dernières tranches de pain qui lui restaient, puis le devin se prépara à partir. Bien qu'il n'eût souhaité qu'un simple « Au revoir » à ses deux anciennes gardiennes, le moment eut

{}

tout à fait l'allure d'adieux. Les paupières d'Abbigaëlle ruisselaient de larmes, et l'on sentait clairement qu'une intense frayeur l'oppressait. De son côté, Kahina contenait difficilement ses soupirs de tristesse, malgré son obsession d'un châtiment. La gorge nouée, le jeune mage les étreignit longuement l'une et l'autre, puis il s'en alla, sans ajouter le moindre mot.

Quand il traversa le vestibule de l'hôtel, la tenancière ne lui prêta aucune attention : elle avait déjà oublié son visage, d'une façon parfaitement délibérée. A l'extérieur, l'air était frais. Le jeune mage releva le col de son blouson et sortit. Conformément à un itinéraire qu'il avait étudié la veille sur son smartphone, il se dirigea vers le sud, jusqu'au canal de l'Ourcq. Là, il fit route en direction de Paris sur les berges hérissées de platanes, et il n'en bifurqua que lorsque ses pas l'eurent porté au-delà d'un grand pont autoroutier qui enjambait la rivière artificielle. Par-dessus le paysage flou, ses oreilles percevaient le vacarme d'engins roulants qui circulaient sur des rails à intervalles réguliers. Aidé tant par ses yeux myopes que par ses tympans et ses formidables capacités de déduction, il repéra très vite un second pont, plus mince, sur lequel passait une ligne de tramway : celle qui reliait Bondy à Saint-Denis à travers Aubervilliers et La Courneuve. La rejoindre et embarquer à bord d'une rame furent l'affaire de quelques minutes. Une fois à bord, le jeune mage s'assit et regarda défiler les stations, guettant la correspondance avec la ligne 7 du métro.

Lorsque celle-ci eut été atteinte, il abandonna le tramway et gagna le chemin de fer souterrain, pour descendre dès la seconde station du parcours. Une fois revenu à l'air libre, il promena ses pupilles sur le paysage qui l'entourait. Un sentiment frappant de dualité le saisit. D'un côté, des masses grisâtres trahissaient la présence d'immeubles en béton caractéristiques de ce secteur de la banlieue parisienne. De l'autre, au contraire, des frondaisons roussâtres encore ponctuées de taches vertes se gonflaient et s'élançaient triomphalement vers le ciel, formant un énorme bosquet complètement incongru. Depuis cette étonnante enclave campagnarde, des relents d'humus, d'écorce, de feuilles mortes et de résine flottaient et se répandaient un peu partout, au point d'adoucir les vilaines odeurs de pollution envoyées par la rue. S'y mêlaient aussi d'insolites effluves potagers, qui évoquaient la terre retournée, le compost en fermentation, et les choux et les poireaux qui attendaient d'être cueillis pour agrémenter les tables en hiver.

D'instinct, le jeune mage tourna ses pas vers ce bois flanqué de jardins, que l'urbanisation avait épargné. Le trottoir sous ses semelles se fit crevassé, mal entretenu, et la petite rue qu'il avait empruntée se mua en une sorte de chemin campagnard tout bordé de végétation. Ignace reconnut l'allée qu'il avait distinguée dans sa vision. De chaque côté se dressaient les haies des potagers, puis le chemin s'enfonçait dans le bois. Le devin savait que tout au fond se trouvait le fort d'Aubervilliers. Un instant, il hésita, tant la frayeur lui tordait les entrailles, puis il avisa un grand panneau juste à l'entrée du passage. On y déchiffrait cette inscription :

« *IDEAL CAR*
Véhicules d'occasion à petits prix
(voitures, camionnettes, motos). »

Malgré les frissons qui le secouaient, Ignace envoya à Abbigaëlle un message l'informant qu'il était arrivé à destination. Quand la femme marsupiale lui eut répondu, il tourna le dos au fort et épia tous les bruits autour de lui. Nul n'était encore venu s'occuper des potagers et, sur l'allée, personne ne s'avançait ni ne quittait le bois. Discrètement, Ignace laissa tomber son téléphone au pied du panneau et le recouvrit d'un petit tas de terre et de cailloux hâtivement amoncelé avec ses chaussures, de façon à le récupérer après la fin de cette affreuse aventure ; puis il inspira profondément et s'engagea sur le chemin.

Après quelques minutes de marche, une porte monumentale émergea de la végétation, trouant des remparts mités de toutes sortes d'arbustes. Sa lourde grille était ouverte. Toujours tremblant, le jeune mage la franchit et s'avança dans une vaste cour en terre battue, garnie de ruines. Plusieurs rangées de formes floues s'y alignaient. En les parcourant, le devin constata qu'il s'agissait de voitures, auxquelles s'ajoutaient d'autres véhicules motorisés. Tous arboraient de grandes étiquettes indiquant leur prix. A les contempler, on déduisait aisément que ces engins n'étaient pas de la première fraîcheur, quoique de réels efforts semblassent avoir été consentis pour les rabibocher et leur rendre un aspect présentable. De fait, d'un hangar voisin s'échappaient des vrombissements de perceuse, des cliquetis de marteau et des sifflements de pistolets à peinture qui trahissaient une intense activité de rafistolage.

Bientôt, des silhouettes imprécises émergèrent entre les véhicules et convergèrent vers le jeune mage. L'une d'entre elles s'approcha de lui et lui serra la main : c'était un jeune vendeur d'origine marocaine, au teint basané et aux cheveux noirs comme l'ébène. A son apparence et son comportement, Ignace devina tout de suite qu'il ne s'agissait pas d'un zombie, d'autant plus qu'il ne portait ni lunettes sombres ni oreillette. Avec beaucoup de courtoisie, son interlocuteur s'enquit de la voiture qui l'intéressait et commença à lui présenter divers modèles. Tout en contenant ses émotions pour se donner l'allure d'un acheteur ordinaire, Ignace prétendit être venu pour une transaction très particulière et il demanda à rencontrer le responsable du site. Bien qu'un peu interloqué, le vendeur accepta de le conduire dans des bureaux aménagés à l'intérieur des anciennes casernes de la forteresse, jusqu'à une pièce dont la porte fermée et vitrée s'ornait d'une sonnette. Il en pressa le bouton. Brièvement, les lattes du store qui occultait la vitre s'écartèrent, puis le battant s'ouvrit. « Monsieur, dit le commercial, c'est un client qui...
- Je sais, Mouloud, répondit la forme qui venait de paraître dans l'encadrement. Je l'attends depuis le début de la matinée. Cela fait longtemps que nous avons rendez-vous, lui et moi. »

Aux grosses lunettes teintées et à l'écouteur qui équipaient son visage, Ignace comprit tout de suite que l'individu encore jeune et aux cheveux lissés en arrière qui avait surgi devant lui appartenait à l'autre monde. Sans qu'il le voulût, son estomac se contracta, mais il parvint *in extremis* à se maîtriser. D'un ton sec, le pseudo-directeur d'établissement congédia le vendeur, dont la mine candidement soumise prouvait clairement qu'il ignorait tout de sa vraie nature, puis il pria le jeune mage d'entrer. « Monsieur Leclerc ! s'écria-t-il une fois que la porte se fut refermée. Qu'est-ce... qu'est-ce qui vous amène ici ? Auriez-vous perdu la raison ? »

Comme chez ses congénères, sa face ne manifestait aucune émotion. Cependant, la voix était tordue par la surprise. Le contraste entre ce visage de marbre et ces quasi-balbutiements inspirait un insondable malaise. « Je... je ne suis pas devenu fou, répondit Ignace en s'efforçant de le surmonter. Je... je suis venu me livrer... en toute conscience... C'est tout.

- Mais... pourquoi ? reprit le revenant. Vous... vous seriez-vous pris de haine pour votre propre existence ?
- Non. Seulement... j'en ai marre de courir... de me débattre pour espérer survivre... J'ai compris que cette fuite était vaine... qu'elle ne me mènerait nulle part... Alors, je me remets entre vos mains pour qu'on en finisse. »

Un instant, le zombie le contempla en hochant la tête, puis un soubresaut le saisit, comme pour traduire l'illumination qui venait de traverser son marionnettiste. « Mais oui ! dit-il. La vindicte de Shirin Arslan Khan – ou plutôt de Shirin de Saint-Adelphe ! Pauvre mage albinos ! Maintenant que votre protectrice est revenue sur ses généreuses intentions à votre égard, vous voilà contraint d'errer sans le moindre refuge ! Je comprends que le dernier voyage vous paraisse à présent la seule consolation. Eh bien, venez avec moi ! »

Immédiatement, la porte s'ouvrit de nouveau, livrant passage à deux autres individus portant lunettes et écouteurs. Pendant que le simili-directeur restait dans le bureau, ils empoignèrent le jeune mage et le conduisirent dans les sous-sols de l'ancienne caserne, tout en le ménageant de façon à ce que les employés d'Ideal Car qui n'étaient pas des zombies ne soupçonnent point un enlèvement. Une fois à l'abri de tout regard indiscret, ils lui mirent une paire de menottes, avec beaucoup d'insistance – comme si leur maître redoutait de reproduire sa fatale distraction du Tapir insomniaque –, et ils sortirent des pistolets de sous leurs vestons. Ils reprirent ensuite leur descente sur trois niveaux différents, jusqu'à une pièce fermée par une porte blindée avec une serrure à code secret. Ils l'ouvrirent, dévoilant une antichambre avec une autre porte, celle-ci encastrée directement dans la paroi rocheuse. Contrairement à la précédente, elle était en bois massif et protégée par d'antiques serrures exigeant de grosses clés. Débloquer ces verrous ne prit qu'une minute. Quand le battant se fut écarté, le jeune mage distingua derrière un nouvel escalier, fait de marches irrégulières taillées directement dans la pierre. Ses ravisseurs l'y poussèrent et le trio reprit sa marche vers les profondeurs.

Après quelques tours dans ce qui s'apparentait à un escalier en colimaçon, ils débouchèrent dans un tunnel rectiligne, dont le sol inégal prouvait qu'il n'avait pas été creusé de main d'homme. Le long des parois et sur la voûte, plusieurs petites lampes électriques avaient été accrochées, composant une féérie de lumières. Malgré sa myopie, Ignace reconnut le couloir souterrain qu'il avait aperçu dans sa vision. Il n'eut cependant pas le loisir de s'attarder sur toutes ces lucioles scintillantes : les revenants l'agrippèrent sous les aisselles et l'entraînèrent dans le tunnel, presque au pas de charge.

Bientôt, une vive lueur jaillit tout au bout de la galerie. Malgré ses faibles pupilles, Ignace l'aperçut et devina d'instinct de quoi il s'agissait. Ses deux gardiens pressèrent le pas et la lointaine étoile s'enfla peu à peu, jusqu'à ce que tout l'espace environnant fût inondé de lumière. En clignant ses yeux, le jeune mage regarda autour de lui. Il n'était plus dans l'étrange couloir. A présent, il se tenait dans une vaste salle voûtée, de forme vaguement arrondie et éclairée par une multitude d'ampoules électriques. Elle n'était pas vide. Toute une foule inquiétante y grouillait, faite de silhouettes floues dont Ignace devinait pourtant la nature sans la moindre peine. Bientôt certaines d'entre elles s'approchèrent suffisamment pour qu'il les contemplât : c'étaient d'autres zombies, toujours avec leurs lunettes et leurs oreillettes, de toutes couleurs de cheveux et de poil, barbus, moustachus ou glabres, certains qu'il ne connaissait encore ni d'Eve ni d'Adam, et d'autres qui ne lui étaient que trop familiers, comme cet homme à barbe rousse, désormais tout tordu à cause de la décharge qu'Abbigaëlle lui avait expédiée dans l'épine dorsale ; cet autre dont la mâchoire inférieure cicatrisée se hérissait de dents qui saillaient en dehors et dont la main tranchée avait repoussé sous forme de pince grotesque ; et surtout ce quatuor de monstres bossus, bancroches, le crâne et le dos enfouis sous d'ignobles bourrelets, qui claudiquaient tout autour de lui avec désinvolture tout en lui décochant des pieds de nez. Aux poignets de tous ces soldats d'outre-tombe resplendissaient des armes diverses – pistolets, carabines ou fusils mitrailleurs –, dont les canons lui taquinaient furtivement le nez et les côtes avant de s'esquiver comme des choucas. Malgré cette foule qui rechignait à s'écarter, le jeune mage continuait d'avancer, tiraillé entre l'envie de vomir et celle de partir dans un énorme rire nerveux – un rire de pure démence.

Soudain, ses ravisseurs s'immobilisèrent devant un grand individu en complet ocre, affairé sur un objet posé sur une table, que toute sa silhouette masquait. Il se retourna : c'était Irnerius.

« Enfin vous voilà, monsieur Leclerc ! dit-il au devin enchaîné. En vérité, le plaisir que vous me faites était totalement inattendu. Jamais je n'aurais supposé que vous vous livreriez ainsi.

- Et moi... balbutia Ignace, je ne pensais pas vous retrouver ici... si tôt.

- Encore le courage de crâner, monsieur Leclerc ? Vous me croyiez donc absorbé par mes activités de consultant au point de ne pas pouvoir traîner en cours de journée dans le repaire de mes sbires ? En vérité, elles ne m'importent presque plus à présent. A l'origine, ce n'était pas pour vous que je m'étais rendu ici. Voulez-vous en connaître la raison ? »

Il s'écarta puis saisit le jeune mage par la nuque et l'inclina vers la table. Sur le plateau reposait le phonographe d'André Castelet, le couvercle ouvert. Le disque enchanté était encore rangé dans la pochette. Le jeune mage ne put contenir une exclamation. « Ça vous émeut, n'est-ce pas ? lui susurra le consultant en resserrant sa poigne. Moi, depuis hier, je n'arrive pas à détourner mes yeux de ces merveilles. Elles absorbent toute mon attention. J'en oublierais presque de manger. C'est... c'est comme de la vénération. Et maintenant, voilà que j'ai entre mes mains la première clé pour les mettre en marche. Allons, monsieur Leclerc ! Où est la seconde clé ? Où est votre chère amie qui n'a pas de nénés ?

- Irnerius ! lança soudain une voix venue de nulle part. Cesse de t'accaparer monsieur Leclerc ! Permets-moi plutôt de le saluer enfin directement. C'est quand même plus moi que toi qui ai besoin de ce phonographe. »

Un spasme violent secoua Ignace, au point de lui donner presque des vapeurs. Cette voix... C'était celle qu'il avait déjà perçue vaguement en provenance des oreillettes des morts-vivants et du téléphone portable d'Irnerius. Jamais il ne l'aurait imaginée si grave, si rauque... Toutefois, ce qui le troublait le plus était qu'elle tendait au caquètement. Avec panique, il scruta la foule des revenants tout autour de lui et il aperçut, au-delà de la zone où sa vision était nette, une forme triangulaire qui s'apparentait à un perchoir. Une étrange silhouette s'y dressait. En bougonnant, Irnerius l'abandonna à ses deux gardiens d'outre-tombe et alla chercher cette créature. Avec peine, celle-ci grimpa sur la manche droite de son veston, puis tous deux revinrent vers le jeune mage. A travers ses pupilles déficientes, celui-ci les vit devenir de plus en plus nets au fur et à mesure qu'ils se rapprochaient, jusqu'à ce qu'ils sortent de la brume pour se figer en face de lui.

Sidéré, il ne peut proférer le moindre mot. Sur le bras du consultant oscillait un animal sans aucun rapport avec tout ce qu'il connaissait. On aurait cru un volatile de la taille d'une grosse dinde, le dos couvert d'une cape de laine nouée à la base de son cou et les cuisses gainées dans des sortes de chaussettes. Seulement, sa tête était volumineuse par rapport à son corps – plus volumineuse en vérité que chez n'importe quelle espèce d'oiseau. Une étrange huppe orange et rouge faite de plumes soigneusement taillées et coiffées la couronnait – une huppe qui avait sans doute été magnifique autrefois, mais qui semblait à présent toute ternie par la vieillesse. Autour des yeux ornés de longs cils et du bec assez mince, plutôt court et légèrement crochu, se gonflaient d'épaisses caroncules bleuâtres qui rejoignaient le long du cou d'énormes barbillons du même coloris. Leur aspect était répugnant : non seulement le poids des ans les avait horriblement fripés, mais ils arboraient aussi une multitude de scarifications qui s'entremêlaient en formant toutes sortes de figures, au creux desquelles étincelaient des pierreries, des morceaux de nacre et des dents semblables à celles d'un petit crocodile. Sous l'étoffe de la cape, on distinguait l'aile droite de la créature. Bizarrement, elle paraissait moins repliée que l'aile d'un oiseau normal, et le poitrail qu'elle cachait ne saillait pas, comme s'il n'avait eu aucun bréchet. Derrière le dos d'Irnerius, le volatile avait déployé son autre aile, jusqu'à l'épaule gauche. A sa grande stupeur, Ignace s'aperçut qu'il s'y cramponnait : de la masse des plumes émergeait clairement un pouce opposable avec une petite griffe, qui harponnait l'étoffe du veston. Sous les courtes rémiges, on discernait aussi deux autres griffes, qui se fichaient également dans les mailles du tissu.

Déboussolé, le jeune mage braqua ses yeux sur les pattes de la créature : écailleuses, effilées et de toute évidence bien adaptées à la course, elles ressemblaient en tous points à des pattes d'oiseau. Seulement, certains de leurs doigts griffus s'ornaient de bagues d'un métal violet, que le devin n'avait jamais observé. De plus en plus désorienté, Ignace voulut voir l'arrière de son corps : de la cape émergeait un croupion un peu plus long que chez les oiseaux ordinaires, similaire à une courte queue, qui portait un éventail de plumes dont la couleur avait dû tirer jadis sur le bleu irisé mais qui étaient maintenant toutes ternies et effilochées. Pour le reste, le plumage de la créature était noir, d'un noir partout ponctué de reflets grisâtres, saupoudrés par la vieillesse.

Le jeune mage crut un instant qu'il allait s'évanouir, mais il se ressaisit juste à temps. « Qu'est-ce... qu'est-ce que vous êtes ? bredouilla-t-il à l'adresse de la créature.

- Ma nature vous étonne, jeune singe albinos, répondit l'étrange volatile. Qu'il existât des phalangers doués de langage et de raison — et surtout de belles phalangères avec des poches si désirables —, cela ne vous heurtait pas trop. Au fond, jusque-là, on restait entre mammifères. Mais découvrir une bête à plumes nanties des mêmes capacités qu'un primate, ça, ça commence à dépasser votre pauvre imagination de chimpanzé glabre.

- Qu'est-ce que vous êtes ? Qu'est-ce que vous êtes, bon sang ?

- Dison, faute de mieux, un "garrulien". Tel est le nom que, dans mon monde, on donne aux membres de mon espèce. Ensuite, la forme que j'emploie ici n'est qu'une adaptation à votre prononciation française si limitée. Le terme exact, qui fascinait ce cher Hubertin de La Vieuville, est *"gçagçulës"* – *"gçagçulinës"* au pluriel –, mais on peut aussi *"gçarçulës"* ou encore *"gçayulës"* – tout dépend des dialectes. Contentons-nous donc de "garrulien". Il vaut mieux faire simple, n'est-ce pas ? »

Lentement, le monstre balança sa tête hideuse au bout de son cou grêle, afin de mieux scruter Ignace. Malgré son dégoût qui confinait à la panique, le jeune mage ne put empêcher ses yeux de s'aligner sur les siens. Rapprochés à l'avant du crâne, comme chez les rapaces, ils étaient tout aussi écrasés de vieillesse que les excroissances de chair qui les cernaient. Une sinistre taie blanchâtre avait recouvert l'œil gauche, mais le droit restait encore limpide, d'une couleur bleu clair.

Tout à coup, sans qu'aucun ordre n'eût été formulé, les zombies qui flanquaient Ignace le libérèrent de ses menottes, tout en continuant de le menacer avec leurs pistolets. Aussitôt, la créature leva lentement une de ses pattes arrière, avec des soupirs de douleur, et elle l'approcha de lui. Le jeune mage esquissa un mouvement de recul. « Quel manque de savoir-vivre, monsieur Leclerc ! murmura le volatile. Je venais tout juste de me rappeler que nous avions oublié les salutations. S'il vous plaît, ne soyez pas dérouté si j'utilise mes membres les plus habiles pour saisir. Ceux du haut sont moins pratiques. Et puis, je crains que celui qui n'est pas occupé vous bouleverse davantage. A moins que... »

Une lueur cauteleuse dans son unique œil voyant, il déploya son aile droite. A sa grande horreur, Ignace constata que l'extrémité en avait été coupée. De l'épaisseur du plumage ne dépassait qu'un pouce, les deux autres doigts ayant été remplacés par une cicatrice. Le souvenir du récit chez Maître Giap et du macabre trophée brandi par Kara Shirin retraversa l'esprit du devin. Cependant, malgré le malaise qui l'étreignait, il serra quand même la patte de la créature. « Vous..., bafouilla-t-il, vous venez vraiment du même monde qu'Abbigaëlle ?

- Mais oui, pauvre primate dont l'espèce jouit du monopole de la raison sur sa planète ! répondit l'étonnant oiseau. A votre décharge, je reconnais que cette situation vous rend inapte à concevoir un monde tel que le mien, un monde où cohabitent deux espèces douées de conscience et de parole – et surtout, chose remarquable, deux espèces aux origines radicalement différentes, l'une de bêtes à poils, l'autre de bêtes à plumes. Vous comprenez mieux maintenant pourquoi Aristide de La Vieuville s'était mis en tête de m'enlever, dès qu'il m'avait vu. En même temps, votre surprise est un peu excessive : dans mes confessions, j'avais quand même disséminé plusieurs indices qui auraient dû vous aiguiller vers ma vraie nature. Vous vous doutiez bien que je n'étais pas un humain marsupial, contrairement à votre bien-aimée.

- Vous... vous...

- Que voulez-vous savoir de plus ? Comment j'amène mes esclaves à relayer ma voix ? Eh bien, je vais vous faire une petite démonstration, avant que vous ne mouriez. »

De son bec, il taquina Irnerius d'un air entendu. Aussitôt, le consultant sortit de son veston une tablette électronique, qu'il attrapa avec sa patte arrière droite. Quelques tapotements de bec lui suffirent pour mettre l'appareil en marche. « Voyez-vous, monsieur Leclerc, dit l'un des gardes morts-vivants d'Ignace pendant que la créature murmurait dans le micro de l'engin, le grand avantage de cette petite merveille est qu'elle me permet de me connecter aux oreillettes de mes serviteurs et de leur dicter tout ce qu'ils ont à dire.

- Sélectionner mes porte-parole ne me pose aucun problème, ajouta l'autre garde. Sur cet écran, j'ai la liste de tous les écouteurs à ma disposition. Je peux les faire défiler et les enclencher avec mon bec ou avec le pauvre pouce qui subsiste sur mon aile droite. C'est simple, pratique et ergonomique. En plus, cette petite machine émet sur une très longue distance.
- Mais je n'en ai pas besoin pour écouter ni pour voir, dit le volatile en haussant le ton pour que le jeune mage le regardât de nouveau. Avec mes zombies, je suis déjà en liaison télépathique. J'entends à travers leurs oreilles et je vois à travers leurs yeux. Cela dépanne beaucoup, surtout quand on a comme moi perdu un œil sous les coups de la vieillesse, et qu'on ne distingue plus de l'autre que des formes floues, sauf quand on s'approche de ce qu'on veut voir.
- Avoue quand même que tu n'es pas si malheureux, intervint Irnerius en caressant sa crête ternie par le temps. Je t'ai fait un joli cadeau avec ce gadget électronique, histoire de compenser les infirmités de ton grand âge.
- Toujours le bon mot pour te faire passer pour un brave homme ! répondit l'insolite oiseau. Sache pourtant que je n'ai pas oublié les crasses que tu m'as infligées à maintes reprises, quand tu étais plus jeune. C'est surtout ta sœur, la douce Zénobie, qui s'est toujours montrée serviable et attentionnée à mon égard. De toute façon, je n'ai jamais enterré mes griefs envers ta famille. Comment pourrais-je lui pardonner de m'avoir arraché à mon monde ? Comment pourrais-je effacer de ma mémoire l'image de mon père abattu par ton ancêtre – mon père qui avait couvé l'œuf dont je suis sorti, qui avait veillé sur moi quand je n'étais qu'un oisillon, qui m'avait donné mes premiers aliments en les régurgitant dans mon bec ?
- Tu sais bien ce qu'il en est ! répliqua le consultant. Vu la hâte que j'ai à partir à avec toi, tu devrais te réjouir d'avoir un condamné à mort qui accepte son sort si joyeusement. Plutôt que de palabrer inutilement, est-ce qu'on pourrait savoir ce que devient l'autre victime qui rouvrira la porte sur ton monde ? Hein, monsieur Leclerc ? Où est votre très chère amie qui n'a pas de seins ?
- Elle..., articula faiblement le jeune mage, elle est entre les griffes de Kara Shirin. Moi, j'ai réussi à m'enfuir... mais pas elle. »

Ce n'était qu'un énorme mensonge, mais c'était le seul moyen de les faire tomber dans le panneau. Un instant, Ignace redouta que ses adversaires ne soupçonnent le piège, mais ils gobèrent son canular sans le moindre doute. Immédiatement, comme il l'avait prévu, Irnerius défendit auprès de l'ahurissant oiseau l'idée de contraindre Kara Shirin à leur livrer Abbigaëlle. Sur le terrain, la bégum était vaincue. Ils avaient le phonographe, ils avaient le disque, ils avaient la victime albinos. Pour la princesse indienne, il ne restait plus qu'à reconnaître sa défaite et à remettre docilement à ses ennemis sa dernière carte d'atout. Le volatile écouta docilement tout ce discours, mais il ne parut guère persuadé. « Tu sais bien ce que j'en pense, dit-il une fois que son interlocuteur eut terminé. Ça me fendrait le cœur d'attenter à la vie de Çirzan.

- Oh ! Çirzan par ci, Çirzan par là..., grinça Irnerius. Tu m'énerves avec ta Çirzan ! Elle est morte ! Elle est morte il y a plus d'un siècle, on ne sait où en Afrique... Tout ce qu'il y a, c'est une dénommée Abbigaëlle Banoun qui est née en France et qui n'a rien à voir avec son ancêtre. Bon sang ! Tu ne me prends quand même pas pour Hubertin, à ce que je sache ?

- Ça, il est clair que tu n'es pas Hubertin. Il était beaucoup plus sympathique... Mais trêve de plaisanteries ! De toute évidence, tu ne comprends rien aux liens qui se nouent entre compagnons d'infortune, quand on est victime d'une violence comme celle que m'a infligée ton aïeul Aristide.

- Ce que je vois surtout, c'est que tu rabâches en permanence le souvenir d'une femme réduite en squelette depuis belle lurette. A croire que tu avais conçu pour elle une passion encore plus déraisonnable que celle de ce cher devin albinos pour son phalanger humanoïde. Bon sang ! A cause de tes lubies, on n'a jamais pu choisir l'option la plus simple, la plus pratique : donner l'assaut avec les zombies sur l'appartement où Kara Shirin le séquestrait et le rafler avec sa copine marsupiale. Non ! Il fallait toujours "épargner Çirzan".

- J'avoue qu'un grand assaut en plein Paris aurait été d'une discrétion admirable. Aurais-tu aimé voir la police débarquer dans le fort d'Aubervilliers ?

- Au lieu de te moquer de moi, regarde plutôt ton intérêt ! De nous deux, qui a le plus langui après cette brèche spatio-temporelle ? Qui s'est toujours plaint d'être un exilé ? Toi ou moi ?

Maintenant, tu as une occasion en or – que dis-je ? en platine – de regagner ton monde. La seconde victime pour ce fichu phono est à portée de nos mains. Mais non, il ne faut pas ! Eh bien, reste dans ton délire, mais moi, je vais donner ordre de le brûler, le mémoire de Richard Abitbol. De le brûler et d'en disperser les cendres ! Comme ça, tu ne pourras plus passer l'Île-de-France au peigne fin à la recherche d'autres descendants des marsupiaux jadis capturés par mon ancêtre. Franchement ! Tout ça pour le plaisir d'épargner un fantôme... »

Avec une insondable tristesse, l'insolite volatile enfouit sa tête au creux de son aile droite et soupira. A l'entendre, on le sentait labouré par une profonde douleur qui n'avait rien de physique. En même temps, sa respiration devenait haletante, saccadée, comme sous l'effet d'une impatience et d'une angoisse qu'il ne parvenait plus à contenir. Finalement, il releva la tête. « Tu as raison, dit-il à Irnerius. Même si ça me déchire l'âme, tu as raison. Ma vieillesse s'use. Mes jours sont comptés à présent. Je ne peux plus attendre. Je dépêcherai tout à l'heure un messager d'outre-tombe à Shirin de Saint-Adelphe, afin qu'elle nous remette demain la dernière descendante de Çirzan. Pourtant, cela me blesse comme un coup de dague... Je ne voulais pas que ce fût elle. J'aurais aimé qu'elle vécût.

- Mais tu sais devenir raisonnable, lui répondit le consultant tout en posant sa tête contre son veston et en le dorlotant de la main gauche. Merci ! Merci, mon beau génie emplumé ! Grâce à toi, je vais enfin pouvoir connaître mon destin : ma mort extraordinaire. »

Un instant, le mammifère et l'incroyable oiseau s'étreignirent, puis ils braquèrent tous deux leurs yeux vers le jeune mage, que les zombies n'avaient jamais cessé d'encadrer. Ce dernier n'avait plus rien à faire dans la grande salle. Sans aucun ménagement, les revenants l'agrippèrent sous les aisselles et l'entraînèrent dans un petit couloir différent de celui qu'il avait emprunté à l'allée, jusqu'à un cachot éclairé par une minable ampoule. Là, tout en lui laissant les mains libres, ils lui attachèrent les chevilles à des chaînes solidement fixées dans le mur, puis ils lui désignèrent un pot de chambre et une pile de vieux journaux dans un coin. Ils refermèrent ensuite la porte et tirèrent les verrous. Resté seul, Ignace étouffa avec peine une envie de pleurer comme un enfant. Dans sa poitrine, son cœur battait la chamade et, sur son front, la sueur ruisselait de plus bel. De toute son âme, il pria pour que tout se déroulât comme prévu et pour qu'Abbigaëlle réussît à le secourir. Cependant, malgré toute sa volonté d'y croire, il ne pouvait empêcher le doute de s'instiller dans son esprit.

Chapitre XXVIII : Lutte souterraine

Toute la journée, pendant que ces lugubres péripéties se déroulaient sous le fort d'Aubervilliers, Kahina et Abbigaëlle n'échangèrent pas un mot dans leur cachette au sud d'Aulnay-sous-Bois. La femme marsupiale aurait volontiers quémandé des paroles de réconfort auprès de son amie placentaire, mais elle n'osait pas, car elle savait qu'elle n'en récolterait aucune, la jeune Punique étant allée au bout de ses capacités de compassion. Pourtant, son âme saignait. Le visage blafard d'Ignace la hantait. Sans même le vouloir, elle se remémorait toutes les épreuves qu'ils avaient traversées et les trop rares moments de passion qu'ils avaient partagés.

Le soir, malgré la rancœur qui gangrenait désormais leurs relations, elle accepta quand même de veiller sur Kahina pendant que celle-ci dormait. En retour, la jeune Punique la protégea, quand ce fut son tour de partir au pays des songes. Toutefois, son sommeil ne fut jamais très profond.

Avant même que l'aube se levât, elle quitta définitivement le lit, absorba quelques provisions de bouche et s'apprêta à quitter l'hôtel. Elle allait abaisser la poignée de la porte, quand Kahina la retint. Sans qu'elle lui eût demandé quoi que ce fût, la jeune Punique lui déposa dans le creux de la main une de ses boîtes de cartouches. « Kahina, pou... pourquoi ? dit-elle.

- C'est..., répondit son amie, je... je veux quand même pas que tu ailles au casse-pipes. Oui, j'ai... j'ai vraiment de la colère contre toi, mais... je voudrais que tu aies quand même une chance de t'en tirer. Je... je veux pas que tu meures à tout prix...
- C'est... c'est très gentil, merci...
- Surtout, même si tu dois mourir, je veux absolument qu'avant, tu tues Kara Shirin. Il le faut. Il le faut à tout prix ! Mon père doit être vengé. Je suis orpheline maintenant, Abby, orpheline ! Tu comprends ?
- Tu sais, je le suis moi aussi, et depuis plus longtemps que toi.
- Alors, si Kara Shirin ne se fait pas buter par Irnerius ou par ses zombies, zigouille-la ! C'est clair ? »

Abbigaëlle opina de la tête, tout en décochant à son amie un regard qui lui reprochait clairement de ne pas venir.

« Désolée, Abby, répliqua Kahina, mais il y a des limites que je peux pas franchir. Dis-toi que tu as une sacrée chance que j'aie cette attitude-là. Tu sais, je suis beaucoup plus vindicative que toi. A ta place, j'aurais jamais laissé le meurtrier de ma mère dans la nature. Je me serais efforcée de le retrouver pour le trucider. Mais toi... Je me demande un peu si ta gentillesse, c'est pas de la mollesse. »

Pour toute réponse, Abbigaëlle chuinta longuement entre ses dents, plus de lassitude que d'énervement. L'envie d'étreindre quand même son amie avant de partir l'effleura, mais l'amertume la bloqua. Elle se contenta donc de marmonner un « Au revoir » » qu'elle espérait ne pas être un « Adieu », puis elle ouvrit la porte et quitta la chambre.

Dans le hall de l'hôtel, la tenancière était déjà à l'ouvrage malgré l'horaire matinal, toute occupée à balayer le sol et à épousseter les quelques tables. Au passage de la femme marsupiale, elle interrompit brièvement son travail pour darder sur elle des yeux chargés de commisération. Sans doute s'apitoyait-elle sur son physique grotesque, sans aucune trace de seins, et sur les soucis inavouables qui la forçaient à quitter si prestement sa retraite. Abbigaëlle ne lui prêta aucune attention et se dépêcha de sortir.

Dans la fraîcheur du matin, elle s'élança le long de la rue en direction du sud, selon l'itinéraire qu'elle avait étudié l'avant-veille avec Ignace, lorsqu'ils échafaudaient leur plan. Elle ne tarda point à atteindre le canal de l'Ourcq, plus ou moins noyé dans les brumes matinales, puis elle en descendit les berges en direction de Paris. A chaque pas, elle gardait les sens aux aguets, tant elle redoutait qu'un malencontreux hasard lui envoyât sur son chemin l'un des sbires de Kara Shirin lancé à ses trousses. Cependant, aucune menace ne surgit.

Quand elle eut enfin dépassé le grand pont autoroutier, elle obliqua à son tour et prit une des premières rames de la ligne de tramway qui desservait Aubervilliers. A l'intérieur du wagon, il n'y avait personne, et surtout rien qui s'apparentât aux sinistres Joab, Vijay et Daniel. Lorsque le train eut stoppé à l'étape cruciale, elle prit la correspondance avec la ligne 7 du métro, puis elle se hâta de regagner la surface, une fois parvenue à la station du fort.

Dès qu'elle eut émergé de la bouche, elle s'avança sur la place encore relativement enténébrée, où nul badaud ne circulait. Contrairement au jeune mage, elle identifia tout de suite la sombre silhouette du fort, l'épais bosquet qui se gonflait autour de ses murailles et les jardins potagers qui le ceinturaient étrangement, comme pour étendre au maximum ce vestige dérisoire de l'ancienne Seine-Saint-Denis rurale. Elle repéra aussi le grand panneau qui signalait la présence d'Ideal Car, ainsi que l'allée mal entretenue qui y conduisait. Prestement, elle s'en approcha. Un furtif regard l'ayant attiré vers un monticule suspect au pied du panneau, elle le renversa et dégagea un objet qu'elle enfouit dans sa poche. C'était le téléphone portable d'Ignace.

Sans s'attarder là-dessus, la juive marsupiale escalada la grille d'un des potagers non loin du chemin et se réceptionna sur une petite allée le long des plates-bandes. Par bonheur, celle-ci était pavée, ce qui limitait les risques de traces. Sans prêter la moindre attention aux choux et aux poireaux qui défiaient l'automne et aux plants fanés de courges et de potirons dont seuls les fruits vivaient encore, elle s'élança au ras du sol vers les autres parcelles, en sautillant presque à quatre pattes comme un écureuil. Franchir les autres haies fut pour elle un jeu d'enfant. Grâce à l'heure matinale, aucun jardinier n'était encore à l'ouvrage pour la surprendre, mais elle savait que cela ne durerait pas. Finalement, elle gravit l'ultime barrière et roula dans les buissons qui garnissaient les fossés du fort. Pendant de longues minutes, tapie dans le feuillage, elle écouta les bruits autour d'elle, en retenant son souffle, mais tout paraissait calme. Nulle clameur suspecte ne s'enflait depuis les potagers ou le vieil édifice, et nul craquement ne signalait, dans ce bosquet, une présence indélicate venue la déloger.

Peu à peu, le soleil se levait. Toujours en rampant, la femme marsupiale se mit en quête de la brèche secrète que le jeune mage avait aperçue dans sa vision. Malgré les innombrables buissons et arbustes qui s'entortillaient pêle-mêle, malgré les ronces et le houx qui prospéraient dans ces ruines, elle parvint assez rapidement à la deuxième saillie du fort, sans faire plus de raffut qu'une martre ou un blaireau. Au pied des remparts ruisselant de mousses et de lichens, la végétation se gonflait, exubérante. Abbigaëlle entreprit pourtant d'écarter les broussailles, rompant les branches et arrachant les racines, quitte à s'en écorcher les mains. En un peu moins d'un quart d'heure, sa peine fut récompensée : devant elle s'étendait une crevasse, qui partait de la base du mur et se prolongeait dans le sol. Malgré sa relative étroitesse, elle s'y faufila. Son ventre rebondi ne l'empêcha pas de passer. Avec un brin d'amusement, elle songea que son absence de seins serait sans doute un atout pour ne pas rester coincée. Très vite, malgré les ténèbres où elle était plongée, elle constata que la brèche semblait particulièrement profonde et que de l'air y circulait. La transe d'Ignace n'avait pas menti. Vaguement rassurée, elle s'en extirpa tant bien que mal et regagna furtivement son premier affût non loin de la grande allée. Là, elle se terra derrière de gros buissons qui lui offraient une vue imprenable sur les déambulations entre le fort et la place. Du feuillage, seuls ses yeux noirs émergeaient. Sur le chemin vers Ideal Car, aucun passant n'aurait pu soupçonner la présence de cette espionne cachée en contrebas.

Lentement, les heures s'écoulèrent. Dans le ciel un peu engourdi, le soleil émergea et rayonna, avant d'amorcer son déclin. Au-delà des broussailles, dans les potagers, des bruits signalèrent l'arrivée de quelques cultivateurs venus bichonner les plantes et faire la chasse aux mauvaises herbes. De toute évidence, ils récoltèrent plusieurs potirons, car les généreux légumes firent l'objet de plusieurs commentaires ponctués de grasses plaisanteries. Plus loin, du côté de la place, le vrombissement des voitures ronronnait sourdement. Immobile et silencieuse, Abbigaëlle ne cessait d'espionner la grande allée au-dessus d'elle. Avec le jour, Ideal Car avait ouvert ses portes et les allées et venues se succédaient entre le fort et la rue. Cependant, Kara Shirin et ses sbires n'étaient pas au rendez-vous. Les passants n'étaient que des acheteurs désespérément ordinaires en quête de véhicules à prix cassé. Devant leur morne défilé, la femme marsupiale trépignait d'angoisse. Seuls des trésors de détermination l'empêchaient de se convaincre que Kara Shirin était peut-être arrivée sur les lieux avant elle, en dépit de tous ses espoirs, et qu'elle était sortie victorieuse de l'affrontement avec Irnerius.

Heureusement, alors que toute patience commençait à l'abandonner, l'événement tant désiré se produisit enfin. Le soleil s'était caché et les ténèbres étaient retombées sur le vieux fort et son maigre îlot de campagne, dissipés seulement par la clarté blafarde des lampadaires. Dans les potagers avoisinants, les jardiniers avaient rangé leurs outils puis étaient rentrés chez eux. Ideal Car avait fermé ses portes et Abbigaëlle avait discrètement aperçu, depuis sa cachette, plusieurs de ses employés qui regagnaient leurs pénates. Un profond silence s'était ensuite installé, uniquement perturbé par de rares bruits de voitures en provenance de la place. Dans la nuit, le froid se faisait de plus en plus intrusif, de plus en plus piquant. Sous son blouson, Abbigaëlle grelottait. Elle sentait bien que l'automne se muait peu à peu en hiver.

Tout à coup, alors qu'elle s'apprêtait à quitter son poste d'observation, une rumeur la figea sur place. Au-delà des jardins, un moteur différent des autres ronronnait, en s'approchant à grande vitesse. La juive marsupiale le reconnut : les vrombissements de la DS d'Elias ! Brusquement, ils s'évanouirent. Dans le lointain, des portières claquèrent, puis cinq silhouettes s'avancèrent lentement sur la grande allée vers le portail fermé du fort. Le cœur battant à tout rompre, Abbigaëlle se recroquevilla derrière les broussailles, les prunelles rivées sur les singuliers visiteurs qui passaient au-dessus d'elle. En tête marchait Kara Shirin, vêtu d'un pantalon bouffant et d'une longue tunique orientale fendue sur les hanches, un léger manteau jeté sur les épaules. Derrière elle venaient Vijay et Daniel. Enfin, en arrière-garde, on apercevait le sinistre Joab, serrant dans ses poignets un pauvre jeune homme au teint basané et aux oreilles pointues, qu'un épais bâillon empêchait de crier. « Salomon ! » murmura la femme marsupiale entre ses dents. Lui non plus, elle ne l'avait pas oublié. Toute la journée, son souvenir s'était mêlé à celui d'Ignace. « Courage, petit frère ! Courage ! pensa-t-elle. Bientôt, je t'aurai délivré. »

Inconscient de sa présence, le sombre groupe s'arrêta juste devant la porte de la forteresse. Du fossé, on perçut le grincement d'un battant que l'on ouvrait. Une conversation s'engagea. Aux bribes qui lui parvinrent, Abbigaëlle devina que le quintette ne pénétrerait pas tout de suite dans la grotte : au préalable, il subirait une petite séance de désarmement. Pour rien au monde il ne fallait gaspiller ce délai.

Prompte comme un lièvre, la femme marsupiale rampa silencieusement parmi les feuilles mortes puis, une fois hors d'atteinte, elle s'élança vers l'entrée secrète, malgré les ronces qui égratignaient son pantalon et les branches basses qui lui fouettaient le visage. Retrouver la deuxième saillie et la fente en bas du mur ne fut qu'un jeu d'enfant. Sous son aisselle, elle vérifia la présence du revolver, puis elle s'engouffra dans la brèche sans la moindre hésitation.

Au départ, la pente lui sembla particulièrement raide, tandis que les parois lui écorchaient presque le visage, tant elles étaient rapprochées. Cependant, le boyau ne tarda pas à s'élargir. Dans les ténèbres qui la cernaient de toutes parts, elle alluma sa lampe de poche, qu'elle avait gardée sur elle depuis le cambriolage chez Odette Glénisson et que ni Elias ni les fidèles de la bégum n'avaient songé à récupérer. Le faisceau lumineux lui dévoila la suite du tunnel. Aiguillonnée par l'urgence, Abbigaëlle s'y engagea. La pente était déjà nettement moins ardue, ce qui facilitait sa progression. Pendant une grande partie du trajet, elle dut marcher à quatre pattes, mais elle put bientôt se mettre à genoux et enfin se redresser sur ses jambes, tout en restant voûtée.

Soudain, une lueur surgit au bout de la petite galerie. Abbigaëlle éteignit sa lampe torche, puis elle parcourut à pas plus que feutrés la distance qui la séparait de cette ouverture. Il s'agissait d'une autre fente, assez large pour qu'un être humain y passât. Un très bref coup d'œil à l'extérieur lui indiqua qu'elle se situait un peu en hauteur, dans un large tunnel tout éclairé d'ampoules. On pouvait en sauter et se réceptionner sans se fouler la cheville. Terrée contre la paroi, la jeune marsupiale compta le nombre de cartouches dans son barillet. Les six balles réglementaires attendaient toutes qu'on les expédiât. De sa main, elle s'assura de la présence de ses réserves dans ses poches – dont la boîte donnée par Kahina –, puis elle soupira et serra les dents, le front humide de sueur. Silencieusement, elle pria pour que ses adversaires ne l'eussent pas déjà devancée, en repassant dans sa tête les formules rituelles en hébreu que sa mère et le vieux rabbin de son enfance lui avaient transmises.

Brusquement, des pas réguliers résonnèrent sous les voûtes. A entendre leur concert, on devinait qu'il y avait bien là plus d'une dizaine d'individus. Le souffle étranglé, Abbigaëlle se plaqua contre la roche et aperçut, en dessous d'elle, Kara Shirin, ses trois larrons et son pauvre frère qui défilaient mornement, encadrés par plusieurs zombies. Elle attendit que cette dérisoire procession se fût nettement éloignée pour s'extraire de sa cachette et atterrir aussi doucement que possible sur le sol rocheux. Par chance, aucune arrière-garde ne patrouillait pour garantir la sécurité du tunnel.

Au loin, l'œil distinguait la vive clarté qui signalait la grande salle. Abbigaëlle s'en approcha, malgré la crainte qui lui oppressait la gorge comme un étau. Non loin de l'entrée, elle repéra un gros rocher derrière lequel elle se tapit. De son affût, elle n'apercevait qu'une énorme foule de zombies armés qui lui tournaient le dos. Par-delà cette muraille d'hommes, de vives paroles jaillissaient. De fait, la rencontre n'avait rien de cordial. Au centre du rempart formé par les anciens soldats, l'ahurissant volatile aux ailes griffues toisait son ennemie du haut de son perchoir, flanqué d'Irnerius toujours resplendissant dans son splendide complet. Près d'eux, toujours sur la petite table, trônait le phonographe d'André Castelet, avec le disque recelant les ultimes restes de Kali Mara. Malgré la soumission que lui imposaient les circonstances, la bégum ne pouvait s'empêcher de les reluquer, et dans ses prunelles sombres luisait une sinistre flamme où l'avidité se mêlait à une terrible rage impuissante. Derrière elle, ses assistants ne soufflaient mot. Toujours garrotté et à moitié étouffé par son bâillon, le pauvre Salomon gémissait comme un lapin pendu par la peau du cou. Enfin, en marge de ce rassemblement, on apercevait Ignace. Arraché spécialement à son cachot, il se tenait non loin d'Irnerius et du monstre emplumé, de nouveau menotté et maintenu par deux zombies. Sur sa face contrite et désespérée, on ne semblait plus lire que la triste attente de la mort. Quand ils ne fixaient pas le tourne-disque, les yeux de Kara Shirin se posaient sur lui, et ce lugubre manège achevait de la faire fulminer. « Eh bien, madame de Saint-Adelphe ! dit l'insolite oiseau de sa voix éraillée. Que ressentez-vous en me voyant pour la première fois en tête-à-tête ?

- Je vous dirai juste, répondit la bégum avec un léger sourire en coin, que vous correspondez trait pour trait à la description rapportée par mon ancêtre Honorat et que nous n'avons cessé de nous transmettre de génération en génération, dans ma famille. Seulement, vous êtes quand même un peu... décati par rapport à ce qu'on m'avait raconté.

- Et vous, vous avez bien bruni par rapport à votre sinistre ancêtre. Quand je me rappelle combien il était pâle, avec ses cheveux châtain presque blond... Des intellectuels à l'esprit étroit vous accuseraient d'être un parfait exemple de dégénérescence par métissage...
- Quel humour ! Surtout de la part d'un animal exotique en diable, d'un parfait métèque qui singe le beau langage des humains, alors qu'il ne porte que des plumes.
- Décidément, la scélératesse aussi se transmet de génération en génération, chez les Saint-Adelphe. Je ne vous demanderai pas si vous avez encore ce pauvre lambeau de ma chair que votre illustre aïeul m'arracha dans ce fort en 1870 ?
- Oh ! Ça va ! intervint soudain Irnerius. Trêve de bavardages oiseux ! Madame Arslan Khan – ou madame de Saint-Adelphe, je m'en fiche ! –, pourquoi est-ce que vous nous amenez ici le frère de votre assistante marsupiale, alors que nous vous avons réclamé sa sœur ? C'est une femme marsupiale qu'il nous faut, une femme, une gonzesse, une nana ! Vous êtes butée ou vous le faites exprès ?
- Surtout, poursuivit le volatile énervé d'avoir été interrompu, pourquoi n'êtes-vous pas quatre dans votre bande ? Je conçois que la douce amie placentaire de votre chère Abbigaëlle ne soit pas venue – il ne faudrait pas trop la déchirer –, mais où est passé son vieux père ?
- Il est mort, tué par mes soins, répondit Kara Shirin. Il avait eu l'impudence de se rebeller. Quant à sa fille, elle a pris la poudre d'escampette.
- Et la marsupiale ? grinça Irnerius. Où est-elle ? Où est-elle ?
- Eh bien, si elle n'est pas avec moi, c'est car elle aussi s'est sauvée. N'en déplaise à ce qu'on vous a raconté, je ne peux rien vous offrir. »

En chuintant sourdement, le consultant et l'oiseau venu d'ailleurs dévisagèrent Ignace, les yeux étincelants de frustration et de colère. Tout à coup, sans que personne ne la vît esquisser son geste, Kara Shirin détacha un petit médaillon qu'elle portait autour de son cou et le projeta par terre. Une explosion retentit sous la voûte, suivie d'un gros nuage de fumée grise. Irnerius en fut renversé, tandis que son mentor tomba de son perchoir. Aussitôt, Vijay et Daniel frappèrent deux des zombies et leur dérobèrent leurs armes, très vite rejoints par Joab qui assomma

Salomon avant de culbuter un troisième revenant et d'attraper son pistolet.

« Emparez-vous du phonographe ! » glapit Kara Shirin. Instantanément, les balles sifflèrent, perforant le crâne de plusieurs des anciens soldats. Les trois gardes de la bégum foncèrent en avant, mais un groupe de zombies accourus en hâte leur ravit le phonographe et le disque avant qu'ils ne pussent mettre la main dessus. Le cafre et l'Indien se ruèrent à leur poursuite, pendant que Joab garantissait leurs arrières en dégommant le plus possible de revenants autour de lui. Parmi les morts-vivants la panique était à son comble.

Abbigaëlle comprit qu'il fallait intervenir. Telle un caracal, elle jaillit de sa cachette et lâcha une première salve. Une brochette de têtes vola en éclats. Un lot de cartouches vint regarnir le barillet, puis la jeune marsupiale s'élança dans le passage ainsi dégagé en pulvérisant d'autres faces et d'autres membres, jusqu'au devin ivre de joie de la revoir. Un unique tir trancha les menottes, puis ils coururent tous deux en direction de la galerie principale, sans aucun regard pour Kara Shirin estomaquée par cette soudaine réapparition de sa suivante.

Brusquement, Abbigaëlle aperçut le corps inerte de Salomon qui gisait parmi des débris de zombies. Elle se précipita pour le secourir, mais un boomerang lancé par un des bandits d'outre-tombe lui faucha les chevilles, la jetant au sol. Sous le choc, elle laissa échapper son revolver. Ses jambes étant intactes, elle voulut se relever pour le récupérer, mais une terrible poigne lui agrippa soudain la nuque et lui serra le gosier : c'était Joab. « Alors ? grinça-t-il en lui plaquant le canon de son pistolet contre la tempe. On a voulu jouer à la finaude, demi-sœur de mon cul ? Tu vas payer. Enfin tu vas payer pour tous les forfaits de ta sale mère et de ta race maudite, fausse juive !
- Lâche-la ! » hurla une voix derrière lui.

Le juif fanatique se retourna, sa victime toujours coincée entre ses bras. Armé d'un pistolet qu'il avait récupéré sur le corps mutilé d'un zombie, Ignace le défiait tout en tremblant. « Oh ! ricana Joab tout en resserrant son étreinte. Le djinn à la myopie incorrigible veut me faire peur ?
- Arrêtez ce jeu grotesque, monsieur Banoun ! continua Ignace. Si vous ne voulez pas vous faire tuer, lâchez-la et sauvez-vous avec nous !

- Ne cède pas, Joab ! glapit Kara Shirin qui observait toute la scène. Cette petite garce doit payer !
- Ho, ho, ho ! pouffa Joab. Et vous vous y prendrez comment pour m'atteindre moi, et pas votre diablesse à poche ? »

Le front du jeune mage ruissela de sueur. A travers ses lunettes, les deux silhouettes entrelacées étaient floues. Autour de la crosse, ses mains qui brandissaient le pistolet automatique se mirent à trembler. Sous sa barbe, le sourire narquois de Joab s'élargit.

Soudain, une détonation retentit et une douleur abominable laboura le bras droit du fanatique, le forçant à lâcher sa propre arme : fusant du canon tenu par le devin, une balle lui avait déchiqueté les muscles. Il n'eut cependant pas le temps de s'attarder sur le sang qui maculait ses habits, car deux autres projectiles, tirés cette fois par des revenants, lui fracassèrent le crâne en des gerbes de barbaque. Sans un cri, il s'effondra.

« Jo... Joab ! » hurla Kara Shirin. Elle n'en dit pas plus : la matraque d'un zombie la réduisit au silence. Libérée de l'étreinte de son adversaire, Abbigaëlle se dégagea et tenta de se ruer sur l'une des armes qui gisaient à sa portée, mais un groupe de revenants la cueillit aussitôt et l'immobilisa avant qu'elle eût pu ébaucher le moindre saut. De nouveau, Ignace voulut tirer, mais son pistolet ne lâcha qu'un simple « Clic » : le chargeur était vide. En quelques secondes, des mains d'outre-tombe le lui arrachèrent, puis il se retrouva encore une fois à genoux et menotté, pendant que des faces hagardes ornées de lunettes sombres le scrutaient de toutes parts avec vigilance. Au fond de la grande salle, deux détonations suivies de bruits mous signalèrent que Vijay et Daniel venaient de trépasser sans avoir réussi à dérober le phonographe magique, puis le calme retomba.

Lentement, Irnerius émergea du petit groupe de zombies qui s'étaient précipités sur lui pour le protéger de leurs corps, et il inspecta le carnage. Avec condescendance, il s'attarda longuement sur Kara Shirin encore inanimée qu'on garrottait, tout en lançant des regards caustiques à Abbigaëlle désormais enchaînée et aussi pitoyable à contempler que le jeune mage. Sans que personne ne lui eût rien dévoilé, il devina tout de suite ce qui s'était tramé dans son dos. « Lamentable ! murmura-t-il à la bégum qui commençait à peine à entrouvrir les yeux. Résolument lamentable ! Croire naïvement qu'à quatre pékins, on pouvait venir à bout d'une centaine de revenants presque invulnérables. Il fallait vraiment être plongé dans les abîmes du désespoir pour concevoir un rêve aussi chimérique. A présent, la partie est finie, ma reine. Echec et mat ou, en termes plus modernes, *game over* ! Quant à vous, ajouta-t-il à l'adresse d'Abbigaëlle, je ne chercherai pas à éclaircir comment vous vous êtes introduite dans cet antre, puisque vous allez mourir. Permettez-moi cependant de vous remercier de vous être ainsi livrée vous aussi sur un plateau, comme votre ami au teint de talc. Et laissez-moi aussi louer votre audace. Penser sauver son chéri à la faveur de la pagaille, parier que nous aurions eu la politesse de nous entretuer tous les deux, moi et votre estimée patronne, voilà qui témoigne d'une intrépidité hors du commun. Mais à présent, fini de jouer les têtes brûlées ! Pour vous aussi, la partie s'arrête là. Quant à moi... enfin je vais pouvoir dire adieu à cette brave terre si ennuyeuse !

- Irnerius ! lança une autre voix. Ne sois pas si pressé ! Laisse-moi la contempler enfin avec mes vrais yeux... Laisse-la me voir tel que je suis... Il le faut... Il le faut ! »

Surgissant de la masse des revenants, une autre silhouette claudiqua en direction de la femme marsupiale. Cette dernière réfréna un cri d'effroi. Ce qui la terrifia ne fut pas tant l'horrible aspect du zombie à barbe rousse, avec son crâne tout déformé et son dos affreusement tordu, que l'incroyable volatile aux ailes griffues et aux barbillons scarifiés qu'il portait dans ses bras et qu'il avait protégé tout le temps de la fusillade.

« Çirzan... Çirzan... », murmurait doucement la créature, d'un timbre presque larmoyant. Glacée de la tête aux pieds, la gorge écrasée par une stupeur qu'elle n'avait jamais ressentie auparavant, Abbigaëlle les regarda s'approcher sans émettre le moindre son. Quand l'énigmatique oiseau se percha péniblement sur l'un des bras de son esclave pour enserrer délicatement ses joues entre ses ailes, sa langue tressauta, taraudée par une folle envie de balbutier, mais seuls des halètements jaillirent de sa bouche. « Çirzan, dit le monstre tout en hochant la tête afin de mieux la dévisager, enfin nous nous retrouvons vraiment ! Oui, c'est moi... C'est toujours moi... après toutes ces décennies... Tu trembles ? Je te comprends... Quand nous nous sommes connus, je venais tout juste de me dépouiller de mon duvet d'adolescent... Mes plumes d'adulte étaient toutes fraîches à cette époque...

Comme elles scintillaient ! Et comme je courais, comme je fuyais ! Vois maintenant... Vois comme les traits de la vieillesse m'ont impitoyablement frappé ! Je peux à peine bouger à présent, tant la douleur oppresse mes pauvres membres. Sous mon plumage, je n'ai plus que les os, un squelette je semble... Mais toi... tu es restée jeune et belle... comme au temps de nos épreuves... quand nous luttions pour nous échapper. »

De son bec, il tâta la face de la juive marsupiale, en s'attardant sur chaque détail. Il alla même jusqu'à effleurer quelques mèches de ses cheveux et à s'enivrer de leur odeur. Aux coins de ses yeux cernés de bourrelets de chair, de grosses larmes perlaient. Abbigaëlle sentit sa conscience vaciller. Quand les écailles des maigres doigts sous les rémiges se plaquèrent complètement contre sa peau, un malaise subit lui arracha presque un vomissement. « Çirzan, poursuivit le volatile en lui caressant le visage avec ses ailes, s'il te plaît, prends pitié de la pauvre ruine que je suis devenue. Vois comme la vie m'a éprouvé. Ne me repousse point. Ne sois pas choquée par l'étrange aspect de mes mains... par l'unique doigt qui équipe encore ma main droite... Ce sont là les cruautés que m'ont infligées les hommes placentaires, ces bêtes pour qui les êtres à plumes ne sont bons qu'à vivre dans des cages... et qui manquent déjà tant de respect envers ceux de leurs semblables qui portent une poche sur le ventre.

- Qui... qui êtes-vous ? articula enfin Abbigaëlle. Qui êtes-vous ? »

Les ailes du volatile retombèrent lourdement sur son poitrail plat, tandis qu'une amère déception tordait sa face hideuse. « Hélas ! Hélas ! siffla-t-il entre son bec. Oui, tu n'es pas Çirzan. La malheureuse est bien morte depuis des lustres, en exil, et toi, tu n'en es qu'une grossière copie, déformée par ce monde-ci, placentarisée jusqu'à la moelle et sans aucun souvenir de tes origines. Comme j'ai été idiot de succomber à l'émotion, tout ça car je te voyais enfin avec mes vrais yeux !

- Qu'est-ce que vous êtes comme animal ? reprit la jeune juive. Qu'est-ce que vous êtes ?

- Un garrulien.

- C'est quoi ?

- Ah ! Quel dommage que je n'ai pas pu tout te dévoiler dès le départ sur le monde de tes ancêtres ! Cela aurait un peu éclairé ta lanterne embrumée, pauvre ignare ! Le pays d'où ton aïeule a été arrachée est un monde où cohabitent deux espèces intelligentes, l'une à poils – la tienne – et l'autre à plumes – la mienne. Elles vivent même en parfaite harmonie. Cela a de quoi en boucher un coin à tous les humains placentaires présents dans cette salle, eux qui n'ont pas arrêté à travers les siècles de se bouffer le nez pour des histoires de couleur de peau, de nature de cheveux ou, tout simplement, de civilisation, alors qu'ils appartiennent tous à la même espèce.

- Attendez ! En fait, vous êtes une sorte de super perroquet... un oiseau qui parle pour de vrai...

- Un oiseau ! Qu'il est affligeant de te voir raisonner avec des concepts propres à cette fichue planète sur laquelle on m'a relégué ! Pour les stupides humains placentaires, une créature à plumes ne peut être qu'un oiseau. Mais il y en a tellement d'autres dans l'univers ! Le pays d'où je viens est leur royaume. Elles le dominent – alors que ce monde-ci est le domaine des bêtes à poils. Il y en a de toutes formes : des cornues, des casquées, certaines qui marchent à quatre pattes, d'autres seulement sur deux comme moi... Et nous autres, les garruliens, nous en sommes les rois : ceux qui ont poussé au plus haut point la conscience, la raison et, surtout, le langage.

- Mais... je croyais que votre pays était d'abord et avant tout peuplé d'hommes marsupiaux... comme moi.

- Ha ha ! En effet, jeune demoiselle, tes semblables y sont nombreux, mais ils y constituent une formidable exception. Il y a bien des bêtes à poils dans mon monde, mais elles sont rares, petites et extrêmement discrètes : juste de modestes opossums... Ton espèce est la seule variété de mammifère évoluée à vivre auprès des miens. C'est normal : à l'origine, elle n'est pas indigène. Ses représentants se sont introduits sur ma planète il y a plusieurs millénaires, à la faveur d'une brèche spatio-temporelle similaire à celle qui a plus tard permis à Aristide de La Vieuville de lancer son invasion et de m'enlever. »

Stupéfiée par cette cascade de révélations, Abbigaëlle ne répondit rien : elle arrivait à peine à organiser ses pensées. « Tu restes muette ? demanda le volatile. Tant mieux ! Au fond, tu as encore bien des choses à apprendre. Eh oui ! Aristide de La Vieuville n'était pas le premier intrus à fouler notre sol. Avant lui, il y avait eu les tiens. Seulement, là, ce n'était pas un raid militaire : c'était une migration, la migration de pauvres hères qui fuyaient leur monde en perdition. Que crois-tu donc que nous fîmes, nous, les garruliens ? Que nous les massacrâmes ? Eh bien non ! Nous les accueillîmes, nous les aidâmes à survivre dans notre pays, et nous avons même bâti avec eux un modèle de société unique en son genre : une communauté de bêtes à poils commandées par des bêtes à plumes et soudée par le partage d'une langue qui, à l'origine, était seulement la nôtre. Eh oui ! La langue que parlait ton aïeule Çirzan n'était pas une langue de mammifère : c'était une langue d'oiseau.

- C'est..., bredouilla Abbigaëlle, c'est pour ça que vous étiez fils de prêtre... ? Vous apparteniez à l'élite religieuse... ?
- Exactement ! Chez nous, vois-tu, le droit est d'essence religieuse, or la religion est notre domaine réservé à nous, les garruliens. Ne crie pas à l'injustice, avec tes idées bassement terriennes. Ta brillante intelligence – qui était aussi celle de ton aïeule – est quelque chose de plutôt rare chez les hommes marsupiaux. La plupart de tes semblables sont un peu simplets, à l'image de ton frère ici présent. Nous, en revanche, avec nos corps tout emplumés et nos petits cerveaux, nous sommes aussi futés que les orgueilleux primates sans poils qui peuplent cette terre-ci. Tu comprends donc aisément que tes congénères nous aient laissé la plupart des activités intellectuelles : ils étaient trop heureux d'avoir trouvé des guides aussi avisés... Encore une fois, il n'y a rien d'injuste dans cette répartition des rôles. La société d'où je viens a toujours parfaitement fonctionné. Il est vrai que ceux de mon espèce n'ont jamais commis envers les tiens les crimes que les primates d'ici-bas ont perpétrés mille et mille fois entre eux – alors qu'ils ne sont pourtant qu'une seule et même race de singes. »

Abbigaëlle ne répliqua point. Complètement perdue, elle examina son incroyable interlocuteur sous toutes les coutures. « C'est..., balbutia-t-elle, c'était pour ça qu'Aristide vous trouvait si extraordinaire... C'était pour ça qu'il voulait faire de vous son plus beau trophée... Et c'est aussi pour ça qu'on avait pu vous enfermer dans une cage... que vous teniez dans le panier de la servante... dans la petite boîte avec des trous... dans la toile de jute... et aussi dans le petit baluchon... »

Toujours perché sur le bras du zombie roux, le volatile la toisa en caquetant férocement. Dans son unique œil en mesure de voir, toute nuance de compassion avait disparu : on n'y lisait plus qu'un abominable mépris. « Et dire que j'avais voulu t'épargner..., chuinta-t-il entre son bec. Que j'avais succombé à un sentimentalisme mal placé... Ah ! Maintenant que nous nous sommes vraiment retrouvés, tes réactions m'éclairent. Tu ne vaux pas mieux que les autres, tous ces descendants des pauvres captifs raflés par Aristide qui vivent à présent en France et au Maghreb. Toi non plus, tu n'as plus rien à voir avec le monde fabuleux qui a pourtant engendré ta lignée. Tu n'es qu'une juive séfarade avec des oreilles pointues, des problèmes de dents et une poche sur le ventre. Pire : une vulgaire fille de l'immigration nord-africaine comme il y en a tant désormais dans ce pays de France ! Si ton ancêtre te voyait, elle te renierait, et elle aurait raison !

- Non ! hurla Abbigaëlle en proie à la panique. S'il vous plaît... S'il vous plaît... Vous... vous aviez voulu me sauver des griffes de Kara Shirin dans le resto au Bourget... Vous m'avez toujours laissé la vie sauve... Vous allez pas changer d'avis ? Je vous en supplie ! Laissez-nous filer ! Libérez-moi, libérez Ignace et mon frère et laissez-nous filer ! Si vous voulez absolument rentrer dans votre monde, prenez d'autres victimes, je sais pas, et libérez-nous ! »

Rompant soudain le silence qu'il avait religieusement gardé jusque-là, Irnerius partit dans un éclat de rire dément, sardonique à l'extrême. On aurait cru la jubilation cynique d'un diablotin devant le spectacle d'un pieux ermite qui aurait enfin basculé dans la luxure. L'étrange oiseau ne lui fit aucun reproche. « S'il vous plaît, continua la pauvre femme marsupiale sans comprendre ce que recouvrait cette hilarité, épargnez-nous ! Vous allez pas retourner votre veste ?

- Eh bien si ! répondit la créature à plumes. Cette veste que je ne porte d'ailleurs même pas, je vais la retourner, car je m'aperçois maintenant que je m'étais totalement abusé sur ton compte. Ah ! Il faudrait que je te laisse partir, et il faudrait en plus que je fasse grâce à ce freluquet placentaire au teint de plâtre et aux cheveux de paille neigeuse dont tu t'es grotesquement amourachée – au point de t'unir à lui dans un accouplement stérile ? Eh bien, il n'en sera pas question ! Il en sera d'autant moins question qu'en te voyant, je constate combien tu n'es pas malheureuse, combien tu t'es acclimatée à ce monde-ci, combien tu pourrais vivre comme une femme placentaire. C'est clair, ta place n'a jamais été qu'auprès des humains sans poche. A moi, en revanche, ils n'auraient jamais laissé qu'une cage. Allons ! Meurs, et aie au moins la décence, en te dévouant, de me permettre enfin de trouver le réconfort avant que, moi-même, je ne parte rejoindre mes ancêtres ! »

Aussitôt, Irnerius battit des mains et se lança dans une gigue endiablée autour du zombie roux et de son fardeau. Quand cette ridicule allégresse se fut apaisée, il récupéra son mentor et se dirigea avec lui vers une troisième ouverture dans la paroi de la salle, différente du grand couloir et de la petite galerie qui menait au cachot d'Ignace. Devant eux marchaient les revenants qui avaient protégé le phonographe et le disque lors de l'assaut désespéré de Kara Shirin. Tels des prêtres en soutane, ils brandissaient ces reliques enchantées en n'avançant qu'à petits pas, comme s'il se fût agi d'un Saint-Sacrement. Les bandits d'outre-tombe qui ceinturaient la femme marsupiale et le jeune mage resserrèrent leur poigne sur leurs prisonniers et les contraignirent à suivre le petit groupe, à la même cadence grave et pesante. Immédiatement, leurs compagnons qui surveillaient Kara Shirin et Salomon les imitèrent. La bégum voulut regimber, mais ses geôliers la muselèrent aussitôt avec un bâillon et lui assénèrent quelques claques qui la forcèrent à se soumettre. Quant à Salomon, qui avait repris connaissance pendant la discussion entre sa sœur et l'incroyable créature, il se laissa entraîner sans un mot. Les malheureux captifs rejoignirent ainsi leurs ravisseurs dans le tunnel, puis tout le reste de la troupe des anciens soldats leur embraya le pas, sans aucun regard pour les dépouilles des acolytes de Kara Shirin qui gisaient à présent dans trois mares de sang.

Chapitre XXIX : L'Evocation de Kali Mara

Bientôt, la lugubre procession déboucha dans une autre salle, tout aussi vaste que la première et éclairée également par une myriade d'ampoules. Au centre, sur le sol, on distinguait un magnifique mandala constitué d'une croix gammée à trois branches basculées vers la gauche, que cernaient d'autres motifs aux couleurs criardes. Cette complexe peinture s'étendait tout autour d'un piédestal haut comme la moitié d'un homme, qui ressemblait de façon inquiétante à un autel pour des sacrifices. Non loin, on apercevait deux autres mandalas conçus sur le même modèle, à cette différence près qu'ils entouraient des sièges fixés dans la pierre. L'ensemble formait un triangle isocèle parfait, que matérialisaient des rangées de petits vautours stylisés aux ailes déployées, qui reliaient entre eux ces splendides dessins.

Les morts-vivants qui portaient le phonographe et le disque les déposèrent délicatement sur le piédestal, puis ils installèrent à côté le perchoir de l'étrange oiseau, que leurs collègues avaient également emmené. On força le jeune mage et la femme marsupiale à s'asseoir sur les chaises scellées dans le sol, sans même les laisser échanger un ultime baiser, puis on les y attacha avec des liens robustes. Toutefois, avant qu'on les ligotât, Irnerius demanda à contempler le ventre d'Abbigaëlle. Cela faisait longtemps qu'il souhaitait voir de ses propres yeux, sur une créature vivante, cette bizarrerie de la nature. Malgré tout le mépris que lui inspirait cette requête, l'insolite volatile la lui accorda. Les morts-vivants déchirèrent donc le t-shirt de la jeune juive et il examina longuement la poitrine sans seins, le ventre rebondi et velu et la large fente qui se dessinait au milieu de la fourrure, à la place du nombril. Il alla même jusqu'à y glisser une main pour évaluer la profondeur de la poche, mais il la retira très vite. A la grimace qui contractait son visage, on devinait qu'il ne comprenait point comment le mage albinos avait pu s'embraser de désir pour un corps si grotesque. Un claquement de doigts retentit et les revenants achevèrent de fixer solidement les prisonniers à leurs sièges, en serrant les nœuds.

Quand ce travail fut terminé, on garrotta les jambes et les chevilles de Kara Shirin avec une corde de chanvre, puis on la jeta sans ménagement au pied du socle. Malgré la fureur qui électrisait son âme, la bégum ne se tordit point : elle redoutait trop un coup de pied dans le ventre. Cependant, ses yeux ne cessaient de contempler Ignace et son ancienne dame de compagnie avec une épouvantable rage. Les zombies qui flanquaient Salomon l'emmenèrent un peu à l'écart du triangle fatidique, de façon à ce qu'il pût assister au drame sans y être impliqué, puis le reste des bandits d'outre-tombe se posta en cercle tout autour de la lugubre scène, l'arme au poing, pendant qu'Irnerius et son étonnant oiseau s'installaient auprès du piédestal, l'un debout derrière le tourne-disque, l'autre sur son perchoir.

Un moment, un silence de marbre s'abattit dans la salle. Seuls retentissaient les soupirs du jeune mage, qui se muèrent très vite en véritables sanglots, tant le désarroi qui le tenaillait était devenu irréfrénable. Au terrible constat de l'échec de son plan s'ajoutait l'atroce douleur d'avoir entraîné Abbigaëlle avec lui dans sa perte, alors qu'elle aurait pu se sauver. Cependant, il y avait bien pire. Dans sa conscience défilaient, telles de sinistres diapositives, les visages affligés de ses parents ainsi que ceux de son frère et de sa sœur encore vivants. Quelques années plus tôt, ils avaient déjà dû subir un premier deuil, que lui-même n'avait pu empêcher malgré ses ridicules rêves de gloire. A présent, par sa bêtise, il allait leur en infliger un second. S'en remettraient-ils ? Probablement jamais.

En face de lui, Abbigaëlle le regardait avec affliction. Au coin de ses yeux, de grosses larmes perlaient également, mais elle s'efforçait quand même de conserver un minimum de dignité. Malgré la souffrance qui l'oppressait, elle osa apostropher Irnerius et l'énigmatique volatile, alors que ceux-ci se disputaient l'honneur de mettre le phonographe en marche. « Au... au juste, lança-t-elle dans un souffle en s'adressant plus particulièrement à la créature. Co... comment... comment est-ce que vous allez nous tuer ?

- Rassure-toi, fille adoptive d'Abraham. Ton compagnon et toi, vous ne subirez pas la morsure glacée d'un fer le long de votre gorge, ni la sinistre piqûre d'une balle en travers de vos crânes, ni même la rude caresse d'un gourdin sur votre nuque. Mon cher Irnerius et moi, nous nous bornerons à faire fonctionner ce

phonographe. Il lira le disque et vous trépasserez d'un arrêt cardiaque. Ce sera tout. As-tu quelque chose à ajouter ?
- Oui... Tous vos zombies, là, qui montent la garde... qu'est-ce qu'ils vont devenir ?
- Ils nous suivront, jeune demoiselle. Lorsque nous aurons rouvert la faille spatio-temporelle, tous ces profanateurs partiront avec nous dans mon monde, jusqu'au lieu qu'ils ont jadis souillé. Là, ils y mourront, et leurs têtes dûment tranchées par mes lointains cousins orneront le grand râtelier à crânes réservé aux impies, là où pourrissent déjà les restes de ceux qui ont outragé les dieux par leur orgueil sacrilège.
- Attendez ! Co... comment est-ce que vous les tuerez ? Normalement... ça suffit pas de les décapiter.
- Hélas ! Ils sont bien moins immortels aujourd'hui que jadis. Malgré leur merveilleuse capacité à hiberner, ils ont vieilli, beaucoup vieilli – même s'ils paraissent assez jeunes, extérieurement. En fait, si je bandais suffisamment ma volonté, je pourrais à présent les faire périr en bloquant d'un coup toutes leurs fonctions vitales. En l'occurrence, c'est ce que je ferai, après que j'aurai retrouvé les miens. En attendant, je concentrerai mon esprit de façon à ce qu'aucun, cette fois, ne redevienne sauvage. »

La mine rêveuse, il s'interrompit, avant de braquer sur Irnerius un regard empreint de scepticisme. « En toute sincérité, cher descendant d'Aristide, lui demanda-t-il, as-tu vraiment envie de me suivre ?
- Pourquoi poses-tu une question aussi idiote ? répliqua le consultant. Aurais-tu donc soudain des lubies de grâce ?
- Bien sûr que non ! Mais es-tu quand même conscient du sort qui t'attend là-bas ? As-tu bien compris que, pendant que j'agoniserai auprès des miens dans le bonheur d'avoir enfin regagné ma terre natale, tu seras décapité et que ta tête sera fichée sur le pilier des âmes, où elle connaîtra une forme de souffrance dont tu n'as pas idée et qui ne finira jamais complètement ?
- Oh ! Arrête avec tes épouvantails ! Au contraire, en me racontant ça, tu me donnes encore plus envie d'y aller. N'as-tu donc pas pigé que je languis après une mort extraordinaire ? Je sais bien que ça décoiffe, ce genre de fantasmes-là, mais c'est le seul sens de mon existence. Et ne me traite pas de sacré drôle d'oi-

seau : par rapport à nos standards dans ce monde-ci, tu l'es mille fois plus que moi. »

Sur ce, il reprocha vertement à l'insolite volatile d'avoir cédé aux sollicitations de la femme marsupiale, et il le pressa de faire démarrer le phonographe au plus vite. A l'entendre, tous deux avaient déjà perdu beaucoup trop de temps. Cependant, Abbigaëlle les interpella à nouveau. « S'il vous plaît..., implora-t-elle, encore quelques minutes... Et Kara Shirin ? Qu'est-ce que vous comptez en faire ? »

En gémissant de douleur, la créature pencha son bec vers la bégum toujours étendue au pied du socle. Celle-ci se convulsa tout en grondant à travers son bâillon, mais elle ne put se relever, entravée comme elle l'était. « Madame de Saint-Adelphe ? dit le volatile après l'avoir contemplée. Eh bien, elle nous accompagnera dans notre voyage, et elle restera pour toujours dans mon pays. Là-bas, elle aura tout loisir d'assouvir la curiosité de sa famille envers mon espèce et de trouver toutes les réponses à ses interrogations sur les mystères de cet autre univers. Surtout, elle sera pour les garruliens un magnifique objet d'étude, un superbe ornement de ménagerie : un mammifère intelligent sans poche ! Ne fulminez donc pas, madame de Saint-Adelphe. Vous prendrez sans doute un grand plaisir à apprendre le garrulien, et vous pourrez enseigner à mes semblables toutes les beautés du français. Maintenant, trêves de bavardages ! Ouvrons cette brèche !

- Non ! hurla soudain Salomon en regimbant entre ses gardiens. Sœurette ! Les laisse pas te tuer ! Qu'est-ce que je vais devenir ?

- Toi, lança l'oiseau tout en tendant péniblement vers lui une de ses ailes, tu assisteras sans broncher à notre départ, puis tu resteras ici. Lorsque nous aurons tous franchi la porte et que celle-ci se sera refermée, tu rentreras chez toi – ou tu te trouveras un domicile, peu m'importe ! Rassure-toi : nous te laisserons un trousseau de clés, de façon à ce que tu puisses aisément quitter cette forteresse.

- Je m'en fous de votre trousseau de clés ! Vous avez pas le droit de zigouiller ma sœur. Connard ! Espèce de sale dindon déplumé, avec vos affreux morceaux de viande galeuse !

- "*Sale dindon...*" Petit paltoquet ! Faquin sans gêne ! Dans mon pays, tes congénères respectent mes semblables, surtout quand ils n'ont que ta cervelle. Ils les voient pour ce qu'ils sont : les gardiens de la science, du droit, de la foi et de la piété. Mais toi, tu n'as plus aucune idée de cela. Tu es comme ta sœur : tu n'es qu'un vulgaire immigré nord-africain avec des oreilles pointues et des parties viriles difformes. Tu n'appartiens pas à mon monde, tu n'y as jamais appartenu. Alors je te dis adieu, pauvre indigène d'ici-bas ! »

Dans sa fureur, le volatile cribla de coups de bec la manche du veston d'Irnerius. Aussitôt, celui-ci remonta la manivelle du phonographe, une intense lueur de félicité dans les yeux. Entre ses geôliers, Salomon se tordit encore tout en continuant de lâcher des insultes, mais les revenants le bâillonnèrent férocement pour le réduire au silence. Malgré les larmes qui l'assaillaient de nouveau, Abbigaëlle le supplia de chanter le kaddish et de bénir sa dépouille, lorsqu'elle serait morte. A défaut de répondre, il opina quand même de la tête, en pleurant lui aussi.

Juste à ce moment-là, Irnerius posa le disque ensorcelé sur le plateau. Il plaqua ensuite ses mains contre la caisse, puis il inspira profondément, les yeux fermés, et récita cette incantation :

« Par cette double offrande, ô grand Kali Mara,
Renais donc de ce disque, et manifeste-toi.
A moi, l'humble mortel qui sut te libérer,
Offre donc en retour ta divine clarté.
Que m'échoie l'apanage, en t'arrachant à l'ombre,
De franchir en vainqueur les limites du monde. »

Aussitôt, les motifs du mandala autour du piédestal se mirent à irradier d'une étrange clarté phosphorescente, et cette féérie de couleurs scintillantes s'étendit rapidement aux rangées de vautours et aux cercles autour des sièges. Le plateau du phonographe commença à tourner, lentement d'abord, puis de plus en plus vite, jusqu'à soixante-dix-huit rotations à la minute. La lourde tête de lecture se redressa d'un coup, sans qu'aucune main ne l'eût arrachée à l'anneau qui la retenait, puis elle pivota majestueusement sur son axe pour se poser délicatement sur le bord extérieur du disque. Le front ruisselant de sueur et le corps secoué de frissons, Irnerius tendit l'oreille, incapable de réfréner son impatience. A ses côtés, l'énigmatique oiseau tremblait lui aussi tout en fixant l'appareil, tel un roseau agité par la brise. Soudain, de l'orifice percé dans la caisse s'éleva une suave mélodie, délicate, envoûtante, qui semblait presque se diffuser dans la salle comme un parfum. Aucun chant ne l'accompagnait. Toutefois, il n'était pas non plus possible d'identifier l'instrument qui l'interprétait. Etait-ce une flûte ? Une lyre ? Nul ne le savait. Selon les mesures, cet air se faisant tantôt sifflement ailé, tantôt caresse et pincement sur des cordes. Avec délectation, le consultant sourit : jamais il n'avait rien entendu d'aussi beau.

Lorsque cette douce musique parvient aux oreilles d'Ignace, le jeune mage sembla se libérer de son affliction. Très vite, ses pleurs se tarirent tandis que sa respiration s'apaisait. Bientôt, ses paupières se firent lourdes et sa tête dodelina, jusqu'à s'affaisser finalement contre son épaule. Il ne bougea plus. Dans sa tête, toute conscience était abolie. Seul subsistait un corps dans le coma. Mais, pour son amie, le naufrage fut très différent. Une affreuse grimace déforma brusquement ses traits, faisant ressortir ses grandes incisives et ses canines ratatinées. Transpercée par une douleur abominable, tout son corps se tordit furieusement malgré ses liens, comme si une myriade d'aiguillons lui avait perforé l'échine. Entre ses lèvres rétractées jaillit un sourd gémissement qui se mua bientôt en une lamentation déchirante, pathétique. Soudain, la femme marsupiale retomba lourdement sur sa chaise, immobile et silencieuse comme un automate dont les ressorts se seraient brisés : elle aussi avait basculé dans le sommeil fatal.

Sur le disque, l'aiguille arrivait en bout de course. Cependant, sans même que le plateau cessât de tourner, la manivelle du phonographe se remonta d'elle-même et la tête de lecture se replaça automatiquement au début des sillons. Irnerius n'eut même pas à l'attraper. De la valisette, l'ensorcelante musique continuait de s'échapper. Trépignant d'impatience, le consultant et l'ahurissant volatile regardèrent fixement devant eux, entre les infortunés jeunes gens, dans l'espoir de voir enfin s'ouvrir la porte après laquelle ils avaient tant langui.

Pour Ignace, leur manège n'avait plus aucune importance. Enveloppé de tous côtés par la douce mélodie, il s'envolait lentement dans les airs, comme hissé par un invisible treuil. Au-dessus de lui, la voûte rocheuse de la grotte s'était évaporée. A la place, on apercevait un magnifique ciel bleuté, sans aucun nuage et tout rempli d'une intense clarté qui n'avait rien de commun avec la lumière jaunâtre des ampoules équipant la caverne. Le jeune mage y reconnut le fameux tunnel féérique censé accueillir les défunts. Cette fois, il ne se trompait pas. Cependant, aucune joie ne l'habitait, ni même un simple soulagement. Au contraire, son âme n'était que désespoir et morne impression d'avoir raté son existence, par son aveuglement, sa stupidité et surtout son incapacité à comprendre à temps qu'il fallait renoncer à cette sulfureuse activité de devin consultant. Les yeux remplis de tristesse, il regarda en contrebas et distingua son corps inerte sur la chaise, ainsi que celui d'Abbigaëlle. Sa haine envers lui-même bondit d'un cran.

Soudain, de gémissements désespérés résonnèrent sur sa gauche. Il tourna la tête et découvrit le visage de la femme marsupiale, tout contracté par une insondable expression d'horreur. En pleurant, elle le suppliait de la libérer et de la ramener sur terre, afin de les empêcher tous deux de mourir. Son affolement évoquait en tous points celui d'une marmotte emprisonnée dans les serres d'un rapace. De fait, ils étaient bel et bien dans des serres. Intrigué, Ignace ne tarda pas à constater qu'un bras diaphane enlaçait sa poitrine et qu'il en allait de même pour son amie. A peine avait-il commencé à s'en étonner qu'une troisième tête surgit entre Abbigaëlle et lui, une tête toute blême, aux yeux d'un bleu délavé et aux cheveux presque blancs. « Josiane ! » s'écria-t-il.

- Oui, très cher frère, répondit le fantôme. Nous nous retrouvons une dernière fois. Au fond, c'est normal. Je t'ai assisté tant de fois pendant ta pitoyable quête... Il est un peu naturel que je t'escorte aussi pour ton ultime voyage.
- Josiane, où me mènes-tu... ? Où nous emmènes-tu ?
- Vers ton destin. Un destin qui couronnera la minable carrière que tu as vécue et qui sera à l'image de tous tes échecs.
- Tu... tu n'es donc pas là pour nous sauver ? Toi qui m'as pour-tant aidé quand j'évoquais Kali Mara... qui m'as évité d'être seul face à sa puissance maléfique...
- Tout ton parcours m'a montré combien tu ne valais rien. Kali Mara t'a promené un peu partout, mais, ce faisant, il t'a quand même dévoilé plus ou moins implicitement les mille et un nœuds du grand filet où l'on cherchait à te faire tomber. Mais tu n'as rien compris. Ingénu comme tu es, tu n'as deviné les périls que trop tard et tu n'as jamais su t'organiser de façon à triom-pher. Au vrai, depuis ta défaite face à Guillaume de Montbris-

soy, je me doutais bien tes revendications d'héroïsme n'étaient que forfanterie. A présent, j'en ai eu confirmation. Adieu donc, minable !

- Josiane ! Attends ! Non... Tu ne vas pas nous livrer à Kali Mara ?
- Et pourquoi ne le ferais-je point ? Pour un médiocre comme toi, ce trépas n'est qu'une condamnation méritée. Et puis, ne blâme pas ce pauvre spectre prisonnier de ce disque et de ce phonographe. Dans son état, il a bien le droit de profiter un court instant d'une éphémère renaissance.
- Non ! Non ! S'il te plaît, ne fais pas ça ! Je suis ton frère !
- Et sais-tu donc combien la mort est amère, surtout quand elle n'a pas été méritée ? J'étais destinée à vivre longtemps, à m'épanouir, à fonder une famille, mais la leucémie m'a terrassée. Et toi, toi qui étais le mage, toi qui prétendais maîtriser les enchantements, tu n'as rien fait ! Et ce pauvre Kali Mara ? Qu'avait-il commis pour qu'André Castelet le tue, alors qu'il était encore bien loin de la vieillesse ? Crois-moi, nous autres défunts, nous avons de grandes douleurs. Nous crions après les enfers, mais des enfers ne sort que l'éternelle peine de l'éternelle mort. Comme il est doux alors d'échapper, ne serait-ce que quelques secondes, à l'interminable conscience de cet anéantissement ! Aussi, aie la décence de te dévouer et d'expier enfin ta médiocrité en soulageant ma souffrance et celle de Kali Mara. »

Aussitôt, les ongles de Josiane se changèrent en griffes noirâtres qui perforèrent les vêtements du jeune mage et s'enfoncèrent dans son torse. Ignace suffoqua : malgré tous ses efforts pour inspirer, il ne parvenait plus qu'à pousser de petits halètements. « Repousse-la ! implora Abbigaëlle. Repousse-la, s'il te plaît ! C'est l'émissaire du phono ! C'est elle qui va nous... »

Elle n'acheva pas. Sur le bras qui la maintenait, les ongles se muèrent également en griffes acérées qui lui transpercèrent la poitrine. A son tour, elle étouffa, comme si d'affreuses racines hérissées de piquants croissaient au bout des pointes de corne et enserraient peu à peu ses poumons.

Dans la grande salle, la douce mélodie s'altérait. A présent, elle ressemblait de plus en plus à une plainte funèbre aux accents stridents. Au comble de l'anxiété, Irnerius et l'étonnant oiseau continuaient de guetter un signe. Soudain, une étincelle issue de nulle part jaillit dans les airs, puis elle se dilata de haut en bas en une vaste nappe lumineuse. Bientôt, cet extraordinaire ectoplasme scintillant se précisa, laissant paraître des formes et des couleurs, pour finalement devenir un paysage qui flottait au-dessus du sol. Irnerius lança un formidable cri de triomphe. Toutefois, son exultation ne fut rien à côté de celle de son compagnon emplumé. Il croassa à s'en rompre la syrinx, puis il se figea tout en frissonnant, son œil sain médusé et un filet de bave au coin du bec. « *Mahas ecçëç !*[2] répétait-il mécaniquement, la voix nouée par une émotion d'une violence inouïe. *Mahas ecçëç !* »

Un court instant, tous deux restèrent immobiles devant l'intrigant panorama qui s'offrait à leurs regards – une sorte de vallée toute garnie de gros arbres feuillus aux larges fleurs rosâtres, sur les troncs desquels s'entortillaient d'étranges lianes aux larges feuilles d'où pendouillaient des fruits aux allures de bouteilles. Un singulier concert émanait de cette forêt clairsemée et se répandait dans la grotte – un concert composé d'une myriade de chants d'oiseaux (dont certains totalement inconnus sur terre), auxquels ne se mêlait aucun cri de mammifère. Bientôt, d'insolites voltigeurs apparurent dans le ciel au-dessus du feuillage – des vautours gigantesques, plus grands et plus puissants que le condor ou l'albatros, qui tournoyaient majestueusement. Leur envergure était si large qu'un homme aurait pu s'asseoir sur leur dos et les chevaucher. Au même moment, les broussailles frémirent en contrebas et d'étonnantes silhouettes se faufilèrent entre les troncs : des quadrupèdes cornus et couverts de duvet, sorte d'hybrides entre des poussins, des porcs et des vaches miniatures ; des oiseaux apparemment coureurs, mais dont les ailes semblaient porter des griffes, à l'instar de celles du mentor d'Irnerius ; et des créatures beaucoup plus massives, un peu plus hautes qu'un gros ours Kodiak, qui s'avançaient sur deux pattes tout en ébouriffant leurs plumes et en secouant mécaniquement leur énorme tête armée de dents, telles des poulets de cauchemar. Brièvement, tous ces animaux circulaient, puis ils s'évanouissaient dans la végétation. La présence de la brèche semblait les effrayer.

Une nouvelle fois, le disque arriva à sa fin. Le phonographe se remonta alors de lui-même et reprit encore la lecture. La musique se fit plus inquiétante, mais ni Irnerius ni son

---

[2] « Ma terre ! » (traduction par l'auteur).

compagnon n'en éprouvèrent la moindre crainte. Devant eux, entre les corps inertes d'Ignace et d'Abbigaëlle, le magnifique tableau inondé de lumière s'élargissait encore et s'approchait du sol. Bientôt il toucherait terre. Le consultant prit l'oiseau dans ses bras puis, après avoir échangé un regard entendu, tous deux s'avancèrent vers la porte surnaturelle, sans remarquer que Kara Shirin, toujours ligotée et menottée, n'avait rien manqué du spectacle et s'agitait de plus bel, malgré ses liens.

Elle n'était pas la seule. Depuis la dimension parallèle où les avait propulsés l'agonie, la femme marsupiale et le jeune mage avaient également assisté à l'ouverture de cette faille. A présent, ce n'était plus uniquement le sol rocailleux de la caverne qui s'étendait au loin sous leurs âmes flottantes, mais aussi cet autre monde avec sa faune enchantée. Seulement, ils n'avaient guère le loisir de l'étudier : ils se débattaient entre les bras de l'ombre de Josiane, leurs esprits rongés par ses terribles aiguillons. Dans leur chair, les abominables ramifications s'allongeaient encore et se démultipliaient. Bientôt, elles atteindraient le cœur, elles perceraient l'aorte et l'infâme jeune fille se repaîtrait alors de toute leur énergie vitale. Toutefois, seule Abbigaëlle se rebellait vraiment contre cet horrible destin. Abattu, résigné, Ignace ne résistait plus que mollement. Lorsque les ongles lui avaient crevé la peau, le désarroi qui oppressait son âme était revenu au grand galop, parallèlement à la douleur qui s'était installée dans tout son être. Il ne voyait plus de raison de s'opposer à ce trépas. Au fond, Josiane disait vrai : ce n'était que la juste punition de sa nullité. Soudain, la voix d'Abbigaëlle retentit, plus stridente que la musique. « Ignace ! Ignace ! lança la femme marsupiale dans un ultime effort, bien qu'elle suffoquât. Ne lui cède pas ! Ne lui cède pas ! C'est pas ta sœur ! C'est Kali Mara ! Kali Mara qui t'a... »

Elle n'acheva pas. Ses derniers mots se perdirent dans d'immondes gargouillis, puis ses yeux se révulsèrent et sa face basanée vira au gris. Mais, chez Ignace, quelque chose s'était réveillé. Bougeant lentement ses poignets, il constata que, dans ce monde-là, ceux-ci ne portaient plus de menottes. Aussitôt, dans un sursaut désespéré, il agrippa le poignet vampirique de Josiane. « Tu n'es pas ma sœur, réussit-il à articuler à la face du spectre. Tu m'as floué. Tu m'as floué... dès le départ. Tu as prétendu revenir de chez les morts pour me guider et je t'ai fait confiance... Mais tu n'es pas Josiane. Josiane était pure... Josiane est un ange à présent... Elle est chez les bienheureux du paradis... Elle n'a pas besoin de parasiter les vivants pour se sentir vivre... Toi, tu es Kali Mara... Kali Mara ! »

Pour toute réponse, le fantôme blanchâtre lui décocha un sourire sarcastique, puis il allongea encore ses ongles pour porter l'estocade. Soudain, ses yeux se figèrent en une expression ébahie, mélange de désarroi, de stupeur et de frustration : mue par l'énergie du désespoir, la main d'Ignace tirait sur son poignet et arrachait progressivement ses doigts de son torse. Du gosier de la jeune fille jaillit un cri abominable, bestial, tout empreint d'une insondable fureur. Sur son visage blafard, des rides violacées apparurent, comme des veines gonflées de sanie. Cependant, Ignace ne s'arrêta point. Malgré l'horreur qui parcourait ses nerfs et hérissait ses cheveux blancs, malgré la douleur qui ne cessait de tenailler son propre corps, il continuait de tirer.

Dans la grotte, la brèche spatio-temporelle avait presque atteint le sol. Brusquement, elle se bloqua. Irnerius et son mentor n'accordèrent aucune importance à ce détail, tant ils piaffaient de hâte. D'un bond, le consultant s'élança pour sauter dans le passage avec son fardeau emplumé, mais une force mystérieuse le repoussa et il manqua s'effondrer. Décontenancé, tout comme son comparse, il n'en banda pas moins ses muscles et réitéra sa tentative avec encore plus d'ardeur, mais ce ne fut que pour se heurter de nouveau à la même muraille invisible. Cette fois, son agilité ne le sauva point et il roula sur la rocaille avec l'infortuné volatile. Cependant, il se redressa immédiatement, aiguillonné par d'effroyables hurlements qui retentissaient dans son dos. Sur le piédestal, le phonographe s'était emballé. La manivelle s'était mise à tournoyer à une allure effrénée, comme pour tendre le ressort en permanence et ne jamais cesser d'alimenter le plateau qui tournait désormais à la cadence folle de cent-vingt rotations à la minute. De la caisse en bois, ce n'était plus une musique qui s'échappait, mais une atroce clameur faite de cris suraigus et de terribles gémissements tous confondus en une immonde cacophonie. Au comble de l'incompréhension, Irnerius se rua sur la machine chantante avec son mentor, qu'il reposa tant bien que mal sur son perchoir. Affolé, écumant de frustration et rage impuissante, celui-ci restait muet, incapable de prononcer ne fût-ce qu'une malédiction. Le consultant en revanche avait conservé toutes ses capacités. « Kali Mara ! lança-t-il au phonographe. Que se passe-t-il ? Pourquoi est-ce que cette faille ne s'ouvre pas totalement ? Les deux victimes sont là, bon sang ! Mange-les et manifeste ton dernier pouvoir ! »

Dans l'au-delà, la lutte se poursuivait entre Ignace et Josiane. L'ombre de la jeune fille continuait de faire croître ses ongles, mais son frère ne cédait point : sans faiblir, il extirpait encore et encore les infâmes seringues de sa chair, malgré le sang qui inondait ses vêtements. Soudain, l'appel d'Irnerius retentit. « Je... je ne peux pas..., geignit le spectre dont la face se bouffissait en prenant une teinte brunâtre. Je ne peux pas... Vraiment !

- Mais pourquoi ? Pourquoi ? clama le consultant.

- Il... il ne veut pas mourir. Ce sale albinos m'a démasqué... Il ne veut pas mourir... Il ne veut paaas... »

Jamais le verbe ne sortit de ses lèvres. D'un coup, l'ultime voyelle se mua en une terrible stridulation, pendant qu'Ignace parvenait encore à dégager davantage l'épouvantable main. Seules les extrémités de l'index et du majeur se rattachaient encore à sa poitrine. De la bouche et des narines de Josiane dégoutta une humeur noirâtre, tandis que la putréfaction sembla gagner tout son corps. Soudain, Abbigaëlle reprit son teint basané et rouvrit les yeux. Malgré son insondable faiblesse, elle extraya à son tour les immondes racines qui s'étaient enchevêtrées en elle. Les hurlements du fantôme redoublèrent.

En contrebas, les rotations du plateau s'accélérèrent encore, jusqu'à cent-soixante tours à la minute. Arrivée au centre du disque, l'aiguille bondit d'un coup, comme mue par un ressort, pour atterrir de nouveau sur le rebord du disque et cavaler sur les sillons, mais cette fois en crissant. Un effroyable grincement jaillit de la machine et se mêla à l'immonde vacarme qui emplissait désormais toute la salle. Autour du socle, ce fut la panique. Hébété et ivre de fureur, Irnerius se bouchait les oreilles et se ruait vers la fenêtre sur le monde fabuleux afin de forcer le passage, mais, à chaque fois, la puissance occulte le refoulait avec une ténacité toujours plus forte. Eperdu de rage et de désespoir, le malheureux volatile se lamentait sur son perchoir tout en vociférant des imprécations. Entre ses gardiens d'outre-tombe, Salomon pleurait, épouvanté par ce spectacle, et il suppliait le Dieu d'Abraham et de Moïse de faire cesser cette horreur. Même les zombies ne restaient pas de marbre. A leur tour, la frayeur les gagnait. Certes, ils ne déguerpissaient pas, mais ils se tordaient sur place tout en ululant et en glapissant, les poings crispés sur leurs armes, comme des chiens enchaînés à l'approche d'un séisme. Dans cette pagaille générale, personne ne remarqua que Kara Shirin extirpait lentement ses mains de ses menottes, bien déterminée à abattre sa dernière carte. Ses poignets étaient assez fins pour qu'elle tentât une manœuvre aussi désespérée. De fait, ils glissaient. Les écorchures causées par le frottement avec le métal ne la décourageaient point. Au contraire, le sang lubrifiait. Bientôt ils seraient sortis... Ça y était ! Elle en avait fini avec ces accessoires...

Soudain, alors qu'Irnerius s'apprêtait encore à bondir pour s'écraser contre le mur invisible, une ombre furtive jaillit du sol et le renversa : c'était la bégum qui était parvenue à défaire ses liens de chanvre après s'être dégagée de ses entraves métalliques. Ahuri devant ce retournement inattendu, le consultant hurla au secours, mais aucun des revenants ne réagit : leur maître était lui-même si hébété qu'il ne pouvait plus rien ordonner. Entre les mandalas illuminés, ce fut une abominable empoignade, les deux antagonistes essayant mutuellement de s'étrangler. Finalement, la bégum réussit à attraper une pierre qui gisait sur le sol de la grotte et elle l'abattit sur le crâne de son adversaire. Celui-ci s'effondra pour ne plus jamais bouger, un flot de sang s'épanchant de sa tête fendue.

Ivre d'allégresse, Kara Shirin se redressa en clamant son triomphe, puis elle se précipita sur l'infortuné oiseau qui n'osait même pas réagir, tant la stupeur l'avait paralysé. Avant même qu'il eût pu récupérer le contrôle de ses esclaves, un formidable coup de poing le jeta à bas de son perchoir, puis deux impitoyables coups de pied le firent rouler par terre, lui fracassant plusieurs côtes. « Alors, sale piaf venu d'ailleurs ? lui lança la princesse indienne. On fait moins le faraud que quand c'était mon ancêtre Honorat. A présent, le vent a tourné pour toi. La partie est finie. Ton royaume est à moi ! »

Sans se préoccuper de vérifier si son ennemi était mort ou encore en vie, elle se cramponna au socle sur lequel le phonographe ne cessait de s'emballer davantage. « Kali Mara ! cria-t-elle. Je suis Kara Shirin. Je suis une compatriote, une Indienne, comme toi. Les deux victimes devant toi, c'est moi qui les ai piégées, pour te permettre de revivre. Au nom de tous les dieux, dévore-les et achève d'ouvrir cette porte ! »

Mais le phonographe se mit seulement à chauffer et à fumer, tout en poursuivant ses effrayantes lamentations. Dans l'au-delà, Ignace et Abbigaëlle s'étaient presque délivrés de l'étreinte mortifère de Josiane. Seule une unique griffe restait encore fichée dans chacun de leurs torses. A l'appel de Kara Shirin, le fantôme qui n'était plus à présent qu'une outre remplie de pus répondit juste par d'ineptes borborygmes, dans lesquels on reconnaissait vaguement : « Je ne peux pas... Ma puissance... se meurt... »

Soudain, le jeune mage parvint à arracher le dernier ongle – un immonde crochet. Bien que harassée, la femme marsupiale se débarrassa à son tour de son crampon, puis Josiane se disloqua d'un coup entre leurs mains et s'évanouit dans le néant. Aussitôt, ils tombèrent en chute libre, comme s'ils allaient se fracasser sur le sol. Dans la grande salle, le phonographe explosa, pulvérisant le plateau tournant et le disque et renversant la bégum, tandis que la merveilleuse fenêtre sur l'énigmatique contrée disparut sans laisser de trace. Le silence se fit et les mandalas s'éteignirent.

Un choc violent conclut la descente d'Ignace. Cependant, un cri déchirant le força à ouvrir les yeux : c'était Kara Shirin qui hurlait son désespoir devant les restes fumants de la machine, tout en vomissant un torrent de malédictions. Terrifié, le jeune mage bougea la tête, pour s'apercevoir qu'il était toujours garrotté sur sa chaise. Avant même qu'il eût esquissé la moindre tentative pour se tirer de ce pétrin, la bégum fondit sur lui en brandissant la pierre qu'elle avait employée pour tuer Irnerius, avec la ferme intention de lui infliger le même sort et de punir ensuite son ancienne dame de compagnie. Cependant, trois balles lui perforèrent le crâne et lui démolirent la mâchoire inférieure, tandis que d'autres lui transperçaient le cœur et les poumons. Foudroyée, elle s'écroula aux pieds d'Ignace en l'aspergeant de sang.

Les zombies qui avaient tiré s'approchèrent du jeune mage ; mais, à son immense surprise, ce fut pour le libérer de ses liens et lui ôter ses menottes. Ils ranimèrent ensuite Abbigaëlle encore inconsciente, puis, lorsqu'elle se fut réveillée, ils la délivrèrent à son tour et la relevèrent de son siège. Avec une petite tenaille qu'ils gardaient en poche, les geôliers de Salomon rompirent les bracelets qui lui retenaient les mains, puis les trois jeunes gens furent conduits vers une forme emplumée qui tremblait sur le sol en gémissant. C'était l'étrange oiseau. Couché sur le côté, il haletait péniblement, un filet de sang au coin du bec. Même si sa tête et ses yeux s'agitaient encore, on devinait qu'il n'en avait plus pour longtemps. Sur une impulsion des revenants, Ignace et ses compagnons s'agenouillèrent auprès de lui. « Tout s'achève, articula le volatile entre deux crachats rougeâtres qui maculèrent ses barbillons. Les dieux m'ont puni. Jamais je ne reverrai mon pays natal. Les dieux m'ont puni... Ils m'ont puni, ajouta-t-il à l'adresse d'Abbigaëlle, parce que j'ai osé porter la main sur toi, Çirzan. Parce que j'ai commis un sacrilège en osant sacrifier ma compagne d'infortune pour rentrer chez moi. »

En guise de réponse, la femme marsupiale lui décocha une moue dubitative, mais l'insolite oiseau ne réagit point. « Tout s'éclaire à présent, reprit-il en laissant tomber sa tête. Tout cela, c'était une épreuve que les dieux m'avaient imposée. Je ne regagnerais ma terre natale qu'à condition de ne pas céder au plus facile : attenter à ta vie. Malheureusement, j'ai succombé à la tentation... Tout ça à cause de cette vermine d'Irnerius... Et à présent, il me faut expier... Je t'en supplie, Çirzan ! Pardonne-moi ! Il nous reste si peu de temps... Le maître des enfers m'appelle... Pardonne-moi ! Je t'en prie ! »

Abbigaëlle ne savait que faire, mais quelques tapotements d'Ignace sur son épaule lui firent comprendre l'attitude à adopter. Malgré sa répugnance, elle prit la créature dans ses bras et la berça comme un enfant. Aussitôt, la face hideuse de l'oiseau se détendit : toute l'aigreur et l'agressivité dont il avait fait preuve auparavant semblaient l'avoir abandonné. Bien que peu convaincue, la femme marsupiale poursuivit son manège. Soudain, de longs soupirs accompagnés de bruits sourds résonnèrent un peu partout dans la grotte. Les jeunes gens tournèrent la tête : autour d'eux, les zombies s'effondraient les uns après les autres, mécaniquement, comme des robots qu'on aurait brusquement privés d'électricité. « Pour eux aussi, le temps est passé, dit le volatile quand il n'en resta plus un seul debout. Je ne veux pas qu'ils me survivent. Maintenant, écoutez-moi ! Quand je serai mort, récupérez un trousseau de clés dans

leurs poches, n'importe lesquelles : ils en ont tous un. Comme ça, vous pourrez sortir sans problème... par les portes ordinaires... N'oubliez pas de les verrouiller derrière vous.
- Mais... et les caméras de surveillance ? demanda Abbigaëlle. Il doit bien y en avoir ?
- Rassurez-vous. Je les avais fait désactiver... en prévision de la visite de Shirin de Saint-Adelphe. Vous pouvez partir sans crainte. Quand ils reviendront, les employés d'Ideal Car ne devineront jamais ce qui se sera vraiment passé dans ce fort. »

Un instant, il se tut, le souffle de plus en plus court, puis il reprit : « J'aurais autre chose à vous demander... S'il te plaît, Çirzan ! Promets-moi que tu l'exauceras.
- Quoi ? demanda la jeune marsupiale.
- Je t'en supplie... Ne laisse pas mon corps pourrir dans cette caverne... Emporte-le avec toi... Momifie-le... et cache-le soigneusement... Peut-être qu'un jour... »

Il n'acheva pas. Sans prévenir, une toux sanglante le secoua, lui faisant cracher de nouvelles gouttes rougeâtres. Quand ce fut fini, il paraissait au bord de la défaillance, mais il parvint encore à garder une ultime lueur de conscience. Abbigaëlle n'osa lui demander ce qu'il espérait. Pour l'apaiser, elle se borna à acquiescer de la tête. Le visage de l'oiseau s'illumina de ce qui s'apparentait à un sourire – bien que son bec lui eût interdit une telle expression –, puis il retomba contre le ventre rebondi, complètement épuisé. « Nous voilà revenus aux origines, murmura-t-il. Il n'y a plus de zombies... Il n'y a plus non plus de descendant de mon ravisseur, ni d'héritier du traître qui jadis me mutila... Je ne suis plus que le pauvre garrulien seul face à la nuit, dans la détresse, et toi, tu veilles sur moi... comme tu veillais jadis sur ton enfant... dans ta poche... Je t'en prie ! Reste auprès de moi ! Ne m'abandonne pas ! Les enfers m'aspirent... Mais je sais qu'avec toi auprès de moi, mes peines ne seront pas éternelles... Un jour, tu obtiendras ma grâce... Un jour... »

Malgré toutes les souffrances qu'elle avait endurées, Abbigaëlle ne put s'empêcher de pleurer de compassion. Sans même qu'elle l'eût vraiment voulu, ses lèvres chantèrent le kaddish des endeuillés tel qu'elle l'avait appris de sa mère et de son père adoptif, comme pour accompagner le mystérieux volatile dans son dernier voyage. « C'est très beau, ce que tu chantes..., marmonna celui-ci dans un ultime effort. Appelle...

appelle sur moi la pitié de ton nouveau Dieu. Moi... je vais chanter la formule qui agrée aux dieux de mon peuple. "*O çucçin sçaritçin tçaevanin, saç sçalëdç ecçeç sçaftëdça ! Gçarudçin sçarishudçinën hidça tçadç ya suraç lucçiniñ gadçira...*"[3] »

Pendant une minute, on n'entendit plus que l'étrange murmure des deux voix, l'une en hébreu, l'autre dans cette langue insolite qui s'apparentait à des zinzinulations. Soudain, un ressort se rompit dans le corps de la créature aux ailes griffues. Son chant cessa et ses flancs se dégonflèrent comme une baudruche crevée. Dans son unique œil voyant, tout éclat s'éteignit. Il était mort.

Sombre et pensive, Abbigaëlle se releva, en le tenant toujours dans ses bras. D'un œil affligé, elle contempla le sinistre spectacle autour d'elle, puis elle en eut un haut-le-cœur et supplia ses compagnons de déguerpir au plus vite. Sans hésiter, Ignace et Salomon fouillèrent les poches des défunts soldats et y récupérèrent plusieurs jeux de clés, par mesure de prudence. Ils examinèrent aussi la dépouille de Kara Shirin et ils y découvrirent les clés de ses deux propriétés, sur la butte aux Cailles et dans l'Oise, ainsi que celles de l'appartement d'Elias et de sa voiture. A ce butin, ils ajoutèrent les deux doigts desséchés de l'insolite créature, qu'ils retrouvèrent dans une poche de sa tunique. De son côté, la femme marsupiale arracha sa chemise à l'un des anciens malfrats d'outre-tombe et elle en fit un suaire pour le mystérieux oiseau. Elle reprit aussi son pistolet, qui avait disparu dans les affaires d'un des revenants.

Quand toutes ces formalités eurent été effectuées, le trio s'empressa de quitter la salle avec son macabre fardeau, sans s'attarder une seule seconde sur les vestiges de la bégum et du consultant, dont cette grotte secrète était devenue le tombeau. Ils ne s'attardèrent pas non plus sur les cadavres encore souples de Vijay, Joab et Daniel, lorsqu'ils repassèrent dans la première salle. Toutefois, en distinguant à ses pieds le corps inerte du fanatique, Ignace demanda à Abbigaëlle si elle ne voulait pas lui chanter également le kaddish. Au fond, ç'avait quand même été son beau-frère. « Je peux pas, répondit la jeune juive sur un ton où perçait une profonde souffrance. Désolée... Je sais que c'est

---

[3] « O vous tous, dieux puissants, prenez pitié de mon âme abandonnée ! Protégez-là des puissances cruelles et accompagnez-la dans les ravins de la mort » (traduction par l'auteur).

pas convenable, mais... je ne m'en sens pas capable. Ce chameau... Il m'en a trop fait baver. Un jour, peut-être, mais pas maintenant... pas maintenant... »

Le devin n'insista pas : au regard de l'infecte attitude dont Joab avait trop souvent fait preuve de son vivant, il ne comprenait que trop bien l'aversion de sa sœur adoptive.

Délaissant les cadavres, les jeunes gens se dépêchèrent de parcourir à l'envers la galerie principale et de gravir l'escalier en colimaçon, jusqu'aux portes secrètes qu'ils ouvrirent sans difficulté grâce aux clés qu'ils avaient dérobées. La suite de l'évasion fut rapide. Ignace et ses compagnons ne tardèrent pas à se retrouver à l'air libre dans la cour du fort. Loin au-dessus des murailles et des arbres qui les surplombaient, les cieux étaient encore bien sombres, parsemés des dernières étoiles de la nuit. Toujours alignées sur le grand parking, les voitures d'occasion arboraient innocemment leur superbe inconscience du drame qui s'était joué sous leurs pneus. Au pas de course, les trois jeunes gens gagnèrent le grand portail et se hâtèrent de sortir dans l'allée pour récupérer la vieille DS, Ignace soutenant Salomon que ses brûlures gênaient pour marcher. Soudain, jaillissant des fourrés au bord du chemin, une silhouette leur barra la route.

« Kahina ! » s'exclama Abbigaëlle. De fait, il s'agissait bien de la jeune Punique. A en juger par les brindilles et les débris de feuilles mortes qui constellaient ses habits, on devinait qu'elle avait séjourné longtemps dans les broussailles. La femme marsupiale se raidit, sur la défensive. « Tu... tu étais là ? demanda-t-elle.

- Oui... oui..., répondit piteusement Kahina, sur un ton qui prouvait clairement qu'elle n'avait aucune intention d'attaquer. Après ton départ, je suis restée cachée dans l'hôtel. Et puis, quand la nuit est tombée, j'ai craqué. J'ai suivi ta piste... Je suis allée moi aussi au fort d'Aubervilliers... Qu'est-ce que tu veux ? J'en pouvais plus.

- Tu étais là, tout près... Et tu es même pas descendue pour nous aider !

- Minute ! Te sortir de ce merdier et sauver Ignace, c'étaient tes oignons, pas les miens. Ensuite, quand je suis arrivée ici, tu avais déjà disparu. Mais je voulais savoir tout de suite si tu t'en étais tirée ou non. J'ai donc attendu... D'abord devant la faille... Et puis, comme tu ne réapparaissais pas, j'ai eu le nez creux...

Je me suis dit que votre plan avait foiré, mais que tu trouverais peut-être un autre moyen de t'en sortir... J'ai donc fait le guet devant la grande porte... Je vois maintenant que j'ai eu une sacrée intuition. »

Pour toute réponse, Abbigaëlle la toisa en restant sur ses gardes. Avec froideur, Kahina demanda si son père avait été vengé. « A ton avis ? répondit la femme marsupiale. Si on est là, c'est que l'autre a cessé de nous emmerder. Kara Shirin est là-dessous, à six pieds sous terre, zigouillée de chez zigouillé. *Idem* pour ses complices. Alors oui, j'avoue, c'est pas moi qui l'ai tuée, mais bon... Tu vas pas m'en faire une jaunisse ? »

Un sourire se dessina sur les lèvres de la jeune Punique et ses traits se détendirent quelque peu. Dans son âme, on sentait un timide soulagement ainsi qu'une vague reconnaissance. « Et Irnerius ? ajouta-t-elle.

- Tu es obtuse ? Il est refroidi, comme la patronne, expliqua Abbigaëlle. Elle l'a trucidé avant de se faire buter à son tour. Comme quoi, ça s'est passé un peu comme Ignace l'avait prévu. Et ne te mouronne pas pour le phono : cette saleté est en miettes.

- Et le compagnon d'Irnerius ? Cette chose que son ancêtre avait enlevée ? Qu'est-ce qu'il est devenu ? »

Abbigaëlle se borna à écarter les pans du linceul improvisé, de façon à montrer à son ancienne amie l'extraordinaire créature qu'elle portait dans ses bras. Kahina en resta ébahie. Bien que ce ne fût plus qu'un cadavre, elle le contempla fixement tout en tâtant avec fascination le plumage décati qui couvrait les flancs, les doigts griffus et mobiles au bout des ailes et les barbillons bleuâtres constellés de cicatrices et tout piquetés d'amulettes. « Ce... c'était ça qui nous parlait à travers les zombies ? demanda-t-elle sans même en retirer sa main. C'était ça qui avait plus de cent-cinquante balais ? »

La femme marsupiale fit oui de la tête. « Mais..., continua Kahina, qu'est... qu'est-ce que c'était ?

- Un garrulien, d'après ce qu'il m'a dit. Une sorte d'oiseau qui ne vole pas et qui parle et qui pense comme nous. Ouais, c'est vrai que je ne m'attendais pas à un truc pareil, et pourtant... Enfin, maintenant, c'est fini. Il ne nous embêtera plus.

- Et son monde ? Il t'en a dit plus là-dessus ? Tu... tu l'as vu ?

- Ouais, un peu, et il m'a appris bien des choses. Mais je m'en fous. J'ai pas envie d'en parler. Je veux juste oublier toutes les horreurs qu'on a traversées à cause de lui et surtout à cause du descendant de son ravisseur et de cette sale garce de Kara Shirin. De toute façon, qu'est-ce que ça m'importe de savoir que je proviens de pauvres types arrachés à un monde fabuleux par un colonialiste français ? Tout ce que je veux, c'est que les placentaires comme toi m'acceptent comme je suis. C'est tout. »

Kahina n'insista point. La mine grave, Abbigaëlle rabattit les pans de la chemise sur la dépouille, puis tout le monde se mit en route vers la DS en profitant de la pénombre et de l'absence de badauds. Toutefois, juste avant d'embarquer dans le véhicule, la juive marsupiale demanda à la jeune Punique si elle croyait possible que toutes deux redeviennent un jour de vraies amies. « Je sais pas, répondit Kahina. C'est le temps qui décidera. Vous vous en êtes tirés tous les deux, Ignace et toi... Ishtar a voulu que vous viviez... Tant pis ! Je vais pas la contredire... Mais...

- Mais...

- J'en souffre toujours, Abbigaëlle, toujours, et je crois que ça ne s'arrêtera jamais vraiment. Tu sais, même si je vais pas me venger, plus rien ne sera jamais comme avant. Tu m'as trahie, Abbigaëlle, trahie, et ça, je ne te le pardonnerai jamais tout à fait. »

Sur ce, elle se faufila aux commandes, tandis que ses compagnons lui embrayaient le pas. Le moteur vrombit et la vieille voiture disparut dans les ténèbres.

Epilogue : Retrouvailles à Bobigny

« *Monsieur Leclerc... un jour... vous recevrez une proposition... au téléphone. Si vous l'acceptez, vous connaîtrez l'amour de votre vie, celui qui durera éternellement. Seulement, la femme que vous aimerez... ce sera... ce sera...* »

Ce sera quoi, au juste ? La réponse jaillit spontanément : une femme marsupiale ! Voilà ce qu'il avait cherché pendant tant d'années sans même s'en apercevoir. Aussitôt, les mots coulèrent spontanément sous le stylo d'Ignace, prolongeant enfin l'aventure que le décès de Josiane avait laissée inachevée. « *Le vampire n'en dit pas plus,* écrivit-il. *Ses yeux devinrent vitreux et sa tête retomba. Alors un jet de vapeur sortit de sa bouche tandis que son visage se flétrit. Sa peau se putréfia, ses chairs se rétractèrent, ses os s'effritèrent et en moins d'une minute, il n'en resta que ses vêtements, d'où s'échappait de la poussière. Avec mélancolie, Ignace contempla ces dépouilles, puis il regagna la terrasse. Josiane s'était réveillée et elle reprenait péniblement ses esprits en se frottant les yeux. Ignace la prit dans ses bras, la fit s'asseoir sur la pierre où il s'était tenu et lui expliqua où elle se trouvait ainsi que ce qui s'était passé depuis son enlèvement. Lorsqu'elle fut redevenue assez forte pour marcher, tous deux redescendirent dans la cour, puis ils escaladèrent le talus pour atteindre enfin le boulevard Poniatowski. Quand ils jetèrent un dernier regard sur le bastion, ils entendirent soudain de brèves explosions, comme des ampoules qui éclataient : c'étaient les cubes de Guillaume de Montbrissoy qui s'autodétruisaient, privés sans doute d'une part essentielle de leur énergie magique par la mort de leur maître. Les deux jeunes gens n'y accordèrent que peu d'attention et ils se mirent en route vers leur logis.*

« *Le retour fut long et difficile. La faiblesse de Josiane restait considérable et tous les quarts d'heure, elle devait s'arrêter pour respirer. Néanmoins, à l'approche de l'aube, ils arrivèrent à l'appartement de leur famille, rue Beaurepaire. Là, Ignace fut fêté comme un roi. Pour son triomphe, on déboucha une bouteille de champagne à laquelle on ajouta un plein verre de genièvre. Le lendemain, il ne se rendit pas à la Sorbonne, afin de se reposer, puis il reprit ses études comme si rien ne s'était produit. Josiane, elle, garda la chambre pendant une semaine, puis elle retourna au lycée et réussit à obtenir son bac sans trop de difficultés. Du duel nocturne, personne dans Paris n'entendit parler... »*

« Eh bien, qu'est-ce que tu fais ? chanta soudain une voix dans son dos. Tu joues de nouveau les gratte-papiers ? » Le jeune mage se retourna, nullement surpris. Derrière lui, Abbigaëlle venait de sortir de la salle de bain de son appartement, les cheveux encore tout humides et les oreilles plus pointues que jamais. Torse nue, elle exhibait fièrement sa poitrine plate et la poche velue sur son ventre. En la voyant si peu vêtue, Ignace lui sourit avec des yeux étincelants de désir, ce qui attisa nettement sa propre joie. Telle une plante grimpante, elle l'enlaça par-derrière et lui bécota délicatement la nuque, tout en laissant ses mains gambader sur sa chemise. « Tu vois bien ce que je fais, lui répondit le jeune mage sans quitter son bureau, quoique les caresses de son insolite compagne ne le laissassent pas de marbre. J'ai décidé de renouer avec mes projets littéraires. Je ne sais pas pourquoi. Peut-être qu'avoir survécu à cette invraisemblable aventure a ravivé mon inspiration.

- Tu termines cette histoire de vampire ? demanda Abbigaëlle en examinant, par-dessus son épaule, les feuillets étendus devant lui. Sincèrement, elle te paraît pas un peu bateau ? A côté de tous les périls qu'on a connus et de toutes les découvertes qu'on a faites, ton bonhomme qui se transforme en vampire avec son sortilège, qui boulotte un communard et qui se maintient en vie jusque dans les années 2000, ça fait un peu trivial, comme scénario.
- Peut-être, mais ce n'est pas une raison pour rejeter cette œuvrette. Oui, si j'avais sur, à l'époque, que j'affronterais réellement des revenants, que je me coltinerais une affreuse chef de gang, que j'apprendrais l'existence d'un monde parallèle et que je rencontrerais une créature venue d'ailleurs qui voulait ma peau, je n'aurais sans doute pas écrit ce récit. Mais bon... On ne refait pas le passé. En attendant, je n'aime pas ce qui est inachevé, alors je complète.
- C'est ta façon à toi de fêter ton retour à la vie ?
- En quelque sorte. Et puis, ça me permet de repenser à ma pauvre sœur défunte, Josiane. La vraie Josiane. Celle qui repose

au paradis à présent. Pas cet infâme fantôme qui a bien failli me berner. »

Un discret ronronnement s'échappa des lèvres d'Abbigaëlle, pendant que sa main droite se mettait à caresser obstinément le ventre du jeune mage, jusqu'à s'aventurer non loin de son secteur le plus intime. Bien qu'il eût d'autres envies en tête, Ignace comprit que sa compagne à poche souhaitait fêter leur survie commune d'une tout autre manière. De bonne grâce, il se leva de sa chaise et accepta de la rejoindre dans la chambre, sur le lit. Le moment était propice. Salomon était parti de bon matin pour une longue ballade au parc des Buttes Chaumont, et il ne rentrerait qu'à l'heure du déjeuner. Dans le petit appartement, ils étaient seuls, à l'abri de tout regard indiscret. De telles occasions étaient rares. Mieux valait les saisir, même si on songeait initialement à autre chose.

Quand ils se furent déshabillés et qu'ils eurent commencé à se caresser, Ignace repensa machinalement aux circonstances qui les avaient unis. Deux mois s'étaient écoulés depuis la fin de la terrible aventure autour du phonographe d'André Castelet. Après s'être échappés du fort d'Aubervilliers, ils avaient d'abord récupéré discrètement le cadavre d'Elias dans la maison de Kara Shirin sur la butte aux Cailles et ils l'avaient ramené dans son appartement, puis ils avaient déménagé tout aussi furtivement ses propres affaires pour les remettre dans son logis. Un trajet de Kahina vers la villa de la bégum à la campagne lui avait permis de retrouver son ordinateur et les autres effets qu'il y avait emportés, puis la vie ordinaire avait repris son cours. Après toutes ces formalités, la jeune Punique avait enfin dévoilé au grand jour le décès de son père, en le faisant passer pour la funeste conséquence d'une attaque cardiaque. Par bonheur, l'administration comme les services médicaux avaient gobé sans broncher ces balivernes et le vieux Kabyle avait été mis en terre sans qu'aucune investigation ne fût menée. La subite disparition de Kara Shirin et de ses trois sbires n'avait guère suscité plus de remous. Comme aucun membre de ce quatuor n'avait de famille, personne n'avait alerté les forces de l'ordre et Abbigaëlle s'était bien gardée de le faire, tout comme son frère et son ancienne amie. Certes, la boutique de la rue du Faubourg Saint-Denis avait brusquement fermé, mais les habitants du quartier ne s'en étaient guère formalisés, ce genre de commerce ayant souvent coutume de ne vivre que quelques mois avant de déposer son bilan. La femme marsupiale et ses deux compagnons avaient quand même perdu leur activité professionnelle dans cette affaire, mais leur situation n'était pas dramatique. Abbigaëlle s'était installée chez Ignace et Salomon l'avait suivie, malgré l'étroitesse du logis. Quant à Kahina, elle avait vendu la vieille DS et le mobilier de son père, de façon à se constituer assez d'économies pour survivre quelque temps, puis elle avait migré dans un logement social en Seine-Saint-Denis. Pour l'instant, aucun des trois jeunes gens ne s'était encore mis en quête d'un nouveau travail : ils attendaient que le temps se tassât encore quelque peu, pour que leurs nouveaux employeurs ne cherchent pas à savoir ce qu'ils faisaient vraiment auprès de la bégum. Surtout, ils préféraient rester aussi discrets que possible, afin de ne pas attirer davantage l'attention sur l'évaporation de la princesse indienne dans la nature. Cette stratégie semblait gagnante : depuis deux mois, aucune enquête de police n'avait été engagée et ils n'avaient reçu aucune convocation à un interrogatoire dans un commissariat.

De son côté, Ignace avait repris sa vie de rédacteur, sans que la direction de PV Express se fût aperçue de sa folle aventure. Un week-end entier de travail supplémentaire lui avait permis de rattraper le retard qu'il avait contracté à la suite de ses déboires lors de la récupération du phonographe et de sa captivité sous le fort d'Aubervilliers. Son employeur ne lui avait fait aucun reproche. Le jeune mage lui en avait été gré. Il avait ensuite renoué avec ses tâches ordinaires et avec ses missions auprès de ses clients coutumiers (ainsi que de quelques nouveaux). Seulement, cette existence monotone n'avait plus le même goût : quelque chose l'avait transfiguré. Ce n'était pas uniquement la satisfaction de ne pas connaître d'ennuis avec la police et de ne pas subir de représailles de la part de la famille d'Irnerius – laquelle était restée totalement invisible et silencieuse depuis le décès de son génie tutélaire et la destruction du phonographe, comme si elle n'eût été au courant de rien. Ce n'était pas non plus la joie d'avoir enfin retrouvé l'amour, et auprès d'une femme hors du commun. Ce n'était même pas tout à fait la simple félicité d'avoir échappé de si peu à une mort effroyable. En fait, il avait désormais le sentiment de voir enfin la lumière après s'être trop longtemps leurré sur lui-même. Surtout, il sentait qu'il avait réussi à obtenir cette rédemption après laquelle il avait tant langui. A présent, ses engagements pour l'avenir coulaient de source. Plus jamais il n'exercerait cette stupide profession de devin consultant qui l'avait exposé à trop de dangers. Sa petite vie de rédacteur lui suffirait, modeste certes, mais aussi riche de tous les récits qu'il ne manquerait pas de concevoir et qu'il s'efforcerait de faire publier, avec l'appui de sa fidèle compagne.

Les soupirs langoureux et les attouchements insistants d'Abbigaëlle le distrayèrent de cette rêverie. Etendue nue à ses côtés, la jeune marsupiale l'invita sans un mot à embrasser délicatement sa poche, comme il savait si bien le faire. Il obtempéra de bonne grâce, en savourant chaque instant. A cause de la cohabitation avec Salomon, de tels moments d'intimité étaient trop peu fréquents pour qu'il les bâclât. Certes, le couple partageait assez bien son existence avec le jeune marsupial, qui couchait sans trop se plaindre sur un lit de camp dans la pièce principale ; mais cette situation comportait quand même bien des contraintes. Sur le long terme, elle ne serait plus viable. Salomon le savait. Il était très conscient qu'une fois qu'il aurait retrouvé du travail, il lui faudrait d'urgence se doter de son propre nid. Sa sœur et son beau-frère le lui avaient fait comprendre. En attendant, ils le toléraient dans le leur, et le caractère seulement provisoire de son absence les incitait à jouir à très longs traits de tout le plaisir qu'ils avaient décidé de s'offrir.

Quand ils se furent suffisamment rassasiés de voluptés, ils restèrent un moment allongés sur le matelas, le jeune mage touchant encore vaguement la poche d'Abbigaëlle, pendant que cette dernière gardait négligemment une main sur ses parties viriles. Puis le visage d'Ignace se fit grave, comme si un sombre souvenir lui avait traversé la tête. Il se redressa. Bien qu'Abbigaëlle n'approuvât point son attitude, surtout dans un tel contexte, elle le laissa agir comme il l'entendait.

Les deux jeunes gens se rhabillèrent un minimum, puis le devin tira de sous le lit un petit coffre qu'il avait récupéré chez ses parents deux semaines après la fin de son équipée – sans que ceux-ci lui demandent d'ailleurs ce qu'il comptait en faire. Il l'ouvrit. A l'intérieur reposait, confit dans le gros sel, l'insolite volatile aux ailes griffues qu'avait jadis ramené Aristide de La Vieuville. Conformément à son dernier souhait, la femme marsupiale et le jeune mage l'avaient d'abord conservé au congélateur après leur retour du fort d'Aubervilliers, le temps d'acquérir les ingrédients et le sarcophage nécessaires à sa momification ; puis ils l'avaient éviscéré et mis à macérer dans la saumure. Depuis, il gisait, soigneusement dissimulé sous leur matelas et à l'abri de la lumière et des regards indiscrets. Sa macabre présence ne les dissuadait pas de faire l'amour. Toutefois, elle leur inspirait quand même une certaine mélancolie.

Avec tristesse, le jeune mage sortit également de sous le sommier de gros bocaux pleins de formol qui avaient été changés en vases canopes pour accueillir les entrailles du cadavre, puis il dégagea légèrement ce dernier de sa gangue de sel, pour mieux le contempler. Sous la déshydratation, le corps était devenu presque raide, et à peine pouvait-on en étendre les ailes pour observer les étranges doigts griffus qui les terminaient. Tels de vieux morceaux de viande, les hideux barbillons le long de son cou s'étaient ratatinés, enserrant davantage les amulettes qui les piquetaient, et une graisse jaunâtre et nauséabonde en avait suinté. Totalement desséchés, les yeux sur le visage n'étaient plus que des billes blanches, et l'on n'y distinguait plus la moindre trace de pupille. De la dépouille émanait une odeur âcre et rance, similaire à celle d'un bout de lard devenu immangeable après un trop long séjour au cellier. Pourtant, elle ne détourna pas Ignace de sa contemplation. Machinalement, il plongea ses doigts dans la saumure et en retira les deux doigts tranchés de la créature, que la lignée d'Honorat de Saint-Adelphe avait conservés pendant un siècle et demi. Enfin ils avaient retrouvé leur propriétaire, pour des funérailles communes !

A genoux sur le matelas, Abbigaëlle brûlait d'arracher son compagnon à cette stérile plongée dans de tristes souvenirs, mais une sorte de respect religieux l'en empêchait. « Quand même, Abby, murmura le jeune mage toujours penché sur le cercueil, il aurait pu nous dévoiler encore tant de secrets : sur son monde, sur son espèce, sur tes semblables... Mais il les a emportés dans sa tombe. Songe un peu que nous ne connaissons même pas son nom....
- Et alors ? lança soudain une voix derrière lui. On s'en fout. »

C'était Salomon de retour de sa promenade, qui venait de rentrer dans l'appartement. De ses yeux noirs, il fusilla la dépouille, puis il regarda ses deux compagnons avec affliction. Depuis qu'il s'était installé avec eux, jamais il n'avait fait mystère de sa détestation envers ce cadavre, et seul le respect qu'il vouait à sa sœur l'avait empêché de l'éliminer discrètement. Plus généralement, il commençait à jalouser le bonheur érotique d'Abbigaëlle et d'Ignace. Les surprendre à moitié débraillés près du lit ne pouvait que l'irriter violemment. D'une voix dure, il rappela que la journée ne devait pas être consacrée à la glandouille et qu'ils étaient tous attendus l'après-midi par Kahina au cimetière de Bobigny, pour prier sur la tombe d'Elias. Bien qu'elle pensât qu'il exagérait, Abbigaëlle ne le rabroua point pour sa mauvaise humeur et préféra se soumettre, pour ne pas faire de vagues. Le sarcophage retourna sous le sommier avec les canopes, puis les jeunes gens achevèrent de se rhabiller et préparèrent le repas du midi.

Celui-ci passa assez vite, dans une ambiance plutôt morose essentiellement entretenue par Salomon, qui était de toute évidence plutôt mal luné ce jour-là. Lorsque les fruits eurent été consommés et toutes les assiettes lavées, récurées et essuyées, la petite troupe quitta l'appartement d'Ignace et se mit en route.

Rallier Bobigny ne leur prit pas beaucoup de temps, les transports en commun fonctionnant bien ce dimanche-là. Devant la principale entrée du grand cimetière, Kahina les attendait, emmitouflée dans un épais manteau pour surmonter les rigueurs de l'hiver. Ils la saluèrent d'autant plus affectueusement qu'ils ne l'avaient pas vue depuis plusieurs semaines, mais elle ne leur répondit qu'avec distance, en se montrant d'ailleurs plus froide envers Ignace et Abbigaëlle qu'envers Salomon. Sans s'attarder en palabres inutiles, tout le monde prit le chemin du lieu du souvenir, la mine grave et les yeux pensifs. Entre les arbres aux branches dépouillées qui croissaient entre les tombes, une brise glaciale soufflait, mordillant les doigts et les joues. Bien que le soleil fût encore assez haut dans le ciel, il atténuait à peine cette froideur générale. Néanmoins, les jeunes gens accordaient peu d'importance à ce désagrément. Sans le moindre commentaire, ils poursuivaient leur marche en se contentant simplement de boutonner davantage leurs manteaux et leurs cabans, de resserrer leurs écharpes et d'enfouir plus profondément leurs mains dans leurs poches.

Finalement, ils atteignirent le carré musulman, où ils stoppèrent devant une tombe au nom d'Elias Zeroual.

Profondément émue, la jeune Punique se prosterna devant la pierre et pria, sans retenir ses larmes. Ses acolytes l'accompagnèrent dans son oraison, en priant chacun selon la religion dans laquelle il avait été élevé. Bien que leur amitié ne fût jamais vraiment revenue, Abbigaëlle ne cachait pas la sincérité de sa tristesse, tout comme Salomon. Quant à Ignace, il bascula dans une profonde mélancolie. Dans sa prière, ce n'étaient pas tant les invocations à Dieu qui se succédaient que les souvenirs de tous les innocents qui avaient injustement péri dans cette funeste aventure : Elias Zeroual, mais aussi Richard Abitbol (dont il ignorait si l'on avait enfin retrouvé le corps) et, bien sûr, Fanny Walter. C'était surtout cette dernière qui commençait à le hanter, tant sa mort avait été soudaine et gratuite et tant sa personnalité recelait une foule de mystères qu'elle avait définitivement emportés dans l'autre monde. Qui étaient vraiment ses parents qu'elle avait perdus toute petite ? Quelle était donc cette obscure organisation qui avait brisé sa rébellion d'adolescente ?

« Tiens, tiens ! lâcha soudain une voix féminine dans leur dos. Comme on se retrouve ! Et avec des amis, en plus ! » » Les jeunes gens se retournèrent, Kahina allant jusqu'à bondir d'un coup sur ses pieds. Une hideuse silhouette les contemplait : celle d'Odette Glénisson. « Qu'est-ce que vous fichez ici ? lui demanda Abbigaëlle qui l'avait immédiatement reconnue.

- N'ai-je donc pas le droit, répondit la vieille sorcière avec aigreur, de venir moi aussi me recueillir sur les restes de ceux que j'ai aimés ? Ce n'est pas ma faute si nos chemins se sont croisés.
- Excusez ma compagne, ma... madame Glénisson, intervint Ignace. Fa... euh... Elle est bien enterrée ici ?
- "Enterrée" est un bien grand mot. En vérité, elle n'a même pas de tombe, ni même un humble reliquaire pour des cendres. Les débris qu'on a retrouvés n'ont pu être attribués à personne. A l'heure actuelle, ils ont sans doute été jetés dans un ossuaire. Tout ce qui reste de ma fille chérie, c'est une plaque commémorative sur le caveau de ma famille. Eh oui ! Hélas pour vous, mes ancêtres et mes proches reposent ici. »

Un moment, elle darda sur la femme marsupiale et le jeune mage des regards chargés de haine, puis elle examina Kahina et Salomon, avec suspicion. Devant son affreux visage ridé, le frère d'Abbigaëlle esquissa un mouvement de recul, mais la jeune Punique demeura ferme et hardie. Odette ayant demandé qui ils étaient venus honorer, Kahina lui expliqua qu'il s'agissait de son père. « Il est mort pour nous sauver, ajouta-t-elle, mort injustement, tout ça à cause du bordel causé par la saloperie que vous cachiez dans votre cave.

- C'est navrant pour toi, jeune demoiselle, répondit la sorcière qui paraissait à peine chagrinée. Mais il faut bien un peu d'équité dans ce bas monde. Je ne vois pas pourquoi je devrais être la seule à trinquer. Pour le coup, dit-elle à l'adresse d'Abbigaëlle, puisque je vois que vous vivez encore, comment se portent mon phonographe et mon disque ?
- Ils ont été détruits, répliqua la femme marsupiale, et ils embêteront plus personne. Quant à ceux qui nous pourchassaient pour nous trucider, ils ont été zigouillés et refroidis.
- Détruits ? Mais... comment est-ce possible ?
- On vous le dira pas. Après le tour de vache que vous nous avez fait, on préfère vous laisser sur votre faim. De toute façon, je suis sûre que vous ne nous répondriez pas si on vous posait certaines questions, comme, par exemple, comment le phono s'était retrouvé chez vous ? »

Un instant, la vieille sorcière grimaça de rage impuissante, puis ses traits se détendirent, comme sous l'effet d'une irrémédiable lassitude. Les yeux embués de larmes, elle avoua renoncer à ses envies de vengeance, non tant par mansuétude que devant le constat de l'impossibilité de les assouvir intégralement. Elle invita ensuite les jeunes gens à la suivre pour découvrir le lieu où reposaient, à défaut des cendres, les mânes de sa chère Melika-Mélanie. Malgré leur répugnance, ils acceptèrent, par curiosité et aussi car ils jugeaient ses propos sincères.

Délaissant le sépulcre d'Elias, ils parcoururent de nouvelles allées au milieu d'une brise d'hiver qui redoublait d'intensité et piquetait plus férocement, jusqu'à ce qu'ils atteignissent un grand caveau aux allures de mastaba, hérissé de fleurs et tout orné de plaques à la mémoire des disparus. Toutes arboraient le nom de Glénisson, parfois mêlé à d'autres patronymes, sauf une qu'Odette leur désigna. On y lisait l'inscription suivante :

« Melika "Mélanie" Imrane,
dite Fanny Walter
1989 – 2014

Voyage en paix, ma fille chérie,
toi à qui je n'ai même pas pu dire adieu. »

En sanglotant, la vieille femme s'agenouilla devant le monument et s'abîma dans une longue prière qui ne semblait être que soupirs. Aucun des jeunes gens ne la dérangea. Au contraire, ils retenaient presque leur souffle, afin que rien ne la distrayât. Chez Salomon et Kahina, cette attitude n'était que simple respect des bonnes manières, mais chez leurs deux compagnons qui avaient échappé au sacrifice, elle cachait mal une émotion particulièrement vive. Abbigaëlle surtout se sentait submergée par un flot diluvien d'interrogations, des interrogations qui avaient commencé à la tarauder lors de l'expédition chez Richard Abitbol, qui avaient rebondi lors de la découverte de la vraie nature de Fanny Walter et auxquelles elle aurait souhaité obtenir une réponse lors de la récupération du phonographe, si les circonstances ne l'en avaient pas empêchée. Malgré son mutisme, la vieille sorcière les devina, lorsqu'elle se redressa et se retourna après sa prière. Un sourire cynique au coin des lèvres, elle la contempla fixement, comme un homme qui taquine un chat en le faisant vainement sauter après un poisson. Les yeux de la juive marsupiale se mirent à l'implorer. Sa bouche s'entrouvrit, mais Odette la coupa nette. « Non, dit-elle, non. Je ne te confierai rien. Même si tu m'y forçais, je resterais plus muette que cette tombe.
- Et pourquoi ? Pourquoi ? » osa quand même répondre Abbigaëlle. »

Avec désinvolture, la sorcière lui pinça une de ses oreilles pointues, tout en continuant de la dévisager d'un air moqueur. La jeune femme ne réagit point, tant elle se sentait tout à coup faible et perdue. Ses compagnons se raidirent, prêts à la défendre, mais, d'un geste, Odette leur fit comprendre qu'elle n'irait pas plus loin. « Tu n'en sauras rien, dit-elle en reculant, car tel est mon désir, et car tu n'en es pas digne. Je connais toutes les envies qui te démangent (j'ai quand même de l'intuition). Tout à l'heure, tu t'interrogeais sur le trésor que j'ai si longtemps dissimulé sous ma maison – mon cher phonographe et son disque fabuleux. Mais ce n'est pas la façon dont ces objets ont atterri chez moi après le meurtre de leur créateur qui t'intéresse le plus. Ce que tu aimerais découvrir avant tout, c'est tout ce que je connais sur les membres de ton espèce : combien ils sont, où ils habitent, qui étaient vraiment ceux qui avaient engendré ma pauvre petite

Mélanie, et enfin quelle est cette Confrérie qui veillait sur son destin. N'est-ce pas ça qui te turlupine ? Hein ?

- Oui... oui..., balbutia Abbigaëlle. S'il vous plaît... Si vous savez vraiment quelque chose là-dessus, dites-le... J'ai perdu ma mère... sans jamais savoir pourquoi on l'avait fait mourir... Et j'ai jamais su qui était mon vrai père...

- Eh bien, tu peux aller te brosser, car l'ignorance sera ton lot, tout comme elle sera celui de ton frère et de tes compagnons ! Aucun d'entre vous ne mérite de connaître de tels secrets. Je peux renoncer à ma vengeance, de guerre lasse, mais jamais je ne pardonnerai le meurtre de mon enfant. A présent, adieu ! Puissé-je ne jamais vous revoir ! »

Sur ces mots, la vieille sorcière tourna les talons et partit à grands pas. Ivre de colère et de frustration, Abbigaëlle voulut la rattraper, mais Ignace et Kahina la retinrent. Cela ne servait à rien de molester cette mégère qui, de toute façon, ne cracherait pas un mot. La rage au cœur, la femme marsupiale se résigna, mais elle garda les yeux rivés sur la frêle silhouette qui s'éloignait dans l'allée, jusqu'à ce que celle-ci s'éclipsât à l'horizon, toute nimbée de ses insolubles mystères.

Pontoise,
le 24 juillet 2018.

Postface

Que de mystères non résolus au terme de cette longue histoire ! Qui a tué la mère d'Abbigaëlle ? Pourquoi cette pauvre juive marsupiale n'a-t-elle jamais connu son père biologique ? Comment Richard Abitbol et Melika Imrane avaient-ils pu se faire opérer dans le plus grand secret de façon à masquer leur nature de marsupiaux ? Et que cachaient donc le rabbin et le docteur que connaissait Sultana, pour qu'ils n'aient jamais rien dévoilé à Abbigaëlle sur les autres humains marsupiaux de France ?

Plus généralement, quel but poursuivait donc André Castelet pour enfermer l'âme de Kali Mara dans un phonographe et duper du même coup l'ancêtre de Kara Shirin ? Pourquoi avait-il fixé ce sortilège imposant un double sacrifice pour évoquer l'ombre du sorcier ? Pourquoi a-t-il été assassiné à Goa ? Et comment son phonographe s'est-il donc retrouvé dans la maison d'Odette Glénisson, en pleine Seine-Saint-Denis ?

Surtout, quelle est cette mystérieuse Confrérie que connaît Odette Glénisson et qui agit dans l'ombre ? Et comment se fait-il que l'existence des hommes marsupiaux ne semble pas s'être encore ébruitée en France au début du XXIe siècle ?

Toutes les réponses à ces questions, vous les trouverez dans la suite des aventures d'Ignace Leclerc et d'Abbigaëlle Banoun. En effet, *Le Secret d'Aristide de La Vieuville* sera le premier tome de tout un cycle romanesque.

Appendice

Les citations en garrulien insérées dans ce récit ont été transcrites selon l'orthographe mise au point par Hubertin de La Vieuville. Celui-ci souhaitait d'une part utiliser uniquement des caractères usuels en français et, d'autre part, rendre compte d'un phénomène important en garrulien : la mouillure de nombreuses consonnes. Les règles graphiques qu'il a fixées sont les suivantes :

- ç devant toutes les voyelles et en fin de mot (cç entre deux voyelles) est un k mouillé ;
- ç devant g est un g dur mouillé ;
- ç devant s est un s mouillé ;
- ç devant t est un t mouillé ;
- ç devant d est un d mouillé ;
- ñ est un n mouillé comme dans « moignon » ;
- u se prononce « ou » comme dans « bouche » ;
- au et eu sont des diphtongues ;
- e se prononce « é » comme dans « été » :
- ë se prononce comme le e sourd de « pelote ».

Gabriel Philizot (éditeur)
6 rue Lamarck
93600 Aulnay-sous-Bois

Via

Lulu Press, Inc
627 Davis Drive
Suite 300
Morrisville
NC 27650 (Etats-Unis)

Impression à la demande

ISBN : 978-2-9566145-2-4

Dépôt legal : septembre 2019.

www.ingramcontent.com/pod-product-compliance
Lightning Source LLC
Chambersburg PA
CBHW070542030726
47505CB00001B/132